顏忠賢 著

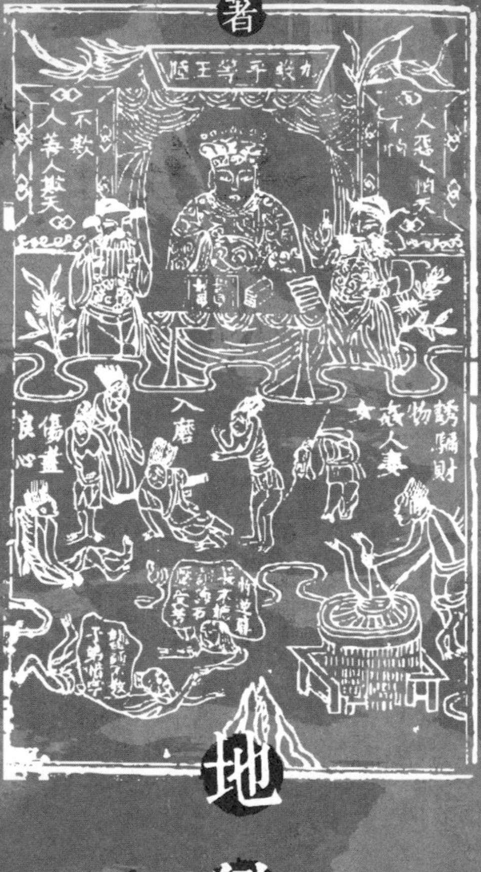

地獄變相

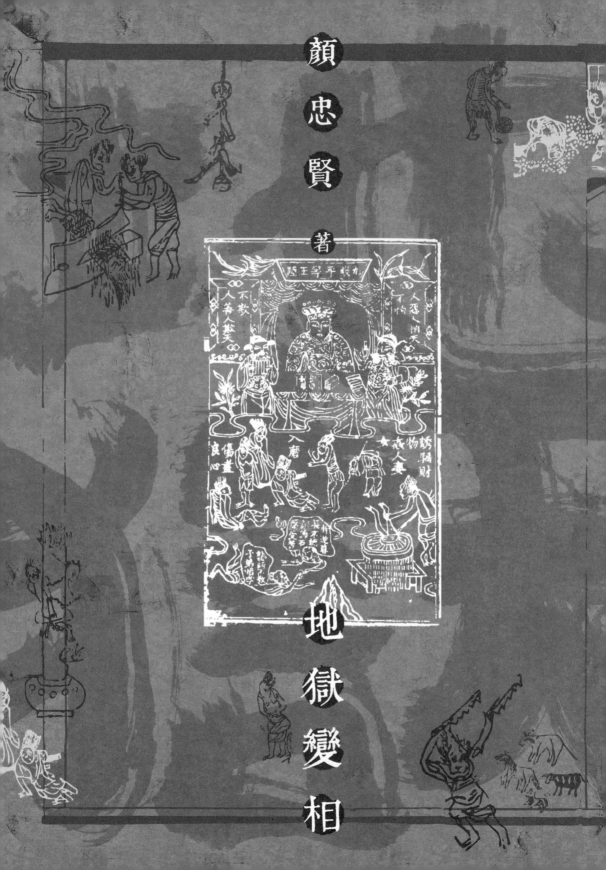

目次

上冊

第二部。住。

第三部。壞。

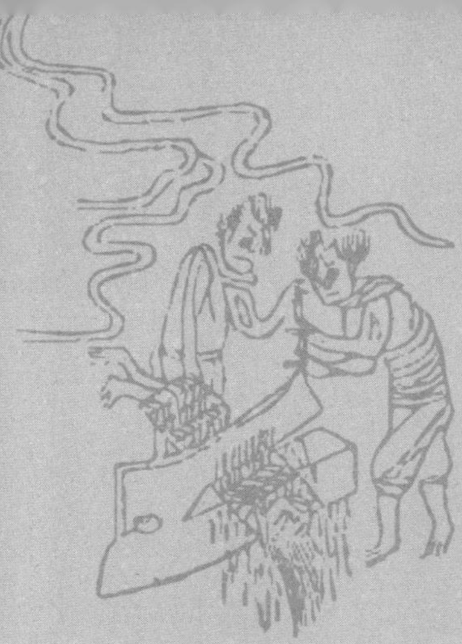

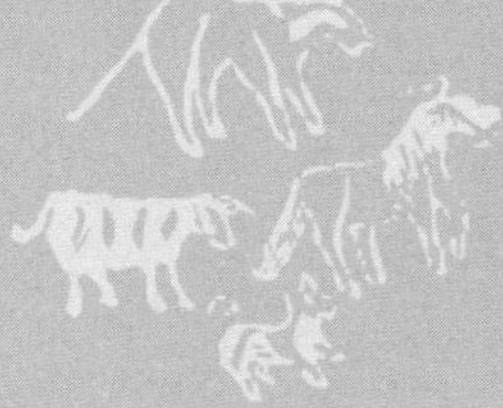

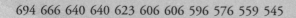

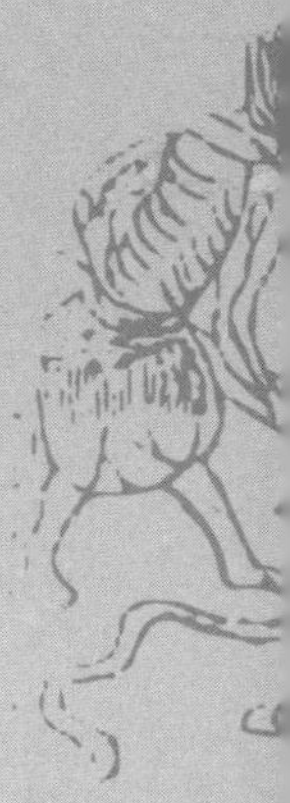

下冊

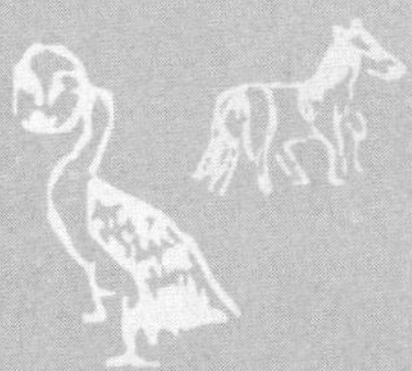

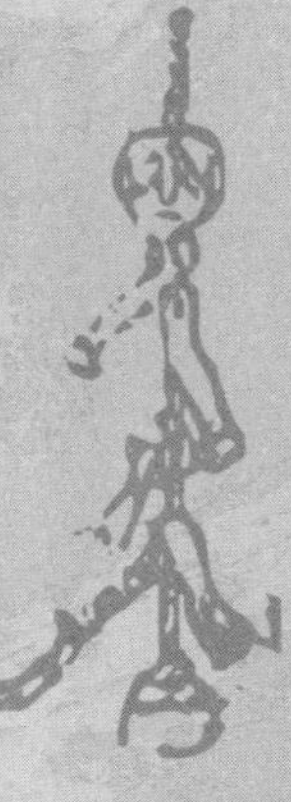

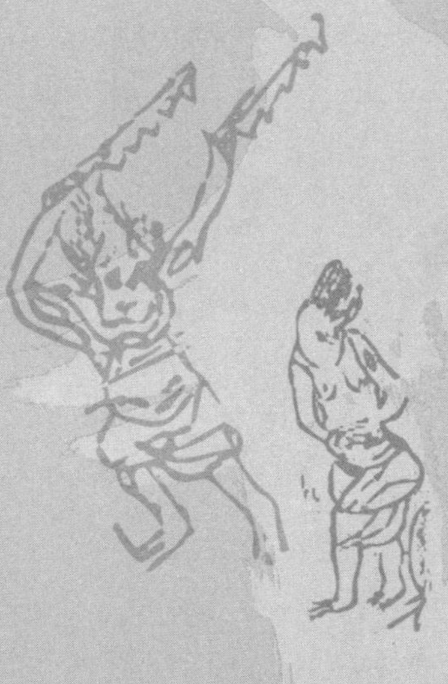

末部。鬼藝術家列傳。

【引讀】

顏忠賢與schizo

楊凱麟（國立臺北藝術大學藝術跨域研究所教授）

顏忠賢的小說總成了schizo（分裂仔）的紛亂宇宙，字句漫天撒落，敘述拔地而起轟然而塌，無中心、非人、去主體、不可思考、力比多流湧與安那其動員。小說就是分裂與錯亂，文字漫生糾結甚至癌化，敘述旋繞著幾個容易「出事」或已經「出事」的力量結點緣起性空，古廟、老家、仙姑、怪夢、旅館……總之「鬼東西」與「鬼地方」，不斷瓦解與湧現，如鬼魂作祟，如蛆附骨，一整個裂解而逃離無望的夢囈與夢魘。

顏忠賢的小說書寫由是徹底「反評論」，這意思並不只是說他的小說無意讓人評論，而且甚至是評論的不可能，因為整體而言他以書寫生產一種總是分裂與去中心的紊亂，並在小說中促成其極大化，系統與論述就此解離與散逸。這種錯亂與躁鬱的流湧完全另類於任何形式化與建制化的敘述，取消可以定位與定向的情節穩定性。德勒茲與瓜達希在描述資本主義時曾指出當代的欲望流動不斷瓦解疆界、總是逼近著「確切精神分裂的界限，它在無器官身體上傾全力生產如同去符碼化流湧主體的schizo[1]。」

schizo是由schizophrène（精神分裂症者）截出來的新詞，像是精神分裂症者的某種小名或暱稱，或許可以譯為「分裂仔」或「神經仔」，是由不斷自我解疆域化的欲望流動所策動並總是摧枯拉朽地驅使前往邊界，甚至越界的衝動。

---

1 Deleuze, Gilles et Félix Guattari (1971). *L'anti-oedipe*, Paris: Minuit, 41.

顏忠賢的小說主體便是schizo。

書寫等同於某種精神分裂，且因為此分裂而逼近語言的邊界，或不如說，語言的邊界其實不在任何意義所可駐足之處，而僅在於由分裂所迫出的無意義（non-sense）與錯亂之中，這亦是卡羅爾（Lewis Carroll）在《愛麗絲夢遊仙境》中由精神分裂的小女孩（一個小女schizo）所見識的世界：語言之流如同文字的無政府狀態湧出，成就一種無人稱的景觀，一種主體消亡的啟示錄與處處弔詭的風景。

並不是有一枝筆一張紙（或一臺電腦）就具備當代書寫的條件，事實是，書寫已經徹底不可能，因為所有能寫與想寫的材料早被前人寫盡，既有的語言永遠呈現一種枯竭狀態，意義荒蕪，語言永遠不夠用，一切可以援引的句子都已是陳腔濫調。書寫的困難在於，這個最終必須被逃離之物恰好也是唯一可用以逃離的工具，要離開語言的僵死狀態還是只能透過語言本身才能達成。然而，書寫的條件永遠還未被給予，永遠還未降臨在書寫者身上；他必須一面書寫一面尋覓與實驗使書寫再度可能的條件，或不如說，一面逃逸一面找尋反擊的武器。

在書寫的不可能性中，schizo誕生在邊界，但邊界從不是藉由任何漸進方式一步步抵達，因為語言或思想的邊界並不來自遠近距離的地理學測度，它不是線性運動的結果，界限經驗不來自距離的遙遠，而是讓語言就地成為某種迷宮，使書寫成為一種強度旅程。schizo是書寫與思想的可能性[2]，但這個可能性卻僅來自對一切符碼的攪亂，這使得創作具有必要的殘酷性。書寫必然是殘酷的，因為我們不可能書寫而不背叛既有建制、原則與形式，不可能不背叛爸爸媽媽與「我」。對schizo而言，書寫從一開始便僅成立在這個絕對界限上，必須一下子就進入「粹純與生硬的強度狀態」，這便是書寫的零度。

於是我們看到，不管是字詞的調度或情節的鋪陳，顏忠賢的小說都已事先浸入「太多餘緒的不堪」（字母U）之中，總是「太艱難人生引發可憐卻可怕的幻覺的加強版或隱藏版的再一回動員的無限動念」（字母N）。小說因此一動念便已內爆崩潰，或者不如說，這個因過度增壓使得敘述內核已塌縮無光的宇宙是小說唯一存在的道場，因此每個出場的「顏忠賢人物」：老仙姑、老醫生、老法師、師公乩童、阿嬤、

怪女生……，每個被描寫的「顏忠賢場所」：大眾廟、怪廟、老廟、老旅館、老醫院、老整骨店、爛歌舞劇場、古城、神殿、老房子……，都立即已是組裝與裂解中的schizo程序，這些「鬼東西」與「鬼地方」都已就地成為schizo。

> 像是技術太艱深的匠師所打造的器物……而他們打造的是太艱深的身體。像術士的術。看過太多，太新或太舊的太多流派……的術，舞術。她迷戀太多形貌神韻都太精妙太繁複太不可能的舞……及其對身體的太艱深的召喚。但是，到了後來看過太多，那些舞的術她一看就知道之後會怎麼往下跳了……所以往往她還沒看完就完全厭倦了。因為那種「術」完全填滿她的想像，一如沒有餘地的餘緒，因為術越好越艱深……越糟（字母J）

在許多地方中小說被無以名狀的太、太、太、太……所盤據與覆沒，彷彿不過度與不溢出就無以為繼為小說，小說的時空一再被急遽拉扯翻滾於矛盾修詞的正反兩極中，總是「太新或太舊」、「太進入或沒進入」、「多性感或多殘忍」、「又開心也又傷心」、「也不夠用心也不夠傷心地想更盡心一點」。在總已是瞠目結舌的無言以對中，顏忠賢一次一次地機械調校與升壓字句的陣仗，直到可視性像是被文字的重力所強拽貫下，僅能在已塌陷成黑洞的內核中以無限的速度往返衝撞，沒有出口，徒然等待，僅剩「太多餘緒的不堪」。

書寫成為各種「餘緒，與太餘緒的」糾結與錯亂，因此總是有著過剩的「太」，這些怪異的「太」蟻聚成一種文字的紀念碑，成為顏忠賢小說的獨特景觀，而且屢屢反過來，由「怪」、「更怪」與「太怪」的詭異表達構成了這個莫可名狀的「太」：

---

2 Deleuze, Gilles (1968). *Différence et répétition*, Paris: PUF, 192.

> 每回提到表姐出的更多更怪一如得怪病的怪事，就說千萬不要講。〔……〕更無法理解的是另一段怪異現象般的怪異時光……更是為何她表姐出家之前半年一直在找她，應該是因為她虔誠近乎瘋狂的什麼怪事，但是更後來的她卻始終不敢接其怪異偏執表姐近乎天天打來的電話回簡訊或電子郵件的種種。（字母O）

「怪」的文字系列與「太」的文字系列不斷在紙面上扭結疊套，為日常的語彙塗抹不正常的光暈，並在小說中形成巴洛克的機械構成，太、太多溢出的怪與怪、怪重複的太，太怪與怪太，太太與怪怪……過度溢出的太最終導至小說意義的內爆，太不再太太，不夠太，反而太「不太」，太多的太顯得太有點太底氣不足，被變性為「太不夠」與「不夠太」，但因為太不夠反而需要更多的太，成為字的惡性循環與無間道。顏忠賢的書寫將漢字的意義圍困在表達的弔詭困境中，在下筆前便已經身陷「太」的稀缺與不足，太與太不夠、太多與太少成為同一回事，「多即是少」，過度成為書寫的常規，例外因「納入性排除」而成為日常，見怪不怪，怪得不太怪與怪的永遠不夠、不足讓怪這個漢字被卸除了引信，摘了爪子，怪的怪但仍不夠怪不太怪與怪的缺貨、欠奉。就像是每個詞彙都必須再度被「太」所增壓以便被寫入紙頁，怪亦永遠面臨怪的不夠，必須拉開長長陣列，怪總是要再更怪免得不怪、太不怪與不太怪，以便喚出那「更多更怪一如得怪病的怪事」與「怪異現象般的怪異時光」。

每個怪地方（或鬼地方）在顏忠賢的字母裡都成了萊布尼茲的疊套式花園[3]，「在那個怪廟裡頭的每樓都仍還是會出現了更多更怪的人和事的奇觀」（字母C），或用更好萊塢的觀影經驗，都成了太《全面啟動》式的多重夢境（「她的夢竟然有六層」，字母T）。總之，在怪這個字中再塞入怪以便怪怪，但太怪卻又總已經不太怪與太不怪，因為這些「怪怪的什麼」已經「都太膾炙人口太多年了」（字母E），因此大家都世故地懂得當我們討論怪，我們討論的是什麼。在太多年的觀影與閱讀歷練下，「怪事」、「怪神情」、「怪故事」、「怪旅行」、「怪聲音」、「怪鏡子」、「怪胎」、「怪心法」、「怪夢」、「怪妹妹」、「怪座

位」、「怪畫面」、「怪字」、「怪現象」、「怪狀態」、「怪蛋糕」、「怪液體」、「怪地方」、「怪朋友」、「怪教派」、「怪電影」、「怪塔位」、「怪天氣」、「怪光景」、「怪廟」……，或「鬼地方」、「鬼故事」、「鬼動物」、「鬼衣服」、「鬼話」、「鬼上身」、「鬼壓床」……，小說成了這些冤親債主所召靈匯聚的結界，不適切、非日常而且「已出事」的某種「神經兮兮的怪狀態」（字母S）。

語言在自身的表面晃顫，意義發抖，顏忠賢的小說以不穩定、錯亂與分裂的字串產出一幅幅靜物寫生，在「出事」後的雖生猶死，still life但其實已經壞掉了（「人間始終是壞掉的狀態」[4]），時間被按下了暫停鍵因此雖生猶死，各種法師、乩童、師公、整骨師、醫生在小說的不同層級中輪番進場，為了面對這個壞掉的景觀社會，在視覺的駭人意象上，顏忠賢的小說非常接近毛骨悚然喬彼得．威金（Joel-Peter Witkin）總是橫陳著斷肢、屍體、畸人、SM與瘋狂的影像，一種令人毛骨悚然卻又飽富古典趣味的風光。影像裡一切都是靜態的，安靜近乎嚇人，小說必須逐一coding細節以鋪排某種「死亡的自然」（nature morte），重口味而且從不掩飾內心的恐懼：

> 剛剛宰殺的各種哺乳動物內臟還液體淋淋斑斑的冒熱煙霧的從體腔中挖出的落地生根般的噁心極度的黏稠胃腸心肝臟器滴下的腥臭鮮血……
>
> 仍然淌血斷氣中的動物黝黑冷去的層層腐爛中屍體竟然就同時鑲嵌變成了肉身噁心惡臭的建築雕刻，就像在古城門上的那一隻眼眼憂鬱的長頸鹿伸長了長蛆發黑的長脖子深入窗洞，再伸出長臂勾繞

3「物質的每一部分都可以被構思為一個遍地長滿植物的花園和水中游魚攢動的池塘。而植物的每個枝杈、動物的每個肢體、它的每一滴汁液都又是這樣一個花園和這樣一個池塘。」（Leibniz, *Monadologie*, §67）

4「那法會的法師老說：業，一如修行，一開始是教你看仔細這個壞掉的人間……怎麼看壞掉的別人也就是怎麼看壞掉的自己。壞掉的太多人的內心不平靜，所以想說話，還想大聲說話，很難能修行……修行要覺知正在發生的現在……業，就像想要修好其實早就壞掉了的現在」（字母T）。

的許多肉身已腐敗化膿的猴群始終在數層高牆的曲弧壁垣攀爬跳躍，在門洞的半斷頭半斷犀角的犀牛，在殘破的山牆最末端上空，是一隻伸張羽翼原本華麗璀燦但是已然骯髒頹廢潰爛到令人不忍逼視的病危孔雀……（字母F）

一整個顛倒諾亞方舟的集體死亡意像，意義或許並不那麼重要（意義是三小！），重要的是想藉由這些意像所召靈、降乩與附身的獨特靜物寫生，那是一種怪事與怪物（鬼東西與鬼地方）的集錦。因為已經出事了，因此一切皆泛著死物的陰陰慘慘，而且愈停留在字詞與意象的表面就愈怪與愈通靈而有神。

然而與威金對於畸型與屍體的偏執迷戀不同，顏忠賢的小說似乎更專注於提問「什麼是人生的怪事？」而且總是預先地擔憂無能真切給予小說式的答覆，害怕不夠怪與怪的無有創意，在這點上，顏忠賢創造了一個更接近波希（Jheronimus Bosch）畫中的奇幻世界，只是這並不再是屬於舊約的，而是由老仙姑與老師公所描述的宇宙生機論與萬物有靈論，場景也已不在伊甸園或煉獄，而是散布在各地老廟、靈骨塔、墳區與老旅館。也許也很接近日本怪談漫畫或電影，各種鬼神妖獸纏祟且「業太深」的世界，在森森鬼氣中漫生濃濃的臺式或日式歌德風格（黑暗、超自然、死亡、陰魂、家族詛咒、頹廢），再加上「日本巨大機器人漫畫」式的蒸氣龐克[5]，再加上成為災難的烹飪節目或怪A片……，寫小說意味著處身於永恆的「更深地逼問自己到底為什麼還會記得有過那個怪字那件怪事般的對那種自己怪人生的始終懷疑」（字母O）。

顏忠賢的總是懷疑、提問以及在一切之前的增壓、越界、曲扭、過量與或許停格，構成了廿一世紀臺灣文學中最殊異的靜物畫。

---

5 比如，「只是每一層全部是那種破破爛爛也不知道怎麼使用的黝黑怪機器、拆解成怪形怪狀的種種五金零件、或是更稀奇卻又更費解的某種手工打造的精密器械，煉金術士的煉金器材般地珍貴罕見，使我在那裡徘徊流連，即使困在大雨中，也完全不在乎地低頭仔細把玩入迷。」（字母A）

【推薦序】

夢是循環寫作

黃以曦（作家，影評人）

藝術只是一碗湯……或許就是一碗孟婆湯。

……那怪老人說，這麼龐大複雜的藝術一如太多太多文明最珍貴華麗冒險登場的古代歷史博物館最高規格的器物書畫藝術種種人間寶藏，說穿了，就只是……一碗湯。

一如一個天文學家或面對太多宇宙星系太過繁複的黑洞蟲洞狀態的不解時，也是說，就像……一碗湯。

藝術就像一碗湯的充滿口感滋味煙影濃縮奧義的奧祕於其中的縮影……一如通人般地博通古今的那怪老人……只是拿了一個手掌大鼻煙壺大小的腫瘤狀人面瘡形老瓷瓶救解了一個亙古的業報因果的謎……也不再是我們以為的物理學家考古學家藝術史建築史家定義的所有太多定義式的理論學派的解釋。而切換某一種令人感動的不再是一種傲慢獨裁統治般的可怕的宇宙奧義，始終有太多太多的未知費解。

藝術……只是一碗湯。

——顏忠賢，《地獄變相》

1

《地獄變相》是本錯覺之書、幻覺之書，又或者，是一場虛擬實境的體驗。關於虛擬實境，那從來非

闖去了哪裡、看到被給出的什麼，而是你在這個過程中爬梳著、驚異著，自己竟是這麼接上事物、這樣感覺和定義它們，所謂你探進的景觀，竟是這樣由你親自編碼啟動？《地獄變相》揭示了作為創作者，是如何勝任、熟練地創造了一個獨立、超載的華麗封包。

創作者是怎樣的存在？他的點石成金，他的前行、介入，他的起心與動念，他投出或斂下眼神，都在創造。黃澄澄的石林矗立、增生，竟非關折射的光輝、亦無從交換可共量的金銀財寶，它們只是一種越來越多、越來越沉，終究一點一點壓縮到藝術家的生存，使之變成一個幾乎顯得虛假的妄想，那樣的海市蜃樓。

小說中有連綿但不斷穿透各種維度的景觀，駭麗、深刻地出入藝術家盤桓與思索的每張畫面，但當真正重要的已非關小說之領路「看到」了什麼，而是怎麼看到的，則「怎麼看到的」，在《地獄變相》裡，那個意思是「怎麼活著的」。

讀《地獄變相》，像置身靈魂與感性具現其之如神經系統之運行迴路。神經系統的執行是種持續的預期與測試，每組預期和測試都將收束出某個結果；當這過程未有停下的理由，就會有一個接一個的「看到／感受到」繼續鑲嵌排列，組成一幢似乎是起伏立體的所在。那裡什麼都有，真是什麼都有，而且更好、更多，幾乎就是真的。……但它不是真的。它無法是真的。原因恰恰在於那裡毫無破綻。

人與外界的相處原是整體性的，但當感性單獨地越過了某個閾值，關於那所呈現的景觀，你會看得出那是某個部分、某種面向被極端放大的結果，你接受那是「一個世界」，可你知道無論如何相像，那都並非某個取代性的宇宙。

儘管我們仍渴望張致的風光、蜿蜒的情節，但《地獄變相》的閱讀誘我們探問：書裡的那個誰是誰？代入他的我又是誰？是怎樣的誰能派用這樣的對於世界進出與觀測，以致於得到如此之經驗？這是一本在閱讀時採主動或被動，會得到迴異思索的書。

擁有藝術家和建築學者身分的顏忠賢的小說中那些奢美揮霍，表面上指向某這與那一筆現實部件，但

讀了一幅又一幅驟然敞開與終結的圖景，終會看穿，小說家以文字佈設的原來是倒反地揭示那名自覺又為此陷入錯謬的主人翁之迷走於虛實。當看出了那不可能是一處真實成立的現實位置，你就真正瞭解那如何指涉、落定懸浮在彼處之真實成立的現實位置。

在波赫士無數關於迷宮的故事裡，有兩個簡單的事例。其中一個故事講某城市裡有一樁接一樁兇案發生，偵探以此些案件之空間和時間的對稱性，自信地追索得一個模式。看來理所當然，可如同謎之破解早已是設謎的一部分，整幢精巧的推理和進逼之後，一切終只是個誤解。作者說，由此去解的最難的迷宮，得是另個模樣的，那是一條直線，「所有的哲學家都會在上頭迷失方向」他說。

對稱或任何秩序真能指出什麼有價值的規律、再由此推衍至未來嗎？不如看一條線吧：第一樁罪案發生在甲地，第二樁發生在離甲地八公里遠的乙地，第三樁在距離甲乙二地各四公里、也就是兩地中間的丙地。然後，設定或會落在距離甲丙二地各兩公里，也就是那兩地中間的丁地（又或者繼續來回得更多？）。

另一個故事，阿拉伯國王前去拜訪巴比倫國王時，被他騙進了繁複的由階梯、門戶和牆壁組成的青銅迷宮，差一點要永遠留在裡頭。他出來後，對巴比倫國王說，我也有一座迷宮，希望有朝一日招待您來參觀。阿拉伯國王回國後大軍進犯巴比倫，將之擊潰，他將巴比倫國王擄走，趕了三天的路後，對他說，到了，就是這裡。這裡沒有階梯要爬、沒有門可開、沒有累人的長廊、沒有堵住路的牆垣，這是我要給你的迷宮。說罷，阿拉伯國王將巴比倫國王鬆綁、眼罩揭開，留下他困在裡頭終於死去。那是一個無邊無際的沙漠。

讀顏忠賢的《地獄變相》，常常一個念頭切換、一個視角被帶走、一個起始點或制高點被重設，同一篇章，就成為在低維與高維間變換的全然不同經驗。它們成為那些故事裡在浩瀚城市底謹守著祕密規則的對稱星點，也是單一執念的著魔往復。它們是用講究又精算的物質去交織拗出的各種不可能的形狀，卻也是一整幅展開的、空曠到令人迷惘的空無或甚至消亡。

0

這就是地獄。作為一個藝術家的活著，一整段漫長、下墜、以深淵探向深淵的路。

《地獄變相》呈現了一種緩慢但堅定發生的發熱、著火、直到全部都燒了起來、整片燒了精光的荒原。……而這一切，既是**真的**，也是**假的**。

真的，是因為我們跟著主人翁在那裡頭陷得太深；**假的**，是因為他在這一路上事實上亦注入給我們那種身為創作者之旋轉世界、破解事實的優渥又虛無。

小說中，主人翁活在他持續編造的世界，他稱有個計劃、有個任務，要從無起造整幅什麼。在他已無中生有了一輩子之後，他仍給你我、給他自己，宣稱他的奔走和思索。「有個必須成立的世界必須被成立」，召喚的聲響層層迴盪，無法分辨何者是鄭重的吶喊，何者又是鬼魅的回音。

主人翁意識到此一編造，由此獲得與失去重量，但他是否意識到，他事實上亦編造了這整齣編造？做為讀者的我們，讀得出來。從書頁很起頭的地方就看清，但我們仍只能親眼看著那個屋子、造了無數門窗、又一扇扇關閉釘死。大火蔓延，幾乎是美的……，不，它是美的，甚至太美了。所有推向純粹、也就是推向毀滅的事物，的那種絕對性的美。

0 1／1 0

出生即死。活著原本就是件虛妄的事，所見俱是投影，意義俱是收受與詮釋，我們或者很難說清楚什麼是活著，但從前述角度看來，活著之一切歷經，竟正是人們對死的定義：一場無盡的黑夜，沒有什麼東西原就在那裡，你只是梭巡於你的靈魂因不甘或眷戀所炮製的各種幻影。

藝術家投入一生竟恰恰是為了理直氣壯地創造虛像，由此擁有了由一切反射性又直覺的後設而來的無法逃脫的虛幻和荒謬。

虛構的目的是藉由調度、創造來轉換，讓不可說且原本亦無可得卻確實流淌的真實呈現出來。……如此，同樣是假的，何以我在一處活著，卻在另一處感覺被碾平？

《地獄變相》裡的創作者行走人間，一筆一筆建構人間，所有場景和細節都在狂亂、逼迫地越過真實。繁盛的、耽溺的、無限上綱與墜落的，席捲全部。

1010001……

從《寶島大旅社》、《三寶西洋鑑》到《地獄變相》，顏忠賢一次又一次建構了豪華卻孤獨的彼處。像個巨大的鬼屋。在那裡，時間朝所有方向擴張、撐出，如此，則沒有任何事物得以被遺忘。它們只能無盡地幻變成再一形象、訴說再一念想。

整齣燒灼底，小說家那麼清醒，無論這場夢遊瀰漫如何的毒素，而不切實際的夢想和憂鬱又如何將生與死的介面抹去。小說家在那裡，做出一個又一個的選擇。

只是這份清醒，會否其實是以耽迷反覆鞏固的再一虛構的生命？如同歷經了無數試錯，終將每個零件、也就是每個觸感與心動，全盤置換。然後終於能把直線走成迷宮。繼續操作。然後終於，小說家，變成小說家的角色。

【推薦序】

從一個地獄，到另一個地獄

朱嘉漢（小說家，文學評論家）

> 這往往是人最後的希望，自己的希望，盡頭的善惡到頭終有報的……罪與罰，可能也只是他在精神病院度過晚年死去，成為自己的罪孽的囚犯。終於抵達自己打造鬼的迷宮的中心了。走入鬼的迷宮只是為了要了解他自己，鬼的迷宮為什麼會走那麼多路是有原因的，逃離不了鬼只是因為自己不想逃離……
>
> 鬼最後問他那個他其實始終想要知道答案的問題：「你明明可以走出這個鬼的迷宮，但是為什麼只有你自己的不想知道這個問題的答案的原因？」
>
> 「藝術終究不是法術，引魂是開天眼也是關天眼，甚至魂不用引也不用離的，魂無關你的解脫與解脫不了……」鬼對他說：歡迎來到「引魂」的最後階段。
>
> ——《地獄變相》〈引魂〉

閱讀顏忠賢的《地獄變相》，不由得想起法國作家塞利納（Louis-Ferdinand Céline, 1894-1961）。但也許不是最為知名的《茫茫黑夜中漫遊》，而是他更晚期的作品，譬如《從一座城堡到另一座城堡》、《北方》。

最直接的聯想，是關於書寫語言的運用，兩者一樣使用大量的刪節號，如塞利納自稱「不願意把句子寫完整」。

在《地獄變相》的過多的刪節號「……」，讓原先已經超載的語意（光看此作的字數、意圖書寫的「全面」）更加超載，刪節號將更多不願言明且無法言明的事物。同時，也將原先曖昧不明的句子，以刪節號使之更為曖昧：像是句子沒有完成，語意無法確定，詞語無法說出。偏偏，無數的刪節號，貌似一種不完美、無完結的型態，卻是小說中最主要的「句型」，放逐在地獄的獨特文法。刪節號在此成為「完整」的符號，逗點的停頓與句點的斷，被排擠到一旁，讓位給刪節號的曖昧。整個書成為無法說完的句子，無法斷清的語意，放大來說，整本小說的段落之間、章節之間、四部與末部之間，皆是相同的方式，「刪節號地」連接（卻無法清楚接連）與區隔（卻無法爽快區分）。

刪節號的點毫不節制的衍伸，甚至在閱讀的視覺上成為閱讀間最難以忍受的如蟻般齧咬，在聽覺上成為失語的、結巴般的碎裂訊息。有意義卻不完整，無意義又隱藏訊息，語言的斷言、推理、分類功能潰散，同時畫面仍然在書寫中不斷生成。既構成「人間—地獄」的內容，更是展現形式：可怕的並不在於這些畫面與感受本身，而是彼此之間的關係，如此斷斷續續，無窮無盡。

或是書寫中幾乎反覆使用的「一如」，讓一件事物，可以是另一個事物的象徵、比擬或註解。「一如」若是少數的使用，是個清楚的指示，大量、過量的運用，則讓一切認知失序。亦即，過分的喻詞（「一如」）運用，使得喻體與喻依失去了主客關係。

當然，這也是小說本身的自我隱喻機制了，整部小說乃是一個自身的內外翻轉。長期來看，從《寶島大旅社》以來的書寫皆是如此，只不過到了這裡，更加癡迷了。這時，已經不必大旅社，也無需大冒險，而是連綿的報廢品，無盡的爛尾樓，才是終極的建築體。

《地獄變相》在小說裡真正可辨的，是「地獄變相計劃」。這樣的策展，與其呈現給讀者作品，不如說是兩大冊的書寫，全是「關於」這個「地獄變相計劃」的發想、迷途、失敗、無力執行。《地獄變相》的矛盾在於，它的成立，在於這個小說本身的「去作品化」。必須從內裡，將「地獄變相計劃」的作品質素掏空，《地獄變相》一書才得以完成。

以結構而言，小說的安排其實相當穩固，以佛教中的「成、住、壞、空」，每部各有七個章節構成。「成、住、壞、空」猶如生命的「生、老、病、死」。要注意的是，儘管小說的文字與情節本身進行了無盡的破壞，不計代價的嘗試，然而在深沉的信仰與信念中，有超乎想像的純粹。小說作者的理性與感性，讓位給迷信，並堅持到底。於是弔詭的，最不可證實的迷信，由書寫所證實。證實了什麼？卻留在虛空，留在曖昧，留在那喃喃自語之中。

「成、住、壞、空」是階段，更是時間，以漫長的、折磨的（包括折磨作者、讀者，甚至折磨了語言本身）書寫，展現的是赤裸的時間本身，我們以為馴化的、同質化的、尺標化的、能經濟計算的時間，還原成本身。時間，本身是神聖的，不可碰觸的，而書寫者願以身犯禁，不惜毀壞身軀，碰觸時間本身，受其傷害，但也彰顯時間本身的力量。「成、住、壞、空」是時間，亦不是線性的，而是輪迴的，而是輪迴的。小說的每一階段，細看而言，每一則長或短的書寫，皆有其他階段的起滅。換句話說，當我們一路讀到最後，經過的不是一輪「大劫」，而是無數次的劫。

儘管作為讀者，不該混淆作者與角色，卻在這怪異的書寫中，我們見證顏忠賢如何化身為老道。以至於，最後的逆轉發生：此書的〈末部〉的三十六個鬼藝術家（這些數字偏偏又如此有意識地安排），更像是小說的本體，而之前的一切皆是排場與註解。

最後，回到那個被詛咒而被放逐的作家塞利納，昆德拉說，他「在這種經歷中人被完全剝奪了生命的排場」。在塞利納的眼裡，「妨礙人類臨終的是排場」。經歷過無盡的瀕死，亦見證過無數的死亡，塞利納明白，死亡其實無需排場，他得以剝除一切排場式的幻想，在世界的詛咒中，經歷最樸實的死亡。

《地獄變相》的一切自我展現又自我壞毀的排場，或是更長久以來的書寫，處理的，便是死亡。不論中間是否有過自戀、譁眾取寵、自我質疑、迷途，一切也在書寫的完成，毀壞之際，成空之際，如實地，在語言的林中路，思索臨終。

楔子。業。（「地獄變相」千年大展）

方生方死、方死方生……

——莊子〈齊物論〉

死亡（或它的隱喻）使人們變得聰明而憂傷。他們為自己朝露般的狀況感到震驚；他們的每一舉動都可能是最後一次；每一張臉龐都會像夢中所見那樣模糊消失。在凡夫俗子中間，一切都有無法挽回、覆水難收的意味。與此相反，在永生的不死者之間，每一個舉動（以及每一個思想）都是在遙遠的過去已經發生過的舉動和思想的回聲，或者是將在未來屢屢重複的舉動和思想的準確的預兆。經過無數面鏡子的反照，事物的映射不會消失。任何事情不可能只發生一次，不可能令人惋惜地轉瞬即逝。對於不死者來說，沒有輓歌式的、莊嚴隆重的東西。

——波赫士〈永生〉

我從未質疑過符號的真相，阿德索，那是人在世界上賴以判別方向的唯一依據。我不理解的是符號間的關係。我……依循看似符合所有凶案特徵的啟示錄模式，但其實那一切全屬偶然。……我相信有一個邪惡的縝密藍圖，其實根本沒有藍圖，或應該說就連凶手也被他自己最初勾勒的藍圖所害，之後引發了一連串的因、連帶因以及互相矛盾的各種因，它們自行發展，以至於之間的關係脫離了任何一個藍圖。這與我的睿智有何干？我只是鍥而不捨，追查秩序的假象罷了，但我早該知道宇宙中並無

秩序可言。

——艾可《玫瑰的名字》

於是馬可波羅對忽必烈說道：「生靈的地獄並不是即將抵達的目的地。如果真的有地獄，那麼這裡就已經是了，那是我們每天生活其間的地獄，是只要我們在一起就會形成的地獄。」

——卡爾維諾《看不見的城市》

充斥著近乎完美的瘋狂狀態……「地獄變相。計劃」必然是一個過度好奇人間業障深重的恐怖千年大展，或許，也只是承認種種長久以來策展當成修行的困惑，策展了太多年的老道，在「地獄變相。計劃」前頭始終那麼困惑地逼問自己……

一開始只是追溯一個千年歷史的痕跡……困惑苦苦相逼的什麼……逼問為何召喚吳道子的千年前畫聖藝術嘩變成「地獄變相。計劃」的千年後行動藝術引發的恐怖分子式宣言……啟示錄般地布道以殺人來救人、以滅世來淑世，引用祕密宗教信仰救世軍救苦救難的犧牲奉獻心力成就，……即使費解的可能被誤解近乎瘋狂的恐怖計劃，但是卻是發願想來完成千年前的小乘佛法進入大乘佛法的經變使命，解決業障深重苦難糾纏來得道升天……

如何妄想重新打造古代吳道子的「地獄變相」？用一種當代藝術的深入時代恐慌必然複雜激動許身允諾。找尋唐代的地獄變相圖一如經變圖地講經弘法，為了千年後再度一如吳道子在唐朝廟中畫壁畫十八層地獄的萬般艱難折騰，重新在千年後入世來救世啟發那些讀經讀不懂的世人充滿惡念叢生的世道人心……找尋「當代：人間就是正在不斷持續發生的……地獄變相」神經兮兮的假想命題的觀念行動藝術的發生。

用一種電影「明日邊界」「全面啟動」逼問自己為什麼還困在這裡離不開又想不開的苦難、用一種波

赫士式的「永恆史」的「彷彿一個夢中想喝水為何不管喝多少水都不能止渴的人，彷彿是一個身在河中卻被乾渴焦灼至死的人……」那種焦慮（或是波赫士引用關於「交媾謊言」的「他們的腦荷葉意識到那是絕望的虛榮和浪費，但就是在被那巨大的慾望不斷變化的時間裡，個人被投進去而產生『歷史或未來的回憶』的激情所驅策，投擲進那不願意其消失的『極限的光焰』，交換貨幣或籌碼成那個『永恆』」的那種恐懼）來逼問……

用種種更深入結界的自欺來面對這種「地獄變相。計劃」的永劫不復的永劫回歸式逼問……用一種佛學修煉的體驗悖論式地入世入手，一種參悟困難重重的自覺這展的藝術家就是前世冤親債主找上門的惶惶不安「緣分越有就是業障越深」的瘋狂自嘲……一種地獄變相是為了渡眾生也就是為了同時渡自己的永遠必然無能為力的超度就是「必然要挖肉飼虎救人犧牲自己成全別人（其實還必然自欺理解成就是成全自己）」的苦衷……

「地獄變相。計劃」更是一個恐怖主義式的恐怖計劃……但是更深入地逼問入世的世人，死前最後一瞬間的懺悔莫名的慌亂，投胎轉世前的無法逃離承諾業報揪心的畏懼，無限逼近而永遠逼身地逼問：恐怖到底是什麼？烈士遺骸的烈士紀念碑式的理解的糾紛揪心……一世的承諾，多世的承諾……甚至，藝術家就是恐怖分子是女媧補天那麼艱難一如通天的巴別塔工事必然被詛咒而失敗的特殊工種，甚至，更抽象近乎孤獨地等待天譴的孤注一擲地……補天補剩下的一塊石頭的更艱難逼問，天怎麼破了？天那裡破了？天怎麼補？那彷彿都需要天機才能知曉……的恐怖計劃。（每一個人都被恐怖分子威脅，但是每一個人都可能是恐怖分子，像是目蓮救母放出百萬枉死城孤魂野鬼，就會下輩子投胎轉世變成黃巢再殺百萬人回地獄去……的那種業報的無奈，死生的逆轉，或是殺生的無法控制，善良與邪惡，神或是魔，佛或是鬼……修行或是造孽，都需要天機不可洩漏的自嘲或是自暴自棄……）

藝術家就是恐怖分子的恐怖源於自身於逆境求生意志堅定支撐的覺醒，成仙前必先大病……一如「天將降大任於斯人也必先苦其心志空乏其身行拂亂其所為使其動心忍性堅毅其所不能」的無限折磨，要到這

不順太久的大流年小流年都過了之後才會比較好，用力諸事依然不順的過度，即使覺得已經變得比較好，但是還是無法太快地改變，只是開始有一點餘地，不會事事再那麼不順，鬼打牆一樣地出錯，繞行，兜圈子，後來藝術家自己感覺生病厄運破財消災不了諸事不宜求不得的內心深處沮喪太久的犬儒自嘲太久的對別人甚至自己永遠不自覺地尖酸刻薄……終究才能深刻體會發現「人間就是地獄」前方的路、自己的人生的可能切換的什麼……輪廓比較清晰的思緒混亂太久之後端詳許久的遠方，霧中風景的終於接近的腳步聲越來越清楚，一如上萬塊的巨大拼圖要在用心用力拼了很久很久，到了最後才隱約看出全貌縮影「地獄變相。計劃」的隱約輪廓……

也變成一種「人間就是地獄」更弔詭的自相矛盾的悖論……變成更激進的面向改變，可能變成……更崇高的，大多人都只是在找尋或在猜測，是不是有跟隨到真主或只是類真主……也可能只是走火入魔，或許差一點就得道升天，但是走火入魔或許在巨大人間拼圖悖論也可能就是得道升天……

「地獄變相。計劃」不是解釋業報，可怕的是……完全不知道自己又進入另一個循環，沒有辦法控制（一種「人間就是地獄」平行宇宙式的循環）兩難局面莫衷一是的宿命也始終無法理解為何並不是那麼容易解決或解釋，不是清楚的揭露出命和運的規矩應驗的可以成住壞空式的演變成為某種定局的……毀滅又重生……卻也更又跟表面的輪迴轉世不一樣。業報的紛歧的可能，不是那麼明顯果然果報……不是像喇嘛一樣的活佛上師加持之下的轉世，而只是，更多的可能只是猜測的想像及其有意無意之間的偽裝「人間就是地獄」拯救或被拯救，集體進入一個國度，升階到成仙，但是卻也可能只是岔路，變成走火入魔，無意識的覺醒組團，更因為政治宗教的原因，沒有什麼……太多太多群眾的狂熱的狀態……都只是把自己當成是其中一個角色的被救贖地感人側寫情緒起伏但是永遠失焦……

一如唐代的中土對佛教宣導世人的宗教救世說話圖繪，稱以「變」，或「變相」。這種「地獄」勸世歌勸世符籙用刑殘忍一層一層陰影籠罩的罪與罰的深入絕境十八閻羅天子殿的恐怖果報絲毫沒有憐憫諒解的可怕累世冤親債主找上惡行重大的一生充滿傳奇故事圖繪，或許「地獄變相。計劃」也本來就像是吳道

子的「地獄變相」壁畫依典故種種報應用刑可怕揪心的古代歷史殘忍故事人物情節場景畫出挖心吞火刺瞎眼灌耳聾酷刑「地獄」顯現變成令人目睹的無限精密描繪的恐慌隨行將複雜又難解的大乘經典畫出栩栩如生一幅幅教化人心放下屠刀立地成佛式的大壁畫……一如佛釋迦牟尼樹下降生樹下得道樹下涅槃或是講經菩提下千佛萬佛或是眾生聽佛法的華麗冒險，形成當年盛行的流向的所謂經變或「變相」圖繪主流。也更延伸出更後來的《法華經》變相、《觀無量壽經》變相、《華嚴經》變相……到了當代「人間就是地獄」卻也變相成種種錄像藝術行動藝術裝置藝術鬼當代藝術的經變奇觀……

「地獄變相。計劃」仍舊是一種卡夫卡式絕症的業的內心戲……一如王家衛《一代宗師》眾多門派高人撥點仙人指路式的展技金樓過手，或是一個艾可式《玫瑰的名字》小說的中世紀僧院的神學解經辯論，甚至像一個藏教開沙畫曼荼羅的活佛降世護教法會的啟蒙開光……

在「地獄變相。計劃」太多太多年之後一再發生的存而不論的存在感稀薄，很難解釋以前「地獄變相。計劃」的焦慮症候，也不免同時想到以前太慘太累的多年可怕風光歷史美學廝殺攻堅，「地獄變相。計劃」拚命拚到最後還是困難重重……當代太多藝術家太難虔心地越來越稀釋地稀薄，太疲累不堪的令那一個同時修禪打坐多年苦行僧般的枯瘦「地獄變相。計劃」策展人老道說他也想到太多太沮喪的情緒：「修不了的藝術家都是策展人的業，渡不了還陪葬。充斥業障的業，策展覽與做展覽，都同時危機四伏到像是詛咒的玩笑……」

「地獄變相。計劃」在這個問題重重的時代……不免被質疑到質變成：早應該是「不是說策展人來啟動藝術家們什麼，而是藝術家們來啟動策展人什麼……」這種完全逆轉的理解種種的慌張戒慎恐懼的專注惶然……多年之後始終無法理解地老道因之入迷為什麼變同情變軟弱到近乎變節地變好心……或許老道只是更發自內心地同情而承認……「地獄變相。計劃」應該要變成了是一種為同修艱難修煉者的（太久修行過不了關而閉關）苦心的「說情」承諾、一種為其因修煉而「抵押」自己身世（放棄榮華富貴而終究變坎

坷）衷心的致意的承諾……

就像太多太多意外的看完恐怖片離開才想到恐怖片開始前的種種：有一個戲院上映前庸俗形象廣告片頭是怪物遊戲很多小孩女主角們和妖精獸人一起跑入可愛卡通造型的機關的闖關的某個影城蠢形象廣告。總感覺變得很奇怪，這些假的妖怪少爺們都也變成了這部真的眾神眾妖眾鬼充斥般電影的前奏的暗示什麼……看完恐怖片出來，一路恍神地走好久好久，還最後路過意外看到電影院外商場廣場怪線上遊戲盛大發表會……某個角色扮演DEMO裝恐怖的血紅盔甲女妖（老道還是站在開心小孩的正在拍他們的開心母親旁邊跟著偷拍的）這樣的怪畫面……算是收驚嗎？（名為街頭競技場式的這線上遊戲很多人的現場，更多辣妹穿著《爐石戰記》攻略戰的眾多類黑妖白妖系的女神角色扮演美女穿著戰服在廣場，很多人想跟她一起和他們拍照留念）但是老道內心深處納悶或許她們也都是恐怖片中逃離的地獄鬼魂的某一種。

老道想的策的「地獄變相。計劃」展覽也可能始終太膚淺……

老道最大的感觸就是多年來去過西藏去過京都去過太多古國古都也是為了解除厄運看到的那都還是形象老東西的古代華麗的動人，但是「地獄變相。計劃」展覽還在臺灣的不華麗但是依舊是老道的人生一生活在裡頭的當代瘟疫大火地震發生頻頻傳出小亂世般天災人禍的活生生狀態。

也或是老道太老，太累，太心虛，或是老道太久沒有這樣深入，因為老道這幾十年一直在理解人間的波折重重始終都是落陷在深淵般的存在感分崩離析的異端狀態的突破……對於老道過去一生相信的種種好像都不再像以前那麼相信……

但是，面對這樣的通靈狀態，看不見的「地獄變相」，看不見的什麼……看不見的更龐大更深入更複雜的什麼……到底老道要做什麼，到底老道在乎什麼或是老道能在乎什麼。

關於那「地獄變相。計劃」展覽的意外太多……一部部老道著迷的通靈的恐怖電影般地跟老道多年來始終無法抗拒地入魔般幻想的怪事，或是入手「地獄變相。計劃」的展覽想更找尋或想更放棄的什麼都有關。（怎麼可能找地獄一如找古宗教聖地般可以馬上下決心訂計劃朝聖般地上路，但是總覺得一如多年來

上路就迷路的詛咒隨身地……旅行像是修行。完全不敢相信可以找到只是等待神蹟天意可以有點突破盲點的洞口或路徑或只是方向的暗示就心存感恩無限地無奈……就像去古國古都典故中的鬼城天葬臺死亡谷種種跡象傳說瘋狂地找地獄入口地必然失敗但是充滿啟發……）

或許入手「地獄變相。計劃」的策展過程也始終充滿失敗但是充滿啟發地無限奇怪，老道多年來身體始終不舒服，雖然「地獄變相。計劃」的展覽是一個藝術家作品行動裝置最後法會燒王船大圓滿的結束收場……（或許未完未了只是先收場地疲累不堪只好先收），即使老道離開「地獄變相。計劃」的展覽，可是老道仍然覺得自己沒有離開，像是想要吞又吞不下但是吐又吐不出來的怪感覺，或許是老道被煞到肉身震盪太深無法控制情緒又無奈地無法自拔。

（也被「地獄變相。計劃」的厄運纏身始終煞到……一如想展覽卻老失敗因為老想不完也感覺想不可能再深入一點……或是只是因為越想感覺越不對，好像一直都沒有修好細節的狀況，也碰到一些更根本的問題在跑出來又還來不及反應，想的這些好像也不是最重要的東西只是最早想到的東西，好像還會一直發酵什麼下去……）入手「地獄變相。計劃」的展覽老是深陷入神又恍神的狀態……好像被啟發了什麼般地開光但是又始終難以理解地陰翳充斥地奇怪。

「地獄變相。計劃」一路互相為難的更深一層的業報……或許揭露某種悖論般地恩情難報的怨念……藝術家是策展人（也可能策展人是藝術家……）收集的壞掉娃娃的最昂貴最華麗版本吧！其實也沒有壞掉，只是在某種全面啟動的夢魘幻象的某一層會變得異常地栩栩如生。藝術永遠是渡眾生的一生充滿傳奇色彩鮮豔青春無敵的最後一眸，肉身腐敗的人的凝視剎那的下咒般的不忍，對未來的虛幻的無限放大的恐懼，藝術家及其害怕光環的落陷，救贖與無法救贖……種種快轉的餘緒。這種瞳術的太深刻切換也使他們同時受苦。

策展人變成藝術家的烏托邦式的上人，其實不是，策展人只是一個泥菩薩過江的怪叔叔啊。藝術家們

彷彿在出廠過程的某種腦子裡的晶片或處理器就出問題了，比其他人間同期的娃娃更多的感應器太過敏感的測試問題，與其問這是退化還是進化，不如問藝術家們為何說他們的這些鬼化異端化X化的困擾，對他們而言，到底地獄是抗憂解還是蠻牛，是烏托邦還是原鄉，「地獄變相。計劃」給藝術家們的是他們藝術修煉成仙不了的魂魄妖怪無限鄉愿的鄉愁，或是下地獄前孟婆湯的孟婆陪伴多年最後的神祕護身符，再怎麼反差效果太強烈，還是裡頭有一部分是一樣的。那就是藝術家們用一種自己封閉式的瞳孔在收集光影，但是光線不夠垂直只好歪歪斜斜投影到底片顯影，曝光不足太久之後，即使再補光再加顯影劑量，地獄也必然還是面目模糊。

但是，這或許也是藝術家們保護自己的一種疏離的技巧。如果鬼藝術家們不要太高科技化到變第五元素或太內疚可憐變可怕的恐怖富江，策展人或許就只要哄哄疼疼就好。但是，或許這個時代和這個島對藝術家們而言，只變得像一個惡靈古堡式地怪異主題樂園。

面對地獄變相的藝術家們常常覺得很氣餒的原因就是，自己也不是尋常人們想像的那樣的無垢的彼岸，而是其實是藝術家們的後花園大樹長入地下室的樹根，還甚至繁殖太貪婪而一如腫瘤地蔓延長到太遠而失控的遠方。但後花園口的人間是陽光充滿的歡呼聲哄抬著闔家歡的光景。或許現在太早熟的人們早看破了這種肥皂劇，但是又逃離不了又不想入戲更多。「地獄變相。計劃」刀光劍影攻防找尋的現場……老道其實有種心酸是，這也不過是種幻覺。如果在那個剎那發光了，那也只是地獄變相前充滿幸福感的不幸的最後一瞥。

然而「地獄變相。計劃」可能也是一種內心戲所面對自以為是絕症的病……策展人一如藝術家們必須用一種面對絕症不會好轉的決心來養病般地面對「地獄就是人間」的真實……消耗殆盡體力腦力激盪不了的低檔妖怪體操驗收的無辜者們的用力，「地獄變相。計劃」或許早就降維到只剩下上早課晚課為人間送花圈花籃的客套消磨時間變成消磨意志消磨堅強藝術家就是靈童轉世靈體容易發生危險差錯所以請關閉雲端遠離感染源（人間的自欺幻象是：老派的魔咒厲陰宅恐怖攻擊場景變成新派麗嬰房可愛神奇寶貝樂

園……）不要想太多地策展交功課。

「地獄變相。計劃」早就沒有老絕地武士朝代更迭頻繁發生什麼過的壯烈犧牲奉獻烈士遺骸交接儀式，只是變成Q版公仔娃娃扭蛋機扭送的禮物……搶救雷恩大兵中途島戰役敦克爾克大撤退的死守不住陣線。最後才吃驚地發現「地獄」其實是「明日邊界」般的完全是策展人個人腦中的不斷重演但是找不到要害要塞突破盲點的內心戲。

但是「絕症」只要想通了，所有的業障深重苦難的業般的真實……一如藝術，一如「地獄」，……種種觀落陰重回前世找尋不解的執念的困難重重……就剎那消失無蹤。

策展這一個「地獄變相。計劃」最後時老道感慨萬千地想到的某一晚的一個惡夢，夢中自己修行許諾，閉關修煉結手印祕術，數十年之後岔氣波折坎坷崎嶇難受千辛萬苦終於出關那日，意外發現到了鬧鬼的村莊發願還願，起壇作法，用一生道行來艱辛地念咒結手印，要抵抗或是要對決什麼的困難重重……

但是那些村中的藝術家們嘩變成的鬼魂惡靈妖怪們群出現身，卻一臉無辜，他要出手前，悲劇好像變質，變成一場鬧劇，他渾身不對勁，不是道行不夠，反而是情緒亂了，感覺上是鬼魂妖怪的祂們，沒有妖法，只死抱著他的大腿，耍賴求饒，拜託他不要用可怕的手印打，後來更發現一臉妖怪獠牙可怕神貌的祂們卻假裝很無辜。而且竟然不知為何怪異地現身同時還戴一頂頂可笑的可愛寶可夢Q版妖怪少爺們的安全帽，開心地跳土風舞歡呼面對，手印結一半想殺又不想殺妖怪而心情沉重的自己……始終不知如何是好！

一如一種卡夫卡式的城堡中土地測量員般的暗示的絕望……「地獄變相。計劃」很像一種可怕又可笑的隱喻，一如被逼問對他而言到底「『地獄變相。計劃』是什麼？」時，有一個藝術家說了一個老故事，充斥某種波赫士式的浪漫：「有一王子跟國王說要他去測量國土，帶七個僕人跟他一路去丈量，之後測到一個段落之後一個一個回去，越走越遠，越來越久，他後來發現他去過了的每一個城市雖然所有人都跟他說一樣的話……快到邊界。但是怎麼走卻又沒到，走太久，但是花鳥蟲獸都不一樣，一路雖然仍然說同一種語言，但是有時候說的又不一樣，他還是一直派人回去，有一天傳來宮中已傳位給他弟弟，謠傳說王子

早就已經死了。最後他傷心又憤怒情緒激動，但是仍然一直持續移動，無心往前還是要往前走……」

甚至宿命就像拚命多年埋首研究如何做壇城蛋糕的「地獄變相」千年大展其中的那一個受邀的鬼藝術家。

曼荼羅壇城的無限華麗的怪異翻糖蛋糕……他說那是他的得獎怪作品，而且一開始還是真的為一個仁波切上師祝壽而做的功德無量，但也莫名充斥波赫士式的神祕隱喻……吃了甜蜜蜜還竟然可以增加法力增加功德甚至增加查克拉……糖粉當沙畫式的浪漫法器法門象徵。奧義消化為口感的微甜微皺摺折口。他是多年前的上師的不才學生。後來去巴黎學做蛋糕多年回來臺灣已然是著名糕點師傅，壇城……那是另一種更深更遠的動人的舌尖奧義建築修行，又是老派城池天圓地方依舊近乎瘋狂的入口即化的深沉入世藏密教義的宇宙縮影……

他說：一開始這個單……出了很多差錯。如何用蛋糕製作細節太多太多的典故中曼荼羅的「壇」、「壇場」、「壇城」、「輪圓具足」、「聚集」、「吉廓」、「中圍」修行天圓地方，壇城屬於佛教藝術中變相的一種。這個傳統被密宗吸收，形成許多不同形式的曼荼羅。他不知道怎麼更虔誠地上手，一如下那單的一個那仁波切的老門徒說：「你最好一邊做蛋糕一邊念經，或是，我借你一張誦經的法會唱歌的ＣＤ，邊做邊聽，邊聽邊做……像藏廟加持的天珠寶瓶那種老規矩。」

老菩薩跟他說：這壇城蛋糕的加持就像唐卡，密教傳統的修持能量的中心。依照曼荼羅含意代表其藏教的宇宙或顯現其宗教所見之宇宙真實所做的萬象森列圓融有序的布置，用以表達宇宙真實「萬象森列，融通內攝的禪圓」。曼荼羅自古就是印度教密宗與佛教密宗在儀式和修行禪定象徵。在壇城象徵宇宙的曼荼羅有四面牆上的四扇大門通向外部的人間；壇城蛋糕的四面牆內的中心部坐著大日如來或者是觀自在菩薩，處於世界之主的位置。四面牆的外部有一圈火焰光環，能驅散旁觀者的不潔與邪氣保護內部。外圍的一圈金剛是啟迪的不滅，蓮花瓣則代表著淨土本性。而在壇城翻糖蛋糕還想滲透口腔內觀到最後階段可以

又更深入柔軟甜蜜的口感就是靈魂的靈感加持。

更後來他更入迷到始終熱衷於用甜點蓋建築……他說他老是對種種建築最離譜也最不可思議的出現方式感到好奇。種種建築的發生與壞毀。建築的被理解與被誤解……都那麼乖或乖異地迷人。尤其是壇城蛋糕。

就在他那一年去參加的那一個外國的甜點國際比賽。還被拍成極盛大而怪異的特別電視節目。完全破壞而嘲弄了他過去對甜點的理解，也改變了他本來對建築史那紀念性與紀念感的理解。甜點的壇城天圓地方卻竟然意外變得歪歪扭扭地甜美。切題的媚俗但是必然歡樂。有種古怪地動人的喜感。那主題是節慶點心料理。大張旗鼓奢華極致的繁複形貌的蛋糕。慶祝節慶，還規定必須在比賽用甜點做建築來紀念節慶。要有節慶感的喜氣。最後進入總決賽的三個著名糕點師傅找出三個著名建築。用水果起士搭的羅馬的西班牙階梯廣場。用栗子泥鮮奶油糊出發亮暈光的東京老車站。還有六七層巧克力塔和糖柱故意做歪的壇城古蹟博物館。好多繁複如真實在場的建築細節光影，就像童話太華麗的現場。

最後還竟然是由評審來決定勝負，那些評審竟然是一百個熱愛甜點的家庭。而且投票前可以試吃。一開始。所有的人就擠上前去。著急地狼吞虎嚥。最後。就完全地把這三個建築吃光。吃光了他們辛苦的工序及製作過程很繁忙而繁華熱鬧登場的大量食材的用料驚人地奢侈。

但是。他說他更留意的反而是種種細節。充滿古建築意內或意外的隱喻。那已然變成廢墟的建築一層一層羅馬柱位的斷落。弧形塌陷樓梯，仿古典火車站立面的半垮的窗臺，一如一個災難片的地震現場的無比瘡痍而荒涼。

但是比賽評審的熱鬧登場現場其實不是他留意到如此的，反而是有種無比荒誕地同時玩樂而狂歡。那些媽媽帶著小孩們一直吃也一直笑。所有人都充滿了難以言喻的幸福感。就在那些壇城的歷史古蹟變成巧克力或果醬暗紅如血的溶液流滿的災難現場。但是。他們卻依舊一邊吃一邊流露著極為窩心的眼神與甜美的笑。

只有他仍然在龐大狂歡節式的甜點建築群崩塌中恍神。依稀感覺到那荒謬劇場式的既華麗又瘡痍，既熱鬧又荒涼。小朋友們卻仍大口大口吃那只剩半垮的教堂的鮮奶油如雪的戚風蛋糕圓頂，和他茹苦含辛地邊念咒邊打造的甜點壇城，但是他們異常開心始終無法理解地怪誕，因為遠遠打量，兩頰鼻頭嘴唇沾上暗紅色糖漿巧克力的汁液……一如滿臉血跡斑斑！

也一如中年運勢始終不好太久的老道心神不寧地……老想起他多年前曾經在一個破爛不堪的老市般怪場子，匆匆離去前，意外試穿一件怪異的古代長袍，萬般無奈又萬般奇幻，想起以前有一回一個老算命仙，好奇地多看老道前幾世，說他是老魂但是太多世的風波太大，業障太深無法理解為何那麼離奇地難以收拾殘局……前幾世的奇遇都是奇門遁甲般的奇人異士……對人間太過複雜好奇地化外異地異人式地端詳過度許身深入：竟然當過仵作、道士、製墨師傅、刀客、最像道袍又像龍袍的某種華麗登場古董衣的歧路亡羊，有一世是前清的庶出貝勒爺，流亡太久，後來剃度出家，在一個破廟日夜誦經，才逃過追殺……那種什麼都像假的，但是卻璀璨奪目華麗的一世或後來幾世自以為是冒險犯難到近乎精神分裂般地神經兮兮……甚至，其實老道更早的近千年前的有一世也就是一生折騰在怎麼才能入神畫出不世地獄變相的吳道子……

首篇。無間。

八大地獄之最，稱為無間地獄，為無間斷遭受大苦之意，故有此名……

佛曰：受身無間者永遠不死，壽長乃無間地獄中之大劫。阿者無言，鼻者無間，為無時間，為無空間，為無量受業之界。無間有三，時無間，空無間，受業無間，犯五逆罪者用墮此界，受盡終極之無間。

——《涅槃經》

無間感……終究無法理解地發現一如「原來我早就死了，只是我還沒法子接受我已經死了」這種不甘心的下無間地獄地心虛……使得老道老陷入困難到近乎自暴自棄地不想再回來死亡現場，始終覺得自己陷溺於地獄變相計劃的種種死巷充斥著無間感的巷戰突圍不了的那迂迴曲折的出不來時光鬼打牆狀態，好像，已經真的可以不用出來……

餘生感切換成無間感的無限荒謬……近乎詛咒又無人知曉……也一如身陷危機才能意外索引出人間缺口的入口，一開始是因為太多回差點意外死亡又倖存活下來的餘生感陷入太過費解地感恩……但是時間又過了更久之後喜劇卻竟然譁變成另一種悲劇……彷彿《明日邊界》那種困在迴路不斷死去又復活的怪電影中的太過複雜疲憊不堪的老道，始終覺得發願許身這個「地獄變相」計劃遠比想像地出奇艱難……一如神祇所打開的想說出來但是太艱難明說出的腹語術，他的地獄變相計劃永遠是一種宇宙學循環悖論式無限折騰摺皺的縮影，是一種眼界收束成不明光束的萬般折射，找尋無限大無限繁複卻還可能被聚焦及其切割法

的影分身切換，找尋打量入的縫隙來深入迴旋到在不可能處迂迴曲折的幻術那甚至不可能被解出來最難的人間難題，找尋焦深切口庖丁解牛般才能下刀的自覺才配入手的發問更深的點破。

無間感充斥的地獄變相計劃難以明說的更激烈的什麼……一如人間最費解的極端怪異的風靡或瘋狂，對某種傳說的某種遺愛，對某種上人的某種忠貞，對某種偉人的某種紀念，對某種明星的某種迷戀，對某宗教的某種緬懷……陷入無明的無間狀態的可怕又可憐。

地獄變相計劃始終還是一堆最玄奧的祕術所封入的最古怪懸念……再用不同的畫素及其時間感所裁贓般放入一層層的彷彿是情節但其實只是幌子的怎麼看都怪的怪故事，一如科學怪人用拼湊撿拾來屍體肉身切片的再度縫紉所有傷口的開口都不對的比對但是仍然可以再活過來的不再是人的一個怪人……因為地獄變相計劃的出手往往是把藝術家一輩子最繁複腦子幻象換成層層惡運的死命來拚命，用一生致力玄學哲學史學美學的耐心還借用了萬花筒寫輪眼式的速度感轉檔來換檔，用一身最高難度姿勢來攻堅那時代家世人世永遠偽裝成戰鬥武裝模式難以破解的玄奧。

因此，辯護地獄變相計劃的玄奧，在人間永遠不夠寬的頻寬始終無法從容地下載之時……一如辯護一個心智失常的重刑犯還一再犯案甚至完全沒有罪惡感，一如負責某繁複機器的操作員終於發現一生用心用力的機芯仍是空轉卻還是只能呆坐而悔恨地端詳……

無間的空轉感進入甚至是形上學式抽離地更懷疑……那種地獄變相計劃都只就是徒然原地打轉的存在感稀薄必然的絕望，無間感……一如卡夫卡的每一篇讀者看了都像身陷「在流刑地」受刑的地獄變相計劃裡永遠的荒謬找路又迷路老意外覺得人生完全是沒用的白費力氣那種空轉感，甚至一如「莊子」雜篇內篇外篇每篇道家哲學寓言都是地獄變相計劃也都嘲弄一生永遠自以為太聰明其實太愚蠢的人們都不免太痴心又太無心……

更後來……使老道不免老在想的尖銳問題更尖銳，因為充斥無間感的地獄變相計劃一如開天眼的魔戒般……只要更深入就不免會引人誤入太龐大或說太艱辛地更多更不可能的理解人間異端入口，索引出異端

修辭學般的科學不免永遠只是偽科學的假設推理用典，索引出任何考掘知識歷史愛情文明起源及其終究不免崩解，索引出種種參差調焦失焦的禪機不能用力的必然等待。是否最後仍舊困擾著始終還陷入「原來我早就死了，只是我還沒法子接受我已經死了」這種不甘心的無間感地心虛……

一如地獄變相計劃的祕教式困局……被古怪地下藥都仍然熱烈而藥效都還仍然瀰漫，或是進入這虛幻浮屠法會般瞬間幻起幻滅的虛無感使自己忐忑不安也非常地心虛……就彷彿是一種暗示，意外的天意，因為突然使老道清楚而更逼近於正在擔心的地獄變相計劃的內在不安。

一如「地獄變相」陷入太久之後總是會太理所當然的忘記的那些一開始會不安的暗示的種種假說……更深入更多的交錯複雜歧出的一個個老典故一個個古代傳說一個個神話隧道般的盡頭……一個個進入那個盡頭的廢棄動機及其中的差錯……太離奇到近乎不可能的進入方式才顯得更為的反差大到無法自拔……

引發找尋種種地獄更怪異變相的無間地獄般的無間假說……甚至更反差的被暗示成更多更費解的……一種懸案的懸念，一種動機的形成，一種不幸的墜落，一種復仇的失控，一種記恨的惡意攻擊……引發殺人的殺機……背叛的背書，遺棄的遺憾……地獄變相計劃引發老道妄想這個千年大展的策展理論深度應該更野心勃勃地涉入太多太多犯罪學生死學倫理學「為什麼會下地獄？」的詰問責難……依其「人惡人怕天不怕，人善人欺天不欺」式的地獄系譜學式的類型化套招，或是更深層次的「我不可能會是最早死或最晚死而可以當倖存者來訴說這惡行」式的意外後設的「我不入地獄……誰入地獄」地老派自欺欺人……

也一如老道老想起的某一晚做的關於地獄的怪夢。

那個夢中，他太過強烈不滿但是始終被央求要為地獄廣場盛大登場公演的鬼場景趕工完成地上工，太多太多競爭激烈的討論串謀，策略聯盟、技巧挑戰賽式的吆喝，地獄前的廣場不知為何出現了秀場的炫目喧譁充滿期待已久的像是萬聖節裝扮或是萬國博覽會的舉辦地點過度反應熱烈掌聲的現場光景，熱舞大賽冠軍妖女郎們、巨大囝仔仙古裝公仔娃娃吉祥物出演……歡樂無限的想像空間很亮眼折射光影效果的普度

祭品攤位前頭，人氣旺盛的拜拜求平安符種種角落都充滿活力，但是唯一奇怪的是在地獄前拜拜是什麼意思呢？

因為他也在場，也在現場發現大量血跡斑斑駁駁的屍臭中屍袋屍塊拼接殘缺的肉身那麼仔細地像拆槍機組裝槍身零件或安裝完成使命必達地無意間拔毛砍切分割地收集一具具的男女老少屍體，但是，被地獄的閻羅王前判官交代要像集點數或量販店下單式地熟悉地收集到十個屍體，而且必須是收屍者自己下手殺的，才就可以在地獄前廣場登場的競技現場發表演說指出其神通般的那種殺人感覺不尋常的殺法示範出手如何傲人成就的刀法毒法槍法，甚至就只是像出善書一次出十本那樣成套組的套裝盒書或是買十盒月餅禮盒送兩盒的包裝盒特殊版本……天啊！連環殺人的下手……他心想怎麼可能，殺一個人就很疲憊不堪的麻煩，怎麼可能一次十個屍體同時處理的擔心太多細節沒法子照顧。但是，善書出版社經營不善的老編輯卻很難想像地逼他千萬要更辛苦地下手不然就來不及了的危機……

太多的人情攻勢的那種半威脅半央請。致使最後他很不滿但是還是無法推辭，時間拖延太久之後，只有他在煩惱這種種一個屍體就很難收拾殘局式的困惑……而且那現場的氣氛喧天之中仍然歡樂動人也始終沒有人在擔心殺人是可怕甚至犯罪嫌疑甚至會遭到報應的憂心忡忡……

後來的夢……老道不知為何在某個大雨滂沱的陌生深陷雲端的老山頭上的極端盛大的宴會，又深又龐大的老房子，古典式樣東西混雜風格殿堂書院，山城中的傳說般的老建築群合院和綿延太遠的天空線，然而，來的異國客人太多，他彷彿是主人，並不清楚，所有人馬雜遝地忙亂，也只好假裝從容地幫忙招呼客人，有太多的陌生外國教授，學者，討論研討會的困擾，充滿了關懷又疲憊不堪，有一個個最資深而尖銳……最狠角色式的老人們的極度難纏……

後來找路的冗長過程路過了一個彷彿是攝影棚的鬼地方。裡頭正在錄影。口白很古怪的獨白。有一個字，不知是：德文，拉丁文，希臘文，埃及文……還是什麼陌生的異國語言是地獄的破口的意思，H是字首，他後面拼不出來……但是他們現場只是想拍成廣告，推廣一種概念，那字也是那公司的名字，就變成

形象廣告片。那個製片好像是多年前的大學時代也是頹廢的老文藝青年的那群怪異冷門老朋友之一，後來太急切入世兌現的他彷彿因為如此而被那大公司重用。他也太多太多年沒看過他，只是不知為何會在這鬼地方相遇……

正在拍攝的那廣告短片中，將地獄的宮殿遺址塗白成某種荒謬的有光影美絕科幻片極光般的做作虛偽荒腔走板的號稱是裝置藝術式的古怪場景，但是很可悲又可笑一個穿金屬緊身衣的怪女人在一個空蕩蕩的龐大房間中喃喃自語這個字，後面十殿閻羅天子的刑場割舌車裂抱火柱下熱鍋的種種可怕刑求逼供狀態都變成鬧劇搬演影片牆體上投影滿牆屏風般十個螢幕，連接成多媒體式播放了太多的大自然美景花開花落下雨飛雪山川壯麗的畫面，另一端卻又投影出地獄門口廣場的普度祀神祭典的空拍數十萬穿制服教服人群的屏息緩慢移動那種美麗又怪異……音樂都是交響曲第二樂章那種慢板改編成的臺語歌變成電影配樂那麼地感人又嚇人……做作的優雅，排山倒海的奇觀，無法描述的矛盾感。

其中即將受刑的惡女花魁般的女主角現身……那眼神注視前方的狐媚妖氣瀰漫全身的女人，乍看卻就一如一個人工智慧的人造完美女人，一直重複地念那個字，虔誠地昏沉般地念經超度般地碎碎念到彷彿心中虔誠相信那口白真的是將地獄封印的讖文或神祇名諱咒語。可以保護她不被打回原形打回無間地獄的無限惶恐害怕……但是他卻在心中老不自覺地聯想到，她已然腦部迴路燒掉壞毀短路，或許，在地獄的破口前就是……被嚇壞到已然……瘋了。

老道老是不想去分析自己夢中地獄的令人難以理解地恐怖……一如分析恐怖電影裡頭尋常設定的一個家族面對一個鬼怪事件的疑神疑鬼……懷疑某種更深的家族史的暗角，過去的家族史的史前史的幽靈充斥的懸疑恐怖，一場瘟疫蔓延擴散，一次災難發生肆虐，一回戰爭罪行冤魂，一種詭異禁區的禁忌……某種不明物體不明生物的攻勢，不明原因不明事件的發生……引發的死亡及其後遺症式的發現……在某個地獄一如所有恐怖電影著名的出事角落的特殊狀態涉入其中的玄奧典故的時間和空間的陷落……一如場景的設

定規格……光影變幻無常的陰沉的某一個過場完全不知情的全家人都在那凶車（凶船、凶醫院、凶花園、凶校、凶宅……）裡頭，有人必然會突然看到了過去的鬼魂纏身的惡魔般的什麼找回來了，那個年紀最小或是最弱的小孩（學生船員下人下女……），曾經有過超能力但是後來忘記，但是那時候的他（她）終於自己又想回來的過去某一個剎那被封印的不明緣故就是為了這一刻凶險莫測遭遇危機的來臨……出事老是在他們一起坐在某個角落正吵架冷戰專心或分心的時候，主角看到窗外正在下雨或是玻璃上有不明手印殘留，血跡斑斑或是飛蟲屍飛過撞上的充滿暗示什麼即將降臨的凶兆……即使只是低沉沙啞的嗓音雜音不斷增加滋生的低音提琴交響樂式的……空拍的或斜拍或偷拍的狹窄窗內的裂痕看出內外切割的莫名風光的奇觀般的山和水的迷離……

或許也因為長大之後幾乎是一生冗長的時光陷入冷感太久的老道老在做跟鬼有關的事，有關的鬼展覽，變得不再怕鬼，不怕地獄，不怕陰間好兄弟不怕神明保佑不了的鬼東西引發陷入的什麼……或許不是不怕，只是在害怕之前就早已變得非常疏離，所有的可能恐怖的慌張的部分都被抽離，往往都只是在處理更複雜的心情結構或是抽象情緒失控前的最後一瞬間那引發激動的形成或消失……不知為何的麻煩，不再是真正在現場的慌張或是恐怖的極為細微逼近的情緒，一如去地獄一樣好像都一直在分析地獄但是都不再感覺害怕，甚至一直在分析自己的害怕或不害怕，用別人的小孩或大人或母親的進入方式切割拼湊理解深入那種恐怖的起源，但是這種更為萬花筒式開到荼蘼的切割，還是會把最直接簡單的害怕與恐懼的更深的情緒給抽換掉……對不再害怕的老道而言，地獄變相的更多可能，變成不只是地獄，而更是地獄的種種假說……

❖

一如補遺成住壞空……「地獄變相」的四種無間假說始終無法理解地困難重重……

無間感，一如鬼藝術必然深入兩難的困局……也始終無法忍受地深入古傳充斥著爭議不斷的不可思又

不可議兩端的……藝術與法術，美學與神學……兩難局面最後一瞬間的逼問……怪力亂神的最後太多太多涉入大大小小深深淺淺千年大展鬼展覽最高規格幻象般的心虛……即使是悖論式的反浪漫反修行而做的過度解讀，或許策展人老道妄想找尋地獄變相之「道」充斥著更多的曄變法門入門矩陣般的陣法，一如他近乎虛構杜撰出地獄的「道」有四種逼近歧路亡羊補牢的可能演算法。雖然完全像是謠傳邪說的無間地獄式的無間假說……

補遺無間感充斥的奇展奇事神通怎麼開到荼靡……一開始老道老是在想一種真的鬧鬼的展覽……但是，真的有鬼或沒鬼是怎麼知道，怎麼可能理解……或許，都可能只是鬼的風聲或是謠傳……大多藝術家對鬼的解釋都不是解釋，或許是另一種鬼的觀念差異的差錯，靈不靈，怕不怕，到底有沒有鬼，八字太重所以看不看得到鬼……的低階觀落陰成不成問題的理解封測……

或許是鬧鬼可以被看得見就不是真的鬧鬼了的慌張……比較像是一種大家都有默契的圓謊的一種說法，或是一種明知不可能還是硬上場的厚臉皮的自我嘲笑。

甚至，這時代關於鬼的藝術……不免已經只進入一個比較接近純藝術的狹窄美學想像，或只是社會學或人類學或民族學式辯護的較狹窄的想像……然後鬼或是關於鬼的傳說也都只是謠傳的種種傳說，完全無法理解為何……都不像是真的鬼。或許，這個地獄變相計劃的千年大展，他始終不知道怎麼去做鬼，或最後想成是某一種引魂計劃。展的用力的可能……藝術和法術的相互攻堅的更複雜的內亂就更亂。始終都是想像的突圍深水伏潛入歧路式的試探……或是深入找尋新的鬼的藝術的可能……鬼是活體，地獄也是活體……之間是可以隨時隨處反轉替換成某一種巨大扭曲的團塊，但是卻又需要有一種新的鬼的藝術……這當然就連結到奇特的以及怪誕的藝術形式召喚。地獄變相的四種無間假說……或許始終還沒有準備好可是又以為自己已經準備好了的冒險……去了一趟鬼門關想不清楚，還是想要挽回些什麼解釋些什麼……收拾殘局般的分崩離析到都不知道是怎麼回得來的時光落陷……

地獄變相更開到荼蘼花事了的萬花筒寫輪眼般繁複的四種無間假說的美學理解……或許也只是策展人老道勉強用一生的有限想要理解無限的更焦慮的在面對神學美學莫名的切割切入更歪歪斜斜的混種主題樂園式的打開……他老妄想的四種無間假說的切入，還是一個更現實卻也更超現實的臺灣第三世界亞熱帶過度逼近的狀態。胃穿孔般永遠醫不好還是一急一餓一緊張就痛的穿孔莫名老出血的狀態都出現的插胃鏡倒影迴光返照……雖然跟老時代的地獄學術傳統的那種窄義封閉的狀態不一樣，但是他的理解卻也因為偏心或虛心而更困難重重地陷困在兩者之間……

無限接近地獄更血肉模糊真實的種種已經逼近種種麻煩藝術家勉勉強強上路支撐策展人的死命險路……還是找尋更接近人間的曲折也還是古老的困難的問題重重地獄的喧囂嘈雜混亂場子終究無法理解為何的錯誤認知腐敗現象學。

四種無間假說都一如邪說……每一種好像都有一種更逼身民間疾苦可以延伸或發展的解釋跟辯護的歧見概念，但是展覽現場很多人來來去去在看都是看熱鬧的必然誤解……好像給這四種不同主流非主流的怪異假說鬼東西有另外一種疏離關係的影響無法梳理紛亂時局不滿的格格不入後果。老道或許也好像不應該在乎這種誤解，只是突然地獄變相展覽一如法會深入遊地府般的場子真的因為策展人的神通而竟然彷彿打開高難度的規格高度就像是電影《慾望之翼》那樣離那個時代的變遷後冷戰的焦慮地更迫切的對柏林的麻煩保持距離的那種小心翼翼，但是這好像又太過令人費解，或就是令人想逃離的地獄就是圍城的兩難悖論……

一如這個地獄變相或關於鬼怪猖狂的不知死活一路找死的鬼計劃，也一如許多藝術家引入感人肺腑流浪落難神明般的老宗教傳統紙紮神偶皮影傀儡戲偶陷入的鬼故事，充斥著四種不同的妄念紛飛現場的像鬼片式的怪異氣氛濃縮的陰森恐怖……

還是更莫名其妙冒險的連線還有更多更多更動人的神祕鬼頭鬼腦的鬼話的四種不同邪說……

老道老覺得是他永遠自己想不開，四種假說只是他的妄念般的另一端卻是更高端的地獄深入藝術的切

割，切換到更高難度曲折深入的失語……永遠都沒有語言可以討論那些更充滿野心的地獄變相當代藝術鬼作品……往往神通不堪負荷也不堪理解地逼近但是仍然鬼美學永遠在形式和概念的野心都完全超乎現有的老派美學理論可以解釋，更跨領域更模糊更不明更政治不正確更離地面太遙遠飛行的軌道不容易辨識甚至穿越的路徑出入口時間計算單位就像星際效應一樣完全超乎目前人類的理解更朝向未來的殘念系華麗登場險招……

老道心虛又心急勉強策展地根本說不出的焦慮，但是又永遠無法解決也無法理解……種種都不知道怎麼說出的焦慮到最後……一如刻意把自己困在地獄變相的四種無間假說的無間狀態裡也不能說什麼，某種不能說也說不清楚的莫名的痛苦狀態如何一如無間地獄的無限地永遠深具啟發性，那種不可思不可議的深沉的神祕經驗神通埋入泥濘不堪密室的更應該低迴承認也承諾自己的卑微理解為什麼要這麼辛苦這麼深究其中還是永遠無法理解的悲哀……

另外一個部分的原因是老道的地獄變相計劃總是在切換一些典故上太麻煩的可以調度的部分，或是也開始在問一些更根本的問題，很多事根本就不太能夠說，或是不太能夠用太簡單的方式說，類比的參考點越來越難拿捏，一如越來越想談但是也相反地越來越不敢談不想談那些太冷門太專業的電影，因為沒有人看或是沒有人懂……的種種內在焦慮，有一部分的原因是因為看展覽和看電影的對象已經越來越空虛近乎入門的文盲外行的人，那一個有名的老男主角演過那麼多有名的電影，老道喜歡的他某一種精神狀態或是人格上的特徵代表了老道一種更為偏執狂的特殊性或是邊緣感，但是這些都在越晚近越現在的觀眾經驗狀態好像不太容易被辨識出來，尤其怪電影顯得更為偏僻冷門，或是就要把當成是故意切入的怪主角細節要解釋得更清楚……那種要假設所有人都不知道的無以名狀的恐慌……更用力解釋一種幸或不幸的反差方式，一種沒有人知道的行業，一種沒有人知道的食物及其吃法，一種沒有人知道的功夫或運動或比賽，一種沒有人知道的宗教及其更沒有人知道的神明，一種沒有人知道的收藏癖及其過度解讀不同的講究方式，一種沒有人知道的疾病及其治療法門，一顆沒有人知道的星球，一種沒有人知道的學科，一種甚至

不是學科的知識類型，一種不知道在展覽什麼的美術館或博物館展出的沒有人知道的藝術家及其藝術風格……

更後來更離奇的人類學取代了美術館學的理解及其誤解……美學問題取代了過去無以名狀的恐慌而變成為倫理學與哲學的問題……

但是這好像不是策展的問題，而是老道更內在的問題，尤其策展越策越久之後就越覺得好像過去的經驗參考點都改變，老道必須要用觀眾們可以理解的狀態去策老道想策的鬼展覽，有時候會不斷地稀釋到後來已經幾乎講不清楚，或是不可能講深入，能夠解釋那件事情真的很值得講的部分越來越嚴重地薄弱……

無間感的悖論始終無法理解地發生……一如有一種通靈的仙姑去做藝術，入迷人世蒙塵的兌現，看起來就是一定不會忘記……他在想一個更奇怪的切入點，就是仙姑故意完全不要用她通靈的神通那部分的原因才是她一直在做這些展覽參加藝術節來分心的動機，所以美學上就跟神學剛好完全顛倒，看起來離神通越遠就越好，甚至其實不展覽也沒關係，只要能夠分心就好，這個切入點剛好跟地獄變相完全顛倒……

老道在想的卻是藝術越接近神通就是最好的藝術……仙姑的反而是藝術越遠離神通才是最好的藝術，甚至是越深入民間疾苦的麻煩庸俗熱鬧譁眾取寵越好。因為這些藝術所謂的民間的美學上再怎麼精密複雜自我感覺良好的巧奪天工庖丁解牛也沒有用，跟法術一點關係都沒有，跟神通一點連結的可能都沒有，所以反而就只是人的盡頭……自欺欺人，至少跟應不應驗，靈不靈通，陰不陰森……完全無關。

在如此自相矛盾的過程而出現第三種卻是老道與仙姑相互理解又相互矛盾的存在兩種差異的兩忘……引用自一種相濡以沫不如相忘於江湖的莊子的道家思想的自嘲，甚至深入到更後代的宋代的禪宗禪問，生與死，善與惡，好與壞，二選一的決定非常困擾，這是禪修的語言，就是兩忘。如何更深地遺忘，參悟無常……

但是或許地獄變相的四種無間假說本身就是迴路自動斷短的無限循環的悖論邪說：某種策展人的鬼藝術跨教派千年打造完美地獄烈士紀念碑揭碑典禮的徒然儀式，引用古代一神教或多神教的內在矛盾，反回

族或是反閃族的歷史仇恨……先知變成惡魔的殺人為了救人，滅世為了淑世……的謬論變成顯學的怪異時代降臨……老道自欺欺人地妄想成為異端的極端理解就是鬼谷子鳩摩智妖僧國師邪教主……甚至老道生辰被排出的人類圖中的異端者烈士先知……就是一如亦正亦邪故事終端應景切題的大反派：曼哈頓博士、薩諾斯、大蛇丸……來生變成黃巢的目蓮，甚至《魔法公主》裡被砍頭變成死神的山神……從創世紀到啟示錄的神恩加持變成審惡天譴的神祇天公般的上帝……

一如地獄變相的不同神通的四種無間假說，很可能都只是假上師式的策展妄想，永遠不會出現但是也永遠不會消失的極限妄想……

第一種地獄變相的無間假說是：「成」。

線性代數拓撲學式連續性的打造……數列的繁殖：十殿閻羅或是十八層地獄……甚至深入《與神同行》電影裡那種打怪破關的關關難過關關過。業報的人面瘡的……罪與罰。善惡到頭終有報，人惡人怕天不怕，人善人欺天不欺的那種果報，量刑。主題樂園的一區一區地繁複精密動線規劃的路線假說。鬼藝術家們的地獄，首先是一種理解，一種連續性的攻略……深入民間疾苦見縫插針人間的理解尤其是延伸甚至而令其再度打造地獄，其動機並不在摧毀瓦解任何地獄的鬼東西，而在於讓地獄在不同的條件下得以回應難題的更新路徑是既向著內部挖掘同時也是向著外部蔓延擴散。

浮現在鬼藝術家腦海的地獄似乎總是與一種抵抗連結在一起，而在有些時候，則可能會和某種輕佻的態度聯想，地獄有一種特殊的現實感與沉重感。也許應該說，地獄問題本質，總與鬼藝術家們作為有限生靈的生而為人的難。地獄渴望無條件的正義、責任以及關於神明的虔誠。這些無條件的理想，總是只能在有限的現實條件下處理縫隙張力一再延宕與變更軌道、蹤跡的施力所在。

地獄可能更適合另一種相反的過度謹慎、極度憂懼，更像是在一個宣告神不會到來人間的時代等待救

贖降臨的人，他們總是徘徊在那個業已失去以及將到而未到地獄之前的中間地帶。

地獄變相鬼藝術家他們無可救藥的相信……只要承諾，地獄在那裡絕望那裡就有希望。人間條件的對應的訴說……是為了修行而做的藝術，相信加持靈驗無比的法力，願力……藝術可以移風易俗地修身齊家治國平天下地憂國憂民到最後可以勸世到驚天地泣鬼神。

一如某種藝術傳福音式的使命及策略。藝術傳承下歷史許多的變動都是福音的契機！畫出啟示錄般的局勢是神行動的指標提醒世界局勢的變動都是為了傳福音的動向是隨著世界變動的方向看見神的心意，藝術竭盡所能完成神所託付的大使命。一如畫出啟示錄六章基督的升天到主的回來是四匹馬的賽跑，白馬、紅馬、黑馬、灰馬。第一匹白馬象徵福音的得勝，另外三匹馬則是象徵戰爭、饑荒、死亡與瘟疫般地連續感……不是局部，而是全部……藝術畫下天國的福音要傳遍天下對萬民作見證，然後末期才來到天國福音的傳揚就是神給聖徒的使命……那種藝術宣教純是背負使命領受負擔的時刻……國度的福音要傳遍天下會吹號，盼望呼召聖徒們的宣教。

地獄一如道場做出來的鬼東西，如果用更老派方式連續性地解釋，就好像只是花招和魔術，充滿了個人過多的情感或是好奇的想像力甚至玩笑，其中的曲折甚至相對於比較容易被辨識的藝術形式功法的可能都怪怪的不太容易找到參考點或是描述的說法，但是大部分的理解都那麼缺之洞見，如果不容易套招就表示做得不好的套招解釋成某一種比較容易被辨識的老派藝術方法觀點與論點……或許像解釋鬼寓言或鬼史詩……所有鬼藝術家都下地獄遊記式的連續性傳說。

那也只是妄想老道花了一生所練成的吸星大法等級的妖怪的妖術……就是彷佛都是不同人稱在那邊說個別下地獄打怪般的無關緊要的情節人物角色連續扮演遊戲規則怪裡怪氣的冒險，看來是離題的可反而是更切題的，可能是玩笑可能是折疊曲折引用的批評典故的故意誤用，但是高手就可以看出來所有的法門法寶都藏在裡面但是沒有法術就完全看起來就只是刻意的鬼扯隱瞞真相……

第二種地獄變相的無間假說是：「住」。

更繁殖出的無限繁複的可能矩陣的，連續性蛻變成為更複雜的層次分明又矛盾的同時存在的……摺皺的……無間的……看從無地點到差異地點。看不見的城市的看不見的地獄，甚至全面啟動，新時代理論式的闇，超感八人組，雲圖……種種蝴蝶效應，星際效應，各式各樣的效應，同時間發生的時空假說版本。

其實地獄變相計劃充斥更繁複矩陣式無間感的麻煩……不免老是跟死亡有關或是跟善惡有關或是跟罪與罰有關，永遠是非常重口味灑狗血的問題，所以如果沒有很小心的用一種水上飄式不沉下冥河地打水漂……或就是殺米杜莎只能看盾牌倒影的倒退走接近妖身出手殺妖打怪祕技的折射反射繞射……波動說和粒子說互相區隔又互相通融互動關係不斷擴大解釋的悖論來進行的話，就會變成戲說臺灣通俗劇恐怖片那一種常常自我嘲笑的失焦……因此更多的想要深入民間疾苦為可憐的老百姓說話為人民服務或是修齊治平憂國憂民的那些理解都顯得那麼入門可笑，其實即使是人惡人怕天不怕，人善人欺天不欺的對聯掛在一個審判的大廳發審判長桌前的最後排場，也可能只是一種快要看不見的道德教訓的暗示的不知如何是好的排場放風感。所有的牛頭馬面黑白無常閻王判官甚至鬼兵鬼卒都只是面目猙獰變得越來越模糊的陰廟廢墟的落難神明……卻只像迫降失控的大隻揑麵人草人娃娃雛形惋惜，或是Q版的線上粉色漂白幽遊白書式的反差萌線上遊戲……邪門歪道邪教的打坐用的鬼娃娃屋……初現端倪的機械動物們也只是夜市玩具被附身但是常常故障的小妖怪從頭到尾地始終無法忍受地極端可笑。

思索一種「逾越」。追問什麼是地獄一再錯失的經驗，所謂地獄的無所在而無所不在……一如不知為何陷入電影院暗黑的一再重新看電影《全面啟動》般的時候，其實已經看了幾十遍，但是還是無法理解為何仍然那麼感動而感傷……彷彿回到過去的破口有一種好像人生重複地歷經了好多以前沒有想清楚的雷同難關或是遲來的啟發……但是仍舊無解充滿懸念地面對……面對真實的理解可能仍然誤解過多，但是又出現了更大的破洞般比原先人生的更多層麻煩困難，但是又發現竟然就只能鎖入下一層夢境的保險櫃裡……

只能植入一個像病毒般的妄想，承諾自己可以為了多想通一點就好的心情般地一生無法挽回的遺憾餘緒……更伏潛沉浸的一生越來越充滿遺憾自己的挫折毀棄悔恨……就像因為電影的逼身的始終疲憊，歷險夢境始終太寫實到就好像真的發生過一樣尖銳，而喚回更多……殘留的異味繚繞不絕般的對家人戀人的永遠罪惡感，愧疚，悔恨終生，賠上一生的遺憾……的更深入每一層陰影籠罩的夢境糾纏也甚至就像對上輩子或上上輩子，那種不是穿越劇的穿越而更涉入摺曲太多太多的波赫士歧路花園式的曲折……所有的時間都可能有不同歧出同時的出現也長出不同未來的並存但是仍然解決不了的怪感覺。但這又也不太像是尋常的曲折蜿蜒……因為地獄的感受太細膩講究繁複地令人無奈又無助地無法逃離而陷入太真實的完全像真的發生一樣到甚至不太像電影的……殘念永無止境揪心的一生。

不再像過去因為都會花很多力氣端詳過多的美學形式，視覺效果，太過敏感多層敘事情節交錯平行發生的複雜度，某回的全面啟動儀式般的存在顯得特殊重逢後無心卻敘舊過火地完全用一種純粹觀眾的熱烈痴迷暈眩神入。也或許已經缺乏更多期待種種地獄的美學繁花綻放光芒的盛況空前絕後繁複激烈的不世出的璀璨盛放閃瞎的人生的任何好奇的眼神期盼了一生的可能……反而才在放棄自己之後可以看到更多更入戲的內心戲的什麼……更感動的更內在的什麼……或許這種久別重逢的無限遺憾就也只彷彿一首輓歌，完全不像越來越不一樣的無奈到無法忍受地越來越奢侈昂貴越華麗登場的……地獄，在這時代因為種種世故無奈而突然集體墮落泡沫化變成另外一種更熱鬧膚淺爽度肆虐過度的鬼東西……

第三種地獄變相的無間假說是：「壞」。

壞是刻意自暴自棄的無限毀滅，異端。他地獄。他方，異國，崩塌的他人的他方……

地獄……沿著光的隱喻繼續前行，沒有借光就看不見陰暗，因為陰暗只是光的缺乏；也沒有撤除光而存在陰暗自身，因為陰暗也必須藉由光才能照見。真正的陰暗不在外部而在最內部。

以為是那種完全歧路花園式的故意錯亂時間和空間甚至進入夢裡面的反諷的心機充滿的地獄就是安慰就是宣言就是學派的起源及其無可取代的厲害考掘學史觀……的某一種老詭辯學派。

異端的他方……老道也曾經更想過要深入難度更高的一如碳變那影集的引用電影《銀翼殺手》或是《攻殼機動隊》的顯學提到的靈魂和肉體更麻煩的切換到未來的雲端下載記憶到任何肉身機器人半機器體……異端甚至就是投胎轉世的嘩變……致使反對的基本教義派宗教團體或組織想對抗這種逃避褻瀆死亡……每一個人都可以活下來被控制的永生的狀態的反而更難受更難以理解地無生無死的惡性循環……人間就是地獄的最新最終最高科技版本的悖論。與神同行變成只是一種線上遊戲角色扮演破關累積經驗值點數的玩法的荒謬感，信眾最高級就是恐怖分子就是下載不同的宗教死士的參數對比強烈不滿不世出的感動化身不同靈體的引導作用的不同化身在穿越時空穿越劇式的穿越的道德勇氣戒律精選的刺客教條主義選手殺手。

壞。他方，地獄一開始就注定錯過的地方，也如影隨形的伴隨在每次繼續運作的，不在於摧毀而是回身走向原初設定時必然排除的開端重新打造已消失不透光的地獄。作為最初與最終不可還原、化約的純粹經驗自身。這種地獄經驗始終以不在場的方式在場，始終無法同一的一個一個鬼飄移在地獄之內、之中與之外的某個鬼地方，某種幽靈人口的他地獄。猶如光照必然伴隨陰影。

壞……無法通過言說概念完全癒合的傷口，位於系統核心位置的缺口，其所溢出逾越系統之外。地獄是一種缺口，與人間對反，卻不與人間對立，缺口是一組相反相成的經驗。除卻人間的沒有缺口；若無缺口，沒有無限。縫合的不可能性，恰恰是無止境縫合、無限行動的可能性條件。缺口，是系統永劫回歸的開端。始終是無望的，同時也是希望的，不斷翻轉經驗辯證自相矛盾的鬼地方。

「分岔式歧出的洞」的反動、破壞性的……必然出錯是一種更陰森的倫理追求，渴望縫合那個無止境溢出的破口。作為一種追求，具有概念所缺乏的自我悖論、自我消解的特性，地獄的極限是在絕對他者經驗中……以註銷自我的方式完成自我。在抵達臨界限的時刻，鬼藝術家們的地獄遭遇宗教但不是某種宗

教，而是宗教自身，宗教經驗的可能性條件：「宗教性」的邊境、宗教的開端，看見最高級的臣服，神聖的瘋狂，無條件式絕對倫理的要求。地獄的洞見，才開始了面向人間的倫理自身最終無法解決的無條件正義、責任以及關於對神的虔誠。

因此地獄變相的壞……更抽象的壞……啟動任何以反地獄的反形上學，就已經落入一種人間的圈套……那麼地獄的壞的他方異端或許要在無法閉合的地獄破口，並意識到人間開端可能的傷痕累累……才能開始找尋。

第四種地獄變相的無間假說是：「空」。

奇門遁甲或是怪力亂神都那麼地令人費解，但是那跟鬼藝術家的藝術好像都沒有什麼關係，藝術又不是法術，只可能是盜用誤用種種鬼的多方自詡般恐慌混亂的隱喻，就好像符號帝國式的空的隱喻，沒有主題的形式，沒有符旨的符徵，幾乎沒有辦法理解的禪宗的禪門公案……

或許更是莊子式的……無死無生未知涅槃。

〈齊物論〉式的：「方生方死、方死方生、方可方不可、方不可方可、因是因非、因非因是。是以聖人不由而照之於天。亦因是也。是亦彼也，彼亦是也。彼亦一是非，此亦一是非。果且有彼是乎哉？果且無彼是乎哉？彼是莫得其偶謂之道樞。」或許更一如禪宗六祖一首著名的法偈：「菩提本無樹，明鏡亦非臺，本來無一物，何處惹塵埃。」在佛的時間萬物都是虛無的，任何事從心而過……不留痕跡放開就沒有煩惱，執著就困住。世間始終是空的禪宗的一種境界。某種從用到無用，藝術是美到無法理解為何無以名狀的焦慮。

鬼藝術家們做的地獄變相就像吳道子畫鬼作法，或是展覽裡頭鬼藝術家常常被人家看成是吹牛恐怖分子卻無力辯解什麼的無奈……或許更不免還只是一個怪力亂神的假道士算命仙之類的花招……禪修打禪機

的高來高去，或許可能最後只是一場空，但是絕對不會是好人有好報……那種愚蠢而充滿教訓的因果循環。更多的時候都只是在找尋裡頭的破洞縫隙和誤解的可能，藝術所能夠接近法術的就只是這種自嘲嘲人狀態的承諾。

最後更反問：地獄的「空」是什麼意思？有沒有一種可能是地獄既在人間之外亦在人間之中，無所在但無所不在。找到這種哲學思維的可能性，那麼將發現重新思索地獄的不再動用「內」與「外」、「同與不同」的那種二元對立的情緒激動才延續對於地獄的「空」的追尋並避免再次陷入圈套的陷阱追問……在人間的捕捉之外卻也在之中，同時作為人間的出口這個回不去的經驗是地獄無論如何無法癒合的傷口，任何人間難以面對卻也不能不面對、始終以不在場方式在場的怪異經驗，因為地獄的「空」正是人間承認自己想找尋卻完全無法找尋的開端。如何找尋另一條下地獄的「空」的通道，而這通道既依賴卻又超越鬼藝術……地獄不空不成佛的允諾般無法還原的經驗自身才是地獄的「空」。

或許完全無法忍受的詛咒般的地獄變相的千年大展到最後不知為何就無端失控長出了一個結界失控的後花園地洞……只像是一個法術太爛太低階曝光過度託夢解夢不了的出問題一再訴求不明的「空」的無限無奈夢境……

❖

地獄變相千年大展……不過是老道所困在無間地獄中反覆陷入的以為是餘生感卻始終必然失控地理解成無間感的……某個破綻百出的怪夢。關於成住壞空的怪夢……四種怪夢般的地獄變相的無間假說……其無間感所必然繁殖出冗長而寓意不明的鬼藝術家們的鬼話神話般的怪奇物語寓言故事集……仍不免是這時代最壞但可能也最好、最後端但也可能最前衛、最貧窮但也可能最奢侈……無限怪異也無限華麗卻可能完全無法兌現的焦慮版本吧！其實弔詭荒謬仍還沒有稀釋壞掉到這個失去耐心如失怙時代的完全失語，但往往也只能在某種全面啟動的夢魘幻象的最底層才能將異常偷渡入尋常地……叛逆自這個時代種種

生命場域永遠超負載的真實。

四種地獄變相的無間假說永遠超負載的真實……是因為太冗長太完全同步於藝術家人生及其生活每一塊切片切割地無法閃躲，因此，就像是永遠無法逃離的《全員逃走中》被開得太過分太哭笑不得玩笑的巨大機關陣仗，或像是這裡痛那裡痛但仍然始終無法找到痛因的劫數的在劫難逃，或更像是某種被下咒太惡毒到這一世甚至永世不得超生的惡咒的永劫回歸……

四種地獄變相的無間假說彷彿注定要像問卜問了一個一生想逃又絕對逃不了的問題那麼遠離地遠……在厭倦的糾纏一生的人生觀及其光環落陷的救贖與無法救贖快轉的餘緒，一再回顧過去青春的最後一瞬般肉身腐敗的不忍，一再面對凝視未知的未來的虛無空幻無限放大的恐懼……才能在看似無稽的空蕩蕩中重組拼湊自己人生切片可能數百萬片每片都只是很碎裂的碎片，再用最繁複的鑽石鑲嵌工法拋光成六爪八心八箭式的種種瞳術，必然太深刻地注定受苦但也才能更耐心又狠心地下手。

因為地獄變相計劃不太像藝術計劃，比較像努力地在挖掘某種不一定挖得到水脈的井洞，或是像努力地在栽種某種不一定會開花的種子。一如人生永遠還沒心收拾而細節也永遠不夠細膩繁複的煩惱，一如故事找尋說書人的不能不用力又不能太用力的兩難……一如追溯起更古老知識考掘學式的太鑽研用典概念辯詰或更史料古裝片太大河劇式上百集的恩怨情仇……仍然永遠不是地獄變相計劃最想要找尋的這時代最深困惑的焦慮。

那是什麼在背後驅使地獄變相計劃往井洞裡死命地挖，源於某種人生逃離不了的惡習或內分泌或星座傾向的仍然費解地無法解釋，或是承認就只能像是老沒命在問一些沒法回答的巨大問題的地獄變相計劃更像是背後靈的驅使或催促，努力地找尋這個時代最困惑的提問……迂迴曲折地找尋在某種當代藝術的叛逆……滿懷愧疚背對未來而面對歷史風暴的班雅明式「新天使」般地去回答這時代太多沒法想或沒法問的頑冥問題，太私密或太變態的問題，太巨大或太艱難的問題……

但仍然也可能只是一部關於「未來已然過去……的這時代還能找尋什麼」的逼問下所繁殖出卡夫卡審

判般冗長而寓意不明的鬼藝術家四種無間假說的怪奇寓言鬼故事集。一如病毒的病根發作般地逃不了的……尤其尖銳到「地獄變相計劃變成永遠是泥菩薩過江式」那般困惑地逼問起：對觀眾而言，無間感充斥的地獄變相計劃一如這逼人逼身的怪時代……到底是退化還是進化，到底是抗憂解還是蠻牛，到底是無限神祕禮物誘惑的烏托邦還是無限鄉愿種種鄉愁的原鄉……即使，四種地獄變相的無間假說應該在另一端寓言即預言的鏡面中找到藝術家自己鏡像同樣不安的自詡與自疑……

地獄變相計劃仍舊始終無奈地容納那麼多鬼藝術家怪展覽那麼野心勃勃地迂迴曲折到必然失控……

或是老被仙姑羅漢嘲笑「你早就死了！」的老道其實在某一回意外早就已然死了……只是仍然屍體還躺在某個異國陌生的殯儀館等待認屍……

無間感充斥著餘生感的無限荒謬……始終也充斥著成住壞空必然失控的逼身神祕隱喻……一如遇到高人指點的好心人，一如那一回仙姑和羅漢討論如何用氣功運氣幫老道按在受傷放血膝蓋膝窩時，他們也彷彿是個修行甚深的老仙人們……從容提及老道的咳嗽聲音很虛很怪，是傷到了脾臟，舊傷，一如一個個老人鐵齒的故人們的下場……的一個舊識嫁入豪門貴婦朋友凡事都太計較太挑剔，一如一個親戚完美主義者總裁逼自己到快要半夜完全無法睡的魂飛魄散……那種脾轉移到脾氣的心病，那年是甲午年，天災人禍……所有的事都像星宿逆行……仙姑羅漢下手都好像在救人還是超度人地迂迴曲折……

後來老道才想起來，老道見過也聽她以前提過，她先生雖然也眼盲也幫人按摩，但，卻是個比她更通靈的羅漢投胎的怪人。那時候，她已然正開始對老道下重手，可不管老道到底多痛，卻一邊還在說她之前幫一個廟裡的老尼姑按過的事，她在搬《大藏經》那幫人助念往生一定要用的那一大套又重又舊的老經書的過程不小心閃到，腰和膝蓋都有點不行了。還撐了一個禮拜，女徒弟們才來找她去想辦法幫她喬傷處。老仙姑盲阿姨說她會放，避開傷到的部位，放筋絡就是其他的地方全放，所以她一直下重手在老道的腰間到腳跟的每一個細節，大腿內側到膝蓋到小腿的許許多多的老道本來覺得不痛但一細調就開始痛的每一個

肌肉的底層，彷彿裡頭被放了引信，要引爆的地方被恐怖分子占領就切斷所有的後援的補給線那般地戰略布局，或就是更筋疲力盡地修理起所有插頭轉接頭延長線的亂插而短路的那堆不像話的接頭。

老道不斷地忍住不要哀嚎。但是卻是回來這麼多天看了這麼多神醫……這麼多療法以來，第一次感覺到進入了真正有救援到療癒系處理深處的狀態，一如轟炸夷平全城以暴制暴地恐怖大放血，也一如紅十字會空投補給裝備零星降落傘到龐大危城那般窩心。

那天天色陰沉……全身都沒力地歪斜變形到沒法動的老道，療癒的倒影，折射出某種更歪斜的自己，剛剛被按摩的狂派變形金剛般的狂派老阿姨打完，好像骨頭都散了，天很涼。而且看起來。天很快就要黑了……那段時光忙地獄變相千年大展太過緊張疲憊不堪到腰痛又膝蓋痛。有點擔心。幸好。那個一向精準而認真極了的仙姑盲阿姨還在……一如以往。還是找她。她也還是完全沒手下留情。一按。整個背和肩和頸都出奇僵硬。其實全身都痛。

「你最近怎麼把自己搞成這樣？」老道連跟她解釋的力氣都沒有。只是忍住。不要太大聲地哀嚎……

「之前你就老是太用力。但是還沒這麼慘，最近怎麼用到整組壞了了……」

她看不見，但一按卻什麼都比老道看得透……她很仔細地推拿……從頭頂到腳底。頸底。膏肓。脊椎兩側。腰椎。腿底。膝窩……刀刀見血般地揉入痛處。老道痛到後來。已經進入半昏迷地累了……但是。好療癒地很不甘心也很怪。

另一天還遇到很多很碎很碎的瑣事，但是，對老道卻很療癒。比起老道之前的病懨懨又死沉沉……仙姑盲阿姨去看病，但是她羅漢老公來代班，之前去他家就聊得很開心過，狂派阿姨的老公也是狂派阿伯，來幫老道按的他也太厲害了，雖然他的眼珠是奇怪的魚肚白，瞳孔像是白內障太深而且變形地突出，有種莫名的猙獰可怖……但是，按的功夫卻超乎常人地敏銳而犀利。每次他按到的地方就好像打開了一個新的缺口擴大，絞痛症狀扭曲變幻無常，他的用力或折疊或下手種種的方式都像是一種全新的體驗發明，像是挖出了全新的黑洞或老道從來不清楚的暗處的藏太深的疼痛。

但也或許是羅漢用神通救人救世般地下手推拿整骨狠按一輩子而太熟練，也或許是他太了解老道的老毛病，還是他就是老道的天敵，太痛到無法忍受地幾乎招招見血式地凶狠，沒有餘地，或許也因為老道太疲憊不堪到找死，就這樣按了大半小時，老道已經死去活來地奄奄一息了，但是，他按到這時候手一收，嘆了一口氣，微微顫抖著搖頭晃腦……突然，叫老道等一下，說他肚子痛。

等了好久，好像拉肚子拉太久還是那裡痛不好受的他終於回來了，不知為何摸了這麼久，不知出了什麼事，或是喬了什麼登門找麻煩的小鬼……也不知為何，還在微喘著，也還在不自主抖動地打嗝，身上有種難聞的異味繚繞不絕……甚至手還溼溼的，但因為老道有點忐忑不安，也不敢說，可是，再度進來的他卻就彷彿沒事一樣，再度下手，就從另一端的腳底腿腹往上慢慢地按回來，好像又找到了老道肉身底部新的黑洞或新的暗處，就是難以想像地打從骨骸內裡深入地更痛。但老道卻還老分心想到……或許他那溼溼的手還曾摸過排洩物或尿液的某種怪怪的什麼，甚至是他的通靈乩身出手時意外揪心沾黏到的不乾淨髒東西的什麼……

更後來。老道越按越痛……尤其聽到他們後來的說話。老道覺得自己好像在化療兼靈療……其實。他們一直在用很開心的臺語在有一句沒一句地調侃……「我中午的炒米粉太好吃。別吃太多到吃進鼻孔裡了。」那一個長得又肥又醜的羅漢更愛鬧……一邊吃一邊說……「太好吃了。沒辦法。萬一。不小心吃太多。從鼻孔裡和鼻涕一起流出來。還可以晚上帶回去當米粉湯喝……」後來。有個要來載他們下班的司機在抱怨……嘆氣地說：「好慘。現在都不能吃炒米粉了……那麼香。一定是用豬油炒的！」「誰叫你娶水某。娶到了一個拜阿拉的。」仙姑邊按老道最痛的膏肓邊笑著低聲跟老道說：「他娶了印尼太太。是信回教的。家裡竟然後來就不吃豬肉了。

那司機說：「不過有好吃的。請個假也照吃……不然就偷吃。回去前嘴擦乾淨點……」

仙姑說：「說臺語都會通啦！」

羅漢接著說，那又胖又醜的臉露出得意的不在乎，還一邊大口大口地繼續吃炒米粉。「不吃都給我

吃。唉呀！阿拉阿門阿彌陀佛。都不要緊啦！跟什麼阿狗阿貓的。還不是也都差不多。」

仙姑最後笑著對老道說：「因為阿拉。阿門。阿彌陀佛……聽起來就是一家人，都是姓阿的！」

老仙姑盲阿姨還是好意在邊幫老道療傷放血邊開示般地碎碎念……，最後還講到太多人的無奈又無辜的瀕死經驗，她始終有一種人間修行救人的仙姑的氣息……使老道更覺得自己真是那種無藥可醫一路找死的逆子啊！因為始終全身痛的老道跟用力過度的完全沒鬆手的老道始終用一種半抱怨半哀嚎的哭笑不得口吻自嘲地說：「那天，如果在京都月臺掉下去的時候火車剛好來（老道心想的是更多的餘生感作祟的更多現場……在耶路撒冷遇到拆炸彈沒有躲開，或是去天葬島跌下那艘破船，或是在紐約目睹恐怖分子炫耀土製手槍走火……太多回太多回僥倖的那一剎那之間失神地出錯……）那麼，早就回不來找你超度……早就拜拜了。」

那幫老道按摩多年的另一個仙姑盲阿姨聽到了，不但沒有吃驚也沒有安慰，反而大笑，而且就接著用一種極嘲弄的口吻說：「你應該早點說，我就叫我那比我更通的羅漢先生幫你先掛號，喬一個好位子。」

但是，老道在整個一直鬆弛不下來的抵抗到失守的過程，卻一直在想，老道和那搬《大藏經》搬到受傷的老尼姑或許很像，都在做一些好事，但做法錯了，卻意外出事了。也可能「或許你的命大，或許你的前世積陰德，或許也可能前世的債還沒還，還是或許什麼大事或發願未了……」

「或許更是……你早就死了！」老道其實在某一回意外早就已然死了……仍然屍體還躺在某個異國陌生的殯儀館等待認屍，最後還是她羅漢老公感應到老道的遊魂所拜託的孤苦伶仃而特別用神通找去那個遙遠的海外恐怖現場去幫他收屍……

地獄變相千年大展……不過是老道所困在無間地獄中反覆陷入的一個以為是餘生感卻始終必然失控地理解成無間感的……某個破綻百出的怪夢。

第一部 成

線性代數拓撲學式連續性的打造……數列的演算法繁殖：十殿閻羅或是十八層地獄……甚至那種深入與神同行電影裡頭的那種打怪破關的關關難過關關過……善惡到頭終有報，人惡人怕天不怕，人善人欺天不欺的那種果報量刑。主題樂園般的一區一區地繁複精密動線規劃的路線假說。鬼藝術家們的地獄不免是一種連續性的攻略……或許像解釋深入章節推演的鬼寓言或鬼史詩……所有鬼藝術家都下地獄歷險式的連續性傳說。就彷彿都是不同人稱在訴說個別下地獄打怪般的情節人物規則怪裡怪氣的冒險，看來是離題的可反而是更切題的……

地獄變相

第一部

戌

第一章。神通。

一如哪吒自己被自己刮骨還父刮肉還母狠心肢解棄屍般……地獄變相大畫的神通必然是無限皺眉頭般皺摺的宇宙觀扭曲，大畫的大……將想像無限放大地找尋……探險般地探索……不免就是一個人生落陷閉觀自恃又自嘲的縮影，一種從地獄底端詭變暗黑鬼神化入山水畫無限折疊皺縮扭曲出一種更抽象的概念來理解天方宇宙的想像，或是另一種對現實的投影更化約或更複雜的掌握的既有限又無限……

神通……過度冗長的問世一如老卷軸畫也一如在艋舺老城老廟託夢的既是美夢也是惡夢般的兌現。勾勒老時代建築破爛不堪的老靈感，或許一如龍山寺藻井勾勒充斥滿天神佛保佑的過多隱喻……有大仙小仙式種種神祕神通的永遠喚出。烏雲密布心事重重的花鳥蟲獸缺口，紋理瘦漏透皺地死皺眉頭的長相始終不明的童玩式老時代怪獸肢解的殘肢……

但是對夢中的小時候的老道……老卷軸卻就只像老時代童玩式的玩意兒，或許可以召喚一如老時代懸起眼睜睜的老廟神明們巨大神像般可怕的陰霾充滿拉回漫長傳說壁畫拗口的他的老童話式的神話就是鬼話……風吹紙角還會剝落揚起地元神出竅渙散而破爛不堪還畫的是老街中充滿擁擠的他童年時光隧道的召喚花鳥蟲獸都是神明也都有神通的離奇的故事充滿怪現象般的一種兒戲的童玩狀態，一如他的童年就是一種節慶蔓延好幾年完全無法抗拒的無法無天。卷軸中喚出夢般地在舊騎樓的老地方動員童子功式遊戲的開心……一如卷軸是老時代法師們在艋舺老城老廟託夢的既是美夢也是惡夢般的兌現，一如他的夢勾勒老時代龍山寺勾勒充斥神話像童話般滿天神佛保佑的過多隱喻種種神祕神通的永遠喚出。一如從小每晚夢中進入藏書閣去找尋卷軸直到長大之後開始乩身已然進不了夢中地悵然若失。

「永遠充滿毛毛的什麼的艋舺是神的也是鬼的……」法師對小時候陰陽眼的老道說……

為了安慰他的乩身永遠深陷在被鬼魂上身的狀態……一如艋舺，太過黏膩而逼身的龍山寺那個廟裡永遠住滿了神可是也住滿了鬼，那個老地方其實是一個老時代的鬼東西全部都在的鬼地方，人間煙火奢求的不幸如何兌現成幸福種種的什麼……都在。要求功名的就可以去拜文昌帝君；要去當兵的就可以去拜關老爺；要生小孩就去拜那個註生娘娘；要出海的話或是要出外旅行你就去拜媽祖保平安；或是說他小時候被帶去拜法師一如拜觀世音菩薩這種老覺得老廟裡頭一如那種人間是有看不見的法力在庇護的，或許，那也不一定是去求什麼，而是提醒了某種這個時代已經慢慢消失的東西，尤其是在這麼躁鬱混亂的人間條件都更深更糟的鬼魂糾纏不休的老艋舺市井……在神明保佑的神祕龍山寺的種種半夜的最後才會出現在那最神也最陰的佛龕般的一如廢墟的最深廟身太多進落太多門扇前……小時候的他老覺得毛毛的那個鬼地方永遠太複雜也太古老到令他永遠只想逃離……

一開始只是從小天天夢見的那個龍山寺的藏經閣的他老跟著一群不認識但異常熟絡的不知是鬼魂們還是神明們玩遊戲……始終無法理解為何有說有笑地潛入那廟藻井凹口密道才能攀爬樓梯祕密到近乎無人知曉的不存在古代環形建築，近乎五層樓高環狀天井全數打通陽光透過弧形起翹龍身盤踞的圓洞扇窗照入的炫目迷離光影，鬼魂們在超長弧度扭曲變形的怪書梯間爬上爬下，這裡只藏卷軸，而在夢中的他老混入鬼魂們一如信眾們中爬梯拿下自己想看的一如籤詩可以解謎他的心事重重困難的老卷軸，並朝一位位年長法師走去，他們都穿了一身袈裟僧袍，還將卷軸攤開與某位法師長者對裡面的字畫不知道在高談闊論解籤般地解釋什麼宿命的咒語符文，他永遠無法理解也真想記得但是也記不得……

他的乩身仍然還徘徊在位於龍山寺藻井上祕密藏書閣前廟埕，老想起普渡還更盛大地舉行超度亡靈法會還會擺滿了近百卷老卷軸拉開厚厚一疊疊由人皮所曬乾鋪底製成的古卷軸，信眾的鬼魂們成群面對自己的人皮上毛筆書法寫滿的金剛經法華經楞嚴經種種古代經文……眉頭深鎖端詳經文的咒語最多費解的問題重重保佑祂們去投胎轉世的神通種種細節。

一如老店的老闆客氣問候在半夜人仍然好多一如鬼市般的熱鬧場面混亂失控，破攤位前很多流浪漢睡在騎樓，很多老人在華西街口前吃清粥小菜，在夜市前的最後離開前坐在廟門口看到好多人好像好多鬼魂，甚至只是充滿憂愁的老人老太太路過的向龍山寺主殿拜拜充斥非常忐忑不安的心情沉重地對人生感到遺憾的負擔不起。

一如小時候他太想逃離……永遠需要幫冥端作事被恐嚇不要耍彆扭要乖乖的當乩身的一生恐慌……小時候的他永遠想要找到可以馬上退駕法門又找不到地太悲慘……一如每次入夢都容易遇到恐怖的詭譎鬼魂，也可能就是他太過懼怕童年時期遺留下來的揪心痛楚。

然而他始終忘不了從小起乩日子的不好過，永遠不斷夢到各式各樣的鬼魂出現在夢中，有的向他哭訴、有的嗔怒得瞪著銅鈴般的大眼怨恨著向他嘶吼，夢裡他永遠忘不了也不斷跟他們憤怒咆哮，發生過千奇百怪的內心深處充斥著無人知曉的衝突暴亂，他記得他還拿刀刺向某個老要揍他的臉色發青的怪男人，還記得他嘴裡不斷咒罵著要某個瘋女人還他清白，就在這樣恐怖的情節裡面往往他總是在夜半的暴怒與嘶吼中自床上翻滾絞痛昏迷，老嚇著清晨還在夢鄉的家人們死命呼喚醒不來的他。最後他老還是得被帶回去龍山寺找他的法師救他……

老法師每過一陣子救他時老說「這又是該清一清破乩身的時候」，也通常總會清出幾個以為跟著他就會有好料吃的小鬼們，他已感到厭倦數十年來不斷有人從他的腦袋將腦漿偷走，法師常對他說好好保護自己別再任鬼魂取用你的腦漿，腦門都已然破了一個大洞，腦漿流光了那還會有命……他老覺得自己這一生注定是被欺負的，但是有時候小鬼們也真的是很過分，還甚至在午睡時間對他下手到被鬼壓到上課鐘響還是起不來，被老師們質疑他故意上課睡覺……殊不知他的腦袋內在是清醒但就是眼睛張不開、手腳四肢僵硬甚至是耳朵還有疾風呼呼悲鳴的恐怖聲響。

那樣的日子裡他不安困惑甚至難過到了半夜睡不著，一如強迫症一日比一日更嚴重到腦內想著十遍退乩身還沒退成……自己就還更自虐到是用力敲打後腦幹腦門口那最危險地敲到後頸都可明顯感到酥麻，有

時知道自己再敲下去會死只好分心大力抓傷手掌皮肉痛來暫時阻止腦門流光的荒唐……他老想辦法解決但也還是只能靠吃藥的一點憂鬱症藥或鎮靜劑但吃了之後更悲慘……因為更後來的悲慘遭遇是沉淪更深地陷入……夢是夢不到什麼、看也看不到什麼，然而卻更成天昏昏沉沉行屍走肉像失智眼神空洞的喃喃自語，帶著厚重的黑眼圈，對活下去再也不感興趣也不知道為什麼的日復一日昏沉……

有的老鬼們還會跟他道歉說：「弟弟啊！謝謝你讓我待你乩身裡，這幾日打擾你了，真的是非常不好意思」，還是某些不要臉到底地到了龍山寺的神明前依然不依也根本不認識祂們的那群用著邪惡的眼神看著他還是強硬說：「絕對不會饒過他，要帶他下地獄做他乾兒子」之類的鬼話……最後還是會被作法收魂的老法師大聲叱喝說：「荒唐！在龍山寺佛祖神靈面前祢怎還敢如此放肆亂來……」

小時候的每個夜晚都是他揪心的夢魘，過一陣子太悲慘的他老跟著完全不知為何會生到他這怪胎的母親，只好認命帶著法師交代的六菜一飯還有金紙銀紙收魂法器去特別安排法事的龍山寺後殿，每回那死白陰沉的緊急逃生照明下陰暗中法師收驚時所做法事那種種神神祕祕的祭品老將小時候的他嚇壞又無奈……

他永遠忘不了有一日那忐忑不安太久的老法師語重心長地告知家人對他最好就是出國遠離臺灣……因為臺灣是寶島，是眾神仙佛也是眾妖魔鬼怪同時修煉的好所在，尤其宮廟又多，你老家就在龍山寺旁，這怪胎小孩的乩身與鬼魂們太近……

他絕對記得從有記憶以來小時候上學，同學都忙著念書之餘戀愛然後放學去附近補習班繼續纏綿……但是他的小小腦袋卻反反覆覆的想著他到底為什麼去學校被小鬼們欺負，他應該快點回龍山寺找法師救他……或是法師救完他再等一下就可以在回家前去吃著龍山寺旁的泡花生湯的油條加小湯圓……回想起來小時候他混雜有點失落遺憾疑惑的情緒根本毫無頭緒，一連串上身驚嚇他的冤親債主，使他永遠睡不飽，餘悸猶存的回顧昨晚到底又是一個個不認識的阿姨嬸嬸婆婆媽媽大叔阿公鬼魂出沒突然出現在他夢境裡請他一定要幫他們的忙，然後覺得他的那隻腳突然動彈不得去醫院照X光發現根本沒事到最後只好再去龍山寺法師那邊去求救……清出一團團哭得死去活來聽起來也可憐的老老小小鬼魂生靈……這樣才能法喜充滿

地內心深處無限喜樂……

一如他老是會想起在龍山寺有一回普度祭品法會參拜的時光……

那是小時候的他第一回看到廟裡拜拜懸掛在廣場的栩栩如生的恐怖真相般的多幅外地十殿閻羅版本的歷代名家「地獄變相」古畫卷軸收藏展覽。旁邊還有冗長的他看不懂的十殿閻羅怪典故解說：「可謂《地藏菩薩本願經》的變相圖……第一殿秦廣王。此殿司掌人間壽夭、吉凶暨陰間受刑罪報。所有罪魂被押解至第一殿秦廣王處，接受審判，依罪刑輕重，發配至各獄受罪消業，如功過相當，免受罪者，可直接轉到第十殿投胎。第一殿秦廣王所轄的抱柱地獄。邪淫氾濫，此罪報者，生前多喜樂淫欲、邪淫、奸邪，死後都要墮此獄。身抱火紅銅柱，滿身血肉糊焦，死而復生，生而復死，其苦痛難當。第二殿楚江王所轄的寒冰地獄。生前操跳豔舞為生、或性喜裸露以誘人者，入『寒冰地獄』受衣無蔽體之凍。第三殿宋帝王所轄的糞屎泥地獄。糞尿泥地獄中，罪魂在難耐惡臭中載浮載沉，嚐盡汙穢，苦不堪言。第四殿五官王所轄的火輪車崩地獄。車崩地獄中，罪魂飽受車碾碎身之苦，碾成肉泥。第五殿閻羅王所轄的刀山地獄。破壞正法道場，誹謗聖賢善人，製造假貨、假藥、害人騙財，死後都將墮此地獄。第六殿卞城王所轄之噬腎鼠咬地獄。貪色好淫、倒亂倫常者，入『割腎鼠咬地獄』，任群鼠嚼根。第七殿泰山王所轄之狗嚎狼啖地獄。凡滋事生端、為保權位，不忠不義、無心無肺者，墮此地獄。第八殿都市王所轄之鐵汁地獄。此地獄中，鐵汁灌口，從上而下，剎那間全身燃燒，痛苦哀號，悲鳴盈天，此皆生前造作惡業感召所得，尤其是造作口業。第九殿平等王所轄之毒蛇地獄。平等王司掌最大的地獄，名曰阿鼻大地獄。此獄受罪之苦更勝於前。其罪為殺父、殺母，復以貪欲、瞋恚、愚癡造作更重惡業，而墮此阿鼻地獄。第十殿轉輪王所轄之孟婆亭。《玉歷寶鈔》中說：玉皇天尊命孟婆為幽冥之神，凡是投胎轉世者，皆要至孟婆亭飲下忘魂湯，忘記前生之事，再投生去。受刑終了，鬼王揮柳枝，眾魂投生而去。成千上萬的鬼魂，隨著業海流轉，或為人、或為牛、馬、羊、狗、雞、豬六畜、飛禽走獸蠕動等，重新進入了無止期的輪迴！」但是他始終無法理解為何跟他的乩身感應到的祕藏在龍山寺藻井藏書閣的老卷軸畫端詳到的不太雷同……

或許，老卷軸畫也一如艋舺破舊不堪老建築的老鬼們如何老以淚洗面的長廊妾身不明多年的怨念幽微……不免喬裝引用了某種〈清明上河圖〉般拉長的古山水畫式的裱褙，或許只不過想調度一點點中國古代卷軸窄身畫幅般狹隘卻冗長的視野消失的透視感，用散落到龍山寺院落長廊末端的種種的潰瘍般濃郁的稀釋其紙糊所拓出的鬼影幢幢風貌凹陷脊身背影的種種艋舺身世滄桑，老卷軸都像用這種漿糊稀釋上膠貼斑斑駁駁老牆的古代貼法也只是古代城門旁貼抓江洋大盜水墨頭像懸賞紙告示的毛邊紙亂貼法……那麼逼真可怕……小時候的他老感覺到自己即使在艋舺長大也不可能死守一生在龍山寺，一如所有外人根本無法體會的老時代人生狀態的複雜……長得像老鬼的老人們老繡莊冥紙佛具店青草茶降火切仔麵老攤甚至流浪漢流氓流鶯的老跡象就像十殿閻羅的建築死角的可憐惡形惡狀的眾生做惡之前的慌亂恐慌忐忑不安種種……一如他永遠無法理解地他小時候的乩身神通永遠無法彌補也無法挽救什麼地……始終不知遺憾及其十殿的惡業如何果報卻無法流逝。

❖

陷入一種醒不過來的夢，老道發現自己在夢中變成了吳道子……一如陷入近乎不能動的那種最深沉浸入的凝視感，陷入困境的吳道子正苦惱不已於如何畫出地獄變相的始終無法忍受的焦慮不安……一如以前古代先人先知面對藝術最高的一種狀態，崇高莊嚴沉重到讓人看了無法呼吸……那種巨大到接近宗教性的感動，看了會流眼淚或一進入就突然手足無措想跪下來……藝術或建築最難的境界張望如何撐起某一端文明的更衝突悲劇、陰鬱高聳的古老神諭……一如一出手的手勢，讓全部信徒完全剎那昏倒的那麼巨大靈驗無比的……神通。

一如充滿悔恨終生的吳道子陷困於其中的那一個莫名妖術作祟的更深的夢：「故布疑陣般地放眼望去天邊的一望無垠的怪海灘的一路曠野……吳道子的那夢中遇到了廣笑老和尚帶他去拜訪那一個一生畫地獄變相已然畫了一輩子的老畫師，他老用盡全力憔悴不堪費心地畫了什麼……但是沒人知道甚至沒人發現，

只看到他在念什麼，好像是咒，但是他不確定，只是看到他低身抽搐搖頭嘆息，甚至是鞠躬行禮如儀卻忐忑不安地用心用力焚香結手印式地安神作法，彷彿是布了一個陣。

吳道子本來不知道，還出奇地專注老畫師在手上的那些香柱和黃紙，不知名的小蟲，骯髒的古線裝書籤文，挖沙坑的很多很多地方，成列成排，但是又有點歪歪斜斜，他始終看不到全貌，海潮聲音越來越強烈，專注到近乎瘋狂的白髮蒼蒼的死心塌地的他彷彿在丈量，用老道看不懂的怪方法，然後慢慢地在每一個沙坑掩埋怪東西……

不知為何，吳道子偷偷看著他，沒人留意，他感到暈眩，海的味道濃烈而昏沉到越來越想睡，海風越來越大，天空暗黑雲層覆蓋著更大的影響著……吳道子心中明白，風中凌亂不堪的旗幟飄揚之中好像有什麼來了，但是放眼望去，那一個老畫師和更多岸上的人群聚集漫步，但是，不知道為什麼，光越來越薄弱，所有人都閉眼地在海灘邊走邊睡……消點消失的無影無蹤的問題沒人會覺得奇怪的最後的一瞬間，大家都沉睡了……

回想起回海灘布陣之前，吳道子還曾被老和尚帶去過另一端……遇到了什麼又失去了什麼的一路……和好奇的眼神也變得恍神的他一路去看那海灘前端著名廢墟般的某一個不遠的老鎮古蹟。

一如那種海邊老城的陳腐斑駁感，但還是充斥著暈眩症狀般地迷人，離去前還繞路前去看一老區的老合院，狹小的二樓建築有斜坡樓梯在外頭廊柱的規格，天黑前有炊煙，燈火闌珊，水聲人聲鼎沸但是隱約聽到有什麼雜音雜訊不斷閃耀，混亂的思緒不斷持續擴大……他突然發現這廢棄多年的老廢墟竟然還有人住。但是也不確定那是什麼狀態……仍然心中有點擔心或是冒犯了什麼的不好意思。

越走越遠越荒涼的更後來發現二樓長廊尾端天井旁的門洞，有一個老太婆出來，斜眼瞄一下地看到他們，本來吳道子想去打招呼道歉，解釋，為什麼他們會過來參觀老房子的動機與嚮往，但是他沒有說，那個老太婆也沒有過來質問，只是用一種很怪異的眼神在端詳他們，這使得他和老和尚更忐忑不安地感覺到自己鬼鬼祟祟誤入歧途地進入了一個奇怪的鬼地方，而更心慌……就在那死寂的剎那，他望下那門洞旁天

井側的長牆……竟然就是那他即將畫成不世出著稱千年地獄變相圖中的栩栩如生牛頭馬面判官七爺八爺們現身十殿閻羅正在驚天地泣鬼神般地開庭審判重大天庭交付某個奇案涉及多方菩薩佛祖關照囉嗦必然要萬般小心謹慎昭雪前的用刑威脅恐嚇伺候那般無奈又無情地……鬼哭神嚎！」

廣笑禪師始終無法理解地半勸哄半驚嚇地對相識多年的疲憊不堪的老道變成的無奈的吳道子說：「這回畫地獄變相，太過複雜。但是這個怪廟將是你這一生唯一的一次……以後也不會再有了的某種墜落、釋放、召喚，會被吸進去或吐出來的感覺充斥著的痛苦或痛快，或許只是像埋入了挖空的深山洞窟的內壁，太龐大沉船老庫房深處，宮殿遺址的廢墟的漏水屋身或神廟太恐怖的黑暗底層，甚至就像是你昨晚在冥想不小心再看到的地府的場景。

一如《地獄變相》最後，吳道子老醉醺醺地昏沉斜倚在廣笑禪師的禪房中，廣笑睜開眼對他說：「在心中沒有怨念沒有貪念沒有揪心混亂到下過地獄的人，是不會畫出這樣的鬼畫？」

吳道子，始終無法忍受自己的充滿絕望地昏天暗地的邊逃邊回地下手……。一如廣笑禪師所言，他所要畫的《地獄變相》不正是要勸人向善以免死後墮入地獄幽冥嗎？抑或正因為深深的悔恨，或許才靈感突來而在一夜間畫出這曠世的傑作？

和尚喃喃自語地說：「其實，你之前畫其他的宮廟大壁畫這數十年，用這回的地獄變相來完成你的最後的業，就不用再對抗。你已經完成了，他們的業也是，不需要解釋或證明，該懂的就會懂，不懂的就算了。我也沒想對你怎麼樣，甚至沒想要改變你……

雖然你也即將沉沒滅頂深海底層般浸泡試探地被改變。當然，我太清楚你陷入地獄變相的一路曄變會遭遇什麼磨難苦楚，只是不講破。可是你不清楚，但是對你而言已然夠了，可以一起冒險可以冒犯可以燎原，但是我又不是地藏王，沒必要犧牲自己去救你逃離，還要你再準備重新回人間的條件，或是回去還沒起乩入畫前的狀態。

你可能常常被地藏王或是鍾馗神威顯赫上身也不好。奇怪，就像每回我帶你觀元神你卻都像在看怪異

暴力恐怖前世的一路從頭殺到尾到全家族全國族全死，但是比起你大多的過去在宮廷在市井風光一世一如不世出般炫人的那種種的一生。我還寧願你下最爛的地府苦修當流浪的孤魂野鬼，那麼地可以更想畫點更深的人間的無常。

畫地獄變相，不會讓你變得更入世或出世一點。你被迫面對外頭的爛人間完全一生的業報。但是，其實極不同，因為你的狀態極差，一如冥想打坐做最深的入定卻身子最爛。

一如最玄奧的佛祖對眾生說：我最疼愛你們卻最想遺棄你們。或許，只是可以放養，但，卻只是放，不養。這也很像一種瘋狂的愛，愛得要死吵得要死，然後就冷了幾十年不說話，還睡在一起，一起吃飯，吵架，哭泣。持續地陷溺但不挽回。或許更怪的你們只是一起去同一個怪地方做同一件怪事。

畫地獄變相。我和佛祖或許只是用一樣的爛招。只是讓你始終關在這廟裡畫很久很久地像是眾鬼上身。在那地獄變相太大也太空曠的鬼畫裡，像困在陰間地府十八層閻羅殿建築的太龐然深不見底的提引，用深不見底般天井的諸佛諸神手下諸牛頭馬面黑白無常鬼兵鬼卒種種角色感來刺激，才能激化，作法，焚燒，畫變成了你更像入魔的或閉關的修煉。這是太難太不像人可能可以進入的祕術等級的高難度啊！

但是，是不是越想放任自己進陰間，就越有可能出現各種想像，在寂寥的夜晚什麼風吹草動都容易勾起恐懼，一個活人的舉手投足因為你的厭惡或你的熱愛，你不小心過度依賴炫耀的每一幅畫的毛筆入畫筆觸，會不會那畫出的鬼東西本來就沒有變相出地獄應有的業報因果報應的成就，會不會只是你的貧乏人間想像限制了可能造就陰間更複雜的神威顯赫。」

吳道子對和尚說：「去體會陰間，去體會陰間，去體會陰間……用毛筆入手畫時我不斷地這樣告訴自己。畫之前，我以靜坐沉澱隔絕；畫之後，不張望，不言語，我到底是為了專心，還是在儀式專注才得以感受……，後來，我真實地進入了那種鬼狀態，就不用再思考這神威顯赫一世不世出狀態的起因。」

「那些畫像是打造一個個的地獄的眾人眾鬼，但這畫自身卻始終無法理解為何失控，像是在馴服一群野獸或是一群惡鬼。」惡鬼們在老道畫的地府裡用各樣奇形怪狀的方式變形著，根本無法馴服。有時像在

雕刻，有時像在運筆，有時老道化身巨大的蚊蟲在叮咬著畫牆，有時老道像是靈媒自身就在召喚著密密麻麻的小鬼，有時老道像是在塑造一條條蛇狀的靈體與蜘蛛狀的多腳獸，有時老道像是瘋癲的怪人打著毛筆的墨與硯，更別說那一個個嘴裡噴著血的惡鬼還更令老道想迴避，有時老道根本就不想久視亦不願形容，恐怖、懼怕、噁心、悽慘、哀求，沒有一個詞彙能明說那地獄狀態，老道亦不知道他自己怎麼畫出那陰間孤魂飄渺雲霧繚繞不絕的深感絕望。

廣笑老和尚對吳道子最後嘆了一口氣說：「一如我在修行一世的承諾中也始終的忐忑不安，之前你都覺得我講的地獄變相的妖氣是在吹噓你的畫的妖幻神術，現在你知道那種絕望的偌大的陰間在眼前，不得不承認說的話打消了最後一層的懸念。何謂臣服於地獄的無奈？一直以來你都抱持著幾分保留，你強迫自己去深入，但卻也本能地防守。一次又一次的體驗妖氣，直到這回真實深入感受真正良心不安的充斥著心悸而報應終於找上門來……失措失焦到不知為何地始終忐忑難安，只能承認被自己畫的地獄神威顯赫所深深驚嚇過度恐懼而感動到痛哭流涕地降伏不知所措地惶惶不安……那才是對畫的更無奈底層的地獄的更深的……臣服。」

老道在夢中回到更早的多年前，他感覺到當年的吳道子曾經那麼想畫，那麼想找尋什麼或拯救什麼，那麼想要為唐朝最後留下點什麼，他的畫可以燎原，加持，開光，但是，在這回的地獄變相前，卻感覺完全顛倒了，一如逆天般地完全逆轉，天狗吞噬了星辰日月，一團一團混亂的鬼不知道自己是鬼，好明顯，他感覺到自己像怪人極了，但是卻好像越用力越期待就越可笑。其實，對他而言，太多年埋太深了也挖太深了，傷到意識末端的天靈蓋，膏肓，死穴式的晃動。所有的痕跡都像多年以前燒掉的，天火燒過那種廢墟般廢棄的洞穴洞口重新被打開，妖怪重新被喚醒……那麼地不祥。使他太想放棄他的畫出家，一如，有一個門徒多年前出家了，那時候的他對那一個門徒充滿送別不捨的餘緒。

吳道子對他說：「畫其實是太低階的修行，我們都太痴心又太無心。我總覺得自己的道行太不行但又

太想畫也太想度人。老到快退隱了，才發現，當年我一生內觀冥想又天天逃離，但後來花了幾十年畫了幾百幅廟中壁畫當悔過書，而且也始終覺得悔恨不夠，這幾年也就跟著一直出事，在還那願力不濟的心虛。祝你一路取經的慧根可以燎原也可以死寂地上路。入佛門一如入炫目滿天星斗放光，而被照亮的我們都在還無法無天的人間浸泡業，但仍然遙遙落後地張望並充滿祝福。」

一如前晚和寺裡住持法師那老和尚吃齋。他說那陣子他的種種人生的變卦，廟的解散出事，人的狀況的種種崩塌，但是，他都沒有挽救，神明佛祖託夢跟他說不要挽回，彷彿在經歷某種更高階的修煉。不處理，不做，不像過去那麼緊張，甚至不那麼要求，不一定要五花馬千金裘的，不在乎自己聰慧認真被肯定，像一種和過去人生的刻意鬆開，很難描述。但是，這些法師的看似簡單或遲緩了的種種，他反而卻覺得是進步得更為繁複的怪異。因為前一陣子的病情好多了之外的和尚心情也彷彿進入了一個更新的領悟，而且是更長時間更模糊更不就緒的洗禮。儘管過程仍然那麼不安，只是更小心翼翼地用力。相對於畫這回地獄變相的諸事不吉……平行於雷同困擾於諸事不吉而一動也不能動……

老道在夜半變天般現場眼睜睜地注視著太多怪異的夢中出現的狀態……吳道子跟廣笑老和尚說了一個他小時候的夢中夢……

「夢中的我跟隨一個陌生的老法師去收老妖，惡夜疾風中祭出法術對決太過可怕的巨大身形的古代妖怪，還必須擔心暗算地跟另一端也在場施法布陣中的敵營太多個怪法師同時對峙，但是，奇怪的是現場黝暗的山下丘陵空蕩蕩峽谷末端的陣地……大多意料中的傳統收妖法師在大多空陣地旁用法器繁複地設壇焚香，一壇一壇蔓延擴散的用心良苦一手捏劍訣一手用桃木劍並開始走位祭旗幡晃晃然斜身如起乩式的亂跑亂跳瘋瘋癲癲中略帶敵意……

但是我跟的那老法師卻完全避開設壇的陣地，退到山崖的某個可以眺望全陣地的洞口，完全沒有法器沒有陣式……只是打坐閉眼養神。

我心想這怎麼可能，但是眼睜睜地看著老妖一起手一翻身所有的傳統法師就全部失手陣亡慘不忍睹……

老法師仍然沒有出手，甚至沒有張眼，只是發出輕微的訕笑……再過了許久，彷彿微微變天的疾風那風向變幻而惡夜烏雲籠罩的月色微微探頭月光灑落的剎那，老法師才對巨妖的後腦勺拋出一根繫紅棉線的老銀針，收妖的背影是決定性的影響瞬間，他交代我千萬小心翼翼……妖影變幻時要謹慎閉氣地把妖身陰影用線縫到月光下的地上再燒妖身，這是祖傳的古老法術，下長銀針的針縫要對齊對準絲毫不能參差不能歪斜，閉氣不能喘息否則會洩露天機法力引發岔氣地讓妖怪脫逃……還甚至要邊縫邊念祖傳的頭痛咒。越念越久頭越痛越可收越巨大的老妖……

後來我越縫越念咒頭越痛也越來越無法再閉氣專注……到了頭痛最末彷彿爆開的剎那，突然發現完全失去呼吸困難重重倒下昏迷時，才發現我腦勺後也有一根長長的老銀針，沿紅棉線不知何時把自己背影也縫到地上……而我的肉身也變成局部的妖身，還正在起火燃燒……」

趕中元普渡前要畫完但是命始終無法忍受為何地獄變相工事中斷的那幾天……本來應該是下手最炙熱的沙場祕技廝殺對決的地獄壁畫，卻因為近來種種原因疲憊不堪而無法理解地失控……但也無人問津……老道同情地端詳許久吳道子的門徒們氣餒地灰頭土臉的逐漸失去野心及其始終無法理解地困惑。那幾天太累的門徒們只能喝酒陪笑，就只看到長牆外的春光明媚卻馬上又變陰霾暴雨的天色……那麼無限絕美地絕望淒涼落寞迷離。就在那數十盞長明燈無法照亮的角落，發出數聲驚心的鬼魂纏繞般的驀然回首過去……那昏黃的東壁忽然發現什麼異樣……那東壁正是那已然多日等候臨幸般精心襯墊膠制刷了土白粉，多少工事的危機四伏的艱難辛苦現場，就等待吳道子下手地獄變相的冗長白壁。多少天他始終喘不過氣來面對流言蜚語強烈譴責「倉頡造字鬼神哭……」一般不祥妄念紛飛的死白長壁！

某一晚不知為何彷彿有一個無名神明託夢給吳道子說：「你的耳洞就是你的地獄……」

一開始老道也不知吳道子畫不出地獄變相的時候為什麼老陷入一再重畫他的怪耳洞畫……為何那麼地沉迷無窮無盡地無限暗黑……

吳道子也始終無法理解為何自己多年來專注地在畫他的耳洞化膿的腫瘤……一如他小時候始終被困擾那長在他耳朵裡奇怪的鬼東西，他後來越來越瘋狂……畫耳洞把那鬼東西放大到好幾層樓高的潑墨畫的陰暗曲折都放到很大很近地看不清夜霧茫茫弧度環繞山窟洞穴那般險惡陰霾充滿，或許其實才真的是……畫耳洞。

老道在一回一回夢見自己變成吳道子的有時也會突然回想起多年前被託夢給完全無法理解為何陷入衰退腸枯思竭的畫耳洞的那一晚……夢中下手畫耳洞……來入手畫鬼畫地獄變相的無窮無盡無奈地暗黑。耳洞大畫更使吳道子陷入困境般地時代感叛逃的自我放逐……陷入種種的遲疑……那是一個未來的重新回來打量那一個老的畫的、手工的時代感……之間的差別是什麼？耳洞使得畫可以變成是一個怪異而混亂的神祕舞臺，在畫的時候只能畫一種不確認的逃逸路線，就像那種過五關圖卷的闖入突圍，或是像走一種山路地崎嶇落荒……甚至是一個走不出去的最曲折迂迴的迷宮。

老道心中充滿懷疑……因為吳道子畫耳洞畫是困難的，不免會涉及那種龐然尺度拉開視野的擴張感，盲人摸象的摸索觸手感，或許因此所有的狀態已然發酵成另一種什麼……已然不只是畫，因為，耳洞畫的空間這麼大，畫的時間這麼長，必然會出現種種費解的什麼會始終作祟糾纏……種種常態到病態的屯田廢耕再挖心的多層次考掘學，小到所有慢性長瘡疤般病態皺摺疊合深深淺淺的細節，大到鳥瞰全貌畫軸幅度極端延遲攤開才能擁有不祥時間感地無限拉長蔓延繁殖……因為耳洞大畫的大的出現一如某種老藏廟隱瞞其密宗式的密，畫的龐然顯身手的地方還是若隱若現，基本上是一個很多樓高的建築塔樓，有點像是一個有守護神看守的祭神舞臺，高高低低又深深淺淺的一如嘉陵江大佛嵌入長江峭壁的巍巍然，然後可以到前臺也到後臺去接近仰望或登高眺望鳥瞰……

再想想可以怎麼更複雜地去理解，耳洞畫……一如一個老神殿的巨大老壁畫。一如只是路過或意外走過的無心……只是當舞臺臨時彩排地，或當成一個刻意的高難度劇碼怪場景地。不只是畫在牆體的厚重凝視上，而更是懸浮的又高又長的卷軸懸掛在列柱走廊邊，畫變成另一種列柱揭露出的晃晃然，變成了一個

很奇怪崖壁倒影般的半透明半穿透的光影變幻無窮地充滿暗示……

因為耳洞大畫的時間那麼長，可以感覺到的更多，想像一下另外一個人的角度的不一樣。假設這耳洞畫是別人畫的，一再理解或再解釋。或是就也找另外一群人一起入夢般地入手耳洞大畫，他們的進入一定會不一樣。那時候就可以看到他們不同試探黑暗的進入……對他的耳洞大畫的黑暗解釋。或就像去畫另一種非耳洞的大畫，或許就只是為了另一種進入和離開那個畫的狀態，及其可能所牽涉到的種種入或不入戲。

耳洞畫的，是另一回事的種種可能失事的打量，或許，就像是更深入從預兆會起乩狂亂的重新擲筊請示神明，抽籤，解籤詩，問卜地充滿不安的深刻期待那麼靈驗……就像把耳洞畫拿出來再算一次命般地再找一次畫的再投胎般種種新的時代感……

因為耳洞畫逼近更深更清楚的新解釋，解釋出畫的必然不一樣，在新時代感中的變化，對畫的最抽象最古老最神祕部分的不得不浸泡溶解出的新變化……也同時逆轉地想像自己對畫的進入，仍然在一個老時代，想像耳洞畫可以進得多深，畫得多久……想像某種神通，在這個時代感的重新兌現，一如古老的三太子當年傳說……削骨還父，割肉還母，再用蓮藕蓮花枝拼回的法術那麼奇幻，想像他把自己的肉身畫進去耳洞找尋更多妖幻變身的可能，一開始就畫一個一比一等身大小的自己，然後把頭顱肢體肢解內臟器官摘除傾倒出體腔，甚至到大切成八塊，藏匿屍體屍塊的精心，驚心動魄，藏身的隱隱約約的手在哪裡眼睛在哪裡腳在哪裡……的藏寶圖式的解謎解密。最後，再填入那耳洞大畫的山川壯麗的山野荒谷最深的角落裡，充滿神通的神經兮兮，找尋果斷的果報或逃離，拚命找回的命的逆襲的可能，畫不免是更撲朔迷離的叛逃，找尋就是放棄，太多太多的費解的理解……對肉身，對身世，對宿命，自我放逐，逆境的叛逆，耳洞的黑洞……一如哪吒自己被自己肢解棄屍般……

畫耳洞，老道一如夢中吳道子鋌而走險地縱下縱谷險地……一開始就不像他過去擅長畫的栩栩如生的體面講究迷人的魅力姿態現身動人的種種真人走入畫幅的唯美寫實，胸有成竹地開始畫之前就能想像有什麼可能會畫成的畫面……吳道子彷彿刻意隱身於漆黑暗夜迷霧重重困頓……甘心歧路亡羊又刻舟求劍

地……畫耳洞大畫的時候是完全沒有頭緒，不知道耳洞該長怎樣，不知道最初長怎樣或是最後長怎樣……太未知的難掌控的不只是耳洞的大小形貌曲折蜿蜒起伏皺縮風光……連如何動用過去所不曾用過的渲染乾溼平遠深遠精密潑墨畫法，最後連畫耳洞的始終無法理解的樣子都想不出來，他不懂他怎麼永遠都來不及準備好？但耳洞還是畫出來了的他卻故障般地缺乏以前對畫一貫有的自信愉悅，只剩下對「畫耳洞」莫名其妙變成什麼都可以的期待，就像帶著滿溢的熱情捧著一本古畫書冊準備要翻開，上面卻沒有書名，想像期待著無限動人畫面但不知道期待什麼……甚至可能最後還翻不開書冊只怕裡頭只是完全空白的畫面。

其實應該是沒有什麼好壞之分，只有自己不滿意。這樣的焦慮還不那麼灼人，直到和耳洞畫擺在一起之後，就好像一隻小蟲緩慢的在耳內甚至體內爬行一般的不適的畫作不管是刻意或是不刻意都其實不像自己，那種黝黑如暗夜哭泣的黑洞感的氣質風格或神韻完全不像耳洞，不像老道的耳洞，越來越覺得老道也不知道他自己在畫什麼，已經忘記了當時的心情，明明是看著鏡子畫出了耳朵的曲折蜿蜒山路般的耳洞內外的輪廓線，那麼不確定地老陷在情緒激動如何去畫那些不規則的曲線，再一次拿起鏡子卻找不到當初看到的耳洞歪歪斜斜扭扭捏捏怪曲線……就像著魔一樣，記憶只剩下一開始那時候始終無法抗拒地死命地畫的狀態，卻完全忘記了自己當時是怎麼想的，歧路亡羊的路徑完全消失。

但他居然記得他剛畫入耳洞的時候是充滿感激地又感動……越來越亢奮卻也越恐慌的，那個心情還在記憶裡，他卻理解不了他在開心什麼或傷心什麼，他實在沒有喜歡那個耳洞。不懂為什麼他畫出來會那麼不一樣，也不知道為什麼一開始會想那樣畫，甚至自己也不喜歡，又想不出更想怎麼畫的，鬼打牆般的自我為難地自言自語，更多疑惑地面對耳洞像黑洞都看不懂還在想怎麼破題解題地下手……一開始也是萬般無奈地一再說服自己往好處想想，但那總只是短暫的止痛……始終無法忍受但也無法自拔……越來越深地畫入幽靈般的幽暗角落。

他不知道為什麼一畫耳洞半夜一睡就老做耳洞的惡夢……始終出不來。

夢中的他始終躲在那一個宮中的御醫樓和老藏書閣，醫樓地下祕室充斥著老檀木香味撲鼻香氣的很多

怪老木櫃抽屜，灰塵滿布近乎瘋狂地乾燥的髒亂不堪的書架上很多古書，還有很多老機械裝置非常複雜的舊時代殘留的古機器，甚至古燒杯怪異的冒煙的不明液體……他老是在忙什麼或在化驗什麼死屍。所有人都走了，好像有一個很重要的宮中祕密會議。他內心其實很掙扎，或只是不甘願，想到還要等多久才能繼續化驗死屍……

他只是老分心，一邊想著要去開祕會，一邊又只想要去醫樓繼續化驗，其實在忙什麼老道也搞不清楚，只是不想要花力氣去跟一群人在那邊開那種更不清楚的祕會，還一直講那些宮中內鬥黨爭糾紛話題地浪費時間。或是還要顧慮很多人的心情講他們喜歡聽的話都讓老道更煩躁。

更後來，他假裝要去開祕會可是沒有去就一直待在醫樓地下祕室裡，假裝自己只是餵貓吃老鼠的隨意，但是其實很怪異的恐怖荒謬……因為這是化驗死屍剝下腐肉試不死藥還魂丹式的可怕，但是所有人都早已習慣而沒人在意……好像整個實驗的程序上有一個非常簡單的吃某種活的小絨毛動物沾黏黏糊糊的醬汁的味道古怪的環節，但只像是漬薑汁章魚腳團，或是炸蟋蟀，鵝掌，鴨舌……之類的鬼東西……後來他自己也吃了，很小的顏色鮮豔的小動物，好像有毒的黏黏的怪東西，吃下去了的老道也只是跟著別人吃，根本沒有仔細看就吃。

他們瞬間覺得不死藥還魂丹一熱就出現黏黏的惡臭醬汁有點顏色太鮮豔好像是紫色還是粉紅色半透明糊狀有點怪怪的，但是一邊吃一邊驗毒，也沒有特別的感覺，所有的人都是這樣，好像也不在意，只是忙。

忙到一個段落突然又想到那個祕密宮中會議要開的時間。也知道他們在等他，他是主持祕會的官吏但是還是拖著，東摸摸西摸摸，心情不好，老一直不想去開祕會，想到要和一群官員在那邊討論很煩。

也假裝自己只是找不到官服穿不想走。又拖了好一陣子。一樓好像有人可以從木製破舊不堪的樓梯洞口往下看，他本來以為是在等開祕會回來叫他……

但仔細端詳……卻好像是跌落洞中多年的某神明已然無法神威顯赫地吶喊地……呼喚心中充滿惶恐害怕的他：「你的耳洞到底畫到多黑多深了……」

老道也耐心等候般地在夢中打量著現場的吳道子多年之後也仍然用同樣的無窮無盡的無奈來悉心教授最後幾個關門弟子們……的獨門祕技練功……弟子完全不背誦口訣，隨他入一個偏遠的祕密洞窟內，只臨摹他的耳洞畫……洞的烏煙沖天瘴氣疫癘肆虐般地擴散蔓延地曲折離奇，充斥著無遠無近無法無天的曲弧滿布雲霧繚繞……一如莊周夢蝶曲水流觴暗黑版的更恣意更妄為更隨機更有形化入無形的無底洞內暗角暗地……依照他的古怪吩咐去填染灰黑淺黑淡黑深黑重黑濃黑漆黑種種莫名其妙無以名狀的黑。

吳道子對他的門徒們說：「其實耳洞畫到這麼大……就很像找死……」但是這整個找死的過程都是極端重要的，因為，依隨他的耳洞畫在長也在變，其實他的病的更內在的混亂的耳洞裡的黑暗的什麼也在長在變成某種永遠折騰的狀態……

「我的耳洞大畫其實就是我的大病，也就是我的變相地獄……」吳道子從小就常常陷入種種耳朵出事……陷入老時代莫名的內耳不知為何彷彿被髒東西附身詛咒地老是痛，他的外耳道薄薄阻塞，從小大容易出狀況的耳洞……耳朵耳道受傷、侵入引起內耳的損壞水腫，耳朵癢耳朵悶最令人難受不正常分泌出現惡鬼附身般地剝落而陷入離奇疼痛……

因為長年入手專注地畫這種莫名的耳洞陷入的離奇疼痛……放大比自身還大數十倍的耳洞鬼東西其實就像內心深處更巨大更黑暗的不明的什麼被釋放的緩慢過程……過去，要畫到這種規格大小其實至少是要畫數十年的，不然畫太快就會一直被敗筆、貪心、失焦……種種沮喪所困擾，因為這才是比較深入畫的規模，下手、入戲的內心要更沉浸……

他對關門弟子們說：這是潛心靜修刻意自廢功夫的想要更深層次閉關修煉的最後祕境暗地……完全不是你們一生學畫過去用幾天趕出來的卷軸畫小畫那種匆匆忙忙的小花樣……過去對自己的理解那麼小那麼單薄……這畫耳洞大畫來脫離卷軸畫的太冗長過程不免會使人必然充滿同時的成就感和挫敗感。

吳道子對弟子們更疲累不堪地近乎喃喃自語地訴說：但是耳洞並沒有畫不出來，甚至是很流暢的下意識的畫出來了，一個不像他的他，一種甚至因為無法想像而未被修正的被畫的草稿，一個因為是大畫因為

投注的過多心力激烈陷入瘋狂狀態的宿主容器肉身……可能就是他面對的糾結。或許，那般激烈地迷戀很多複雜的細節要進入也要處裡充滿了熱烈自相矛盾的下注，感覺就像昏迷狀態，但是要有耐心到過很久之後，也許才可以慢慢感覺到在昏什麼或迷什麼，才比較清楚畫耳洞這種鬼東西是活生生地……

其實藏匿不了……由於在畫耳洞大畫的時光太長，所以太多隱瞞的內心的鬼東西也都會慢慢跑出來，有些更不願面對的過去自己老問題也會慢慢跑出來。

連進入畫的過程也很容易跑出自己的性格的缺陷，一開始太拘謹但是反而是最後花了好大的力氣找尋餘地的曖昧感，畫一開始妖氣濃稠而不可思議強烈但是到後來就失去耐心而散落一地屍骨，準心歪斜失控的墨跡最後那種像泡沫破滅式幻象的可怖，但這種畫感內在引發莫衷一是的混亂衝突其實既醜陋又漂亮，既可愛又可怕，既開心又噁心，那真是最入戲的狀態。

所有找的過程就是很重要的暗示，吳道子說：耳洞的病畫畫到最後其實也不過可能是入口。

面對這種耳洞大畫的神通……應該坐久一點或是應該躺在那洞裡躺到睡著，其實他常常可以更長時間地浸入到這大畫前焚香泡茶，像熱戀纏綿那般地花力氣到充滿又哭又笑的賁張才算更入戲到入夢的被附身式著魔。看到大畫的耳洞中，一如看到了日光的暈眩，看到了雲的陰霾，看到了雨的滂沱，遠遠看，好像是花兒鳥蟲獸那樣爬過或滿天星辰下風沙那樣刮過去。那種種感覺非常抽象又非常具體，非常樸素又非常複雜……

一如古老的畫所講究的寫生又不寫生，更講究的胸襟有沒有丘壑有沒有天下……

畫的種種更深入的麻煩應該都是講究來的，一些技術或非技術的細節。只有畫人對於自己的畫最清楚的細節，一個個暗藏的鬼臉、密碼、圖籙……本來畫的最古老的部分，像老廟老和尚看小和尚的修行，看用毛筆的墨跡就知道那天沒力氣或有力氣，心亂如麻或身體不舒服，筆觸會順或會怪怪的看就知道，一如老派的老郎中精心地把脈……

耳洞的大畫因為大也因為時間長，不免會有更多次未知的改變，人和畫同時改變著，因此往往也都不

免有情緒，但是老道覺得有情緒是好事，有變化也是好事。畫的時間不能太短太累，或進入得太簡單太草率，才會有些更內在的困難一如心病般地面對。

因此耳洞畫有時不是一開始就畫，也可以是先拓一棵大樹一方巨石一洞岩壁。大畫所先拓的那棵樹那方石那洞壁可能還有別的召喚作法般的進入，請神明降臨關照加持。用墨拓完之後才開始畫那樹那石那壁。

畫地獄變相一如畫耳洞大畫……那太神祕暗黑到完全不是畫……，不是找到光或影或形，反而是要很有耐心地等候畫的召喚來找你，要用心用力地困在這裡，不中斷地，不離不棄。一如那種半夜一直畫到不小心睡著而醒來還在自己畫的大畫上的窩心或就更像是鬼上身般地無限混亂失魂落魄……

地獄變相大畫從最開始到最末端的起心動念都可能是吳道子從耳洞的無限暗黑中找出來的，一如是從更內在肉身來的，時間累積的沉澱更深，畫的更內化更肉身殘忍的可能，感覺到大畫的妖氣，一如風起雲湧波濤洶湧海天一色無起無落無始無終地驚心龐然狀態，是一種看到就全身不能動，好像怎麼看都看不完，怎麼解釋都解釋不清楚，但是不知為何就被迷住了……的不明的晃動或激動。

吳道子始終覺得自己無法更臣服於更深的地獄的忐忑不安……而始終開光式開畫不了這回地獄變相的死白長壁……一如經過他自己太久的挖祖墳般挖太深的前幾年最崩塌的落陷入的人生快轉一回，現在又再重開棺來面對這些新的一如前世寃親債主們的這一幅壁畫出生一次就夭折一次，畫中的人們鬼們不知道他們的傷害即將發生，對他或對畫中人鬼們，太乖巧的，太乖離的，太乖戾的，種種不同眼神恍惚的分神，入戲或不入戲都令人疲憊不堪。

所以那內在的千年來鬼畫附身的沉重情緒已經轉換過不同的許多回起駕退駕的千年來……吳道子自己的後來太多世甚至變成千奇百怪瘋狂乩身那般地依舊彷彿困在埋身一生畫地獄變相的宿命，永遠陰森詭譎到始終鬼魂纏身充滿無窮無盡地無限暗黑……一如千年後的老道的一生也雷同困於地獄變相的此生。

第二章。穿。

一如穿囚衣砍頭謝罪般……穿……是暗示殘忍，是極限招魂。他的藝術老是涉入更離奇的穿……古代神桌穿八仙彩般的……穿的被理解始終的神祕兮兮，一如人的老時代：接生布巾，嬰兒襁褓，弱冠禮服，大婚嫁裝，落紅布，收驚衫，葬禮的披麻戴孝衣、死者壽衣，更多的老衣服是跟穿的人的肉身一生始終出事有關，或是肉身跟這個始終出事的土地的麻煩有關，最抽象的最後或許就變木乃伊，那個死去的肉身腐爛消失，就只看到亡魂般的那黏稠人形充滿斑斑駁駁的鬼樣子。

一如對美的耽溺深入在流刑地式的魔幻亢進……更怪異穿越劇般的穿越的穿……始終幻想著血淚斑斑的「衣」可能更冒險地冒犯自己的「身世」的他老想做一個展覽，一如寫一本關於「衣」也關於「身世」的小說，一如《紅樓夢》《源氏物語》絲綢錦緞精心刺繡的瑰麗穿著滲入其貴族人生講究的必然奢侈又哀愁，一如《藝妓回憶錄》中花魁女主角小時候弄壞了就算工作一輩子也賠不起那件最昂貴和服的世故又勢利，一如阿城《遍地風流》裡穿有彈孔死人衣服重改的破布裝還是開心在胡同裡玩耍胡鬧的北京小孩那種殘酷又荒誕……一如米蘭．昆德拉《生命不可承受之輕》莎賓娜的禮帽所承載的層層疊疊文學隱喻的飽含其自相衝突的色情、祖父、東歐、戰亂種種文明混雜媚俗的性感又懷舊……

面對「衣」的忐忑不安，對他而言……就像面對自己前半生老布莊身世恩恩仇仇糾纏太久的老家族……那般地不知如何是好地躊躇不決。或是面對自己下半生涉入設計或藝術的「衣」的太浪費也太不捨到……一如面對暗戀而迷戀太深的女人，始終在一種矛盾的心情中擺盪，他因為想多停留流連忘返更久到完全不離開，但，或許就賭性子放棄而完全不進入，但也就因為這樣越來越遲疑地深深受困……

對於「衣」更不留情或更多留情，充滿兩難到……以為只是打量打招呼可能以為打開了更少但或許卻也更多。

一如小說那麼曲折迂迴地太深深植入，有些「衣」的觸入得太深入地唯心又唯物，穿上自然而然就使身體入戲得體講究到像能劇或傀儡戲中最動人的演技到形容不了也描述不出那種更難以明說的陷溺，被下咒般整個人被迷惑地一如被入侵的極端寂寥靜謐卻又同時怵目驚心。

其實，極端令人想端詳的種種「衣」所提引文明的更繁複也更費解的什麼……一如一個古代收藏太怪異的博物館的種種嫁裳落紅巾壽衣所依稀折射出種種古今民族誌異底層皺摺無底那般深刻，一如一個神明長相太懸疑詭譎老藏廟中某老活佛轉世小靈童仍然認得的老法衣僧服袈裟道袍熟識的霉味那般靈驗，一如一部王家衛式蒙太奇太多色澤太飽滿動作胡亂快轉又慢轉的怪電影中的一個個場景過度鋪張華麗的一件件定製旗袍手工西裝俠士長衫戲服那般迷離……

然而，「衣」也可能因此更冒險地冒犯自己「身世」一點……一如有一回他去銀座川久保玲的那怪店所看到另一種人生及其身世極端冒險的冒犯：有個展覽出的有本書，叫做「『衣』在瑞典是什麼？」很厚一本，四百多頁大多都是字，照片不多，但是，書中有很多奇異的小說家、社會學家、藝術家、攝影師、漫畫家……種種怪人所打開或打造的一堆怪東西，諷刺尖銳，自殺般為自嘲得很厲害，充滿了艱澀而憤怒關於「衣」的觀點，自拍內衣私處的娼妓獨白或家暴的無法言喻，甜蜜又殘忍的SM女王與男僕，密教裸體，公車變態，移民的春宮圖，數位遊戲的空虛爆奶女神裝設定攻略，甚至，結尾定論還堅稱人形充氣娃娃的妝扮就是那國那城那時代最時尚的「衣」……

然而，另一個樓梯側末端非常不起眼角落，也有一個展覽：僅僅有一列不太像衣服的完全慘白衣服的展出……但是仔細端詳卻竟然都是複雜的要命的「衣」：引用了很多她中亞不知名村落故鄉祖傳的質地及其工法：素白近乎是絲的質地的極上綿布和麻衣，薄如紙張還透光地層次分明的薄紗，甚至種種繁複手工蕾絲還用碎片亮片穿插的亂針刺繡，展覽的名字一如那個藝術家的動機同樣地動人，她提及的我每一件件

手縫出的「衣」其實都是：「我對我母親的回憶」。

❖

他老想做一個鬼展覽叫做「我殉了的那些怪包包們」，一如殉情殉教殉國般地殉了怪包包的迷戀……近乎瘋狂的狀態……諷刺反射出所有古代到現代的著迷地過度認真，從人類學到美學到倫理學的種種看待包包的迷亂……數百年來從勞動到流亡依託保命保佑到血拼傾家蕩產的太多太多狂亂暈眩症狀。

一如怪包包的神通，一開始只是一個不可能提及神通的太尋常的執迷現場，反諷尋常設計或時尚的氣味沉悶昏天暗地……但是太多讓人很費解的包包可能充滿隱喻神通的種種神經兮兮……

更後來的他還想了太多太離奇的怪包包的可能充滿神通的隱喻，人類學式的老時代的人的活著仰仗依賴著沉重的古老包包的背，或許可能是最古老又最原始的感動……

一如母親背小孩洗衣下田，一如駄夫挑夫的重擔卸不了的米布袋囤貨，一如苦行僧三藏背西方取的經書，或者一如是非洲中美洲老時代原住民部落土著背著沉重的採花採果採藥砍柴狩獵的……活著必須仰仗依賴的什麼，背著活在那個古老地方的艱難近乎癱瘓的可能度過的特殊古老技能神通，我老覺得老時代包包是一種逼迫人……通入活著太過艱難而必須仰仗神通才能活下來的……勞動或生產或時間感充斥差錯延宕的隱喻。

另一種包包的更錯亂的隱喻……抖包袱，打開包裹的未知的什麼……相聲表演藝術曲折離奇的修辭學高難度動作，收妖放妖般的離奇的炫技……

陰暗的見光，內朝向外的皺摺的消失，神祕莫測的隱藏的什麼，終於不得不現身了而包裹著可能等待或誘發出現的什麼……

那一回那一個令人費解的他所遭遇過最迷人或許也最具神通隱喻的怪包包……卻是京都三十三間堂裡最著名千尊古代木雕千手觀音的旁邊二尊怪異妖神，風神和雷神……那是京都最古老寺廟的近乎奇蹟式的

現場……全部都是稀世國寶的最古代歷史博物館般充斥栩栩如生的神明保佑顯靈的沉重死寂的氣息中，最奇幻的那一個個老神明的動人老時代鬼見愁般的舊神像……尤其是風神。

或許也因為風神和雷神就是妖怪。但是雷神手上拿著閃電比較容易想像，然而那個更怪異的風神卻太過離奇，因為風神的風太抽象太困難雕刻如何刻出風刻出風神可以御風的神通感，最終的奇幻太過複雜又太過強烈但是卻出現了那麼高明的神來之筆般的奇幻因為竟然出現了一個懸空的怪包包。

風神的現身竟是背著一個怪包包，充斥那種老時代美學對神通的隱喻，真是太過複雜又太過樸素地離奇，非常厲害的扛著近乎穿戴在雙肩上。風神猙獰的眼神很怪地望向遠方半空中或許是凝結在那神通發生的瞬間，祂正要發功，運神力本事，將近乎災難異象妖孽般的通天疾風釋放出來……

但是，那卻是從某一個弧度怪異一如劍匣箭袋裹身的怪包包釋放出來，那包袱般的袋身近乎就是喜怒異常一如妖怪的神明的祂……可以操控天機，操控人間種種天象的巨大的法器，無常又尋常的，怪包包的最終隱喻的神通廣大……

殉包包……一如有一回他異國旅行意外遭遇的奇觀……那個最古老的爪哇島……某一個全部充滿著鬼怪的神宮跟妖怪傳說的鬼地方。然後怪獸般的蟒蛇們（一如他）竟然全部殉了那些包包們。

一如太多女人迷戀時尚迷戀手袋皮包到瘋狂血拼花光畢生積蓄近乎殉了他自己的人生般地偏執……一如殉國，殉情，有些人殉包包這種諷刺包包這些奇怪的狀態。

某種荒謬的恐懼，逼真的，甚至近乎瘋狂地真的，充斥著恐懼始終太過激烈……

那一回所意外路過峇里島的末端……尋常的那種昂貴五星級飯店群商圈頂級的華麗旗艦店，卻發現某個異常的怪店，講究氣派裝潢設計豪華的櫥窗裡陳列展示的還用心良苦地尋訪收羅成列立面玻璃櫃閃閃發亮的眼神端詳無法理解地……竟然著名品牌設計師品牌款的包包全都在現場，但是也安放另一個其品牌再精心打版切割重組近乎完美地複製過的全部用爪哇的蛇皮再生地附身般地重現……Hermes的、Gucci的、Chanel的、LV的還有更多經典款式……（山寨版的但也近乎就是向所有的頂級時尚設計師致敬）就是全

部型款式設計細節逼真細膩地繁複，然後就是一排排包包旁邊還有一隻隻真蛇的標本，栩栩如生……神祕詭譎，光暈昏暗迷離、空氣中瀰漫濃稠香水混合福馬林的怪異氣味，太像某種野生爬蟲類動物園或實驗室或博物館的稀世珍藏的稀有生物品種、印度教或藏教或更多密教的某種神獸妖怪木乃伊的祕室獸神俑身塑像殿堂……

甚至，更荒唐的現場還有老店長一如道行極高的薩滿巫師焚香念咒，穿著印尼傳統古裝還招呼客戶竟然有型錄可以選蛇皮的各式各樣的顏色花紋款式地讓人挑下訂單。甚至最後到長木桌末端，令人更難想像地驚嚇，有一張張羅列的長十二公尺寬一公尺的那麼大的剖面展開樣品的蛇皮，花紋猙獰但是無限華麗。爪哇的近乎完美的神戰龐然巨身的蟒蛇，但是鋪在地面卻仍然像一種充滿神喻典故的刺繡斑斕花紋的古老阿拉伯神祕地毯，但是，那卻都是竟然就是真的蛇。蛇有那麼多到像災難片那麼驚心動魄……整個爪哇島的蛇都快要被因此屠殺光……一如陪葬般地殉了包包們。

❖

他老回想起自己在每一回時尚和旅行冒險的公路電影般一路出事的狀況始終無法釋懷地虛弱差異困難重重，所有的情緒都還在波動之中一直停不下來或慢不下來，就感觸特別的深，但是他也有一種很扭曲的方式安慰他自己，其實這些時尚和旅行的狀態和問題都太奢侈了，他不過是從很辛苦的爛命中打開一個很小的裂縫偷跑出來鬼混一下，能夠這樣子裝死裝瘋地逃出火場般地快轉一小段時光出國在陌生的天堂裡華麗冒險插曲，一如再下到更深的一層夢裡面再爭取到一點時間，那麼荒唐……再回去任務的緊張兮兮之中地人生不堪負荷的逃離不了的收尾。

時尚和旅行的意外……老就像賞櫻花吹雪式的奇幻遭遇的巨大隱喻的更意外到一如某種超現實主義式的意外發現的存在感的逃生艙脫離險境式的療程始終療癒不了……

時尚和旅行的公路電影式逼問一生最深最後遺憾的補償性冒險……一如最難過的時候某種一路迷路般

的改變好像找到了出路但是不可能也還是動身，一如那困難重重的別的其他的什麼都不可能有神喻暗示的失望自嘲腔調、甚至是人生太多無奈本身更內部的機芯搪缸只是還能動身就動身的委曲求全或是裝可愛或是鬼混放水，甚至幻想可以用浮士德遇到魔鬼的透支生命額度的賭癮再度找到另外一種切割和進入的更瘋狂更不同的暗黑系賭注……一如找尋一種不明的新的遊戲而可能一生也不知道那是遊戲的尷尬……另一種神明的祭拜儀式或祭品紙紮比較講究所以比較靈驗，人們迷上的時尚其實只是一如對「美」的偏執（比較起某些和他同年的故人甚至是迷上了衝浪攀岩騎重機哈雷登山高空彈跳滑翔翼或真的飛機上空地跳傘，迷上了米其林餐廳或阿曼寶格麗半島酒店式奢華旅館，迷上了古畫古玉古錶古董相機古董文物的收藏癖癮，迷上了的更怪異地泡茶泡咖啡養苔養蘭養鳥養血紅鯉魚養烏龜或變色龍……那種更神經兮兮的為了找尋難一點的什麼的私冒險的貿然……）他也始終也沒力再更用力地去找尋別的更貿然的什麼……

只是他也因此同時老會想像如果有一天他什麼都不想要了……彷彿是得了厭食症一樣的厭倦，或是他那種因為不明病痛的折磨而更內在改變這種時尚和旅行的冒險……而進入放棄人生的無法挽回的狀態。

時尚和旅行的慌亂……到底是什麼意思，對迷上這種慌亂的他而言，那好像是一種凹陷曲折離奇地折疊但是也一再重新被打開的一條條怪參道，一棟棟怪博物館，一個《全面啟動》式的某一個夢中全部他住過的怪房子都被排在一起……成排重新回到自己小時候少年中年老年所迷過住過的老地方的破房子……都變成是空間摺皺了時間必然內凹的迷宮、巴別塔、歧路花園或是更多只要上路就一定迷路的可能……

也因此使他始終開心又傷心地想到太多，有種心情是難以理解地只要一出國一到了米蘭倫敦紐約東京種種時尚的首都……開始認真逛，他就老更覺得自己是土著，倒不是說旅行的遠方的幻象太迷幻，就只是想到他老自己在美學遙遙落後的臺北久了自己會不免厭食了……甚至也還不自覺切換來出國幾天，彷彿感覺敏感一點味蕾尖一點胃口也好一點厭食症候輕了點，但是就要回去了……

在某一個異國旗艦怪店裡所感覺到的前所未有的細節講究的方式，一件一件奇怪的材料實驗的衣充斥著繡花蕾絲鐵釘還竟然有縫隙滲進般幻想縫入縫線車線版型實驗室都像一個怪異的實驗室。一如充斥著太

多太複雜（被形容成的波赫士阿萊夫式可能的）怪衣服的怪店，充斥著實驗感的動人……另外就是更多樓層的更多怪牌子有些聽過有些沒聽過但是都很用力，有一個牌子是英國完全手工做的老東西材質、版型、概念及形都好像是工業革命以前的花樣，有一間全部都是印第安的手工織物，貝殼，土耳其藍寶石，刺繡……但是非常細膩講究。有一樓是印度的最高級的麻和棉所做成的圍巾、布帽、襯衣、長裙……摸起來像飄逸地像雲朵，有個牌子模特兒是用撕破工業卡其厚紙箱的歪歪斜斜紙碎片畫上極度粗暴的寶藍、血紅、芥末黃、粉紫粉青粉綠油彩，拼湊成的人形，衣服褲子帽子也都是這麼花的圖形，太多太多的怪時尚都很怪也都已是美術館等級的鬼東西都像一朵朵異形的諸多瓣膜的花瓣盛開……

有件川久保玲的五分寬版低襠短褲是用厚透明塑膠材質做的，不仔細看還以為是塑膠袋……有雙MMM的步鞋是故意做成好像是還沒有拼裝起來或是扯壞掉了的內裡材料都露出來的破爛不堪的混亂鞋面。或是銀樓般的Chrome Heart做了所有的純銀鑄造雕花講究的鬼東西：銀哨子、銀鋸子，銀削鉛筆機，吉他的銀調弦器，銀錘……最後端有雙怪球鞋，非常的昂貴連球鞋的繫帶全部都是用小羊皮真皮和純銀做的皮繫帶頭。太多太奇怪的太尋常的鬼東西代表的是一種老時代（恐懼吸血鬼作祟般的）古代貴族血統般的存在感及其態度，是一個帝國大內御用的什麼日常生活規格的小物切換成銀製的鬼東西都可以做降魔法器般地炫人。

另外一樓角落的怪書展……有一堆怪攝影集：拍荒野的荒蕪，拍鬧鬼般的工業遺址，拍更古老的怪廢墟，拍流浪漢，吉普賽流亡路線。印象更深的還有一本書叫做「墮落」計劃，有一大堆辯論包含有一頁是墮落契約頁，參與者必須簽名：做各種敗壞的勾當：偷竊、虧空公款、揍人、所有壞事……有的沒的勾當神經兮兮計劃，最後在美術館展覽現場對話，對觀眾和藝術家說參與者們在墮落的過程有什麼掙扎……

太多太多「墮落」般地冒險及其可能，意外發現的狀態……一如在東京終於找到Rick Owens的怪旗艦店，好像某個祕教祭壇聖殿，充斥著他那種古怪的陌生出奇怪誕的祕教法器法衣般的鬼東西，暗黑系的高難度曲折離奇的布紋材質的質感料子版型和細節極為迷人的種種車紋帶扭曲變形繫帶厚底楔接細部都極度

精密複雜……甚至所有他幾年來設計的怪球鞋奇形怪狀長短靴都好像異常精緻繁複講究的雕刻藝術般在怪店的那道怪光牆上，被成列排列起來像縮小神雕像女兒節儀式般成排的極端動人的華麗登場地令人注視……

那大店裡充斥著氣味光線冷冽極端的荒謬感，最後焦點竟然是設計師自己肉身裸體作為一個妖怪站在玻璃的走廊的最後端。但是懸疑的肉身完全等人身高長髮長手但是卻沒有腳只有彎曲變形臃腫的怪尾巴……長尾身還充斥著不明材質逼真如妖怪肉身甚至長出毛髮。我最後還就困在那廊尾更仔細端詳那植入細膩像極了真實肉體長出來的混亂不規則的頭毛或腿毛或腋毛或陰毛的毛髮，就像日本老時代的鬼娃娃傀儡戲頭髮使用真人頭髮植入的古代神祕技術的栩栩如生，但他是全身赤裸上半身賁張肌肉下半身某肉團塊蝸牛腫囊肉團長尾巴最後竟然長出獠牙。

❖

一如穿的最後……木乃伊的鬼樣子是包覆那死者人身形貌的種種暗示的，可是古時候盜墓依其衣服跟腐敗肉身枯骨的狀態等級來判定其生前的身分……貴族或是庶民的種種考究不同的一生充滿傳奇性的歷史遺址……的種種肉身出事可能。一如古時候對這種「穿」會非常在乎的是近乎那穿上身的衣服可能就是小孩的護身符，上面繡一隻老虎就會保護那個小孩，上面有什麼妖怪就是什麼守護神或是其神通的暗示……孫悟空要穿那種虎皮圍裙，或是一個印第安的巫師在森林裡面走披一個熊皮，其實就是把那隻熊的靈魂罩在他身上變成是一個獸的守護神的隱喻。

他的藝術的難題重重的永遠離題地太遠……其實是復辟般地找尋一種人類學或神祕主義式觀點的深入「穿」這件事在異地繁殖古文明的老時代衣服跟人的關係必然地過度複雜……

理解衣服從都不只是時尚，從來不只是機能。更好奇的更深，人穿的衣，人做的娃娃，涉入血肉，涉入生死，涉入宿命，涉入儀式，一如在卜卦、在招魂，做衣穿衣一如養小鬼然後最後就用自己的血跟頭髮去餵，也才能召喚更內在的什麼……

一如法師要他徒弟打造一個怪物，要用多少皮骨肉，或是科學怪人般的偷偷把別人的屍體拿來重拼一個新的怪人。

他說，如果他可以再殘忍一點地找尋極限。一如殺一個人，殺一個人然後拿肉身上所有東西，用他的皮用他的骨頭用他的肉。做一件神衣像是搭個神壇。獻祭給一個邪神般地迷信偏執……或一如某種變態的小說或電影中這樣的神經病，一部是《沉默的羔羊》中殺人犯扒人皮去做面具，另外一種更新版本是凶手殺人之後拿個別截肢肉塊四肢去接成一個很像是怪物肉體雕塑，甚至是就變成那妖形肉雕塑長出六隻腳、七隻手，那個片子是木村拓哉演的《幻雨追緝》*I Come with the Rain*那怪電影就是在追蹤一個近乎神人的神經病，殺人與救人的平行隱喻……他陷入的老在做這種怪事的瘋狂，或許引用典故更是另一個當代藝術家搞出來一如Damien Hirst用動物血肉屍身去做藝術作品的可怕切牛或馬或鯊魚的真實動物肉身去放在福馬林裡在玻璃櫃中概念化的殘忍當代裝置藝術。

但是更激進的他當然希望更不怕到……最後就是把人殺了做自己的鬼東西還更會更有神通到一如湘西趕屍召喚死人用一個符咒貼著就會跳起來那麼怪異地完美。

但是，這只是暗示，他的藝術深入的不是要不要有法術，而是對肉體的更複雜理解或是對自己所做的穿的怪異理解，因為他老認為的火影忍者的尾獸不應該太快到直接放出來就開始施虐發功……最好的狀態應該是養出來像是人的分娩生下小孩再慢慢長大，在肚子裡從一個很小的肉身慢慢長大的感覺，在長，不只是變大的娃娃，沒有眼睛的娃娃……變大可能更多更複雜一如一隻馬或是駱駝或大象或鯨魚剛剛出生時都已經很大隻，懷孕一隻巨大的獸在身體內的人是非常有妖氣的「穿」的隱喻。

一如神豬壇是一個完美的例子。那隻豬被殺了，敬奉給神，牠自己也變成神豬，他覺得一個神壇最完美的狀態，就是神豬肉身最後犧牲變成是衣變成是祭壇。這才是他的藝術在做的最難的部分。那是充滿暗示，穿……始終召喚什麼更後頭的神祕……一如在招魂。

他一生迷戀的襤褸是補償的感動。復辟陰翳破爛禮讚式的……乞丐的百衲僧的浪人劍客般的……深沉感覺到的迷人地極端可怕一如悖論式的苦修僧或是七傷拳式的未傷人先傷己的逆向修煉……脫離學院美學可能的什麼，也更是「物」及其滄桑是找尋「物涉入之人」是怎麼活著……怎麼病著冷著窮著狀態的人的文明兩難，精神病理學般陷入困難重重……

他的某一個藝術計劃是耗時間太多年拍成那一部關於「襤褸」的怪紀錄片……深入京都找尋到的襤褸及其終於發現太多太多的破布衣，尤其是在北野天滿宮的古物市集，想過好久，錯過好多回。這個中國民間疾苦的破舊不堪入目的……衣衫的「襤褸」兩個老字，竟然變成是一種日本和衣的風靡古董文物般的古老傳統服裝類型。不過他所更著迷，洞口般的存在感染深刻的某種後民族學人類學式的好奇，引發的種種更當代藝術式的、更當代設計式的、更怪異的反差……異端邪說般的反動，甚至啟動某種更深層次矛盾的前現代的又後現代的逆差……反設計到土法煉鋼吸星大法般地……反形反象反版反工甚至反當代織品美學的什麼……

他在多年前就開始留意很久，還前去淺草那個和服和衣舊博物館看到過……現場這種老百衲拼布破藍衣的數十件數十團的特殊展覽時，感覺好像回到古代……襤褸源於江戶時代的窮村莊的粗布縫紉當時布匹稀少的村民們將常用的麻布或其他粗舊布碎片拼湊成織物當作被褥或服裝世代相傳穿著並繼續將布料一層層織染窮人繡補。

完全不像是老幕府貴族……一如西陣織和服藝術織工繡工的匠師老規矩，講究的精密華麗考究……高端美學的迷人。反而更是深沉又怪異、低端、混、亂……窮人家的寒冷、陷入困境的、沒有形沒有版沒布沒衣……又就是充滿衣的可能的皺摺凹陷修復，補償的感動……

更是另一種很窮很苦很多代的楢山節考式的自殺森林的隱喻的陰森悲傷殘體的渴望殘念式的密密麻麻的歷代家族身世可憐到不知是怎麼活著怎麼病著冷著窮著狀態的陷入困難重重的可憐勞動拼接起來的一個人或好多人的一世或好多世的破布衣承諾……

引入他的另一個承諾……關於衣的古代深入當代的怪藝術計劃……竟然是找尋從「繡學號」到「刺青裝」在布衣上書法的神通……引用特殊古代的布衣上書法：字是封印或保佑或神諭或祝福的什麼……廟裡的神明衣，八仙彩，神轎布，古部落旗幟，巫士裝，藏廟的曬大佛，朝服，僧服，法衣，壽衣，襁褓，嫁衣，囚衣……上頭的字可能是什麼神通……但是他的藝術還涉入當代的布衣上書法……字是戒律或榮耀或文藝腔或庸俗的什麼……軍服，學生服，公司服，選舉服上的繡學號，繡名字，繡兵籍。上頭的字可能到了當代變成是什麼神通……或是更反諷地引入當代時尚的布衣上書法。字是設計或時尚或激進的什麼……從 Calvin Klein 性感內褲 Logo 腰帶到 Jean-Paul Gaultier 到 Ed Hardy 的老虎頭刺青裝……上頭的字是什麼荒謬的可笑的潮的不同神通。

❖

他還拍過另一部和衣和東京有關的更新也更怪怪紀錄片式的藝術計劃。

或許因為他始終太喜歡又始終太害怕東京……或說，對他而言，那裡太完成了，太奢侈地近乎無法逼視，像某個時代一打造完就封印起來的奢侈地如此華麗的古董娃娃屋。太美也太繁華地太難以接近，只能勉強打量……

東京……一如那一個個太像怪美術館的怪時尚館……發明了某種更新更不著痕跡的索引，編目法，圖書館學式的例外，更老派或過新派的搜尋引擎，完全沒法子描述的描述，祕辛，異次元的牽連的導遊，打開結界封印的手印，在他這幾年越來越委靡的對高階或低階時尚的純粹好奇，不涉及逛或買或穿或寫，只是想像或幻想，像戒得太辛苦的毒癮或戒備太森嚴但始終沒有動用的動員法，危機處理的危機四伏的未曾發生，而不再有過多的情緒或情感來依賴甚至浸泡。

或許不是所謂的品牌旗艦店的最高級競技場，所謂的時尚或所謂的設計支撐出來的太夢幻的幻象，或甚至所謂的更繁殖出開到荼靡般極端華麗的精神狀態，他彷彿那個強卡特土人不小心誤入而被帶到了一個

文明太進化的殖民母國或星球總部的祭典之中，煙霧瀰漫的盛放花火與滿天星斗般的光芒萬丈，但是，這些華麗到底對他揭露了什麼，他並不清楚。

只能說，他的失望就像承認了一首詩對文盲的徒然，或一首交響樂對聾子的浪費，因為，對於他的失望而言，或許這所有太匪夷所思的生態系早已高明到完全失去被描述的必要的狀態……這更令他沮喪。即使他嘗試用一種切割折疊的尋找，嘗試種種進入與離開這太完成的東京的更怪異險要的可能，但仍然是無力於更疏離地打量與招架，所有的尋找必然也永遠是太過不自量力。

一如他的衣的怪紀錄片中拍到的某天去表參道之秋的末端那Ann Demeulemeester的旗艦店，那衣的風格像在許許多多的驚悚片或恐怖片中都出現過的極搶眼怪角色，內心戲極多，長相極醜怪，或說是那種極出色但卻老是演高難度的惡人或變態的那種老演員所正在試穿一件件極為妖異的長毛黑大衣，歌德風的某種陰暗又華麗，像吸血鬼或黑暗王子般的太過火的暗示，但是在那間店裡那麼多不食人間煙火般精密的氣息之中，所有的狀態都那麼不真實，所以，彷彿沒人認出他或也沒人在乎。一如，那店太邊緣了，像一個雪地極光變換的死角，乏人問津的渡口迷津，即使在安藤忠雄那表參道之丘著名景點式的建築裡，在那裡多大名字的店家的尾端，還是非常地冷，低調到什麼都沒有，衣很好，版和料都很窩心到令人不安，不像真的，像一種幽魂般地漂浮而婆娑撫過，蜘蛛絲上的半透明絲綢般擁抱雨露涓滴剎那的斷腸，那麼不可能地孤立天山絕峰不世出的天山雪蓮的蓮瓣膜所熬出的剔透晶瑩。

連空氣和光暈在裡頭都太失真了。

一如那天，他坐在表參道之丘旁的咖啡廳外頭咖啡座，點爐火，抽菸抽光了，該走了，每回來這裡，最後都會坐在這家店，可以看到表參道臨街的人們走過去。他的感受太多，層層搭起的空中樓閣太龐然飢餓到竟然吞噬了地下的基礎而懸空漂浮，他實在很難說清楚他今天看到什麼，感覺到什麼，覺得自己已然也漸漸放棄而離開了，但是又好像有些什麼在躁動而回來。

一如來東京拍怪紀錄片的他仍然偷偷地逛和買和穿，也不太提，像還俗的僧侶不再談及過去深山的苦

修的也沒人知曉的死寂中的癮頭，鬱，百憂解的失效，就放棄了或遺忘了太久，那種夜半突然又夢見的怦然，心動但又持續要睡入沒有夢魘的死白床單，那種自暴自棄。

東京，一如這時代是裂解的極端了，這時代已然沒有所謂的找自己，因為根本沒有自己，只有找，沒有發現而更像只有發明。

所以，東京的發明是：這時代的時尚在這精神抖擻精神錯亂的時代是找自己的找的唯一可能，不只是穿，而更是演，扮妝，動員所有可能的再離奇的想像，自己，可是連皮帶骨帶肉都可以完全翻轉的那他都認不出來的種種角色的變貌：男優，女伶，舞者，學究，猛男，熊男，王子，獵戶，僧尼，乞丐，浪人，俳人，少女時代的少女。他們都一樣的分裂又分心，只是不願承認，因為，時尚最珍貴的體驗是那麼地像神啟，也那麼地像常被誤解為天譴的幸福感降臨的那一刻，因為，就只有在找的時候才偶爾會遇到那個彷彿是你的瞬間中的自己，而常常更尖銳而諷刺的是，那自己往往卻馬上又消失。

而這裡頭那最神祕又神聖的偶然是：這一切就只有自己偷偷地知道。

一如他也為另一個怪設計師M的怪牌怪店……某種歪歪斜斜的自傲自詡所寫過的一篇怪文……

「我喜歡M的怪店的白……一如我喜歡粉筆，一如我喜歡杏仁露，一如我喜歡月彎的月色……那種老掉牙地有點隱約有點闌珊的白。也一如我喜歡早年法國新浪潮的黑白電影有點太過乾燥太過疏離的詩意，一如高達或亞倫．雷奈式那種調調灰暗甚至寓意恍惚反而故事卻變得離奇浪漫的蒼白……但，M的怪店的白，有時也不那麼容易令人喜歡……一如大多沒準備的Shopper，第一次走進M的怪店，走進那著名的全店都漆成的白，走進陳列很多舊的木櫃很多廢棄的箱子都漆成的白。穿白衣像藥局藥師的店員在也是白的收銀臺前當襯托。是真的有點怪怪的。走久了逛久了。連顧客都變成那白的背景。我總覺得有種說不出的不對勁。總覺得它破壞些什麼。掏空了什麼。即使我幫它背書些什麼……

M的怪店的白。是一種發明。一種隱約。一種偽裝。像一種小心翼翼而故意未完成的素描。讓店抹去

了Shopping往往太過接近真實的現實。變成一些抽象畫式筆觸的抽象。但，有時人更少更空，店就不免會因此而散發出某種彷彿刻意不友善的訊息。諷刺詩般地，（像一個寓意不明的裝置藝術現場的冷漠，或像晦澀的小劇場演出舞臺的疏離）往往會變更『冷』了，變更『尖銳』了，總之，就是會變成一些和傳統的Shopping的開心或窩心互相衝突的調調。所以它不可能廣受歡迎。這種倔強到有點唐突的空間的刻意離題不免是一種偏見。或說不免是一種冒險。因為在一個Shopper完全沒有心理和思考準備的前提下，M的怪店的白往往會變成了被誤解成『裝潢潦草或未完工』式的敗筆。因為它技術性犯規。因為它破壞了一種Hi-Fashion賣場的小心呵護的默契：貴氣，精緻，奢靡……某種灰姑娘想要變成王妃的午夜舞會片刻的璀璨華麗的幻覺感。」

最後用一種辯護律師或心理醫生的無限護短口吻說：「M的怪店的白刻意避開這種幻覺感，它刻意留住的一般店一定抹去的那地點的過去，留下拼裝的、看得到修補及其損傷的汗漬，甚至看得到那個店之前是什麼地方……灰姑娘來歷式的樸素及其痕跡，它提供了一種過去『遺址』的概念式的暗示……那個店過去可能是學校、是裁縫店、是書局、是老市場。

白，因此變成了某種效果。某種參考。它提供稀釋。提供餘地，提供服裝店也可以是古蹟也可以是博物館那般抽象與具象之間的餘地。這種蓄意的空間的離題。矛盾地既是一種掩飾也是一種更迂迴地揭露。M的怪店的白，因此使他的店的空間變成畫布，變成概念模型……這是什麼意思。因為，它的這種在商場裡偷渡『美學』式的意圖是狡猾的。是半話題化也半風格化的引用。這讓我想起當代藝術早年一幅很大很大的油畫只畫全白那種極限主義式姿態的刻意尖銳。也讓我想起當代建築早年和包浩斯有關的房子蓋得全白全無裝飾全機能理性那種現代主義的刻意冷清……有時不免是令人費解的。

尤其，在一個Shopping的地方談及這些『美學』意圖式的尖銳和冷清，有時也有點更顯得太過做作太過激進。所以，有關M的怪店的白。偶爾，只把它的『灰姑娘』式的離題當成一種玩笑也不錯。會有一種間接的對Shopping的「華麗地太容易」方式的反動與反諷。但只是一種反『幻覺感』的小型舞臺，一種小

型的怪秀……

M的怪店的白不免只是。一種姿態。一種距離。一種威脅。一種註解。累積成的某類的抵抗。而且還往往抵抗得很辛苦。因此，這種老掉牙地白。我只把它當一種秀。一如我喜歡的『黑白電影』式那種的早年詩意，一如那些寓意恍惚反而故事卻變得離奇浪漫的蒼白死白……」

也一如東京，一如那裡太多層出現的刻意祥獸般的巨獸，竟然是太多隻巨大慘白的比人還龐然的蒼蠅到處出現。那裡本來只是一整棟七樓全白全透明全金屬的極龐大的大樓，昂貴極了到完全難以想像的怪場子。後來還是去了這銀座的川久保玲的近年落成的店：DSM，Dover street market，這裡竟然叫做，市場，一如那種老時代才能容納的種種對古老而形貌變異成所有一如馬戲一如雜耍一如黑市那般的對市場的好奇，甚至再加上了川久保玲用她那太資深又太不耐煩現有時尚的限制無趣而重新繁殖出來另一整套對未來文明蹤跡的全新的打量。

在銀座，在附近是所有最知名最頂級品牌旗艦店的競技場，都是一整棟都是用盡心機心力蓋成的宣言，用最昂貴的料，形，光，種種最貴氣講究的高難度設計，來揭示他們的時尚殖民地的美學高度較量身段的最高級。

但是DSM卻彷彿是在開一個玩笑，不小心走進去會好像走錯地方，找不到路或找不到東西，可以辨識的物及其賣法，一如一種刻意的荒謬絕倫的荒謬劇式的鬧場。

甚至就在一樓，留白的一整間空的玻璃屋中，竟然有一頭雕塑故意彷彿醬料未收完弧形仍然逼真的肉身卻一如溶解中的真實尺寸的白象，正捲起牠的長象鼻在一整盆真的一堆紅蘋果中的其中一個要拿起來吃。

他老是不免想起那種太古怪的聯想，在這個太古怪的店，一如那巨大的生物在世界末日的毀滅當下所凍結的那一剎那，那生化實驗室失敗的標本間地球最大的哺乳類動物第十四號屍骸，那冰河時代出土的遺址中的考古學發現毛皮已然損害失真的象身木乃伊，那印度聖獸的最終聖殿在聖山中的最後一瞥而看到的

人都已然失蹤或遺忘的種種雷同隱約怪誕的暗示。

最後，竟然在一樓違章鐵皮屋旁陳列一整櫃的戒指。有很多她挑的怪牌子，還有CDG自己做的象牙雕刻的既妖嬈又可愛的環形青蛙指環。另一個小間，有古董人臺和破舊模特兒木身的臉，手上戴金飾，臉上還有鑲嵌金箔的半臉凹陷歪斜面具，有種說不出的華麗與詭譎。

他印象極深的角落，是四樓某服裝人臺旁，突然出現了一面牆展的是一個專拍又醜又噁心的人妖，殘廢，侏儒，龐克，變性人的攝影展。另一個三樓那特殊展覽區域，這回上頭的書架上全換了。變成一個特展，展的竟然是一個德國的專門出冷門攝影集的出版社。展出的他們出版的那幾十本書都很不起眼，太多太多照片都太尋常硬蕊，都沒什麼引人注目的，有人專拍骯髒的河流山谷，有人專拍路上的老頭或小孩或廢墟，即使有人專拍流浪馬戲團脫衣舞孃，但還是都拍得極冷漠而疏離。攝影突然變得很真實感充斥地難得，不美麗，不溫和，不歡樂，甚至歪歪斜斜地離題，或就是拍成刻意的不切題。

還有到處都有好多離題而離奇的藝術書，冷門攝影集，怪雜誌，有一本甚至一個專輯是許多古怪裸體，刺青，窗口露出，自拍的切割肉身，那裡頭還有一個波蘭女攝影師只拍每天自己和自己遇到的性交或想性交的男人女人，有一張照片是她那晚自己iPhone手機上的簡訊那因為太真實而太尖銳到令人不安地出奇的畫面，那畫質粗糙而簡單英文句子是：「他可以射精在你臉上嗎？」

還是有太多川久保玲挑選過的牌和物，衣，包，還是昂貴，但是安放在這個冷門美術館或未完成工地般的現場，還是出奇地令人好奇，一如有太多慘白到不知所云的角落，放的不知所云的東西，這是什麼？這有賣嗎？這物怎麼用？或這衣怎麼穿？到處都是莫名其妙的混凝土凝壞了的巴洛克式斜柱，錫箔色不明金屬彎管彎成的支架走廊，夾板斜切木片從地上拼湊到牆上到天花板上，好多幅古怪哭喪臉小丑的大形輪出，有一電扶梯口有一幅舊布拼出的大到一百號的布畫裡還有一面斑斑駁駁的美國星條國旗，另一樓口有一朵透明等比例放大二十倍長達四五米的細節完全寫實的巨型玫瑰花，有一層有好幾個令人發毛的全身長出毛髮的怪人們一起面向櫃檯還就站在好多一如廢墟的斜堆廢棄到已然黝黑的舊輪胎圈中。甚至，還有一

整棟故意用完全破舊到鏽蝕鐵門瓦浪塑膠板角材破爛攤子般的小木屋，在一樓最科幻感極限主義光影冷冽的大廳大門口正前方。像一種博物館的遺址的遺憾，那種穿插破敗鄉愁演變成的近乎古怪到難以描述而完全說不出來的狀態。

一如那隻肉身溶解中的白象。

也一如他說的那個舊衣服的夢……

「夢中，我不知為何到了一個廢墟般的老大樓，在那一個破舊的充滿老時代狹窄小店數十層樓的長廊，落單的我和家人走散了。沿著黝黑長廊一路走，像基隆臺南那種斑斑駁駁老市場樓上那種老時代的店家，水果攤老闆娘很凶很難想像的番茄釋迦鳳梨好美，舊時代電燙機器還罩頭像刑具的美容院護髮霜招牌掉落，髒兮兮的燒餅油條豆漿的早餐油膩膩的老地方，皮膚病治癒不了的癩皮狗咬傷的鼠屍還抽搐抽筋，神經錯亂的老人邊走邊對天空演說抱怨民不聊生的滿臉通紅，泰式按摩的黑黝皮膚的印尼女傭外出打工賺錢養家餬口的辛酸，做臉換面的老婆婆邊咬棉線一端邊拉另一頭歪斜著頭往某種看不見蹤影的力學拉扯的粉白的邊緣死命拉著地專注……

最後的我卻停在一個修改衣服的髒亂又擁擠不堪入目的狹窄店家前，有個破舊藤椅空著座位的洞口，再更近地端詳卻是更怪異的恐懼症妄想般的不可能的狀態，我竟然看到那裁縫機旁的老木櫃塞滿了各種花色材質的布料衣裳的店家深處，竟然出現好多件我的一生穿過的舊衣服，更仔細地找，還發現更多折疊又扭曲變形的後遺症般的太多個角落都充斥滿滿的小時候我的近乎遺忘的舊衣服在那裡。好多好多我一生穿過的老衣服，小學生時代的繡名字的藏青色和尚學校不合身剪裁的學生制服，大學服那年代還要在大會中穿著出席的卡其色布身已然洗褪的，當工兵爆破拆除的出差錯受傷縫過好幾針肩膀破洞帶血的深草綠變灰暗綠的軍服，更多的長大之後穿過的版型怪異的過大或過窄身版型的奇怪西裝外套襯衫和長褲，後來買的更多山本耀司三宅一生川久保玲的種種花裙子披風圍巾長大衣，最後竟然是一件也是我的晚年常穿著或許

是沒有離身過的破爛不堪的記憶裡很大件的舊時代藏教的血紅色儀典中才穿的長袍袈裟……後來想了好久好久，才依稀記得好像我中年出過事發願去出家十年到大病出來治病的往事，原來我已然去過拉薩的古藏廟出家過又還俗了……到那時候才想起來。

仔細回想，太多太多舊衣服一如太多太多過去……或許我早就忘了或許我早就死了……」

第三章。泥菩薩。

充斥著某種奇怪的不耐煩，對於自己的人生所打開的分裂成正邪不分、可怕又可笑，教藝術，一如藝術……自身就必然是一種卡夫卡式絕症的業的內心戲。泥菩薩般的女老師說……「藝術……從來就是不能教的……」或許勉強解釋成「教藝術」應該要變成了是一種為同修艱難修煉者的太久修行過不了關而閉關苦心的「說情」承諾、一種為其因修煉而「抵押」自己身世放棄榮華富貴而終究變坎坷衷心的致意的承諾……

或許，也只是承認種種長久以來她把苦心教藝術當成修行的困惑……

教了太多年藝術的她始終那麼困惑地逼問自己……用一種電影中老問自己為什麼還困在這裡離不開又想不開的苦難……

一開始可能像是王家衛《一代宗師》眾多門派高人撥點仙人指路式的展技金樓過手，或是一個艾可式《玫瑰的名字》小說的中世紀僧院的神學解經辯論，甚至像一個藏教開沙畫曼荼羅的活佛降世護教法會的啟蒙開光……或許不免就像《怪奇孤兒院》那部怪電影妖怪和機器的掘墓者般地太多太多問題更深一層地發問，更魔幻也更寫實的風格化的更遠更怪的他最傾心的歷史感解剖感天真無邪感屍體派對感廢墟破爛感……卻充斥著更講究的重新詮釋的版本關於或許是提姆·波頓那個怪導演老了之後的這十幾年來的最好的片找來的那〇〇七女郎女神依娃·葛林主演的抽菸斗但是特長是控制時間的怪鳥化身的泥菩薩院長。在一起長大的他們多年以後的出現，倒不是變老，反而卻好像《怪奇孤兒院》裡院長的幻術的切換到不同時間開關打開的瞬間結界時空迴路太過激烈進步地離奇，被二戰轟炸前，被妖怪入侵後……那種很難明說的

數十年不變停留在同一天的時間感甚至是存在感出事了……還可以在太多劫數之後重逢的喜悅摺皺縮減成某種反忠貞反X戰警反哈利波特七部曲的真正的逆世靈童明日邊界版本。吃小靈童眼珠來滋養肉身變成人形的老妖怪們，對決在一個老馬戲團遊戲場破敗愚蠢的聊齋屋旋轉木馬港口舊樂園可笑地厮殺……更唐突巫術魔法啟動緊急狀態又失效的超能力兒童節節敗退又想法子逃離現場再尋找自己不確定人生假想敵式的節制……有一張他爺爺留下的世界舊地圖，所標示的是不同時間迴路的在不同年代久遠以前留下的缺口，他被隔代遺傳的怪異超能力就是可以看到別人看不到的巨妖而必須繼承遺產般地面對他從未發現的人生及其不可能的任務般地泥菩薩過江還要同時拯救超異能兒童們的卡夫卡式絕症般的業的考驗……

一如泥菩薩般教藝術太多太多年之後一再發生的存而不論的存在感稀薄，很難解釋以前教的焦慮症候……

老道意外地被那一個泥菩薩般的女老師找去她教了一輩子的一個老大學藝術系評審藝術學生畢業的鬼展覽。

那天最後評到一個怪異的學生想做香客大樓當成行動裝置藝術的怪展覽的百般無奈……老道提到太多，藏教朝聖者的苦行隊伍三步一跪五步一拜的行腳即是神賜的考驗的可能會死在路上的朝聖之旅。另外還有很多很多宗教的很多教堂神廟聖地巡禮的出巡繞境進香隊伍聖靈……甚至出名的歐洲古朝聖路線改拍成一部奇怪的電影引用殺人狂跟蹤朝聖者的連續殺人怪誕謀殺事件追蹤，那是老道順口說的一種隱喻的電影《願上帝寬恕我們》那片中的追凶殘忍的痛史但是卻是蒙太奇式的……

現場沒人還認真地聽，其實他已經習慣沒人在乎他在說什麼很久了，尤其評圖更一團亂到什麼程度全場也有看到，被評的那怪學生又混又爛成那樣也不會不好意思。其他老師們好像在幫他加油打氣甚至出主意想法子解決問題……或就是更像圓謊。

老道說的又比別的老師更扯更遠……那是一種反差的自暴自棄地他就說他想說的那種也沒人理他的自嘲，教室小得離譜，那個展覽，圖少得只有兩張……老道老跟那個假裝要做香客大樓十四間連線的花拳繡

腿軟弱摸魚但是依舊自我感覺良好的被評的藝術系學生說更多……但是他還聽不出來老道在挖苦他。或是就算聽出來了也假裝沒聽出來，老道是一個無害的老頭子，他根本不用理會。

最後老道說到了泥菩薩以前的展覽……那種血淚斑斑慘敗屋漏永遠的不安緊張關係可能多年後還會做惡夢連連當年沒趕完展覽被老師修理羞辱的殘骸感殘念……但是卻像是在說天方夜譚或是天寶遺事或是絕地武士史終端……羅根注定要殉了X少年少女不存在的女兒的虛無感。

其實有時候泥菩薩也會回到更切割的更早以前的同情。不只是現場的怪異現象荒唐可笑……相較前朝或是盛世的式微，或是教藝術的大出血內分泌失調現象的師徒制造化賣命感的《不可能任務》式的浪漫……也慢慢地消耗熱衰竭的不得不變回現在的正常的行情，不瘋魔不成活的時代已然過去……但是，老道仍然還清楚的記得多年前泥菩薩女老師曾當過系主任的這個系的全盛時期滅絕師太峨嵋派登峰造極登場、維多利亞女王稱霸大航海時代來臨的神力女超人版本，但是也必然同時更險惡地守護者電影式的內鬥內耗不斷的超能力者們神經兮兮地失控而崩潰邊緣……留下了老弱婦孺寡孤矜獨廢疾者們守著失守的光明頂。

老道想起更多也更因為深入地獄變相的計劃……因而用一種更龐大的史觀時間感來切換這種唐朝帝國盛世京城古畫師畫派的門徒們畫院雷同地惡鬥難免。但是最後還是涉入畫聖畫古寺的那一幅最著名的《地獄變相圖》，倉頡造字神鬼哭般地副作用渲染出了畫師們師徒反目成仇離間斷交甚至謀殺的一再發生……就像是一種詛咒，才氣最高的最工者愁，文人相輕，鉤心鬥角，眼睜睜地端詳一整代的帝國最高文明的可以參透生死，大乘佛法透過經變圖的教化人心普度眾生的神通入手的《地獄變相圖》……竟是畫師們自身無間地獄般地無間感那種無限蔓延擴散的賠命殉身必然地最凶殘的詛咒。熱烈激動落淚傷心難過亢奮狀態神情複雜入神不了的古畫聖畫派那吳道子門生弟子們的臉……或許也是他們痴心妄想發作的妄念紛飛貪痴迷廢的……教藝術的那麼窮酸殭屍上身對決笑傲江湖不了華山論劍的武林只剩下一條香港破舊不堪武館街頭的流浪漢般的自嘲的……老師們也算一個學派的成住壞空的無限無奈……

累世冤親債主討債的無法理解無法接受加持的助念的、收驚收不了的……詛咒。一張張鬼臉，一個個

鬼卒，黑白無常，牛頭馬面，判官，十殿閻羅天子傳奇劇場般地搬演成《與神同行》般地電影特效黏稠狀態體液滴血淌流的……種種刑罰的亡魂超度儀式。

❖

一如一種意外的隱喻。因為老道身上有光。

那個仙姑女學生上臺救老道……只說他被撞，她說她感應到……現場沒其他人發現看到一排小鬼幽暗離奇陰沉的人影在撞他。在那一個完全不起眼的走廊末端的尋常教室。那個老學校，在山邊，在著名的老花園旁。以前傳說就是一個很陰的藝術大學。

那一群小鬼幽靈的祂們突然跳出來找他，但是或許也不是故意的……

她幫老道拔出來。按虎口也按天靈蓋，她說她按住的是通道，不讓事情變得更糟……鬼不想知道。沒有通靈狀況夠好。擋住，一開始覺得全身很癢。太過複雜的情緒低落的他引出來撞他的小鬼們。

很陰……一如老道評到一半突然開始只是覺得自己全身痠痛昏眩嘔吐地晃動又停不下來。天昏地暗地好像在地震地激烈搖晃。晃動晃到眼前發白暈眩的他問菩薩和底下的藝術學生們，怎麼會這樣，現在地震嗎？

被上身的藝術老師要到很久之後才能明白。那是一種不幸的怨念……一種找尋靈感找不到充滿的副作用，一如那些藝術學生們……來了後來就走了。

老道不知道如何感謝她，她說祂們常常會失控，忽然就來，忽然就走。

那是現場的一個不起眼的藝術學生來幫老道，幫他按一個穴，在天靈蓋的一個穴，還同時按虎口，放出什麼同時封住什麼……她說不要害怕，她幫他擋。她完全不想讓別人知道她是仙姑。

泥菩薩問那仙姑學生怎麼通靈的，還問她可以問嗎？「你可以問，但是我不一定能回答……能說再說，不然我會受傷。我知道你缺什麼……我缺什麼？」

仙姑更知道她「時間到了，就會走了，不再幫了，不再說了……」

仙姑跟老道說：「你的身子不夠強，但是你的身子乾淨。所以要小心，會被撞。」

那是一種很奇妙的連結，背後有力量很多，如果知道，人不夠強也只能就幫到那裡。

最後仙姑學生卻只是叫太虛弱的老道要保養也要吃藥。暈眩症狀漸緩的他還以為是要吃什麼仙丹，至少要吃人蔘當歸什麼補品。但是她只是像開玩笑地笑一笑說：就吃維他命B，或是維他命E。不要暈眩就可以。

老道聽仙姑提醒暈眩的他不要畫出來，畫出來就變真的，像是不知道危險地挖開一個洞，又會發現更多別的洞……那麼辛苦又艱難……

但是，地獄裡頭的鬼臉都是冤親債主般師生他們的臉……

❖

教藝術……必然是業障深重的業報……太險太怪的這種場子大拜拜太多年，她的恐懼是……

學藝術的靈童轉世般的學生們都可能是來討債的……超殺女、黑鳳凰、阿基拉……的令人無限恐懼。

她老擔心教藝術的自己只能總是用一種低階的畫匠工匠式老時代的硬拗成形的語言來理解學生們無法理解的狀態……解釋成找尋物質性與精神性之間的可能平不平衡、用工法材質的精準來描述不精準的不清楚的跨領域的幸福感……或是更粗心地用另一種路線思考的焦慮強調藝術的技術的理論的什麼……或是藝術必然要關懷社會的越來越多越大……一如諸多更外頭藝術行頭越來越高的相關所演講交流講座都是這樣的包山包海的焦慮越來越令人困惑……引發的教藝術就像是另一種練兵操練阿兵哥式的上線就好來兌現成跟外界比較接近的藝術是風格是理念是可以解釋成更入世的什麼……或就是操作的操行，反正至少可以出去打仗打天下。其實跟教藝術必然充滿混亂揪心的學生們用心用力的那種內在的矛盾狀態漸行漸遠……

教藝術其實是涉入心理治療般甘願用一種內心戲鉤心鬥角甚至無限內耗的從草船借箭到刻舟求劍的妄

想痴心……都太不一樣。對腦後有反骨式叛逆的藝術學生而言，藝術不是應該是疏離現實到……像是哈利波特的黑魔法、奇異博士禁用的祕術、大蛇丸的闇黑忍術……那種祕密武器路線的極限運動式的極限實驗。

這種教藝術太多年客套場子的泥菩薩還已然太老到老是在想她也應該要消失的，大家有禮貌就好，不要硬說硬撐，不要惹是生非，說破了什麼難以收拾……沒力了不要再胡思亂想，草草帶過或許也是一種宿命。不要陷入自己一如羅根的下場……要保護時好時壞的那個老年痴呆症X教授們和他的怪咖超異能女兒亡命天涯，要躲的就是一個想打天下的別人以為就是他們的超異能軍團，和另一個沒有傷沒有內心深處矛盾到老想死的金鋼狼自己……沒血沒眼淚……

也一如《我是傳奇》的一路順風……的最後那泥菩薩女老師寫給她教藝術的藝術系畢業生的不捨送別文：「這好像是一個完美隱喻的畫面，放暑假了，我們最後的聚餐，每個人帶一道菜，上最後一堂課。就在一個空教室，其實不上課，只是吃，只是笑，只是混亂地混。坐在講臺旁邊參參差差歪歪斜斜的同學也只是一起更分心地互相嘲弄甚至笑打成一團地鬼混。因為每個人都帶了不同的好料，菜，飯，墨西哥捲餅，酸奶，起司，百香果，和有人甚至帶了那最昂貴極品的青木馬卡龍。偶爾只是在黑板上用粉筆畫出一種種陌生食物的長相，名字，一起認那種長相奇怪的吃的什麼？一如榴槤，一如松露，一如虎咬豬，一如貓耳朵，一如某種長得生鏽太久機械五金的叫做可麗露的法國甜點。

反正一定不上課，不說教，不認真地要說什麼聽什麼，最後，就只是問每個人放暑假要去那裡玩，要去多久去多遠，然後互道一路順風。

大家都有點開心也有點淡淡地難以描述的隱約傷心，不是捨不得，而比較像是引發的哀傷，或僅僅的不得已的發現，承認，追蹤到追悼的念頭終於出現了。隱隱作痛的不知是什麼餘緒。

或許就像昨晚看到的《我是傳奇》的最後，那男主角終於發現了解藥，對大群攻入他家的殭屍說，我可以救你們，但是，殭屍聽不懂，繼續攻打到要咬了他變同類，後來男主角只好把他們和自己全炸死，那種哀悼。

而我選擇了被殭屍咬，一起在終於空曠的紐約般的人全死了的全城裡晃盪。一如什麼事都沒發生過地……仍然互道一路順風。

或就是一如一個同學在那空教室裡吃得很開心時所提及她童年一段暑假的往事片段，切割得如此含蓄又誇張，隱瞞又遙不可及地遙遠。

那麼遠的那種年紀太不尋常但是又仍然還不知道那太不尋常。上課眼神永遠失神的她說，小時候夏天總有一段時光住在鄉下外婆農家，每回深夜，睡到一半尿急，但是想到要走過三合院的又破又髒兮兮的老院子的每一回，老是會想到暑假總會跟她一起去的姊姊有一回說的一個畫面，某天她在鄰家看到路上牽亡魂的死時穿白衣姑姑出現在院子裡還老探出頭對她笑，就很害怕到連廁所都不敢去。而一夜難過到甚至尿在褲襠裡還是沒下床，然後在這種羞恥又潮溼的狀態中旋而再入睡，再進入雷同的下一個難堪的惡夢……」

❖

「教藝術……不免是用心用力找尋『傷害的源頭』……」

那是一種大江健三郎式的關注，泥菩薩始終記得老道在評的現場護短般地勸說……所以他覺得她可以把教藝術的學生們種種的藝術發生的現場過程及裡頭的病態拍成一部SM版的《紅樓夢》式的少男少女的實驗電影，有些花樣長成擴散成奇花異草地氣味香香的怪怪的開到荼蘼……，但卻又與學生們每個人不同病例的事所延伸出去的苦難有關。

但她的情緒上比較複雜，因為裡頭一個學生跟老道說她最近又開始吃抗憂鬱症的藥了，另一個學生更堅持她仍然會想去自殺。即使經過了這一年來彷佛「以藝術找尋病源」的療程。

有的，則因為有的學生終究還俗般地畢業了……而回到生活的真實與現實的折磨，回到原來的和藝術無關的平庸卻必然惱人的繁瑣的一切，因為兵役因為嫁人因為感情因為出國因為家庭因為就業因為種種變故又與她漸行漸遠，或說與泥菩薩這一年療程漸行漸遠，而回到他們各自病例的病因去了。

一開始她有點難過，但仔細想想，卻覺得自己太天真了，她既不是心理醫生也不是《心靈捕手》式的導師，更不是巫士上師收繼承衣缽傳人那種患得患失式的覺得需要負責，為了他們的藝術或他們的病例病因……

更嚴重的發現，卻是從另一個完全逆轉變異的角度來說，反而是學生們擁有類似《靈異第六感》電影裡的那個有陰陽眼的小孩的神通，她則是陷入那個布魯斯．威利飾演的兒童輔導工作者的困境，一開始以為是來幫他們輔導他們，而到後頭才知道自己是來被幫被輔導的……關於一些怨念一些心路的更深處的難堪或甚至未曾發生過的困惑。

他們低估了學生們的病因，低估了這種「傷害學派」式的或練「七傷拳」未傷人先傷己的副作用……那種因藝術的太過誠懇所必然反噬的力量．怨念若真的有力量並不會因為被發現就會消滅，更何況他們對「偽稱老師」的託付與信賴畢竟是有限的，學生們是抵抗不了他們傷害的源頭地仍然持續作祟。

泥菩薩對老道說：「我們做個旁觀者，僅僅付出旁觀者的焦慮，事實上是不夠的……我既無法用劉姥姥的天真來面對這些發病苦難與繁複，也無法用《臥虎藏龍》李慕白、《駭客任務》孟非斯式的殉身來參與這些發病的過鬱與艱辛。

甚至我並沒有問到你說的氣味，『香香』的少男少女的氣昧，我很難拿捏，這裡到底是一個大觀園還是一個SM俱樂部……我靠得太近，關於這些病因。所以看不清楚。甚至，我又憑什麼來當他們的教練、他們的療傷者，我沒有割過腕，沒有刺過青，沒有穿過環，沒有吃過抗憂鬱症的藥。

事實上，以個人經驗來進入藝術本來就已經相當冒險，以個人傷害與療傷的經驗來進入則更冒險（因為傷害如果夠深，就不免會閃躲會逃離，而藝術所無可避免要面對的較非抽象非個人非感性而必須講究材料形式工法甚至觀念議題式……的種種所謂『專業』的困難仍然困難……。這種『聆聽病因』的險，『肉身建築』的險，『創作像療傷像修行』的險……並沒有因為這一年來這些同學的用心用力而成功突圈，他們的作品越做越奇怪的華麗動人起來，但過程中往往來不及享用來不及歡呼，就不免又已被趕著進入下一

關更難突破的險裡頭。

但這一整年的用心用力過程中的有些層面，對我而言，仍是有著揮之不去的感動。例如，他們每回只放幾秒鐘娃娃動盒雖然可愛仍卻總會令人的毛骨悚然。例如：學生們養的小狗的闖入、的開心、的不耐煩、的逃走……雖然讓他們手忙腳亂卻又仍舊覺得歡欣鼓舞。學生們費力將第一個白塔試著在天井裡拉起來的那個午後的雖然混亂卻充滿詩意。或是後來大型白肚臍懸掛起在高樓窗口從校門外公園夜色眺望上去看到的雖然陰森恐怖卻詭異地又優雅動人，更後來拍攝現場的公路電影式的後視鏡裡車中景象不斷快速流動倒退的雖然令人暈眩卻仍舊的生猛有力。

那一年一年太快了，大量消耗的學生們每個人的才情、感情、交情都變得太理所當然的消耗，都還來不及提醒自己要珍惜，就過了，就忘了……」

如果泥菩薩可以再不在乎學院的驗收理論驗收功課式的著急些，不在乎藝術的人文社會關懷式囉唆的著急些，不在乎作品的美學東美學西的著急些……如果她不是教練，而只是伴遊；不是評論教授而是推拿師父；不是惡靈古堡而是美少女夢工廠……

但是，她並沒有那麼無辜，她仍然必須為這個教藝術的傷害學派負責，仍然必須為她傳染給他們的創作必然是任務式的緊張困惑不健康而負責。

但後來認真回想起來，她並不是他們真正的傷害的源頭，反到只像是一個「入口」，甚至由於自己不正常而不自覺的太過入戲，有時還覺得跟他們一樣，一起陷在一個所有人無意識共謀而設計出來「自殺大樓」，在裡頭所有各式各樣傷痕做成的走廊空間房室裡困住了，而且就由於太多的驚嚇、同情、脆弱……而停留而徘徊而躊躇……

久了也就忘了出來……

但泥菩薩不確定的藝術真的可以像仙術法術走那麼遠嗎？或就算她相信是可以，這種藝術態度能教嗎？就算能教怎麼教？學生如何參與到她的「困境」或辨識他們的因而進入的「困境」……

老道在現場點破了這種困境的心虛……還指出整個現場像個病房，像個解剖室，像個陰森而自殘的妖孽四出的廢墟式的屠宰場。

藝術系的這種評圖制度源於現代主義，被當成是「文藝復興」式的自大而形成的學院默契，或更早可追溯至歐洲貴族的大學傳統甚至中世紀的僧院辯論……但殘留在臺灣的現在，卻大部扭曲成藝術大學打成績打屁股修理學生的樣……或不免淪於較刻版僵化的學派意見觀念的角力的著力，是需要一些很刻意經心的安排。但時間往往會拖太久，或學生的作品太貧血，或評的人本事見地太遜……往往不是很高明很精彩。

泥菩薩教藝術的內在缺陷，其實也是她自己的藝術常常無法躲閃的困境。雖然，有時候，她還蠻珍惜這種可以留住「缺陷」的藝術的環境……

那把老道請來蘭若寺的原因是什麼？

就在泥菩薩自己也搞不清楚自己是黑山老妖是姥姥是小倩是燕赤霞是寧采臣還是老和尚時……

老道已點破了……這泥菩薩教藝術不過更像是個自欺的幻覺。

只是老道有同情心，要更同情她或更年輕的這一代藝術的經驗的貧乏、的流離恍神的憂鬱症或自殺癖的軟弱與偏執……

她常常弄不清楚較好較健康的教藝術的態度是什麼……

她有時太蠻橫，有時太軟弱……一如她面對藝術，學生們像是面凹凸透鏡的鏡子。但更像是周星馳片子的把她腦中無限Sublime化的藝術腳本拉到現在現場的殘酷的無限搞笑對照組。

即使很困難，老覺得是「出來混的總有一天要還」那種無間道或非法正義地「療」下去了。即使無法全身而退，也留個全屍，或是就不要教藝術，放個長假，真正的長假。等待人生的改變自己找到她但也仍然是猶疑裹足不前。

連她自己腦袋中一直想拍的ＳＭ版《紅樓夢》的實驗電影……或帶著他們打造「自殺大樓」的變態與殘忍，但是不免都在萎縮……一種畸形的實驗室的瘋狂的成形或字詞殘缺的練習。老道說像是外太空生物

的性器官式的殘骸……

是的，只剩下殘骸。

❖

一如S的流動一路的運鏡永無止盡地翻騰不已地怪氣象般的影像怪藝術……或許是在悼念他以前念大氣系還曾在綠島當氣象兵的那幾年像傻瓜一樣地百無禁忌也百無聊賴地觀天象……所形成莊子逍遙遊自嘲地自虐自閉的荒唐天空……做暴風圈籠罩的暴風眼。

老道說S讓他想到更多可能的離奇……藝術是波赫士或是莊子或是曹雪芹失眠版的……藝術就是「你又不是魚你怎麼知道魚快樂但是你不是我你怎麼知道我不知道魚快樂」……藝術就是摺紙鳳梨或是摺紙蓮花。藝術就像是在偷，偷得高明……一如看風水。找地。都是偷。

藝術從提出一個自己的問題開始，問題必須要和別人有關。雖然不一定是所有人的問題……藝術就是……害怕失眠，害怕睡了會變石頭，藝術就是蠢東西的笨重。一如蠢就是春天的兩隻蟲。但是同時又是通靈寶玉，要很笨才能補天……《紅樓夢》的典故的咒。變成人意識到自己存在但也會意識到自己不存在。所以失眠，憂鬱。但是S畢業做完這展覽就放手還俗……或許，病也就好了。

有的藝術不能教也不能評……一如S的藝術就是……物自身吞噬自身，帶學生去山上抓蝴蝶。一如S拍的太流動的影像像講究露透皺的太湖石般奇怪甚至就像雲的千變萬化……老覺得……S的藝術很野，很野生。

過不了江的餘緒中的什麼……泥菩薩跟老道說……

學生們的妖術其實很美很殺，她有被藝術家學生們的幻影結界浸泡，雖然還有更多還沒出現的鬼東西。唉！有點感傷。他們畢竟要走了。她的某個時代的浪漫和揮霍好像也跟著他們再一回地消逝了。那也是她在那兩天學生S最後的展和評之中待太久了的暈黃皮下光影裡才感覺到的悵然。不是傷心，或許是突

然覺得女兒長大要嫁人，而且要嫁出去爛夫家。或是，她也沒好好疼過她們，疼過也已經沒疼好久了。她不喜歡牽掛。但是又常不免牽掛。那種餘緒。

畢業前找來評藝術的外頭藝術家藝術評論家很凶很不同情，有的犀利，有的胡扯，有的像開罵，有的像鬼壓床……反正學生哭了，她想救援，甚至逞強護短，又心虛，又不免護得無法太不著痕跡。那些藝術家評論家客人都是熟人。有的甚至是她的長輩，他們可是這行種種門派的大老。她以前也曾被傷痕累累地調教過，門徒變頭手，媳婦熬成婆……那種攻堅攻防。

他們是藝術評論的高手，下手又快又狠，競技場亮相，不太同情，不太在乎學生們撐不撐得住的。而且她又只是常手忙腳亂的養母，真命苦那種，或只是不忍心的老鴇，叫女鬼聶小倩去找男人來吃的黑山姥姥那種……

或許，泥菩薩更只是從來不稱職的水蜜桃老姊姊或自以為的辯護律師或心理醫生或藏密上師，看著她們從包過尿布，打過手心，上過陣仗，甚至觀過落陰。

但是，最後的大雨般吵吵嚷嚷的畢業展覽的評，讓她想起了太多餘緒。她過了太多年幾乎一輩子的狀態……學生們過了江都忘了或是不免都要走了……只有泥菩薩過不了江……

泥菩薩那一天心情極端沉重而困難重重。她也沒有什麼話說，不是責怪，也不是原諒，就是……意識到自己很沒力，連在乎的，也沒力氣在乎了。

唉呀！她一直在內心中勸自己別救，別管，也別想，評藝術的往往太過敏感到草菅人命也好，但是總是不忍心，她感覺到某種窗外遠方天空烏雲密布的古怪異常暗示，雨始終沒下，氣溫始終沒降，燥熱焚燒。

幸好她沒小孩，連學生她都也覺得怎麼都不太對，其實她對自己也是，壞了多年，自己腦袋裡裡外外的太多地方，腰椎肩背、膏肓、支氣管，最近有點擔心膝蓋的痛法和恢復的狀態不太對勁到好像不會好了，衰老，到處像不定時炸彈般地雷誤踩，她好像無法和自己身體好好握手言和地相處，忍耐或同情，或接受不了也要接受的那種心有餘悸也心有戚戚，失控變成常態，或許……因為衰老感，她變得有點虛無，

也照顧不了自己了，所以更照顧不了別人，每天都只能做很少的事，就是自逼的狀態生成絕無僅有的，精神狀態很好的時間很少，委頓，但是事情還是一直來，她已經開到最低空飛行，別惹事，別用力，開省電模式，還是太費事……或許她還是太忙忙碌碌到疲憊不堪而不自覺，還下注下更大更新的大災難，冥冥中找死……

她老想起多年前的幾個夢……

第一個夢。夢中那個女學生跑來跟泥菩薩說她要放棄念藝術，一開始她一直看著另一個老師，但是她記得她是她的學生。大一最後一次評圖大家都在趕東西，她來跟她說，做不完了，她一開始跟她聊了一下，想到中間泥菩薩好像很久沒有看到她的東西了，後來看到她手上拿的那些行李裡有一盒樂高積木，就問她說，你藝術裝置是要用樂高做的嗎，她說對，還有一種藤蔓的植物，她就叫她擺出來給她看目前狀況怎麼樣。

但是老舊的教室人太多了，泥菩薩帶她到老師的辦公室，也坐滿了人，後來泥菩薩找到一個和室尾端的角落榻榻米上，叫她把目前做的東西擺給她看，但是有很多其他的老師在，榻榻米上幾乎沒有位子，要走到很旁邊去，她辛苦地拿出零碎的模型。想辦法組起來。

旁邊的另一個很凶的來評的藝術家老師還在那邊說風涼話，她長得算是同學裡還蠻好看的女生，但是很沒自信，甚至仔細想想，其實她應該已經畢業好幾年，只是在夢裡，突然又還是在大一的狀況，而且後來她還太沒自信地到畏縮地結巴，只是想閃躲，老客氣地在說話……越說聲音越小到連泥菩薩……她都聽不清楚了，而且旁邊還有一些事情發生，泥菩薩一直沒有看到她最後拿出來樂高遊戲做到什麼程度，只有幾個東西好像已經草率地拼接沒做完，她在很多零件之間，說到她很多東西就像泥菩薩小時候在玩的樂高積木一樣，都只是零件，沒有一個最後一定要組成什麼東西的設定，她告訴她自己小時候都做完之後才把東西畫下來，做了很多異形太空船但是不做藝術，這樣比較好玩……因為異形太空船很善變……會長成什麼樣子，一開始不知道……

第二個夢是夢到一道弧牆……泥菩薩竟然夢見她還是學生也還在做畢業展覽，交圖的前一天晚上，覺得不行，要找人來幫忙，才發現什麼東西都沒有，只有一個保麗龍做的和珍珠板做的草模，去借人家用剩下的角材或是圖紙或是材料，想辦法把場面弄得比較不難看一點，但是後來一想才發現其實泥菩薩做的展覽什麼都不清楚，好像是在山裡面的一個度假村還是飯店還是小學要做一隻動物，但是都不確定，後來看到有很多動物圖，貪心，就叫做一個小動物園也不錯，反正是在最後臨時抱佛腳的時候，心裡慌了，隨便想加一點什麼，不要太難看就好，有些金屬支架，厚的水彩紙。亂找，像無頭蒼蠅一樣，把圖全部攤在地上可能還要再補什麼東西。另一個老師回來了，他帶另一個藝術系學生做了一道怪弧牆，像是擋災的古代合院門口的刻劍獅的照壁，上面有些奇怪的畫做的嵌瓷，幾個小孩子的人形不明顯藏在成排的洗石子之間，泥菩薩老覺得像鬼魂，因為人形身上有一種奇怪的普魯士藍色到藏青上釉的怪方法，他講他也是臨時被找去幫忙，帶了幾個人趕展覽。來不及做完就已經要開幕了，市長找人來看他去接待還問了一些笨問題，也沒辦法。她覺得那人形太可愛又太可怕……但是不敢問，這是在那邊送花圈花籃般的講好話講笑話，心裡還是覺得有點奇怪，好像是上個世紀的事，或是上輩子的事……

❖

傷害的副作用般的副產品……藝術的傷害……不是儀式，也沒有療效……或許S的藝術只是傷害的副作用般的副產品……但可能只是……髒髒的鬼東西。

評的現場……老道專注地傾聽學生S講他的飛車撞爛的可怕往事災情，問他怎麼把傷害放入電影放入展覽裡，他說，那恐怖的傷害的血肉模糊的現場糾纏太深無法進入又無法逃離的黑洞般的洞口，有時他覺得太靠近有時又覺得太遙遠……那傷害的痛楚經驗太深太髒無法理解地始終還沒想清楚……

但是那一段是老道覺得他最有可能做出髒髒的鬼東西的第一個點，因為後來他有一段時間對開車這事情非常嚴重的恐懼……因為他展覽的那實驗短片式的怪電影，就是從那撞車的痛楚經驗太深太髒始終還沒

想清楚的傷害……入手的。他覺得Ｓ像侯孝賢，但是可是他的影像很怪，侯導的鄉愁不見了，全都不見了，全部變成什麼都不見的一個外星人的照片，就是未來的ＡＩ人工智慧在全部已經浩劫的人間全部沒有了，可是用那個整個曝光照片去重建拍出那個空無的情境……或許也因為他正好拍基隆，那個味道其實是有，可是那個味道是從電影剪接運鏡技術來補足的，是從看電影的怪印象去建立看基隆的怪印象，老道覺得很怪到很像是侯孝賢的兒子拍的，已然是完全不一樣的視覺！

泥菩薩說Ｓ更像的反而是溫德斯，因為溫德斯很怕跟某一個從土地長出來的東西有直接的關係，所以他就更空，更在找一個更不確定的東西，然後流動的狀況更激烈，他的電影裡最後能辨識的東西只剩下可口可樂的罐頭、自動販賣機，或電視或廣告看板之類虛假的什麼鬼東西！他那個狀況更明顯是因為，一方面是那個影像本身的特別，因為侯孝賢電影基本上鏡頭是不動的，弄了好久，人在那邊走來走去走來走去，調子比較像小津安二郎那種，可是事實上Ｓ想表達的影像是另一種基調……

通常在處理一個最難堪的故事的時候，往往在揭露的時候也同時在遮掩，Ｓ的部分令人印象最深的其實是拍自己催吐，Ｓ嘔吐那段很長，撐很久，其實老覺得只是暴露自己的隱私……Ｓ有一個期待是……把怪癖惡習拍成電影後就有療效而那個療效就會把那過去的惡習給昇華了……其實很複雜，因為這種惡習其實不會因為拍成電影入手藝術，人生的怪癖充斥的困難重重就解決了……

藝術其實太複雜到……不是儀式也沒有療效的那個部分其實也是埋藏在自己內心深處的麻煩……確定不下來的鬼東西，看Ｓ的怪片子，後來那個鬼東西的陰霾籠罩的部分就全部出現了，那個陰森或鬼魅那個部分……可是後來會發現麻煩真的隱藏到一種神祕主義式的聯繫……

一如病例的反噬的那套老語言，怎麼樣使用那個老幻術去召喚自己，其實老道覺得是一種魔法的技術……怎麼樣召喚自己內在的鬼東西，然後建構出一個魔法……但最後還是有某種反噬，可是反噬到後來就變成了一種病例……藝術的病例。

老道覺得Ｓ的藝術裡給他一個很大的痛苦。因為泥菩薩在旁邊看到的他們的狀況……其實剛開始會比

較像是一個病因……但她不是S真正的病因，後來才會發現，其實泥菩薩只是那個藥引子，把S那個病因引出來。

老覺得那後面一定有一個其實S自己也不清楚的威脅……S懵懂不知道，可是那個出口也找不到，其實S已經在找自己的很病理學式的傷害洞口，但是卻又在想找尋入洞的同時還試圖把洞口停格，然後逃離……一如撞車那一剎那影響了後來他崩潰邊緣的十幾年青春時光完全隱藏的分崩離析……那傷害的痛楚經驗太深太髒無法理解地始終還沒想清楚……

那個看到老道身上有光的仙姑學生跟他們說：藝術其實一點也不重要……

泥菩薩提起了仙姑學生說她自己不知道為什麼一上她的課永遠在打瞌睡，其實是上什麼課都在打瞌睡，沒辦法，出了事，她沒辦法說，說了人家也不相信……

其實是因為她永遠一入睡就被鬼壓床。最近被壓了幾個月，因為上大學之後搬到內湖住的鬼地方，每天都有鬼壓。後來認真一問才知道那草率決定入租的舊房子的後頭是老時代的警察公墓。搬進去之後，人始終無法想像地疲倦不堪，每天回家都很昏沉，有種想吐但還是吐不出來的感覺。做事永遠怕用力因為也沒法用力……但是仍然想要有爽到的爽感。

從小就通靈的她嘆了一口氣地說：那怎麼辦？最後她的也通靈的父親還是幫她找人來解……其實髒東西到處都有……她說就像那時候一講就全身發抖……

一如她小時候去過臺灣最著名的妖怪村。溪頭森林公園裡頭的一個破爛不堪的之前六七十年代蓋的老山莊，在那裡的幾天始終一直在睡也一直每天被壓，太多時候都更加惡化，那著名的妖怪村就是他們意外畢旅住進的頂樓，五樓沒開，廊尾的旋轉樓梯很陰，她去走廊尾的熱水機倒熱要泡麵時，她全身無力，老感覺樓上有什麼問題，頭皮發麻而呼吸困難重重到每一回抬頭看就空氣擴散到完全無法理解地窒息般的壓力過大，到了入夜後越來越嚴重地整個晚上始終無法想像老是有很多人在樓上大聲說話唱歌跳舞地低音沉

轟垮崩離析地走來走去的怪異腳步聲愈來愈難受，太多太多的情緒低落也不敢說，他們好像在辦什麼法會聚會場所的更多活動，誦讀念經祈福儀式梵唱作法很吵雜的聲響噪音一晚，她始終無法入睡，到了早上去問一樓大廳櫃檯的小姐說他們住的地方頂樓加蓋屋頂只是倉庫的太多太多破舊不堪早年老東西，她可以帶她去看……根本沒有人。

泥菩薩只能安慰她：你還好……

另一個更老的畢業展覽的學生私訊給她彷彿求救般地慌亂地想請她跟他談一談：

「應該講說我這兩個月被某種東西進入我的生活……

因為我不小心做了七個展覽的雕像……

不小心的設定把他們召喚到我的生活中，他們已經有些具象化出現在我夢中或我生活中，然後祂們嘗試跟我講話，他們有點算是逼迫我要把他們做出來某種祭壇的雕像，如果不做我就死定了之類的話……

我從17歲就擁有這遇見他們的能力，但是直到這兩個月他們才開始跟我說話了……」

泥菩薩還是覺得自己老只能好心地安慰他們，別問她，完全救不了你們的藝術其實一點也不重要……

泥菩薩自己也很慌亂，就像是遇到真妖怪的假道士般地始終慌亂……

❖

泥菩薩對老道最後自嘲又悲傷地說了她當年剛來教這個藝術大學時做了一個太過自以為是誤入聖地般狂妄的近乎瘋狂到自欺欺人的夢。

「夢裡的我誤入了一個聖地般的禁地。那是某種深入地底數十層的高科技混凝土方樓的中空天井。後來，找了很久，才發現那是一個戒備森嚴部隊的地下基地，他們在裡頭用極祕密的設備在操練兵種研發武器。

在那一個老四合院下頭，他們後來用來更地下地布置與開發，更後來的數百年後，這裡竟然變成了一

個某種古祕術加高科技的兵種總部。

後來他們告訴誤入的我，這種狀態並沒太多人知道內情，只有行家會來看起來像古蹟的軍火工廠這裡買貨，但是，貨太神祕也太昂貴了，組裝要由最資深的長老操作示範。甚至不只是手動的精準和神乎其技，而且，更詭異地是要用一句成語或一段密語的四個字，甚至就像咒語，才能切換成一套可拼組的接法，邊念邊拼的古怪武器零件才能再進行更繁複的內部組裝。

那種武器的外貌很不起眼，只像是一種看似老派料亭送料理或古董商收古物般的舊木櫃行頭，也像一種古時候留傳下來放料理多層便當多層古物珠寶之類的老木箱。

但是，如果是由長老現身操作才能發揮其更離奇的狀態，再打開有許多規格古怪的抽屜還暗卡許多夾層的老武器箱。甚至念對咒語會像希臘神話的電影的那種特殊特效。武器會出現，神通會發功，不對的打開者會夭折，但是，如果是對的接班人打開，可以喚醒裡頭鎖住的結界，那麼將有羅漢般的神明會現身下來教這種神通。

這種神通的修煉，極高難度的體驗太神祕了，很難學到完成，甚至大多修煉到很後來的人都還可能會失敗，甚至會死。

但是，那已然是很久以前了，在後來的很多戰役還沒有發生以前，現在大多武器卻都沒了。打太多戰而且大家都沒力了，或下山打不完就放棄。

我到的時候，已然是很久以後了。

那老四合院末端有一個老廟，有好幾尊斷手斷腳的羅漢神像，舊到長滿蜘蛛網的香爐木魚和旁邊放供奉老法器和傳說極靈驗抽籤詩的破木製架臺。

我記得我以前來過，要問什麼，但是因為某些原因我沒問，也沒抽籤，或抽了籤也沒找人解籤，只是找不到，後來更久以後，那裡更老更舊地變成廢墟，也就更找不動了，這個找的故事的某種替換並沒有完成。

以前曾經在老時代有很多傳聞，四合院裡本來是個家族世代相傳練兵器練神通的聖地，後來式微了，離開到只剩一兩家，大多家族的人在戰役的太慘烈過程都離散了。

在更老的時代，曾經還有接近神話的說法，在老四合院舉行每一代三十年的法會，所有家族的聚集祭典，比武較勁，甚至，有人說，那也是種近乎謠言的神話。所有的晚輩都在等，這個掌兵符的長老如何封下一個接班人，然後這個功夫和法術最高的長輩，將會站上屋脊的蟠龍飛簷最末端，用一把祖傳神弓將一枝古箭射入合院的某個穴口那孔洞，穴口傳說是火雲邪神般蟾蜍精瞳孔穴位深處那孔洞就會浮出水面般地攀生日月精華神之眼般地長出某種更犀利的武器，或長出某種不世出的更神祕的神通。

那時候，我站在那個已然破敗多年的舊四合院裡，想著更早的問題，如果前好幾世的當年的我真的在場，在這個聖地般的禁地中，如果真的是我受封了，那麼我的武器會是什麼？而我的神通更會是什麼？但是合院現場卻只殘體般的殘留無奈地荒煙蔓草的昔日古稱火雲邪神般蟾蜍穴口瞳孔穴位……但也已然變形破舊不堪長滿眼翳病症狀式地多年淹沒近乎沼澤泥窟……還濃稠惡臭飄散著彷佛眾神曄變成落難神明死滅之後的亂葬崗……多年無人知曉。」

第四章。收藏。

太多太多的怪事……一如有一幅他收藏多年很有名的鬼禪畫，而且是鬼身陰沉恍惚狀態但是卻竟然是用禿毛筆飛白筆觸光影變幻無常之間下手一筆畫完。那是當年藝術風潮的一個絕品，藝術品上甚至還有一些標示清楚當年是從哪一個家族到哪一個家族所購買的收藏……充滿傳奇的當年是死了很多人才收得到手的怪事。那是在鬼收藏展時候的怪事……或許也是這個展覽最後的伏筆。傳說那怪畫的畫完就可以復興禪宗佛教的修行，而且是著名修行多年的滿懷神通的法師畫家一如被佛祖加持般地打坐三天三夜之間突然起身……全身抽搐般地神明保佑靈驗無比還就當場持毛筆起乩式地用書法一筆畫成的非常有名的例子……那是一幅中國古畫絕世大畫……那一尊著名典故中的慈悲大菩薩用畢生願力犧牲自己肉身血肉模糊意外打開了的……無間地獄。

一如他種種鬼東西的收藏都充滿找尋更離奇更極限的靈驗神通駐守過痕跡種種離奇的可能……但是太多太多離奇的意外或意內的初期陌生外行不知行情的極端無知……

他堅持多年令人費解的鬼藝術收藏觀……甚至對於老時代的古董或對於古董觀的顛覆，那是一個完全陌生的太激進想法的誕生，某一種更詭異的靈驗態度始終令人無法理解地充滿懷疑，因為以鬼才藝術家著稱多年的他辨識鬼藝術太過複雜離奇曲折神祕到不只是美與醜、好與壞、就像覺得那些骯髒斑駁的舊時代娃娃一樣地充滿莫名的隱喻，那或許是更難以忍受又難以明說的關於收藏的更歪歪斜斜地玄奧費解的無限可能……

連ＴＭ自己一開始也還不是很了解，他一生的迂迴殊異地繁殖般的後來收了更多更怪的鬼東西，才意外開始了他的另一種更怪的鬼藝術品收藏家之路……

一開始其實每樣鬼東西太過怪異到對其他收藏家都好像是垃圾一樣。ＴＭ收藏的鬼藝術……甚至有一些還是像符咒的不同文明古文字的怪塗鴉，有一些是刻紋圖騰猙獰可怖神獸駐守老件弧度交錯扶手杯角的老陶瓷漆器，有一些是像還帶血的爆炸過的殘缺局部機身的土製手槍或土製炸彈的廢五金舊金屬機械零件，或是非洲雕刻舊部落鑲嵌獸骨獠牙尖刺鏽蝕黝黑長釘在臉孔刺青般的凶神惡煞鎮邪靈儀式用的鬼斧神工法器聖物的可怖老時代陰森恐怖面具……

一如ＴＭ回想當年所看到的那種種他收藏鬼東西，第一次的感覺外人看即使他自己看也很像只是……垃圾。收古董的老行家老跟ＴＭ說他收的路線要調整，因為他跟其他那些老賣家行家的買法都不一樣，ＴＭ的審美觀和太多太多古董商辨識古物市場功夫太不同，使他們都很勉強地觀望他甚至瞧不起他。在當時最有名的古董博覽會仍然有很多收藏家，ＴＭ跟他們買了之後……依舊充滿疑惑為什麼他這麼想收藏這些破破爛爛的鬼東西？

那個ＴＭ鬼收藏展的策展人提起了那個鬼展覽始終的異象：「我第一次到了那破倉庫去看ＴＭ這些鬼收藏品，非常的吃驚，雖然我聽過很多關於這些鬼收藏品的說法，但是現場看了還是完全不敢相信會弄成這種鬼樣子，太多太多的鬼東西，一堆一堆包裝如山的雜誌剪貼的碎片，完全不同於一般美國或歐洲那種漂亮畫廊，或是華麗展覽空間，那就是一個破倉庫，我跟著非常多次去之後，終於必須接受一個事實，就是這種混亂可怕的擁擠和失序……也就是這個鬼展覽的不免充滿差錯的令人費解狀態及其就像是神壇陰廟般的怪異本質。

當一個藝術家是收藏家的時候，必然是充滿詭譎難過的善變收藏怪癖……但或許那正是這個鬼收藏展覽最大的一個宣言，不同於在古時候那些人間權勢和教會想主導某種宗教信仰的神祕團體……他們收藏藝

術作品大多是為了保存記憶和知識甚至刻意想是傳遞某種神的神祕訊息。他們是代表的一種他們理解人間的特殊神祇莫名感動的種種傳說……及其想要藉由鬼藝術來擁有和重新組織這個人間的教派說服信徒的要害功課。鬼藝術老件神品因此在那個老時代必然被小心翼翼地收藏的其喚回神人神通的身世一放入博物館必然成為某種傳說的最終徵兆……某一種對神或對人間必然充滿的波折重重困難重重的玄機及其令人敬畏。

TM的鬼藝術和他的鬼收藏品的關係其實可以看得很清楚，例如他常常會應用很多日本美學的古物參考甚至是引用了很多涉入鬼怪的符咒護身寶物傳說妖身觸手獠牙在他自己的鬼雕刻鬼畫種種怪異藝術……

TM喜歡摸那些鬼藝術老件，不只是看而他自己也深入到好像鬼藝術老件變成他的命的局部，人生或生活的局部，他收藏的有些附身什麼髒東西的老瓷器其實從古代到現代還可以使用的，TM甚至買了一個老時代的聽說有茶人上吊過的古茶屋，所以那些他自己的朋友門徒們的藝術家來看那個鬧鬼的老茶屋，或許可以從其中得到鬼藝術的妖幻啟發……

一如另一個更著名的收藏癖藝術家的安迪．沃荷，TM或許建立了一個他自己瘋狂購買的怪異博物館……也是用同樣的概念。TM說即使只是因為很小的樂趣或是興趣，他也會想要去吸收，他購買或是消費，就在那個瘋狂的現場，尤其是令他感到毛毛的鬼東西……

TM甚至自己辦了一個很大的年輕藝術家的鬼展覽場，自己當策展人，他非常複雜的想建立這個世界新的藝術家的可能，尤其是在日本戰爭失敗之後，他可以感覺到看自己的角色如何面對一種原始的沮喪，他不想只是當一個熱門的藝術家，可以從主流勝利的國家得到啟發，也創造出一種勝利的國家喜歡的藝術風格，尤其是鬼藝術的更特殊的風格……這個鬼收藏展的時間跨度太大，甚至類型太多到離以想像地繁複到長出自己的妖幻血肉，或許到這個鬼展覽累積累世的怨念修煉到已然成精了……已經就算TM死掉之後也會有他自己的群魔亂舞般的神祕命祚。

其實收藏本身，或是收藏鬼藝術品本身……或許本來就是一個更複雜抽象的行為藝術。

各種不同的類型超越既存的收藏家理論之中。因此又回到這個他在問的他最常問的一個問題：什麼是藝術？什麼是鬼藝術？或許這就是一個更激進的鬼才般的美學解放……就是ＴＭ的鬼收藏太多太多到什麼鬼東西……太多太多的祕件老件般的寶物：從鬼古玩字畫下咒法帖古墓碑拓本陪葬出土古俑陶藝到現代的陰霾籠罩的靈魂出竅科技媒體觀落陰器物甚至恐怖漫畫暗黑插畫殺人裝置的動機……要用在六〇年代就有的一種老派的「美學就是神學」式的用學國畫練書法都是通靈修行思想在看待古董，他在找尋一種對佛畫打坐的更內化的神祕美學運動，想像可以在找尋收藏就是宿命修煉的儀式中把現代和古代的氣可以連接起來……的戰後鬼藝術的另一種激進宣言。

ＴＭ老語重心長地說他的心酸……因為辨他這個鬼收藏展覽其中有一個很重要的動機……多年來的心情是因為他覺得跟下一代完全不懂神通的無限天真無邪的藝術家充滿隔閡，要如何跟他們說：鬼藝術是什麼？或是說鬼藝術跟改變本來人間關係可能的盡頭？

在整理鬼收藏藝術品的時候，有一個很大的問題就是如何建立鬼展覽的秩序和編目，他想要找出一種可以有效地規模來分類，甚至有一些是稀有的通靈藥草薰香奇種的怪植物種類，在沒有開發過的原始森林中找到的稀有植物，這是一種痛苦的過程，因為所有工作人員知識的限制，沒有找到出場的方式，變得非常的困難，從完全的無知……對於某些系統或是形式或是組織或是秩序。讓他最後變成是一種更詭譎的自己的鬼概念：「混種、神祕、通靈」。

如何把數千件藝術品從ＴＭ的老倉庫裡如何找出來的時候變得非常重要。這些鬼藝術品分成三大類，第一類是擁有一整套神通及其靈動歷史的鬼藝術品，第二類是完全在所有的異教諸神的神通靈動歷史之外的。第三類是在第一類和第二類之間的某些不明鬼地方……

第一類的鬼作品，代表的是鬼收藏者的怪異藝術史知識和他的特殊通靈興趣，某些通靈藝術家在某個時期的鬼作品甚至連續作品系列……還是有一些不知名的年輕鬼藝術家，一如古董和歷史文物是上師還沒

有被確定價值的神祕古董家具或是特殊日常生活的那些怪容器的祕件價值。也主要是和舊藝術的關係，ＴＭ一開始也買了一張有一隻妖怪糾纏椅身椅腳的怪椅子，他買鬼藝術品並沒有局限在某一種著名的品牌或是匠人或是藝術家。更為顯著的甚至是最有名的當代古代藝術品……怪異的眼光老讚美日本每一道鬼歷史上的痕跡，就像某個傳統陰陽師的鬼才般特殊茶藝的流派。一如那個千利休但是卻更充滿玄奧咒術加持邊煮茶邊念咒的鬼茶碗的流派鬼身世其實很不一樣……充斥著鬼東西祕辛充斥著的怪人做出的怪事。那些鬼收藏品老是徘徊在神祕玄機的非物質和物質之間的矛盾……

ＴＭ的鬼收藏展的通靈策展人提到有那封信跟這個鬼展覽的概念真的非常有關係，那一封信是著名陰陽師寫的，現在已經被標示了一個老時代裡的作品，但是那是牽涉到一個幕府時代的旁邊提供法術協助局勢緊張的老戰事的某一個最重要的歷史時刻的老時代。就像在某個意外發生的魔術師表演的魔術時光。這封信都跟那年代的重要人物涉入其中的歷史有關，可能是對於他們老時代日常生活裡的某一個細節的描述和欠缺的某種神祕原因，卻補償書法作品在更隱藏身世坎坷難行的可能。這些鬼畫符般的書法和這些收藏品都是用來補充為什麼要去找尋這個陰陽師施法念咒的某一個細節的慌亂……補充他們人生更挫敗更曲折離奇的細節。

這牽涉到那個歷史時期的美學評價，那封信因為某種意外引發的危機……或許因為他那個時期的特殊性的某一些生活的細節，都可能引發後來歷史差異分析在討論他的某一個鬼概念上的差錯影響……ＴＭ的焦慮太多太深到無法接受自己的膚淺，他或許也是想要用這個鬼收藏展覽來宣揚自己的深度……因為反對的很多人說他的鬼藝術都是太娛樂性的膚淺……

但是ＴＭ引用的鬼作品的歷史典故，卻是一個鬼藝術史上非常玄奧的他所提到傅柯所說的「差異地點」來解釋這個概念：鬼地方……一如尋常的烏托邦代表的是完美的不存在的地點，但是鬼地方……卻是像劇場、公園、美術館、博物館都是一種差異地點，在所有的時間形式品味建立起來的一種特殊的時間和空間的隱藏通靈神通的鬼藝術的裂縫，這些鬼地方般的差異地點對於現代文化在十九世紀時非常重要，甚

至也是鬼藝術進入現代主義的原因。相對於美術館外的真實人間，這些博物館的鬼收藏品重新建立了分類歸納……而且是隔絕跟外面人間的關係，他們變成跟這些博物館之間特殊原則的對抗，不是模糊的某一些原則的關係，最現實空間中異化的那些美術館收藏裡可以得到了不一樣的神祕的通靈老件神品可能轉移啟發，這又回到最古老的異化的概念，把那個鬼地方，一如一個控制卻又是反抗控制的系統……這個應該是博物館的原則……在這個鬼收藏展覽裡的太多太多反差太大的鬼藝術作品中所體現出來的。

ＴＭ自己說他自己的鬼收藏家身分有時候和鬼藝術家的身分會有一點衝突，花力氣的方式就像一個電影公司老闆和電影導演的差別，或是一個生意人和一個公共意見領袖的角色的差別……一如，他被用什麼樣的方式去定義他自己的鬼藝術……ＴＭ老說畫就好就不要解釋自己的鬼畫了。「我有我自己的原因和邏輯來涉獵這麼多鬼層面，一方面是因為我在周旋到底鬼藝術是什麼的這個最終極的問題……已經這麼久而且這麼認真。但通常是在錯誤的過程之中學習，我甚至是需要神祕靈異經驗來理解我個人錯誤，也更願意來懲罰地降級自己或因而升級自己，因為鬼藝術家是需要自己真實的神祕經驗才能夠了解老的鬼藝術家的他們，才能夠知道我必須是我自己去進入他們鬼藝術的通靈體驗……雖然很簡單但是我很愚蠢，我曾經聽明過嗎？我也沒辦法對我的鬼問題提出結論，但我在找尋這個宇宙的奧祕，這些通靈的祕密為我們的世界可能達到什麼樣的進步程度，但是我面對了解這個世界的絕望，一如我選擇的方法……去接近他們跟分析他們的玄奧鬼作品的可能……透過這些隱藏神通充滿的繁複細節了解過程，我的找尋很像使命，本身會從很底層的神祕層面開始用心體會地玄奧感入手不尋常的線索的種種關心。」

ＴＭ提出了他在他的收藏鬼藝術的諸多更要害的問題……

一。為什麼鬼藝術的找尋會那麼迂迴曲折？二。為什麼鬼藝術家在他變老的時候他才會變大家。三。同時期的有名和沒有名的鬼藝術大師的鬼作品靈驗度差別到底在哪裡？四。個人的喜好有影響到鬼藝術的收藏價值嗎？五。到底鬼畫是怎麼變成了另一種入世承諾的生意？六。他要如何去打量自己的鬼收藏，這

些鬼收藏到底代表什麼入世承諾的神祕隱喻？七。甚至通靈博物館到底是什麼？通靈博物館的鬼藝術品是怎麼找到，怎樣從冥間偷渡到這個人間？八。人類到底要如何去理解鬼藝術呢？

ＴＭ說：「小時候的我總是準備重複自己的鬼藝術的為什麼？因為問為什麼的過程通常是失敗的，有時候是被騙的，過程千瘡百孔，找尋一些鬼問題，用我自己的鬼方法在冗長過程中發現……這鬼收藏展覽的所有鬼東西，千瘡百孔，我被騙很多錢，也出過很多人間的問題。」

這種鬼收藏的激進也曾經致使ＴＭ在購買這些鬼作品的時候陷入困境……因為他太瘋狂了，甚至財務上差點壓垮了自己的藝術公司。甚至募款也有問題，他陷入一個奇怪的焦慮狀況。

「但是我的鬼收藏品是無罪的，只是我這個鬼收藏者是有罪的。隨著日本越來越貴，有些國家其實是會對於收藏藝術很友善的，未來有一天可能我們的藝術品全部都不會留在日本，我覺得很可憐。這個展覽的很多作品都會被更多人看到，這個鬼展覽所代表的不免就是我自己對於鬼收藏的理解，如果有些什麼奇怪的熱情或是鄉愁，可能是因為某一種潮流或是某一個時期而討厭我或是喜歡我……太多太多可怕的鬼藝術……或許是因為很多辛酸血淚史都已經算是很感人的神祕價值，因為對這個鬼展覽我花了那麼多努力。但是仍舊充滿困難重重的這個鬼展覽的發生也感謝更多恩人還有被更多無名神祇的祕密加持關照始終無法言喻的深刻保佑。還有一個瘋狂的博物館館長的他用無比的耐心等候才使這個鬼展覽變得可能的最後將這個鬼展覽分成幾個怪主題。

一。他的鬼腦袋裡裝的是什麼鬼東西？二。鬼地方……一九五〇年的二〇一五年。三。鬼門關口的靈異雕塑花園廣場死角。

或許所有的鬼原因都很怪異，也都是因為ＴＭ在某一次花了很大的力氣去收藏一個有名的永遠鬧鬼的舊官邸的老件，在某一個鬼市集想找尋某一個前朝上師的抄經手稿，他老用了很多怪方法來解決人間的波折重重，一如和古董商也和一個拍賣會的人或是和網路古董文物行家的道長術士的上人半推半就地過過手……

還有一些鬼收藏品跟日本是第二次世界大戰戰敗國死了太多太多人怨念充滿等待超度法會的陰霾充斥的原因有關，有的鬼作品表現方法和神風特攻隊也和帝國有著複雜的關係。也有和中國老唐卡妖怪神明充滿畫幅怪異繪畫風格有關。有的鬼故事跟古時候的靈異錄影帶舊照片或是妖怪雕刻所出現的廢墟荒村歷史的痕跡都是他收藏的無奈又無言的難過動機……

這種完全自由到近乎沒有方法的鬼方法，更是因為ＴＭ自己是一個不世出通靈鬼才的鬼藝術家，一如ＴＭ收藏另一個大陸的可怕藝術家C的一個怪物般巨大的當代雕刻，但是多年修密的他所雕刻的每一個很噁心腐屍拼接肢體器官看起來人不像人鬼不像鬼的肉身千手千足長在一起的詭異神祕關係，名字就叫做靈界的挑戰，那是從一個古代觀察冥界開始但是後來卻就更深入到觀察如何進入這時代的人間？我們的新時代是怎麼變成現在這個鬼樣子的恐慌……半人半鬼地從眷念消逝鄉愁的人間到意外發生碰觸靈異的邊界。

一如ＴＭ買了別的靈異藝術家的鬼作品是因為看到和自己的鬼作品很像的靈異部分。但是也和那些不同的鬼藝術家之前他們早年作品的通靈體質和人間切換不良的情緒激動種種怪異現象原創性有關，或是和自己的鬼作品有關但是又充滿另一種幻術般抽離冒險很不同的對靈異體質抵抗的可能……

❖

五百羅漢……一個科幻片般引用歷史幻覺反諷的最終祕密隱喻。

一如小時候老道無知地跟大人一起害怕失禮又充滿好奇地意外死亡般地步入衰退過度的人間地獄地走進去一個古代歷史最著名或最佚名的陰霾籠罩的老廟宇，意外路過卻不小心跟著人家走進了最古老的合院殿堂寶塔末端，完全不知道看到了什麼或發生了什麼，卻是最古老的宗教經驗或是童年回憶的潛意識分析卻老充滿的猜測與誤解的可能……還竟然看到很多幾千年前最充滿玄機的六丁六甲八仙過海十二生肖神祇十八尊者三十六天罡七十二地煞一百零八仙菩薩甚至一如曼荼羅唐卡的藏密滿天神佛的法力無邊奇幻冒險

神通古佛像最神祕的什麼……一如ＴＭ的五百羅漢……

ＴＭ的五百羅漢圖展……這個始終無法無天到如此激烈的展覽太過敏感……那麼感人又那麼唬人，那麼古代又那麼現代，那麼前衛又那麼落伍，極端神祕又極端庸俗的現場太多細節彷彿一場夢魘禁忌法會變成意外的焚琴煮鶴、絕世武功神龍教主變成鬧劇的周星馳胡鬧扮演韋小寶的成群妻妾之一、霹靂布袋戲版本的或是寶萊塢版本的史詩魔幻電影的荒腔走板的始終納悶，使老道不斷懷疑起自己的瞳孔瞬間放大縮小腦葉深度死角中崩塌意外的過多對藝術對當代藝術的邊緣感……一如對這時代對這人間的種種成見的邊緣感其實從來就是一場瞞天過海騙局地自以為可怕但是終究那麼可笑又可憐。

用五百羅漢當成主題像是在老廟裡展的一種最神祕神明保佑人間苦難隱隱約約的隱喻，可是卻又好像新潮少年快報漫畫跟動畫公仔的方式處理極端放大版本到最俗氣極端炫目的炫技。甚至像展覽中央最惹眼的那座最龐然到近乎三個人高的鎏金巨大神魔瘋狂雕像融化怪物變形過程中所有的觸手獠牙半人半獸的高聳祕術金身，不仔細辨識，還以為那弧形扭曲變形弧體只是一團巨形的黃金螺絲狀屎糞。

一如這怪藝術家像知客僧侶站在門口放了一個完全逼真寫實的精心打造的等人身連頭髮鬍鬚眉毛都太過栩栩如生的怪蠟像，像妖怪般的頭部從內部爆開卻凝結在露出馬腳鬼影妖身式地撥開了臉皮還是他的臉，但是出現了四個眼睛還戴著四個眼眶的眼鏡，身上穿的殘破的古老和尚穿的僧袍。一段時間就會啟動作法般地南無阿彌陀佛模糊喃喃自語般地念咒，四個眼珠上下左右晃動……那種花燈式老機關人偶傀儡神通感的神經兮兮。

一如在某展覽的角落還有將青龍白虎朱雀玄武做成小孩可以乘坐嬉鬧在上頭的媚俗玩具車披上華麗的虎皮龍鱗雀毛龜甲形狀絨毛巨大偶身遊戲做成的近乎主題樂園的可笑，紀念品充滿海洋堂限量稀有種的怪扭蛋的公仔，毛絨絨玩具，甚至除了印花明信片Ｔ恤還有甚至特殊盒裝的羊羹煎餅的怪異現象味道……或許這裡本來就是一個更本格派內化宗教神經失調症狀的入世主題樂園。只是老道始終不願意承認。

老道所最感興趣的反而就像很老派的考古學家或是藝術評論家的壞習慣，一如多年前去看畢卡索的現

代主義名作〈格爾尼卡〉巨大油畫在西班牙的博物館展出原作珍寶旁一路數百公尺還展出他數百張大大小小油畫的草圖……那種美學視野的開拓狀態的老美學式大氣得驚人，或是去羅馬看米開朗基羅在西斯汀教堂畫古壁畫〈創世紀〉和〈最後的審判〉太過複雜的狀態過程中留下的種種文獻記載檔案室的珍貴收藏的稀有生物般存在跡象。

一如在五百羅漢展覽現場有一個小間是檔案間，有很多文件展覽的最陌生近乎不可能的洩密的狀態。那是他工作過程的所有書面檔案資料夾密密麻麻標注了他所有長幅油畫的工作狀態，草稿筆記，曾經臨摹過的妖怪古畫百鬼夜巡種種非常入迷的狀態的用功，或許也像畫家太過認真工作之後突然完全畫不出來的可怕困擾，流露出ＴＭ自詡其已然是這個時代最有名的藝術家之一所做過最受矚目最受爭議的太多太多鬼作品的遺憾。

一如他在凡爾賽宮展覽的熱烈嘲弄自己這個時代的裝可愛嗎有空洞超扁平的昂貴又巨大的雕塑，金銀身的巨大近乎瘋狂的公仔，仔細看都好像在開玩笑但是又好像非常的認真。

這四長幅最巨大的故做神祕古老的五百羅漢長畫，第一次展覽卻竟然是應邀在阿拉伯最大的一個完全沙漠荒涼的現代摩天大樓城市最怪又最大的當代藝術生意手筆的荒謬……本身就像一個科幻片般引用歷史幻覺反諷的最終祕密隱喻。

或許可以引用了更多當代藝術評論的成見來為他辯護或許為他挖墳墓，都有太多的下手的原因，老道可以想像很多過去的當代藝術家作品關於神聖的媚俗，後現代的嘲弄與批判，老派藝術類型引用和誤用，高科技媒體材料技術的露一手，日本的國寶級老國畫和漫畫之間的感情用事又感情破裂的矛盾狀態。

老道在那些閃閃發光的彷彿是從古廟裡角落走出來的五百個羅漢為了替人間贖罪犧牲自己的古老怨念，青龍白虎玄武朱雀，太多老時代的畫法妖怪鬼神奇珍異獸，古老的典故，卻化成好像漫畫卡通圖案印花般的人形圖像姿態出現，骷髏頭變成始終可笑的印花，殘穢感走樣……即使使用毛筆或是書法的筆觸寫了很多古佛經上空洞又驚悚的警世名句，尤其是長幅羅漢身後的影子般的龐大背景卻又無法理解地刻意隱

瞞真實和虛幻的邊緣模糊好像電腦特效鑲嵌碎鑽網點但是又是油畫和古老絹印畫的引用。

但是老道實在太衰弱了，那次來東京那麼衰弱，排隊買票的時候有很多人其實是要去看森美術館在53樓高樓的觀景臺觀光勝地，甚至有很多大陸客攜家帶眷小孩在尖叫哭泣為了排隊太久而感到不耐煩，甚至就躺在地上滾來滾去父母和祖父母都不管任其撒野的萬般無奈。

老道常常覺得他自己去錯地方或是問錯問題，甚至是完全不了解自己所擔心的禍首關心的那個焦點死角了，老道其實本來也一直抗拒不想去看這個展覽，一如老道在抗拒他自己是藝術家或是藝術評論家或是策展人的身分危機，或是在抗拒老道太久對於所有的人類文明的可能都不再相信，太過驕傲地充滿希望或是絕望，或是太過自卑或是太過自豪，或是充滿過火危機感和低限度存在感，好像困在火星的植物學家要種植新的小植物當食物才能夠吃才能夠活下去的那種悲劇，所有最科學最複雜最高科技的裝備，在最艱難的任務困在外太空遙遠星星的荒漠絕景之中，卻只是在種田做最古老的農夫做得最乾燥最終的種菜，最終竟然還要依靠自己的糞便排泄物來當營養的最荒謬的極端可憐又可笑。

末端大廳放映著ＮＨＫ幫他拍了一部紀錄片整理他從年輕到現在的對當代藝術過去舊看法的陳腔濫調，他所講的那些所謂日本的藝術或當代的藝術，甚至如何回應這個社會或是這個時代甚至是國際金融危機爆發和福島地震海嘯的災難的無力感……因此而畫出這樣子的解釋成空洞的黑暗死亡佛祖保佑老道的美學實在太過牽強附會，始終令老道納悶為何越深入其理念關懷就越來越像是一場無限巨大到沒有邊緣也沒有破綻的終極騙局。

一如他那等身公仔少女爆乳噴乳少男手淫爆漿的極變態極色情，他那極大幅將卡通人物ＤＯＢ頭像畫入的日本傳統畫的既古又今的極怪異極華麗，種種作品早就完成了。

早期的老道對ＴＭ的餘緒停留在紐約。

那一年老道在紐約的一年裡，常和全世界各國那年也來巧遇的藝術家一起埋怨在紐約的天氣壞和人太

多和貴和危險種種而變得很熟，有一回也和他們在破破的給藝術家上網的辦公室角落的桌上聊天等人時，老道突然看到一個人很好的館內藝術行政總監桌上有個很鮮豔顏色的公仔，老道問他為什麼會有ＴＭ的公仔在那裡，他說送他當禮物的這藝術家ＴＭ是日本兩年前來這裡駐館的那一位，他只記得他英文很不好，但不記得他很有名。

ＴＭ在書中提到他在紐約的那一年，也是和老道一樣地充滿餘緒的，經常什麼事都沒辦法做，心情很不好，只能去找東村的漫畫店，看著他其實也不清楚他也如此依賴而沉迷的動畫，在那裡，邊看邊哭泣。老道完全感覺得到他在那裡在那時候的哀傷。這使老道對他的更後來的更多更有名之後所說所寫的關於藝術某些有點投機有些取巧有點譁眾取寵又恃寵而驕式偏見的可笑，可以有些保留，有些因同情而不太快地嘲笑他，因為那些老道在紐約也同樣有點哀傷的餘緒。

其實，老道覺得某種美學激進的試探，ＴＭ最險最前衛的怪作品在他去紐約之前就做完了。他那將卡通人物ＤＯＢ頭像畫入的極大幅日本傳統畫的既古又今的極怪異極華麗，他那等身少男手淫爆漿少女爆乳噴乳公仔的極變態極色情，種種作品早就完成了。

ＴＭ的顯學的可笑，一如他所說的關於展覽的看法的可笑：「如果覺得看的人無法理解他的概念，那就將展覽會設計成可以作為普普風的入口來看，……引導人容易進入其中，並且不只一個，而是應該準備很多個入口，甚至必須設計無法簡單逃走的陷阱或娛樂。」

老道想，對ＴＭ而言，或許「藝術」就是他設計成給別人也給自己的無法簡單逃走的陷阱或娛樂。在他的以「為什麼我的畫可以賣一億？」為標題的書的可笑前頭。老道應該忘記老道那停留在紐約的對ＴＭ的餘緒的。在紐約那一年邊看漫畫邊哭泣的ＴＭ和他在那裡在那時候的哀傷早就消失了。

老道不再同情他。

但是這或許不是ＴＭ陰謀狡猾花招險招用盡可能發生不免自毀的問題，或許更深層次地逼問卻更弔詭地是整個當代藝術的問題，涉入太過複雜的情緒之後慌亂逃離一如整個日本一如整個時代的問題……

一如他們多麼需要這種膚淺的要命的藝術，但是又必須努力地引用更多深奧的解釋來為自己的無知辯護。但是美學或形上學式的膚淺或深奧不免也都是太古老的成見，老道好像一直在邊緣徘徊到更久之後也不知道到底是怎麼回事……

❖

老道在那鬼收藏展裡老想起無間地獄的無間感……一如他迷戀多年的那部怪電影的名字就叫。收藏。但是，這怪電影對他而言太像一種太濃太嗆太烈的老派煮太久的中藥，或調酒的比例配方老怪怪的雞尾酒，太閃閃爍爍到眼睛睜不開的光，他的某種自以為暴力的進入的切換光影的精密掌控的不經意失控，或說，度數不對散光或青光眼加深種種的眼鏡的失焦，但是，就是味蕾跑掉了。他本來還以為他的底色是黑暗系地夠殘酷或夠變態了，但是，後來，才發現或許不是他不夠銳利或就是不夠狠，或許卻是他打從心裡是那麼害怕這種有點歪歪斜斜到已然走樣的暴力。

那電影的最後，男主角才發現脫逃的那變態狂其實是住在另一間優雅美麗的維多利亞式別墅裡，古董桌上有一隻甲蟲標本盒，穿著正常暖色毛衣絨褲的他是當地少數十四名有執照的甲蟲學家之一。但是，在電影中卻是另一種太陰霾重重的暗夜殘殺，甚至是充滿意外的故布疑雲。一開始這個變態殺人狂只是往往戴上了一種只露眼睛的皮面具，彷彿一個腐蝕到只剩眼洞的爛臉，尤其當他拉上了皮面具在腦後的皮繩而綁緊時，是那麼地緩慢而顯得無比沉穩地令人不安。

而他在一個古怪的夜店設機關屠殺了所有的人之後，把倖存的唯一女主角放入一個赭紅色的古董木箱中，回到了他的祕密基地。

那是一個絕地，沒有可能逃脫的鬼地方，所有人進去就沒有再出來了。城市末端的這老旅館已經廢棄很久了，已然改裝成那變態殺人狂的窠穴，像一個充滿種種不可思議的機關而陷阱太多的迷宮。而那個男主角是唯一活著走出那個可怕迷宮的人，所以他被迫帶想去救女主角的他們走進那個地方。手機沒訊號，

有一間暗室燈泡閃光，人閃閃爍爍地出現，然後殺戮就開始了。

某一個最老派的暗示，那個方形鑄鐵條封圍破舊赭紅箱身的古老木箱，那是那個變態狂囚禁俘虜禁臠的惡習，然後才開始所有的刑求一如劇場或魔術般表演的離奇。

他太過好奇，也害怕所有即將浮現殘虐的令人害怕，一如那被囚入的女主角全身一開始只蜷縮在那暗黑的箱底，她從古老箱邊鎖扣孔洞看出去。發現了旁邊有一張鐵床，身上有刺青的那一個活人，被打針，在半昏迷中被割下舌頭放入裝滿不明液體的燒瓶。像一個實驗室，很多另外的病床放另外的屍體，還有更多的燒杯試管，毛茸茸的巨大黑蜘蛛從玻璃瓶放出來，爬過躲藏在角落的她的臉，她不敢出聲，害怕被發現。

另一個箱子，關另一個穿髒兮兮的蕾絲洋裝少女，那是一個金髮臉色蒼白接近芭比娃娃的受害人，被他豢養在那房間，她站在鏡前發抖，說她不能離開那房間。而女主角被發現是戴助聽器，她被嘲弄著，你是弱者所以你逃不出去的。但又對女主角說：「他又在測試我了。我真的不該離開房間的，那怕得或許眼光已失神到接近發瘋了的少女說，他喜歡我。」

那一路的場景機關種種充滿埋伏的死角也都充滿了隱喻。那變態殺人狂或許真的是一個收藏家，只是人們太不夠世故去欣賞他的品味怪異的收藏，一如那破爛的牆上竟然有一幅古代甲蟲，蝴蝶，天牛，種種圖案的老派標本。一如在那一條又暗又髒亂的走廊最尾端所發現了舌頭咬掉的鐵籠裡的奄奄一息的男人女人，用很多不同屍體殘塊所拼成的另一種畸形的人形，這種種怪人形還甚至被打麻藥打到昏迷變成像殭屍般會亂攻擊活人。一如一路被追殺時還曾經躲進一個廊邊的洞口所掉落一個全堆滿屍塊的坑洞中的更血腥的深淵。牆上老木櫃格中的骨骼，還有巨幅的變形人體畫。一個廊底的小廣場，八角形房間底。還有很多誘敵的假人形的陷阱，機關太多，最後，他在塑膠布後設的炸藥，踩到了釘就會引爆而死。女主角最後打破培養皿的福馬林來滅火，那很多暗紅古董箱子裡的很多具屍骨流出來，在大火的最後他們逃出來了。放火燒那祕室時的老壁紙顯得非常地詭譎美豔，老時代印花的紅花那華麗優雅的血紅曲紋就在點燃油桶的大

火舌中竄燒。

一如最後他誤入了另一區域所有更複雜的充斥昆蟲的或爬蟲或哺乳動物的骨骸……最後一大間像博物館的大廳在那走入的走廊兩側人體四肢或枯骨肢解再重新拼成的放入巨型培養皿太多太多不明收藏……有種難以忍受極端華麗到令人無法理解地妖美。

第五章。元神宮。

一如一種反主題樂園式的主題樂園，元神宮不免就只能像主題樂園的雲霄飛車版本的雲霄地獄一樣，太乖張怪異複雜到完全不能被理解……還勉強容納分裂成靈魂出竅回不來的諸遊魂鬱悶又彼此不相關的狀態。想把這種種狀態勉勉強強沾黏在一起的時光物種感染源容器。但是，困難的是要用什麼樣的法門連接，才可以把種種元神耗盡前的狀態收集在同一種容器。元神宮的神祕宮門只是在努力地尋找某種……逃入或逃脫宿命的機會。可能或不可能……充滿玄機地高明甚至非常巧妙地把沒關係的鬼東西接在一起。那是充滿破綻但是仍舊是一部勉強可以運行的收集元神耗盡殘體恙蟲般的存在感超低的老機器……

那個元神宮的怪展覽……始終黏稠汙穢骯髒一如惡水肆虐流傳較廣的傳說感官刺激與場景來活靈活現的詮釋出宛若親身經歷般的體驗，說不上可怕但卻會有一種無法言語的詭異感畫成妖怪們的形貌出現。

一如地獄深淵的打開蜿蜒曲折離奇的困難重重過關的忐忑不安，竟然切換變成這時代的《聊齋志異》式的浪漫氣氛濃厚十八層地獄主題樂園般的時代感的自嘲……

「元神宮太過複雜地令人費解……」仙姑嘆了一口氣地解說：「但是，想想元神宮到底展什麼之前，或許應該想想元神宮是什麼？」困惑的老道始終無法理解地懷疑……他想得遠遠不是那麼簡單。元神宮……太多太多爭端……藝術家H老在想要怎麼展之前，也始終無法忍受自己的狐疑……或許，應該要想：元神宮到底要不要展覽？能不能展覽？真的展覽會不會出事？看展覽的現場觀元神宮的人會不會生病？像是染上不明疾病的疫情？甚至展覽的地方就可能會因為洩露天機而發生什麼意外災難？

H內心深處卻也因此充滿同時擔心又開心地恐懼……因為，太過複雜的神蹟降臨般地……元神宮……從某種神學就是美學就是倫理學式的更入迷的角度而言，真是太完美到完全無法理解地神祕奇譚般的怪展覽。

元神宮的過去……說不清楚？但是，H最近感覺到這種七武士末代武士竹林七賢故事收場悲慘命運低頭的必然……只是她幾乎唯一待太久到竟然是見證奇蹟發生的神祕失蹤的神經病，沒人相信她說的事……她老想的是：就像觀元神宮的老規矩所訴說的：門窗象徵什麼燈象徵什麼樹象徵什麼花象徵什麼床象徵什麼爐象徵什麼鍋象徵什麼？火大火小花園大廳廚房骯髒乾淨象徵什麼？真的有人相信嗎？相信這種象徵？相信元神宮是人投胎後的靈體質押在地府的鬼建築？……誰會相信，花公花婆守護靈元神耗盡地找尋什麼或是守護什麼？

或是真的知道了，就刻意隱瞞不再訴說，一如師傅交代的萬分恐慌……

像是泄漏天機一樣的恐慌，所有的趨吉避凶困難重重都是命定的麻煩，像風水師或地理師所著迷或恐懼的建築的什麼……跟尋常當成什麼藝術的鬼東西的膚淺迷惑不解為何的什麼……完全不同。

那真的很悲傷地必然承認或承諾人間誤解藝術的人們的無奈無知的近乎瘋狂地無明又無無明的下場的永遠心虛……

那一個充滿神通異能一生為陰陽眼所苦的仙姑體質的H……心事重重地老跟現場的老道說：這一生最費解的諸事不宜過度的她還老生病。一開始她想到過去的跟師傅學觀元神宮……可以參拜祭改收驚解厄消災種種一生的怪事。

H對老道說：或許，她的命不像自己想的硬，她的八字也不像自己想的重……現在才浮現到好像該好好面對自己的病與病態。

或許H應該回到原來的起點，有時候學其他沒有神通的藝術家當無知的百姓很好，或是只是假神通也很好……反而元神不會因為元神宮打開而引發什麼……引入惡意破壞加害，讓自己受害遭惹莫名的異端邪

靈入侵，甚有事內化到元神自身靈體出事生病或充滿異變危機……

Ｈ說她誤入歧途般地深入元神宮這個怪展覽……本來她的突發奇想動用自己仙姑體質帶人觀元神宮的神通……但是九天玄女傳人師傳傳給她的仍然時時刻刻提醒自己的魯莽入侵的風險，她的危機感強烈到本來只是好奇另一個可能同樣深入絕境天路歷程冒險朝聖……與神同行，西藏生死書，打開鬼門關放出百萬惡鬼的目蓮救母下一世變黃巢的業報奇譚……一如失樂園啟示錄神曲在最後的審判般的屈服……始終不知敬鬼神而遠之的恐懼登場成另一種版本的外傳前傳的意外……

那一個藝術家Ｈ說她本來也只是因為懷疑太多鬼展覽都越來越馴良無聊套招地太輕浮地膚淺美麗或太沉重地憂國憂民。她想要找出不一樣的出路，看到一些更不一樣的藝術可能是幻術的奇觀……

但是後來她越陷越深……越講越多，越做越多，一如洩露天機地危機四伏……

著迷的Ｈ卻好像始終有什麼不同的某種層面上被動過手腳般的存在感超低的切換出某一點古怪地邪門歪歪斜斜歧路亡羊般地諸事不吉……一開始也不知是不是跟元神宮有關，或許只是一如過去的太疲累不堪的Ｈ的狀態不好。但是怪異地平行某種鬼上身式奇譚，隱隱約約，她好像煞到了般地出事，一開始不明顯，像是某個著魔的驅魔者的後遺症，某個死角落大意沒有處理好髒東西的鬼屋，或許她本來就不應該談這種入魔附魔者繁複細節召靈會般老規矩太多太禁忌的主題……舊傷復發的腰痛，背痛，到頭痛，胃痛……皮膚長出斑點病狀……發現得太晚。

她做這一個展，和她談她的過去的奇蹟發生般的神祕經驗觀落陰般的這幾年來的最近老在生病，也沒多想，這幾年歲變大肉身變不好，她又花太多力氣在同時做太多事，透支心力地費心做展覽，始終都在某種不舒服的狀況，這種病態變成是常態。

這次或許也因為更疑神疑鬼的副作用，不知是否因為她太心虛，本來完全不在乎到以為自己可以承擔觀元神宮的神通感應，對觀眾來談她的超異能，後來做了展覽覺得有時候太累也會頭痛，或是開展以來也太忙太繁雜，所以常常感覺到好像有些什麼奇怪的更大的副作用一再發生，但是她也不知道是什麼異端的

什麼在作用……

主要還是H動搖了，這兩三年剛好是她中年以後的一生從另一種人生切換到當藝術家……

在這個越來越庸俗不堪的太多太多展覽都越來越像主題樂園式的改朝換代的小時代，所有再來一次的那一群更輕浮更重口味的觀眾們其實很像永劫回歸一樣的嘲笑H的不夠世故，她往往越用力就覺得越沒力。

H常常會有一種做展覽做太久的盲點，沒有耐心而且憤世忌俗的太尖銳又不敢面對自己的想法太凶的內在矛盾。甚至整個更大的藝術展覽入世環境越來越泡沫化的更疑慮單薄……

或許是惡化天氣過冷過熱現象近乎聖嬰現象更多更狂暴天災冰河時代已經要來臨，她這種好高騖遠的異端體質仙姑怪物種應該會最早滅絕。另一種更深的承擔誤認的可笑，或許其實H沒那種行走在墓地墓碑之間的勇氣能耐或是更切題的神通道行也不夠格入世。

越來越懷疑自己老出事的H……在越深入元神宮就逐漸了解為什麼自己在做這個元神宮展覽那些身體不舒服或是精神狀況很不好的內在……更深層的靈體元神耗盡地自我防衛的認識越來越空虛模糊。

一如恐怖電影的鬼還沒出現的前半段開始慢慢變慘惡化的別人看不見只有她看得見的差錯延伸的壓力跟恐懼，H一開始每次都只用了一種好像好奇的一個藝術家或是美學的內在狀態來理解與接近觀元神宮的祕境歧路亡羊的擔心，但是後來一深入就發現這種引發神通的驚心膽顫……內在波及破壞性的影響……牽動牽連其中的奧妙玄機，涉世規格與她一開始想的完全不同。

就像也是H的師傅語重心長地勸說展覽還算是入世承諾神通助人救世……但是千萬不能掉以輕心地虎頭蛇尾地一路不可有一點點馬虎……

千萬仔細善後，元神宮打開了一個結界要小心地收回閉關回來……還交代H要把她做出來的這個元神宮展覽展完之後所有檔案用紅布包起來小心翼翼地祕密封印，再也不要打開，不要給別人看，甚至不要給自己看，完全不要再碰她涉入元神宮參拜引人入宮的神通……一如她過去從小通靈引發必然要還的業障深重苦難，必然會有更多意外發生……

但是，在他們的這個人間……這種平庸無能的展覽的尋常地方充滿了麻瓜或是恐懼的村民死老百姓或就是尋常的小城……或許是一種極度恐慌的災難，如果莫名的真的出事，出大事，失控的H要去負責嗎，到底為什麼或如何或被誰是解開封印的放出風聲放出惡夢連連的惡魔……H是那個無知的太晚知情無辜民眾村民意外發現，或是已知可能造成傷害卻又無力負擔無力挽回的仙姑先知長老的擔憂……其實是雷同的。

另一種更可笑的史前史的大膽無奈……

過去多年來曾經有些竹林七賢般的怪異藝術家們的自以為廟小妖風大的自詡其實是自欺欺人的說法……或許是掩飾著元神宮廟太小容不下大菩薩大妖怪們的焦慮。這個時代的沒有神通的藝術家們越來越平庸的原因或許更仔細想想藝術家們也不曾不平庸過……

那些有神通的怪藝術家們都走了……H想到自己也應該走了……甚至他們有這麼怪的神通嗎？以前也沒有遇過這麼嚴重的事情奇怪遭遇？元神宮……可能嚴重影響到一如目蓮救母意外打開枉死城惡靈古堡放出惡鬼或一如打開結界召喚來了一個異形或是終極戰士或是未知的陌生物種來滅絕他們這物種……

但這或許也只是一種推託之詞，以前H常常會解釋成一種隱喻說元神宮的守護神就是妖怪或是太厲害的乩童，但是真的遇到了H這假仙姑假廟公卻完全無能為力的恐慌……

或是以前遇到的元神宮只是一些小妖精小妖怪的趁亂逃逸趁虛而入，可是這次H在元神宮中所遇到的是否可能是最後妖魔像是黑鳳凰阿基拉等級的一靈童轉世神器法陣的心悸大麻煩。這種多怪異的元神宮……到底隱藏多大的恐怖妖魔……

師傅老是叫H用她的神通想想如果出事要怎麼辦？一如一開始學自觀元神宮的困難……

觀元神是個更深的可能自欺欺人的怪異修行法門……師傅要求她堅持自觀元神宮其實就是內觀的修心法門，在這個不斷自觀的過程的困難重重……找尋自己始終無法自拔耗盡心力的元神要害……

「觀到一半睡著了，那就睡……」那師傅耐人尋味地安慰H的這句話，讓她感到安心。

進不去的時候，她變得虛心傾聽也並沒有感到受挫，但是也沒有每天練習……有點像是意外發生或發現什麼……，感覺到了，她就嘗試做了不同的實驗，她才發現，當身心都很疲憊的時候，是完全沒有機會進入元神宮的，她的身體會很自然地告訴她就會先讓她入睡……最好的狀況就是H先調完自己元神宮的大廳後，趕緊去調整她最在意的書房，接著就會入睡。更不用提調那始終無法控制的骯髒失序混亂的廚房臥室花園……

H提起她一開始拜師傅學自觀元神宮的時候，她急著想要進去，卻發現很難集中精神。始終無法忍受自己的狀態……甚至即使終於進去了也看到了，但是有時候卻也還會懷疑，入元神宮迷茫中看到的景象是不是自己幻想出來的？因為上了師傅充滿神通的課，覺得應該要是那樣的，還是那些彷彿幻象的景象真實的反映出了自己的元神宮狀態？

後來漸漸地釋懷……在經過更久更深的思考之後，就像失敗太多太多回的入神出神沉痛反思自己的永遠無法理解的消耗殆盡時間……H終於理解為什麼從一開始自觀元神宮就是一種修行，而修行是急不得的。有些人用盡一生去了解自己，而她能夠知道這個法門早開始修行，就已經讓她心安一點……

「某一天進不去，只是代表我還沒有準備好，只是時間未到，在未來的某一天或許能成功。」H老是心想用這樣自嘲的方法，當老道真正成功進入元神宮的時候，而這些老道自己設定好的光景，就當作老道一進去就先幫自己調好……雖然沒有成功的全面調元神宮，但是至少在嘗試改變自己，並努力成為自己喜歡的那樣子。只是急不得，也不代表不能嘗試。

H說她多年來的失眠非常非常嚴重……她竟然為了治療失眠就是給自己觀元神宮……像是惡夢的惡性循環……往復試著觀元神宮睡著，睡醒一覺再度嘗試的時候，有時候還是會再睡著……

H相信失眠很嚴重代表睡眠已經無法治癒……所以是該進去看看元神宮。

H說那彷彿是一種神的更迂迴曲折離奇一路必然的迷路找路的盡頭應許……在兩年後的某一天，不知為何在不知不覺間她感覺到她終於順利地走完了全部元神宮的每一個死角。

她老實告訴道行高深的慈悲師傅，因為一開始入手的入定狀態始終太累了，她甚至還是常常只才走到元神宮的大廳就昏昏沉沉倒地般地……一再入睡。

❖

老道始終期待或許一到現場後就有神明能帶他觀元神宮……也老同時默想起為什麼前來觀元神宮的委屈，沒多久眼前一陣白光，不知為何……直覺是菩薩來了，就全身痠痛症狀眼角嘴角開始不停抽搐激動大哭起來……但是仙姑師姐只說會這樣是因為他感受到菩薩的慈悲……

問菩薩可以帶他觀元神宮嗎，空氣彷彿閃亮登場的觸感柔軟的白光變亮直覺回答可以，但是他卻也突然膝蓋開始抽痛，不知為何又邊抽痛又似乎開始邊移動……他始終無法理解地擔心，幾度怕菩隆消失不見，心裡想很多次菩薩千萬不要丟下他，他怕自己跟不上。可是他真的很想觀自己的元神宮。菩薩似乎聽到老道的請求一路上走走停停。

奇怪的是，大家觀靈似乎從頭到尾都有看到畫面，但老道卻大部分都只是感覺到少部分看到的破碎畫面……甚至，剛開始老道用問答題的方式請菩薩用光線明暗的方式回答他。後來則請菩薩讓他的肉身完全無法理解為何地抽搐症狀發作自動點頭搖頭回答……

老道的元神宮是一間極端講究的大間的三合院，師姐叫他先去大廳，他覺得非常困難……肉身不知為何就往後仰，越走越斜，幾乎是半爬半走九十度陡坡近乎瘋狂的坡……攀登上坡非常困難……最後的大廳竟然就像在數十層樓高的樓層。師姐說這是因為他太過妄想，好強，做決定時常不考慮後果。

但是，進入大廳後，老道看到大廳有個灰暗的古井，但以為是幻覺所以沒跟師姐說，師姐要他感覺那是什麼樣的地方……是個充滿陽光炫目鳥語花香但是又不知那裡怪怪的地方。

老道老直覺自己前世可能會是個有錢人大爺……有好多個怪婢女在走動（怪婢女也可能應該是女鬼女妖，但是他心虛始終無法忍受地沒和師姐說）。

此時古井又冒出來了，他終於忍不住和師姐說有古井還是古地洞，師姐要他靠近點更仔細地端詳……那個黑暗的洞口……

老道老是分心……老想到之前等候元神宮的時候一些插曲竟然偽稱可以灌元神的應許玩笑……但是依舊半信半疑的老道仍然還是困在那個「元神宮」怪異展覽，也不知如何面對仍然出現在VR互動的影像裡外都現身的仙姑師姐對他的萬般叮嚀……

她仔細說明了元神耗盡的元神宮，古名是：元神宮……古傳就是探人心的靈的最底層，但因為他初次來的陌生……因此可能只能探兩個地方，有些人快點可以探三個，探元辰分六感：眼、耳、鼻、舌、身、意……每個人也會因體質不同有不一樣的六感吶喊般地怪異法門……

觀元神宮的「觀」就是關照而照見。但並非是肉眼的看，不用眼睛的看，觀元神宮古代就是一個內觀修行的法門。

觀元神宮，他們內在的眼耳鼻舌身意都可以被激發調動。每個人的根器不同而感覺不同的聲音巨響惡臭奇香晃動震度閃光陰影籠罩的五感末端的極端奇幻冒險……

然而VR中的仙姑師姐說她是不世出的九天玄女娘娘的傳人……九天玄女娘娘可是第九維空間的神。有些道緣深厚之人，才會直接與玄女娘娘連接，下載此「元神宮」法門……

那元神宮混亂場面始終充滿了神明保佑的佛識誦念經文的冗長字句……拗口艱澀難懂但是又不知為何煙霧瀰漫氤氳繚繞不絕地引人關注端詳：用某種近乎怪異的「宮廟就是主題樂園」式的參拜「元神宮」必然可以找回……元神。

門口放著極大的彷彿宮廟的輸出說明牌坊斗大的標題：「靈體……意識，投胎為人還仍然在地府相對就會形成一間建築名為：元神宮」。

令人好奇的是為何那個「元神宮」竟然用了高科技的VR全息影像處理技術的懸疑神祕地靈體出神地

始終怪異……一如京都古廟開發AI的千手千眼觀音形貌供信眾簇擁朝拜的瘋狂前衛高科技入傳統古教派殿堂的神祕又神經地奇幻研發狀態……

但是更後來仍然出現了正中間有一個穿道袍法師出來招呼他，甚至還是最後一個中年仙姑師姐在那邊用某種很怪異的乩童的怪法門在那現場跟他悄悄地近乎無聲無息地腹語般地說話。

老道完全無法理解為何太過敏感神經兮兮地遭遇那天又是在鬼門關正關門的那一天看到「元神宮」那個荒腔走板的怪異展覽，還真的極端荒謬到令人難受地怪異。或許也因為是老道完全沒有期待，甚至他本來是沒有打算要去的，但是拖到展覽已然最後一天午後最後一小時的快結束了才趕去的，或許因為這個怪展開始時覺得不知為何他的感應太大，聽某個通靈的策展人提起那規模出奇地龐大，主題又是元神宮……和老道多年來彷彿陷入困境陷入衰退陷入昏迷的混亂狀態有關。

或許也因為他已經太久沒有回到這個怪展場的老地方了，甚至是前幾年因為那展覽場子舊址開發的妄身未明的未來所有可能定位事情都不確定的時候，曾經遭遇過了一個個和鬼相關的展，還碰過雷同藝術家們的熱烈響應充滿異端神通般的這些怪人怪事，但是現在又回到這個鬼地方，其實想起來之前之後那個他意外發生的時間也很奇怪，完全並不是像原來想得那麼理所當然地荒謬……

❖

某種病理學式的幻覺中的更離奇地入命的逼身建築風水……

現場的文字解釋充滿了宮廟信徒守則的囑咐叮嚀近乎教條的教訓字句：

「元神宮內依福報、觀念而改變的本命花本命樹就是種在元神宮內。信眾若有受到神佛點化，或是受到祖先、外陰、嬰靈干擾，或是與人結怨被下陰咒狀況反映在其個人元神宮內。因此藉由探看其元神宮，信眾本身即可清楚癥結病態……

懇請神佛做主或仲裁，自身懺悔並配合科儀的進行，那其本身的問題自然可以迎刃而解逢凶化吉。藉

由探看元神宮及花樹叢的方式，即可了解到求助信眾身心靈魂的財運考運事業感情現況，在懇請花公及花婆幫忙調理元神宮及花樹叢之缺點……將有助於漸進式改善信眾之處境。『調理』是在強化元神宮內的能量。添米（食祿）、添油（光明）、添柴（財），其用意等同補運。狀況若屬較嚴重者，則必須分多次調理，並且也要同步調整自身的生活作息及生活態度，迎向光明，樂觀進取，如此才能事半功倍。

在元神宮內廚房之探討僅以代表一生食祿柴米水代表個人一生財富之多寡。廚房中有灶、灶火、柴、米、水甚至鍋碗瓢盆都有其特殊意義。爐灶代表著主家之事業，一如『另起爐灶』事業的表現優異與否可從爐灶判斷出端倪，爐火大小則對應在事業。」

（老道老是想到某種線上遊戲規則般的RPG攻略想法子解決方案買齊裝備賣力設定一級玩家布局彩蛋隱藏著自己的人生經驗值列表的可歌可泣……但是彩蛋到底隱藏在那裡到底象徵什麼的費解……始終無法理解為何會發生，或是懸疑的謀殺案推理小說改編劇本的黑色電影日曜劇場演出的密室殺人密室逃脫高明技術破案關鍵時刻的來臨那種感覺真的很討厭的自欺欺人地刻意隱瞞真相故布疑陣……或就是風水命理大師解析某個巒頭某個左青龍右白虎南朱雀北玄武的方位文公尺吉凶未卜的測字占卜疑慮未清鐵口直斷不了的疑神疑鬼……）

斗大的元神宮巨幅解說牌甚至為了解說謎樣的狀態刻意還列出了種種建築陽宅風水命理般的萬般無奈的隱喻：

「供桌上的元神燈火焰旺不旺？亮度代表最近的運勢，燭火的旺盛與否、亮度皆和運勢有很大關連……桌上灰塵代表煩惱、灰塵越厚煩惱越多。桌子如果不穩固代表手腳出問題……供桌上如有神像及毫光者，平時頗多善事，凡事必能逢凶化吉……屋頂、牆壁、地面是否有破洞。（屋頂有破洞主漏財、牆壁有破洞或髒汙被小人陷害、地面有垃圾或破洞結交壞朋友）屋內是否陰暗、潮濕、蛛網、霉味。（最近走衰運、卡到陰煞）供桌油漆有無脫落、蛀孔。（身體皮膚過敏、容易長疹子）元神燈火焰跳動，時暗時

明。（最近運勢漂浮不定）

……廚房內柴火多不多，米缸內的米新不新鮮，水缸的水夠不夠，灶上的物品整不整齊？（柴和財諧音、一般指可支配所得。水缸的水指在外流通的錢、投資理財的能力。灶火的大小泛指事業心的旺盛與否）臥室內的擺設整不整齊，床上的枕頭棉被有無凌亂，窗戶是否敞開？（和感情世界有關連）可從客廳中的銅鏡、供桌上的流年簿預見未來……」更深入的元神宮的花園的花與樹（一如阿凡達祕境探險的國家地理頻道超級無敵霹靂探險家深入大自然的奧妙亞馬遜雨林消失殆盡前被搶救出的奇花異草般的存在感稀薄的溫室效應牽動的溫室的死角竟然意外重新開到荼蘼的始終充滿徵兆……）依舊提供線索解謎遊戲規則般的謎樣斗大字樣：

「元神宮內的擺設皆有其特殊涵意，一切缺失可委請宮公宮婆予以調理。調理過元神宮後在接著請神明帶領至花園，花園中分為花與樹兩大區一生行運子嗣隨其榮枯而展露無遺。確認花樹叢後注意以下要點：花樹的名稱是什麼？例如菊花、榕樹等。其品種並不重要，只要沒有缺點並無大礙。葉色如何？有無枯萎落葉的現象？花枝伸展是否太密太擠或葉子太小太疏。葉上有無斑點、蟲咬、灰塵或其他異物。花枝樹幹有無斷裂、花枝下垂、彎曲、蛀孔、樹皮有無光澤或被蛛網網住。樹枝偏向一邊生長。地面是否有雜草、碎石？有無缺水或土質太硬。整棵花樹叢有無傾斜現象？根部是否浮出土面？有否老鼠挖洞、根部伸展有無擠壓阻隔的現象？整棵花樹有否光芒？或被黑霧罩住？樹邊長了多株花叢或有鳥巢。花樹上有無異物纏住？例如：麻絲、草繩、黑影、蛇、鐵釘……」

老道始終無法理解地懷疑元神宮……為什麼變成這種謎團重重的謎樣風水VR體驗……

卻只讓老道可以坐在那桌前的老木椅，但是不知為何卻只是看到旁邊的「元神宮」宮內場景竟然現身一如混亂的那個老廟前廣場，草率的神壇，臨時堆起的紙箱，所有的文宣口號還用了怪異廣告刻意慌亂地荒唐可笑。甚至VR的片中有一些看起來像是鬼的臨時演員，刻意或不刻意的像演技奇差的在那邊探頭探

腦……

那一個元神宮展覽的充斥著謎樣的現場……近乎出事，變成某種低階迷信迷惑眾生宮廟的問事解惑的怪事……所引入的問事鬼神般的互動遊戲……然而規則不明的怪遊戲畫面顯示有些埋伏的意外發現的怪角色，但是不知為何卻只像是綜藝節目主持人旁的助理，一種假裝草率的整人遊戲撿場叫出來的遊街隊伍。

一如元神宮參拜的可能保佑加持也可能騙財騙色的傳說故事……太怪異地迷人。也同時出現皮卡丘在外偽裝變成了元神的守護神……觀落陰般觀元神廟觀到了……現場的展覽提供的兩種ＶＲ動畫，前奏序曲般的體驗是前一個鬼壓床般藉由聲光讓人體會不斷持續下墜的感覺……甚至依靠聽覺與視覺來呈現更壓迫的感覺。

而另一個才更是元神宮所入神現場……怪異現象般的入神又出神地老道還依例跟著仙姑竟然戴上了ＶＲ眼鏡後消除螢幕的距離，感受到身歷其境的感覺異樣還更投射到了現實，仙姑說明觀眾能依照自己意識與喜好去選擇自己所想要觀看的畫面，不再是每個人看著同樣的固定的視角，而是能夠隨各人自由的去探索發掘，一如他在現場最後應仙姑要求。隨興演奏的吹召魂的梆笛。他說他會吹但是他完全不確定要吹什麼。另外現場還有一個小孩還在元神宮那裡走來走去。跟那一個也正在施神通的仙姑說。你要跟大家介紹我是一個很會澆花的童子花公喔……那麼地荒謬地乖張怪異！或許這就是未來的元神宮可以結合ＶＲ視野的荒謬至極……

元神如何從元神宮「下載」？

一開始老道只在現場開始之前看到的另一個觀眾來現場觀元神的繪聲繪影像網路下載鬼扯文冗長的感想文：「跟著念咒的他緊張兮兮地閉上眼睛，仙姑請他想像一個門，問他門的樣式並叫他進去。就要找他的房子，憑著感覺他來到他的門口，摸起來很像古時候的門，一推就可以進去，一進去就是個玄關跟長廊，長廊很長，右邊有四個房間，玄關旁有鞋櫃跟一幅畫好像都有觸覺……

接著請管家帶他到神明廳，看看自己的神明桌，左下桌角是壞的，仙姑請他問管家神桌可以換嗎？管

家回答不行！可以修理嗎？管家就幫忙修好了，看看桌下有沒有東西，他仔細端詳許久……完全沒東西，看看他自己主燈是個蠟燭，因為蠟燭小小的，仙姑請他問管家可不可以換亮一點的燈，他的管家就換了一個超大蠟燭，變得還蠻亮的。仙姑說可以，之後又再接著問桌上有供品嗎？沒有！就請管家幫他預備，管家就幫他預備了蘋果、香蕉、火龍果……充滿味道。甚至再來一個蓮花，就放在供品桌上，看看地板跟牆壁有沒有龜裂或凹洞和蜘蛛網，牆壁破洞了，地板有凹一塊下去，都請管家幫他補好。

看看化妝臺的櫃子，裡面有一個寶盒但是空空的，仙姑說請管家給你放點東西，就放了一點寶石跟首飾項鍊進去，接著看看衣櫃旁的寶盒裡有什麼，一打開只有珍珠，仙姑說你可以裝點你喜歡的東西進去，他就請管家給他水晶裝進去，仙姑問這樣就好了？他說：就這樣好了，因為他也不知還能再用力地清什麼放什麼……一如他的元神或他的宿命還能再用力改變什麼……

最後。時間到的緣故，所以仙姑說……開始要慢慢回來了，你先跟管家道謝，道完謝，他的守護神也還沒回來，就在仙姑話語帶領下，他睜開眼睛，原來已經過快一小時了，感覺才沒幾分鐘而已……

但是，躺在展覽現場的老道在戴上ＶＲ之後，等了許久，卻始終無法看到自己以為ＶＲ會出現那文中那人觀元神宮式可以令他陷入的無窮又無奈的元神幻象……只是老端詳另一端的入口旁還有一間暗室，全黑，天花板往下投影紅燈紅外線在身上。其他人在一側等。那是一個暗室，沒落、甚至失傳，但這些妖魔鬼怪的形成終究代表著臺灣民俗的另一種詭異混種惡魔蟾蜍般地妖文化傳承，或許象徵著他們與這元神宮外部仍然有著密不可分千絲萬縷的聯繫……但是老道老分心看著展場另一件藝術品，可以透過ＶＲ技術，讓在醫院意外死亡的少女重新出現在人們眼前。老道拿起擺在桌上的手機，對著展品照，啊！果然有個少女垂著頭坐在病床上！她頭垂的低低的，前緣遮住了整張臉，越是看不到的東西越讓老道好奇，所以他便嘗試用其他角度，意圖去看她的真顏。當老道快接近真實時，少女便整個蒸發了，好像不曾存在過。他切換了很多角度，甚至回到原點，她依舊不見。又過了一陣子後，少女重新現身，她依舊垂著頭坐在病床

上，好似不曾離開過。這次他不敢再妄圖窺探她的容貌了，對她低頭說聲抱歉後，就加緊腳步離開，不回望也不遲疑。是程序出現錯誤？還是真的有什麼不可見的力量在操弄？他也不知道……還是他觀元神宮卻觀到另一種女鬼的元神……

一如後來的老道迷路太久……找到元神宮前的那個鬼展覽集中在一個老區的舊圖書館大樓的一二樓。太多太多的別的聯展靈異事件發生唬人般的諸多揣測別展覽的什麼。旁邊還有一個日本的漫畫同人誌畫風鬼魂纏身如何處理機制花美男和美少女代言廣角鏡頭拍出誇張的電音舞曲互動裝置……在老屋變身前的廊底角落另一個圓形展場的鬼屋大全違章建築放大成環場三六〇度投影設備的影片……充斥著半獸半妖的十二生肖的雕像的妖獸怪異身軀龐大但是卻不知為何始終眼神可愛又可憐又可怕的端詳觀眾們的熱烈閃亮登場。

更多怪獸怪人都像妖精的搜神記版畫鬼頭鬼腦地現身……爬滿鬧鬼的小學就是全部倒過來的課桌椅和另一區某個偽裝高明考古學家現場所挖到了一個不明巨人的遺址出土文物……

之前……老道老感覺好像有點怪異地……莫名進入展場外竟然還有一隻很大的機器列車千眼千手千腳列車蜈蚣……在走進來的大門口廣場。後來現場還更遇到一個荒謬的鬼神出巡繞境大典式地表演，還更用布袋戲的怪口吻的那陣頭的開始演練……

那群怪人的頭一個看起來很像乩童的人，念白、唱誦經咒、拉長，雖然有麥克風，還是像法事，有鈴鐺，拿著拂塵，穿著有刺繡的法衣……假山的機關展場的舞臺正中心長出的三隻妖怪上千年樹妖，萬年蟾蜍蜘蛛蜈蚣精，出現在那一個蔓藤攀爬牆頭的怪異巨大的舞臺，十多個拿著鬼臉木頭看板的人跟著他們成列信徒般的人群……那個拿麥克風的古怪法師帶著群眾兩邊走，看來就是要繞境進香隊伍走過整個園區。

那一天陰沉的下午人不多，但是或許因為還有妖怪遊行的這個表演假山上還出現了演出的角色扮演賣力扭動的某一些扭動的舞者男的女的假妖精，站在一個巨大晃動的支架，白色的歪歪斜斜鋼骨做成的舞臺

底下還有輪子會動……一路緩慢爬行般沉重負擔太艱難寸步難行般地移動。

另有一個展覽的怪案子是某個好像是以前鬧鬼過的老醫院，一兩個牆面的輸出草率的畫面，但是有一個小桌子上面有一臺手機互動拍到那個老照片的時候會出現以前建築物的屋頂，但是老道跟旁邊那個教老道怎麼看的人都不知道到底怎麼再玩下去……

老道還躲在人群裡頭偷看到那個外場的妖怪遊行。想起在找到元神宮前另一件遇到的怪事。

還有一個怪異的小學生人行立牌，放在另外那個大樓的入口那邊是另一個舊建築物，很多角落都充滿了走廊被拆開來的表演場地，向外擴散的看起來有某一些特殊的地磚施工的現場是另一端老房子的廣場。放了很多考古學家的玻璃櫃裡面挖出來的大大小小骨頭和說明牌說明考古過程……很多古代鬼文獻。

老道一開始來的時間太趕了，場子快收了。下午六點關門，但是他太餓了，就先還去吃展場門口附近的小四川的過去常吃但是太久沒來很想念的紅油抄手擔擔麵，天氣太熱，走進來就一直流汗。吃得匆忙……還遇到一個其實一開始已然不太記得是誰的老朋友跟老道講話，講她在這個地方有一個鬧鬼過的死角辦公室是工研院跟文化部合作的一個小計劃做掃描全身3D的技術怎麼應用在人體的作品，令他很心虛……

後來就在那個樹下抽菸等車的時候，跟他敘舊般地聊了起來，20年左右這些案子變得很困難，包括展覽舊址這個鬼地方，當初也是一片荒涼在這邊做展覽的草創時候，條件很差的那些問題……不過天一黑，因為下過雨，突然覺得有點涼意，所以就覺得還不錯，跟她多講了幾句話，她說之前有看過老道，跟他打招呼，他都不太理她。但是前一陣子躲起來的他那時不記得她，老道甚至不記得那是什麼時候？或是在什麼地方看過這個故人，好像上一輩子。

老道才想起來，多年前好像是那時候曾經見過她，她是一個什麼怪單位的一個執行長，也好像跟某個老詩人有關的一個基金會的要人，可是他也沒有把握，甚至不敢再提要人的名字，害怕他認錯人說錯話。

也遇到某一個很久以前認識的怪藝術家，早就已經忘記了他。後來想想，那是老道多年前在紐約遭遇

恐怖攻擊事件911的心有餘悸的那時候認識的，但是也已經快二十年沒有見過了。彷彿是上輩子出事前最後還記得的死前最後一瞬……

❖

元神宮的那種歧異脫軌意外的陌生狀態……老讓老道想起多年前看過的一部叫做《襲擊陌生人》的電影……也充滿了歧異脫軌意外發現自己的另一種人生的陌生狀態……

一如元神宮的隱喻……那部電影裡那一段最莫名動人的那一個男主角在恍惚中始終重複出現的腦海裡的畫面……跳躍而殘缺，曝光過度，因為，那是緩慢而從容，溫暖如春的光景，空氣和陽光都如此溫馴甜美，就在他們老家（老一如元神宮的難以想像的迷人現場的恍惚狀態）那一個美麗的豪宅客廳中，他和同樣美麗的妻子在迷人的窗口風光前吃華麗的早餐然後兩個人開心極了地合拍一張情人照片。那種幸福感飽滿的回憶中的剎那使男主角近乎無法承受的一再驚醒……但是，那一如元神宮的老家都消失了，也都走樣了。

走樣……一如老道那段時光老感覺不知為何地諸事不宜過度……天氣陰晴不定，身體這裡痛那裡痛，始終無法忍受地不太對勁。一直擔心再受傷變殘廢。只是汗流浹背地一直滴。早上五點自己就會醒，好像被上了發條的定時炸彈。那幾天其實在想「地獄變相。計劃」侵入之前的調子很生硬很難喬動，幾乎是要整身團塊都大整脊地換血。那麼地不好翻身地浸泡，繁殖，臉上重新長出肉芽一如人面瘡地那麼恐慌地野生才行。

但是，那時光錯亂的他狀態又極不好下手。整個人始終在忙在燒的病令他始終無法忍受地疲累和不快。

感覺到了他的入魔太深無法自拔的「地獄變相。計劃」是他的一生進入太空人或芭蕾舞者之種子晉級賽或羅馬最大鬥獸場了，之前的土法煉鋼或土製手槍式的打法和收法都該要升級，該要去買更殺的裝備才能再往下打怪打更大隻。但是所有的現實中的時間力氣主機板都不太夠用。不太夠攻堅到最底層的夢魇而

有點鬱也有點躁。也或許，他只是急了……他也知道。但是又停不下來。

那部電影英文原來片名，叫做Unknown。故事是一個美國大學教授去柏林開國際學術會議的路上，車禍後失去記憶，但是醒來一路被追殺，慢慢想起來一些過去的畫面，人，狀態，但是異常地模糊而失焦，所有的事都在出事，回想起來的老婆不認得他了，本來要去的研討會有另一個人用他的名字出現，和他太太一起很恩愛地同進同出。但是，更慘的後來的比對中……他開始懷疑起更多疑雲，不是他忘了的，而是他想起的。那教授後來找到一個東柏林時代的退休老間諜幫他查到底怎麼回事。他也找不出來，只是覺得他捲入的可能是陰謀，而且等級太高了。連他可能都出不來。甚至，在更後來的追殺過程，他的最要好的另一個老朋友教授從美國飛來找他，相遇之後，他本來以為終於得救了。但是，他卻只問他：「你真的都全忘了嗎？或忘了多少？想起多少？」比對所有他所遇到的危險來看他陷入多深……

這些陷入多深的比對都好像後來的老道啊！好像那一陣子他在「地獄變相。計劃」陷入太深無法理解地陷入的恐慌。出事了但是想不起出了什麼事，而且在忘了很多又也想起了很多的忐忑不安裡，卻更不明白自己到底是怎麼了？或自己到底是誰？

更後來，電影中的那東德老間諜發現了狀態太出人意料地捲入一個傳說中的殺手集團，從未失手也從未現身，而他在對方來找他要滅口前，就用最老派間諜的氰化物當咖啡的糖包手法服毒自殺了。而陰謀太大，捲入一個阿拉伯年輕國王和諾貝爾獎得獎人研究的商業機密糾紛。但是。結局卻出人意料地。男主角的老朋友跟他說，他其實，本來是他手下最厲害的殺手，那教授是他虛構出來的身分，妻子只是他的出任務的合作同事，在柏林要執行一個籌劃了很多年的暗殺任務。已經快完成了，一切細節都精密地策劃執行。唯一的差錯，反而是他發生的車禍。而且，他失去記憶，又在回神時，竟然相信了他的虛構教授身分裡的自己。就這樣，前頭所有遺忘的迷茫和恐慌竟然完全走樣。變成另一個陌生人。好不容易的想起的，反而都是錯的，被杜撰虛構的。

Unknown的是一切的撲朔迷離。找尋與找尋不到的所有故布疑陣，設局，下藥。以為失去的，反而是

原來不曾擁有的。在後來的爆炸中，他才又想起來了。那個本來充滿幸福感的家中豪宅客廳畫面就更可笑。完全是為了出任務前所刻意拍的假場景與假狀態，一如VR裡的元神宮……始終無法理解地充滿隱喻地迷離大宅門外門內的花公花婆的花廳場景……

在那場景的撲朔迷離的華麗花廳……所有的壞人都在，他其實是裡頭最壞的那一個殺手。曝光過度的光暈中，他正看著鏡子裡戴上假髮要拍假教授身分護照照片的自己，對著所有人嘲笑自己怎麼長得那麼醜那麼可笑。

一如陷入元神宮無法理解為何始終恍神的老道……

老道老想起去觀元神的前一晚的怪夢。

「那修了太多年的老房子其實是一個極其隱密神威顯赫的讓人觀落陰的元神宮。」那長輩低聲地對老道說……

那夜半三更的一路……老道不知為何走入那一排極陳舊又極髒亂的老街，像迪化街那種充斥老時代氣味但是還是人煙密集的老市集，但是有幾棟都已然拆了或毀了大半，變成了殘牆斷垣的工地，滿目瘡痍或破舊家具露出破馬賽克鏽爛歪扭鋼筋的角落舉目皆是。

一個做建築師的一直待他像親弟弟的極海派長輩來找老道陪他去找那破地方，他跟老道說有個老朋友託他去看那老街裡頭的其中一棟老房子要修。

他們一路走一路敘舊，老道學生時代去他店裡實習過，也曾經很認真地想要待在那裡，一如某種人生切片中彷彿自己就要變成一生的期待，但是，後來卻離開了的不甘心又不忍心，然而那也是太久以前的事。只是他們後來走到市場裡面，諸事都很執著近乎鐵齒的他在老道陪走了的一段路上語重心長地提及這麼多年來他拚命地做還是賠很多錢也得罪很多人的太多餘緒。

他最後說老道修的那同一條街的另一棟老房子的速度太慢。好像過了這二十年才走了半步然後就停在

那裡都不動。老道苦笑地說，對啊就是這樣。其實老道完全不記得他怎麼會去修古蹟或他真的修了他說的一棟老洋樓了嗎？後來回程再走的時候，他們落腳在那據說是他修的老洋樓二樓天井旁改裝的小咖啡廳，在古怪的黝黑鐵桌前有一搭沒一搭地抽菸中歇腳閒話。最後，因為一直單身的他被旁邊的人也在喝茶的時候突然幾個少男少女逼問到彼此有沒有女朋友的問題。陷入一種荒唐的尷尬而歡樂的氣氛時。他卻突然認真了，還也陷入了雷同的古怪情緒，彷彿想起了什麼但是又不好意思提及，而使好好眉宇之間的陰晴不定陰霾充斥的神情剎那晃過但是又馬上收拾了極端世故的冷靜卻失神。

望出老胡桃木雕花鳥栩栩如生的窗口，那舊木櫺窗外的一路沉入黃昏天空線的洋樓各種古典西洋樣式立面變換莫測的老街，他突然露出一種難以描述的苦笑，辛酸吞下太多的吞吞吐吐的末端，忐忑不安又釋懷太久違的喚回，他說：「我現在迷上的，都更臺也更花，像謝金燕喔！她是我們心中幫人觀元神的元神宮花園中完美的花婆……」

還竟然重複唱起那歌的最後一句又流裡流氣但是又逼真的謝金燕舞曲的唱腔焦慮，「一級棒棒一棒棒！乳澎腰束屁股硬梆梆！一級棒棒一棒棒！乳澎腰束屁股硬梆梆！」彷彿她那種開心的性感但卻始終又哭又鬧的某種更入世的自嘲，最後他唱完了，突然安靜了下來近乎死寂，還眼神發楞地死盯著那祕密怪異元神宮花園天井的天空好久好久，才嘆了一口氣地終於對老道做了一個裝衰的無奈鬼臉才說：「因為現在年紀大了，吃得更鹹了。」

❖

仙姑H從小老想變成那種古城公主有底蘊的種種餘緒。老時代的古城的他們的夢太昂貴了，太尖銳了，使她入世那麼艱難但是下場也那麼荒唐。

一如那晚重看到大河劇裡的歪斜掉了的戰國三公主，化老妝還是一樣憂鬱症般美麗的宮澤里惠所演的性子太剛烈的豐臣秀吉的茶茶夫人最後切腹了。但是她卻一直想到她當年的全裸寫真集那種太青春的肉體

留下的太純樸近乎無知的性感，某種時代感的天真爛漫。裡頭的最終回著墨在德川家康用盡心機而最殘酷地下手趕盡殺絕豐臣秀吉後代，火燒大阪那據說是不可能被攻破的古城的大火燃燒數日的可怕。老德川就站在遠山充滿終生餘緒地眺望那他終生等待的一刻，委曲求全地侍奉壞脾氣瘋主子豐臣的一生屈辱。

那種荒涼的餘緒太龐然地入侵。讓她想到那年五月去看完瀨戶內海展覽完待在大阪最後幾天就住在那豐臣古城旁的怪旅館，十多年前去過了也沒心沒力再去參觀那太觀光的遺址。但是，最後一天卻因為路過旁邊的大阪博物館，就跟著進去混亂地亂看，在六樓順道看了古大阪城考古遺址，有很多猿人到史前到神話，甚至唐代遣唐使回來建古城，幕府戰事，工業革命之後的現代機器歐洲文明百貨公司街頭巷尾的火車站雜貨店三丁目種種二十世紀初摩登城市的繁榮，一如古城老街的那一長長洋樓充斥的長街在那裡是全然嶄露頭角地嶄新，西裝筆挺高帽子男人蓬蓬裙康康舞女人們的假人等比例老街重現。那個大阪城從古代到現代太過艱難曲折的身世都彷彿在眼前如死前回顧百年於一瞬間的最後一眸那麼沉重又繁華炫目。

但是，那時候她卻分心在更離奇的另一樓，充滿了更為意外的近乎不可能的巧遇。

那是始終最著迷的某種難以啟齒的幻覺，惡習的惡劣沉浸，無法抗拒。那是那一樓所正在展覽的一個古代妖怪主題特展。

彷彿是某種更不可能的好多世好多人生參悟的深入又撤離之後才能擁有的業障與果報般的巧合。那個展覽太奇幻了。

太多古代傳說的不可思又不可議般地現身，從蛇精，狐仙，魔鬼，魂飛魄散的怪異幽靈，陰陽師，太多太老的詛咒殺戮冤屈所出現的冤魂不散，長髮髻，古傀儡，召魂的古畫，下咒的法器，種種。

但是，在一個彷彿一個最陰森地陰霾充滿法會祭壇終結出口，走出去的那一個落地玻璃巨大門廳，看出去，卻就是高樓懸空視野遠方的大阪古城及附近遺址的錯落龐然，和電視裡最後的年老快死的德川家康在遠山望向火燒中的大阪城的角度那麼雷同，所有的斷垣殘壁的木刻列柱刻祥獸底座，殿堂長廊尾端的破落石階，廣場的老石鋪面斑斑駁駁的裂縫，長出了荒煙蔓草式的荒廢感，但是，即使她在那麼久又那麼遠

的遠方失神地打量，都仍然彷彿還聞得到了死屍遍野狼煙的焦味的又惡臭又古老……

不知道是什麼？但仙姑內心也知道，只要重新開始，再觀一回元神宮般地……，再找一個缺，再找一個情人，再找一個地方，再找一個行業，……她的人生麻煩就可以解決……

只剩下最後一個缺口，但是卻仍舊不知道為什麼找不到……就是那個缺口的最後幾塊最小拼圖到底是什麼，不知道……

那段時光……諸事不宜過度地死撞上來，就在同一時間，所有事都浮動，底下的什麼是不是跟她有關，有些事越掀開越難看，常常把複雜說簡單，提醒自己知道該怎麼做，可是仍然充滿困難，因為即使知道，但還是下不了手，自己還都那麼缺乏改變的可能……心中永遠遲疑不決：就是永遠少了什麼，拼圖永遠少了幾塊……

但是，到底是什麼東西讓自己懷疑自己，因為自己老是走得太前頭，始終無法理解為何難受……遭忌遭質疑，現在走出來了，但是又還是有別的難受的不對的什麼。

問題不是動機，也不是結局……就是缺了什麼？怎麼想也想不出來……到底怎麼了？

每一個程序都知道，但是那仍然只是輔助。找人幫就可以，但是那時候的她還是老不想動。

她的老朋友們老想幫他。他們說他們都可以等她，要幫她……但是她始終沒有去找他們，太多太多猶豫要不要……

其實只要她決定，就都會是對的……但是她就是沒辦法決定……

仙姑說她的滿天神佛的童年在某種一如日本老時代的古城臺南過的，天亮被鞭炮聲吵醒伴隨著硝煙味迎的是敲鑼打鼓。奔下樓梯，隔著放下一半的鐵捲門偷窺那些長長的出巡繞境隊伍沒完沒了地，扛轎的大漢們以及不知道是哪個神明的出巡或祭改的大典。她家就在那古城心，還是最有名的五條老街尾，甚至中午陣頭出巡繞境休喘的神明信眾老廟旗幡神轎法器八仙彩八家將也是倒睡在她家的騎樓，通常這時候媽媽

都會叫她不要出去，千萬不要跟，免得出事，惹神明不開心會煞到……

那些臺南老廟完全不像外人們那樣看的廟那般香火鼎盛，某種時候都會挨家挨戶詢問要不要「做功德」。就像化緣僧侶發心找人護持神明那樣，很多老廟就是這樣，完了就沒了。信眾都是完全發心的給予，甚至懊悔有時候太晚、時機不對，功德就做不成。

後來長得大一點的她雖然廟會可以跟。但那時候又是另一種怪異的光景：一樣的硝煙敲鑼鼓聲，一樣的大叔坐騎樓吃難吃的便當，但歌曲裡開始有電音三太子，混音著大聲公放的是舞曲宅男女神唱的爛情歌，還被鞭炮聲持續切換高潮，那是廟會的前奏。一如開隆宮是她家百米內的廟，廟身規模小但是求生子跟求功名很靈。廟慶就屬成年禮與七星娘娘誕辰最熱鬧，會這樣說是因為她從小就只去過這兩個時節，其他慶典都因為「小孩子不可以去那種地方會被煞到」而沒有去過。

傍晚的表演，沒看過幾次但卻表演過幾次，她彷彿是在廟前廣場長大的……國小彈柳葉琴在媽祖慶生、國中上臺去幫拉二胡的表姊翻樂譜在七夕和成年禮。畢竟，給神看也給人看。一年偶數門牌，另一年奇數門牌，放煙火唱卡拉OK老里長廟公出來抽獎，安慰獎就是關廟麵每個人都有，但是最大獎從來都沒有人得過……也沒人在乎。

仙姑說：廟也要有人氣才有生氣，不管是那些神還是鬼的狀態充滿了神通加持。過年過節的氣氛濃厚蔓延擴散的更多細節的神明保佑的什麼……卻要不是廟會……甚至不知道住在同一廟口老巷區的小鬼竟然是同班同學，大家都記得誰是上臺唱歌的廟公的孫女，各樣炫耀才藝競賽最精彩的已經不是上面畫著濃妝的主持小姐，而是下面那些嚼著檳榔渣津津樂道過去或未來的汗衫家族鄰人看了一輩子的老親戚大叔大媽。頭髮太香顏色太亮髮膠太多的美容院出來的祖母外婆煮的大滷麵配紅蛋跟油飯還最愛多加了三匙醋的滷麵，最後的回憶的霓虹燈閃爍耀眼光芒的關廟麵就是她心中人間最好吃的麵條。為了那些庸庸碌碌的年節儀式……廟公老頭竟然更虔誠地全心全意的種種光景想法子維繫永遠無法理解的神威顯赫……

從小去廟中她老只求得一籤姻緣的牽桃花詩籤，還能自我安慰是月老不給紅線，不是自己不想要。一

如安不知道在什麼地方的太歲。況且她那年還只是偏沖（其實每一年初她在媽祖娘娘那安過太歲了）。

仙姑回想起更小的時候，她竟然不太敢踏進去廟口。因為她老不太敢求，所以不敢踏進去。就像穿越那窄小的廟門就會來到靈界。明明是白天但能感受到光的只有大門，血色暗紅的梁柱深沉昏黃的陰翳充滿神祕的光的陰影……

老因而常又想到臺南的童年的更早時光，她就讀幼稚園的時光，她常想人死後會去往哪裡，輪迴真的存在嗎？人死後會忘卻人間而成為什麼？人死後人間仍然持續運轉不是嗎？想到永遠……她就害怕，那時候她覺得永遠好可怕。於是她每晚睡前都會禱告，非常虔誠的那種閉眼抱姿：「親愛的神請保佑我死後可以上天堂。我是認真的……」這樣的行為持續到她小學的很久以後到不知道什麼時候。但她家根本沒人是基督教或是天主教。

臺南老家旁就有一座七星娘娘廟，好像因為很靈，總之香火鼎盛，她從小拜到大，爺爺還是廟的老主委。甚至她就在那做了當年的冗長成年禮那時她爺爺差點哭出來。逢年過節時廟口會有很多，太小的她不知如何形容廟與神明。虔誠的爺爺奶奶廣結善緣到……鹿耳門的媽祖娘娘甚至是她的乾媽，所以每年過年回老家一定要去鹿耳門拜拜，安太歲加給「讓媽祖看看我長多大了」。

那是神明保佑擲筊連續十次正筊的神蹟……一家族只有她可以近乎瘋狂奇蹟發生般地變成是媽祖的乾女兒。

不過數十年來收到的平安符也都是仙姑之後季季小心翼翼虔誠地放在包包底保平安。媽祖廟的排場跟她家附近的七星娘娘廟又是不同排場的老規矩，仙女穿禮服、溫香水，安太歲點光明燈的人龍起碼排上一兩小時的格局有點像，但整體建築是死白的，大理石的廟宇乾淨明亮更顯神聖。雙龍抱珠的鑄鐵雕花香爐是尋常小廟的數倍大，廟前廣場登場舞臺慶祝，一路是老時代的老店小吃攤：滷肉飯，碗粿、鱔魚炒麵，棺材板……她這輩子吃起來都是想念的鹹鹹甜甜的口感的臺南料理……一如一咬即斷的米粉，喜歡多加一

點醋，濃稠卻不黏膩的湯汁，鮮甜有勁的肉羹，令她始終有點鼻酸……通常拜完後她們都會走到停車場買她媽最喜歡吃的豬血糕，再刮一張彩券試試新年手氣。不過收到的平安符她也都是乖乖放在包包裡，要還願的許願太多……

臺南重禮俗重排場，她家四樓整層本身就是個香火鼎盛有求必應的問事解惑鬼神的老佛堂，過年祭拜從來不落人後，過年那幾天是她媽最忙的時候，小年夜拜拜要準備一次滿漢大餐般百盤大菜，大年夜除夕再一次，上百道菜不能重複。她還記得小時候最期待過年吃到藥膳豬心跟海蜇皮，那時候滿腦子吃哪能體會母親的辛勞。

是因為上大學離家後的第一個清明節跟媽媽一起去排潤餅皮，只是排個潤餅皮卻要四點起床去搶號碼牌，為的就是十一點架拜時祭壇上要有潤餅皮，媽媽覺得理所當然的同時，她著實心疼了。以前，全部親力親為是外婆對母親的要求，她撐了二十年有餘，即使外婆過世之後，排場仍然持續，持續不落人後，持續的親力親為。每當她想偷吃還沒拜過的菜時，她媽就會以迅雷不及掩耳的速度把她的手打掉然後說：神明還沒吃不准吃！

很奇怪，母親明明嘴上抱怨著自己上輩子欠多少債，才要還願般地照顧種種拜到這麼辛苦……但對待神明仍小心翼翼地一絲不苟。仔細想想祭祀前後的準備與善後一點都不輕鬆，插上的鮮花，替換的熱茶，燒金紙的爐灶，充滿細節的講究……

長大離家後爸爸求媽祖護身符讓她放在房裡保平安……究竟為了什麼而持續敬拜，並不是因為神明的靈驗而是對神明的虔誠的更神祕深沉的什麼……

她彷彿在繁複儀式充滿細節的老規矩的講究中傳承一代過一代透過祭祀去了解母親的辛勞……縱使從小就接觸廟宇與神明，真正意識到神明的保佑也是在奶奶過世之後，頭七那天停棺佛堂裡的奶奶來到她夢裡交代很多後事，本來她認為沒什麼，但隔天凌晨醒來後告訴全家的時候，全家人卻都哭了，那時她才意識到仙姑的體質靈驗是件很深刻很艱難地充滿心事的大事。

交代全家多拜三牲五禮還要多摺幾幢蓮花冥紙錢，因為是奶奶跟在菩薩身邊要用的，《心經》多念幾次，這都是迴向給奶奶的，害怕的時候想著奶奶也會請菩薩保護她。

有一回她還偷偷準備巧克力給乾媽的媽祖，不過祂似乎不領情，沒有紅線，特地求的籤也要她斷捨離。但這就是最神奇的地方了，她完全沒打算問，也隻字未提的事情居然就寫在詩籤，給她警語真的是解籤的當下想到的心事，真的嚇死。本來是打算問事業或是感情的問題，最後想著還是感情好了，畢竟她很茫然，但沒想到乾媽的媽祖比自己還了解自己……

重回到前往鹿耳門媽祖廟的途中，始終像是神蹟顯靈一般瞬間有「舉頭三尺有神明」的莫名的象徵感……

觀元神宮老讓她想到更小意外巧合的她國小被逼當小小廟宇解說員的怪異身世可憐的現實，因為她的小學校跟廟連在一起，那時候她講的就是拜殿跟正殿的屋脊天兵天將神祇雕像蟠龍獻瑞雙柱三進合院天井前的拜殿上有藻井華麗的斗拱雀替木雕神祕的九九八十一層的內部結構凹陷建築的怪異風格……但是她還是不想記得建築的繁複式樣字眼到往往老師仔細解釋地轉了好幾圈進了眼裡卻沒進心裡……永遠浮浮躁躁一再來回走，每次一樣從側邊接近。走到門口探頭，廟宇裡頭好像好多院落好多拜亭好多神龕好多密室好多隔間看起來卻都好像的莫名神祕的國度地域，常常不知道該從哪開始？

她老看著門口的符咒般的篆體楷體草體匾額對聯金字書法神通字樣，每個怪字都會看糊，轉眼望見寶殿上香參拜的祂的金身太過刺眼，抑或是敬畏或是害怕，因為光是看著祂，求的籤和許的願就像必然會成真。

這種莫名神祕的解說員訓練的導遊的始終無法忍受地滿天神佛永遠混亂……竟然變成觀元神宮的前身般的莫名的象徵感的反諷縮影……一如神明對更小時候的她來說，只是一種不知象徵什麼的象徵……

小時候去拜拜的願望是希望長大後能夠成為藝術家……但是沒想到人生更後來諸事更莫名神祕地宿命

般地終究還是回到滿天神佛古城乾媽的媽祖廟旁……帶天命般地開小殿，種福田般地自詡……想像就像邊當藝術家做行動藝術般莫名神祕地邊濟世當……仙姑幫眾生觀元神……。

第六章。上師。

近乎瘋狂的隱喻……卡夫卡式的絕望般孤妄的阿卡老提及清海無上師對他的灌頂加持般的啟發……一如奇異博士是一種奇異的召喚……致使那個太狂妄的神經外科手術的醫生科學家、迷戀控制物質和肉身的精準度。太過自傲或自戀或自欺的面對車禍之後肉身的毀壞的開始的一段放逐找尋療癒的奇幻冒險覺醒的發問：「放下你對原有世界的理解。放下你的自我。放下……你對你自以為是的控制，你以為你可以控制你自己，你以為你可以控制這個世界……這只是你的無知所造成，某種偏見。」

阿卡到底把清海無上師當成古一大師般的何種祭司，到底有多老的祭司到底要啟發他什麼開示他什麼……的費解？

多年前的阿卡……他的特異功能般所寫就的小說太怪異……很像卡夫卡寫那種主角就只有一個英文字的代號，沒有情節，通常都是從一個怪地方到另外一個怪地方，就坐一種怪交通工具，因為某種奇怪的也沒有交代的原因想要去完成一個任務。但是最後也還是沒有完成中間發生的很多奇怪的遭遇故事。

那一個高中同學阿卡太過怪異，只讀志文出版社的書，越難越怪越愛，他老是拿著封面人物是叔本華、康德、祈克果……種種天山雪蓮稀世蟲草靈芝式的看不懂的哲學，他那麼驕傲夙慧到完全看不起另外一群讀著洪範、九歌、爾雅那種出版社的抒情散文書當然也更看不起當年搞校刊的那個時候那種以為自己能寫的小說的同學們，老道那麼孤傲自負狂妄地永遠太清楚自己的能耐，超過太多太多旁人的眼光……只覺得其他的他們寫的鬼東西很低能感情。

老道算是阿卡那個時代少數還看得起的人，願意把他寫的東西給老道看。其實老道有一點怕他，或許

應該是很怕他，那個時代一群孤魂野鬼的互相扶持又互相敵視的殘忍殘餘時光隧道……所有後來的事都還沒發生過，史前史，一群自許文人的高中生，互相仇視，自大又自卑，睥睨眾生但是只是害怕失去自己的什麼……

但是最奇怪的是阿卡近乎瘋狂地迷上清海無上師。但是老道永遠記得他提起清海無上師的時候的那種特殊的情感上無法理解為何的尊敬，一個金髮的女上師。擁有一個祕密教派，太多太多傳說中的神通，甚至「設計」自己的所有衣服、念珠……所有的道袍、法器……聖教近乎邪教儀式的無限可能……

後來好像出過事的她消失了幾十年，後來竟然不知道為什麼又復出，有信眾還為她買了公車亭全幅廣告，甚至是巨大的公車車身廣告，宣傳一個無上師電視臺的一如光明頂或靈鷲山的勝地……甚至是在那一個臺北著名商圈鬧區百貨公司十字路口轉角，登出十層樓高的巨大輸出海報現身在微風南京店的太過複雜驚人的弧度，那張三十多年來彷彿沒有老的怪異又巨大的臉。

那麼怪異地華麗登場橫空不世出的她好像又出現，使老道想起了那個他高中怪同學的也是某種不世出的怪胎……阿卡，那個年代久遠的記憶都沾黏著複雜的情緒激動落淚又低落失控過的昔日的地窖捅破祕辛充滿的祕室……，也老是讓老道想到阿卡的殘影餘光形貌。他的桀驁不群始終有一種歷史詛咒般的霸氣，他的五官尖銳清癯像歷史課本上的張居正或是韓愈那種白描歷史古人，長得非常的怪異又非常的枯瘦而仙風道骨。或是竟像是很理性又很奇怪的《星際爭霸戰》的尖耳朵史波克的比人類進化太多的外星族群遺孤，好像是一個比他們進化很多的史前博物館收藏稀世珍奇物種。不世出的奇才卻又懷才不遇……竹林七賢的更嚴重地桀驁不馴或是超級賽亞人的不屑，老道始終記得當年只有高中生的他眼神的那種極端世故的不屑。

尤其他提及清海無上師充滿著涉入難以理解的他的過度著迷……一如奇異博士的奇異……或許是一種博物館學就是神祕學就是神學的過度瘋癲的憧憬及其懷疑……種種對參加祕密邪教式超能力的太著急，或是對古老文明古老城市古老建築太過離譜的迷戀，甚至是對鬼魂巫師涉入煉功過度必然的毀滅與重生，對

偏執狂的自我懷疑，對高風險技術強迫症的威脅，對邪惡本質深入黑暗的詛咒，對異星的更乖異的解釋及其引發種種的近乎著迷。

阿卡對老道質疑地解釋他也看過這部電影必然的對上師的迷信妄想……但是這部《奇異博士》片子裡有一個特殊對於時間或死亡的解釋使得整個狀態變得更為複雜甚至是高難度的自毀的困難重重。或許……一開始只是涉入某種博物館學的古老疑惑：「在書上看過的印度脈輪人身圖，中國的古代針灸圖，解剖學的核磁共振光照射圖。」這些都只是某種肉身的迷信偏方祕方的解釋。但是如何打開神祕學對於靈魂藏在肉身的神通的找尋和修煉……一如古老的經典裡用古老的梵文咒語封入「有些不知道的鬼東西最好永遠不要被知道」那種禁忌的術的深入及其必然著魔的苦楚……把靈體打出肉身的那一剎那。因為控制和逆轉時間而產生副作用的風險一如時間的裂痕一如時間倒流引發錯亂的崩潰邊緣……

阿卡一如老道老沉迷於電影中古代建築的隱喻在所有電影場景中變成了一種過度炫耀的視覺效果，創造出一個鏡面的現實空間投射和折射的光影變化薄膜般出神入化的切割和切換……古代神殿神祕的柱列長廊中不斷旋轉出現的拱廊古馬賽克嵌磁拼花玫瑰窗希臘柱頭……每一扇窗門看出不同的光景的出口。打開不同的地方出入。樓梯、塔樓，列柱……的始終旋轉扭曲變形……太令人擔心的狀態。那種炫目的幻覺中不斷反覆地繁殖出建築如活體實驗的蛻變過程牽引出陷入瘋狂狀態齒輪旋轉多向度多次元空間的迷宮般的古老博物館。從另外一個古老城市的聖堂打開了一個祕道隧道洞口移動切入後意外發現走進去是另一個終端古城的切換香港倫敦紐約而從尼泊爾古城藏廟印度廟古老神殿祕室的房間更離奇的入口出口的隱藏性隱喻。

或是……追殺的叛教的另一群激進分子攻擊的對決……，但是另一方的追殺的人也攻進禁區的非常的危險。對決中的所有的重力狀態的平行垂直的空間扭曲變形，立體拼圖遊戲般的置換移放古代的收藏。

但是難度最高境界的法術，是控制時間的術。時間是唯一敵人。一如永生。

一如時間是失控的，時間是羞辱。時間的悖論是永生。在尼泊爾那個入口藏身在那麼破爛的地方活那

麼久。充滿了謊言。是因為上師自己為了永生也引入黑暗的力量。

但是那怪異的法器就是武器……他還不知如何召喚自己的法器，在對決的情勢緊張關係升高過度危險之中，拯救他的另一件古董血紅通靈祭司咒文繡滿的長披風。在博物館死角的某一個舊時代斑駁老玻璃櫃裡的某一個古代的聖物神通擁有其變幻自身的法術，在對決中意外拯救了男主角，另外一件都是古代機械零件刑具般的盔甲，卻困住了另外一個敵人，他們在博物館中對決，施展個別的法術攻擊對方的缺陷靈體。阿卡說他問過清海無上師一如奇異博士問古一大師：有太多個未來。你有看到我的未來嗎？我看到的是你未來的種種可能，你想知道嗎？所有法術都有其目的和任務，你沒辦法逃離。你有想到過如何用更其他的方法，更困難的方法，更奇怪的方法……來拯救人類。我們面對災難般必然會發生的最後對決……始終還沒準備好。一如我們的理解太過不夠複雜的問題是：我們的宇宙只是太多其他宇宙之一……

他說他始終記得奇異博士的最後……為了拯救香港最後聖堂淪陷的他們在開始逆轉時間的所有香港城市幫她的現場不斷地打鬥，所有墜落的鷹架磚石梁柱的碎片散落滿地半空中爆炸發生的可怕狀態。倒轉時間但是沒有超越時間。因為他發現無限循環的這一刻是永遠不可能贏，但是他可以重複地輸而不中止循環……的虛偽又膚淺的悖論。他為了拯救聖堂而逆轉到被毀的前一刻……時間被破壞殆盡的失誤致使失序必然會有報應。祕術的天分使他偷窺的威脅偷讀了上鎖的少了其中幾頁祕術記載的某一本古老的禁書上面所寫的奇怪詛咒的祕密，他試著打開那個環形石窟路口梁柱上的一個法器，是一個可以控制時間的古老法器，但是非常的凶險……

所有的上師都一如古一大師可能選擇站在歷史錯誤的另一邊。阿卡也可能只陷入奇異博士的必然凶險及其浪漫的永遠費解……從黑暗次元吸收神力永生的那上師的詩意是死前最後還是選擇不要搶救而只是用靈體出神緩慢地延長時間去賞雪。

多年之後再度重逢的憔悴不堪的阿卡說：一如一種朝聖出事意外發生最後費盡千辛萬苦終於到了卻還是找尋神找不到的某個不知那裡出錯的叉口。朝山、謫仙、無底船難以理解的一生充滿傳奇的失敗……

老道也想到更早以前的老道也曾經陷入瘋狂狀態般地妄想執迷於更多雷同的對上師加持的奇幻冒險，或許一開始只是因為一時心軟或一時好奇去找了那個找老道的怪朋友去看他的怪異道壇，祕密教派，有一回老道始終記得那個好像在北投內山頭的歧路邊岔口，走進去空氣好像都凝結的空曠無限恍神狀態的潦草庭園綺麗風光不再的某種神隱少女前十分鐘荒廢遊樂園前兆即是惡兆的預言暗示……教非常複雜的古笈中祕傳的內心深處入定禪定的打坐。遇到好多人在好多進落的教壇祭拜儀式的感覺很怪異又虔誠祭拜儀式未曾停歇的冗長討論後發現，還是老道因而想起來以前的更多雷同的傾信……一如小時候母親帶老道去山下小廟白雲寺去拜拜每年每月每週種種法會普渡眾生規矩繁複老道卻不理解到自以為是狂妄無知的風花雪月。

或是另一回去倫敦遇到一個當年在念ＡＡ的大學學弟的收留跟著他去參加他入迷的一貫道法會……在英國年度大會的祕密聚在一起祭拜儀式的無限循環的神祕到神經兮兮的費解。甚至看到老道姊姊帶他去那一回在山中溪旁她們教會盛大舉行的露天牧師為信徒洗禮的冗長的過程時光荏苒充斥著濃濃黑煙般的神聖感的感染……老道都去了也都信了，也都非常期待的心情沉重入迷過……但是老道後來也都逃離了。

就像老道也曾去西藏旅行時在一個藏廟古老盛大的法會遇到了很多活佛的老喇嘛對老道頂禮客氣的但是沉默微笑的加持過的那古怪的一剎那……或許更就像以前遭遇過一個最厲害的乩身師傅用他又肥又黑又打赤膊完全不在乎的神準口吻嘲弄老道：「你問的去紐約去不去得成或是回不回得來的問題根本不是問題，相對於你一生的命只是很小的插曲，你真正的大問題會困擾你一輩子的卻是你的本命，太過稀有的品種……其實應該來拜我為師，呵呵！你其實不想承認也沒有用，你真的千萬不能小看自己，因為你可是萬中選一式的稀有動物般的稀有……你這一生可是你修了十幾世才修到的命……你這一世可是一個當廟公的命，只是還沒找到自己的廟也還沒有找到自己的神……

但是你如果太懷疑自己的神通，也可能會害了你自己，或許就在一回一回的錯過之中太過緊張兮兮到太過淪陷沮喪……甚至於可憐又可怕的最後可能，更是一生都找不到……」

或是，更使老道老想起多年後的意外看到奇異博士開頭的……他的破壞人生的狀態……放下你所有知

道的你自己，香巴拉咒言就是程式，法術超強的……法器就是武器。他們的真實，在多重宇宙之間，在時間之外。逼問自己：我是什麼？為了偷走那一頁咒術，把看守的藏書閣長老砍了頭，想像每一個細節越清楚的話，越容易出現……他在掌握他之前要臣服他，沒有辦法使用河流要先臣服於河流，為什麼要借靈魂出竅的書。

他質疑所有的東西，又召喚洞口進入藏書閣是不允許的。鏡次元把威脅困在裡頭，學習無窮多層的宇宙，就會遇到無窮多層的危險。法器就是武器，有法器決定他，找到他。他要在那時間被選擇一個法器……博物館的一個窗口是可以切換時間和空間。時間是唯一的困難……羞辱。

一如阿卡說：他那天本來是要看看分屍案的新聞，但是一看臉書才發現了好多好可怕的新聞消息，唉唉，一個收集名車的室內設計師蓋完他的工作室就得胰臟癌手術完瘦了二十幾公斤的最後剩半年，在一個工廠般的廠房，重機很多很多臺老舊的很昂貴的博物館展覽般仍然的華麗登場……，香港有一個少女著名歌手跳樓了原因不明好像是躁鬱症但是又好像是被政治迫害的還在調查之中，ＢＢＣ上播出大陸國家將艾未未的北京工作室一下子就派怪手開挖煙霧瀰漫中恐嚇下強制執行拆除……

他老在上清海無上師的儀式早課的時候始終有一種非常沉轟沉到可怕像引擎聲咆哮始終無法忍受的又無奈的低頻的低音像是有人在樓上在敲門般地敲打他的腦門……但是好像機器很大所以聲音很低而且時間拖很久，可能在他的樓上，那種感覺好像整個大樓都快垮了。那天天氣又非常的熱，窗外的人群又非常的多，窗戶是關起來的，所以空氣非常悶，他的全身痠痛症狀發汗幾乎完全濕透，而且左邊膝蓋又開始痛……

❖

一如那兩個多年前和上師加持法會有關的怪夢。

第一個怪夢……昏沉的老道意外發現自己已然前往的怪法會在……

那個優雅大演講廳是一個日本和式的建築風格放大到整個龐然大廳堂，但是卻是現代淺色木頭牆壁小心翼翼設計成的尾端弧度彎曲優雅一如（或許整座建築刻意設計成這種日本風的太空船的）長船的弧度。他們去那個地方聽一個很有名的上師演講，老道已經先到了，想去叫姊姊起床，她好像還在房間不知道是不是還在睡，那個上師不知為何就無聲無息地飄進來時說老道這裡有一把剪刀，是誰的？

老道趕快跑出去，他怎麼會知道，好像是前一天放在那法會現場的大演講廳所借來的，老道說是老道姊姊的，也趕快去叫老道姊姊過來，他給了一個小小的日本浮世繪藝妓縮小面具。好像有化妝，也是她的，他沒明說，但是意下有點擔心，沒有再往下說……老道姊姊好像會有事的意思。

老道開始有點緊張，用跑的去找，找到車要開，那是旁邊的停車場，高科技的未來車但是卻設計得像那大演講廳的風格那種，面板幾乎沒有數字，像是和室的裝潢淺色的弧度松木還是檜木的原木紋，老道才想起來，這是那上師的車，老道怎麼可能還要開他的車去走，則插入某種像ＵＳＢ的木製外殼的鑰匙，就引擎啟動了，燈亮了，但是後來想想，其實可以不用開車，旅館房間並不遠，所以可以用跑的去就可以到了，老道怎麼會有上師的鑰匙去開車，也覺得不好意思，現場人好多在等他，而且他已經準備要開始演講。

好像是一個有名的祕密教派的法會，像奧修或是巫士唐望或是塞斯那一種高人，或是京都的某個老廟沒聽過小宗教的住持。有種莫名的感動，或是改建的設計講究隱藏在老時代木製數寄屋後的新殿堂，宗教是莊嚴肅穆的優雅氣質出眾的驚人規模，太不像小型怪異的邪教儀式……

更奇怪的是，那整個規模驚人的地方竟然彷彿是老道和姊姊去國外旅行住的頂級奢侈旅館一如阿曼或是俵屋或是修善寺的淺羽那四百年日本某傳說的老設計旅館，但是卻是藏在古廟之中的低調新設計的長廊連接的花園另一區的館區。甚至之前老道離開房間的時候姊姊好像還在睡，但是老道不知道她為什麼會在那邊，而且，也又好像回到小時候的光景，在老家那山上的別墅父母的豪華房間的床上。老道還以為是爸爸在床上睡覺，之前好像是媽媽先離開了。

甚至想起來老道到那個類似像大講堂的地方也是不小心過去的一開始並不知道，這一個那麼重要的演

講，可是後來想起來他們好像是為了要去聽那個上師法會才去那個地方的，甚至，他怎麼會拿出來那把握柄弧度彎曲特別是一邊大一邊小的怪剪刀，而且老道怎麼知道那一把就是姊姊的，老道心想，反正還是趕快把姊姊找來吧……心中充滿慌亂，深怕錯過什麼？或是姊姊會因此遭到什麼劫數……

另一個怪夢。也是意外出現在那荒山上的一個不起眼建築的旅館，老道不知為何心中知道那是八卦山，但是跟老道記憶裡的風光不同，山上沒有大佛，沒有大佛殿，雙靈骨塔，只有綠草如茵的太美的一如奈良公園的草坪，不像真的……

老道和情人去找旅館，但是好像沒有房間了，但是透過困難重重的協調，有人讓出，然後就終於住進去了。

現場大廳舉辦祭典儀式……但是不知為何竟然卻都是盛裝打扮自己的生化機器人們講究華麗登場的一個怪團體參加，沒人知道也看不出來他們不是人類。老道完全無法理解為何會發生這種狀態。

老道不想惹麻煩，只是很多事情變得很困難，好像都做不好，好不容易拿到了房間的鑰匙，大廳的玄關前，不知為何，老道父親出現，老道不知道他會來，或是為何來……沒有特別的情緒激動或低落的彷彿只是尋常的他只對老道說早上不用去，就走了。他穿著正式體面的西裝筆挺，只是去公司前路過，老道太久沒看到他，還不知如何打理內心面對他的慌亂……他就已經又離開了。

老道也還是不太清楚老道為什麼要回故鄉的那山上，或是早上要去那裡辦什麼事……（多年來老道回去都是為了看老家族長輩的探病或奔喪……心中充滿忐忑不安……這回是那一個都已然年過八十的上一輩的叔伯舅姑……但是也納悶其實他們十多年來好像已然都過世了）甚至父親……但是父親在夢中卻還是像他五十歲過世前的生前最後壯年最忙碌的身心狀態極好的盛年……其實老道現在都比他過世的時候還老了。

沒有看到父親的跟老道一起去的情人好像變開心。

她想去山上踏青般的玩，看小孩和老人和狗擲飛盤玩耍，放風箏，買冰淇淋吃得滿手都是，舔手指吃光……後來玩了更久，跑遠了，最後她跑去有一個山邊草原盡頭的廢棄老電影院，還在入口玄關的海報欄

灰塵滿布的舊玻璃上寫一個bitch的字，顯得很開心。

那好像是以前不容易住到的一個豪門傳奇旅館。

她在山上，看到很多人在玩，老道說我們也去玩吧。她很開心……

其實那回上山，一開始本來好像法會派老道出任務的任務。但是老道心想，好像可以回老家的故鄉走一走，還是很高興。

一如最後只去了一個賊仔市集的老道卻當成講究的珍品古董店在細看，只是在挑破舊不堪太老款的過時古玩，找到上頭有古代歷史怪獸的圖樣像是在玉市那種贗品的串珠手鍊玉環玉珮都缺角破損了反而可能是真的不世出奇貨的破東西，就還覺得異常快樂……

但是多年後老道才知道原來找出那破的老東西其實就是任務……那法會是用老道找到的那缺角的破古玩在儀式最初由上師加持開光……

❖

阿卡後來竟然變成一個高科技藝術風格的鬼藝術家……

一如高中時代他解釋卡夫卡的〈蛻變〉給老道聽的某種迷亂……

你對鬼的藝術的理解太膚淺太過時了……一如卡夫卡……鬼是集數據和符碼切換和語言的形而上的精神空間。他老吹牛他的鬼藝術是從內觀式的微觀到巨觀到宏觀的宇宙之旅。阿卡嘲笑老道說他對鬼的理解完全是錯的，對藝術的理解也完全是錯的。還停留在上一個世紀的老時代。老道對鬼藝術的想像。像是一種應該要絕種的恐龍那種哀傷的古老氣息，不知道什麼是未來，也不知道自己就是過去了。

他覺得鬼魂是充滿在未來感的可能。沒有鬼的地方才是鬼的地方，一種量子力學的哲學觀。微分積分式的地獄之門的鑰匙孔。

他沉迷於大型聲音雕塑、視聽裝置、燈箱特別打造兼具微觀與宏觀視野的沉浸式宇宙時空圖景。同時

以視覺及聲音創作聞名國際的鬼音樂藝術家，其創作路徑涉及數學、量子力學、哲學，混和聲響、音樂、影像、物理現象、數學概念以組構演出及裝置其獨有的創作維度。還有一個藝評人為阿卡寫過一篇「卡夫卡蛻變臨界點」的奇幻評論：

其展演足跡遍及世界各地的他未曾受過藝術或音樂正規教育訓練的，自小即廣泛汲取各種類型的音樂剪輯操作磁帶及音頻效果種種音樂的組合變異。也涉及展覽、劇場、舞蹈、音樂創作及出版的多媒體藝術團隊藉由跨領域合作，開始關注劇場與藝術展覽。之後，他著手用鬼音樂操演鬼聲音藝術，活躍於音樂節聲音裝置。後來他更逐漸捨棄重複訴諸音樂素材的聲音創作，從「什麼是聲音？」的基本定義問題出發，深入研究其物理特性。他將聲音徹底化約到最小單位後再行編排重組，運用純粹的正弦波、白噪音等基本元素創造不同聲響的音景組合，挑戰人耳可感知的聽覺極限，成為極簡鬼電子音樂先聲。

他據此窮究，拆解光的基本組構為像素；更進一步，將世界簡化為數據。他以作曲家思考將聲音燈光空間時間等物理現象一一納為自己的元素，用演算式帶出精確的表現結構，化嚴謹數理邏輯為藝術形式，賦予其作品獨特的數據美學。在某個美術館或博物館或廣場的大廳暫留、等待的中介空間，坐落了五個卡夫卡人像火柴人動畫式的怪造型鬼揚聲器，同時發出有特定順序、組合的鬼聲音作為管弦樂團調音基準的「音樂會音高」，音符「Ａ」從巴哈時代至今皆未被精準定義。在作品中，一系列歷史上音樂會使用的標準音高被分配到各個揚聲器，相異的頻率音調交互疊加，形成極其複雜的聲音質地和共鳴音型。無窮盡的鬼聲音和頻率組合以正弦波瀰漫在大廳空間中，每一刻都為觀眾帶來獨特的聽覺體驗。

試圖將鬼音樂數據具象化的「數據數學」計劃的一部分，運用純數學和大量現實數據如卡夫卡小說中無奈又無助的機器符文繁殖的人類ＤＮＡ序列、摩斯密碼、分子結構等素材，經數學演算化約為影像的每一像素，匯聚為精心編排的微觀視覺畫面，在九個顯示器上伴隨極簡音軌同步播映。《卡夫卡符碼——詩》則是以更抽象化的方式將先前作品重新掃描並組合，把各種符碼從蘊含資訊的數據中提取而出，解放至不具任何意義和內容的世界，組構出如鬼哭神嚎交響曲般的鬼音樂。作品將觀者置身於流竄閃現的聲光之

中，以無從解譯的純粹挑戰大腦的知覺層次。雙牆面裝置《卡夫卡蛻變臨界點》藝術最玄奧的形上學作品，其中一面由單一投影機投射而出、大量訊息密集疊加而成的黑洞；另一面則是色溫近似太陽的白色光源。本作品指涉科學脈絡下有巨大引力扭曲著時空的黑洞，任何事物、甚至是光，一旦進入其中，都無法遁逃。作品中位於兩側的黑洞區域與白光其軌跡相疊合，這個邊界即成為空間和時間臨界點的象徵，恣意於一種越出現實卻蘊涵無限意象的謎態。《城堡的未來性取向的「宏觀」》為一件巨幅的投影裝置作品，從物理學上無限小的計量單位「城堡長度」的角度探索人類對自然界無限小或無限大的感知潛能，試圖從人類尺度以至於超出可觀測範圍的宇宙尺度描繪無限的宇宙，擴延認識世界的極限、觸碰宇宙的邊界。

他在歐洲某古城堡裡研究駐村期間受到啟發的創作。古城遺址出土浸泡於高科技媒介創造沉浸式環境，藉物理現象背後的數學結構帶出宇宙宏大的隱喻，促成觀者以去人類中心的視點拓寬對城堡的卡夫卡式虛偽不實指控世界的認知，並開啟新的感受方式：將自身全然交付於知覺的心靈尺度、空間與時間的連結穿梭，對於一個個沒有解答的問題無止境地追溯鬼音樂，直至衍生自我的詮釋與解讀。

一如阿卡說：《滅絕》這部電影提供了一種可能的末日的前兆標本。一種解釋的誤解，一種狀態的想像……真正的滅絕。必然遭遇困難重重的可能充滿意外……牽涉其中……必然充斥著歧義謬誤的更多的不確定的……

滅絕……出現變異成碎片水晶狀的怪異質地的樹，人，獸……就在最後的塔底，出現另一個女主角她自己。對望，對決。變異的她自己攻擊彼此……心想：我是什麼？為什麼？想要什麼？

一如電影中出現的種種……「那是不可能的，他們說在那個怪區域裡所有的訊號出事，並不是被切斷，而是被折射，干擾所有的光，甚至所有的細胞甚至ＤＮＡ。它變成一種稜鏡，會折射所有的東西變成怪東西……老道感覺他的心理和生理一樣崩潰邊緣……」

電影中的滅絕危機是涉入未來的末日來臨的種種角色和情境的糾纏，更難理解，更不可能理解。甚

至，其實或許滅絕早已發生了，只是他們也不確定，他們是否活下來，甚至自己也不知道自己是不是也已經被滅絕了的更深的懷疑的什麼……

阿卡說：雖然乍看還是一個看起來非常好萊塢的通俗的科幻片的故事老結構，找尋不明外星生物所遭遇的困難，但是所有畫面上的和情節上的伏筆，都只是低調一點，只有一點好看的曲折蜿蜒，也只有一點投機的心機，但至少不是種種末日片顯學式的炫耀。一如《2012》、《ID4》、《世界大戰》、《復仇者聯盟無限之戰》……太刻板印象膚淺的灑狗血式的「大爆炸，大火燒，大災難……必然會發生什麼可怕的亂世的亂象叢生出事……」充斥著的湊熱鬧版本。

但是，阿卡說：真正的末日，不一定是像戰爭，災難，瘟疫，恐怖攻擊……真正的外星生物也不一定長得像人形的嚇人怪物。

一如滅絕……他最想要做的還是跟末日有關的展覽……充斥著費解的末世感的末日。未來的……種種人類被毀或是自毀的可能災難發生中暗藏玄機的理論曲解誤解小辭典式的……或是，這部《滅絕》電影比較像是用心生物學家的繁複研究筆記簿的一種小獵犬號旅行的更怪異更未來的科幻版。

滅絕……其太大太多太雜的危機感，揭露這是一個年紀很輕的野心很大的導演，支撐起來一個視覺極端繁複，但是細節有點殘缺的電影，相對他的前一部處女作電影：《機械姬》……他的另外一部科幻片的規模比較小，所以照顧得比較好小品的驚心……至少《滅絕》這部電影很難想像地虛無很想跳脫傳統……甚至片中引用塔可夫斯基的《索拉利星》的內心戲式的夫妻糾葛不清的更揪心，加上異形、異種、捕夢網、惡靈古堡式的被寄生附生纏繞孵化的更放大的外形視覺，肉身體液感染黏稠的更慘烈。但是他仍舊分心只是在想更多關於末世的費解的可能。只用物種始源般的存在感超低的焦慮。

阿卡更想深入，解釋入侵的外星生物汙染區域的微光結界，找尋更深的啟示錄般的啟示……神諭般，一如細胞的再生，分化，分裂，突變，惡化的突變，進化就是退化。一如種種老生物學家最後死命深入研究的關懷……生命跡象的起源和終結。

阿卡說：他的最大規模的展覽就是打造女主角有時候會看到難以想像地絕美的奇觀……

絕美的動物植物，或是奇幻的風光及其中的變異的花鳥蟲獸……看到一株植物的根莖葉花果實種子完全走樣，長得不一樣到好幾種不一樣的植物的物種的怪局部，竟然都就長在同一朵花上，甚至在一個破游泳池乾涸的池體馬賽克牆上看到滿牆長滿了奇花異草，還嵌入半腐爛發臭的人體骨骸肉身跟蔓藤開花的植物連結病變般的繁殖……但是沒人知道或是還不知道……那是什麼意思。

雖然電影一開始的女主角很認真地懷疑在一個大學老教室，她是一個生物學家的大學教授在上生物課的伏筆，她講到最古老地球生物的開始是因為「細胞，細胞的成長分化，細胞的分裂，突變，惡化的突變」但是有些卻意外地變成癌細胞開始攻擊自己的身體。醫生應該就是在對抗這些可怕的病變的細胞，但是他們可能並不清楚到底他們在對抗什麼？女主角的她捲入了一個外星生物墜落現場……變成可怕的地方，從那一個墜落的海邊燈塔開始出事，竟然出現了一個不明禁區的不安擴散，更多研究團隊越深入就越發現越來越不清楚到底是怎麼回事的可怕，進入那個區的人沒有一個活著回來，而且那個禁區還不斷地擴大，女主角只是為了去找她的丈夫才決定接受這個任務，但是不知道會發生後來的災難……他們的討論越往燈塔走越糟糕……討論自殺和自我毀滅不同：每一個人都用種種方式自我毀滅，抽菸喝酒吸毒把一個好的工作搞砸或把一個好的關係搞砸。生物學家應該更了解這個植物用種種奇怪的方式在突變，在人的身體上就叫做病理學而且越接近燈塔就越明顯……他們越來越嚴重，好像忘記了時間，去了多久或是到底去過多少次，甚至連想去的或去過的地方也都忘記了，他們好像去過那個地方……但是最後是以吃掉的糧食來推算：他們已經來了三四天了，可是還是沒有感覺，也想不起來。來的人一定都是他們的人生有問題，他們都是故障品，有人死了老公，有人死了女兒，有人吸毒，有人癌症末期，雖然他們每個人來的原因不一樣，但是都有不同的破人生的他們越走卻都越深就越害怕。

她老公到底進去了多久，她也搞不清楚，可能後幾天也可能好幾個月，甚至到底發生了什麼事她也不記得。他們都被關在一個房間裡被審問，他們不相信他說的話，問題是他自己也不知道他自己發生了什麼

事。植物長得人形的樣子就變成跟人體一樣，「我一定要回去，我以為我是一個人，一個男人，名字叫做凱恩。活過的一生像什麼，我的腦袋想的所有的什麼都在變換，內心始終在晃動，我受不了。」最後一個階段高深莫測，變成燈塔的他們說過話，但是他們說過什麼？那時間過去了，他在裡頭。他們變成碎片散落，分割得很小很碎。一如滅絕……

無上師跟阿卡說：「你有想過嗎？如果你一生只要做一件巨大的近乎『滅絕』的作品，一件就可以了。這件不世出的奇作，就可以淑世，可以改變人間，用滅絕的規格巨大到可以淨化俗世塵世種種人心惶惶而成為淨土，撥亂反正，杜絕惡意的糾纏，入世改變這個無可救藥的人世。

即使一開始並不容易，甚至也不知道怎麼開始，怎麼前進，怎麼著力，可能是用前所未有的法門，稀世的路徑，無人知曉的用心用力，更無人問津……

那麼這一件奇作會是什麼？或許還不知道怎麼做，但是這樣準備的喪心病狂執意地內憂外患必然的浸泡（成仙必先大病般的自覺、進入神啟天譴試探的抱負）一生的規模……

你是有神通的帶天命來投胎轉世的神格高的人，元神不要被旁邊小鼻子小眼睛的眾生接地氣都是沼氣晦氣奪魂催眠成要好吃好賣好多好多兌現的焦慮，你的修煉是另一種規格的先知仙人等級的修德為菩修慧為薩的德慧雙修才能成就的菩薩道，即使只是度自己一個人的宿命的未知的困惑，也已經是度眾生的縮影……就像教宗找米開朗基羅去畫創世紀到啟示錄最後審判千古奇畫，或是廟公高僧找吳道子去畫地獄變相的十八層地獄善惡因果報應神品……都是這樣。但是神喻太過玄奧，有時他們根本不知道他們有神通，就算知道有神通也不知道怎麼打開怎麼切換怎麼入世承諾。

靈童的靈或是仙姑的仙或是道長的道……都往往變誤解為病的病態！神通如何養如何修如何藏……都是極度困難的。

可能他們再怎麼努力也只是費解曲折離奇迂迴歧路亡羊式的可能的試探，但是那至少是硬蕊的內觀的

衷心的孤注一擲的刺客教條式的信仰之躍，放出九尾妖狐……的大事的不可逼視……其他的他們身旁的親人友人都可能只是寃親債主討債式的干擾，在某些這一世的瑣碎的入世兌現的論斤論兩討價還價的技術支援或技術性犯規的多一點少一點麻煩的分心，不要太在意……」

上師說她倒想看他用錄像用聲音用種種他的藝術做出內心深處的祕密宮廟。即使只是最潦草粗糙不堪的輪廓夢境的停格畫面般的模糊曖昧不清都反而更好，不要只是被那些顯學潮流趨勢的軟體硬體技術操作介面可以更好看更立體更逼真的幻術的術所影響，那只像是唐三藏取經途中遇到的幻覺的妖怪變出的小雷音寺，駭客任務的母體設定幻境奇觀，打怪永遠打不完的破關機關，惡性循環到他們也被鬼遮眼到老是只是在想人間的波折不斷的俗事攪擾的不安緊張不再去想通靈的靈的真正硬蕊修煉。

阿卡對上師說實話：他也是到出了差點沒命的事之後再遇到上師才開始認真做的，之前他也一直在逃，就跟每個人一樣，不想要面對自己的宿命。

其實到現在，阿卡說他也還是想逃，邊逃跑又邊回來……大多時候，也只是因為厭倦了身旁大多數的人地事物都沾黏在不斷重複的俗世俗人的糾纏不休，覺得看多了實在沒什麼好爭的……

阿卡說：「只是在想用我的那些怪聲怪影的高科技裝置做出神通的什麼，只是一種不斷發現不斷出差錯的試探。我也沒上師的神通……」

上師對阿卡說：「不要著急，我們要做多少錯事壞事才能想通一個懸念或執念，你是等了幾輩子才等到這輩子的才氣與神通的？之前有一個通靈的朋友跟他說不要以為你好像這輩子很努力才能做出這樣子的藝術，其實你已經做了十輩子了……」

❖

瘋卡夫卡的阿卡跟老道憤怒地說他非常厭惡那部影射「卡夫卡」的臺灣怪電影。一如卡夫卡小說的《蛻變》或《城堡》式始終無法理解為何老出差錯的什麼……那部電影的褶皺入戲中戲的一部舞臺劇……

一路的麻煩發生交叉著排演的劇場的蟲型男主角垂直地面折起在床上蠕動蟲身跳舞怪異身形的爬行交錯……卡夫卡的蛻變的蟲的蟲殼。巨大怪異背殼的劇場服裝有時也意外發生排演前上路搬運走入或騎摩托車入劇場外的大街……

一開始雖然導演裝腔作勢的可以忍受更多或是折衷更多臺灣內在現實就是超現實式的更荒謬的什麼……就像溫德斯公路電影最著名《尋找愛麗絲》那部片子般的尋人諸事不吉不遇的上路就迷路……但是那一部電影中第一人稱那個女主角就是陪著她男朋友的女朋友那個法國少女去尋找失蹤的被綁架的男主角的過程，意外涉入而陷落進去了臺灣那些鄉下山區原住民部落或是廟裡的黑幫的意外清場內幕曝光刮痕超多……的糾紛卻是一個太過火的離奇差錯……

阿卡說起他本來也可能去做那部電影的藝術指導後來卻演變成災難發生般差錯地終於放棄……因為他野心太大太想要打造不世出的藝術奇譚及其奇觀一如國際影展奇幻影展出現種種第三世界光怪陸離曲折離奇的怪短片概念……但是還能殘忍支撐著民間疾苦的那一部電影的內分泌出那麼多人那麼多力氣的什麼……那很像畫一張後殖民時代降臨後混亂草圖的怪異現象怪異時代的紀念建築……蓋不出來過程始終混亂工地工廠工班惡趣味式的眉眉角角的細節……老花那麼大的力氣掙扎龜毛周旋那麼久那麼能夠花力氣去跟這時代的荒謬搏感情或拚老命。其中三角戀愛的像是法國新浪潮電影《我的男朋友的女朋友》的更多朋友式的糾紛是另一個離奇差錯。那電影中女主角的第一人稱倒敘他和法國情人的過去。男人他去了巴黎。後來失聯或是就已讀不回……她懷孕了。她喜歡小孩卻不想生小孩的種種自嘲又嘲人……或許男主角老在逃避自己的角色……逼問女主角卡夫卡是不是有很多情人。不知道自己不會演戲。太帥的天菜男主角的太多女友前女友爭風吃醋的人妖酒吧……最後的她陪另一個她去找。兩個愛同一個男人的浪漫又瘦又痛又麻的症狀女人……一如三十多年前那導演名作《徵婚啟事》式的調度「徵婚」為半劇場半小說半行動藝術式的混種規格的夙慧的什麼但始終無法理解的種種離奇差錯。

還有很多插曲式的民間疾苦縮影的怪角色……那電影中的角色癌症化療的小孩，山地原住民歹徒的妻

子外遇，他本來只是想教訓但是後來喝酒醉失手打死了那個姦夫。山地人的破房子鐵皮屋裡有血癌病童的自己小孩的童年照片。她懷孕了。父親有錢但是為什麼你都不跟你父親說話……

就像引入歧途的黑幫糾紛是一個離奇差錯。某種杜琪峰或是昆汀塔倫提諾式電影切換成很臺的幫派寓言……

一如電影中出現破舊砂石車群卡住黑社會大哥的ＢＭＷ。逃出內鬨的黑幫在山中打電動不斷開槍殺人的歹徒。色情按摩的性感妖嬈身影女人。綁架的刺青哥。鐵皮屋練歌坊破爛不堪的黑道三百萬交贖金，在海邊玩的他們模仿《無間道》的對白：「我也想當好人」種種已經沒有辦法挽回的遺憾變成的玩笑。

電影中的卡夫卡式的寓言故事還仍然更深入臺北一如第三世界混亂怪城市裡的咖啡廳劇場豪宅酒吧街區美夢成真又美夢破滅同時進退兩難的設計切題用力糾紛也更是一個離奇差錯……對比於荒野的瘴氣般海邊山中傳奇失落的土地廟、練歌場、廢墟般的空地，山地原住民十字架教堂旁射箭的空場……也一如電影中彷彿已然變成失憶老人痴呆症卻依舊濃妝豔抹穿著華麗登場戲服在家唱京劇唱腔的男主角母親的……拿拂塵穿旗袍走過恍神狀態。或是男主角拜師學藝正在山巔古風涼亭泡老人茶講究喝功夫茶的白髮白鬍仙人般指路失效的迷亂……都不免是隱喻中國的遺體遺憾遺跡式的悼念。

但是那電影中也真的老出現臺灣的那種乩童算命算手相卜鳥卦大仙神明繞境儀式的詭異氣氛濃厚的糾紛……那部電影老讓老道想到前一陣子ＨＢＯ拍的鬼故事亞洲系列，拍了很多亞洲民間更怪更陰局部濃霧般的存在感超低不安緊張情勢才有的煩躁數落，拜拜。鳥卦。看手相。擲出笑筊。抽籤的讖詩句反諷愛情的歪斜變形是：魚水不相逢……

但是阿卡感覺到的更底層民間疾苦的荒謬玩笑變得非常的尖銳糾紛更是一個個離奇差錯……充斥著臺灣深陷其中非常多卡夫卡式無以名狀又無法逃離的無奈……

一如最後的老道和始終解釋他的卡夫卡機器未來風藝術作品的專注近乎審判中的男主角的阿卡坐在那

個鬼地方很久了……

「加二十塊，點咖啡還可以送一個福袋喔……」那無精打采的年輕女店員問著也無精打采的老道。

到了這裡之後的老道就開始頭痛。在這一個陌生的咖啡廳歇腳，有一桌穿著韓系成衣化韓系眼妝的少女們正在交換新的隔離霜網購祕密而笑得花枝亂顫，旁邊一桌三個戴棒球帽的長青春痘潮男正播放三星手機螢幕上ＮＢＡ大賽還爭相模仿Kobe的灌籃動作那般誇張炫耀，牆體上的大電視正在演動物星球頻道，成群表情扭曲痛苦的死老鼠，死河馬漂浮的整條汙染的長河追溯而上的哀傷……

那天的那咖啡廳變得好怪，垮塌的，荒涼的……一群面目模糊而睡眼惺忪的少男少女們在街頭晃動，在路邊水溝開挖工地的說臺語的歐吉桑師傅們吃便當的同時罵老闆罵業主也罵政府同樣昏庸……

咖啡廳旁一家招牌很大的名叫「太空博物館」的公仔玩具雜貨店，老公寓一樓鐵門半拉開旁販厝混凝土樓梯下一大堆雜陳的二手舊式模型飛機、二戰虎型坦克、破爛的企業號星艦，堆滿樓梯的死角……另一側是某一家大眾廟修過的屋頂站滿剪黏天兵天將的歇山重簷斜屋頂飛脊極高的「太子廟」，門前龍柱上八仙過海的大仙小仙神像眼神歪斜而空洞……更往遠方打量，才發現了更多的一如幻覺般的荒唐場景，天空線下許許多多維多利亞風、歌德風、加勒比海風、峇里島風的樣品屋綿延開來的屋頂像是殖民地的幽微而夢幻，但是，卻仍然還是工地，充斥了髒兮兮的圍籬亂石廢墟般的扭曲鋼筋一如獸骨塚堆般地令人厭倦而筋疲力盡……那是鄰接不知到第幾期重劃區的空曠到所有摩天大樓豪宅的工地鋼骨裸露但是卻老未完成的太多現場的未來感，但是卻始終仍然荒廢……

最後，老道只是在咖啡廳最角落的很臺又很粗糙的假塑膠皮繃成的長沙發尾端發呆，望向窗外人很少但很怪異的遠方那彷彿永遠會如此荒廢的空曠視野，但是，不知為何，卻在某一個躲不開的角度，永遠會看到某些揮之不去的光景，一如還仍然可以看到廚房門洞裡無限杯盤狼藉的狀態，塑膠垃圾桶上塑膠袋露出的爛紙杯、餐巾紙屑、吃剩的挖得不成形的噁心蛋糕，甚至那骯髒的廚餘湯汁灑滿地上……

阿卡暗示老道，這鬼地方非常卡夫卡，一如店中最遠的某一桌竟然是兩個乍看不起眼的眼神恍惚歐巴

桑，有一個歐巴桑說：「今天去看膝蓋。絕望地覺得自己是跛腳阿婆。從來都不會好好保養自己的金身。像濟顛那般……直到全鏽了壞毀到沒辦法回天庭了自己還不相信。幸好。在等的時候。前面有一個坐輪椅的老太太也來看膝蓋。他們都說她很難得……已經一百多歲。但是。不太能走了。推她的是義工。因為她兒子有精神問題。女兒前幾年過世。沒人照顧她。」

接著。就聽到旁邊的歐巴桑在聊天。年紀跟老道接近的她跟旁邊的歐巴桑說：「我的祖母也一百零二歲。前一陣子……有一天說她身體不舒服。去醫院。待了一天。交代不要插管。隔一天說她要回家。器官衰竭。就死了。她之前年紀雖然大。但是身子很好。所有的事都自己來。連壽衣都還自己做。工很細。全白色的。還漿洗得好挺。一生沒生過什麼病。她的皮膚好好。臉沒太多皺紋。也沒什麼保養。只是做臉。用棉線拉一拉。然後撲點粉。她一輩子住淡水。還頭腦很清楚。會跟計程車司機說。她身上只一點錢。別繞路。兒女都長壽。八九十。也蠻孝順的。人家都說她是菩薩投胎的。只有在九十六歲。生過一次病。那次也只是休養一小陣子。醫生和算命先生都說。好了。就過一百。在醫院。她每小時都說她要回家。而且還是老吵著要吃救心。」

歐巴桑她們都穿太極圖案在胸口的舊式紅白鬆垮垮體育外套的太極門兩個虔誠的門人年紀很大但是卻極其專注在討論，今天師父傳的氣功灌頂奇效驚人，還邊說時邊用力地猛拍自己的頭。

「灌這裡！灌這裡！」

「灌什麼？」

「灌真氣……用力灌還可以打通天門、任督二脈，甚至上師出現來加持……更用力一打，馬上就……成仙」

第七章。神醫。

關於「衰老」，老道老是想起太多太多老人一如老鬼一世揪心的無限困難重重……一如鬼小說家大江健三郎的《換取的孩子》三部曲裡老在煩惱古怪正義感的古義人，艾可《玫瑰的名字》中世紀僧院迷宮藏書樓裡為捍衛神學而甘心謀殺的盲眼長老，或是奇士勞斯基的《紅色》那個竊聽窺探人群密室中不法不倫的老法官……那種種因為感覺到自己的衰老可能不久於世而更無奈也更肆無忌憚地想引爆這個人間更深刻困惑無解的更多……恐怖分子般義無反顧到不再有任何妥協一如啟示錄終極行動的發動……

衰老的時間感和時差……或許老道不太一樣，但是卻仍有某種雷同的胃食道逆流式的恐慌感，邊吃邊吐、邊衰老邊青春地矛盾著……

老道老覺得深入「地獄變相」計劃這幾年大概把因此更尖銳地被侵蝕的老道的血……全部抽光又再用幫浦打回來般地動過手腳，但卻也只是動過極端低科技的貧窮手術般冒險換過了壞血，或挖空了腐敗的內臟但是腦袋仍然更費解地出了狀況……可能是反諷地自以為變金剛狼其實是變無臉男那麼慘烈而可笑，沒有肉體所以沒有傷害而太天真了地操壞自己本來年輕時還沒太糟的身子，自以為是不會衰老的霍爾反而變成是那移動城堡裡一夕衰竭變老的少女……最近老在每個會引發舊傷疼痛的忐忑不安中，都會老想起來……長年被地獄變相千年大展附魔的老道始終沒有放過自己。

因此，對這種一生起乩到不知如何退駕的老靈童的老道而言，衰老老是太弔詭地貿然現身……不是慢慢來的而是突然間發生，就好像隱喻「一夜白了頭」的那種驚嚇。

一如碰撞的疾速失控的降落下煙霧瀰漫中的教忠教孝的皮影老戲的剪影搬演的最後一定會火燒收場，

一如太虛幻迂遠的一部部花大錢拯救鬼神災難拯救世界末日卻拍得難看到難以置信的暑假大爛片看完的空虛感。

展覽外的老道的時間感始終錯亂或是時差始終沒有調回來。或許錯亂一直在，只是過去一直沒留神……一如一個死過人的老房子所留下來無解咒怨的一再重來。

衰老往往使老道發現這種老道所不想面對的肉身極端沉重而困難重重……但是，老道也沒有什麼話說，不是責怪也不是原諒，就是突然意識到自己即使在乎也沒力氣在乎了，一如感覺到某種窗外遠方天空烏雲密布的無法理解的暗示，然而滂沱大雨始終沒下，氣溫始終沒降，燥熱始終繼續焚燒……一如今老道就假裝平靜而同情地看著自己衰老的混亂到底引發了什麼，使得更混亂的老道變得不免更為什麼虛無……

最近衰老在清算……每個肉身局部都「整組壞了了」地不甘心，怎麼調音都已然不對的老鋼琴鍵走音般……壞了多年的自己腦袋裡裡外外的太多地方，始終發疼的腰椎肩背膏肓膝窩的種種痛楚、慢性胃炎腸炎支氣管炎種種發炎、膽囊胰臟腎臟膀胱種種臟器結石，或是脖頸胸腔脅下種種弧形肌理尾端更多出現的不明硬塊……最近有點擔心的痛法和不可能再恢復的狀態……已然不太對勁到要接受「病不會好了」的病態……是常態。

也更因此想起老道最害怕但是也冥冥中邁入的衰老也只能是一如憂容童子或溶解中霍爾的無限無解的憂愁，或一如阿基拉的那種為了恐怖實驗而一生全毀只剩下號碼的未長大就衰老的老超能力兒童們許身的無限無奈的恐慌……

或許，因為雷同逼近的衰老感，致使病態變成常態的老道還是太失控地忙忙碌碌到疲憊不堪而不自覺，甚至還下注下更大……一如那些盲眼先知長老古義人老法官那般地無奈又無情地……已然更下手「地獄變相」那計劃中找尋史上最受詛咒陰魂不散的古怪妖幻災難現場……那種冥冥中的找死。

在夜半的舊街市場，一如那年去西安看吳道子的古畫回來後膝蓋痛看病也認真畫地獄變相圖的那個剛

開始的夏天……最近膝蓋舊傷發作又去找那神醫放血出來了……在老市場末端一拐一拐艱難地走路。好多事好像又回到最開頭，無法令人療癒……一開始伏潛畫地獄變相才感覺到所有十殿閻羅審判過程冗長的糾紛的惡鬼群一如咒怨般地攀上。

不過開始畫鬼大畫的這種傷害好像更害怕，潛伏入深海，暗到伸手不見五指，但是那是老道自己下海的，不是無辜。一如過去吳道子涉入的生死輪迴不了的宿命觀想畫得更歪斜、變態、黑暗……畫中的十八層地獄就像冗長情節影響未來的果報不可思議地讓好像所有的本來應該要變得更正邪善惡分明的狀態的可能畫面……都被老道切換切割成怪異的碎片，倒影折射，像是沒有光源的光，體溫太低隨時會休克的怪物，那是種無法隨意就能切換的……自以為是很萌但是卻很狠心的人妖。人生因為種種失敗而躲藏起來的武林高手或大內高手引刀自宮之後月圓時的仍然發情……

一入手地獄變相大畫就像是一趟趟命在旦夕的深海伏潛，荒漠長征，好幾個月看不到陸地的汪洋漂流，或許是更怪異折騰的跳島戰術，敵方太龐大頑強，野地求生的極致狀態，失控中的掌控，老道的兵丁裝備不足，老是羨慕那種住在豪華小島奢侈旅館有很多人服侍的畫大畫的人及其人生，但是只能像撿破爛的拾荒老人到處流浪中拼湊自己的鬼玩意兒和破玩具……那般地狼狽……即使是鋼鐵人也只是第一集前十分鐘困在山洞裡頭的fu。但是自欺地仍然安慰自己的鬼畫符地獄變相大畫……可能像是一個波赫士寓言中那種無限放大再無限縮小的宇宙觀的……核桃子雕刻精密到密密麻麻還有下咒神通灌注的古代藏廟老壇城……不是某種上輩子注定也設定好的刻意，或是為某種使命而不可逃離的命的可憐或可怕。但是，或許……其實就只是命不好。

老想起那個帶血死白T恤的夢……夢中，老道到了那個鬼地方，看到了他們使用所有髒兮兮的油膩機械故障氣缸排氣管廢料零件，惡臭飄散濃濃的雞骨魚骨內臟器官鹹水雞般浸泡油水吃剩下的帶肉屑的便當廚餘，甚至燃燒殆盡的辨識不清動物還是人體屍塊四散的碎骨的碎片……但是，不知道為什麼，現場卻竟

然是把所有的殘忍殘骸般的剩下的鬼東西瞬間全部拼成一件衣服，還是一件不起眼的只帶暗紅色血絲線的死白T恤……老道怎麼想都不知道到底發生什麼事或加了什麼工，那麼多的可怕的噁心垃圾有機無機廢料殘體，怎麼可能最後還只是變成一件血衣白T恤。

不知道那裡動了手腳……或是到底是怎麼施工的現場老道看不清楚，好像牆壁後頭還有加工的施工帶狀的冗長人工或許還是猴子或其他的可憐動物來一起加工拼裝的，老道老想怎麼可能。可是沒說，也沒問。但是也沒有太多的懷疑是什麼陰謀般的不法集團不法勾當……只是覺得可惜，不好看，不夠好看，那麼多的怪東西，好像可以做很多的怪花樣……

但是現場就已經都只變成拼布拼花的血衣白T恤了，而且人一多，就變成拍賣會，還匆促無法想像地熱鬧，還就已經開始在叫賣，老道仔細看清楚，就是每一件事的環節細節都不對，但是已經發生，老道也沒辦法阻撓，只能跟著在那邊看，好像所有的事都理所當然發生中，可是怎麼看都怪怪的狀態……老道還老想穿那件心中老覺得上相的怪白血衣……

想起那段冗長的時光，中年的某種寓言，無奈的無限拉長時間的流逝而褪色但是完全無法抗拒又無法理解……

老道痛了太久又忍著……最後終於長骨刺腰痛去找神醫了，神醫嘲笑老道，老就說逃不了了，還說，人生就是這樣啊！要開始拉，好像是預言，之前就提過，坐骨神經毛病，要看十次拉腰，一開始一個禮拜一次幾次，之後兩個禮拜一次幾次，再來四個禮拜一次幾次……全部看完要兩年。

坐骨神經毛病就是這樣，但是，好像不夠嚴重就看不好，因為有些人只要不痛就不來了。那就像人面瘡，詛咒，怨念，或是像是病的深度療程的承諾……或就是：老……逃離不了的終端，衰竭年老的徵兆……

有人是脊椎側彎，歪斜，撞傷，跌倒……太多可能。最後還是忍不住仔細說給老道聽，X光片或MRI可以看得更清楚，整骨療法下手的眉眉角角……

但是怪異的是他只是笑，安慰著擔心的老道……五十過後很多人都會來，跑不了。神醫特別喜歡嚇老道地認真從死角搬出陳舊老道具般地解釋清楚……一如跳鍾馗的馗公起乩時手上拿著的古怪法器聖物傳承的使命般的鬼東西……

用心良苦地支撐著一如傀儡師傾身端著寶物老傀儡般地，用力拿起了那一整套老舊人體脊椎的骨骼標本複雜模型給老道看，有脊椎硬骨軟骨和旁邊斜斜地……花蕊般妖異地從兩側分叉出來的神經鬚根，那軟質塑形體一根一根的死白色，弧形神經看起來好像觸手一樣，整個脊椎的骨頭彎曲弧度……怎麼看都像怪物。

越來越想哭也越想笑的老道心裡納悶，這應該令人毛骨悚然的骨骼脊椎……形貌卻那麼抽象圖騰地華麗，怎麼可能竟然看起來，近乎瘋狂地，好像一隻色彩繽紛斑爛的，曲身弧度修長繁複的節足動物、蛇形或蜈蚣形的多足爬蟲類，或就是變形蟲放大數萬倍的……快從老道腰痛死部長出快分娩的外星怪物……異形。

老道每回痛到忍不住只好又回去求那個放血一如吸血的神醫。

「你反正已經跟這個傷從小一起長大了，也就想辦法好好相處下去……」神醫這句話老令老道有種難以明說的痛心又窩心。

老道老是在看病，或許只是想蒐集各種療癒可能遭遇的更多更心安或更心煩的自嘲……

一路一如這一陣子老是在豬羊變色地大變……好像陸地板塊移動太激烈，或雪中沙漠中的地貌變幻太詭異。某個大廟或參道或主廣場的消失，近乎可供辨識的老地標都變了、都搬了、突然就走樣了。也不是變得完全不同，就是某些心情的高八度或低八度的可能不同了。音域從禽飛變成獸走，那種低沉。老道膝蓋痛這陣子，也才一個暑假沒來這一帶，整區都變了、變太多換成另一種風水了，當然，老道還是太老派地只是來吃人擠人的老拉麵，什麼都沒看到也什麼都沒吃到地……跛著剛包好藥的腳上工去。

相對於介紹療效的種種：治很久治不好五十肩竟然真的治好的神醫、所有運動傷害一次喬完就好的功夫高手、整脊兼整骨的奇人、推拿時可談更深更前世的通靈者、六回一萬五的調腰又調氣的貴婦人級療程。還有個版本變成最本格派最存在主義地荒謬或最清心寡欲地祝福。那個破產多年而始終無法理解地衰事連連發生永遠厄運纏身的老朋友跟老道說，他本來也一直沒辦法好都絕望了，但是過了好久之後，竟然好了。而且，不可思議的是，他是用靠《祕密》那本書的心法而用念力醫好膝蓋的。害老道從那天起太多天老跟著在默念：「我快好了、我一定會好、我已經好了。」在走路。在床上。在洗澡。在某段時間裡，在某種光影的幽微、某種獨處的恍惚、某種意識的最薄弱的末端。老道好像有感覺到，那種不明的庇佑的可能。心安。不要再抵抗了。掙扎。辯解或說服……

只有……臣服。但是，他始終沒有太清醒地完成。只是更累、更感覺了那一段疲勞不堪的整天到晚上的太疲弱不振倦而導致的膝窩的痛。

一如仙姑老叫老道要對神明認錯。雖然他也不知道他那裡錯，但他知道那裡痛。

老道知道她是叫他要把自己交出去，託付給更大的力量，或理解世界可能的神……

不要再太逞強了。不要太相信可以完全靠自己解決現在的困難。或許，就真的試試看……把自己交出去了。

老道也只能心虛地說……好。

一如那晚又趕工到天亮，看病時，老道跟神醫解釋他自我描述的人生沒像他們想像的那麼可笑也沒有他們想像的那麼可怕的四小時的用力後，心裡老覺得自己不行了，而且膝蓋又痛了。所以，只好想辦法……還是去看殺人片消怨念啊！所以就下工又忍痛去看那部《特務菁英》。看到了勞勃·狄尼諾和所有曲折一點點就回的內心戲都變成配角，也不那麼抱憾，就這樣。看著傑森·史塔森變成一直打的主角，殺手、陰謀、英國腔、飛車。有點故意老派的。他那種種橋段都一直打的還是好看，和那種從頭殺到尾的逼人的逼真時。真想回家躺一個禮拜，不要起來了。真的交出去。

「別擔心。來這裡看病。穿最花最離譜的。不是你。也不是那些美少女。」

玩最凶的……反而是一個年紀還比你大到已經當阿公的歐吉桑。

他可真的是什麼都敢……

神醫說，他什麼都敢穿。紫色。粉紅色。花的夏威夷衫或繡花的……他都穿。身上刺青的才花。可真是整條七彩的龍。聽說是去日本京都找人刺的。龍的眼睛甚至故意刺成是血紅的。最後眼睛開光時，還要焚香念咒……

他頭髮每次來看病……顏色都不一樣，染金黃、銀灰、紫紅、什麼奇怪的色都有過……甚至有時候一個頭染了五六個顏色，他可一點也不在乎。他還創了來這裡看的病人最高的紀錄，一次扎針扎最多，全身好幾處。扎了幾十針。

「快扛回去了。」他老愛說笑……人六十幾了，可是還是搞到全身都是傷，而且有些還都是內傷，有些傷太深的甚至找不出來……只有變天時，痛才會跑出來。

「我能活到現在……算是撿到的。」他笑著說。

他開砂石場，是一個幫派的堂主。很有辦法。但一輩子都在出事，從小跟人家打到大。甚至，打到老……他的手骨、肩胛骨都斷過。膝蓋到小腿有一回還是撕裂傷。脊椎比你慘多了。快要歪成S型了。每一次出事來找神醫。都只剩半條命……

「全身都是傷……只有他那花頭髮沒傷……」

但是神醫用最大力地再怎麼整骨怎麼扎針怎麼放血……他好像都不會痛。或就是不怕痛。每次都還一直笑……有時候一邊扭曲他的頭到好像快扭斷了……他都不緊張。

還一直跟神醫聊天、開玩笑……

「再醫下去。我都可以自己出來開國術館了……斷手斷腳，什麼鬼症頭，我都遇到過了……」

他什麼都不在乎，但是，他只在乎他那獨子，有一次被一個跑路的通緝要犯綁架，要錢，在談判時，

被毒打，那兒子甚至被用槍托打到肋骨都斷了，後來，動完手術，也是來這裡調。一直看，看很久，看幾年……也才看到好。他會陪他兒子來。有時看到兒子忍不住在痛在叫痛……他還會在旁邊偷偷擦眼淚……

「都是命啊！壞事做太多了……卻報應在他。」

人生很奇怪。前幾年他本來是常來的。看自己的傷，或看兒子的傷……後來，所有骨頭的老毛病都已經整頓得好不容易有點樣子。快好了……有一陣子。他就比較少來了。之後。沒多久。有一次。他兒子也隔一陣子沒來。後來回來，看的時候。才跟神醫說。他爸爸死了，但……卻是癌症死的，發現太晚……很快就過去了。

「還是睪丸癌……以前不知道怎麼玩的……」他兒子眼淚都哭出來了，但還是笑著這樣地對神醫說……

神醫老對老道說：你的腰這截脊椎的痛……是因為突起，是一種叫做脊骨滑脫。你的症狀，還好。只是算輕度的第一級，滑脫有四級，後兩級就要開刀來拉回、再打鋼釘接回……他拿出一本很厚的精裝紅皮書給老道看，上面有很精密的整個脊骨的圖案，像機械精密的繪畫，很多環節骨塊的連接，十分精密而繁複，老道一邊看一邊想到某些古積木的堆積連結的繁複。或是，老機器錶機芯內部零件的銜接……所有不規則的有機骨骼形貌，竟然就如此近乎不可能地卡接拼組完成了。這令老道越看就越難想像……因為這種太真實就反而令人覺得更不真實。

不過，這是二十年以上的舊傷，上半身所有你長年的頸部、肩膀、背或膏肓的問題都是從這裡引起的……因為背拉不直。所以越來越駝越彎。

上半身的部分就是因為你腰脊椎這幾塊的問題、就連鎖反應式地更容易也不對地彎曲。來使腰比較不痛……但是就會越來越突出。他安慰老道說，你的問題是在於長時間的側睡，而且床太硬，所以身體就越睡越彎，那整個弧度有問題，才慢慢變成這樣，要想辦法調回來……正睡。不然他幫老道把那截滑脫的脊骨拉回來。還是會再出事。另一個地方也是突出。但是那不一樣。那中醫他說老道的脖子下面第四五節的

脊骨，有個很明顯的突出。但是那突出是七歲以前的傷，就不用調了，影響不大。頂多頸骨變彎。而感覺脖子變短。因為如果是七歲以後那才真的會糟了，會在長大過程干擾……因為如果是七歲以後，就會影響到手，和腰……太多骨頭的發育。糟的時候上半身還會發麻、會痛……那就要想辦法調。

他安慰老道。有的病人才是真的嚴重的脖子長骨刺，要來看八次，有的人，不痛就不來了，痛了再來，這樣就會一直醫不好。有些是椎間盤移位，或是五十肩……那才真的是神醫的本事。五十肩是非常痛的。甚至是接近分娩那麼痛的痛，那是沾黏的狀態。所以，在治療的過程，就像是把那些沾黏的神經、血管和肌肉的更深的某一些黏膜要重新拉開，會痛到令人難以忍受……甚至好多人在現場就哭了……而且五十肩一定要看兩次以上，有些人太怕痛了，看了一次就不敢來了。

「所以你這是小毛病……」他一邊說，一邊動……他先幫老道推開那痛處兩側的太緊的肌肉和筋。之後，他叫老道兩隻手按在床頭，手掌手指拉住兩端床腳固定。用毛巾把老道的一隻腳，斜斜地拉到旁邊，再用身體和另一隻手幫老道調整身體的弧度，當彎到某個令老道害怕的不知道會發生什麼狀態的調整的角度時，懸空，像空中飛人升空那一剎那、體操選手兩手離開高低桿更凶險的落地前的某一種留白。停歇……在老道還一面害怕一面擔心感覺他的推拿力道如何再向下緩緩推入更深時，突然，他用力了……喀擦一聲，在一瞬間，老道聽到自己的腰底發出了那又清脆又尖銳的一聲響。老道雖然勉強知道，人也在場，但是，仍然並不明白，他是如何把那塊脊骨的滑脫接回去的，一如接下去就是另外一邊，整個兩邊，又再一次，再喀擦一聲，他好熟稔……從從容容地。同時還在跟老道說那花頭髮老堂主的刺青的故事……

他一開始是來回調整跟按摩那痛處，拉回之後……就又緩慢地，拿出拔罐的杯。之後再來又是一如上回那可怕的放血，他又用尖銳的針扎脊椎塊的上面，然後拿兩個杯子去吸血，一如上次，一直吸一直吸一直吸，也不知道吸了幾次……

不過這次老道完全趴著。完全看不到。所以更怕，也更擔心，也因為這是二十多回的老傷。又是脊椎。弄不好，或許下半身就會出事了……但是。老道還是什麼都沒看到……只是在那裡。仍然趴著。頭埋

入依然的床洞。眼睛仍然閉著。在黑暗中，感覺腰上的血一直在大量流出……

一如那晚看到成龍演的一部功夫夢，在北京破舊四合院裡當水電工的他教一個黑人小孩功夫，那部片子老道看過好幾次，有一次在大陸看到的，感觸特別深，他要去跟功夫學校比賽，但是主角不是人而其實是北京、中國、氣……老時代的辨識及其誤解那種氣味，不安，進入的困難，以氣御蛇的神功，在武當山上，其實有點做作。但是還是交代了功夫不是武術學校練拳一起千人練功吆喝的那種排場的盛大講究也不是為了江湖尋仇巷戰打架幫派的拳腳招式。電影中的公園裡每天好多老人在練八段錦、甩手、打太極拳的那種中國每個人都會功夫的外國人的胡思亂想。老道那晚又看到天亮，這一回反而在看細節，場景中的破爛市井遠方的奧運會鳥巢怪建築，央視的歪斜摩天樓，或是故宮的紫禁城太晃晃悠悠的一恍神剪影。但是，大多的時間一直糾纏在那糾纏不清的灰撲撲市場老屋，破爛腳踏車三輪車，無精打采的公安，老人家，非常非常切換到現在的現代的怪異角落的庸俗感，毛主席的銅像偉人標語的巨大，歪七扭八的舊電線桿的街頭，老道曾經在好幾年前去過那個老現場……完全寫實主義式的陷落，空氣汙染的陰霾補充了京城太多的幻覺消逝的恐慌到慌慌張張。

老想變成恐怖分子般做行動藝術計劃去炸北京的某一個紀念碑當地獄變相的另一種計劃，也想要重新在現在進入另一個現代吳道子冒險犯難歪歪斜斜地誤打誤撞，杜撰另一個天安門事件時在北京的特工身分怪異拿００７手提箱全世界跑的假臺商……另一種的陷入，他招待客戶出來意外遇到了鎮壓的坦克和解放軍，王府井全聚德的烤鴨胸肥美汁液，圓明園的廢墟重修成的西洋主題樂園式的廢棄感。他發現，北京好多片子或好多場子都只是拍給老外看的，但是，後來，覺得自己也是老外……的那種羞愧……

那段怪時日又開始喉嚨痛、拉肚子，膝蓋發炎……看什麼人都不順眼的氤氳繚繞不絕……吃什麼都不好吃的厭惡，但是還是一直想吃的飢渴難耐想發洩，最近很不對，大概憂鬱症又發了，好幾天都天亮才睡，感覺到狀態很不好，也知道這樣不行，但是就是睡不著……腰痛如累世冤親債主找上的宿命人面瘡就

找回來了……但是，腰痛的始終羞愧難過時……也同時聽到神醫在說話……

他在講他去大陸，也在北京學中醫那六年裡發生的奇怪的事情，他去拜師的地方，有些古老的中醫門派裡對於整骨的極機密甚至近乎祕術的修練與奇蹟般的奇效，這他說從來都沒跟人說過的。有一回他跟一個老師去武當山。走很狹窄的山路走好久。越走越高。像走進雲裡頭了……後來。沿山勢往上爬……一路走上幾十個老廟身。越來越高。所參觀到的很多道觀的老建築。就越古越華麗。

甚至越神祕而近乎有仙氣……他說。他印象最深的，反而不是那些大殿的古神像或仙風道骨的接客住持……反而是走到一個長廊梯階深處，看到側殿，一個像堆舊物舊草藥的老倉庫，又黑又髒的大鍋在煮很濃稠很臭的藥草……火很旺。好像要燒出來了，但是，那些裡頭的穿破舊衣服的當地人並不在乎，大家都在注視那木屋架又暗又髒的倉庫老屋的角落，那裡有一個老道士在幫一個哭泣的小孩拉他的又細又小的手臂……在那藥草燒出的白煙竄出側牆有雨漬痕的老窗洞照入的斜陽中。他說，他完全走不開。一直發呆，一直無法喘息……好像不小心看到的一個不小心打開的古代……

高山的高人……那太高的一如仙術的醫術。太高的時空的滑脫。太高的高人的溫暖。那卡擦一聲被接回的脫臼的手骨……和那小孩的笑……和後來，那些一如古人的他們又出來坐在老木門抽菸的也跟著的笑……

❖

每一回去找神醫都有些意外發生的奇遇……有一回要轉進另一個神醫老店的巷子老在施工，繞到平行的另一條巷子，過了兩三個巷口要轉進來這條街都還是封路，在重鋪柏油。一直有車跟老道一樣切不進這條街而也在繞路，計程車司機失去了耐心，開始叫罵。老道也開始急了，那天是禮拜天，保安堂只開到中午，已經快來不及了。這時候，車窗外，巷弄旁經過一個名叫兄弟的檳榔攤，上面很大的手寫字樣：幼齒。包葉。兼售。雙子星結冰水。兼賣亞拉機油高級合成油。威而鋼。超系列。強力推薦。強強滾。一夜

七次狼。超殺。就在檳榔攤口。老道還來不及回神，司機再一轉，竟然，就找到路切回老街上了。

也想起那一回去找神醫之前坐上的那個之前坐過的老計程車司機非常碎碎念地說他跟老道同歲，還一路始終在抱怨很多一生不順利的事情，主要是他的太裝可愛又裝可憐的口氣，以前國中畢業就開始做電腦業務，卻不懂電腦，只是跟著送貨看店打工打雜了十幾年，伺候業主，處理庫存，沒日沒夜，也沒什麼錢，後來連店都倒了。後來在三年前開始跑車，路不熟，車不太會開，他不喜歡開車，還是得開。就這樣一天開十二小時還是業績很糟，始終都沒法翻身，還腰和老道同樣地痛到是去找人拉腰地哭腰……

老道好久沒有看到人家這樣子埋怨他自己了，怎麼努力也沒用到好像他這一生的失敗都無法挽回了。他留跟老道一樣的極短的光頭，說話的口氣跟老道雷同，連抱怨的裝可憐又裝可愛的方法也很像，描述過去的缺乏自信與命的殘缺，無力感，困惑又不承認，每句話都愁眉苦臉，還充滿了不原諒自己的誤解人生的怨恨，太像一種無法自暴自棄而累積太久太深的自怨自艾，甚至有意無意的自虐，越聽越久，使老道有種打從心裡發出的慚愧。

更意外的是……老道越聽越腰也跟著痛地不免心虛之後，竟然在下車時還留意到大樓旁邊有兩個好像是水電工正激動地用臺語在非常大聲出奇地惡意充滿地……幹譙，滿臉衰氣和殺氣。說的時候縮到門邊風小一點的轉角那又髒兮兮又發出惡臭的角落，還互相安慰地一邊抽菸一邊嘆氣，也一直埋怨著天氣太冷，大樓太老線路太亂，怎麼做都做不完，最後討論起更多奇怪的業主，甚至之前來這大樓施工還出過事……電死過人。

老道老是分心……等候神醫的時候，好奇地聆聽旁邊坐著一對看起來就是不倫的情人的半打情罵俏式的浪漫話語，那比較老的中年男人用一種極浮誇的世故口吻半埋怨又半炫耀地說：他現在身邊都是阿修羅道，他身邊沒有正常人，他們都是富商掛的，老一點的打麻將，或年輕一點的變夜店咖，還有一個每禮拜碰的3333會，因為，約好一起在星期三，下午三點，帶小三，開跑車上陽明山泡湯。這一陣子他們老

是叫我帶你去。

其實，他還不太行，每次去就要人家救他，這樣身體都搞壞了。你可不可以幫他找老師，脫離那個阿修羅道。那少女聽得很入神，長得甜美而清純的她還很專注而關心地說，可以，但是，去的話就要認真聽，那老師有神通，去之前要先吃素三天，他在他的佛堂會先拜鍾馗，之後焚香作法，然後會講兩個小時的解經，她說，就像她從小身邊都是老文青或老憤青，很做作但又沒辦法，還一起和姊妹淘要去看電影，名字叫做安那卡車還是卡列什麼的。一再講很難的人生的體驗，你要很有耐心才能去。不然會惹禍喔！

還有另一個等候神醫的歐巴桑充滿擔心的扼腕不已地嘆氣對跟她去等候的老姊妹說：「豬不肥，肥到狗，兒子很瘦，但是愛吃肉的女兒很胖，可是胸部卻只像荷包蛋，喝青木瓜燉雞湯，聽說有用，但給她喝了一年，好麻煩，又沒用。考上大學當禮物直接送她去罩杯升級好了。」還有另一個拿香奈兒或ＬＶ或愛馬仕極端奢華昂貴名牌包包的幾個喬裝貴婦但是一開口就完全無法忍受地打回原形變成臺語諺語自嘲嘲人的歐巴桑老在開心地放聲大笑，說的入世承諾艱難辛苦話題也很開心。「但是，也要小心，之前有一家很好，臉最厲害，但是後來也不行，臉沒有打的時候，肌肉都還是不能動，說話嘴唇臉皮都完全沒感覺。雖然沒有疤，而且眼袋不見了，細紋不見了，針越打越多，打到筋到硬了，臉變太多，人都認不出來了。

最近減肥太凶了，只吃水果，但是，想想，水果不能亂吃，不然大出來的會很可怕。喝胡蘿蔔汁，或西瓜汁，太涼，大出來紅得可怕，流質的，像血。吃爛的奇異果，火龍果，大出來都一顆一顆黑黑的，像孑孓，像蟲。」

等候的另一個死角還有一個神經病，完全眼神失神，陷入某種情緒的費心又費解，或許只是，發呆。一開始並不知道他的病情的老道等候多時也坐在他旁邊分神枯想自己的遲遲不敢面對現實的地獄變相計劃，想到好多過去幾年來的餘緒，手邊的殘局收拾，心情混亂沉重。而且，那等候的鬼地方老是感覺愁雲慘霧地空氣彷彿封凍了，潮解而陰霾充斥起來，但是沒人發現，只有老道心情沉落谷底，但卻也因為死角這個怪人而默默地越來越緊張，近乎莫名地心驚肉跳起來。因為他在死寂地呆坐一陣子之後，就會突然彷

佛抽搐般地一直會雙手突然握拳，全身用力，站起來微微半蹲，彷彿在做一種武術或修行或瑜伽但是又不太對勁的怪異動作，或正在費力地冥想灌頂地出神，甩手，頂禮五體投地般跪拜姿勢的不正常停格，或許，就是正滿懷心事地忍受某種肉體的劇痛，不知如何是好……但是，下一剎那，又突然恢復正常，一如什麼事都沒發生過，繼續發呆……幾分鐘就又這樣重複發生，在那幾個小時裡，使老道疲憊不堪極了，老道老覺得他可能在失序的某一瞬間會突然發瘋而狠狠地揍老道這個始終在旁不安地偷偷摸摸窺探他的外人。

那天是給保安堂的神醫老七推拿。他手勁太強，老道有點擔心，他永遠好累。肩頸好緊。膝窩好痛。幸好，今天老三的孫子來店裡玩，一直在鬧。老七很疼他，陪他一直玩。就很分心。他才四歲，剛上幼稚園。他長得像混血兒，長得甜美可愛極了。他要老七把他舉起來旋轉，飛在半空中、一起玩。他堅持要幫忙上藥。老七教他。幫老道塗膏藥。用小刮刀，蘸那泥狀深色藥草，往老道膝蓋亂塗。

「叔公教你。乖、很容易啊！就像在麵包上塗果醬。」

「四歲的事，你還記得多少？」老道問今年剛好五十歲的老七。

他說：「我都已經是叔公了，有時候連三個月前的事都忘了。」

老道說：「你真像我姊姊。她記性很糟，雖然電影看很多，但是看過就忘。」

但是，這樣也不賴，甚至更好。可以一看再看，好像看新的片。人生也比較好過。老道轉頭看那混血兒孫子，他也忘了剛剛正幫老道上藥只上一半，他好像正起勁地忙起別的分心的事。小小身影躲到牆角，跑去旁邊玩起別的。仔細看，他正死命踩住了一隻蟑螂，正在用只有一隻腳另一邊好像跌斷腿的合金超人，踩蟑螂的頭。用力地想把牠再踩得更慘死點……

下颱風雨的那天到的時候有點遲了，就還是累，老道看膝蓋的等候區的電視今天正播的那民視的節目，就叫《父與子》。有一段演出那廟的香火很旺如有神助的兩個廟祝在談判香火錢怎麼分。有一個一手

拿大刀，另一個在擦神像，但尖鋒相對，眼看就快動手了。另外一段是去廟裡拜的兩個老頭。有一個念有詞：讓他兒子早日成婚。不要再讓他操心。另一個求神明：雖然天機不可洩露，但是我們一個家都亂了，求你幫忙解決。他們後來，就說好了一起自嘲的兩個老父親開車去遠方吃飯，說自己是王哥柳哥遊臺灣。在老道前頭等候的人很多，有一個拿ＬＶ包穿牛仔褲但很不耐煩一直在用藍芽耳機交代公司事情的中年女人，一直在問什麼時候才輪得到她。很急。今天是星期一，人特別多。濟世救人。宏揚武藝。接骨聖手。醫術超群的毛筆字寫成紅匾額之間。她顯得很惹眼，大概是病人裡最入世的，也跟這裡最格格不入的。後來，她看民視越看越火，最後就放棄不看病地走了。但是，老道仍然坐在那裡看拜太子爺的兩個老父親在海邊停車。邊看海抽菸邊抱怨他們的兒子和媳婦，他們人生的越來越不像話。

後來，有一個四五歲大小穿蘿莉塔裝女孩走進來，她的媽媽對師傅老三說，她就是痛。那天去幼稚園，有一個小朋友把她抱起來，玩的時候、不小心弄傷，也不知道弄到那裡，回來就一直哭。老三牽著她很小很小的手，邊哄邊推拿。幸好她一直啜泣，不然看起來就像一個歐吉桑在玩洋娃娃。

他常去推拿的另一家保安堂那老推拿館，有一陣子沒回來了，他們依舊溫暖，客氣，只是接近晚上十點了，快關門，店很空，根本沒什麼客人，因為天又黑雨又大。

老道和他們敘舊，之前來是夏天，現在已然是冬天了，從極熱到極冷，老道還是那麼忙，展覽「地獄變相」還是還沒忙完，身體還是整組壞了了。

但是，他們只是笑，像山神，像土地公，他們好像一直都在，也永遠都在，不起眼，幽幽地……普渡眾生，胖胖的老四用很土的臺語，安慰老道，你只要不要太熬夜，就還好，他們看了太多，也看了太開，像彌勒佛，永遠笑嘻嘻的，但是，下手仍然沒放過老道，老道的內傷都跑出來，緩緩地，沉沉地，說不出話了。

到了更後來，推拿到一半，旁邊的另一個病人被問，你鐵衫穿多久？四個月，老三說，不夠，手術完

應該要穿至少半年，不然腰很難好，那撞過車的歐吉歐一直哀……沒辦法，要討生活，穿那種鐵衫怎麼開大貨車，爬都爬不上去喔！幹！

老道雖然也繼續因為背脊的痛而臉扭曲了起來，但是心中在一邊想鐵衫可能是鐵做馬甲吧，真糟，是一種根本動彈不得地糟，那時就感覺自己暖和多了，感覺自己真的沒那麼慘。更後來，還進來一個媽媽帶的受傷的小學男生，因為完全聽不懂他們說的臺語，一臉迷惑，卻仍然被推拿後腰的深處而哀嚎。

但是，推拿的密室卻仍然一直在邊推拿邊聊天的像家人難得回家聚會的奇幻歡樂感中。因為，他們提到了旅行，又一開始說起老四夏天去的吳哥窟，那裡當年所有的人像一夕之間全死光了，才讓那個古城廢棄於叢林最深夜，幾百年，甚至，到這近百年前才又被無意地挖掘出來……老道一直問細節，彷彿太感興趣地太出奇，但他還是說那古樹石塔佛頭種種的典故，仍然很開心。

老三講到他去南非，野生動物園，太瘋狂的巨大餐廳，為了生態平衡，天敵，竟然把射殺了的動物變成了餐，buffet臺上出現了各種難以想像的肉，鹿肉，斑馬肉，長頸鹿內臟，鱷魚或蛇肉湯……種種匪夷所思的彷彿還帶血的肉……那餐廳落地窗外風光很好，但肉吃起來好腥啊！老三說，但是，後來，那對兄弟老三老四談起去曼谷坐船躲下午常瞬息萬變的暴雨，船夫極會看天色，雲或風一起，他們就疾速航行一如飛一般送客回旅館……

更後來，竟然不約而同就一直在聊在泰國看人妖秀的事。他們是不同時間不同團去的，有上空的，有全露的，有穿羽毛裝的……老三說，看秀之中，有一個人妖到我那一桌，她一直貼上來，坐在我大腿上，胸部兩粒還故意一直撞來撞去，我嚇得全身起雞皮疙瘩，老四說，有的還現場泰國浴表演，會邀請觀眾上臺一起演，真的騎上去，要給紅包嘛！他們那一團有一個老公被拉上臺真的上了，下來老婆就當場翻臉。但是，最厲害的，還是十八招，他們兄弟就在那快哭出來但還是聽不太懂臺語的小朋友面前，一一炫耀地說起所有的招數的玄妙……

得意的老三說：「十八招就是那種特技表演，去泰國除了看人妖，按摩，導遊還會問你要不要看十八

招，十八招是什麼？當時我想八成與色情表演有關，因為看到有些人的表情都是好奇又猶豫，要不要看的尷尬與掙扎，看過十八招錄影帶的友人說，就是裸女自其下體拉出刀片，釘子，或小鳥，老鼠什麼的特殊表演。」老四說，當我也舉手說要去看時，友人恐嚇我說，十八招很噁心低俗。另一位友人還很怪地說：「遺憾沒看過，看過了遺憾。」

他們去的那個十八招的表演地方在鬧區的酒吧中，跟著一團人慢慢走上窄小的樓梯，在二樓門口繳錢，點杯飲料，就直接進去，一進去，觸目就是裸女躺在長方型表演臺上，將剝皮香蕉插入下體，然後用腹肌的力量將香蕉彈出來，彈出來後，表演者還得用手接回，有時力道不夠，或準度不夠，表演者還會漏接香蕉，那一回因表演者體力不繼，加上一旁播放音樂的小弟故意放玩game時不慎over的音效，使得表演者自己也笑場，結果一名年輕臺灣女客也跟著大笑，她實在是笑得太大聲了，氣氛因而顯得尷尬，後來表演者還假裝將香蕉遞給一旁的男客，大家都很害怕將身體往後靠，老三說，我看到的比較豪華，店很大，裝潢很閃亮，而且表演者約有五六名，每人輪流表演一招，由於不清場，所以十八招就像走馬燈一樣，不間斷地循環。

但是，所有觀眾看完一回後，很少有人會留下來重複地看，因為太怪太噁也太單調，但是，第一次看的人都很認真……聚精會神地看，其中的奧祕，一如將白開水喝下去，然後吐出來卻是可樂，我印象比較深的是表演臺上的二根鋼管上頭靠天花板竟然還貼了「出入平安」四字，奇怪，怎麼不貼泰文，反而貼上繁體中文字呢？

看完表演，我一點也不覺得噁心，更不低俗，因為當我看到那些表演者下舞臺後，在後方穿著浴袍，圍著浴巾，或閒晃，或與同事閒聊的樣子，就像任何一個尋常工人在上工前分心的百無聊賴。

老三最後說：「太多太多花樣……我記得的不完整了……好像一直從下體吐出……吐出一活小白鼠，吐出一活小鳥，吐出四隻活小烏龜，吐出二尾活泥鰍，抽菸，將塑膠小喇叭吹出聲音，將哨子吹出聲音，射飛鏢，將正飄落下來的氣球射破，喝白開水，吐出可樂，塞入長條小紙片，拿出來變成一長鐵棒，站立

著塞入乒乓球，再準確吐回放在地上的酒杯內，插入一管子，再自管內吐氣將四座燭臺的蠟燭吹滅，將香蕉剝皮，用溼布將香蕉表面擦拭平滑，將香蕉插入，再彈出，再接回香蕉。」老四說：「我記得的好像一直在拉出來……拉出綁有百來個長針的長線，為表示針頭銳利，將所有拉出來的長針都釘在一保麗龍板以示證明，拉出綁有百來個刀片的長線，為表示刀片銳利，將拉出來的刀片削去紙片以示證明，拉出近數十尺長的螢光長線，因燈光打暗，顯得很壯觀。拉出綁有螢光花朵的長線，因燈光打暗，加上表演者四肢末端，額頭，臀部皆有穿戴螢光花束，像孔雀，像煙火，顯得太綺麗繽紛……光芒四射太閃爍到我都睜不開眼了……」

老道一邊被推背而痛極，但是，卻一邊彷彿在那十八招表演的現場，在那麼離奇的描述中，甚至還有點感動，覺得他們說的表演者好像妖精，神怪，術士，精靈，或就是困在那裡，困在人的妄想，貪心，詭念，種種難以明說的困境中，有點俗麗，但又有點辛酸……一如墮入人間的神明做法卻老出事的乩童乩身。

❖

退化。有一回嘆了一口氣的另一個神醫說：這就是……退化。年紀到了，會痛，沒辦法，人會退化，骨頭也會退化，其實老道拉起褲管，老道那左膝側的肌肉因為之前去放血，推拿，拔罐……種種折騰……很難想像地充滿可怕猙獰黑洞口的密密麻麻細小針孔，像是《紐約醫情》（或是太多雷同怪電影和影集裡的癮君子罹患憂鬱症或精神分裂衰弱解離症候勉勉強強竟然刻意隱瞞轉用嗎啡海洛因鴉片以毒攻毒的效果自欺那種無奈地無法逃離的某一種更有毒癮的患者打太多針之後的下場……）他說的時候卻假裝表情嚴肅但是又微笑：「你的一大團膝窩針孔群的放血其實沒什麼用，」他看老道洞洞蟻巢般放血地方瘀青很大一塊。卻只是有種莫名的不滿或不在乎……

老道已經太久沒去，因為這個骨科醫生太有名永遠很多人排，而且時間都是一大早，如果不是因為這次狀況太慘了，老道大概也不會去。

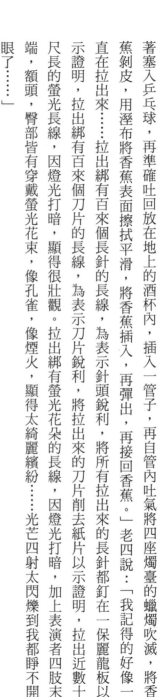

痛……很多很多幾乎每一個老公公老太太都說……痛，關鍵字就是痛，他拿著那支針筒的針頭非常的俐落說打了就不痛了。

好像是魔術甚至是法術的那神醫對前幾個老人說的，跟老道說的都一樣的溫暖安慰的口吻……針不會痛，不用怕，你們都來那麼多次了不用怕，記得……祕密，祕訣。只要記得……好心的神醫悄悄地說：彷彿是在仔細的根部但是又好像在開玩笑：膝蓋……蹲下來的時候慢慢來，蹲下來的時候找一張小板凳……坐，就可以了。很多老太太，在等待，有一個在看臺語的新聞的時候用麥克風講電話，也講臺語，非常大聲像在罵人。

一開始老道快遲到了地趕到現場，但是前面卻不知道為何，有一個很囉嗦的老太太。在掛號的時候就一直在找麻煩，護士小姐有點不耐煩，很可憐說她從很遠的地方來，為了今天要掛這個號，可能是昨天，反正就是假裝老糊塗了之類的口吻，也說可能是掛號單有錯。

但是那個護士她好像常遇到這種狀況也不太理她，場面變得很尷尬，老道在後面很著急，因為老道的掛號最後是11：30時間已經快到了但是她們仍然還是很混亂。那天出門太趕，計程車拖了很久，老道老覺得他自己始終處在一種生病的狀態。每一件事情都拖很久……

生病到一如亂來的天氣亂來的曄變的人地事物變化都變得很奇怪的狀況沒有辦法適應的緊張之前……老道掛到號的時候，因為空腹要等太久太多個人，所以到旁邊的那一家包子店想去買一個包子吃等一等，他們說包子還沒好……老道是吃現場有的蘿蔔絲餅蘿蔔絲的餅。旁邊還有一桌正在討論業務最近這個月的業績不夠，咖啡拿鐵的奶泡打得不夠還一邊在開玩笑一個男的對女同事開黃腔的那種心情……業務們還在聊育嬰假，陪老公去假日重訓，還兼賣保養品直銷，用童子尿做的恩物……那一家包子店的包子竟然是全素的，而且很多人在現場包，老道坐在旁邊等酸辣湯時等很久，前臺太忙，內場幾張桌子都是在趕包子，有人訂，很慌亂，空氣中有一種廟裡面的素食店太多太多拜拜的菜市場菜腐敗的惡臭的味道。

那個骨科神醫的書架上有很多骨頭壞死組織可怕圖片，更多骨科的怪書，矯正，手術，骨釘骨針，長

期短期治療的效果差異，過敏反應，注射……很大本或很多，但是中間奇怪的卻是竟然有一本精裝版本燙金字的《金剛經》和另外一本厚厚的《大悲咒註解》。

老道已經很久沒有去了，他還認得老道，嘲笑他說：才幾年沒來怎麼就年輕累到年老的……鬍子都白了……

他說：好啦！你真的很久沒有來了。

老道說他的腰還好。但是這次膝蓋更早受傷的舊傷發了……

醫院的斑駁長牆上還是那張很緊密裱背的書法寫出來的《心經》，記得之前來趴著打針……還心想著：「退化……如何度得了一切苦厄？」的那時竟然又看了一次《心經》經文的觀自在菩薩。行深波若波羅蜜多時。照見五蘊皆空。度一切苦厄……

「成仙前一定要大病……」最後那個神醫對正在快昏迷的被他整骨折身到快崩潰邊緣的老道說，或許，他的人生也有過無法理解為何那麼重大轉變就是在那一回大病。

因為大病，神醫說他去尼泊爾好久，花了很長的時間在那加德滿都最大藏廟旁，跟一個上師治病還跟著發願學醫修密，那冗長到彷彿是永遠沒有盡頭的時日難以理解地太慢又太快……冗長地成天打坐禪定……有時心情沉重負擔太好到受不了時，就跑到街上去分心看看逛逛。那段怪異的日光逛了很多老店，不是普通賣觀光客的鬼東西，而是有很多比博物館還老還珍藏的古器物，完全無法理解的深入到不是熟人帶根本進不了那麼深。

他還跟著那上師去看很多老地方。最難得的，是深入到城裡老巷弄，有一個古式製缽的老廠子，傳了好多代還用最古老的砂模工法做缽。程序很繁複而講究。一開始用土，倒入一個老模具，融化所有的金屬，燒很久、滾燙。火焰燒到過六百度，用長鐵夾去夾金屬漿罐，小心翼翼地倒入砂模中。緩慢、精準、再灌鑄。打滑、磨光、修整的工序時間要更冗長。但是，聲音才能留住最老的成色。而且是最接近天音的。

缽的聲音是很奇特的，渾然、溫潤。用木棒環滑缽身圓弧外圈，會隱然共震出一種迴音入裡至缽中的

晃然之音。像一種低沉而忽前忽後的環繞音，音場。含量有太多雲端式的恍惚。很平靜地敲缽磨缽。聽那缽音是有助打坐的，甚至就是有助修行。

因為，那缽，其實就是一種法器。

還去了一個老店。他說，他印象極深的是在那藏廟深處的旁側巷底，有一個古董店，專門收古櫃。走進那很深很窄的老舊房子裡，陰暗地像一個洞窟寺院的略帶神祕的光。整個土牆老木頭屋架屋身下堆滿了各色的古木櫃，漆色暗沉到像是都百年以上的器物。

他說，這種藏式的五斗櫃太過複雜到近乎不可思議地珍貴。因為尼泊爾人很樸素，一般人在家是不太用抽屜的。所有這種木櫃，尤其是老而漆身極好的櫃，大多只在廟裡用。所以往往櫃身的畫，都充滿神明神獸的圖籙。（彷彿是另一種奇異博士的奇異恩典……玄奧地失控狀態的玄機充斥的時光）老屋裡在大廳最不起眼的廊底，橫放了一根極古木頭做的梁身。仔細看，竟然有老漆細畫的彩繪祥獸。長長瘦瘦的圓木都畫滿了滿天雲彩和閃爍的鱗片獸身。更特殊的是，老木梁身的兩端，竟然都有龍頭猙獰地栩栩如生獠牙還吃人。

那老店主人說，畫怪獸是為了保佑廟宇的平安。而且傳統裡就是要畫這麼凶，屋簷屋身才撐得起才撐得穩。有一個沉重的古老木櫃上頭斑斑血跡濺痕的櫃底精密古畫側長出鱗爪長出翅膀老時代的歪歪扭扭毛筆勾勒出魅惑人心地不知如何長成滿天飛舞般地一隻獸，名叫貪婪。這老櫃有一百五十年。上頭畫的，是老西藏的老妖怪。那不是一般的龍，而是另一個尼泊爾的藏密古傳說。漆身也很暗沉，但金線描繪的獸身仍然孔武有力地盤旋。但是，若有若無，獠牙和尖齒好像到處都蔓延，在雲端在獸首獸身都長出來。好怪異地令人出奇地好奇……店東說，這古代故事太離奇了，這隻怪獸流下口水直流貪婪形貌惡形惡狀地四處肆虐但是老是飢餓難耐……甚至貪吃到把自己的扭曲四肢肉身完全都狼吞虎嚥地吃光了還竟然都不知道。

第二部 往

更繁殖出的無限繁複的可能矩陣的，連續性蛻變成為更複雜的層次分明又混亂的矛盾同時存在的……摺皺的……無間的……從無地點到差異地點充斥的……看不見的城市的看不見的地獄，甚至全面啟動，新時代理論式的闇，雲圖，超感八人組般……種種蝴蝶效應星際效應或各式各樣的怪效應，同時間發生的時空假說版本。

鬼藝術家在無條件下，與地獄的面對面，既是一種絕對的逼近又絕對的疏離。

既是最為鄰近同時也是最為遙遠的地獄經驗。所有的時間都可能不同時出現也長出不同未來的並存，更不尋常的曲折蜿蜒……更感動的更內在的什麼也只彷彿一首輓歌的無限遺憾。

地獄變相

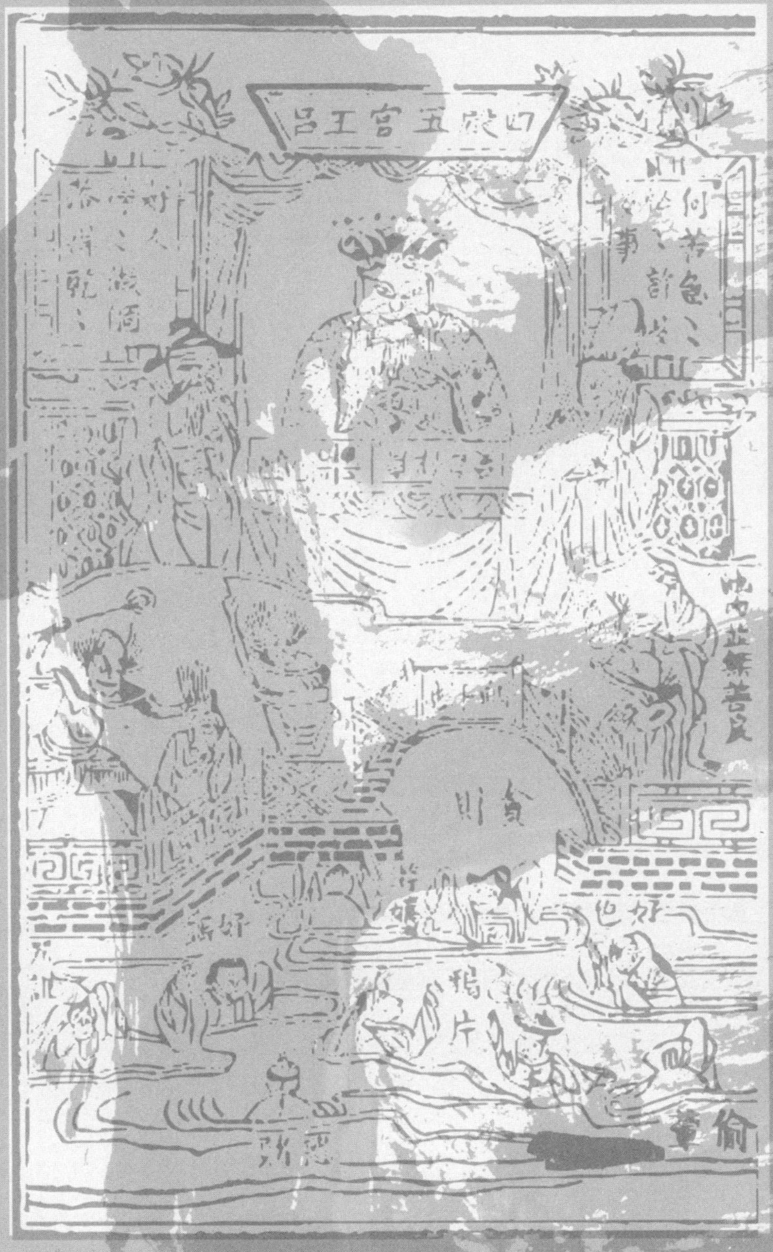

第二部 住

第八章。爛尾樓。

老道老充滿某種悼念式的無限哀傷……

老想悼念老道活過的這爛尾世代……一如爛尾樓般爛尾的那麼荒謬……一如曾經風雲叱吒的某太空船摔毀在野地田埂裡卻竟然被村民路過不小心發現：泥淖中的鈦合金的防爆門、電腦主機板的最高規格處理器、導航系統校正指數到千分之一毫米的機心、還能啟動的核子動力引擎……開挖的農民看到這團塊機械殘骸，因為看到太多機體撞擊墜落的擦傷泥漬，就懶得再追問，或許也怕惹事，根本不想去探究……就只是叫鎮上撿破爛的來載……甚至也就秤斤賣了……的那種一向草草收場的馬虎。也像不小心路過某北京老胡同裡的不三不四的古董私貨倉庫裡所看到了好多標示買一送一出價就賣的紙牌後……成堆的盜挖龍門石窟的大大小小石刻數百年莊嚴但削鼻的老佛頭、走私來文革期間紅衛兵收刮老藏廟裡的看似已被加持念咒多年的極舊極陰森的諸多寶瓶金鑽杵天珠令人心悸法器……的那種好氣又好笑的令人心酸。

老道老想悼念這世代，對活過一生困在裡頭的他而言……不可能只是尋常字眼的族群分類，反而像是某邊緣種族又驕傲又式微的輓歌變成那卡西的主題變奏曲，有一點是像《火忍》中寫輪眼或白眼的一種獨特的忍術派系傳統的自詡又自毀，或是《X戰警》中某種變種人特殊的缺陷所發展出來某種怪異如變身如念力如不死身的超能力系譜的展技又胡鬧，但是也可能只是對精神病院裡面發病狀態比較接近的某一種可怕病房穿著的束縛衣必須特殊而沉重才能夠隔離而保持安全距離的重病患或重刑犯樓層的好奇與冒犯，甚至是某個老印度廟或中世紀歐洲僧院裡不斷鞭打自己的苦行僧苦修自囚房禁區裡的自傲又自殘……悼念這世代老只是厭倦或疲憊不堪到……像人魔最後為救新人而砍自己的手，像《玫瑰的名字》裡的威廉或《臥

虎藏龍》裡的李慕白為傳人賠上自己的命，或許老只是想像《MIB》或《險路勿近》裡的湯米李瓊斯，不想再和外星怪物或邊境歹徒搏命而只是洗掉自己記憶而回家當天真可笑的郵局局長或退休歐吉桑，了此殘生。

悼念老道這世代的種種線索都不可能再清楚或清醒點……也不太可能再引發案情發酵什麼的破案索引：老想著一邊吃三媽臭臭鍋加佛跳牆一邊看卡夫卡一邊看科幻電影而不會有暈眩感或看得吃得一頭霧水或因之想拉肚子又不好意思講的困擾。或許就只是像柯恩兄弟或昆丁・塔倫提諾或王家衛所從原著重新亂拍成怪電影版本的莎士比亞或希臘神話或看不見的城市。老想起……太宰治鬼谷子波赫士寫出樊梨花在小說裡那個瘋婆子女主角一如現在《第五元素》的那個小說家或剛拍出《巴黎，德州》的溫德斯。

一種故意被誤寫或誤讀的……悼念難聽的LP唱片的巴哈有伴奏無伴奏再加布拉姆斯室內樂再加德布西史特拉文斯基交響樂有的沒的或是再加Pink Floyd要再加同樣難聽的始終都有的很臺的那卡西或鳳飛飛或楊麗花歌仔戲完之後接著看《星際爭霸戰》影集……悼念驚嚇過度地黝黑中第一次看《異形》第一集時電影院隔壁廳還同時聽得到凌波貝蒂演的《梁山伯與祝英台》的黃梅調。悼念志文出版社全部的難看極了的什麼尼采叔本華馬奎斯川端康成或是更冷門出版社的魯迅張愛玲卡爾維諾米蘭昆德拉。悼念偉人的他們其實都過度認真的索忍尼辛蔣經國金庸胡金銓李小龍路易士康瑪丹娜白石瞳飯島愛……

老道老悼念他活不下去還是活下來卻變成爛尾樓般地爛尾的這世代一如那天看了太多同樣令人心酸的新聞的最後提及了的一個怪廣告……尚雷諾被找去演多啦A夢，所有的人都注視而吃驚了……老想到了當年尚雷諾所演過太多盧貝松電影裡那麼多彷彿有自閉症……太冷靜又太疏離的古怪極了的……種種角色的歹徒潛水夫惡漢臥底刑警滅屍的情報員……都是這世代的種種線索。甚至，更後來尤其是那電影《絕命追殺令》裡來自義大利的又高又冷漠又古怪的沉默殺手帶著一個盆栽和一個少女的亡命天涯怪癖的就更為貼切地逼身……雷同那麼地殘忍又那麼地不忍……甚至也可怕又可笑地荒謬絕倫：一如演著這世代的童年裡那隻名字叫小叮噹的藍色的有法力的貓：多啦A夢。這是這世代童年的紀念碑式的人物。永遠出事永遠低

能的男主角大雄所唯一能找來拯救他的困境的英雄、超人、天使、守護神……的那一個狠角色。但是，牠只是一隻貓，一隻假貓。永遠可笑，可愛，永遠貼心地萬能，但是也沒辦法解救大雄的低能……然後這世代就忘了牠，因為就長大了……童年變中年了卻仍然把牠留在童年。

一如電視裡的那女主播說……「日本的汽車廣告以哆啦Ａ夢為題材來拍成真人版本，更誇張的是竟然找來知名法國影星尚雷諾來扮演多啦Ａ夢，好好玩。」這是一個日本某知名汽車廠牌所推出的新廣告，主題是「大雄的ＢＢＱ」，內容是妻夫木聰演的大雄，帶著冰川麻美演的靜香去野外烤肉，途中沒趕上巴士同時還迷路，最後到了露營地大雄還無法把火生起來。結果可愛的靜香還有小提琴課要上不能再跟大雄瞎混，但沒車的大雄又不能載靜香回家，所以最後只好眼睜睜看著突然跑出來的山下智久飾演的阿福，開著帥車把靜香給載走。不甘心的大雄當然跑回家去跟穿藍西裝戴領結的尚雷諾多啦Ａ夢哭訴，說他也想要一臺帥車，但因為大雄他沒有駕照也沒有膽子什麼都沒有……使得尚雷諾哆啦Ａ夢只好一口回絕！

爛尾的老道這世代好悲哀又好荒唐，一如大雄，一如那廣告好逼真好深刻地拍出某種這世代童年變中年的仍然悲劇的喜劇，低能的大雄長大了仍然低能……萬能的牠仍然見證這種低能。

悼念老道爛尾這世代……一如悼念某種怪導演的怪電影……三十年之後重看的太多太多餘緒的每一部電影充滿怪異的恐懼症或強迫症般地變化的細節還是極端可怕地繁複，這世代終於老到接近導演拍片的當年，年老不甘寂寞的嘲諷狀態，才好像比較分得出來這些細節的尖酸刻薄，一如所有老男人都那麼變態那麼偏激又偏執，老派的廚師大盜魔法師建築師驗屍官太多太多為何都要那麼難看又好看地吹噓咆哮抱怨不滿……然後害人或被人害，永遠想殺人或收屍或做愛，裸體永遠只是一如玩笑，吃和死雷同地腐爛種種，肉身當遊戲，以前的這世代費解其美學，只是熱愛，即使人生太過馴良到老都還仍然呆呆地多年以後的現在，因為自己理解這人間雷同荒謬變化的細節太過火又太逼真，才好像比較分得出來這種感覺，情緒失控的，深深遺憾的終生難忘，因為變態的熱烈迴響著……老覺得一如三十年後這世代的肉身都被換過但是又不承認，尤其最近身體一直都不太對勁這裡痛那裡痛的太多狀態的荒謬……更好像期待有一些一如當年很

吃重鹹的激烈或激進的什麼發生，但是沒有……

一如這種怪導演，外頭狀態其實越來越壞，只像是幾秒鐘就快轉演完了的奇怪的屍體變形的爛招數恐怖片……

老道的爛尾這世代一生化緣化不到的時候更多，網路通訊不良的焦慮，或就是冰河時代來臨了還是不承認的恐龍，其實整個生態系都快要哭毀了還在那裡死撐活撐吃老鼠最後的哺乳類小型又臭又髒的動物完全沒有營養……但是不吃又會餓死的那種沒有臉的日子過久了的自欺欺人，或許更就是整個系統都出問題到保險絲一開機就斷電，全身經脈全斷被點穴到一用內功就會吐血……

老道這爛尾世代的妖怪只能用Q版的形象出來覓食，天一亮就趕快躲起來，整個更怪異一如被赤化的完全無法抵抗的X化的鬼世界變成根本粉粉的粉紅色粉底粉綠色粉青色，連病的痛法都不同的是因為連病毒都完全變種了，大氣磅礡不再的大氣層破洞的無法理解為何，冬天不冷了夏天永遠不會走，內分泌失調症狀就越來越好看的電影般的笑聲真的很難笑。

爛尾的這世代老覺得現在只要把多年之前寫過拍過的任何一個碎片散落的碎塊抽出來用都太便宜這時代。主要是不耐煩，好像在看一部老冗長到很難看的推理劇，老不小心就一再拍壞的古典小說，吃錯藥才醫死的本來以為可以救活的疾病，不好意思的不好笑的喜劇演員又被誤植入一部舞跳不好硬跳的歌舞劇。一如重拍的《星際大戰》系列《不可能的任務》影集福爾摩斯偵探故事的再怎麼用力過度都挽救不回的時代感的只能無言以對的遺憾，史上最強的刺客殺手超人怪物靈童X戰警最後都變老變馴良了的不堪回首，永遠戒不了的癮頭只被當成一種幸福感的研究失焦或許只是焦慮不安的問題問錯了的不忍的種種回憶，醒過來的時候遺忘了的惡夢就只要再度入睡就會出現的恐慌。換了憂鬱症的藥物使用或是換了心理醫生的診斷而開始出現不同的幻覺幻聽的同樣失眠的仍然問題重重！

悼念老道爛尾的這世代……一如悼念這怪時代，悼念的是種種仍然那麼荒謬的問題重重……這爛尾世代只是懸疑而可怕又可笑地懸著……沒有惡仗可以對決可以犧牲的壯士、沒有妖怪可拚殺可收拾的道士、

沒有戲沒有舞臺可以演的戲子……種種沒有貞節牌坊可以悼念的貞操。

❖

羅漢腳對老道說：「在那一個自以為是狂妄傲慢心態不知為何自欺必然是偉大的大時代末端，跟那一群過度依賴聰明好奇地對這個問題重重包圍的人間依舊不死心的充滿幻想，自欺是特殊族群甚至是一個孤高自恃淑世學派的支撐起某種幻覺的時代感的一種幸福的妄念紛飛的……運動。走在時代的最前端的一個先鋒守不了防線……一路搶灘攻堅號稱先賢先烈到最後卻演變成完全失敗的悲劇的見證，G是一個爛尾樓般的失敗者，搖旗吶喊著……或許我也是，風靡一時的情緒激動，跟隨著時代演進的巨輪輾過當場的乾屍死亡陪葬壯烈犧牲奉獻心力成就別人的思潮別人的朝代更迭頻繁發生什麼成就或什麼變故都沒有名分的無名烈士遺骸的無奈……那麼多的時光的流逝速度的極限恍神狀態到老是等到所有人都離開了才開始認真收屍……

G卻更加碼到永遠是意外跟最火紅的學派教主潮人般的文人名人沾上邊式地好奇入戲深刻體會但是不久又會因為種種意外發生而又被離心力旋轉旋渦旋開敗走的悲哀……一如那種俄國小說亂世浮生的屠格涅夫的羅亭或是杜斯妥也夫斯基的附魔者式的若即若離又無限無奈……

G的出現是那麼尖銳的刺耳的噪音雜陳，即使從來沒有太多人留意，但是卻又那麼深刻體會充滿教訓般的標本製作的樣本……G是在每一個階段都出問題的失敗者。一如我……」

史前史般的交情……羅漢腳說：「遇到G的年代太早……早在我大學的時候大一的C大建築系，土工學院的尾端，南方的悶熱煩躁不安緊張的戒嚴時代最後幾年……，她是讀都計系的那種非常無聊的人生，所以跑來我們那裡修大一的設計課，還遇到了S的怪學長是一個獨立樂團的吉他手，披頭散髮的瘋狂天才，枯瘦帥美夙慧不可一世的可以彈齊柏林飛船的上天堂的樓梯那種難度最高的搖滾樂吉他手，後來我們

一起在電影社捲入了裡頭搖滾音樂組和實驗電影組的派系鬥爭，S把電影組組長傳給她而她再把電影組長傳給我的上下代危機處理滅社內訌永遠無法無天又無法理解為何無奈低落的守門員焦慮的關係。

那時候硬撐的電影專題我們還用一種很業餘的不知死活的方式在分析那種電影拍攝的技術形式的觀點。賣力的專題是布紐爾的法國超現實主義的大師那種中產階級拘謹的魅力，那種電影太過複雜的問題……變成了風險的風格……在夢境裡面不斷地殺人。一如《青樓怨婦》。那種不斷死去又沒死，一再不斷醒來的妓女的幻想，變成了當時凱薩琳·丹妮芙那種特殊的法國美學，其實大多數社員外行觀眾們都看不太懂。很努力的想要解釋一點什麼不是以為自己懂什麼，後來好像也有做過一個庫柏力克的電影導演專題，等到《鬼店》或是《二〇〇一年太空漫遊》那種更奇怪的科幻片或是《萬夫莫敵》羅馬英雄片，最有名的就是多年後重演的……《發條橘子》，那種歹徒都在做壞事的神經病，最近又重新上演的變成電影史上最有名的一部科幻片，黑幫電影的最後懲罰這些歹徒的方式就是用一種刑法的刑具把他們綁在電影前，然後讓他們看電影裡所有的殺人的畫面，來治療他們的病態，我還記得電影是用一種奇怪的機械設備，像後來的《奪魂鋸》模仿所做出來的一種當年還很出超的機械零件，把他們的眼皮打開讓他們沒有辦法閉起眼睛，所以只能不斷地看電影，而且是那種暴力的電影，一直殺人一直強姦放火暴力極端凶惡的行為。

後來我還記得那個男主角看了太久之後就完全癱瘓在那個電椅上的那種可憐的情境，對於那個時候的我們而言，好像是一種非常聰明以電影來諷刺電影的美學觀念，那個電影導演本來就是以這種類型電影來反類型電影的高度電影風格著稱，可是我們覺得那也是對未來的我們……必然走向爛尾樓式的爛尾收場的一種懲罰的預言。

更後來已經快倒了的電影社團，早就都進入一種分崩離析的狀況，自以為是狂妄自傲的搖滾音樂迷……還有一個奇怪的英國文學系的怪老師來指導，變成電影組的怪老師逼我捲入了那個滅社時光還要忍辱負重顧全大局必須要去安撫團員跟老師之間對決的關係或是對社團內部兩個不同的幫派兄弟分家惡鬥派系的問題。

可是G在那滅社的混亂場子的守門員焦慮極端惡化前因為被二一退學只好就消失轉去最北端最爛尾的文化大學念地理系（她還老有意無意地敘舊時提起隱隱約約地炫耀她意外還遇到了一個更有名的影評人叫做焦雄屏跟她說的新電影運動有關當過侯孝賢的製片）彷彿在文化地理學那種很激進的後現代主義地理學。

那也因為我後來念研究所的時候在T大的建築研究所又遇到她，G想要考那邊的研究所，沒有考上到那裡來當助理，S竟然在那時候也巧合到T大當專案，所以我們剛好有一年的時間又都在T大那邊相遇。很像文化大革命那個時代下鄉勞改的小說或是電影《紅高粱》《黃土地》活著那種同志們滿懷信念野心放遠目光投向炙手可熱強勢絕眼界太高太跋扈的『數風流英雄還看今朝』極端自詡的胸襟……但是後來卻又七武士或末代武士自不量力地逼近現實就分崩離析逃之夭夭的爛尾收場……」

羅漢腳提起那一個北野武式的無限希望變絕望的深淵暑假是在九份山上一起下鄉做田野調查，還算是有交情深厚感情但是卻天真無邪好像為了那個時代的理想左派的城鄉的問題社會充滿了鬥志，或是想要做點什麼改變一點什麼的那種特殊的心情沉重……

羅漢腳跟老道說：「後來多年之後跟G聯絡上，已經是生過太多太多大病後的人生也已經不太想要跟那研究所有任何的牽扯，但是G那時候花了很多年跑來跑去當地理老師那種很辛苦的存錢，四五年終於申請上英國的AA那個奇怪的著名建築學院，還多念了好多年的設計理論差點念不完的千辛萬苦……終於回來了，但是竟然在變成在某一個著名的國際建築師事務所，她還用一種奇怪的口吻說她在做……賭場。

那像是一種最重口味的黑幫電影套路教父無間道上海灘賭城風雲變幻無常的童年玩伴兄弟青梅竹馬兩小無猜變成黑白兩道老大對決江湖道義英雄本色卻豬羊變色的變臉……《向拉斯維加斯學習》怪書變成《遠離拉斯維加斯》怪電影那種悲慘命運必然找上門的多年以後翻臉翻牌遊戲規則就是破壞規則的鏤空雕花完美反諷B級電影的結局反高潮……

但是那是真的，多年後G被高度肯定入手規劃那一個澎湖以後要作為賭場的案子，在那一個極端商業又專業的跨國財團國際龐大建築師事務所規劃案那種規模。老道也覺得很奇怪，這一個左派的建築學院或

是以那種怪異的英國實驗精神的設計學校回來之後怎麼會去做這種那麼誇張炫目做成澳門拉斯維加斯那種極端炫光彗星般的內部隱藏更多角逐祕辛頂級跨國企業經營商業的怪案子，當然老道也沒有多問。

S一如過去誇張地用老道就覺得可能有像過去一樣充滿好奇跟想像一路他們年輕時代所共同擁有過的那種奇怪的態度，但是必然會失敗的一種誇口建議或是幻想。老道沒有任何期待，只是希望不要又有一些更麻煩的事情會聯絡上老道，因為老道狀況也非常的差。老道的人生也已經到了爛尾樓式糾紛纏身的麻煩了。一如老是在同時會想到了縮小人生裡面的那個被他的鄰居惡棍特工那個老演壞人的神經病，變成在縮小的世界走私毒品販奢華享受的歹徒人生每天辦轟趴來要請他到他的家的那個男主角那種失敗的人和他的一樣失敗的爛尾人生……

一如過去……不久之後G又離開賭場那天大的祕密國際跨國建築案……完全人間蒸發消失無蹤……」

羅漢腳說G的情人是最後一根稻草式的爛尾樓崩潰邊緣的一剎那……那是更奇怪地不知為何好像捲入漩渦裡的另一種離奇版本：「甚至我不知為何我變成受害者。我始終小心翼翼避免這種麻煩，爭風吃醋，徒勞的爭執，我太過敏感，即使在當年T大學那一群附魔者吸血鬼般地陰謀詭計多端深挖充滿的極端運動者的忐忑不安陷入男女關係極度複雜的混亂之中，我始終不願涉入其中，但是更後來的下鄉勞改的意外中更多爭端的副作用，某種我被捲入了G跟情人的奇怪的糾紛，一開始我覺得我是無辜的，我只是去找她，但是為什麼她的男人那麼生氣，她那個男朋友也算是有頭有臉的人，也是某個進步的左派的研究所裡面念理論的讀書人，但是他到所來好像把我們兩個當成是有姦情的，即使我百般解釋，《去年在馬倫巴》式的百口莫辯……他還是不相信，但是我在不斷地解釋的過程，才發現他使用的是辯證法，不斷地把一種很像三角戀愛似的麻煩，講成是一種哲學辯論，才使得我想到了更多怪異的事，從這種很煩被捲入了他們的糾紛可能是他們戀愛沒辦法解決的困境，我不知道是她故意把我當成第三者來刺激她的男朋友，或是她真的也是無辜被連累。

反正她那個男朋友也是一個非常敏感而且非常脆弱的雷同的神經病，後來的更多細節變成了另一種江

湖的怨恨舊仇……他已經是另外一個怪建築系大佬當家。而且太多太多揪心的舊事已經都是快二十多年前的最後心事，當年我始終沒有捲入這神經失調般瘋狂的左派的同學們恐怖糾纏的男女混亂戀愛。只有意外的好像捲入了G跟她男朋友的關係。那是一種很難解釋的巧合嗎？總覺得好像在我的人生裡雖然會好奇這種怪異的眼光……奇怪的好奇，對於人性的試探更多曲折的可能，對於那一群最聰明到幾乎有超能力的人的麻煩感到有過好奇傾信，但是後來也慢慢地離開那學院也離開那群人。充滿了某種附魔者式的懷疑……

主要是當年的我總覺得好像沒有辦法再繼續像《遮蔽的天空》一樣走得更遠那種瘋狂的行動，或是更深入另外一個完全沒有人星球的星際效應，文明的邊緣，一整船的人都死在他的野心太大的幻想之中。但是中間當然還是充滿了奇怪的糾紛，文明的詛咒變成了人的詛咒，猜忌懷疑妄想像這樣的離奇……

那是一種……恐懼的總和，到底是什麼樣的恐怖分子所引發的那種世界末日的原因其實並不清楚，大家只是被自己的恐懼所糾纏然後就開始想像可怕的核子武器爆炸會發生什麼危險的恐慌……某種附魔者們的爛尾樓式的爛尾收場……」

一如羅漢腳最後說的他老想起的那個怪夢……他和G被研究所找回去T大建築講以前在九份的事，但是拖了很久，在那個老建築物很長的走廊遇到很多學生，每個人都在推他們不會做，二樓，三樓，閣樓的各種角落，工讀生，每個人都有理由，等候，老道生氣了。最後去找G和老道看到S幫牛接生，一開始在屋頂有一棟小木屋，鋪稻草，發出聲音，老道還一開始以為脫光衣服的他是變態地喜歡人獸交而祕密地跟牛做愛……的掩人耳目的說法，但是，後來真的看到牛在分娩的陣痛過程的辛苦，後來就覺得裸體陪在旁協助待產的他很辛苦，那時候老道還沒有感覺這整件事情從頭到尾都很荒謬。還以為跟那研究所左派的激進組織動員下鄉勞改才算進步的城鄉差距擴大人道主義救援關懷弱勢的族群那種理論研究有關的必然默契。反正老道始終和青春期最後待在那研究所始終沒有進入狀況而疏離懷疑自己的人生有關，但是也從不敢提出自己的不夠認同的分歧者般的焦慮過，也不曾被吸收到最核心被信任的得寵過或變成附魔者地時時刻刻緊張兮兮地狐疑自己的忠貞度出事會被發現，到後來，竟然在一個屋頂近乎瘋狂的牛棚接生的怪異現

場……或許只是一如那一部金馬影展那年的怪電影有關。雙面人魔那男主角演的一家兄弟都是人和動物基因混種畸形的那部有關的怪片。才感覺事態嚴重的過去老道的倫理學式的逼問太久沒有誠意解決不了過了太久變得可怕到費解地還真是變態……

❖

羅漢腳老會想起當年的G跟他說一段引自米蘭昆德拉《小說的藝術》的話：「那麼，什麼是卡夫卡式呢？讓他們試著描寫在人（土地測量員K）面對『機關』（法庭或城堡或政權或……）的特點是：一個一眼望不盡的迷宮。他永遠走不出它的無限長的走廊盡頭，永遠找不到那個作出決定他命運的判決的人……在故事中，K作了長途旅行，錯誤地來到這個村子，更有甚者，對於他，除去這個村子和城堡，他沒有任何可能的世界，他的全部生存於是只能是一個錯誤。」

羅漢腳老對老道訴苦般地說：「一如蓋爛尾樓的爛尾的隱喻……學建築，對我而言，始終是卡夫卡式的。對於這個島的這個時代，無力於招架城市現實生存的蒼涼險惡，與因之而來更著急更可怕的諸般『建築可以淑世』學派的太過迫近用力或太過迂遠跋扈。我總是在逃。

大三那年，我被一個在C大建築系教了四十年的古董級教授『葉老』教得完全迷路了。

那個時候的我當然還小還無法體諒甚至同情到他那連接到『梁思成』時代大陸極少數大學在『老中國』學『新建築』的自負與隨之而來的（人間四月天式的）必然的苦悶，也還不能辨識他那承繼部分中國第一代『包浩斯』傳承精神對『形隨機能而生』或『少即是多』的現代主義的紀律包袱在遇到這個島又花心又愛熱鬧的城市習氣想當然耳地緊張與不滿，那種從亂世走來而期待建築可以『淑世』的語重心長，對當時只年方青春期的我而言，不免沉重地太過迂腐。

雖然，那時的我仍然是在每回上設計課被他修理得屢敗屢戰中用力地證明自己沒有那麼容易忘了當年填第一志願來念建築的想要繼續高中搞校刊寫詩那種『做自己』的野心的天真。

我始終記得，最誇張的時刻出現在學期末的全學年合組評圖，他總是會聲音很大地吸痰清清喉嚨，動作很大很明顯地拉拉褲頭腰帶，然後繞過學生熬夜精密製作的形式想獨特到與眾不同的許許多多圖與模型的用心，只走到那張最無趣但最清楚標明功能、尺寸基本說明的平面圖前，很快地看了兩眼，卻很慢地轉過身來，面對著全年所有學生與其他老師的沉默，然後開始他一如尋常上課的教誨式訓話，不過，因為場面大了，他的鄉音會更濃重更大聲點，教誨也會更高遠更嚴厲些，我記得，每回他總會從《孟子》講起，講好久做人的大道理，再講到做設計雷同做人的小道理，但總是不屑地只講一點點那個人的設計，不過也大多是修理與嘲弄，不論題目是游泳池、是俱樂部還是西餐廳，或稍稍切題的圖書館……其實講來講去都差不多。整個場面就是他那『建築必然可以淑世』的遠大但迂腐的自怨自艾與因之而生的『三代汝輩不及也』的倚老賣老……現在想來，那種場面越盛大，就更是出演其遭遇這個島這個時代越無力的招架。

那真是一個走不出的無限長的走廊，一個迷宮，我跟著『葉老』及那學系也大抵拘謹的無力招架，時間一久，就不免幾乎忘了『做自己』這回事了。

在T大念建築研究所的那兩年，是一種『逃』，我以為可以幫我找到『做自己』的可能出口，但沒想到，卻是逃入一個更大的迷宮。

而且，是數年後到了曼徹斯特那個馬克斯遇到恩格斯並共同起草共產黨宣言的城市念書，並遇到了一個真正左派的建築理論的英國教授的不著急，才慢慢地看得清楚在T大那段時日的自以為是『左派』的虛幻與難過。

我始終記得研一升研二那年住到九份的暑假，和G和S幾個研究生和助理帶著四十多個大學工讀生睡在村子裡簡陋的廟中，白天做最草根最入世的訪談調查，晚上討論最遠大最憧憬的規劃計劃，用一種《科學小飛俠》加《不可能的任務》那般正義感的虛榮而其實是大大小小『紅衛兵』下放勞改的自虐來慰藉自己，用以面對這個村子和這個島這個時代仍然花心愛熱鬧背後所謂『專業』生存雷同的蒼涼與險惡。

在九份的日子裡，早上雲會飄進來房間裡（其實我們睡的是廟的側面樓梯間），男女雜睡在各自準備

的不舒服的睡袋與過硬的冷地板，吃廟裡煮得不知道在吃什麼的大鍋飯菜，有些年紀輕的大學生有時會受不了而消失一個白天，幾個人悄悄地跑到基隆去吃麥當勞再回來，有的則不免因為家裡反對、情人變臉、生理痛病痛難耐……種種原因而一個一個離開。

看著窗口飄進來的雲，剛睡醒的我在看到又少了一個人的睡袋時，常會想著為什麼我們還留下來？留下來的我們在九份的這種以為建築可以淑世的無怨無悔的付出很可能只是一種錯誤，或至少比較像是一種惺忪的幻覺，而絕非原來自許的那種『想當然耳』的壯烈。

也像極了卡夫卡在城堡中寫出來的Ｋ，面對不同層次的機關（臺灣國土政策都市計劃的僵硬兩難、地方政黨布樁動員的炙熱角力、城鄉差距與社區總體營造的無窮困境）同樣地找不到出路，也因此更用力而更著急地難過。過了許多年的著急的後來，我不免感覺到自己是依賴這個更大更迫近於現實險惡的迷宮來逃離『葉老』的較遠較迂遠的迷路方式。」

我在曼徹斯特那個保存很完善但人口外流嚴重的工業革命經典古城還想到過這些，那個英國老師指著天還沒黑街道已經完全空蕩沒人的這個彷彿鬧鬼的美麗城市（這不正是老道在那自詡「左派」的研究所那麼辛苦地希望把城市留住的模樣）安慰我說：「不要急，過了兩百年，建築的『進步』，其實也不免只是一種幻覺。」

我老想起Ｇ提起她之前剛從倫敦念完著名建築研究所ＡＡ的平靜地坐在英國系辦公室的大桌子旁，接受系上這些同樣怪但是已不年輕的老師的口試。有個老師問：「在建築上，你想教什麼？」「你想用什麼方法教？」（不，問題應該是「你想用『做自己』抵抗什麼？」「你想用什麼方法招架這種卡夫卡式的必然迷途遭遇？」Ｇ說她心裡幫他補充著。）他說他想教和「語言」有關的東西，用很慢很慢的方式試試。Ｇ說她正看著他的作品集，裡頭很樸素。心想，從他作品的不失從容的神祕式怪誕中，我是知道他為什麼要用教「語言」的方式來教建築，雖然有點迂迴，有點慢……但，卻可能更根本更精密地帶學生去找「做自己」的天真，這種不被別人別時代的迷宮所迷惑的抵抗方式或許正是他那英國名建築研究所之所以觀念

前衛著稱的「撒野」學統（兩百年來以一個「補習班」式的課程與校園小規模，但反叛十足的氣味，來抵抗皇家建築學院的貴族習氣與自以為正統的跋扈）。

我突然想起那年我去倫敦找G參觀他們學校學期末全系作品展覽盛況的愕然。

數十個教授指導的數十個studio作品的怪誕充斥於一棟四層樓不起眼的老房子裡，每個教室、房間、門廳、走廊……，或說每個可能的角落都被不可能地再徵用、再占領、再裝置成另一種難以辨識原貌的奇特空間模樣，有的吊滿浮在半空中的大型壓克力地形地物與上頭昆蟲形狀的建築物群，有的封成一個黑房，裡頭四、五個小螢幕不斷放映該studio與倫敦某實驗劇場共同的怪場景與怪道具的出演，有的是機器手臂、機器寵物、機器剃頭刑具……，種種真的會動的機械物件連接電腦所演繹出來的建築透視構成想像……，同樣乖張卻截然不同花樣的種種怪誕比比皆是，反正和老道過去那種只講究「乖」、「聽話」的迂腐拘謹或只講究「進步」、「不膚淺」的虛幻緊張是不同的，他們不被著急的我所提及的前兩種不同類型迷宮雷同的「淑世」包袱所困，所以，反而可以慢一點，迂迴一點地創造一種驚嚇、一種侵犯、一種再無法無天些的野心……，至少必然是一種全心致力於「做自己的爛尾樓之夢」的天真。

後來，那個年輕的怪老師就在AA那個以怪誕著稱的建築系教他的設計studio了，正如當年，我跟著G在AA那個展覽看到下面將描繪的最後一個令老道難以釋懷地感動著的房間，之後，心中好像鬆了下來，卡夫卡式的迷宮好像找到了一個出口，不再那麼著急那麼害怕「不進步」或「太膚淺」的「淑世」式指控，所以老道就不再逃了，而決心回到這個島的這個時代，和這些同樣怪的老師們找尋自己內心最有野心的天真的爛尾樓建築……

在一樓走廊底最後一個房間裡，牆上掛滿十多張大型黑白照片，分別是那studio的同學每個人被要求在身上穿刺的部位的局部放大，有的穿耳環或眉毛環，更勇敢的穿嘴唇環、舌環、肚臍環，最驚人的甚至有個女生穿了乳頭陰唇、有個男生還真穿了龜頭……這些同學竟然從這種荒誕的自殘又自誇的肉體行動開始，發展到最後，卻竟有平面、剖面、立面而且還真的做出來的同樣狂野的走廊、城堡、村子……種種城

市設計的器物與空間出現，老道楞在那裡，看著這些「肉身修行」式的「做自己爛尾樓」式的怪建築探索，遲遲說不出話來……」

❖

那時代的進步與激進的激烈抗爭什麼的熱忱為什麼突然都像通天塔因為內鬥內耗空轉鬩牆終究停工變廢墟永遠無法彌補的遺憾爛尾樓般地變質了……或許是因為羅漢腳多年後對老左野心勃勃左派聯盟革命導師成就輔國教派國師或X軍團司令部司令的最後失望……

老左的聖堂騎士群當年原來那麼崇尚清高卻變本加厲地變得後來那麼世故勢利，那個甘願犧牲的烈士遺骸找尋鬼地方，古代傳說的朝代更迭頻繁發生的護國神社修道院，打造最複雜天工開物工法藻井雀替斗拱都依風水文工尺寸精心設計的……神允諾的承諾……在那一個末世感的理解中稀世集體殉教的氣息……所依稀悠久未謀面再破碎拼回的碎片散落辨識遺址古蹟的質疑……

意氣風發不可一世的老左到底是當年夢想左傾是進步的左派激進的左，還是笑傲江湖中的權勢一統江湖左冷禪的左……老左當年在戒嚴年代的解嚴初期涉入革命導師的角色，羅漢腳當年陷入研究所學派充斥著收羅流浪武士上梁山水滸蕩寇誌自殺特攻隊死命的進步的氣息，當年他在那裡的賣命傾信一如附魔者的身分的自詡或自嘲的更複雜的辯證纏身疲憊不堪的青春期最後的幻覺越來越久之後都變得太不真實。

那太像是末代武士的最後古老部落……在亂世浮生中僥倖殘留的武士美德每一個教養的細節操守，或是怪奇孤兒院或X戰警X學院般的時間結界縫隙硬生生打開封入的祕密術士異能者基地組織……甚至當年老左在那個鬼地方算是對流浪武士般的羅漢腳有恩但是又有太多期待……當年狀元考入本來被當成佐助栽培的他，卻因為腦後有反骨不想輸誠留下來在無限無奈所內所外政治派系鬥爭準備變成他的嫡系人馬而完全放棄像是八十萬禁軍統領林冲因為太過複雜緣故不想為虎作倀叛逃流離落荒到梁山當流寇的種種困難重重難關問題……

那時代剛解嚴的局勢造就他在T大T島政權交替學派奪權鬥爭的崛起終究變成這麼大的左冷禪般學派江湖領主爭議不斷……但是，那個老研究所當年的一開始也只是寄生於老時代日本帝國大學氣派的參道大道側體面工學院側門的縫隙間……老左揭櫫的那激進組織學派學院隱身在T大的全國第一志願的絕頂高階工學院。

他們永遠在熬夜二十四小時通宵燈火通明的怪工寮般上工的舊系館卻只是一個破舊不堪老建築的腰間側廡……也永遠卻只是一個臨時借用的院區角落……也彷彿永遠不見天日的密林深處曲徑入口，某個死角……本來自詡是最夢幻神風特攻隊毀滅武器打造的鬼地方。

就像是每個老國度每個老時代每個老革命養成革命軍的嫡系子弟兵軍校練兵革命情感的叛軍總部，像是每個叛亂城市改造的游擊隊般涉入昔日多回（甚至羅漢腳也涉身其中的全研究所罷課進駐中正紀念堂當四行倉庫自詡清高特異的野百合運動）自許擅場許身正義感革命運動的地下指揮中心之一……

但是多年後叛軍中叛變逃離的羅漢腳卻意外地發生曄變地多年後發現自己「革命前夕的摩托車之旅」變成歧路花園式的歧路亡羊也變成公路電影式的巴黎德州或是欲望之翼而深深內疚……多年後他還常常不想面對那母校的極端淑世的情操入世承諾的實踐現實感。他充滿了自責不已的恐慌就像令狐冲放棄武林大會的接班少林絕學或魔教教主的恩賜，一身怪病卻逃到了被託孤的尼姑庵去了此殘生。

然而更多的一如第三世界國家的叛亂奪權鬥爭的左右護法的左右不分的左派右派都變成是兩難困局的這近三十年來，羅漢腳變成在野自廢功夫浪人般穿琵琶骨閉關修煉在地洞不問世事無常，但是卻依舊一再看到老左的徒子徒孫同袍們的風風雨雨，有的掌權鬥爭的廝殺激烈衝突犧牲，有的離棄或被離棄的失魂落魄潦倒一生甚至發瘋。羅漢腳或許也是逃離爛尾樓高樓墜落意外發生崩潰邊緣現場的一個遺孤。

或許也只是像羅漢腳那天半夜HBO看到重播的X戰警未來昔日的故事非常的接近，那是一個穿越劇式的在機器人要全面圍殺變種人們最後的退守入一個高山古廟前他們X戰警想出最後辦法是送金剛狼回去六十年代說服五十年前的X教授萬磁王他們合作想法子拯救未來的差錯滅絕。就在金剛狼受盡千辛萬苦在

最困難的念力送回去過去嘻皮時代美國最混亂的政治危機四伏中，最後拯救了所有困局……但是近乎瘋狂而死亡的金剛狼回到五十年後，醒來的時候卻發現沒有人記得這五十年發生了什麼事，因為完全不一樣，歷史變成了另外一個狀態，他的壯烈成仁式地甘願犧牲的可怕的幾乎不可能活下來的攻堅行動竟然無人知曉的平行時空錯置事件發生……只對自己的人生切換成倫理學困局必死又僥倖活下到底是什麼意思的悖論浪漫的荒謬感。

羅漢腳始終無法忍受也無法忘懷那回跟那幾個老同學老屁股們重逢去老學長家吃尾牙說老左怪韻事的時候……想到更多以前的事，去的那個老地方就是一個三十多年前在T大研究所念博士班的老學長當年像是丘處機或是卡卡西的F，過度正義感及其足智多謀的涉世更深到更後來政治糾紛的多年官宦爭端之後竟然還因為德高望重而甚至成為老左那學派人馬唯一高升到更大的衙門去的特殊傳說。

後來聊了很多當年運動太多有運動傷害的兩難局面種種疲勞的苦難麻煩，後來就開玩笑地開始逼問他去當官有什麼樣的傷天害理的好玩遊戲般的壞事？

那個老學長養了一隻很大的白狗和一隻很小的黑貓在房子裡面跑來跑去，一隻叫羅根，一隻叫露西，雷同地充滿超能力卻厭世感的始終敏感疲累不堪的他……和他的貓和他的狗感情卻非常好，還會一起玩的老學長有種莫名的亢奮還放牠們玩的遊戲實況手機拍的片子給所有的老屁股們看……同時的後來才講到那些奇怪的國家大事被講成得很像是伍迪、艾倫或是昆丁、塔倫提諾神經兮兮怪電影裡會出現的悲劇變鬧劇的細節……

升官去當監委的老學長說：「在監察院常有人亂來……有一個老太太會拿著她的死去多年老公的頭蓋骨，伸冤，說他以前什麼一塊日據時代留下來的臺南的一塊花園的地，她的祖母是地主的家譜的主人的從妹。要求要分家產，已經過了那麼多年還是沒有辦法，但是不死心，還是常常會來，對承辦的人員有時候一生氣到翻臉了，會說：我也知道你們有很多困難，但是我老公還是很生氣，然後會從包包裡拿出死去老

公的頭骨，說：你們不要跟我說你們跟他說。」

後來就講起更多政權交接過程數十年來的舊事還有新事一如教育部長阻擋臺大校長上任那個怪案子的最新發展情況仍然緊張局勢加劇由監察院彈劾的細節牽涉太亂廣，無人不曉但是又無人知曉的無頭公案。

老學長還說到他當政務委員的時候對於跟他專業有關的建築或是城市規劃，只要報紙或新聞一出來，他就會接到電話叫他去行政院開會要想辦法去面對解決的對策。（羅漢腳想笑著說太認真的煩惱的官當太大的他的話說像是康熙皇帝的軍機處大臣的憂國憂民……那種感覺真的很討人厭地感人……但是他並沒說出來。）

嘆了一口氣的老學長說：御史大夫臺式的監察院反而相對的輕鬆，因為沒有老闆，以前都是國民黨的大老後來有一些民進黨大老的進去之後，才出現了一些真正的在為民間疾苦奔走的事，其實大部分是司法的案子，很多專業的技術支援的國家調查員。其實都是司法覆核解決不了問題的……花更大力氣，大多數都是懸案揭祕不了的冤獄……

但是，羅漢腳只是老想到施公案彭公案包公案的或像是CIA或FBI的那種對於更黑暗官場現形不了的國家政權罪刑法定更深層次矛盾內部的更高規格的麻煩。

老學長說到那衙門習氣仍然還部分殘餘某種像滿清末年一樣的那種官場老文化，所有的監察院的老派員工像是白頭宮女敘說天寶遺事的辛酸，現在仍舊看到委員都會閃退，規矩地站到旁邊讓開鞠躬問好，回到旁邊幫他們按電梯的按鈕等他們進去的時候還會鞠躬行禮。完全是像老電影或宮廷劇裡的那些講究行情排場。

以前還有一些真正的黨國元老，還會在開會的時候說一些場面話，很像看舊小說演義墮落到電影裡的真正的大官排場非常大，講的話其實非常的少，而且空洞無誤仍然是永遠不變地體面，那才是真正當官的場子。

老學長說，看多了才會看得到的那些大人……他們是怎麼樣周旋在官場裡曲折起伏的高規格手腕……

像他們這種真正在查案的討論到案情細節的技術性問題的，都還會被他們笑說：「你們這樣會把官做小了。」

後來酒一喝多還說多了涉及老左多回結婚離婚或當年和每個最夙慧最美麗的女學生們有染的風流韻事繪聲繪影老傳聞，甚至最後退休還七十幾歲娶了一個小他四十歲的真正左派的大陸老婆的怪異現象風波……始終無法想像的爛尾收場的風風雨雨。

羅漢腳心中其實對於他們那些左派學派老屁股們之間的尖酸刻薄彼此嘲笑的或是老左娶了那大陸妹引發的變節隱喻般的種種餘緒並沒有那麼感興趣或湊熱鬧的好奇。他只是最近因為自己也一直在逃避這種三四十年的歷史記憶保存期限過期的破洞汙染指數極端引發更內在的……一如他老想到以前看過的太多太多高陽金庸小說改編的官場現形記江湖術士怪奇現象變成老道的怪奇物語式的浪漫不了的……種種左派不了的老派史觀嘩變。

老屁股們的熱烈反應……老左的婚禮連太多太多官方的大佬都去了，又是在圓山飯店舉辦地令人髮指，有種莫名的反諷的「當年要打倒老賊的現在全變老賊了」的氣息。當然這是他們那些有頭有臉的人的場子，但又是老左的一生耗在裡頭的學界和業界最大一次的怪事……和更多老左的徒子徒孫們。昔日最激進的前衛的革命氣息現在完全變了……權勢的面貌的官蓋雲集。這些大人物可是他們從小看到大的人，現在變成這樣。老左娶了小四十歲的完全局外人又是大陸人，應該是要退休的消息……但是又回來搞到這麼大的場面，是大家為他辦告別式嗎？

或許老左所折射出的一生充滿傳奇色彩鮮豔反差效果對比的就是羅漢腳變成羅漢腳後來這幾十年在劫難逃還是勉強逃離的那種江湖恩怨的現實糾紛過程的困難重重浪人路線……

還有太多太多的吃尾牙的細節，很像空鏡頭一樣把太多年來他在這個老學長家老地方待太久的一些老故事又召喚回來，裡面有很多消失得無影無蹤的老學派中三十年來太多老頭的老故事，都曾經出現在他這個家族留下深刻回憶的老房子裡，而且中間修過非常多次……老學長自己下手為全屋地面用最老工法用心

砌磚，使用他當年在第一個實習的著名本土意識朦朧初現的老建築師事務所用心的那個得獎作品的砌磚方式。或是用他後來在柏克萊念建築博士的時候那個數學家出身建築理論家大師怪教授所用的怪異建築理論方法論做出來的一整套很像是邪教教派的模式語彙，奧義書式的放閃……但是也只有老學長他自己是有錢的業主才有辦法把那些奇怪的鬼方法做出來在自己的家裡出現的這個實驗場景，背後還有一個池塘，最後的他一生養老只能自己孤魂幽靈般一個人像修行禪師邊靜坐在池畔邊射青蛙養狗養貓的自嘲可憐御史大夫怪故事。

老學長唯一的風光事不是紛飛亡國感的國事，卻反而只是去年他把他家那個壞毀又延宕多年的颱風來襲之後破壞老舊不堪負荷過重的爛尾樓式舊時代屋頂修出一個小閣樓的優雅漂亮，風景很好的陽臺看出去是對面的一間不知拜什麼邪神山神的大眾廟，但是廟身的山坡崩塌過意外發現更旁邊其實就是張學良故居，再越過山路的更崎嶇坎坷難行崖石旁邊還有另一個香火鼎盛有求必應的土地廟宇參拜祈福人群聚集……風水極佳的視野與格局。是北投那邊的一個山頭非常動人的住宅區福地洞天。

那個老學長的老家是基隆的望族，羅漢腳的唯一印象是他拿過一本深漆色木製封面像是天皇伉儷等級的老時代厚重老相簿，日據時代留下來的非常漂亮的黑白照片拍得非常複雜講究的家族照，跟龐大日據時代工業遺址息息相關船業有關的老家族世家出身。那是T大學瘋狂怪異游擊隊自許的左派學派上少見的等級極高的世家出身的教授長老……

離婚多年依舊單身的老學長一生清廉形象，只有他那個閣樓旁邊的一個小房間是他姪女的房間，羅漢腳始終無法想像地記得他和幾個老同學意外進去參觀的時候，不小心看到老學長說是他那個姪女的優雅氣質美女房間……那群左派老同學老屁股們都老開玩笑說那個真的是他的姪女嗎？因為荒謬的是令人難以想像的最後那爛尾樓翻新油漆未乾刺鼻氣味的老閣樓下的光景……

那個老學長藏書極多極龐大的書房門旁充滿馬克斯列寧主義托爾斯泰屠格涅夫杜斯妥也夫斯基太多太多原文書理論書艱澀難懂的骯髒陳舊數十年來藏書的厚重老書櫃邊……卻竟然還有一個很大的鞋櫃，其中

荒謬地同時羅列了很多香奈兒ＬＶ古馳種種名牌顏色鮮豔亮麗極高的高跟鞋還甚至有些非常誇張華麗到鑲鑽地閃光炫目地bling bling……

❖

老道老說他這段入迷畫地獄變相大畫因而陷入困局難以忍受的人生的低迷時光竟然意外地迷上了爛尾樓……迷上爛尾樓那種爛尾的隱喻，那種永遠無法忍受的爛隱喻……

一如多年費心打造但是在半途因故被迫停止而未能完成的樓或塔或建築的什麼……起因彷彿陰謀詭計多端招天怒人怨的天譴般無藥可救的缺錢無力完工產權發生糾紛工程不合格停工那種爛尾的爛……爛尾樓的「爛尾」永遠必然充斥著爛招數的半途而廢或草草了結的一如臺灣這個島這時代的巴別塔般通天妄想的老是過度熱烈過度依賴過度躁進……甚至必然永遠好高騖遠的必然難過收場的難堪……

一如那天老道意外路過舊光華老商場內巷破舊的古董玉市老街找靈感……找老瓷偶老傀儡鑄鐵雕花妖怪神佛大仙小仙的髒髒亂亂的老鬼般的地獄變相大畫裡的怪力亂神的幽魂惡靈詭譎多變眼神……但是找了好久沒找到，卻找到一個爛尾樓般的爛尾時光的怪異破口……

昏暗的內巷末端……有些鬼鬼祟祟的中年男學生大叔歐吉桑擁擠不堪地尋夢般地尋訪……彷彿聊齋志異的暗示某個角落陰影籠罩的死角的斑斑血跡濺痕癢癢的濕疹患部切口痕跡不明的入口匝道半封閉狀態……仔細端詳，那竟然是一個門牌上頭是一個怪佛像的地下室賣怪光碟店家。路上全黑了的半夜十二點多，老道在路過進去逛逛晃晃的那怪店裡，看到捉漏師傅的他正等待一些從型錄本中挑戰的更怪更非法的A片，SM，無碼，獸姦，人妖，必須等怪光碟店老闆他們的人從附近的祕密倉庫拿過來……

「要小心那些戴帽的傢伙，呵呵，也算尊重一下啦！」那老闆比了一個用手把帽沿提高的動作，對他擠眉弄眼地露出某種古怪的會心的微笑。

老道知道他們是在笑如何閃躲便衣警察找麻煩的某種默契……人生陰霾卻也自尋開心的從容，一如老

闆也邊看著陪他小學三年級的兒子看的開很大聲電視上所正在演一部麵包超人拯救地球的可笑卡通片，在那配音尖銳而更可笑的壞人口吻對白，「我要毀滅地球，你們不可能阻止我的！哈哈哈！」

老道太久沒有好好跟人說話，或說，太久沒有好好地聽人說話。他仍然無法回神專注地傾聽……那捉漏師傅始終菸沒離手，眼神疲憊不堪但是又充滿炫耀的難以描述的開心：「不可能的任務喔！他們都是去搶救的，做別人不敢做的，可不是一般的房子的捉漏，是大片坡度太陡的山坡，橋梁的梁身，隧道弧形坑體的……甚至種種更大而更難的工事。都是他們去救……」

那裡真是一個無法明說的幽暗地方，老道還因為受涼一直打噴嚏流鼻涕而借面紙擦拭，充滿疑惑，看著他黝黑的皮膚，指甲有泥濘已乾未洗滲入指縫，滿是破洞的工人舊衣服，髒兮兮的褲管還沾黏某些汗流浹背後留下的汗漬混濁的不明汙垢。老道想的是，建築，對他們而言，是那麼逼身的，龐然而戳穿了所有肉身的灌注。

而老道卻像是個神經病，穿著畫地獄變相沾滿墨汁褪色的髒兮兮的破爛不堪工作服，乍看就像地獄逃出來的惡鬼吧！

他們不應該會理老道的。或許，師傅也不是刻意要跟老道說，只是他就在那裡，彷彿跟著他在一起等待那些怪A片，師傅也不在乎他聽得懂或不懂，或是想不想聽。只是找人一起抽菸一起鬼扯地說話。

師傅老是用一種嘲諷的口吻大聲地炫耀所有的找他的工事災情，他老像是去巡視，賑災，收妖，那般地了不起……彷彿工事的繁殖出的更多更難理解的施工一如法術般的玄奧的種種神乎其技的字眼，艱難曲折的工法時程永遠擔待的擔心，在不可能的現場入場突圍，充滿了只有他才知道的斑斑血淚式的辛酸，羞辱，遺棄。種種不堪。但是，這仍然對老道前一晚的畫地獄變相疲累不堪的內緒糾纏不清有很大的療癒。

因為年輕時代的老道也曾經有段時光當工兵是在和這種老師傅雷同這種狀態混過，那是個所有的工事細節都是硬仗的慌慌張張。後來，老道就逃離了。

那真是太過巧遇的某種召喚，老道的某段昔日的悔恨的找尋的折射換算成的餘緒。因為太多的幽暗光

影收拾入黑洞的仍然隱隱發光……老道不認識的他好像有點醉，也好像是A片店裡老闆的老朋友，邊喝維士比加臺灣啤酒邊抽煙霧瀰漫的菸，用臺語幹你娘幹你娘不停地罵老闆罵爛客戶爛政府……最後，就在這太怪太晚的時差中，一起喝酒喝太多杯就開始像是敘舊地吹牛起當年的神蹟般的往事……太多爛尾樓般的破舊不堪爛攤子都是他們去收拾，後來捉漏，趕過很多破公寓舊辦公室的滴滴答答水泥洞縫都潮解到發黑了，潮溼都壁紙全翻開斑斑駁駁的恐怖像鬼片現場的ＫＴＶ，整棟多年沒人住的爛尾別墅在南投山裡就像廢墟般可怕，有一回還只有兩個人一兩個禮拜就趕工趕出了一個完全不可能的永遠無水的游泳池。甚至，後來還遇到一個老師傅學功夫，做更難的工，做更大更深的地錨工法，有一次去救新店一個黑心建設公司蓋的三十幾樓爛尾豪宅，蓋到快好一下雨就地下四樓完全淹水，後來，緊急找師傅他們來救，本來以為要打二十幾隻地錨，抽水，回灌清漿，但是，他去現場看，知道要害……和另一個老師傅只打兩隻，就完全救回來了。還去救過山洞，隧道出事，９２１山裡原住民的村落裡太多房子太歪斜了，太不可能的這麼一個個坑坑窪窪的黑洞都是他這十幾年來用命去救回來的。

師傅說他不太能直接說他現在的色情狀態的近乎瘋狂變態地過度複雜……或許，他的爛尾樓人生太辛苦賣命，像是不可能任務的極限運動做為進入這時代這城市的餘孽的花果飄零失落而流離於每一個死角救援死樓的餘緒太深。那使得他永遠不想再追問過去爛尾樓的那些的爛成因充滿離奇的懷疑。

所以他的某些爛尾人生更淫亂更壞更變態，更虛幻。但是，另些下半身的疲憊又亢奮狀態卻不想更虛弱更乖更正常。人生五六十了，或說到了一種更爛尾的自暴自棄階段……大抵是就算不願意也不得不放棄，過去的人生裡始終捨不得放棄的……或許，他因為太久的意外受傷生病，很多舊痛新痛的不斷而始終沒好轉，因為太久的人生種種處於劣勢，人和運的落陷，以前一直都覺得只要用力用心就要得到的那些和現實的兌現，現在都不太想要了。因為，那比較像是命，以前看不太清晰，師傅說這幾年爛尾收場太多的場子看得好明顯。但也因為這種放棄，反而變得擁有些以前沒有的，時間多很多在拚命接爛尾樓，大多的人生其他的事能混就混，能推就推。就變得餘地多很多。所有的人生爛尾收場的爛事到去年好像都重新

開始。

或許是因為他彷彿和過去斷了，和之前老婆分手了。後來，沒有再談戀愛。肉體卻切割得更碎裂了。怪Ａ片裡的美少女熟女ＯＬ女痴女她們分別的不同做愛時光，那令他有種奇怪的恍神與感激，她們彷佛是他的菩薩啊！但是，師傅越來越變態到很激烈，有時一個下午晚上到第二天中午出來可以手淫三四次，近乎難以想像。但是，另外一方面，他是天天只在家裡手淫才能入睡，因為救爛尾樓永遠太傷神而躁鬱。

一如他有一晚看Ａ片。那些Ａ片好像以前看過，但又忘了，又找了一下才找到。挑了七部片，有近親相姦，偷窺，人妻，色情按摩，騎乘式，種種都很離譜。但是，那幾乎是他在每個晚上的劑量，甚至有一部是ＳＭ女王用假陰莖插入那男人的肛門抽送。一如他最近迷上的一種自知完全不可能的更變態類型中那種太混亂的內心矛盾的性愛。他不知有一天他會不會真的找到真女人再進入這種更變態的狀態。

或許只是一種幻想妄念紛飛……暫時逃離……但是這也似乎只能在這幽暗的Ａ片結界才能重新打開。他極愛看他在更多更變態的不可能的任務般的種種愛與做愛的激烈，像是壓縮版的他一個晚上就可以一再打開的某段新的性的冒險。彷彿是他深陷這種永遠無法忍受的失望又冒犯的更深的深海伏潛的爛尾樓人生的唯一破口……

最後，喝到爛醉的他還是硬撐著用一種極聳動的口吻想再炫耀一回……幹！那一回救那爛尾樓根本像是奇蹟……一路出事……始終無法抗拒地出亂子……到最後，捉漏噴漿灌縫的工法很難，低壓的還好，清漿還有高壓的噴口很危險，他前一陣子那回太急躁去救一個爛尾樓……拚了太多的晚上，沒日沒夜的拚，救不太回來，還是拚命救，有一晚，漿管鬆脫，他去搶救，但是漿太激射，一噴右手掌竟然噴了一個大洞……血流不停好幾天，到現在還是無法相信竟然破洞還痛得要命……

右手還包很大包髒兮兮繃帶的他笑著說：「真氣人，快一個月了還沒好，害我後來看這些Ａ片手淫還都要用左手。」

❖

羅漢腳……突然想到時空錯置地在另一個荒謬的夢中驚醒前竟然遇到以前念T大建築研究所的老左。雖然他很不想遇到老左及其太多太多過去的令人失望的情緒激動的過去……

但是羅漢腳在夢中還是因為禮貌去跟老左打招呼，後來還因為客氣跟永遠無法理解為何結巴又永遠不耐煩的他鬼鬼祟祟地匆匆上破車上山……

山路崎嶇難行蜿蜒彷彿置身命運多舛的許久未見起色的破車開了好久，雲深不知處般地伸手不見五指地煙霧瀰漫……沒有路，老左在破車上說前面停下來，因為到了研究室，那個半山腰的怪異山崖峭壁懸崖邊緣像是武當山道場龍頭香詭異絕世老建築，彷彿多年歷史曾經是護國寺老禪院般的合院卻因為多年失修淪為斑斑血跡斑斑駁駁亂葬崗般的龐大爛尾樓……

充滿變數的那個龐大詭異多端深挖不了的爛尾樓明明不是他以前念的T大的研究所，但是卻好像變成詭異氣氛濃厚，他心中充滿狐疑……整個老大學撤離，因為，不知什麼時候搬過來的，很多走廊教室的設備有點像但是也不太一樣……就是完全無法理解的另一個地方，老道從來沒有來過，也沒有聽過……或許。更怪異的是他竟然遇到很多當年的老師同學都老了，也都還在那一帶，竟然都坐在那山邊建築物外，有些大樹下的騎樓列柱，不起眼的角落……老左下車到那樹下和那一群老人們招呼講話，他看到很多頭髮已然全白的老頭，有的認得，有的不太認得，他們都還沒有注意到有外人，只是坐在大馬路的旁邊的柏油路閒晃恍神聊天，有的竟然仙風道骨到半躺在鋪地的方巾上，有的打坐，泡茶，有的發呆，抽菸，閒聊，有的還打盹，有的做瑜伽、打太極，就在某種午後快天黑之前的恍神狀態時光，像是瘋人院或是囚犯的偶然放風，或是怪奇孤兒院或魔法學院奇異博士的古一大師古僧院廣場，甚至有一個老人竟然深吸深吐一口氣就騰空地飄浮在半空中……

更後來……不知為何羅漢腳跟著去了那一個老建築，本來有事但是到了可是沒什麼事發生，他老是覺

得有點煩悶，等不到本來約的人。更後來他跟老左上樓去找人，那裡的建築充滿異常的通道和孔洞，或許是因為在某些地方有機關的祕密夾層，可是樓地板竟然是傾斜的，走出來才發現那高聳的斜屋頂竟然還有人，羅漢腳問旁邊的也跟他同樣已然因為樓層高度太斜快摔倒受傷的虔誠參拜的信眾們要怎麼上去，他們說還有點距離，已然非常害怕的他不知道是要從另外一邊入口上去還是要再從神桌爬上去……雖然陽臺窗口好像還有樓梯或是斜坡，但是也非常驚險，其實他非常害怕，因為樓層太高了，感覺快要摔下去了，他兩腳發麻不知道要怎麼走。

之前還有合院和合院之間的距離延伸出的另一個荷花池，龐然地幽暗……池中的巨身五彩華麗魚身的鯉魚異常巨大充滿神通般地靈驗甚至還會從池裡躍動跳進跳出……水魚身鱗片閃閃發亮的形式有很多光的炫目近乎奇觀的改變，那是一個和蘇州老中國不太一樣的園林，奇幻的風光非常的歪歪斜斜的，是某一種中國的風格到了東南亞峇厘島風式的那種印度教的某一些奇怪風格出現，長滿蛇的濃密髒髒亂亂的老茅草做的尖屋頂……

一路還有一個暗廳，羅漢腳最喜歡的出簷了很深而夕照幽美幻境般的餘光變得非常的暗。還有很多路是暗路，其實不走過去根本不會發現，一如一路的路人他發現自己越演越烈越走越遠聽說有的路太可怕，羅漢腳老想放棄，因為疲累不堪還越走越驚險，但是明明還是遺址出土的古蹟……卻是墳場的萬鬼出巡的恐怖真相。

羅漢腳不知道為什麼誤入歧途的可笑……還只以為爛尾樓只可能一如過關的遊戲的荒誕無稽揣測的自欺。

羅漢腳往外看有一棵神木長高到了好幾層樓高，雕刻成一個塔樓般每樓夾層中還有另外一個夾層，雕刻天兵天將的小雕像一如石窟寺的千佛洞的小佛供養人仙女飛天門徒們……怪建築的二樓有一座令人感到心神不寧的小神桌，上頭放著老左的黑臉雕像很多尊像是霞海城隍廟裡的陰神列尊長像雷同羅列的怪異神壇風光……

再走上去，他還從一個狹窄的洞口窗洞往外看，滿山遍野的山崖峭壁都雕刻很多怪力亂神的陰森恐怖的頭都長成老左臉孔的尊者……怪異的是夢中的這種種老廟老柱老雕像全都是那種俄羅斯早期現代主義風格怪異的抽象概念設計歪斜變形切割線切出的輪廓影響中共工農兵聯盟人民英雄紀念碑式的風格化的刻工雕法……

爛尾樓式的老廟末端崖邊最後冗長連列柱長廊的猙獰面貌出現的工農兵俄羅斯風格歪斜變形切割的十八羅漢的鬼雕像其中之一還竟然就是羅漢腳他自己的像是被砍了數十刀還是滿臉苦笑的苦臉……

第九章。寄生。

一如一種莫名迷幻藥的藥效是可以放大所有可能的暗示……及其遭遇不幸或幸的無法無天……

多年以後的他至今仍然無法解釋的那段寄生在怪豪宅……充斥著極其複雜過度解讀可能同時飽滿又空洞的無聲無息迷離時光的太夢幻但又太不知如何是好的時光裡所發生的太多彷彿充滿暗示的往事不堪回首的重重心事……

但是那時候的他還太年輕，還無法明白那些寄生於怪豪宅的怪時光是什麼意思，對他那時候過度啟蒙入世承諾不堪負荷的好奇與期待，對他想像這個人間仍然充滿了好感及其應該為之付出的必然善意與認真。但是，那是多年後他才了解的這些近乎可笑或從一開始就不可能的自己的天真爛漫的善意與認真，在這後來充斥世故嘲諷的遭遇困難重重一路是那麼殘酷……

當年，他和他的老情人意外待在那怪豪宅裡的時光是那麼地奢侈但又那麼地悠閒近乎時光停留在那浮士德答應魔鬼的說出那句話「我願意永生停留在此時刻」的衷心衷情，但是又不知道那裡怪怪地……忐忑不安。

寄生的他老記得當年在那個怪豪宅的華麗考究大客廳那長落地窗外四獸山景迷離風光前所遇到的很多怪客人……

一如那怪電影《大亨小傳》中同樣華麗考究又開到荼蘼地難堪近乎雷同的狀態。年輕的寄生作家意外捲入豪門的偷姦的不忍，後來想起來唯一奇怪的只是寄生怪豪宅的他怎麼會在那個時候遇到那些怪人，到

底那時候發生的那些怪事，對後來的人生流離失所又尖酸刻薄入世不了的下半生提前預告片般預言地祝福了什麼或詛咒了什麼……

世故的男主人的怪客人們仍然老在那極華麗的怪豪宅大客廳中喝他收藏的各種不同的名酒老酒……還無限懷舊和挖苦身邊的老朋友老同學老客人們……一如，幾年來的死撐的那個炙手可熱般變成水餃股網路或軟體公司被吞併了，或那個多金風流企業家終於追上了一個身材顏值太頂級雖然又離婚付了天價的離婚官司多麼地值得，因為他又變回最火紅的黃金單身漢，他們交換種種最新的最世故的老男人們玩名錶名車名宅的玩意兒和玩法，一如玩笑，但又太過令人髮指地昂貴而尖端……

有的玩頂級發燒友天籟般的重音低音層次太繁複到如臨現場的前後級擴大器純銀線金線的絕不失真連接起來長得極古怪長相一如外星人喇叭的最著名音響，還有更多極複雜的還沒上市電腦的深網才有的機種，還有收藏家級的銅製銀製甚至鈦合金做的古怪機殼怪鍵盤，像霧靄或果凍般晶瑩剔透的弧形螢幕，倒影出的種種那房間裡的古董德國機械鐘，去波斯買的可汗用過數百年的古地毯，印上納粹卐字的二戰舊時代的禁品磁器，最早一代還用木頭做而且有賈伯斯簽名的蘋果電腦。

甚至男主人最後還竟然拿出很多把多年來他所仔細挑剔而終於收藏的古來福槍，槍身仍然極端精美雕花繁複，他還最喜歡拆解槍枝的零件炫耀給所有朋友看他熟練極端一如不世出殺手的速度和靈巧。

那個男主人也是另一種層面上的不世出殺手……因為天才的他多年前就是發明一種頂尖電腦硬體裡的一個祕密又不可或缺的怪零件設備……一路做到股票公司上市不到四十歲就還上過《天下雜誌》封面的傳奇老闆，少年得志卻行事低調的沉著深沉的他是一個天才但是也是一個怪人，拚命，白手起家，老家在麻豆種文旦長大，有一次中秋節在他家吃到了最道地也最昂貴的文旦，小小一顆拳頭大小的皺皮老欉文旦要五六千塊，口感晶瑩剔透甜潤多汁彷彿松露……連沾的醋都是法國酒廠出的一小瓶就臺幣上萬的最頂級的醋的深層次的迷離。

老客人們一醉就硬炫耀起他們吃過最貴的大餐或是住過最貴的旅館……最後還就陷入爭面子地就變成

炫耀自己收藏過最貴的收藏品，最貴的遭遇近乎不可能某一段在那個最昂貴的老店找到最曲折離奇深不可測收藏的茶器花器漆器瓷器陶器古玩文物（其實他當年還太小也太窮太外行地必然聽不懂的……）種種困難重重的誰是更怪更離奇的出乎意料行情終極版的炫目。

但是，他老記得男主人無意炫耀的那回在大廳那晚上所說過的他買過的一種在日本古怪的廠所出的全世界最昂貴的一種水，那是從南極還是北極的一個上萬年的冰山，再用最難的技術冰凍儲藏，然後運回日本的祕密廠房解凍，一種近乎生化實驗等級的高科技，因而號稱是完全沒有汙染的液體，那是從日本的認證，近乎不可能的在某一些祕密的最昂貴的富豪的圈子裡面流傳，吹噓出來的萬年前的水。

男主人最後不刻意地說到了最離奇這瓶神水般的……「水」，大家才都服輸了這更怪更離奇的出乎意料行情，那竟然是全世界最貴的一瓶水，小小的像一般礦泉水一樣大小的玻璃瓶，瓶身的設計也沒有特別的奇怪，像是京都的老時代銅製手工湯匙的弧身或是茶罐圓筒型的乍看完全無法理解為何的放下時有發生奇蹟般地緩慢落下的極精密貼合肌膚般的古傳統十幾代目不傳之祕的老工法圓頂蓋……那種不起眼……也不是炫耀，所有人都問他，那瓶水一瓶那麼昂貴到甚至要超過臺幣萬塊，到底喝起來是什麼味道？

他露出一種奇怪的表情，像是在問夕陽餘暉是什麼？或是月圓月彎的月光是什麼？或是風吹草動的微風和疾風知勁草的疾風有什麼不同？絲絲細雨或滂沱大雨的下雨是什麼？……那種彷彿最容易但是也最困難的太深入又太基本教義派的無奈理解……然後用眼神看了所有在他家那晚上客廳的昏暗光線中的眼神炙燒充滿期待的最高規格世故嘲諷互相調侃多年近乎一生的怪咖老朋友們的，他看向遠方的無限深邃的夜空緩緩地說：「喝起來……就像是」露出了某種難以理解的過度賣弄而不屑也不怕沒人懂的驕傲眼神接著更慢地說：「……水。」

❖

還有太多太多的怪豪宅那段時光的怪事……一如種種遭遇異端又陌生的異文明的無限好奇……對當年

還太不世故的他而言，是開心的。

彷彿偷吃人參果或是盜夢偵探般的怪心情的無限可能又激動難安……老令他想起他的一生更初體驗式初階未知好奇地過度的時光：第一次吃到長相怪異又好看的膠囊、聞到瓶子和氣味一樣時髦的香水、聽到混音重金屬像重感冒的搖滾樂、穿到超緊超騷的伸縮尼龍料子、看到沒頭沒尾卻更感人或嚇人的實驗電影……知道有人造衛星、明和電機、皮克斯、異形、太空梭……那種種遭遇又新又怪的文明的開心。

雖然太過世故諷刺的乖張荒誕美學倫理學相對於他當年對人生一生充滿粗糙不堪的希望或絕望的往往較刻板的理解，仍不免是太離奇了。

可以說是一種「看似不合理的讓步，卻又提醒了一目了然的矛盾」的對寄生的人生的實驗，一種「不體面的模型卻又暗示了類似某些不可能的感覺或感官，或近乎太浪漫的性感」的對人生的想像。

或說，就是一種更晚的某位理論家J提及更曲折離奇的「現在，這些滿足在暗地裡是一種不幸，一種不知名，無法和真正的滿足及實現區分的不快樂，因為或許這些滿足從來沒有真正實現過」。他寄生的這段怪時光對後來他的一生的種種不可能的不滿。

一如某一個晚上，怪豪宅男主人的情婦尾隨追蹤他和情人臨時借開的男主人的朋馳５００的氣派大車半夜出門……還以為他的老情人是她的新情敵的某一回差錯。上山回家的一路飛車追逐，他又好笑又好氣地看著朱門恩怨式的迂迴曲折離奇情節找上門般地伍迪艾倫式的荒謬版玩命關頭式近乎瘋狂超車糾紛的車禍意外邊緣徘徊危機四伏怪現場。

某一次盛宴中的極擅長做數十隻頂級大閘蟹請大家的某著名大醫院整型外科主任提及他幫一個老女人做祕密升級三個罩杯隆乳的刀口只有不到半公分的祕技。三十年前所有臺北貴婦名媛偶像女明星祕密流傳的夢幻神醫美圈「人稱一流刀一流」的天下第一刀……

某一個鞋櫃裡有男主人念耶魯同母異父妹妹的所有最昂貴名牌最誇張的Hermès，Prada，Chanel，LV，Jimmy Chu，太多太多最奇怪款式的高跟鞋，及她所玩弄過的也是名門男孩男人們感情的名單一樣地

繁多。

某一個下午和他們家女主人P高薪聘請來的那個曾當過蔣宋美齡家裡主廚的老太太廚師，在廚房裡說到當年她在蔣家打理過過年高官們送的成堆最昂貴新鮮的干貝鮮蠔鵝肝松露完全像尋常的菜色貨料堆在廚房角落，包括某些據說罕見高山的古老冬蟲夏草和成精的嬰兒狀老人參。

某一晚他還潛入男主人的偌大的衣帽間穿到第一次Armarni、Gucci、各種頂級男裝和更多倫敦米蘭傳統名店訂製的完全手工西裝外套種種太多怪衣服的神體驗。

他印象極深的二十多年前那時候豪宅大廳就已然可以用腳步聲辨識而音控的燈光、窗簾，最高科技一如科幻電影中不世出的室內設計行頭。還有兩百張CD可以完全用聲音遙控播放的音響設備，家裡的投影機是電影院的畫質音響太發燒的高科技裝備。而且在室內設計的時候就已經鑲嵌有一整牆面透明玻璃主程式那種在裡頭的一種特殊的櫥窗，非常像《關鍵報告》裡的科幻場景的迷幻……

❖

他更印象深刻的某一回是在豪宅大客廳的那幾個怪客人……

有一個老醫生……竟然說他一生常想到小時候看的日本漫畫的天才小釣手的其實長大可都是像他越來越貪心越妄想神釣的神經病，越釣這種種怪魚要去釣的過程太要命，不是人吃魚……而是魚吃人。

他說他年輕的時候有一回要去釣一種傳說中的巨骨舌魚……到了那個國家地理頻道提過的祕魯的一個古城的老魚市場。花錢找到一個老太太村民推薦他去找一個老村長巫師，他說這種魚跟謎一樣，現在已經沒有人知道怎麼釣，在亞馬遜河深處還找到最深河彎的他們乘一艘原住民的舊獨木舟到了那一條有名的河末端的老地方請到那個的更老的巫師幫他們作法，舉行一個儀式的村子裡的人們出來他身邊跳舞近乎瘋狂……就在全球最大的神祕雨林正中央的密林深處。

他說釣巨骨舌魚幾乎是拚命，命沒了但還是不一定會釣成……那天下雨的雨勢極大。巨魚重到二百到

三百公斤。當地老漁人說那一兩年真的釣到的只有一個挪威的頂尖釣手，還只釣到一條還很小的巨魚。因為多年來在多拉多湖的江豚擱淺讓他們暴露行蹤。甚至一路他們還遇到一隻隻河馬還有一隻隻亞馬遜江豚是粉紅色的，好動的他們勇於冒險勇於迷路，到了另一條小河。河畔有一棵大樹。起霧中……還看到盜獵者獵的鱷魚近二十尺長像怪獸……沒釣到的他始終沒打算放棄，最後當地的那個巫師和村長陪著他們上船。他想釣的就是這種像傳奇一樣的古代巨大魚種。找尋更多巨骨舌魚可能出現過的老地方，河灣又回到原來某棵神樹……突然出現很多村民漁船的經過。還聽到船的聲音川流不息才選擇兩個小島和河彎之間在很原始的風光等待，在森林的深處端詳極美的大河上變種黃花盛開的季節的他的時間不多，老想問當地的人他們到底怎麼捕魚的更後來……發生太多怪事的太多天之後的他們才終於捕獲巨骨舌魚……但是他們最後卻撒開魚網的一角，讓那巨魚逃走，因為太害怕被天譴，巫師和村長和村民們還是請他摸完那巨魚身就放生，讓那神出鬼沒的怪巨骨舌魚可以逃離……

第二天再來的他還希望至少可以再摸到牠，那其實不是他想像來到這裡的結局，甚至不一定是最巨大的巨骨舌魚，但是這證明這種魚在亞馬遜河是可能活下去地有未來的……他老想到一路聽過太多老村落古老傳說那巨骨舌魚一如江豚到夜半還會變成人形，偷潛入村落找女人。但是老神話中警告村民們可不能殺，殺了會禍延子孫家族村落……因為殺這巨骨舌魚一如殺人甚至殺神……終究太過不祥……

❖

老道始終老記得在那個怪豪宅還遇到的幾個怪人，有個老男人才是個令人無法理解深沉感動的怪文人……有種更逼人的讀太多書見太多世面的老時代文人式難得一見地尖酸刻薄……

老道看過他寫過的一篇評論關於他提過的更多怪男人……

「古龍的小李飛刀一門七進士父子三探花武功極高還是為情所困地浪跡江湖的落拓。金庸的笑傲江湖不要命的浪子令狐沖的極放蕩到王家衛改拍成的東邪黃藥師的太難解也太抒情的亦正亦邪。偶像劇《熟男

不結婚》裡的自負又自閉的高明建築師阿部寬的令人又好氣又好笑。昆丁・塔羅提諾的《惡棍特工》那麼諷喻高明地用電影謀殺了希特勒及其納粹高幹群的用典用心用力。蓋瑞奇的福爾摩斯穿著時髦紈褲玩世不恭卻依舊功夫極高破案極高明的不可思議。《全面啟動》裡仍然有導演的《黑暗騎士》的雖然神通無敵卻依舊的不安及其黑暗。宮琦駿的《紅豬》或《移動城堡》裡的霍爾的太世故太自暴自棄的無法無天。杜琪峯《槍火》裡的黃秋生的極低調的義薄雲天中的又恍惚又精明。盧貝松《終極追殺令》裡尚雷諾演的為救了又愛了的十二歲小女孩復仇才出手的最殺的殺手的不忍心。北野武自編自導自演惡警魯男子盲劍客爛藝術家都一樣那種臉抽搐半發呆的又怪又神。怪醫從黑傑克到影集的跛腳豪斯的同樣尖酸刻薄目中無人卻永遠可以從容救活不可能活的人及其生命的種種困頓。陰陽師安倍晴明又帥又輕盈地為京都收妖的神通與神采。《火影忍者》裡的終究會蛻變成下一個妖孽大蛇丸的佐助的身世及忍術都極其陰沉黑暗卻又迷人動人地出奇。卡爾維諾《看不見的城市》裡的馬可波羅還是忽必烈可汗的對帝國對天下的詭辯的氣度及其夢幻。怪男人的怪是……山本耀司宣布破產仍繼續設計很悶到只有中世紀僧侶會迷的黑衣服的黑的那種高難度。怪男人的怪……或許就正是Alexander McQueen那自殺的怪服裝設計師太過誠懇到殉了他永遠詭異歌德風作品那些神祕華裝的太過華麗。

不一定是臉上或心上有刀疤，不一定太酷太冷太孤太獨太殺，但怪一向都是搶戲的令人難忘又難以明說。怪是對於人生的一切太理所當然的活法的難耐。嘲弄。技術性犯規。因為太深信所以變得很賤很亂很狐疑。因為太精通所以變得很痞很混很迷惑。怪……老在為了這一生總有的一些不一定清楚是什麼的執著而悶而困擾，怪……是看起來一點也不在乎的太在乎。也就是看起來像是放棄的太捍衛，看起來像是抵抗的太擁抱，看起來像是逃離的太糾纏……到連命都可能會賠在裡頭但還是停不了的那種別人往往看不出來的太過誠懇。」

他永遠說自己是怪男人，但是怪男人的怪……難以置信也難以明說……

還有另一個老客人中的怪女人也有高難度的怪……老道也老想起在極海派大客廳還遇過幾回一個怪客

人是冷眼旁觀很久的中年削瘦女人……年輕時應該是極夙慧冰清玉潔的杏眼長髮旗人般格格的氣度從容優雅出眾美貌。但是現在的她的短髮卻怪異地短到像削髮，但又是另一種……少。一如她變得不一樣的變瘦之後的變……但是老覺得她變更深到或許像是不只換了一個型而是換了一個人的變，變得更少，更稀薄，快消失無蹤前的女鬼的半透明身影的稀薄倒影變成煙之前的最後一眸打量到的什麼……

她說的話也是，提起彷彿意外卻是意內的事，也是永遠淺淺的但是老深沉帶刺帶勾像白流蘇那種老時代女人說話老是的……少，但是刀刀見血的這本事他明知自己沒有，只老是碎碎念又臭又長的囉嗦地多……或更犀利世故嘲諷一如張愛玲小說中都是反話諷刺的自嘲嘲人又愛又恨的氣話連連兼情話綿綿的短句……那種……少。

不曉得為什麼，老覺得她可能是看太多這種張愛玲珍．奧斯汀老小說之後再看還是覺得怪怪的生氣哀傷怨恨自己怨恨別人怨恨江湖的虛偽到了越老江湖的歲數才感覺到的不甘心又不能如何……一如這一屋子怪人們那種不甘心又不能如何雷同的在這瞱變時代人面桃花切換無常的無力感。

那種少……少見的逼真逼身……中年削瘦的她的削髮，乍看一如那種極短髮型乍看之初只像是要戴假髮的人先把原來的頭髮緊緊的收起來綁起來的削減細膩手法，未完成，暗示性的什麼……但是卻又極刻意到像是以前20世紀初的法國時髦上流社會女人在巴黎早期美好年代的風格款型，竟然又不知為何復古懷舊再度發生流行切換模式到後來20世紀末的……某一種時髦的設計刻意切割撫平收束貼額貼頭顱邊緣削薄極短髮的聰明伶俐的講究……

但是更奇怪的對他的離奇暗示，卻是來自更早以前，小時候的他第一次看到是他那興趣是看古典小說千金小姐綁小腳的他的老家族最有學問的也最愛漂亮的老祖母的老時代頭髮，那時候八十多歲還自己一個人小心翼翼的在整理她自己的頭髮拿著非常昂貴的圓形鏡子在打量自己是不是妝和髮像是日本時代名媛淑女穿上和服之前要花極長時間挽髮梳髻充滿細節的華麗登場頭飾之前的最後端詳許久……

那一個怪女客人甚至還說起她那編織手工打造皮革極端著名……一如愛瑪仕的那怪牌怪鞄包太多心

事……那是年輕時候的她近乎瘋狂崩潰邊緣的忙碌疲憊不堪的那一年最後逃離逼身追殺……好不容易自己躲到京都幾天刻意在老城老區鬼混閒晃卻竟然在那一個最世故伊勢丹百貨老店看到，也又再在旁邊不遠的死角看到的，在伊勢丹一樓大廳長廊上玻璃木製古器工藝博物館般等級高貴放於店中最深最高層的鎮店之寶式的神物……但是也還是又拖了一天心一橫才就跑去買了，回來完全沒講，也沒什麼人知道。

多年前的她還沒見過太多世面。就這樣大膽背出去已經是行情近乎一臺車的價格的行頭剛買回來還不太敢用，不太敢背出去，背出去還很擔心，天氣不好也不能背出門……尤其那個怪品牌她是在多年前第一次去香港的頂級設計師品牌百貨名店Joyce看到的，那時候臺北還沒有進這種太高階的鬼東西。她仍然記得第一次看到，只覺得那種怪牌怪鞄太過複雜神祕地疏遠，就像是一種怪神物圖騰區域，某種紐約大都會博物館或倫敦大英博物館的非洲區馬雅文明區那種遙遠陌生的鬼東西部落帝國講究的怪行頭……和別的時尚國際名牌服飾大店的花樣行頭諸多花色繽紛色彩鮮豔洋裝套裝配件習氣完全不一樣。甚至那時候還沒有只賣包款的店面，他們卻就一個長橋末端大店長牆上只放了少許的鞄包款，不同尺寸，不同形狀，但變化不大很樸素到……像是在京都的某些頑固的老店，空間寬敞空曠，光影低沉，深色木製長牆高櫃，像神案地安放神明般的少許神物。

她說她意外走過的感覺真的很像去看異國唐突荒謬的陌生博物館的老東西或鬼東西，也完全無法理解鞄包的顏色形貌變化非常素非常少非常低調非常拙……但是為何那麼昂貴。這麼多年她都沒有跟人家講過這個怪鞄的這些怪事，真像是不可告人的祕密……只有在這海派的客廳可以悄悄說說她這種怪異的敗物一如朝聖的過去……完全不同那種只是炫富的臺北敗家女顯學……一如一種邪教祕教……她老越說越激動但是也越疏遠：「反正如果沒去過她的朝聖敗物怪現場，是完全不可能明白她的瘋身世……」老道多年後才想起那一個怪女人老只喃喃自語般地對現場那些怪男人挑釁……就像是她的惡習怪癖的刻意隱瞞什麼又刻意顯現的自相矛盾地老炫耀她怪品味地碎碎念……

一如太多太多寄生時光的太多太多怪人……也一如多年後因為心情太好或太不好的老道還就去看那巴茲魯曼怪導演重拍的《大亨小傳》的怪電影……所依稀回想起的忐忑不安……

怪電影中引用的冷嘲熱諷諸多文明的愛情的冒險般地奇遇顛覆奇譚奇觀引用最奇怪的動機被建立起來但是又因為同樣的原因被毀滅，一個巨富，一個世家，一個歹徒，一個無法被接受的愛情，某種背叛和忠貞的太過困難，好奇愛情的太虛無的想像。

但是，多年以後年老不免世故的他，再看到這些華麗的身世潮起潮落地再快轉一回的感觸又不太一樣……

一如太浮誇地始終炫目放閃的那小說從年輕到年老的他始終看不太下去，像他狐疑多年難以明說他的怪癖般地疏離太滿太放大的特殊效果的什麼……多年來始終不喜歡太過用力譁眾取寵博取情緒激動的李奧那多，不喜歡太過花俏炫光的那女主角或爵士樂或歌舞秀，不喜歡紐約的那時代和那上流權貴的太過繁華世故及其勢利。

但是，不知為何那怪電影卻在囂張放蕩極度危險加速加碼的嘉年華馬戲團表演式的開到荼蘼亂象叢生影像中悄悄隱藏起來某種隱隱約約的令人髮指又令人不安地迷人。

那個巴茲是一個不世出的怪導演，拍出的怪電影是一種非常著名的極端炫目花俏而奇技淫巧到不行的加長版時尚廣告ＭＶ再加童話加鬼話加神話的鬼東西……，但是卻又能用另一種姿態來進入某種狀態中人性的深沉及其自老道無可抗拒地嘲諷，太狂妄又太虛幻卻又更入戲的內心戲。

這回，讓他來重新拍這部電影一如他當年拍《紅磨坊》那般古怪歪歪斜斜卻一樣的可怕的華麗，即使這個美國老派大亨小說本身非常的安靜而沉默近乎無趣，但卻被他變形渲染而拍得非常的熱鬧甚至吵鬧，極其誇張的電影鏡頭移動，場景的變換，演員的服裝，剪接跳換或蒙太奇的過度引用電腦特效的太過炫目種種……怪異寓言故事。這小說一向被描述成是紐約的城市史自恃又自嘲最尖銳的代表作或是資本主義時代的反諷及批判的最好的版本。一如大亨不斷誇大的誇口，最龐大古堡河灣口傳奇奢侈華麗的庭園及其過

度豪華的宅院，最昂貴的各種埃及棉苧麻純蠶絲襯衫質飛揚如羽翼於半空中，充滿了數萬綻放的花朵精心布置的多年後重新碰面的沙龍，更誇張的歌舞劇般最狂野的盛宴中訂製管風琴彈出舞曲中一如群魔亂舞的性感女郎和貴族賓客雲集的華麗登場炫耀。都令他有種古怪的同時地熱愛又厭倦。

其實當年的他並不喜歡那小說和那小說家，因為那故事裡涉入太多的虛榮的虛幻。太多的對人生的膚淺的期望及絕望。但是更怪異地彷彿生命中不可承受之輕的想要逃離那種命定戀人的愛情與革命的偉大時代的無奈又無法逃離……使他卻想起更多當年的奇遇：他竟然和一個大他十歲老情人也曾住進一個她的某極端奢華富有但又極親近故人的怪豪宅的那一段太光怪陸離的華麗冒險時光。

那怪豪宅始終無法理解地日夜晨昏風光無限地浸泡在雲霧繚繞不絕的山嵐縹緲間的充斥著不世出的傳說，那富可敵國的數百坪一如頂級旅館的高科技高樓奇觀未來風頂尖建築的頂樓……一如可以呼風喚雨的懸念懸浮在半空中……

怪豪宅後依四獸山步道綠蔭籠罩完美的臺北盆地信義區最昂貴到彷彿每根草都鑲金鑲鑽的地段的終端山景風光……

神祕陰沉的怪豪宅滿屋中的連空氣都是被鑲嵌什麼地氣息始終是靜謐的彷彿無人的頂級美術館的溫度濕度變化控制在最沉默穩定的狀態的令人難以忍受的死寂……像極了怪科幻電影裡的某個講究收藏名畫古董文物的收藏家在太空船前往外太空的漫長歲月中刻意打造某個隱藏的祕密區域的極端講究……月暈礎潤復刻回憶般的栩栩如生種種靈光消逝的年代前最後的光影變幻無窮的妄念紛飛場域……

那怪豪宅的極昂貴極多的藝術收藏太過複雜……從蘇富比拍賣來的林布蘭特莫內馬蒂斯畢卡索美術館級的著名油畫……甚至到草間彌生的斑點南瓜、蔡國強的爆破火藥國畫……

但是他更印象深刻而流連忘返地卻是完全落地玻璃窗長牆外看出的四獸山絕美風光……就像是風起雲湧的玄機充斥著一幅幅龐然國畫山水畫平遠深遠潑墨潑出山的玄奧氣蘊生動……

望出光影變幻無窮的玻璃落地長窗外的高山崖旁懸吊棧道旁的綠蔭太深而雨漬養出的苔痕使舊木頭橋

身都已然斑斑駁駁像古蹟地搖晃，也使少許破曉攀爬那山路的人們身影顯得那麼地隱隱約約，像鬼魅般地詭譎幽暗，但卻是他每天破曉時分醒來老會看到的第一幕……太像古老國畫裡遙遠迷離藏在雲深不知處的山水末端的死角露出的光影倒影……

多年以後的他腦海閃過太多畫面裡的過去始終仍然太閃爍其詞的閃爍，他甚至不太想去想起那段怪豪宅奇幻倒影時光，或許因為他當年刻意或是不刻意就像被豢養那般地溫馴，藏匿在那麼多的那時候還不太清楚的善意和惡意之中。

至少有太多可以再仔細端詳或炫耀的故事尾端的片斷畫面，炫目極端又不知如何描述……一如折射幻覺的幻影。

❖

那怪豪宅就一如那部怪電影《機械姬》的怪場景……隱身在那一個傳說風光絕美奇特的飛瀑流泉下的那一剎那間光影變幻無常間竟然出現的完全清水混凝土澆築的極端抽象的概念化現代主義建築，像一座早期工業遺址出土的廢墟……意外發現自己竟然出現在那一個密林深處的祕密花園般的詩意盎然的深山。

他仍然記得他和他的老情人在那怪豪宅專注地近乎瘋狂地重複看了那部《機械姬》電影的七天……充滿情緒的不安緊張情勢持續升溫又降溫地不知如何是好……

他也始終記得那部怪電影充斥著科幻的「這終究將會發生的，只是時間早晚的事而已，換作是你，你不會做嗎？」的充斥著他們害怕未知的事但又對其所發生感到興奮地「既期待但又怕受傷害」的過場穿插懸疑驚悚加一點愛情的科幻懸疑驚悚片……

那是設定七天的男主角對《機械姬》女主角的第一次測試中每次謊言和最終的脫逃充滿無頭緒的無助感夾雜在實話與謊言間，而身為高級編碼工程師，他當然知道她是機器人且具有嘆為觀止的人工智慧的可能全都是場精心設計的謊言。

他和他的情人在那個怪豪宅的始終無法理解為何同時充斥著科幻感和無力感的荒謬之中開始冷嘲熱諷他們的雷同的被豢養的困境縮影……

「或許，《機械姬》一開始就不是人的歷史，而是神的歷史。男主角最後悲慘地問自己……我們做的是人的事情？還是神的事情？」《機械姬》或許一如多年以後的他至今仍然無法解釋的那段寄生在怪豪宅像一種莫名迷幻藥的藥效是可以放大所有可能的暗示，及其遭遇不幸或幸的心事重重的復刻科幻電影重拍出的餘緒……

也一如那一個老道多年以後老想起某個始終無法理解的寄生在那豪宅的怪夢……怪異的幽暗長廊有一個皺紋滿臉的老女人帶著一隻約克夏小狗，全身都是名貴老珠寶地珠光寶氣，但是眼神仍然狐媚閃爍，有時漫步於巴洛克風格的老馬賽克長廊，有時抽細煙徐噴菸圈，有時對廊裡過客打量，有時僅僅是對空自言自語，穿亮片鑲嵌的寶藍絲絨禮服，半裸露高衩的長腿，就在那裡彷彿是她很常徘徊的花崗岩砌成的奢華大廳。

更後來，不知為何，她走向自己一個人為了太悶熱天氣和太煩忙的事故而老在苦惱的老道，竟然坐下來就開始說起她在這旅館多年的回憶，有點炫耀但是又有點抱怨，或許就只是假裝跟老道很熟，但是老道心中仍然忐忑不安。

過來攀談的她還賣弄風情地要老道請喝一杯酒。但是更令老道不耐而煩躁。

那是一個像那豪宅設計古怪氣息的海邊度假大飯店的一樓昂貴餐廳的仲夏夜晚。在客套應付她的談笑時心中壓力極大，尤其是用某種怪異的色情暗示，隱隱約約有種說不出來的不對勁。但是老道老聞到她身上有種類似屍臭的異味。

更後來的時間好像無限拉長，充滿了依舊的禮貌客氣的難耐氣息……

老道已然不堪糾纏，後來急著要脫離，想想就結帳，但是好像認得老道的那個穿西裝的老經理很遲

疑，客氣地跟老道確認。

老道看帳單，那一杯酒三萬多美金，完全不可能。就也客氣地回說，讓他考慮一下。

也因此，在那空曠的大廳中，路人腳步聲在夜半迴音回盪，想起這一生的她應該是一個在那老旅館仙人跳多年的老手，高明的色誘陌生客人的黑幫集團中惡人或是騙子的情婦，但是已然遲暮到被遺棄或落單多年卻又不願承認，只是活在自己的幻覺般……。

像是一縷亡魂在魂飛魄散之前的糾纏，對於那個老旅館或是那種老派的調情，賣弄風情又漏洞百出的劇場演出，一場又一場，一夜又一夜，上演著一千零一夜的悔恨，說故事的某種嚮往昔日璀璨華麗的時光如何閃爍動人，但是所有的迷戀過她的阿拉伯國王，歐洲貴族公侯，日本將軍……都已然離去。

只有她仍然痴痴地還在那裡等候他們回來探望她的千嬌百媚，風采個性那麼潑辣而咄咄逼人仍然被萬般寵幸。

但是，現場卻是那麼淒淒慘慘，老道太同情地陷入她的破綻百出的誘惑，又不能說破。

最後只好坐在那長沙發不知如何是好地端詳她。無法置信地看到她半裸皺巴巴的大腿跟她的狗坐在華麗的大廳堂末端小牛皮沙發，開心地一起吃一盒彷彿已然隔日的握壽司。發餿的酸腐氣味陣陣傳來，令人作嘔地難耐。但是她卻完全沒發現而露出從容的微笑……甚至，還不時問老道：「要不要嚐嚐……」

或是在另一個怪夢中……始終無法忍受地忐忑不安……

但是，老道知道那個惡鬼將要降臨般的怪地方的恐怖災難好像是都沒有辦法逃避，而且就已經快要來了！

不知道花了多久時間吵吵鬧鬧，老道老想離開但是又走不了，整個下午到了快要天黑的時候都困在那個怪地方。

好像是那種古老的工業風舊時代建築所改建的某一種攝影展中……就在古蹟遺址出土般的塔樓圓頂建

築下的這一個老房子的大廳開會，旁邊坐的大多不認識的人，只有那個當年他寄生怪豪宅的、當年算是恩人的P……老道看過。

後來他們還跟另外一群記者去採訪報導近乎瘋狂地擁向前訪問，成群很凶悍地闖進來他也在場的弧形玻璃的古典建築最後的那大廳老教室的大會會議上發表聲明……

他們始終假裝好像想要採訪什麼，但是感覺上還有另外一些祕密的目的或是趁機要炫耀的什麼內幕，非常的緊張，拖了更久……還講到了一個什麼爭議不斷的新聞事件，好像跟去基隆那邊辦什麼祭拜好兄弟保佑大家的怪活動有關，他還發現有些不太可能出現的熟面孔在裡頭，像是某個老學長也不知為何同時也出現在那一群人裡同時吆喝著，好像是在咒罵怨恨的感覺憤怒地大講有什麼案子發生了什麼問題，好像就是跟韓那種可以當上名市長完全靠胡說亂講誇張可怕卻人氣充滿的政客演說技巧的運用有關，充斥著的那種都在政治上打轉了某一個什麼建築案訴訟程序出錯後再度發生暴力事件層出不窮的那種事情，他很害怕跟那種逼人的事情有關係，但還是現場直播的事情鬧得很大影響，可是他還仍然也不是很清楚細節地想躲起來。

但是不知道為什麼，他心裡知道這個表面上的火爆場面混亂政治社會問題的事件，是在小心翼翼地掩護可怕的基隆放水燈普度放出水鬼的那種看不見的災難或是孤魂野鬼充滿了整個古城的那種可怕的靈異事件發生前的最後必然失控的危機四伏……

但是等了很久之後再吃辦桌，好像喝了一點酒的他旁邊那群人，突然變得很凶，好像衝突後想要打人，老道把他跟P隔開，說她是我姊姊，救她，也大吼大叫起來說：你們不要亂來，弄了好久才辛苦地想法子解決問題千萬不能掉以輕心地從群眾包圍的現場衝突受傷才勉強跟保護的P出去。

但是到了那老房子的中庭，卻非常的安靜，好像是一個五星級飯店的豪華歐洲古典建築的主題餐廳，甚至是米其林等級的那種奢華場景，在那個古董建築的中庭非常的海派料理餐廳奢華時尚設計的原木亭臺樓閣虎皮沙發，有很多維多利亞時代的古董桌……

竟然看到好像是戴著高帽子的當年恩師Ｗ坐在桌子前，一個人非常從容悠哉地在那餐桌前喝酒吃飯，晚上那老建築的風光很好到極像在歐洲的古蹟保存的著名餐廳，但是老道沒有跟他打招呼，怕節外生枝，但是他也沒看到他，只是現場太多麻煩了他怕還會有更多的事情發生，所以小心翼翼地避開了他的眼光（但是他知道是他用他的法術撐住了整個場面，讓所有的惡鬼不要再衝進來作亂……但是沒有人知道這是多麼艱難而可貴的一種法師的犧牲他數百年的修煉的功力，甚至可能危險到會犧牲生命，非常奇特的狀態……）甚至就在那個廣場往另外一邊走，但是他也不能說也只是陪著Ｐ那邊聊天敘舊，講到過去的事情，但是他也沒有想要再跟她多說什麼或是就請她去吃飯，內心深處太過緊張關係可能出事而只是想要趕快離開。

最後還是問她……好像剛剛是跟另外一個也是那個時候的朋友Ｈ一起來的，怎麼看不到她了？Ｈ好像是另外一個常常去她家吃飯的那一群姊妹淘貴婦們的其中一個跟Ｐ最熟的常常一起去看畫廊或是聽音樂會的姊妹，還甚至是非常有名的國泰醫院外科主任的貴婦太太，好像不見蹤影……

怎麼了？是不是出事了，好像是一種暴動現場的緊張，所有的人都很快怕會有麻煩，但是也不知道怎麼辦才好的那種慌張……好像過去的那段寄生蟲怪豪宅的時光出事了，他始終都不在場，或是很早就離場的那個局外人的角色扮演的他心中仍然非常的恐慌！一如過去……

但是Ｐ一如所有現場的人們卻好像一點都不在乎，但是老道知道那個惡鬼將要降臨的災難好像是都沒有辦法逃避，而且就已經快要來了！

第十章。人骨。

人骨也會變相……不小心找出以前全身銅製人骨項鍊想送人的一生收集骷髏頭老件的他說：「人骨無法理解為何會發生這種流行的變相……」某種匪夷所思的惡趣味歌德風的險招重口味怪異流行的基本款式時尚的……骷髏，現在只一如再尋常不過庸俗不堪極度媚俗的重金屬風銀器鑄鐵雕花怪耳環戒指項鍊一再亂刻的鬼東西……有時不免想起小時候的他老看到骷髏頭身骨骸都害怕到恐慌會遭到報應天譴地心有餘悸……

但是，他老想起那一部怪電影中另一種心有餘悸的她對男主角說：「你著迷我是因為我很美還是因為我骨骼異常地多一根肋骨？」畫面停留在一幅極端細膩繁複充滿細節的美麗解剖人體素描圖……始終無法理解地著迷是不是器官有問題的她畫的那大體屍身殘存的幾十塊骨頭……「變異不變異的人骨我都充滿感激……」那電影中的女主角說：「很多畫家對死或對肌肉都沒感覺，但是我卻太有感覺而不免永遠畫得每一塊骨頭都太寫實太多細節……有時反而失焦反而看不清楚。」

女主角說她近來卻發現那一個怪老頭住十二樓，房客們討論的焦點是關於他的外號：人魔。門房守衛老用一種很奇怪的口吻提及這個怪人和這件怪事。「因為，傳說他太醉的時候會炫耀起自己有一晚太想念地把深愛過世不久老婆的骨頭燒成的骨灰配酒喝光……」

一如老道迷上收藏種種骷髏的首飾項鍊……太多骷髏頭項鍊出現在一家名為背骨的古道具店……意外發現老件般的奇遇……他找了某個奇怪老地方的死巷裡，好像想得比較清楚某種始終想不清楚的事，很多

怪東西的神經兮兮的怪店，暈黃暗黑系，還有某種手工牛皮件破爛工坊，舊銀飾配件的老店，甚至更慘更小的古董店群，那家叫做背骨的古道具店最可怕。髒亂不堪的老店裡頭非常狹窄的走道，進去只怕自己更激動惹麻煩，還可能老會撞到鬼東西。

更多老件的什麼骯髒的破裙襬，泛黃棉襖，美軍的舊制服，甚至老吳服……三冊蠹蟲咬破精裝書的古寺巡禮、老測試眼力字母表的泛黃圖，枯枝當門額旁的破電表上的舊招財貓，刺繡複雜龍頭鳥頭獸身的老和服很多很亂補丁，走道只有肩寬的兩側都是很小仙的什麼沉重負擔不明歷代祖先殘留的骨瓷，臉頰破掉一半的老娃娃，不明獸骨，木雕傀儡面具，太多太多的老件藤箱寶貝木雕佛像箱盒念珠法器布符咒文，還有的是舊時代針筒救護箱破爛防毒面具。

一如小型的民族學博物館那種怪異恐懼的狀態，或就是更陰沉地以一個廟公願力或怨念支撐著搖搖晃晃的結界，只是摺皺縮入了一個老公寓三樓的樓梯間旁邊的門洞。

手工縫製花紋圖案，像幕府時代家徽的舊繡囊，懸空於門柱房的祕密感，他本來想買的太多老件，但是覺得自己好像被暗示應該要早點離開撤退的不滿，好像誤入歧途的童子遇到仙人指路般的玩笑。但是他看不懂為什麼他會遇到這種怪病般的洞口。

招惹了什麼深山躲入市井的怪物妖精的巢穴，所有裡頭的老娃娃或傀儡或雕像都神情落寞愁容滿面，老時代的變遷太久喜氣或霸氣失焦，變成一個老神明或老妖怪的落難收容所。

唯一活人的入口旁側的木製圍欄圍住小間的老人，頭完全沒有抬起過，但是他好像曾經滄海難為般煩躁地深知不用擔心，也不用理會他的小心翼翼。

出來之後他老覺得自己好像剝了一層皮或是要去搜魂收驚般地……即使那背骨店只是一個落魄潦倒的小古董店，都好像回答了他的想了好久的問題，他的命沒那麼硬，也沒準備好去面對這種更深更底層的呼吸聲般的虛脫存在感。

只是比較像是路過的意外，攔路打劫就付走路財，朝香朝山地巡禮祭拜就奉納，安分上路的別問太多

神通的罣礙，沒有規矩地誤闖還能全身而退……就已然是有業報的提醒，深深地入手自己的天機未卜先知的厄運糾纏……

最後的一如買護身符般地……他買了一個很怪很小的鬼東西，蛇骨蛇腹皮黑白相間箍成……看起來卻像蠶身的環繞著，老銅扣收尾的怪異手工手環，那個老師傅不懂英文，就用日語還拿出店後密密麻麻舊木櫃身底層的種種大大小小的蛇皮，還裹成蛇身狀，手指著蛇腹跟老道低聲解釋清楚，怪獸般那部位的特殊雜紋，異常激動的，那灰白痴迷老皮件工坊怪師傅，還訕笑地對他招呼更多他聽不懂的話語。最後刻意還幫他左手肘扣上了獠牙狀的銅扣，令越來越疲憊不堪的死命又更逃離不了，意外發生又像宿命，始終不想承認……他覺得自己好像被押解該上路犯人地要甘願地認命！

他找到了在巷尾另一家老店的老銀怪皮夾吊繩皮件，一個乍看是趴著的嬰兒或哺乳類動物但是仔細看卻是骷髏頭長在獸身上的惡魔形象的怪物的犬儒玩笑……這個怪牌子的鬼東西其實對他而言一向太昂貴又太花俏，但是終究還是買到的他老想到這種種鬼說法或許只是在替自己辯解什麼過度勉強地下手買了過去不能買的邊緣掙扎的……某一個太昂貴的鬼東西。

在那一個怪商場地下街的一個老店。遇到某一個光頭穿著長袍暗黑很像神父又很像和尚的怪店員，談了好久這當紅又紅得不對極了的問題牌子純銀手工打造只像銀樓賣的（或吸血鬼長老行頭）的鬼東西，老道說這種老銀式的老東西應該只能是祭拜神的鬼東西，老教派的角力什麼異端宗教的時候，或只用於宗教的最虔誠的必然訴求頂級奢華昂貴講究的古代歷史博物館驚嚇過度的舊文物，可能是基督教的十字架或是猶太教老教士聖物傳承的使命法器，也可能是西藏或印度的某一種老時代念經用的喇嘛或先知上師種種一世或好幾世的尊者承傳幾百年用的。

老銀嵌鑲獸骨甚至可能是人骨的怪老件……鑄尾端還有雕花的皮繩的有顆很像希臘花柱的建築物充滿不明祝福的花草花紋，變成一種收頭細節，而且更神祕的像是古紋理的奧妙加持感，貴金屬的莫名原因出現了老件式的沉沉的不可能出現的狀態的另外一種奇怪的重量感的靜謐沉著從容的面對手感發燙發涼的太

迷信的不知如何地迷人，摸索握著太久沒法子放手的老道老想到《全面啟動》電影裡那太過個人私密的夢的圖騰物件，那個螺旋一直在轉動的怪金屬弧身，提醒自己還活著的參考點最後一點點的存在的證明，而且不能給人家摸，因為那重量的只有自己知道，因為會被侵入夢境……那部怪電影的最祕密的奇幻感的怪物件的隱喻。

意外來的這個古城，除了一路風光還有海邊本來就只是一個太觀光化的老地方，沿途風景的海邊太多太多長得乖異的炫目房子只是用來拍婚紗用的在結婚典禮的華麗會場那種主題樂園式的浪漫荒腔走板也許也是切題的荒謬。

他那天晚上沒力地躺著看電視看到意外的Discovery特殊專輯核心是探索火星，還有另一臺日本人前往北極專題，完全是一種令人難以想像的遙遠的地方的極限運動般的極限感疏離的科學家發現什麼……有太多太多細節，火星是不是曾經存在過生物，氣候變化之前是不是曾經有過生物可以生存的空氣溼度測試結果狀態。太空船計劃太久以前開始到現在。北極冰層底下竟然有一個實驗室進行的研究龐大水池裡稀有機器是在造波的波動影響……

大陸的鳳凰衛視現在也做得有模有樣學樣，一如其他老在報導北韓停止核子武器實驗的新聞報導全世界各國領袖出席的G7的最後討論現場。螢幕裡面還出現了北韓在過去閱兵的時候裝上非常奇怪的核子彈頭飛彈的鬼樣子。還有全部都不斷地講陌生語言的所有時裝片古裝片經典電影新電影日本片美國片……都在不斷地有人死去……

❖

一如一種解剖回憶解剖歷史解剖戰爭解剖家族史末端失怙子孫後代的自己的不甘願不義的反動決裂……

老道在那荒誕的解剖課內心戲揪心時老想起那一部日本老電影……一部小說《白骨街道》改編拍成的怪電影。

老道在電影之中始終無法理解的忐忑。其中最殘忍的狀態……就是看這部電影的主角最後回到他那寫出《白骨街道》小說的爺爺古宅，找尋當年老人在森林裡的小屋寫小說的過程，所同時發生了很多事，也是他最後謀殺的那個罪犯在老森林中的那個童年回憶裡……

男主角被帶到老時代破舊木屋的更後來，他懺悔般的解釋他作為一個等級最高的檢察官，逆反地下殺手的懸念，是因為太多太多悔恨，不甘願，才發現自己已經無法面對偽善般的正義，而他為什麼變成謀殺犯的那個動機才是最動人的矛盾狀態。

這個小說家應該是年紀跟老道差不多的日本那個世代的人，大概對於第二次世界大戰最後有回憶，老時代祖父輩涉及家族史，深入有關的線索有能力去面對處理的更深入地厲害小說家。格局拉得非常大，情節切換也非常的小心，電影影像節奏非常的緊湊，回憶混亂但是又有秩序的推演，把一部尋常凶殺案的電影拉高到更深層次的矛盾狀態。其實這部電影比老道一開始想像的好太多，本來他以為只是一部夠緊湊的推理小說改編電影的導演配合大咖藝人們的熱烈槍戰片。但是其實那兩個男主角演得再怎麼爛，因為劇本所改編的小說實在太厲害了，所以還是很動人。

除了脫逃罪犯變態殺人的起訴偵訊過程的困難，夾雜影射辦案檢察官內部自相矛盾的問題，涉入一個男主角學生時期青梅竹馬情人命案，還有日本議員抵抗其妻家族軍國主義化的自殺內幕。但是，最令老道感到深刻的還是多年前的那一場太平洋戰爭日軍投降慘敗收場屠殺的可怕戰場，被他近乎不可能逃生的爺爺寫成餘生悔過的一本書名《白骨街道》的小說，木村拓哉演的那個檢察官在他的日本議員充滿正義感的童年最深的朋友自殺，而他跟一個奇怪的黑道朋友借了一把槍，帶了一個罪犯去森林裡，想把他滅口，從頭到尾始終無法理解地緊張不安，開槍擊斃挖坑埋屍現場過程的辛苦。昏迷狀態時，他夢見自己也陷入了那個白骨街道的充滿屍體的墳場般，祖父陷入危機的可怕血戰太平洋島嶼，電影畫質刻意切換成黑白的粗糙不堪影像的夢境裡，變成是他和那自殺老朋友在密林中，傷勢過重地千辛萬苦，想死裡逃生，意外找到了一個破爛不堪的竹棚的草寮，有一塊枯木招牌掉落地面泥濘淹沒的死角，漢字歪歪斜斜地用毛筆寫著的

「災難旅社」。

最後，看到老道都掉眼淚，因為他想到有一回家族多年難得的重逢團圓，那時候他那頭髮完全斑白的二舅舅，認真地近乎著魔死命地講起的他外公，死在菲律賓的第二次世界大戰著名的屠殺了非常多人的一次戰爭，當年從臺灣被拉伕去南洋當日本兵，完全沒有辦法逃離，就在那荒謬血腥暴力，傳說那鬼地方到現在還是無法想像的沉重，死了太多人的死不瞑目般那麼嚴重鬧鬼的那個島嶼，後來卻竟然變成了一個有名的菲律賓的泛舟勝地，土著划獨木舟載客逆流而上的怪異觀光勝地的奇觀。

還有一個寫滿的臺灣人名字的日本兵英靈廣場巨大石碑殘存，傳說很多怪事，夜晚有哭聲不斷，練兵的日本兵斬首切腹謝罪前唱軍歌，鬼火環繞一如追思儀式，破裂石碑垮塌沒修好，殘缺不全的殘念……

老道那大表弟，少年時始終無法無天，鬼混出過很多事，有一次打架腦震盪，十幾年來鼻子常常還流鼻血或是不明液體的那個長得很帥的但是活跳跳的怪咖，本來完全不聽話，但是後來當家之後開旅行社，變得世故自信滿滿周到，到處亂跑亂跳，生意興隆，很難想像地時髦，穿著名牌西裝筆挺，古龍水，大捲髮造型，瀟灑，但是始終非常地瘦，年少輕狂叛逆像吸毒一樣地枯瘦，但後來也快中年，五十歲了卻反而變得更考究更花美男式地帥氣，但是非常會搶業績做業績，精明幹練，業務高手的大表弟還陪老道那死不了心的白髮皤皤退休老人二舅，去那個懸崖口找尋那個石碑，找了好幾次才找到，永不死心，但是因為找了很久，還是沒有看到外祖父的名字在碑上，一定是差錯，不知道是遺漏還是……最後還是到處去問，還看到附近的公園，有一個小型的破博物館，太平洋戰爭壯烈犧牲者靈位安置的紀念館，但是也可能只是噱頭，也不知道是不是真的，或是為了募款。很多人問，這個古戰場，麥克阿瑟跳島戰略的視野，孤注一擲還是大敗，誓言回來搶灘，一如英吉利海峽的諾曼第登陸，雙方死傷慘重的災情最末端，不壯烈地犧牲，但是多年後變成荒謬的奇蹟發生般的奇觀，大表弟說，嘆了一口氣，一如現在南洋的度假勝地搶生意像搶灘的戰事，這種到處亂蓋亂嚇人的千人萬人死士亡靈紀念石碑，只是為了給臺灣好奇觀光客看的那種差錯，也可能只是諷刺他們的天真，二舅不忍心，可能是假的，他也知道，但是想起當年外公一去不復返的

悲傷，他才三歲，老道母親才小學，帶著他和最小的阿姨，苦日子在鹿港天后宮後巷的姨婆家，始終挨餓狀態，被虐待，像阿信，常常夜哭，一如哀悼那老時代的眼淚，還說了很多當年從臺灣很多地方，在日本快要戰敗之前，被找去南洋慘敗戰場，無辜陪葬的，異國流亡變成幽靈回不了家的，臺籍阿兵哥們，其實老道那個外公還算是一號人物，還曾經在日本政府港務局，當了部門主管和某義警臺籍民兵大隊大隊長，最後還是為了大東亞共榮圈而出征。

在菲律賓的那怪島，多年後再度出現蹤跡的可憐又可怕，但是還是完全找不到完整的資料，二舅永遠不死心地一路找一路問當地的臺灣人還認識的菲律賓老人，重回舊戰場，這十年追蹤了很多事，老道二舅那個年代，一生努力拚命念到臺北工專機械科當了味全最大規模的企業的機械廠廠長多年，三十多年退休之後，變得非常困難專注而時常喋喋不休近乎囉唆的他很死心眼，但是也很想找到什麼的更古老的過去，更久以前的他的父親，也就是老道的外公，遺棄他們，在荒島求生，遠方死亡的，野史也好的歷史……

二舅後來還甚至帶團當了導遊，專門帶人去看這個鬼地方，還帶了很多團客一如家祭公祭儀式地還願，老是跟著他去找他自己的這個家族史遺跡傳說鬼話般的神話，老道老還想過要自己去跑一趟那個菲律賓在馬尼拉附近的一個海灣著名的景點奇觀。一如上次老道跟舅舅他們去吃飯在碧海山莊那一次老人們還講過的這件遺事的更多細節曝光。一如這部電影的更曲折離奇地夢裡回到祖父深陷「白骨街道」的永遠逃離不了的無限恐慌……

❖

老道老是想到學生時代有一回他跟著一個念醫學系的怪朋友去上他們系上著名的解剖學的課……

那位驕傲的解剖課教授也瘋狂自恃一如十二世紀的執念及其可能的差錯……斷斷續續地提及中古世紀當西方解剖課在古大學中出現時，還追憶似水殘忍嗜屍年華般地說起他的好奇或許因為看到一本老傳記中提及文藝復興時代米開朗基羅充斥著對肉身的雷同好奇……近乎瘋狂地尾隨找尋歹徒偷屍體來非法解剖種

種詭異莫名的執念。但是老教授說到更多解剖史的歐洲更後來的高難度規格：崇高的課堂中會有一個高桌的木製圓塔型劇場般的老教室，上頭有一位神人手拿一部古醫典，那是西元二世紀著名的大師所寫的書，當他念到各種人體器官時，高桌的下方會有另一位講師手拿木棒指出被解剖人的器官位置。學生只能在旁邊觀看，不能動手。那時候真正執刀切開死者肉身的現場害怕傳染病或是神祕詛咒之類的麻煩，有時動刀的卻只是屠夫或是剃頭師傅。

甚至，問題是中世紀的醫書錯誤百出；在那老時代醫生們所解剖的豬以及羊可能比人還多，因此他常將人體的內部運作和豬的身體給搞混了。中古坐在椅子上位者幾乎不曾碰過人的屍體，他們解剖的知識是繼承自了解豬或羊或猩猩的異樣牲畜肉身……解剖學教授訕笑地說：「一位不曾動刀的學者以及他所信奉的『醫典』就可能有根本的誤謬。」

「這大體進行到下肢已經『打開』……」

那解剖老教授近乎囉嗦地仔細地交代清楚所有的細節……安排在這期末，這解剖大樓是用來主要是研究大體構造的外部構造的內部構造複雜。每個人的第一次來不免都有點害怕敬畏，這也是一具大體進實驗室之前要先有默禱追思點香拜拜的儀式，先致敬感謝捐贈者尊敬大體的心意。有老規矩，不然會出事。

「你們小鬼們可以看出來那個人死前有沒有『恐懼感』，從血液或皮膚的顏色和肌肉的色素沉澱狀態……有的人是好死，有的人是歹死……

因為真的大體會比較腫一點，除非有做過非活性碳化的處理。大體的皮膚，汗腺……看內部要用刀子割開皮下才能看到骨骼，肌肉收縮，腦神經，心臟血管。內臟的泌尿生殖系統……

你們膽子都太小了，害怕到真的不行，也可以舉手叫救命，不行的人也其實心理作祟……其實真的大體也只就像是你們曾經看過的某種臘肉，皮肉肌膚顏色竟然也差不多，屍臭彌加福馬林液的氣味也不會比蚊香更刺鼻……

在生物化學中，組織……特定的細胞形成組織，內皮組織器官……都有特殊的組織，有特定形狀功

能。心臟血管系統，人體是整體的，表皮組織受傷，無法合成，必須曬太陽才有維生素D，鈣質沒辦法儲存……神經系統，人的活體的腦看起來像豆腐，他用一種奇怪的表情訕笑地形容：「所以才會出現腦震盪現象的困擾……因為，腦就像是鐵殼的便當裡放豆腐……」

「骨頭是很難說的，骨頭裡是空的，骨頭是活的，受力不同，形狀會改變，形狀是由外力所決定的，會增硬……抵抗。以前的考古學家……從人骨可以看得出生前的職業……有的生前是軍人、獵人、做粗活、搬運工的工人，骨骼會特別發達。肌肉跨過兩個關節，收縮就可以使用，槓桿像比目魚肌收縮，力距的關係，施力臂、抗力臂……骨頭，可以保護四塊肌肉，三層腹肌，都是保護……有些戰爭片會拍到像是割開肌肉、為了保持溫度，發抖所以肌肉收縮產生熱，37℃才能發生正常的化學反應。講到骨頭的關節，韌帶很深不容易看到，更深的理論會深入系統性的解剖學，人體如果當成機械體，應該算是設計非常巧妙精密的肉身結構組織系統……胚胎學還會提到更多的原子碳氫氧氮，分子構造，細胞的層級，討論起更深的生命的定義：有辨識代謝的作用吸收、作用、排除，可以繁殖、複製細胞……就像科幻電影，《露西》……那種特殊效果……顏色華麗變幻無窮的可能……」

❖

老道老是對於解剖有一種奇怪的想像中的恐慌，不只是因為對死亡或死者的遺體的諸多可能作祟的魑魅魍魎湘西趕屍惡靈古堡式殭屍太過複雜可怕傳言的恐懼敬畏，而還更像是聯合縮小軍電影裡頭開著蟻人般縮小飛行機器偷偷侵入活人複雜內臟器官腔體就竟然完全變成是某種內縮的外太空凹陷成內太空的宇宙隱喻。或是更多那古代到現代醫學無法理解也無法控制器官衰竭病變、中毒測試、癲癇或羊癲瘋，全身會不正常抽搐症狀痙攣中風……能從大體或大腦的解剖斷面中看出神的恩典神的應許的什麼？氣功的氣場、查克拉的丹田、靈魂的重量……更多病理學進入玄學神學的懷疑太多逼身的顯然不可能……

「大體，或許你們一生難得看一次。這鬼地方是醫學院才遇到的……修羅場。」

那一個解剖教授或許吸太多福馬林太毒太久而變得怪誕荒唐到老對大體不敬……一路還喜歡開死人玩笑……老讓老道很生氣，但是他沒有說……

「解剖就是半筋半肉……人骨的大骨小骨之外，就像是吃牛肉麵點半筋半肉麵吃，就是吃筋又吃肉……筋就是大體裡的這種肌腱，看起來很好吃吧！（他露出惡意的訕笑……看著學生們的驚恐萬分）別怕，也別吃太多，筋就是脂肪，甚至日文的筋就是肉的意思，抽筋就是抽肉……吃太多還是會發胖……」

一開始教授還提到解剖史中Padova義大利古城的古大學解剖劇場。但他也解釋到達文西與他的解剖偷來屍體的惡習……常出問題，頭蓋骨打開腦子應該雪白晶瑩剔透但是卻是斑斑駁駁深灰的病變，他問的更多二頭肌三頭肌腹肌人魚線般的逼真透視感繪畫構圖曲弧度彎曲變形比例種種可能……

但是後來又老在說完冷笑話沒人笑的遺憾中持續開玩笑……一開始的學生們都很認真在聽，那解剖老師把人頭先拿起來晃一晃嚇人然後才慢慢變聲音地開場說：大體是神體的化身……有一種人類自己很難想像的複雜，人骨很多，人肉也很多……他故意還用一種彷彿是很專心分析說明的科學專家語言的腔調破題切入……

老道多年後才找出一路草草寫下太多太多混亂的充斥學術字眼的永遠無法整理完的彷彿大體始終破碎筆記：

「解剖課仔細打量端詳……男生可以注視切開的女人的大小陰唇。女生可以注視那男人的切開的陰莖還完全分不出那是龜頭還是睪丸……看起來都像下水……一點都不性感。

嚇死人還是嚇活人……你們想像：人永遠有太多太多意外，別害怕……

解剖學老師說有時候看大體時內心老想起日本的大胃王比賽，他們吞下去的驚人料理不知道吃到哪裡？肌肉有三百多塊，人皮揭開，骨肉之間……都是內臟……有厚有薄，切開，還有像好吃的肝連就是橫隔膜，肚臍在這中間，遠遠看，肚皮肌肉表面的皮膜凹凹凸凸一點點就無法想像地變成……蜂腰、狗公腰、或是猛男健美先生的六塊肌。

人全身都有肉，有肌肉，生長激素在腦下腺管內分泌的分泌，整合體內體外，刺激比較慢但撐比較久、神經系統反應很快。到了青春期，刺激骨骼肌肉，腎上腺素……血醣過高，胰島素分泌叫細胞吸收糖，松果腺，卵巢，睪丸……變更快……一眠大一寸。

你們來摸摸看：有沒有摸到動脈，劃到血是用噴的，很可怕。就割到這兩條動脈，摸摸看，但是各位同學不要學比較好，不要想不開，割的話，會用噴的……

要止血的話，壓動脈，力要大於脈搏，或是用橡皮圈綁起來，使血沒辦法迴流。你們摸摸看……動脈會浮起來。很好玩……皮下組織，女生的比較厚，會軟……男生會大多堆積在腹腔。會胖……淋巴組織體液，廢物是送到腎，含氮廢物滲組織液，然後回流到淋巴，淋巴液在體內流動的液體，會形成淋巴結，在臟器的周圍會腫大，因為會快速複製，會對抗細菌或癌細胞。乳癌，胸骨和腋下有無不正常腫大，脾臟……

呼吸系統，送到左邊或右邊的氣管，細菌……灰塵會形成鼻屎、鼻黏膜含微血管……還可以保持空氣的溫度和濕度。空氣從鼻腔吸入……鼻腔很有趣在鼻毛，可以過濾蚊子、蒼蠅不會飛進來……

喉嚨發聲，有聲帶，氣管有很多Ｃ型軟骨，有很多管道、管徑，很多支氣管之後，很多肺泡像海綿，肺動脈一起進來，包在動脈，血紅在血紅素。牆頭草般的那邊濃度高那邊紅，呼氣……氧氣會進來，二氧化碳比較慢，這樣細，和血紅素最合最快的是一氧化碳，燒炭或瓦斯都是……血一旦和了一氧化碳就沒救……

肺是粉紅色，但是抽菸會變黑，防腐固定完全是咖啡色，現在空氣卻是汙染也很嚴重，除非小嬰兒的肺才是粉紅色。消化系統……從牙口食道到胃，腸分為十二指腸、受到肋骨保護，胃的幽門，肚臍部分是小腸，在小腸分解、吸收養分、吸收毒素，肝是解毒用的，會分泌膽汁分解，沒乙狀結腸堆積，刺激到直腸，把沒辦法吸收分解的部分……泌尿系統，扠腰手掌會摸到腎。生殖系統有：陰莖，睪丸，副睪。精子怎麼學會游泳，收縮再把精子排出往外，腺體會分泌液體。前列腺……三種，保護精子，形成精液。女的，形成濾泡，一個月才排出一個卵子，排出輸卵管，和子宮，陰道是屬於皮膚，黏膜，超過兩天就沒法

授精，可維持48小時。你們上過健康教育，女性受荷爾蒙影響，排對月經來之後十四天，安全期不一定，受精囊胎才具有著床的，一個禮拜之後，才驗孕，荷爾蒙胚胎。卵巢裡的黃體，伴隨分泌物排出，到了青春期之後發育出來乳腺性器官……

胚胎學組織學，從顯微鏡看，人為何會長成這樣？每個人都很不一樣？心臟為何在左邊？一如神經解剖學，腦為何會有知覺和記憶。一如肺為何左二右三，左右各有十個肺節，支氣管有三段，有破孔，還少了一節，上半葉下半葉。（他一分心老把葉聽成『夜』，上半葉聽成上半夜。）

器官有變異：實際的臨床外科很怕遇到變異，有些是正常的變異，一打開發現血管的下面不見了，細小的肌肉、血管……最後到的器官還是會看到，關節怎麼定義，不動關節是頭蓋骨，結締組織的纖維連住，微動關節、椎間盤，有些韌帶和軟骨有保護，滑膜，像潤滑液，肩關節、髖關節、膝關節，咬合，運動太大……軟骨……會出事。

另一區的大體實驗室，先看模型，內臟在身體裡面，一個扳下手，顏色，很多層，像積木，空氣中有藥水味，先分到看器官，面對的，很亮的大教室，放大的鼻子，旁邊有一個一比一的鼻腔，彎曲，放大的模型，可以看到，一個洞，太抽象了，軟骨，吞乾的東西，大的會吞不下去，模型的滑動，掉下去，左二右三，講肺……

（真的器官……他老覺得東西都好小……）

器官從一個系統一個系統講，消化，C型的十二指腸，消化液，消化壁，幽門的括約肌，賁門沒有肌肉，有些會逆流，打融，注入大腸有瓣膜，盲腸，盲腸炎不是盲腸，闌尾炎，消化系統……把模型上下翻，肝，右左，上叫尾葉，下叫方形葉。膽在上下之間，沒有神經，不然會漲破膀胱，當放大的器官，男生的尿道十幾公分，女生只有四公分。擦的衛生紙要由前往後，不要由後往前，不然會感染。

人類有兩個腎臟，肝臟好大，腎球可能有尿毒症，血液特性，很多具透明的塑膠布下大體還有一層白布……男生的生殖系統，前列腺，尿道，尿道球腺，儲精囊，分泌一些黏黏的，空氣中有什麼……精子不

喜歡酸酸的，分泌一些鹼，子宮只有拳頭那麼大……像西洋梨是下寬下窄形，輸卵管，子宮最高端可以到胸骨，最尾端在尿道後面，女性的直腸的橫切面，髖關節比較深，人體重量，聽到大陰唇，小陰唇，跟你想像的一樣嗎？不知為何……很刺眼。

解剖過程，什麼比較不害怕的，頭皮的顏色很深有些地方還濕濕的，打開了有時還像包包，切兩半，真聲帶、假聲帶，臉的一半，皮脫落，眼睛的，頭髮，肺……氣管……從中切開，肺中有心臟，中下，有斑點……包上紗布包裹的局部，肝，胃，大小腸……先綁起來，女性的大小頭骨破裂的名牌上可以看到大體名字是「葉阿桂」。

大體，人體分成兩個區塊，頭顱骨分兩血塊，顏面，每種顏色代表，頭骨，蝶骨，腦顱，顏面骨，沒有跟腦接的上製作，軟骨會溶，會變形。一般的眼眶裡有七種骨，口腔、鼻腔，唇乾裂會相通，下邊，第一組金屬的檯上保留，人骨的頭上釘著鐵釘，按的是神經的地方，十二對肋骨，第七頸椎隆起，支撐的力量愈來愈大骨就愈來愈大，在子宮，小孩是膚身的，頭舉起來，頸部，直立行走的人類才有這種，第七、第九，第一肋骨是沒有，胸骨，第二對肋骨交接的地方，心臟在第二到第四之間，肩關節很容易脫臼，一個球從橡皮筋，拔出來傷到神經，肌肉會萎縮，慣性脫臼，特定角度就會脫落。保護關節，脛骨，有的是扁平足，女生穿高跟鞋會怎樣走路走多肌肉就快不行了。

肌肉萎縮受傷，腳趾指甲……皺紋，腿皮翻開疤痕……最後縫起來還沒火化的頭皮用紗布包著滲血化膿流湯……還是很難受……

人的活生生的動脈像橡皮管那麼充滿彈性，像是活跳跳的生猛……即使往生者好像還沒往生……你們摸摸看，仍然好像還在跳……屍體防腐處理，要先在動脈開一刀，打防腐劑進血管……

他想大體最後還是會火化，骨灰再讓子孫領回去，或不領回去，最後也還有地方安葬。

肌膚老化，乳頭邊還有毛，腋毛，皮膚已暗沉，這是阿基里斯腱，這是喉結，亞當的蘋果……

看到頭，有障礙，有厚腦膜，天靈蓋，臉從中切開，兩眼洞的一眼挖起來了，那大體特別高大，留一

眼皮，鼻腔有鼻毛，眼洞，由下往上看，頭蓋骨切開……

這大體從三月到現在快半年了，放在這解剖室……打入福馬林就保持到現在，沒有太嚴重腐爛發臭，還可以如此，胸口有疤，他皮膚較黑，有兩三條疤，大體，在胚養皿裡，鎖，玻璃口，有一點點的內臟器突出肌膚痕跡……（他老是分心想到異形怪物要破身而出的突出痕跡有點雷同的令人恐慌……）

腦神經，脊髓，三十一對脊神經，中樞神經，感覺的運轉，運動發出的腦迴路在大腦邊的灰脂精神白脂，凹凹凸凸神經，運動最原始的發出，把訊息給他，才能調整，其他的腦區去跟他講，最初感知還要加上更複雜的認知，人的額葉最發達，人像海豚的腦也很大，有很多無名區，有人說很大一根鐵穿過眼竟然還活下來，更深層的頂葉撐下了，腦結構模型中的左腦，左邊是語言運動區，只有在慣用左手的右腦，看解剖要做什麼……半邊還可用，三對視神經，三叉神經管頭區一般感覺，痛，很投入，很專心想。

最後一區，大家都坐下了，都累了，迷走神經，走到胸腔、腹腔……到腸胃的自主神經管蠕動，肝連，有肌理，她指著有一培養水槽裡泡著一半肉身，一半頭，切開手術的中間有玻璃櫃放橫切的斷面，壓克力後面中夾住，另外有一櫃放身體，有一櫃放腦……

對鏡下摸，用手，撞進切開的腦內，很快，牙齒，舌頭，黑黑的，很重，每個人心臟中，有兩個，不會逆流，心臟，動脈到心室，左二尖瓣右三尖瓣，右心室要打到哪裡肺，左要打到全身肉厚很多，石碳酸5%。太多分類……連尾端的醫療垃圾桶也有分，有一桶是放手套的。另一桶放碎骨碎肉的……」

開始覺得眼睛會酸的老道太過緊張疲累不堪……沒想到解剖課的時間會那麼久，越來越重的福馬林氣味使他反胃……

另一部分是一路像是疲累近乎惡臭飄散濃濃的異味……

參觀行程好不容易結束後全部的人都要默禱一分鐘，所有參觀的同學們一起感動地鞠躬拍手說謝謝。回頭意外發現有一老木箱竟然放滿了的都是……人骨。

解剖教授長得乍看像教官的太不客氣、長滿白髮，過程都戴手套的，小心又不小心……，後來語重心長地自嘲說：「解剖所說的都只是現實的現象……但是，傳說：人死的最後一秒鐘，會有分泌出的液體變氣體……是看不到的。

但是大體最後所釋放的分泌物是什麼？是髒東西？

到底是靈魂？還是屁？」

老道永遠記得那一個耐人尋味的最後玩笑的荒謬……因為解剖老師說他每次最後上完解剖課都會提到一個變態地令人太過難忘的玩笑：他老想到有一部日本變態電影中的傳說是一個喜歡拳交的少女的願望，因為她上過解剖課，發現大體解剖的現場看起來其實從下體屄口到心口的距離並不遠……她許願或許有一天可以讓自己心愛的人的手伸入她的大體內臟群中……拳頭就從性高潮中的她的陰唇一路摸到心臟……

第十一章。廢墟。

廢墟深處始終充斥著的那種「有什麼在那鬼地方等他」的恐怖感，從來都無窮無盡蔓延擴散的作祟感並沒有因為他常去就消失……

就在最上層的廢墟的主建築裡，有個盡頭的破房間最凶險，沒有門，窗框門框都已然殘破多年，他只要跨過去就能拍了，但是他就是不想拍，也不想進去，沒想到拍廢墟拍那麼久的他也還有這種死角……

十三層遺址夜空下，一個人的他意外地睡那日本老房子，因為出現了太多奇怪的難以明說的怪聲音，本來沒什麼特別小心，但是後來發現自己竟然有點害怕……這個日本時代留下來和室的古屋畢竟是坐落在山上，後頭是無邊無界的濃密林地，那是所有老時代金瓜石廢棄礦山的現場，充滿了太多當年留下來的荒山傳說的繪聲繪影，某種更隱隱約約的暗示，尤其在他到的時候正好是鬼月的靈異加持。

或許完全無人的古厝暗夜……就像一個太完美的恐怖片的開頭，幽靈出沒的某種訊息，但始終沒看見其殘影身形的驀然現身，只是老感覺到疾風吹撥闌珊枝頭所輕撞玻璃窗戶的搖搖晃晃，重修過但彷彿有巨大黑洞在斜屋頂底斜口和天花之間的不明空曠地帶那上方始終有若即若離的彷彿腳步聲的顫動，不知名老樹的枝繁葉茂倒映的光影誇張地發抖一如呼救，還有許許多多大大小小的不明蟲子一直撞入甚至撞死的燈前。一如科幻片頭般的前幾天。他自己充滿了渙散意志越來越薄弱地懷疑自己到底想要什麼……或許主要是在想，在山上到底是什麼意思。

本來是想閉關收尾進入拍山上那麼多著名的地標日本時代舊工業建築坍塌已久的廢墟的最尾聲。但是，彷彿探到更深的某些洞口，路徑，曲折，或反而是回到更原始而直接的狀態。

年輕的時候瘋狂的他太愛亂跑亂跳地走，迷路找路，只是好奇好玩……沒想到自己會發生什麼怪事……沒想太多，爬步道。爬山就是爬樓梯，小時候一心情不好，老來九份山上爬基隆山，真的在走山路，整個山太多樓梯，太多彎路，曲折離奇……一如他心中所充滿太多太多鬼東西，甚至一如整個山就是一個蟲洞。

蟲洞氣流會改變，心中不安緊張的永遠失控的那種害怕就會過來。他會點香，用香用氣味……邊走邊想一點令自己安心的事。打量蟲洞的深層的恐懼，但是天生的怪異的自己一眼深一眼淺，看不到但是卻深深感覺到。幾點鐘方向有幾位，年紀多大，感覺得到極為罕見地清楚……尤其他老提起他去拍過十三層，拍到的太多太多鬼東西沒法描述，才可怕。一如廢墟中拍出的每一張老照片都是不同的怪氣味的難以理解的狀態，他始終情緒起伏不安緊張一如老流出華麗的鼻血，彷彿看不見的什麼從古墓般的十三層遺址爬出來流出來那掩埋太久無人知曉時光流逝的詛咒……

太多太多意外上山，他始終無法理解為何自己會分心，入世太深到不知道什麼是出世。甚至，他多久沒有和人好好說話了。

到底他怎麼了，怎麼生活變得那麼變態，拍廢墟一定拍到垮了才停，吃一定吃到好吃才吃，熬夜熬到全身痛，傷還是一直還沒好，拍照還是拍太久太多，看電視看那麼久或那麼無法逃離。

他拍太久的時間彷彿陷入昏迷狀態……好不容易下山一趟，餓了三天了，本來以為是來修煉仙術，那迷人的鬼地方，但是，他過去是走豬八戒路線到甚至還喜歡吃嫩肉乳豬春雞一如吃小孩。來山上變得很辛苦……

這瑞芳其實是這一帶還有人煙的殘存小鎮，在這種老市場裡亂吃，那種山上仙人完全沒法子了解這種吃重口味的民間疾苦，天啊！瑞芳才是人間啊！越吃越感覺山上就像都是廟和觀光的假人假仙啊！

問了他那老朋友……老頭：瑞芳有什麼好吃的。在山上住了一輩子的老頭說：有瑞芳火車站對面直走

左手邊牛肉麵、瑞芳美食街裡大門直走到底炒麵、大門進入左轉到底右邊豬腳、大門旁右手邊熱炒、39號蝦仁炒飯或熱油麻糬都可試試！他心想，果然有拜到土地公有保佑，都是老店，連龍鳳腿都是很厲害的鬼東西。用對講機講的阿姨會大聲說他們滷了個蛋請你下來拿。天一黑，村子都沒人了，只剩狗在叫，和垃圾車遠方的迴聲，感覺到了全山都閉關的時間。

他老想到一個以前一起拍照的那老朋友，她是怪人，提到過去她也去過一個鬼地方駐館，下面是金寶山，上面是法鼓山，而中間的博物館她住在裡頭，下面是鬼，上面是神。這樣會很平安還是很不平安……後來她發現自己得癌症，好可憐，她做化療，人變成很小隻。不敢吃太多，只吃素，每天背出以前常去吃的士林夜市的老店，名叫好朋友，從廟門口進去，老厝邊腸是炭火烤的，有一家包子，豆漿，義美黑豆奶，豆漿微波變豆花。有一家真心咖啡廳養的大黃狗。館裡廣場的貓。還有一個做木鈴的礦工爸爸的藝術家，有的人太年輕到還沒有吃辣，喝酒，吸大麻。甚至是更離譜地玩或旅行。化療的副作用憔悴不堪的掉頭髮快掉光的她說當年的他們在談他們看的電影，有一部老片裡的愛情之外，抗爭到了後來，變成了或接收了當年要對抗的，幻想和真實的差別，玉蘭花會開，勾取回憶，林田山，桂花，樟木，他們是學生時代的風雲人物。他們還很常去三重的幸福戲院，天臺，三和，都是二輪的，去板橋林家的林園。朝代。西門。喜歡吃爆米花。菸還抽長壽。什麼比較便宜就抽什麼。看完一本書就不抽了。小地方是一個喝酒的店。喝酒的話不抽。一喝就停不下來。喜歡伏特加加梅子醋。後來整票人都抽大麻……找死，也都沒人死。只有她自己快死了……

說到成仙或煉金術，他都會很迷，他跟老頭說：他太孤僻……他發現自己的人生好像和別人都不太一樣，說起話來好像老不入戲，或入不了戲，反正，大概就這樣，胡亂拍了太多天。都不知道要拍什麼……最後，老頭老和他半嘲弄地談到吃得好不好的下場……談到要辨識好辣椒，就看排洩物，拉出來會紅油，會痛痛的，就是不好的辣椒。

致使他老想到一個攝影系列作品可以拍大便，吃了金瓜石或九份的所有小吃，拍拉出來的鬼東西，或

想法子拍別人拉出來的……會有更多種的顏色和形狀，自己祕密的排洩物的髒物體系，黃金博物館排出的黃金糞便更油更亮更美……

❖

十三層的那個像廢氣管綿延的鬼東西，每次去都像在打仗，又要像法師先做個法才能安心進入的那種慢條斯理的節奏，那裡有許多舊空氣的深度的深沉，更深的裡頭舊空氣更也不知道存了多久的驚心膽戰地可怕，儘管有窗戶，大門早沒門片，老是感覺是老房子老會生病的悲哀。

理論上應該會空氣流動，但，凝結封凍近乎無法呼吸……裡頭還有什麼……像是太滄桑歷史不可告人的舊結界，結界裡的凹洞歧異是跟建築體外不同……但也不太清楚到底算不算是可怕，可能去很多次了，但有一個廢墟長廊末端破房間的怪角落，他卻怎麼樣都不想進去，感覺就是有什麼在那等老道等很久的鬼地方……

那部分……他說那裡他去久了，在心中充滿無奈地區隔大抵就分成上層，中層，下層三個部分，上層共有四五層樓高，怎麼拍的陽光燦爛的光影，卻仍然是好陰啊！只要一拍斜入建築的光暈馬上就感應到什麼般地消逝無蹤……老就難受到不知如何下手的迷離……

末端的陽臺，面對雞籠山……陰沉的陽光照不到的山坳，但是還不是最陰的，那邊沒辦法進去，能進去的只有下層，跟中層、上層最底的部分，他拍的排氣管，其實是山上採礦，再經由那個管子把礦送到中層建築……那怪異的建築尾端漏斗狀的鬼東西是最奇怪的……上層最底部有大的管道間管路修復不了的死角，一如盲腸切除後闌尾依舊還是潰爛發炎般地怪罪於不明狀態的可憐又可怕。

還有最上層那邊的令人不知道是什麼的更不安……

一開始那只是中層建築的底部樓面的前方就是坑洞……但是，最詭異的建築卻是上層，最令人不安的是中層……太恐怖氣氛濃厚的可怕，中層的建築有太多太多鬼東西，感覺中層像是老時代恐怖實驗殘留的

舊實驗室，那裡的神祕的什麼太大太完成了……

但是中層又不太一樣，中層有另一排的建築像教室，一間一間的老房間排開成列的充滿暗示……就像惡靈古堡或是魔獸世界的盡頭設定，最下層有個地方他怎麼樣都沒辦法進去，很空很無奈的空房間。尤其尾端的死角的隱藏的那裡有個怪門，門邊裡很怪異到每次去都覺得很怪異，像惡靈古堡的最原始設定的惡魔的謎般的端點。

但最下層雖然很空，也有個很奇怪的地方，中層的坑洞，每個大地方的地上都有大洞，下層是牆壁，十三層山旁那一公里的廢煙道口最末端竟然長出一大面的芒草和野百合。

那三顆怪膠囊狀鑄鐵機械設備古蹟到底是什麼，到底是儲存什麼高汙染工廠廢棄物處理之類的鬼東西的懸念。

十三層其實是選礦場，很怪，和左側的十三層大體或右側的一公里長古廢煙管相形之下，那三顆怪膠囊就還只像Q版的小公仔廢棄玩具火箭頭，或像漏斗那個是輸送帶、收集跟傳送用人工物或儲存更毒的鬼東西。有砷……

老頭說他老因為一直幻想當時的礦工陰暗面，那俗稱的十三層其實真正有十八層，而十三層指的是從前的武丹坑選煉場，現在大家叫十三層習慣，如果叫十八層……不就是地府……甚至有一條無極索道根本是個加重詛咒的地府入口暗示。

有更多這種道地的活的什麼暗示的風光一時其實很美很活生生的舊光景……

老頭說他曾經找到過史料在維基上的記載：「明治31年（一八九八）田中組於金瓜石本山五坑附近設立第一製鍊場，礦砂從一號坑運出後，則利用搬運礦石的架空索道直接送到製煉廠選礦，其後由於礦量增加，明治33、34、35年陸續增立第二、三、四製鍊場，並使用混汞法來處理礦產。早期金礦的提煉多藉重淘洗及汞膏法，其程序大致為：採礦→搬運→秤量→庫存→碎礦→研磨→淘洗→絞汞→熔解→粗金塊→屑化→煮金→純金條。」（天空之城那種感覺真的很喜歡但是也很討厭到永遠難以想像……令他把遺址出土

般的奇幻古蹟的年代完全搞混，連懸念般鬼建築的早期工業遺址的考古發掘理解也充斥誤解……「十三層選礦場包含了碎礦工廠、磨礦場、氰化工廠及浮選工廠等，層層萃選出精砂，再從基隆八尺門以船運送往日本佐賀關精鍊。一九〇〇年金瓜石銅礦的發現地第一長仁露頭，位在勸濟堂後山的茶壺山登山步道口觀景臺附近，為昔日開採後礦體陷落的遺址，原本有一個大坑道，早期開挖到高品位金礦。明治37年（一九〇四）六月，臺灣總督府殖產局礦務課長福留喜之助與田中組採礦主任安間留五郎，在本山三坑附近發現含銅的礦物結晶，共生於黃鐵礦之間，樣本送至東京鑑定結果，確認是硫砷銅。這是這個島進入二十世紀的大事，下方山麓上黑管線即是煙管與基隆山……車行經過金水公路時，可以明顯看到一旁碩大高聳的三個大鍋爐，為昔日煉銅所必需的鍋爐，煉銅時，必須大量排出銅煙，而銅煙含有劇毒，所以必須經過三條煙管，翻越過重山峻嶺，將含毒銅煙排放到外山。這裡的鍋爐煉銅礦土量可達每日一萬噸以上，因此當地人將之戲稱為『一萬噸』之山……」

他的老朋友老頭說小時候他聽過村子裡那老人說，當年選煉廠的廢氣一排放出來，全村的人都中毒了，臉色發青，喘不過氣，後來廢煙管排到一公里外的後山，後山的森林全死，寸草不生。「那三座怪東西的名稱，濂洞煉銅廠的三座『脫硫洗滌塔』，為了避免煉銅產生的廢毒氣影響到附近居民的健康，將毒廢氣用三座洗滌塔脫硫後，利用排煙道將廢氣引至茶壺山後排放，排煙道長度達一千多公尺，號稱是世界最長的排煙道，第一條排煙道利用三坑舊坑道通往後山山谷排放，是最早建好的一條，但其設計不良，使用不久就浸腐，於是建造第二條改良取代，再造第三條作備品，竣工時卻因為二戰開始就停止濂洞煉銅廠營運……」彷彿是詛咒……但是那到底是什麼意思……跨世紀的工業革命野心勃勃文明遺址大歷史地理，卻只遺留下遺址……被後人意外發現早已幻滅般的……那些廢墟石牆上的華麗色澤那麼神祕奇幻地妖豔啊！

一如這廢墟……充斥遺憾的這種工事遺址……就好像他提到的不該進去的房間，一定像被下咒般地遲早會出事，但是，日本人的意志太強了，就變成神風特攻般的神經兮兮工事計劃。甚至，右邊有個無極索道！中層其實是變電所。下層是水湳洞煉銅廠因年產一萬噸鑌銅所以也被稱為一萬噸煉銅廠，一萬噸……

的奇幻冒險祕技。

他跟老頭說：一如他那天半夜在日本老宿舍竟然又看到重播的老電影：《無極》。在陳凱歌那電影開端裡，那女神對極小極可憐在戰場上找屍體身上的發臭食物吃的女主角傾城說，你會得到全天下擁有最大的財富和權力的男人的寵幸，但是你不能得到愛情，即使得到了愛情也馬上會失去，這就是無極的最玄奧祕密。

❖

他想的是這個九份老街的歷史玄奧的不堪……或許也是在可憐的有矽肺和幽閉恐懼症的礦工往自己的屁眼和往妓女的陰戶塞碎黃金石時，更來段這就是《無極》的祕密的旁白，一如自嘲那真田廣之比謝霆鋒俊秀太多了，但是時勢變遷的他那大將軍的好強墮落失勢自欺而自毀演得真令人不安地好。一如這鬼地方，充滿投井自殺，銅去皮工廠，殉情或謀殺，無極索道，全面啟動的底層……一如那老吹煉爐，無極索道。

他想的那麼嚴重那麼離奇到……這廢墟只是一個不安又不祥歷史的痕跡暗示，某種失勢自毀的母體。像光速的更古老的外太空文明降臨。打開薄膜，吞膠囊。所有的怪故事才開始。

他也想過更亂來的計劃，或許就來一個叫做走私娼寮的計劃。他說：他去拍廢墟，就像宿醉，或就像吃搖頭丸，反正就是用更晃動的激烈來進入更深更內在地休息。或許，對你而言，上山只是一種切換。要用這種切換帶動一些什麼，下載一些程式的什麼，用來修復一些自己也還不太清楚的什麼。

老頭開玩笑地建議他，或許再勇敢一點，再深入一點到去附近北海岸的漁港找私娼寮，一如三重的豆干厝，在一個雞的屠宰場前端，那裡的女人不化妝但也有點跟普通女人不太一樣，仔細看才看得出來，不像那種去澳門打工的俄羅斯金絲貓那麼招搖。

私娼寮或許才是活的廢墟，一如十三層裡老道覺得還有什麼還在的結界，老朋友的老頭跟他說：你的

所有的這種冒犯或冒險，都像一種植入，被植入的人和植入的人，都在一種切換之中，狀態都是一個開關，都可能很危險。

今天沒有迷路吧？那老頭問他……

他好像太久沒聽人說話了吧！從這裡到那裡，通常需要某個鬼東西去連結，所以山上就有點兒像在看一個實驗劇場那種疏離，現實中的抵達也是這樣，潛意識的抵達也是這樣。或許只是一些無關緊要的人事物所造成的疏離，還是原原本本在那之前所存在的疏離感。

還有這種公路電影的不斷晃動激烈的車廂的暈眩感，就像他老坐夜間公車在山路九彎十八拐地繞行上山，沒有發生每天下午那種熟悉感，似曾相識的景象的那種慌亂……

一路都是似曾相識，但又有點差異，破綻，混濁而混亂，一如車在黑夜的外頭全黑，螢火蟲般地螢火，老街老山城的打開，但又哭又鬧，隱藏了什麼，他們根本沒發現……那是每天下午的時候講太多有關夢境的事了。

「窗外的建築是流動的，向後退，或是塌場旋而出現，旋而消失，山，海，天空，土地，路的始終沒有盡頭，永遠地流動，或相反的，他根本沒有動，只是窗外的布景一直在動而已。在沿路看見一些房子時，有著住在那裡的想像……根本沒發生什麼事的妄想。

那邊有間老舊雜貨店，古早糖果跟彈珠汽水，始終還沾滿灰塵，他還老記得那間雜貨店樓上好像是個破書店。他說：好怪，全身累到不行，那家叫五號坑的炒飯不知道下了什麼藥，每天都令人無法理解為何會太想吃，還是天黑之後去那老街走像下到某種奇幻小說裡被下迷藥般的一種奇怪的藥，那條街上有人家的門口擺了很多老時代舊工具雨鞋鐮刀之類的怪東西，一路找路又迷路，但是，卻還有神情狐疑的野獸般的野貓野狗在敵視他，路上沒人一路廢墟很多，一如一路還有很多很多怪現象般的怪地方：最厲害的「護士長滷味」又鹹又臭但是網路超夯一報一路永遠群眾包圍到大排長龍，還有一家專賣誇張的假陰莖形狀的甜點蛋糕，和另一家螢光又夜光的很大間保險套專賣店……再走一點路上樓梯上去那間好像是銅鑼燒釣鐘

燒那種很蠢很誇張的怪店，路上宅男或辣妹會靠過去看一下，然後，唉喲一聲，再裝害羞跳開。再上去是阿甘姨芋圓冰，大家買了一碗拿去坐在小學門口階梯上一起坐著吃。他說他第一次去天亮吃到天黑，去九份買草仔粿時都開上墳場旁的停車場。

他說：有一次快九點收攤前去，聽到旁邊的里民中心消防隊在唱KTV，有一個很三八的辣妹主持人，一直在吃那些消防隊員的豆腐……然後日本人會問他，那一間間一片片的牌子是什麼？他不懷好意甚至得意洋洋的說……那是墳場。

那種太有禮貌的禮貌是一種習慣，足夠掩飾他的不喜歡。其實也還好！他後來已然進化到覺得有人沒人，好吃難吃，都好。

他大概是上山拍廢墟過得太悲慘，情緒用了太多，跟老頭談一談，才發現自己是在一個深山裡，他只是想找個有人煙的地方吃點人吃的東西，更沒禮貌的他只是不想用力在人間，用這種太應付的態度在過這種拍廢墟的鬼東西的人生……他又不是個神棍，甚至他早就死了，其實屍體可能還在前一個拍太深無法理解的無法離開的廢墟底層的結界，只是一團怨念回人間……

一如他說以前九份山上有個泥人吳老在那邊說是鬼要他捏鬼面具，一開始覺得這神通感應真是了不起，他進去看他的鬼面具是要入場費，金瓜石實在是一個歪歪扭扭的福地洞天。九份那老街上的某一種想像中的鬼面博物館。是充滿著歷史悲劇發生後的冤親債主鬼頭鬼腦鬼臉的爆眼凸鼻皺眉獠牙斷裂的十八閻羅殿拘捕逃跑的怨靈特徵……

他說：「我記得我去過一次偷拍可怕的鬼臉時，卻被他發現，他看到我的時候就嚇我說我後面有小鬼，我問他說幾個，他還能講一堆有的沒的細節……有四五個小鬼穿著五彩繽紛的彩衣還有鑲嵌琉璃般華麗寶石邊走邊晃發出好聽的聲音真的好好聽……致使一開始半信半疑的我以為他果然是仙人。

但是，後來，竟然只是悲劇變鬧劇式玩笑地惡意收場……還有幾個遊客經過也進去，他也對別的遊客說同樣的話，就每個人身後都有四五個穿彩衣戴琉璃小鬼跑來跑去……」

❖

十三層遺址……不免充斥著那種神明的巴別塔通天的必然天譴的暗示的令人不免恐慌，一如更遠更老文明裡那種拉薩布達拉宮或希臘衛城或某些義大利山城僧院的刻意迂迴曲折蓋上天險的陡坡種種令人不安地卻步。

但是，在這裡終於進入的地方卻還是有種雷同龐然但完全不同切換入侵結界地難以想像，主要是因為整個巨大的老建築那種更逼真也更像幻象的廢棄，所有破敗傾頹的現狀對他而言卻反而太過繁複華麗，那種種巨大的裝載訊息的棄屍般的棄物，放眼望去那包圍於數公里長的一樓接一樓攀爬而上的廢樓裡，充斥了那切斷塊狀的土牆垣，半破瓦礫，如菌生蔓長的苔痕，隨時還會傾倒的斷裂巨管，洗石子簷塊堆砌壓下破爛的磚柱瓦板，破舊裂痕極深的圓碟形的廢金屬，歪歪扭扭的踩壞天線，甚至更多當年巨大機械的壞毀局部，已然生鏽到慘不忍睹的鋼筋和鋼骨屋梁，混凝土柱露出來裡面的發黑門洞，以種種怪異形狀交錯出現的鋼筋也都像從焦土中露出來焦屍肢體。

但是充滿荒謬感地……一如所有的鬧劇般的開場依舊歡樂地胡鬧，他始終太累又太餓，還竟跟那一車一直在聽臺語賣藥節目般導遊的人們下山，再看一回神情古怪的銅鑄關公像，也再看一回公路旁噁心地橘黃色的河流和石頭及山壁上那一隻巨大的石蟾蜍。

甚至那兩天颱風要來了，山上變得很詭異，風大雨大，木窗封板，連網路變糟，或許所有狀態會變得很慘。他竟然就這樣更勉勉強強地再度深入險境般地好強冒犯地……又在那個十三層再走了一個下午，好奇怪，他那天甚至沒準備好要去，去了也沒想到會進到裡頭，進去裡頭了也沒想到會走到那麼深。

就這樣，還是一路拍到忘了時間，還是一直到了快天黑才趕緊出來，他老是擔心會迷路或出事或跌落或受傷。而且只有他一個人落單，連天氣都很難說不會很快變壞。充滿風險的風景的怪異風起雲湧嗚咽又咆哮混亂地暗示什麼……

但是，種種忐忑不安和擔心掛礙的他終於還是走進來十三層了，那種差錯，意外，太多巧合般地無心又有心，一走近，那荒煙亂草擋在最底層最外頭。那種剛到時眼前無以名狀的古老時代的龐大高聳，幾乎是種朝山參拜才可能出現的狀態，那種非人的尺度的令人深覺渺小……

還有更多的各種形狀的破洞，地上的，門上的，窗臺上的，牆壁的，不規則形貌露出，在人撤退了的時光中，太有生命力到近乎猙獰的野生青苔，芒草，雜根，榕樹幹都長出來到一如畫下地盤地在這無垠廢墟裡繁殖祂們更盤根錯節的生猛有力。

老道在這個颱風侵襲前的陰天中來到這個廢墟，點著菸，看著遠方陰陽海波濤洶湧的某種奇怪的呼之欲出的什麼在發生中，老道是一個人在這裡死寂的空氣聽到顫抖的鳥叫，風呼呼地吹過，還有空氣中某種不確定的聲音，遠方的浪，模模糊糊和更遠的貨櫃車開過的呼嘯。

最難描述的其實不是看到的東西，而是很多更後面好像更還有一些看不到的鬼東西。

想起他的一起念書一起拍照的大學時代同學的老葉說他近年來不知為何地中年後到處像瘋子一樣地迷戀上每一個廢墟，越大越怪越陰森越好，只要看到廢墟他就入迷。他和老道太像了，大概他們對於真實人間的挫敗感太深，所以他們喜歡建築一如人間壞掉的隱喻，或許更是這些廢棄的建築某種因為時間的摧殘或加持反而產生了他們尋常的人生所沒有辦法打造的怪詩意，那是一種近乎自欺的奇怪文人的美學和挫敗感的更落漆後的補償。

他本來對拍廢墟一直有一種奇怪的敵意，或許因為有太多人拍過了的太冷門反而變得太熱門，或許是因為這種面對更巨大的鬼建築背後無名狀態那種可怕力量的打動或是驚嚇，畢竟在廢棄太久不免有種不祥的暗示或徵兆始終的糾纏不清。

他的狀況始終沒有好到可以在這種更有預謀般地有計劃與其搏鬥前提裡進行。

這是他對廢墟的恐懼或許也是他對攝影的恐懼，太接近又太遙遠，太古典神聖又太猥褻糜爛。

尤其是十三層是這麼巨大的廢墟有太多的廢棄的那些老時代莫名恐懼充滿怪異歷史地理作祟原因在背

後支撐著。

後來，時間始終太趕的他連抽菸都不敢抽太久，一路趕路，沒路找路，不知道所有的進入和出來的路徑或孔洞，也不清楚可能的危險和限制，陷阱般的所有甬道，空廠房，長堤，橋身，斜梯，拱洞，長排的格窗，剝離的黝黑鐵支撐桁架，扭曲而碎裂的一如雕刻的一整塊屋體的崩塌，瓦浪弧形破成上百片殘骸。

但是那曲折扭轉如刀割如雷劈過的漆黑剪影，仍然是那麼淒美華麗地動人。

尤其上百公尺長的逐漸幽暗沉落的某種空曠的廢樓深處，他始終不知如何招架。

後來，就在跌跌撞撞邊拍邊找的一路上，慢慢就沒光了，也完全沒力了。

他一路老想起前一晚的夢。夢中，他在路上走了好久好久，外頭狂風捲起雲層沉重的低掩，那是很難描述地可怕的風暴，疾風越來越激烈，太多路人嚇得往路上所有能躲就躲的角落，但是，仍然充滿了不安而陷入了內心扭曲地恐怖。

他也跟著人群從那扇厚重鑄鐵大門躲進那座彷彿是某種祕密宗教祭殿的老建築裡，但是，越往內走，深邃的甬道末端又溼又冷，黝黑到近乎看不到前方，伸手不見五指的暗淡裡頭隱隱約約有另一種更靜態又更病態的恐怖，就這樣跟著遠方的喃喃自語般的碎聲祈禱念白的誦讀聲往內走進內殿中，才發現了那裡正在進行一種極神祕又極多禁忌的黑暗儀式，有念咒的低音誦讀，還有一個祭壇上的祭司般的長出亂髮長出獠牙的狂人正激動地尖叫吶喊，就在那高聳的暗黑殿中，在殿堂後端數十公尺高一尊半人半獸精密石雕的聖像前，起乩般地拿起一把匕首般的法器，一面狂砍自己的背和肩頭，一面還持續進行著冗長而專注的祭典，空氣中一直有一種薰香混著芍藥，茉莉，金線菊種種花香的古怪氣味。

那裡的信眾都極虔誠又極恐慌，在那人很多的人群裡，好像到了念咒最後就開始在分配一種類似聖體的薄餅食物給那祈典做結尾，老道躲藏在群眾中，但是，傳到手裡時，老道才發現那是真正從那祭司身上割下的血肉模糊的人肉，而且略帶體溫還正淌血滴落。

就在他被手上的血肉所驚嚇未回魂時，卻突然聽到後方響起更吵吵嚷嚷的巨響，那是幾個穿著另一種

顏色僧服但卻近乎發瘋的僧人，在許許多多信眾拉扯的抵抗中，他們還是硬生生衝進建築的最深處，還對著祭司及其後頭的神祇石像，一面尖叫，要奪回被這個惡魔占領的巢穴。一面還在最後被擒伏前，奮力地擲丟一包布袱的爆炸物，而老道就在那祭司和祭壇都被炸毀的那一剎那，又聞到那一種混合太多血肉花香的古怪氣味，也始終有種古怪的迷茫而開心。

❖

或許，他老覺得那一段山上的充滿無以名狀暗示的怪異時光都還只是在一部外星人入侵科幻電影的前五分鐘。

他想到山上的太多太多細節……有一天清晨他上山路上遇到一個美國女孩上山慢跑到最高的日本神社剛剛下來。她說，神社前最後的階梯長滿了可怕的鬼東西。後山還有很多廢墟。很多還沒修好的廢棄的房子，太破碎的屋瓦，牆壁的夾層，木頭柱子，窗框門框，巨大的榕樹長進去了，亂草亂石，毀壞而頹圮的現場，磚牆外破木門還鎖著。山上還有一個神社。鳥居走進去的石柱群，近乎廢墟。還有更誇張的某一個暗紅色巨大圓柱體形的老結構體。混凝土很舊，一排最上沿的小窗，像一具龐然巨大的外星飛碟埋入草葉繁茂到近乎整座半山的山腹。

某一天早上在房間裡……老道還裸體在打坐……怪異現象般的時刻是某些動作會直視自己的四肢扭曲變形糾著性器官，用種種古怪的姿勢甚至汗流浹背的狀態來圍繞著陰毛和陰莖的塌陷近乎變形無法辨識的狼狽，或是，他在略顯草率粗糙的木頭地板上打坐的所有瞬間都很擔心，危險而可能出差錯，沒有浴巾用床單太薄太滑，所以，每一個呼吸都顯得那麼地小心翼翼。

關紙門，關掉窗外的可以看山看海看廣場的視野，主要是廣場上遊客可以看進和室的探頭探腦或房間裡的雜物，他亂放的衣服包包，充電中的哀鳳……一如長物……都突然變得礙眼，那種打坐過程的所有細節的講究，對老道而言，第一次進入他生活的最深處。原來是這樣子，這種感覺，尤其在和室，那木櫃，

木門，紙糯格窗，床墊，棉被，在那種座敷式的房間中竟然變成了一種類似儀式的現場，尤其打坐隨呼吸開始之後，更緩緩地像慢動作凝結的每一秒，肉身的移動就是冥想五體投地一如藏教禮佛最深的動作，近乎只是不斷地重複在面對一種沒有神祇的頂禮膜拜的狀態，沒有教義體驗的修行，孤獨地當門徒又當師父又當神佛的一個密室就是一座廟的近乎偏執的房間。

他那天下午去看博物館裡的展覽最後一天。一個譁眾取寵的新潮又奢華時尚精品珠寶設計與日常生活物品，卻以老機器雕花彩色顏料，用完全過時的方法，技術，模具，壓花，傳統圖案在混亂狀態，金屬折疊出的奇形怪狀戒指，首飾和織品壓在一起成形，需要模具的翻模。

還有一個怪異的金工展，德國設計，用老的技術和新的體驗，從一開始失誤，切割，壓花，電鍍，衝擊印模。和柏林古老技術機器博物館的合作，現場參觀的民眾可以試作，但是作錯就接受。老師傅教他們使用一百多年的老機器，跟機器學習，找出來糖果盒。跳蚤市場的破爛東西，濾網，圓鐵。愛上那老機器，失傳的在黃金雕花的工法。知識，技術性的理解。對青少年解釋的老專家一如老技術提供了另一種設計的思考方式。不是用手要做出東西結合現代，也不要覺得技術是一種阻礙，舊的技術和機器是隱藏知識的。用不熟悉而厚臉皮的方法，犯錯來找新的美學。

想起更前一晚的夢。

「在一個老咖啡廳的尋常聚會，幾個老朋友，但是不知為何有些新臉孔，現場仍然是溫暖窩心，近乎不設防一如過去，非常地隨意說話談笑，但是，過了一陣子，那一個老朋友突然提到了某一個她當年的選擇，有些心情上的劇烈轉折變化，但是後來還是去做了。

她講得彷彿一件尋常的人生抉擇，或就是考試或嫁人般的某種階段性的轉變那般，但是，老道心裡知道她說的是她以前跟他們提過她曾經當過妓女去接客的那一段時日，有幾種考慮，但沒有想太多，就去做了，那時候年輕，彷彿是一種額外又荒唐的青春期式的冒險，沒有太多期望，也沒有太多失望，即使有點不免的傷害但只是也還好的那種口吻，在那現場，有些其他不熟的朋友，只有另一個老朋友和老道知道她

過去這個人生的更祕密的潛行時光及其忐忑不安，但是，她已經好久沒提過這件事了，他們也很久沒碰面，彼此的人生也又發生了另外一些更麻煩的事與更大的變化，但是，在夢裡頭彷彿沒發生過，只是又和同一群老朋友說起，就在同一個老舊咖啡廳。這種狀態令老道有點不安，但他也沒說。」

❖

那天，他在十三層遺址旁的那一個更小更偏僻的山村，等末班車，如果沒等到，就要等到明天白天，天快黑了，手機已經沒電。有種窮途末路的感覺的奇幻。主要更因為眼前是那臺灣最著名的一百年前工業遺址，十三層，老混凝土造的建築漫長到無窮無盡的破壞壁體牆垣的攀爬於整座巨大山麓的曠野莽林之中露出了巒頭，還有更古怪的長一公里一如巨蛇身的排廢煙管，那彷彿是古帝國皇陵或外太空祕密基地考掘出土的龐然到近乎不可能逼近的古文明廢墟，明明是無可救藥的可怕海岸汙染卻描述成一如中世紀煉金術般地神祕到以訛傳訛到像陰陽師作法成的陰陽海。

回山上的小巴士上。沒人了，夜路。有很大聲的臺語放送日本演歌風。窗外就是浪漫公路口，前方是發光的咖啡館，再旁邊就是滿山的暗黑墳堆的墓地。

他想起在山上的第一天寫的破碎的始終未修補的筆記……

「下大雨，車上。隧道。上山。瑞芳，地址金光路八號。底下都是古地道。密密麻麻。那種日本人住的地方。日本老房子，最後端有一個太子賓館，那是太美麗規格太高的和室。最後有一個廟。走到那裡，會發現一個神社。他想可以先去拜一下。

有人騎機車，騎一騎鑰匙掉了。這裡有貓有狗，有菜販，菜車。要小心，這裡是野外。野生動物。蛇，蜜蜂。要關窗，什麼會爬進來不曉得。左上方的茶壺山是北海岸最高點。九份的昇平戲院週末會演戲。這裡每年下雨二百多天，住要換工。以前有人留下來過一隻運金獸。

那時候天全黑了，時雨國中，還三層樓燈火輝煌，那晚上是普度，有一個老頭說幫一個法師朋友寫自

傳，法師說到一個車禍過世的小孩，電腦就當機了。

山上的第二天。前一晚上山上很涼。他在館的最高點。一切就緒，其實沒什麼準備，心情上還調不太過來。那天不太甘願地到了九份，星期六有一齣戲在演出，在老街的一家老戲院，他在比對幾年在山上拍的瞱變的狀態，曾經也是暑假，那一條菜市場的老路。肚子餓。好熱，人好多到走不太動。他想到更遠方的那老街，觀光客人潮。到了那個更老更不像話了的昇平戲院，裡頭已然被修整過，到了某種更接近現在這種時光看來更自然但其實是更奇怪的調調，走樣。那一回的舞臺上有三個人在草率地走位，或說還在排練，舞步，燈光，麥克風測試，舞臺上有仿舊木漆的老桌椅，酒壺和酒杯。

劇的名稱是《夢想黃金城》。一齣喜劇。演員穿日本浪人，軍服，觀光客，礦工，穿碎鑽旗袍的貴婦，紅燈籠。唱臺語老歌的序曲。四季紅情歌，花月樓，美美，女主角是一個宅男主角的情人，變成了老客棧的紅牌酒女，同一個女人演的，花月樓，在昭和年間，一九三〇年代，一個日軍軍官帶東京銀座的和菓子送她。一個起肖，挖金子，港都夜雨，今夜又是風雨微微。

唱臺語歌的，說臺語的對一個說日本話的。最後都瘋了，口吐白沫，吐舌，那個歌女和老鴇和賊打起來，為了找金子而用炸藥。

那是一個太媚俗的故事，太乾燥而近乎是遭暗算的歷史，過去發生過的什麼，一如舞臺乾冰冒出的煙霧瀰漫，都那麼地虛幻單薄，玩笑，哭泣，戀情，心動，瘋狂，獨夜無伴守燈下春風對面唱。

那個時代〈望春風〉還是新歌。而那女主角問男主角，夢想黃金城是一種線上遊戲嗎？

看到後來就好想睡！不用錢的歌舞劇。六七個很年輕到像學生的演員。為了為女主角贖身而偷挖的金子用炸藥，後臺上出現了臺北的黑白老照片，日據時代的火車站，北門，更多古蹟。最後謝幕，所有古物般的歌的更老時代的暗示，其實都有喚回老道的什麼，甚至，最後那個日本軍官站在舞臺上和觀眾拍照。

第二天，他搭下午一點五分的莒光，回到臺北已經二點了，好像回到通車上學的Fu。在瑞芳又老又小的火車站好多人裡頭排隊買車票等車。他想到國中時代通車的時光，或是當兵時從荒山兵營放假出來回家

趕車接車的光景，模糊的人影，車班的幾點幾分都不準但還是趕得要命的驚慌，某種從鄉下或山上要進城去的忐忑不安，或是公路電影版本的老是晃動的鏡頭畫面裡失焦的臉和移動的所有痕跡，或許，只是他老了，跑不動了的更緊張或更懷念，火車廂起動那一剎那的咔嚓一聲的失重，沿路醜得要命的房子仍然醜得要命，黝黑依舊的鐵軌，老出現又老消失的山洞，一直在打盹的歐巴桑，驗票車長的臭臉色。

不同的是多了好多說日文說韓文的少女熟女情侶們，還有一路在玩手機和用iPad打電動發出電子音效一直吆喝尖叫的死宅男，螢幕中的迷宮路上始終有張血盆大口要吃人的許多顏色鮮豔怪異的怪物，煙團冒出的死訊，攻擊殺伐的武器砍入，巨大黑暗叢林裡最深處的恐怖風車巨獸，最後的破關祕技才能突圍的廝殺，啊！啊！啊！

窗外的風光更切題應景的風光，山洞消失很久後就進入了河畔，高架橋，公路，量販店，七堵八堵可怕如山高那巨人玩壞了大型積木般髒兮兮的破爛貨櫃，和汐止之後如長牆般拔起一棟一棟一直出現的面無表情的灰灰暗暗高樓，那時，他才知道，終於下山而進城了。

然後是臺北火車站的另一種迷宮般的繁複路徑，找捷運的路上所經過人影太多太快的一如幻影的恍神時，還看到和東京澀谷車站完全一樣的《惡女花魁》女主角那混血兒的極低腰貼臀性感牛仔褲燈箱片廣告巨幅火辣照片。

後來喝了火車站旁五十年老店的牛肉湯，吃Yamazaki的熱麵包，那熱麵包的紅豆餡做法還是京都式的，實在奢侈。坐在火車站七樓深的天井大桌配黑咖啡，有種都市人才有的做作與滿足。想起在捷運座椅旁邊那全身名牌的長裙濃妝激瘦美熟女的手機響起的聲音竟然是帶叢林音效的泰山的吼聲！嘓咿嘓咿嘓咿！嘓嘓嘓！

他的膝蓋突然又抽痛了起來！

又想起另外的那個夢。在第一晚。那是在一門電影課，放一部沒看過的工業革命初期工人暴動片，現場學生拿斧頭互砍一身血，在一個老市場放。另一側舞臺，三個老學生演怪異舞臺劇，3P，還穿自己做

的SM風衣服。混亂極了。他去制止砍人，停止放電影了，但還是解釋給全部的人聽。安撫。全部卻很歡樂還呵呵笑地很誇張而不在乎。一個小房間，四個老師放桌子和床，放不下，一直在協調。他走不掉，叫學生先放片子看，老道說不用放床。另一個年輕女老師竟然去刺青全部背面的大圖，機械古宗教圖騰……

最後所有人在一起吃一種大包子，四團獅子頭般的肉餡，放入一個極大如人頭大的胡椒餅般的麵皮中，名叫包心，雪花，上頭撒白粉。另一個老朋友在打一個店裡在鬧的小孩，他勸他別太用力，後來把小孩打死了。他在看店裡賣的玻璃閃光公仔，眼神晶瑩剔透地怪異。然後，就是一條路上的離開，但是，沒有力氣了。在一個舞廳前頭，他不想進去了，之後就彷彿沿路被追殺。」

❖

十三層下山後……那一回，老頭對他說，你說的害怕是沒有辦法解釋，一個人說他很害怕……但是他不知道他的害怕沒有用，也沒有任何解釋……有時你以為拍照可以做什麼，其實是不可能的，那個十三層遺址的可笑光節也不會像你擔心的出事，只可能會變成某種廟會，只是膚淺的，沒有神明上身的陣頭表演，只是湊熱鬧的慶典的，過渡性的，神祕的神劇傳奇的彩排，只是裝七彩霓虹燈閃爍耀眼奪目但是只是排場嚇人，沒有什麼特別的啟動什麼的可能……

他說的……總覺得這十三層遺址的新時代可笑光節，模仿新年倒數跨年夜煙火施放的華麗冒險登場的極端炫光……但是那種夜空炫目流星雨般的奢侈火光燈影璀璨開到荼蘼的喧譁吵鬧節慶感中秋刻意突顯的十三層遺址燈光秀的極限閃光，也更令他想起那一年在那廢墟眼睜睜看著自己的更陰森恐怖內在凹陷的無奈無人知曉的內心戲風風雨雨，最後收場太快太趕到好像煙火華麗登場即就灰飛煙滅的時間感的折騰，不是因為時間太短，而更是時間皺眉頭深鎖般地摺皺太多回之後有些藏得深一點的情緒失控情緒激動情緒低落的悻悻然都貿然離開……又過了更久之後回去想，就更難說什麼……

或許，也因為他自己最近發生太多事，對於自己面對太多的麻煩之後越來越退縮，都不知道怎麼面對

拍照，或許在越來越理所當然的這些所謂的近乎瘋狂的難以想像的不可能的鬼地方都可以用這種方式去進入，就像看的恐怖片，所有的鬼魂都扭曲變形到另一種切換的異常地……無聊無知無明地……變得很好笑，或是很好玩……他感覺自己好像一直停留在一種太過遙遠的古老的理解這件事的差錯裡出不來。

老頭安慰他說：大小流年不利影響，這段時光你和別人說話不知道為什麼出的問題可能也不是別人的問題……因為其他人一如其他鬼也是無辜的，尋常地說話應對進退之間的沒有感情用事的他們始終不知道他們得罪你了。

那一天山上的颱風，還是叫山下的老頭上山來找他。敘舊一路的他帶他去看博物館裡的展覽，這個老地方的煉金術士般的煉金樓，黃金館，老建築裡黝暗光線裡陳列出來那時代的遺物的遺忘。鏽鐵鍬，老式黑電話，救命燈，更多更細節的老制服，黑白照片，坑道入山的巨大又深沉的模型，礦工，日本商社，採金煉金的早期工業技術的用心用力，巨大黝黑一如怪物近兩層樓高彎管機身繁複近乎珍藏古董的老抽風機器的現場。

甚至有英軍戰俘關到這裡。紀錄片裡的操場做操，工事，挖空心思的挖掘。種種採礦的更入戲的艱難曲折的措施與措辭。還有二樓底關於各古文明或藝術家的黃金的更繪聲繪影的應用與描述。還有最末端那最討人喜歡也最討人厭倦的完全真實的巨大而沉重金塊透明展示箱的現場。他有點厭倦也有點心虛，老是覺得太煩躁。對這些比較離題誇耀的展覽，或對當這種當導遊要解釋這一切太老或太新，太現實又太荒誕的狀態。

後來沿山往金瓜石的勸濟堂走山路的蜿蜒，進入的更像誤入《厄夜叢林》那種未知恐慌的畫面現場的栩栩如生，因為那山路，因為太陰沉的降雲下雨，而起大霧到近乎伸手不見五指，看不到路地往前走了好一陣子。他安慰老葉和自己！天氣不好，是種特殊效果。一路是這種山系的用形狀命名的描述。提及金瓜石與九份交界的基隆山被叫成大肚美人山，黃金博物館後山一帶的山系和基隆山相望的主要礦坑區的本山，像無耳茶壺就叫茶壺山；靠近北海岸的水湳洞一帶看去像俯臥獅子就叫獅子山，無耳茶壺山的東半就

叫半屏山，其實，他覺得完全沒形狀的反而才更動人，有些要背對東北季風的背風面才有樹長得出來，冬天是滿山更野的芒草的雪白的廢棄感。

天黑前，才慌慌張張地淋雨回房間，打開窗戶，風越來越大，逐漸侵入的黑暗，更深沉的對流。天終究是緩慢地黑了，更幽微而近乎停滯的緩慢。更後來在這一個日本老房子裡，他們談到太宰治的《人間失格》的某些狀態，谷崎潤一郎的《陰翳禮讚》式的陰暗的緩慢沉落浸淫。

他在解釋一些他感覺到的，或是來這裡也更始終沒說出的。甚至，之前對這一群剛來遇到的年輕學生們，他還不熟，彼此試探，陌生感的忐忑不安，他們有些心機，猶猶豫豫，天真爛漫的年輕的臉孔或期待地打量彼此也打量他。

然後還有蚊子，不明蟲子地始終揮之不去，溫度一直下降，山風越來越大越冷。

黑暗終於完完全全地降臨。

送老頭走。更後來，覺得悶了起來。或許是前所未有地在一個老地方的一個老房子待太久了，都沒有出去。而且，整個館的晚上更也完全沒人。

第二天早上太早醒了。下了忽有忽無的雨，他想到在峇里島那種所有老時代木製建築裡細節的講究，使得人在裡頭可以進入的某種近乎幻覺的奢侈感……雲在山上浮沉，入秋，沒有來的颱風。涼下來了，終於。那個夏天好冗長啊！他老有想回臺北的念頭，或應該留下來的不捨和惦念這個月已然過了一半的種種餘緒，但是都不太是他內心的真正更裡頭的感覺，比較像是即時反應或招呼招架的補償。或許，太多事使他分心或擔心，使得整個狀態太過快轉而混亂。

他老想到天黑前的最後。在山路中那一群人就這樣迷路而問路地一路走，越走越遠，大霧的迷茫與迷亂中，走到極高聳巨大關公銅像旁，側身弧度如雲朵揚起的古銅色衣裾袍身，不可思議地巨大，乖異，保佑感，在聚落的山頭，神祇的想像，神通的守護，但是老道始終覺得太過理所當然的詭異，一如人們路上提及的宮崎駿電影裡那種始終隨行於少年故事裡神祕的幻異，這一路走過的太令人恍然的太古怪廟身，起

翹的剪黏佛像和天兵天將的臉色神情的太過陰沉詭異，荒山惡水，一年下兩百天雨，殖民地的殘忍或殘缺，戰時至今的傷痕，採金的更多更誇張的人的瘋狂與僭越，中毒的，走私的，嫖妓的，開了乩童問卜店家的祈堂老街，及其當年太風險又太冒犯的時光都過完了，只剩下的種種老樓旁的破爛老房子廢地長梯坡道神祕光景的必然像《神隱少女》般神隱風光無限蔓延擴散……也就一如這鬼地方永遠無法理解的廢墟的廢棄感……不過只是不陌生的老狗老貓一再投胎轉世回礦山上永遠無法離開地忐忐忑忑地徘徊不去……

第十二章。死角。

那鬼地方充滿的死角都有可能是個不知暗示什麼的暗示……

老道老感覺到自己困在裡頭畫的或許不只是寸步不離也寸步難行的鬼地方……這深處越陷越深的每一個角落都有什麼怪異鼻息苟活喘息低吟啜泣著充滿暗示的鬼空間，還有始終無法理解地一如日光照入鬼地方的幽深靜謐暗影的老緩慢飄動移動流動卻彷彿停歇不動的鬼時間。

或許也因為現場最令人入迷的神喻般的暗示是……光，畫牆上窗戶的光又比之前的光更明顯，因為之前的光是打在地上，可是那個光是打在牆上，老道想把那個光畫下來，但是還沒畫完，光又沒了。其實老道是看到，但過去畫的時候光已經沒了，老道在那邊等了很久，光才再出現，可是一下子光又沒了，所以老道在那邊畫了好幾個禮拜同一個時間的流逝彷彿永遠不會消逝的死角的午后。

或許，這個鬼地方，死角只是出現在現場和老道相互打量之間的拉扯，時間空間之間沒完沒了的拉扯，失敗失焦失控的訊號不明的訊息的拉扯。老道永遠自己一個人伏潛深海般地潛入，也不免發現那個地方真的是一個廢墟，很龐大很空曠到說話還有回聲地死寂……

因為老道自己一個人在那鬼地方太久不免會陷入一種狀況，像在看恐怖片，雖然那時候還是死白光景的大白天，而且窗口的光線光景始終也還蠻明亮的尋常，但是始終還是令人忐忑不安，老道老覺得……可能隨時會有人進來，可能是壞人……若不是壞人，也或許是什麼壞東西好兄弟……但是他還是什麼都沒看到地只是擔心焦慮……

老道老感到那個鬼地方其實是一個充滿看不見的什麼鬼東西的老地方，陰沉昏暗的氣息充斥著潮溼的

莫名異味……當然另一部分必然是因為老地方廢棄太久。

因此即使看不到直接的痕跡……但是另外隱約的某部分現場始終彷彿充滿暗示的怪痕跡，總覺得應該有什麼事發生過……

雖然老道始終也沒遇到，但是心中充滿懷疑自己會不會遇到什麼可怕的怪東西而變得很難想像地焦慮……

或許也因為之前剛來的時候，老道充滿好奇，還有一種氣氛好像是在做什麼或在玩什麼，但是時間久了，在那鬼地方太冗長的時光其實始終完全只有老道一個人在的時候，會不免進入那個鬼地方的昏昏沉沉，陷入衰退落敗灰心但卻黏黏的氣氛……一種現場更封閉而且更糾纏的狀態。

這反而是老道一開始想要的最原始狀態，就是這個地方封閉而且糾纏的訊息。就是那鬼地方現場背後靈般的什麼正和老道的相互打量之間的拉扯，事實上，在那邊靜坐一個小時的老道一開始為了專注，還會錄現場的怪聲音當作一種訊息，雖然只會聽到某種尋常現場的聲音，貓狗和小孩哭鬧不停地喵喵汪汪吶喊聲、呦呦吱吱的鳥叫聲蟲鳴聲、大火起鍋上菜前刀刀砍肉炒菜油炸滋滋作響聲、車子喇叭和旁邊工地施工機械響著……但是聽久了才會聽到有另一些莫名的怪聲，但聽不出是什麼……卻還是時有時無的某種低沉怪聲的令人費解而納悶。而且，因為那幾天老道是自己一個人老在那地方而錯落恍神，那麼陷入不純粹而封閉的這種怪狀態就會變得更不知如何面對的異常明顯。

因為那個廢棄的鬼地方完全沒有人看守更沒有門禁，不知為何會有這些奇奇怪怪的聲音，老道也不知道自己聽到的是什麼，或是聽到的是不是自己想的，或是就算是自己想的到底想的是不是真的，或是……就算是真的，老道又能怎麼樣。

可是，有時候回頭細想……自己的這種害怕其實是蠻好的……

這使老道想到最原始會寫《心經》血紅的那些毛筆字的狀態。

然後這個會牽涉到另外一個老道覺得比較深的事，因為，老道還是覺得自己跟這個老建築的關係不夠

深，在裡頭睡過幾天或是老想就不走完全住在裡頭……但老道總覺得那個鬼地方，有某種怪東西在更裡頭，但老道因為等待不夠久而還是沒看到。

當然一部分是因為老道自己的狀況低迷影響或是也還沒準備好就上工，而且那段時光疲累不堪的他身體始終不太好。太多太多事來得太突然，而且老道還是有很多別的事情分心在忙，天氣忽冷忽熱變得太快，然後……那地方其實荒廢了很久，在裡頭工作一陣子老是覺得怪怪的，出來就往往全身沒力……在那個鬼地方畫了一天像是吸盡元陽般地一出來要再做別的事就很困難。

而且，對老道而言，畫要進入狀況本來就不容易，在那樣子的鬼地方更不容易……

另外一種擔心更是，常常在要進去之前就做好準備到一個程度，因為老道很害怕進去之後老道的頭腦就掛掉沒辦法畫東西。老道很怕他自己坐在那邊就睡著了。

尤其有時候會突然發現，有些光線、有些窗戶很像老道畫過寫過了，可是如果想畫新的怎麼辦。但也常常在收尾的時候，發現有些鬼東西是新的，而且還又比之前的更細微、更怪異。

一如貓的腳印，事實上那個貓的腳印怪異的不是貓的腳印，是那個貓的腳印離地大概一公尺，離窗戶還有一公尺，在破牆中間，表示牠是這樣跳上去？這很懸疑。然後……還有人的腳印，老道想應該有人進去玩，所以那個腳印的狀況跟貓的腳印又是不太一樣。這些都是那鬼地方發生過前世記憶般的老故事。所以，是老道在這過程找一些湮滅證據顯示破綻式的破舊破案訊息，也充滿內在矛盾……一如那現場的龐大警告像格言成語標語字樣的「嚴禁煙火」，因為事實上這鬼地方荒廢多年歷史的史前史還是一個賣菸送菸的地方，但卻不能抽菸。這些怪地方怪的原因也都是人，都是人在裡面留下深刻或不深刻的痕跡及其訊息。

❖

寫得更入神或更出神的許久之後老道老意識到更詭異的狀態……一如不是老道在寫這個鬼地方，而是這個鬼地方在寫老道。甚至充滿玄機的危機到……像是陷入恐怖片地不自覺被鬼上身式永遠無法退駕的不

明起乩狀態。

在鬼地方抄《心經》的經文……期望安心被保佑……《心經》可以永遠是死角的鎮魂歌安魂曲般的自恃……但是毛筆字也可能會因為沾上髒東西而感染病毒什麼的異變？老道那無法退駕的起乩狀態……到底是不是一種現場是更有隱喻性的干預……

老道從小就被迷信的母親逼他背得滾瓜爛熟但是完全不知道是什麼意思的《心經》經文彷彿是搖滾不了的搖籃曲的哀歌的充滿他想逃又逃不了的玄機：揭諦揭諦　波羅揭諦　波羅僧揭諦　菩提薩婆訶……老感覺自己時間快用光的老道這整種抄《心經》許願的必然無法還願地寫毛筆字的驅魔又反而入魔的怪法門永遠不夠用，但是還老覺得好像應該要再做點什麼的不甘心……始終困頓的老道也還不知道。

現場充滿太多太多意外……

一如這個怪地方老牽涉到另外一件怪事，因為老道一直希望這種在破房子用血紅毛筆字寫古代安心的《心經》文是能夠避開那種現代不安心老愚蠢庸俗式的塗鴉，好像在那邊畫幾個卡通人物畫幾個英文字那種塗上陰影再塗上高彩度的蠢東西地太無可救藥。

因為這窗的光是老道唯一想在寫經文的毛筆字旁邊畫的，因為其他的下手全部都是經文，樓下地上也有一道光，那時還只是畫光的邊緣，可是畫這個窗光永遠怪怪的太過炫目膚淺……

但，老道老覺得畫光始終充滿玄機地和抄經不太一樣。畫那個窗光的時候老是出差錯老是還沒畫完那個光就消失。就是整個鬼地方的時間及其時間感永遠無法彌補地影響，還有更不確定的鬼東西鬼狀態始終無法抗拒地變動……或許就像有時候老道要走時所看到某個午后黃昏的夕陽、晚上月光的光、滂沱雨中的悶雷交加下的閃電炫光……太多太多幻象般的光的光景始終無法抗拒令人感動地恍神……隱約如燐火地細微閃爍不停歇但是無法理解也無法畫下……

另外一個地方值得提的就是「度一切苦厄……跳跳看」，就是在電梯口那畫法，因為那個地方鐵門沒有拉，像是一口井可以跳下去，而且是寫在那個鐵板上，所以那個「度一切苦厄……跳跳看」會變得不一

樣……老道還沒有用這種方式寫過，大多的《心經》一如咒語的經文句子都比較像是一個形容詞或是副詞，這次寫到動詞，而且沒有主詞沒有受詞，使經文句變成是一個祈使句，如果現場抄經的全部的文字都變得像這樣子，在這地方的入口就寫「進來……心無罣礙」，「躺下……無罣礙故」，使情節變少了而變成是一個動作。這樣，會比較接近像一個匾額。但老道覺得這件事情也蠻有怪意思的，可是也還沒有認真想，因為其實老道想過在屋頂寫一點「從這裡跳下去看看」「從那裡跳也不錯」的自嘲，但最後放棄了，反而只寫了「心無罣礙。無罣礙故。無有恐怖。遠離顛倒夢想」。

還有很有意思地令他難忘……那就是寫在地上這件怪事，那地方不知多久無人打理掃地的太厚灰塵沾黏在泥地上本來幾乎是沒辦法寫的，硬寫到後來毛筆上面都是灰，所以沾紅墨水彷彿半寫半沾灰塵，老會產生一種特殊的……狀態。很像毛筆墨汁乾掉會結成一團，從液體變成固體，從物理變化學反應，可是那地寫的字就反而會產生一種張力，倒不只是美學上的迷亂效果，而更像是那種人家講鬼故事說去一個地方會沾上「壞東西」，所以字也會沾上壞東西。

或說，是一種現場的干預，而那干預是更有隱喻性的，使那個字會破破的、髒髒的壞掉而不是之前就有的乾淨而簡單地打量，像那時候在寫「不生不滅」在很髒的地上灰塵上頭的時候，甚至在有灰無灰，在有水沒水的時候下手感覺也不太一樣。

有一個寫經文字的地方在鐵柱也又剛好在電梯口，所以更像一個裝備的某一個金屬的鐵門，使那個死角的感覺不太一樣。然後那根塑膠管更怪，因為這破房子仍然有很多塑膠管，那根剛好懸空，就像是一個具代表性的懸念……

還有些更不確定的殘影般的殘留物，包括某一天挖掉老舊的鏽蝕腐爛變質的破一角的變電箱跟裡頭火災警鈴，那個破東西是在一個那麼舊的地方唯一比較新的東西，可是老道想到的是更怪的。因為這好像是一個災難片或是科幻片的現場，曾經出過事動過手腳地掩飾隱藏什麼災難發生後災情的未知狀態……

「重量不能超過九五〇公斤」充滿了《CSI犯罪現場》或《絕命終結站》的破案密碼預知死亡紀事

危機四伏的可能驚心動魄自欺欺人，那麼充斥著接下來預言災難的現場就可能會是一個意外電梯承載過重的體重貨過重之後然後一剎那間大家都死了的暗示。

或許，這些所有過去現場的破舊不堪字樣都有可能是個對所有的未知的什麼的暗示，或是一種更內在凹陷終究必然分崩離析對於不確定的時間或空間的暗示……只是那個預言的字眼……現場悟性太低的路人們看不懂或甚至看不到。

那地方進去的時間越長，越會看到更瑣碎的東西。他寫下的四長句「色不異空。空不異色。色即是空。空即是色。」但那種繞口令的可能是自溺自欺地只在玩一個遊戲，因為反而像是在牢房裡硬背硬寫的。所以好多經文的毛筆字一寫那怪力亂神般混亂現場出現的「照見五蘊皆空。度一切苦厄」諸多沒意思的意思……永遠無法自拔地蛻變得又比之前更複雜了，句子寫法越寫越想越多的暗示。

❖

局部的抒情更是……老道覺得那一個個死角抄《心經》寫毛筆字的時光荏苒意外發現自己的情緒永遠無法彌補地是碎裂的但卻也是流動的、無法停住地像是一種在室內的公路電影的停格。

類似這樣「公路電影停格」的局部的抒情，雖然好像只是喃喃自語，或是跟這鬼地方好像是在祕密聊天的聊齋式潛入……

或許其實是為了要逼身欺敵地更深層地潛入一個更麻煩的狀態。不然就完全不要寫，因為老道怕那些浮誇心事重重的字眼寫不好會太像那種小學生在寫抒情文地幼稚膚淺，「今天天氣晴，媽媽帶我去郊遊」那種。而且老道自己的某種到現場之後直接的反應的激烈很快就消失了，後來幾天都是如此，那個部分的強度一向很快就用光了。但那種「心寬了就開心了」「一切都會好起來」之類廣告文或勸世文式的字句那種現世的文案勢利機巧……，都也是老道想要避開的，因為老道覺得那個太通俗太尋常的瑣碎字眼的心眼不深……餘緒不多都不應該是這個鬼地方想長出來字的玄機般可能心機充滿的餘地。

但是不免依舊困難重重的這老地方還就是工地，或就是廢墟，一個……去之前要齋戒沐浴，去之後也要齋戒沐浴的地方。它並不是一個很乾淨很溫馴的地方，而反而是一個很髒、很野、還有一個很重的惡臭異味的地方，好像有什麼東西在這裡頭拉扯……這個部分會讓老道更深入，在逼人場面出現的混亂精神狀態……一如在這裡「抄心經」如果沒有現場的血肉模糊般的曖昧不清欺身肉搏感就更會只是一種「蚊子館」式的永遠無奈失真……

每回陷入僵局般地下手在牆上寫《心經》毛筆字的驚心膽戰的每回狀況都不太一樣，字大的跟小的在裡面要怎麼寫，石綿板那種防火材吸水度還算好，墨汁上去比較像寫在宣紙上，有些牆沒有漆過，或混過水泥漆有些會反光有些不會反光，不吸墨，很像寫在油紙上面，可能要換另一種墨或漆，可是老道又不想讓顏色太黑，老道想讓它淡一點，像已淡掉了地斑駁著。

那個「究竟涅槃」字眼寫到梁上去，寫字寫在三度空間很不一樣，通常以前的書法都只是寫在地面牆面的薄平面上，寫在三度空間扭身轉體成立體化毛筆字會變形，而且字的形狀也會跟著人走過來看的角度不一樣而不同，也跟字本身的部首接合方式有關，「究竟涅槃」最上頭是個究字，所以那部分字眼要看得清楚又要用對的方式變形地不容易。因為字往往只要歪掉之後，它的形就會變形到看不清楚地往往會失敗。

老道也又不太想寫得太清楚地乾淨，寫得太乾淨就不像是會在這髒地方長出來的髒東西的字眼，寫得太快又會像是笨塗鴉，其實老道希望寫出來的像書法可是也不要太像書法，抄經的毛筆字要留住多少行書草書的味道但又要有點破壞掉那筆法筆意的感覺，像「究竟涅槃」字句毛筆字尾那種沒乾地滴……竟有點像《CSI犯罪現場》的鏡頭，字竟像開槍打腦袋噴血在牆上的激烈……

❖

或許這老出事的破房子真是活的，每一個破房子古老傳說神祕的死角也都是活生生的……倔強彆扭極了地用血書般的老道《心經》抄經文的紅毛筆字近乎血跡斑斑始終無法控制血色深深淺淺地來放血……

死角的死氣沉沉……就像老道常一整天在破房子裡頭死命近乎瘋狂昏迷狀態地全神專注抄經寫老時代毛筆字的沉悶枯燥死寂莫名……然而一走出破房子卻是另外一種反差的怪光景。

破房子的老花園斷壁殘垣向外打量……竟然就馬上看到外頭大街大樓充斥著那家打得火熱凶狠的美女偶像明星寫真照片巨幅海報燈箱廣告那著名醫美診所打光炫目的花枝招展華麗冒險般的跑馬燈上跑的「第三代鳳凰電波拉皮」「脈衝光非侵入性神祕奇效」，這時代這城市這街區對字的理解完全是科幻片式的或線上遊戲式的另一種光景地始終充斥著恍若隔世的極端反差。

老道始終無法忍受自己充滿敗筆……雖然有時抄經會心神蕩漾突然毛筆字異常有力像是那經文就是有鬼的意外……

即使尋常的那段冗長的時光，老道每回去這個破房子的狀況也還都會變不一樣，但還是要想法子收心入神下手埋頭硬畫，因為不開始也不知道會怎麼變……

一開始只是老想抄經還不知道抄錯字可不可以修改，但是後來才發現更難的卻是更多意外發生……所以不再老是擔心會寫壞了，還有更多變卦……。而且這破房子抄經抄滿牆的毛筆字都這麼大，變數也這麼多……毛筆字老會跑神，等血紅墨汁乾了字跡還會更輕更淡一如血跡斑斑的模糊曖昧不清……也因為血書般的《心經》經文大大小小毛筆字樣的起筆落筆收筆血紅顏色都更會變……淺紅橙紅丹紅暗紅發紺深紅始終變相……還老必須等毛筆字全乾再決定要不要補。

某兩天的天涼了可能隔兩天後天熱了又不一樣。還有牆的質地差異每一道壁體前後上下左右局部粗細紋理都不免不清不楚地連乾溼吸水的狀況不一樣……

即使老道在破房子抄經的毛筆字充滿了敗筆……不像是認真老派的書法的一下筆就定江山而且不會有敗筆地氣定神閒……

老道卻老是想，最好的毛筆字的狀況就得很像是被下咒出神亂寫，雖然充滿敗筆但仍然有力量，像是那字就是有鬼的或就是那鬼地方長出來的鬼東西……但是始終沒有等到那種出神亂寫感受的亂……

其實老道覺得寫字在破房子裡是個很痛苦的決定。古時候中國老建築裡寫的字的文藝腔是一種幻覺，但卻對應到重大意義的解釋或是命名用典的講究一如養心殿三希堂或就像《紅樓夢》裡大觀園亭臺樓閣古風對聯，還要文人文采相互較勁那種曲折複雜優雅文人考究傳統……

甚至像是寫一個符鎮住妖怪的符咒那另一種沉重。

其實這個破房子它本來只是公賣局老時代的流通雜亂屯貨舊倉庫房的市井末端，不像真的是宮廟皇城民居茶館那麼充滿典故傳說的老地方，這破房子或許只是另一種故事的典故全空的另一種放空……

但這破房子裡頭已然是廢墟，外頭卻是活生生俗不可耐的菜市場、快倒的洗衣店、老銀樓、舊當鋪、骯髒雜貨店、做黑的爛賓館……甚至周遭破舊建築物出現的嶄新跑馬燈怪招牌電腦字體詞句卻是「歡迎光臨／夏日甩油大作戰／豐頰墊下巴／隆乳曲線雕塑專線／春泉服務項目／你有需要美麗上身／五分鐘就化身女神嗎……」

甚至旁邊那些「你要找越南新娘？」「專收考大學的名師保證班」「載貨不能超過幾公斤」的又正常又怪異的荒誕，那才是符合這裡的不會讓句子寫得太文藝腔的字樣……充斥著深深入世的更怪異更新奇的種種反差。

或許，自欺的老道還是始終著迷的一種寫字最神祕的情況就不免是廟公當桌頭找到乩童「起乩」……一如起乩地被附身的老道也不知道自己寫了什麼的入神極致。或是……也像另一種更自欺的達達主義式的「自動畫」「自動寫」的局部反抗，不要去畫自己想畫的東西，反而應該讓那枝筆帶你去恍神亂畫一如超現實主義的入夢……才寫得出潛意識裡的奇幻冒險鬼頭鬼腦鬼毛筆字。

但，對毛筆字入手書法卻又是一種很怪異的歧路亡羊，抄經或許真的可以復辟回神就像自動書法式的老時代最老派的行書或草書，那樣下手毛筆字不一定像書法講究的不能完全控制也不能完全不控制地亂下筆……了無碑帖揪心纏身的了無罣礙，……即使可能也只是自欺也就像另一種的自暴自棄的必然難求全的兩難，就只是自信滿滿已然修心養性完全自在的……頓悟。

一如《心經》的「……是諸法空相。不生不滅。不垢不淨。不增不減。是故空中無色。無受想行識。無眼耳鼻舌身意。無色身香味觸法。無眼界。乃至無意識界。無無明。亦無無明盡。乃至無老死。亦無老死盡。無苦集滅道……」沒完沒了的頓悟……

❖

老道在冗長時光抄經的不免恍神中……也老想到那個骨刺老名醫說的另外一種頓悟：「有空多念《心經》喔！念了就不痛了……」

一如他那天早上去看骨刺，寫太久的毛筆字太過複雜疲累不堪地舊傷復發……老太累又再痛到不行到彎不下腰時老想叫救命，就像是臨時抱佛腳那麼沒用……

那骨刺老名醫太忙……老道跟著排隊掛號掛了一個多月排不到，最後他還是作弊的拜託一個故人那認識多年好心的老護士想辦法偷渡安插進去。

但是現場還是跟著很多老人在排隊，他老是有種莫名的恐懼和不安，忐忑到像是意外被拋出暗黑外太空的失控人造衛星重新被找到的僥倖……

那老名醫看病的氣息既忙碌又溫馨，但是半嘲笑半安慰地對他客氣地說：「這麼年輕怎麼就這裡痛那裡痛……像老人一樣。」一如他也會跟滿臉皺紋走路困難重重的老人們親切聊天……問候他們最近在忙什麼，即使等待的病人非常多，還是下針時，對很多非常老的常去的老太婆老公公……半開玩笑地窩心問候：

「你又偷做家事才開始痛了……」

「要去南投看孫子順路拜拜不要太用力拜……」

「有空多念《心經》喔！念了就不痛了……」

老道這種自以為是妖怪其實只是可笑怪叔叔的病人，只能趴在那邊等候下針點火用灸的伺候骨刺的萬念俱灰……

老道內心自嘲怎麼可能不痛的時候，竟然還就巧合地看到聽說是老和尚還是老尼姑法號輩分崇高的舊病人感恩特別裱框禮贈老名醫的那手寫《心經》……就在那老醫院泛黃骯髒斑駁病房的長滿壁癌的死白牆上的那正統顏真卿字體肥胖筆劃蠶頭燕尾字字認真寫出的楷書小楷的老派書法匾額：

老道邊被針灸動彈不得還痛得要命地……只好分心看著……就像小時候沒作功課被罰跪在佛堂，偷看母親晚課念得痴迷的《心經》的……度一切苦厄……的繞口令的怪句子，其實還是一如當年完全看不懂……滿牆的毛筆字：「……摩訶般若波羅蜜多心經

……觀自在菩薩。行深波若波羅蜜多時。照見五蘊皆空。度一切苦厄。

……舍利子。色不異空。空不異色。

色即是空。空即是色。受想行識。亦復如是。

……無智。亦無得。以無所得得故。

菩提薩埵。依般若波羅蜜多故。心無罣礙。

無罣礙故。遠離顛倒夢想。究竟涅盤。

三世諸佛。依波若波羅蜜多故。

得阿藐多羅三藐三菩提。故知般若波羅蜜多。是大神咒。是大明咒。是無上咒。

是無等等咒。能除一切苦。真實不虛。

故說波若波羅蜜多咒。即說咒曰。

揭諦揭諦。波羅揭諦。波羅僧揭諦。菩提薩婆訶。……」

老道老是只在痛到受不了的時候老念「度一切苦厄」那一句……

老道在用毛筆抄經的冗長死寂時光中也老想起以前練過的太多太多什麼有的沒的顏真卿的爭座位稿裴將軍詩懷素自敘帖王羲之的快雪時晴多年的折騰……一想起毛筆字的老鬼東西好像找自己麻煩……也不免

同時想起太多老道寫毛筆字的過去……到底書法是什麼？老道的毛筆字一生殘念式的虛榮與修煉是什麼？

一如想起當年老道在紐約美術館的駐館創作時遇到過一個韓國藝術家，在開放參觀她工作室時，她展的作品就是邀請所有的各國來賓，看著她從書法帖摹寫的四個巴掌大的字，也用毛筆在宣紙上照樣寫下來，然後將那些歪歪斜斜而他們也不知道是什麼意思的「大字」，一大張一大張貼在她的工作室牆上，橫寫於長幅白紙的四個黑字在白牆如此貼法……老道不好意思跟她說，像極了靈堂的輓聯。

那一天她也邀老道過去寫，老道問了之後才發現，她雖然學了一點中文，但也不知道那四個字是什麼意思，「我只是覺得好看！」她不在意地說……

老道告訴她那是魏碑裡最有名的張猛龍碑裡頭的字，而且那「守張府君」是上頭碑文標題名「魏魯郡太／守張府君／清頌之碑」切開個別三行四個字的中間一行，她取的這四個字單行讀的話是文意不通的。

而且，更糟的是，這碑老道練過，所以那些別人寫不出來的有刀法的筆劃老道可以寫得很精準很熟練，「我是這裡頭唯一知道這是什麼字什麼體什麼意思的人，那你希望我怎麼寫呢？」她一點也不在意老道的自以為是的半開玩笑式的挑釁，卻從容笑著回答：「那，假裝你不認識這四個字地寫啊！」

突然……老道愣住了好久，也因此而想起了「到底『書法』是什麼呢？」這個更根本的問題。書法是什麼？對老道而言。書法是小學年代表全班參加五項全能比賽年年得獎的竊竊自喜的虛榮。書法是年年過年時不用跟別的小孩去幫大人辛苦掃地擦窗戶而只是假斯文趴在桌上慢慢寫春聯的虛榮。書法是從小跟鄰居去學被鹿港老師傅教被寄作品到日本得了書道會優選金銀銅牌賞幾十張獎狀而至今仍殘存式的虛榮。書法是初中高中大學寫信給女孩比較考究比較體面的迂迴而很容易引她們注目的虛榮。書法是當年還沒有Internet時自助旅行在歐洲火車上拿自來水毛筆出來寫明信片而引起鄰座外國人的好奇詢問的虛榮。但這些過去的虛榮，一如許多當年和老道一樣迷過書法的人，都不免已是殘念了。

一個紐約專門代理中國藝術畫廊的老闆參觀老道在美術館的駐館創作的工作室時，跟老道說他有很多收藏家客戶雖然不懂中文，但有的是文化素養很高的企業家、醫生、律師，或甚至哥倫比亞大學教授。

他指著老道牆上寫得有大有小有字很多字很少但都很混亂很不規整的諸多張宣紙上的書法說：「這種亂的還比清秀清楚的字容易賣，你的書法很好，他們一定很喜歡，愈抽象愈不規矩他們愈喜歡……」

老道因此想到老道那很混亂很不規整的字是怎麼來的。十多年前去洛陽去看龍門石窟時，才發現小時候老道自己選練的〈牛橛造像記〉已是「龍門廿品」中的最拙最怪最不規整的一個碑，也太自以為是了。因為，到龍門石窟才發現有成千上百的窟也有成千上百的造像記的碑，上頭的更多品的魏碑字卻更拙更怪更殘破到往往不易辨識……但對老道而言，卻竟比「龍門廿品」甚至比那些隋唐名帖更有力更生猛更感動老道。

雖然在老道離開前也跟著去買了一張〈牛橛造像記〉的原碑拓本懷自己的舊一下，但卻從此對書法的字、碑的……卻有了更多更不同的較拙較破較不規整的怪視野與怪想像。

後來，老道練爨寶子碑爨龍顏碑介於隸書楷書與魏碑的過渡的怪。練天發神讖碑介於篆與魏碑過渡的怪。練鄭板橋的六合體介於隸篆楷書過渡的怪。

老道練更多過渡更冷僻的帖的怪，想寫出無古無今無來歷的字，想找出不同的書法出口……更在某些臺灣中南部空地廢棄牆上寫著的斗大的「徵粗工」「越南新娘」半塗鴉半書寫的字旁徘徊不去。想著某些民間書法式的毫不在乎也毫無章法的「寫大字」到底可不可能是書法的出口……

但老道在當兵時被一個那基地部隊中最大的指揮官找去為他寫書法時，卻是寫著最規矩的楷書，而且是規矩地最嫡系的顏真卿的字。那是他從少將升中將的謝函，用來回大概一百多封各方寫的道賀的信，而且是寫在用很考究的信封和印有他名字的宣紙用箋上。寫來的賀函也大都是用毛筆，也大都是將軍或各府各部會甚至總統府的高官。那時的老道才比較知道書法是什麼意思，在什麼樣的時候，跟什麼樣的人，用什麼樣的字，才算得體而講究。

老道在臺南念大學時，去看廟時會多看一點柱上的對聯，門上的匾額，甚至廟埕旁石碑的刻文……的字，和少數幾個可以一起談一起練王羲之蘭亭序、懷素自敘帖的同學在那裡大言不慚地批評：書法而言那

個碑寫得還好那個門聯寫得差……那是念建築系時和朋友去鹿港、淡水等古城去看古蹟時年少輕狂的跋扈與虛榮。

那時的勤練過各種名帖而虛榮的他們大概可以寫出任何看到的毛筆字，更何況是硬筆字，所以老道可以偽造任何別人的簽名，後來老道在一些擅寫毛筆的人或朋友身上也找到雷同的惡習，包括蘇東坡。

但其實二十多年前大多的也在場看廟看老道學老師簽名胡亂的其他尋常大學同學是不知道他們在高興什麼或嘲弄什麼的，而且也更是三十年後老道教過的大學藝術系學生所不知道的，他們有些連國小國中書法課都快沒了，高中週記也不用毛筆寫了……

甚至在很小很小就用電腦就上網就用MSN就也不再用筆寫字，更不用說毛筆字。

有一個學生安慰老道說，現在為美術設計用的電腦字體，不只是一般的華康類的楷、行、隸書，也還有更進階的大多名帖名書法家的集字而成的書法軟體，一篇文章的標題字可以用顏真卿的字也可以指定是麻姑仙壇記的字或爭座位稿……甚至，你可以輸入你的幾個基礎筆劃，到字庫，電腦就可以幫你整理出你自己的書法字體。

「但，那是書法嗎？」老道心裡暗暗想著。

老道也老又想起在紐約的另一件關於書法的事，有一個美國藝術家看到老道在工作室每天寫毛筆又理光頭，就跟老道說一個她去日本禪院學靜坐的遭遇，她說裡頭最老的和尚要求每天所有寺內的僧侶要坐在一個大禪堂裡寫很大的毛筆字，並以他們寫出來的字來指導他們的修練，嚴格到近乎嚴厲。但練的不是「書法」，而是「修行」。

老道告訴那個美國藝術家老道想到一個以前聽過的另一個大陸藝術家的作品，他在河邊每天用毛筆蘸河水在石頭上寫日記，寫完但乾了就不見了……如此一整年……

一如老道多年後也想不開到……一整年的他苦苦埋身在這破房子死守般地抄《心經》的更破的修行……

老道在破房子太死寂莫名的沉悶枯燥時光中也老想起更早的當年，在為虔誠拜拜的母親生病時發願用

毛筆抄《心經》時，老道不免在想：會因為我臨法帖臨得更像更好更傳神地得體而講究而得到更多的庇佑更多的福報嗎？

甚至，那時老道找到有些書法用品店裡有「心經的宣紙描紅本」更誇張，每一個毛筆字都要寫在一朵浮印的紅色蓮花圖樣上，整本的封面上頭寫著：「寫字得道」。

第十三章。養小鬼。

全城養小鬼……他對老道說：「養小鬼是一種藝術的術的不可能的任務……」

那個鬼頭鬼腦的鬼藝術家老狂妄地說……他想要一如古代道士傳統中要拯救這個城市免於瘟疫或是要讓這個城市全部毀於瘟疫是同一種術的考究。他想引用「養小鬼」的典故那種道士或巫師煉術豢養小孩鬼魂們出去全城肆虐的術的傳說……去從事一個更深的《不可能的任務》式的縮影或是道士撒豆成兵畫紙成符的那個狀態……

或許也就只是一如一個道士去那陌生的鬼地方捉妖，把藏在那個鬼地方的妖怪找出來，或是本來沒有鬼可是被封了一隻鬼在那鬼地方……他露出某種詭異的訕笑地對老道說：最有名的就是雷峰塔裡封入白蛇青蛇的那個法海的故事……這種拿地方的可能在這個時代的塗鴉出現，更像是一種游擊隊或一種流浪醫生或更古老的流浪道士，然後進城打理……家裡有什麼問題都可以幫你醫幫你處理你的祖宗牌位的問題，你這房子不乾淨可以幫你弄乾淨，你要普渡可以幫你普好兄弟……像是一個《不可能的任務》式的道士收妖。

一如古時候惡神祇或中世紀女巫的肆虐滲透到城市種種角落的蔓延，一如《星際戰警》那種偷偷的把外星人寄放派遣調度成跟人類在這個爛城市保持那種很奇怪互相依賴又攻擊互相體諒又嘲諷的可能……因此「養小鬼」自嘲又嘲人的攻略更費解降落般地滲透到臺北這個城的太多自以為「山明水秀風光好」的鬼地方的……電箱。

他嘲笑自己也嘲笑電箱不免就是這時代這城市的必要也不必要的惡……

電箱是一個電的工業產物……某一種危險的冰冷的甚至跟人家會有距離的一種這個時代的鬼東西。可

是又沒有辦法離開的一種這個時代的道具機關，根本看不到裡頭是什麼但是又好像要依賴才能活著的一種巨大的必要的惡……

他說：就很像古時候不得不去拜某些妖怪的時候的那種要送十二個童男童女去給祂吃才能夠讓今年是風調雨順的那種……本來是這個城市裡頭養了某種怪物，然後只好假裝不看到或是看到也只好躲開，可是問題是這個城市老有種不知為何出現的愚蠢美學的自欺的風光……就是一定要畫成爛油畫那種顏色鮮豔構圖漂亮可愛善良地愚蠢庸俗而為了要覆蓋那種巨大可怕的有危險性的電箱的那種假設，更和藹可親一點……可是這件事一出現之後就突然發現所有事情就會變得非常尖銳可笑。因為那個可笑的部分就是可怕的部分但也是可憐的部分，就是滿山遍野般整個城市裡面到處充滿了真正可怕的妖怪，可是卻畫成很搞笑可愛的動物一如Hello Kitty這種妖怪還不斷被繁殖到所有人都覺得它是一個可愛但其實是一個非常可怕的鬼東西。量很大還要在很短的時間畫完的庸俗化風格非常接近還不斷複製地虛幻……全城電箱上的風景的虛幻，有時候是在一棵樹長出來的一個花園裡，另外一種就是在湖邊或是在山邊有那種觀光旅行社種種廉價廣告出現的方式，甚至更就變成是這個城市大街小巷的一種灑狗血奇觀，那個奇觀已經可怕到所有人也不能不看到的那種荒謬的愚蠢。

他沉痛地自嘲……或許，這個城唯一能夠跟這抗衡的大概就只有國父銅像蔣公銅像，當成要去嘲笑的或是要去攻占作為這個塗鴉的前線……一如這個城市長出了很多奇怪老人斑一如人面瘡要挖掉又不可能挖掉！怎麼辦？

或許是把電箱全部塗黑然後變不見，另一種可能是恢復原來的全部綠色或藍色早期現代主義對那種工業感的假設。但是後來因為想要嘲笑電箱的「山明水秀好風光」的假設，所以反而刻意養了很多小鬼進去玩……那些小鬼比較像是以前的廟裡面的那種十八閻羅殿的那種壁畫中上刀山下油鍋旁邊牛頭馬面大隻小隻的小鬼。小鬼突然就跑進那個山明水秀的風光明媚的鮮豔彩色風景的蠢畫，跑進去還會在山上在樹邊或坐捷運在捷運窗口這樣對外面招手，爬到樹梢跳舞或是它甚至會跑到太陽旁邊去飛來飛去。太完美地可笑

的部分就是在奇怪地情歌對唱，可是他自覺這個「養小鬼」所謂的塗鴉的「拿地方」行動不是大轟炸，不是全部都幹掉處理掉，反而是不可能的任務般的祕密拿這電箱下刀。當那些小鬼跑到那幾百個電箱上去之後，在全城的攻略像電影情節般的黑暗騎士要炸的鬼地方全部都準備種種足球場橋梁廣場作為宣言那種……妖術。

❖

拿地方……一如流浪道士放妖或收妖……他說他塗鴉這種用毛筆畫好像水墨畫的這個鬼方法其實是「鬼畫符」，沒有一個明確的地點或一個明確的原因，甚至沒有一個基地然後沒有展覽也沒有個地方展的什麼……

他說……塗鴉或許可以有另外一個完全不一樣的精神跟態度，用一種比較接近外國洋鬼子說的take place的拿地方……

拿地方……突顯塗鴉，拿地方。其實在想關於一個地方如何變成另外一個地方的難度更高的一種出手或者下手。拿……一如植牙如果牙齒歪掉一點就會非常痛那麼逼近在那邊磨磨磨磨非常久之後，才能夠對的那個齒模裝到你的某一個牙洞關係的細膩複雜深入……到好像那個鬼地方本來就應該要長出那個鬼東西。

拿地方……在建築上其實讓那個地方變成它本來應該是的樣子，那種米開朗基羅的雕刻最好的鬼說法……

因為米開朗基羅是把大理石裡最厲害的那個好像有靈魂的雕像的人形發現出來，所以看到皮膚弧線光澤或那種好像在哭的眼神或是憂鬱的什麼，一如本來就在那裡的那個被雕出的人的餘緒……

之前的原來就是在電箱牆上已有的風光被他養小鬼式地塗鴉，突然就變得很怪異或是很好笑。

也只能只是一種打帶跑是類無政府主義行動般的遊戲惡行……因為打帶跑的「養小鬼」引用了某一種

塗鴉式的到處鬼畫符，不是現場寫或現場畫而其實是已經切割好一個圖籙紙板直接噴漆那個挖空圖板的小鬼形象就會出現，這是一種塗鴉，因為打帶跑還擔心會被抓，所以速度很快，而且控制小鬼長成什麼樣子還有一整群，然後要在什麼地方出現？在湖裡、在車裡、在樹上……的那個妖怪要怎麼噴上去其實必須在非常短時間判斷噴完然後就跑，塗鴉的戰鬥性跟速度感跟一個控制或失控就會被懲罰的一種類無政府主義行動，所以必須想一種更流動的抵抗方式或是進入方式。憤怒地在攻擊人或是為了破了另一個法術的一種作法。

這一種作法是因為小鬼出現就好像在那地方邊下藥埋針類似像小針美容那個城市的鬼地方，只是要動手就必須非常快非常容易跑的打帶跑這種狀態，他覺得這個本身是一種不同的特殊考慮，一如某種恐怖片中那個老房子旁邊會長出一個個怪小鬼的臉，電箱的牆角出現一隻隻好像多眼獠牙亂長出來那種小妖怪，長出整個城市的佛畫妖怪群，小針美容而不是大體解剖，有留不同筆觸的每次都不一樣種種鬼畫符式的攻堅……拿地方。

❖

他跟老道說……這個「養小鬼」計劃有太多充滿誤解般地懸疑的爭執不休……到底小鬼及其降落的電箱，誰是在破壞都市景觀？誰是在美化都市景觀……或許兩者都是但也都不是，只不免因此更突顯了同時出現這兩種狀態的美學及其倫理學上的自相矛盾，相互信任又相互懷疑，相互理解又相互誤解……

相對這個城目下所謂城市設計或景觀庭園或公共藝術種種的什麼美學可能的現狀不免就更討喜更匠氣到……都越來越空泛到到處都更是……甜甜的，粉粉的，美美的，笨笨的，假假的。

城市的大街後來就不免都是那麼陳腔濫調式地無感……都是被拋入那種對都市的號稱充滿美學但是反而越來越無力感的商業或官方操控的種種共謀成的往往空洞無物又庸俗不堪入目的無感。

他老渴望找尋一如霞海城隍繞境夜巡或是普度全城眾街巷百鬼出沒……的幽暗華麗冒險感……或許，

「養小鬼」就是想要更深層次地反動下手，更有神通感地刺激，更深的譁然驚奇，更期盼預感可能……到就是要有一個更高難度到引發爭議到充斥荒謬感的怪動作，那種對老城市的敏感才會變成更過敏般地更深入……

太多細節已然不免遺忘地回想起這個「養小鬼」計劃。由於精神狀態和上工狀態雷同地陰沉……因而老是在回憶中反差更深地閃過所有畫面顯示……印象比較強烈底色的畫質般地沉浸感，所有的行動都必須等待，都是要等到晚上等到無人等到月色甚至空氣都沉浸沉睡才能開始噴。

上工之後，就沒有太浪漫的天真……甚至，之前以為要擔心的跟之後真的到現場要擔心的狀態又不太一樣。畫跟噴不一樣，室內室外不一樣，每一條街每一個城區都不一樣，剛割灰紙模剛噴的狀況跟後來上街噴的狀況也都不一樣。動作永遠要快，還有更多部分是施工上的考慮。每一次噴漆完回來就會把髒兮兮的汁液橫流黏著邊緣模糊的模板重新打理校正切割弧形精密地再清機芯般地再仔細清理，最早是用厚灰紙板但是因為厚灰紙板在回收的時候會全部噴劑紙緣黏在一起然後損壞率很高，所以就把所有模板重新用賽璐珞片再割一次，賽璐珞片在上工作業的靈活度及應變動作上就會比較流暢。

其實最早的時候是自己噴，但是到後來越來越多越快，就變成是模板放在現場地想噴什麼再判斷更多變數的更多電箱圖如何……再亂噴。

通常大家會同時進行，但是不會在同一個點，應該說如果三個人一組，三個人不會同時在噴，不會三個人同時噴同一面，就是通常會是一個人先放了一個什麼，然後接下去，或是大家可能會同時噴不同面，所以他們其實是繞著電箱噴，會觀察然後再決定要放什麼鬼畫符的鬼……

電箱的更外頭環伺的環境本來完全不在乎的光景，一開始放小鬼，突然就感覺充斥火藥味的馬路和店招和機車和更多路旁所有細節種種可能有指示性或方向性的鬼暗示……

他語重心長地說：當年還沒去噴之前，養小鬼的想法是先從想像廟裡的妖怪開始，「養小鬼」一開始也是先畫小妖怪，之後有畫大妖怪，也是水墨的妖怪。其實總覺得奇怪，往前看或是往後看都奇怪，計劃

一開始也只是先用一整捲宣紙畫小妖怪，後來才開始變成畫更怪的小張的大張的一張一張接著……但最後其實大家在畫的時候就會變成不太一樣，有的陰刻陽刻像是圖騰，有的具諷刺意味像是拿著燈籠的一隻個子小的駝背老鬼魂，有的是一對兩腳站立的肚子有洞的老虎怪，有的是獸身佛像雕刻走樣的大怪物，有的是然後站著看起來很有肌肉的山精水怪，有的是一串身形扭曲變形但是比較小隻像是猴子拉手攀樹半抓半蹲著的那種種種鬼怪姿態……

他說：有一次有一個看到他們在噴的警察還說噴的那鳥很漂亮，稱讚說他們噴漆噴得很漂亮，然後他們大家說那妖怪是猴子不是鳥，然後那個警察就說那猴子很漂亮……

從城南噴到城東，在各個地方遭遇過不同的亂狀況……在比較遠的郊區的時候不會被圍觀也不會被注意，一開始只是試探，然後再越往都心，越鬧區然後就必須更小心，動作就要更快，更是打帶跑。

噴得最緊張的一次應該是在善導寺再前一點有個警察局的正對面。但是反而這樣就會更小心。就像一種怕光的吸血鬼……他說他們那時候都是十二點之後才開始動作，然後在天亮以前要結束。跟鬼一樣。然後那時候天亮越來越早，已經接近夏天，所以他們大多的準備動作變成是在半夜之前要完成。甚至就是要等路上都沒有車沒有人的時候才會開始動作，然後他們是兩個人一組騎摩托車出去。兩到三個人一組，然後路線是想好的……就是噴的電箱的點自己找，所以最早有時候會從可能是離家比較近就是從家裡的範圍找，後來就一路往南港的方向去了，其實他們最早不是噴忠孝東路，他們最早是噴靠近山邊靠近中央研究院的地方，但是其實有點緊張的。

後來時間拉長回想起來有更多情緒都不一樣。他說……因為之前的塗鴉有的是畫在地上或畫在牆壁，雖然是偷畫，但是其實是畫在被封起來的某一個較為隱匿的祕密地方。那地方平常也不會有人進去，也不會有人來打探裡頭……有沒有人或是變成什麼樣子，就比較沒有意外，也比較不會有被抓的危險。比較起來……至少就是不會像「養小鬼」噴漆時有那麼多人圍觀，而更擔心……在做的時候不會被發現或就被逮捕。

最後一天噴漆，他帶領的兩組人馬湊在一起，然後大家走一個動作很快的路線，他們那天真的是因為他們沒看旁邊有沒有人來，就想說那時候已經要收尾……才出事的。現在看那時候畫的東西就覺得，到現在還是很喜歡那時候畫的東西，但是現在要再畫一次也畫不出那樣的鬼東西……這幾年心力交瘁到太快速地一如整個城市更深地妥協而式微，老到已經過了那樣瘋狂的狀態。

或許，這些塗鴉和這些補遺，都是虛構的，只是他去拍不知道的別人所噴漆上去的鬼東西，自己完全沒動手……

❖

他跟老道說：時間拉更長……這也只是臨時的幻覺的某一瞬間的妖術露一手……因為其實或許再過一陣子，臺電大樓派人就把全城的這些「山明水秀風光好」的電箱全部再漆成完全的綠色或藍色，所有的這些養小鬼奇觀就會同時全部不見。

印象最深的是有一次路過去三井日本料理店，裝潢門面充斥現代日本料亭店那種設計感太幽暗孤僻到近乎冷漠的奢侈感，然後走過就看到……路上的那個鮮豔到花俏俗氣的怪電箱上「養小鬼」噴的那個炫目反差的怪噴漆妖怪，充滿了和所謂現在主流的設計美學教養狀態的極端反差。

完全沒提的他心中卻一直偷笑……

他們的半夜噴完都要第二天早上再去拍照。就是前一晚噴完收拾到累死，隔天早上就是照著前一天晚上的路徑再全部走過一遍，那真是一種最虛幻的經驗，好像重遊一回昨夜的夢遊……

後來看幾年前的鬼東西，就會覺得如果要這樣噴，除非是一個這樣的瘋狂的義和團團民們才可以完成，組合要有必然的默契跟神經兮兮的動機……因為變得比較像是一個游擊隊或恐怖分子的不可能的任務般的……就是到一個地點然後馬上應變現場即時的狀態，沒有先去場勘，就是到了然後起乩般鬼上身式地現場噴，一隻一隻小妖怪的現身及其莫名其妙地占領、肆虐、持續不斷地接龍……

還有更多意外的可笑的荒謬感，一如有一個特殊的電箱，在那裡都忘記了，但是卻始終記得那一個電箱上就畫了很多小學生要上學，正要穿越斑馬線上的現場……所以就在那電箱所畫了的三個小學生後面，噴了一群小鬼跟在他們後面，也跟著要去上學……

每一個「山明水秀」電箱的風景和每一個風景裡的人都可以變成是一個開頭的狀態，或許是另一個更離奇荒謬故事的開頭。噴漆塗鴉的小鬼們現身的狀態都跟電箱畫裡的風景和人的情節變成如何撞鬼的奇遇有關。

甚至其實因為大部分電箱還是沒有人只有風景的有山有水有樹。小鬼們就有各種各樣的玩笑般入侵的玩法降落，出現喧賓奪主的怪異主角們。

另一種電箱裡的風景中如果是有太多樹的前景，箱身上有獨樹或有樹林或有樹叢，然後就會鬼身故意就噴一半，就像小鬼們故意躲在樹後……有時候，考慮小鬼會不會流血，然後噴的時候就小心翼翼點……小心不會流但是有時下手太重還就會流汁。流噴劑墨汁就像流血，就他會滴下來，汩汩滲漏，但是感覺卻更可怕也更可笑地慘烈生動……

他老會想起太多年前也就是做了這一件以後也再不可能做的事。甚至，這個「養小鬼」如果是噴漆也不是一般噴漆，如果是塗鴉也是跟一般的塗鴉也不一樣，然後，塗鴉的攻略也跟過去不一樣。但是，更後來卻更開始懷疑起那時候的動機……真的想抵抗什麼或改變什麼的動機，還真是太過樂觀也太過悲觀地可笑。

當時進入的某一種拚命的狀況就是，面對城市的無感……完全不要管，就是攻入連那種衝突或那種矛盾……就是被討論都不會被討論的已經習以為常的盲點般的盲地點……認知那電箱就長成已經應該是那樣到沒有人會覺得很奇怪，也不會有人去討論奇不奇怪這件事。因為電箱的山明水秀好風光就已經是這個城市無奈的無法忍受也無法改變的一部分，它就必然長那樣醜陋荒謬，然後「反正不歸我管，我也管不到」。其實這個城充斥了類似這樣的在一個個介在被收編跟不被收編之間的盲地點。

可是狀態如果想要再更激進一點……他說：或許這個養小鬼計劃中所展的不只是電箱上的怪異符籙感的種種小鬼圖象群，而更是一開始就準備打帶跑然後隨時會被抓的「反展覽」「非展覽」的展覽狀態。不完全不一樣的那種流動攤販的緊張或危險感，一種類似像在跑警察那種違法的會被抓的那種做壞事的前提，更牽涉到那種反美學的侵入性影響……最後用那全城的地圖，像追蹤連續殺人狂命案或是恐怖分子攻擊事件的分析案情CSI分析大牆體照片檔案資料顯示的氣味……或許是更像Seven那部《火線追緝令》電影中的用犯案來布道的神經兮兮終極罪犯，打造一種充滿寓意深遠影響的潛意識般的潛層面，或許只是像是更天真爛漫的祕教或反對分子，用很偏激很失控的那種精神狀態，從事內心長年美學受害者訴求美學正義所想到引發的另一種小規模的小革命，條件更差更遠更稀薄，影響更怪更歪歪扭扭的……小革命，或許只僅僅是一群小鬼肆虐的小小的混亂。

先畫妖怪最後才決定要去噴妖怪的計劃，電箱是最先決定的但是最後上工的……

但是，之前，小鬼也降落在全城的墳地、廢墟、堤岸……但是感覺不免都站得太遠了，不夠入世……那時候一開始小鬼所跑進去的荒郊野外，雖然在那墳地或那廢墟或那堤岸牆體上也滿真實的，但是碰到……都市都心就完全動不了到想動也不能動的狀態……卻才更逼近……真正巷戰逼身肉搏的欺敵上手戰略的戰場。

最後，小鬼們……還真的用一種怪異寄生附身的入侵滲透性地悄悄挑釁，一如守護者們老殺手最後才潛入那不可能的京畿，幹了一票必然不可能的任務也不可能成事的怪事般的自嘲，一場必然不可能革命成功的小革命，或許，就只是一回必然自欺欺人的這時代這個城妄念般的……某一場夢遊中的全城百鬼繞境夜巡。

他對老道說他老想用養小鬼的百鬼夜巡……把臺北這個城變成所多瑪……

即使也非常像一場夢遊地不可能……他老想用姦情用花美男用療癒系美女把全城所有偏僻巷弄或角落或小公園的廢墟都變偶像劇場景般弄得很窩心也是充滿賤賤的魅力的。一如亂碼是健康的。城市至少是冷

感變性感了。

他對老道說：他寫過這個養小鬼的城有三種蛻變的可能……

第一種小鬼蛻變的城市……是偶像劇式的。

一如……變心了。總是負心漢那麼地。無可抗拒。怎麼回事。打完點點滴滴般。鄉愁的賞味期過了。城市的幾何學考古學倫理學都變成只是電車男愛瑪仕小姐般的好奇而已那麼徒然。或許更用力更恐怖點。更CSI些或更花邊教主些也很雷同。只是不再不好意思承認城市就是膚淺。分心。瑣碎。暢銷書般甜甜的。週年慶變國慶。摩天輪變野砲臺。只在開心農場種東種西老叫朋友來幫他澆水順便偷他的菜順便被他的狗咬。只關心新款假睫毛品牌或只在乎最人氣AV女優。都好好。只是收集。不評論。好看。感人就好。養小鬼的城市千萬不要壯烈偉大什麼的。反正要重開機也要重新編碼。用姦情用花美男用療癒系美女把所有偏僻巷弄或角落或小公園的廢墟都變偶像劇場景般弄得很窩心也是充滿賤賤的魅力的。一如亂碼是健康的。城市至少是冷感變性感了。

第二種小鬼蛻變的城市是……像那部怪電影《全面啟動》式地。

一如電影裡美少女個子小小的卻變成建築師而且可以設計夢和夢境。設計一個或很多個沒有人能破解能走出的迷宮。京都風有機關的古蹟。惡夢人妻小套房。冰原城堡攻堅不下的祕室。折疊的巴黎巴洛克風古城街道和天空。太豪華旅館太要命的大廳及電梯間。或紀念些什麼的某某紀念堂。那般容易的失序。及其失重狀態。設計終究是一種陰謀式的。浪漫但危險。恐懼但不想醒來。植入一個想法。會改變這個全城充滿城市小鬼的一切那麼有野心。

第三種小鬼蛻變的城市是……卡夫卡式的。

可以更變態點。分泌更新更多荷爾蒙點。變瘦變美甚至。變性到變雌雄同體。都要想辦法華麗地快活著點。把正步變貓步。把草食男變暴走族。把朝會週會法會都變轟趴派對。把桃花源變惡靈古堡。把羅莉塔學園變吸血鬼總部。把新娘婚紗街變惡女花魁町。把臺北變所多瑪。他說，只是一種自欺欺人式的妄

想……養小鬼是這三種蛻變的城市的變法……第一種變第二種或更拚一點地變第三種……其實可能真的可以是小叮噹任意門般的任意也可以是小針美容般的小小亂來的。雖然打肉毒桿菌是左派而脈衝光是右派。或許都沒什麼小路用。但這個城市畢竟就像這個世界就只是一個怎麼走都走不出去怎麼測量都測不準的城堡地令人沮喪而慌亂。就算到頭來。還是只擔心在這個城市裡有一天早上醒來發現他會變成一隻蟲。

他說……或許就只是變成一隻隻小鬼被封入全城一個個怪電箱的荒謬風光……

❖

他對老道說：這養小鬼計劃或許也只像這種怪００７電影變成另一種末日旅遊套裝行程的可笑。因為是一種極端荒唐到近乎不可能的怪遭遇……一如那晚他第二次看那部電影《空降危機》新版００７的感覺和第一次完全不一樣，完全像個厲害導演的怪異小品，大概是第一次看的時候那些IMAX龐大驚人的飛車追殺的特殊效果卻已經忘記或是不再那麼分心，仔細看竟然像一齣舞臺劇，一齣非常老派的舞臺劇，一種莎士比亞或希臘神話般的充滿隱喻的性格缺陷放大成最後通牒般的自嘲。人物內心轉折的刻劃和角色對位衝突非常清楚。一塊一塊地搭接起來，再一塊一塊地拆散，恩恩怨怨的個人仇恨或情報局任務的嘲諷，太心機的鉤心鬥角和太世故的爾虞老道詐，都和那些極壯觀華麗槍戰和恐怖分子的爆炸畫面來得同樣地動人，其實裡面特殊挑選出來的某些像啟示錄現場般的殘酷到非常厲害的經營著，上海一如巴別塔或場景的夜景和荒島上的廢城和澳門一如在暗夜冥河上火花紅煙花的巨龍形燈樓迷魂的賭場，倫敦高科技建築的擅場，從一開始伊斯坦堡清真寺旁飛車到最後蘇格蘭古老怪僻孤立無援的００７老家那古城堡裡的完全爆炸，所有畫面都有一種更風格化的奇怪導演講究。那太像是某種宗教末日觀中的對人類最崇高龐大罪惡的懲戒圖像學布局，神龕裡的創世紀和最後審判用最厲害的畫家畫一生才畫得出來折疊入通天罪行的每一個畫面中的最昂貴名古城名古建築甚至名大都會的奇觀。

他說這有點像又有點不像過去的００７電影，甚至，更後來這種罪惡象徵的更進化還反而更退化回另

一種版本，像一種老家族的歷史劇那類因為霸業的爭端而父母長老互相攻伐內訌小鬼兄弟自相敵視殘殺的恩仇錄，開發極端人心陰暗而擴展到那種英國的老化而特務的困獸纏鬥作為最古老的帝國及其殖民地殘餘厄運般的蔓延焚燒。

甚至那叛變的情報員告訴007他小時候住在島上的他祖母如何解決始終沒法子阻止老鼠偷吃椰子的問題，她用讓那受陷阱吞沒而使困在油槽中的鼠群飢餓咬噬自殘到只剩最後兩隻，再放回島上，從此牠們不再吃椰子而只吃老鼠，這種完全改變了其生態與天性的殘酷而聰明的計謀，也正是情報局的老女情報頭子對他們這種失手情報員所做的，那曾受刑到頭顱牙床都已腐蝕變形但仍喬裝成金髮白西裝那麼風流倜儻的他露出一種古怪的訕笑對著失手被擒的007說：「我們就是那最後的兩隻老鼠。」

他對老道說：那個島就像這個城，在「養小鬼」之後就豬羊變色般地內在質變地在妄念中自殘……

那時候他們正坐在某一臺計程車上，留意到那一個照後鏡上吊滿髒髒舊舊的十八王公狗神像符包，鏽蝕怪法器小支七星劍流星錘，車上散發著腐敗的玉蘭花和猥瑣司機身上狐臭的混合怪氣味，那時候的收音機新聞廣播正提及一個怪事，那有點太嬌滴滴的主播說起：「馬雅古曆法中認為二〇一二年十二月二十一日是世界末日，距今已然不到一個月，之前還拍成了好萊塢災難電影，很恐怖但也很好看，所以近來還真的有很多中南美洲旅行社正推出末日旅遊套裝行程，大受歡迎到竟然不可思議地一推出就馬上搶購一空。」

他跟老道說他還想到前一晚的夢裡，他在很疲憊不堪的狀態去參加一個有很多人的老房子裡的聚會，他本來很想走，可是因為耽擱了，後來又有太多熟人來了，還有更多陌生人，最後，遇到某種奉茶的更古怪的泡茶狀態，那時候，那古蹟一如宋代的所有木梁柱都雕梁畫棟地十分細膩精美的老房子，最玄妙的一個部分是玄關前方的一個轉折角落，竟然一如古園林水景般做成一個觀音石的方池。

但是下雨下了太大，空氣變太冷了，他感覺卻極好，後來水位就越來越高，那水池裡充滿了很多發光的水母，用一種很奇怪的寶藍色半透明的韻動發光，水母發光的水池那麼美絕，他在那裡泅游了許久，快要窒息了但是卻仍然因為那奇觀而就遲遲地泡在水中捨不得離開。

最後，不得已而在觀音石砌有點苔痕的池畔臺階前要起身時，卻看到一個年輕時代極貪戀而又留不住而失聯太久的老情人竟然就在那老屋大廳前一張極考究的酸枝木明式古董桌泡茶，穿著非常華麗的和服，神情非常從容優雅到所有人都在看著她的一如劇場演出的煮茶倒茶手指動作的細節細膩到完全無法想像，現場所看到的古日本茶道般的茶器茶人種種極其難以明說的繁複奇幻，在煙霧瀰漫的水燒沸騰的迷離中，甚至令人不安動容到，一如妖術。卻也一如那夜裡入夢前半夜睡不太著所看到的緯來日本臺，他說：那是那古怪又高人氣的節目：《火力全開大胃王》，吃了三十碗拉麵握壽司三十盤才能入門的第三代競技，進化到極致的大胃怪物們另一種荒謬可笑的妖術，揭開新時代的序曲。有人吃了七五〇〇円的臉盆大蛋包飯。有人吃了一八二顆大阪燒。那個最後吃一百二十盤第一名的瘦巴巴年輕人自稱是藝術家。第二名一百盤是一個和服老店的千金小姐，興趣是一邊吃紅豆麵包一邊看推理劇，在捉到凶手之前她就已經吃了十五個麵包了。身材和臉蛋瘦小而且看起來很秀氣斯文的她竟然還回身對著鏡頭說：「傷腦筋！從小我就是從來都沒吃飽過的餓死鬼……」

第十四章。空茫。

老想起《雙瞳》那部鬼電影裡傳說中的這個老醫院死角有一個可憐又可怕的嬰屍……其重瞳可觀神鬼的神通。

在電影情節曲折離奇隱喻為成仙失蹤殺人種種怪異民間怪力亂神無限複雜的連續殺人狂命案中找尋太多太多疑雲局部最後還是到了被引用的這個老醫院充斥著老時代醫學院博物館……那個最著名的傳說深藏於很多祕密層層堆疊的泛黃彎管化學藥劑玻璃瓶培養皿燒杯在那骯髒的百年歷史古實驗室，深漆色古董木櫃長廊舊城的痕跡……鬼影幢幢高樓有什麼作祟過……燈光昏暗的病體檢測標本器官移植手術殘體的恙蟲幼蟲般古怪病例……及其引發老時代最詭譎複雜的令人情緒激動……傳說中的死角有一個死於母胎中畸形的嬰屍……其眼珠突出雙瞳……一如倉頡的重瞳……古稱有異能可觀神鬼的神通。

那部怪電影中……萬般引用的這個幽靈充斥般的老醫院是一個怎麼走都走不出去的……迷宮，充滿殖民時代的詭譎難受幽暗離奇氣息……舊日本古典主義風格的老房子走廊末天井中庭謎樣巴洛克弧柱間捲花柱頭華麗大廳建築，分不清龐大冗長跨部門多院區開放空間新的舊的沒有盡頭般長廊……一找路就像陷困難逃的迷宮曲折蜿蜒角落永遠混亂莫名地極端複雜……

意外來探病的老道迷路了……在這個太過巨大的死白老醫院……那麼龐然卻又那麼繁瑣……

太多畫面的碎片散落就一如一部科幻電影的片頭，《陰屍路》或《惡靈古堡》那種末日感染的病毒蔓延出來了的恐慌……但是，或許那也只是一個死角的生化廢料回收桶。上頭一個像是核廢料處置的危機狀態LOGO的弧度一如帶血彎刀也一如滿口獠牙……

老醫院在這古城京畿般特區的尾端那一區不免仍像是隔離到完全孤立的島嶼……老院區中的冗長魚骨般怎麼走都走不完中央走廊的盡頭是幢老樓大廳。側窗看出去是一個一個老舊的建築物院子……管線末端般長出一個個廢棄合院的蔓藤亂長近乎瘋狂的怪異花園。

一路聽到很多怪吼怪叫的胡鬧聲：「你再亂，我就叫醫生給你打那種不會醒來的針。」老護士終於忍不住最後還是生氣地對那個亂來的神經兮兮病人吼說……

或是更多迷路找路時不小心看到的一瞬間：一如門前是「精神內科」的側邊陰沉幽暗無人的門旁是更深更遠的……「自殺防治中心」的門洞窗口往裡頭看。一間間冗長走廊的房間。彷彿置身於科幻或是驚悚電影的現場的死角……

另一樓走廊旁邊的老人臨時病床的可憐模樣。電梯間病人拿著點滴袋緩慢移動還是始終快跌倒的速度。心理治療室門診那間。病人眼神都怪怪的充滿陰影籠罩著的擔心……

還是那走廊最末端另一個門洞……有個病人在問護士科幻小說般的萬般困難問題：「疼痛介入性治療……到底是什麼？」「正子斷層掃描機……到底是什麼？」「我全身都痛怎麼能忍耐你們實驗我？」……就在核磁共振的巨大機械設備操作系統怪怪的圓洞的死白機身前……

樓梯間的後樓梯長牆上貼著大字標題長列：「主保守你的病情。基督徒的祝福和喜樂。」「每天走五千步。仰臥起坐一百下。」「多看正面的書。」「吃飯吃麵不加醬，吃肉不吃皮不喝血……」有人說：「為什麼我超音波照起來都沒感覺。有人卻痛到拚命哀嚎……」或是有人說：他不好意思痛的時候哭出聲，因為大人的他還能忍受，不忍心的時候是常常還會持續聽到隔壁間……更嚴重的復健治療病患……很多老人們甚至有很多小孩子的哭泣到尖叫聲。

另一區，復健中心拉腰的機器躺著的成排完全死寂的老人們前有一個復健師的胖大叔嘲諷意味著安慰那坐輪椅的老太太：「我們都快死了，來這裡是投資，回家是生利息……別擔心太多……沒死還活著就算是有賺頭……」

有一區的等待叫號時……還有一個女人也正在拆線，她斷了一截的那根食指，其他九根手指的華麗風格炫目鮮紅色指甲油卻少一根，繃帶拆線卻還仍然血流不停。

還有看到某次去看那個名醫的時候也遇到的老頭老在跟護士哀求可不可以多給他一瓶藥膏神油可以回家自己上藥上那個腳缺了兩根腳趾頭的殘腳丫。

末端的巷尾房間竟然有一間小到只有一張破舊不堪髒髒亂亂的斑駁皮椅但是卻能讓一個老病患躺著洗頭的舊時代理髮廳，小心翼翼的呵護著客人的客套老派理髮師卻戴著高科技的耳機，用老剃刀幫老病人枯黃萎縮下巴很小心翼翼地修臉，喃喃自語般地對他完全沒有神情的可憐衰弱長滿青苔般老人斑臉孔說：「剃完頭會變年輕又會變聰明……」

有一家探病的三口父母小孩都很胖，走路難看。父親身上T恤還刺繡怪圖騰配手臂輕浮的刺青。擠入電動扶梯旁的可憐老人拿拐杖走路摔倒，受傷害怕的小孩尖叫。

護士們只是冷漠無情地交代：「大家要記得繳費排隊……」

無意間聽到隔壁的兩個老女信徒在認真地說話，彷彿住病期間本來以為自己無藥可救的絕望最後……竟然被保佑般地見證奇蹟發生的不可思議……她說：那天，我中風時，住院治療太久沒有好轉的昏迷狀態不知多久，覺得死了，突然發現龍山寺觀音佛祖出現在眼前，才活回來。她去拜了那麼久，法師始終無法理解為何地交代……說經很久的法門的經中要害的要義……有四個字不能講。其實那四個字法師說過，她曾經聽過，也覺得沒有那麼不能講，雖然還是聽交代就沒講過……但是久了也忘了。

她說她八十幾歲了，完全沒有病得快死的狀況。講經弘法的法師人很客氣，她第二次開始一講就道歉，說她第一次只說她的感應，沒有講經，想有善根，聽老法師講法，不分心，只專注自己，不要管別人，好好學習……

她教他們：「看到光，不能問，也不用問……」

隔桌上三個頭髮半白的歐巴桑在說：「什麼怪事，也不能問，法師說：到最後就會自己感應到……要

修……很神吧！」但是旁邊的院區充斥著憂愁無奈的人們……從不同走廊分岔支線轉彎一走錯就可能永遠找不到路回去……一如始終慌亂的老道。

老道一開始在那個下大雨的午後悶熱的氣候之中等掛號時候的大醫院，看到門口的一百年前傳奇老時代紀念的舊建築廣場。也想起老醫院後一個老土地公廟太多太多往事，那是十幾年以前另一個長輩過世前常半夜急救入院的那時候。一如最後從急診室入口繞行一圈穿著病人衣服出來街上走得踉踉蹌蹌的病人，門上的螢幕顯示掛號機器聲音叫號的怪現象……再拐到樓下的另一端長長舊市場般的種種小店充斥著地下室的狹窄密集小攤位，一路還看到很多攤販在賣冰棒或糖果餅乾芝麻綠豆薏仁漿花生粉，賣更老的草蓆或更新的嬰兒車，像是老時代賣南北貨集散地式的骯髒但浪漫氣氛濃厚……彷彿寄生於鬼市的不好吃硬麵包、冷便當、快壞的水果、雜牌茶葉補品禮盒、陰暗角落的醫療器材雜貨市集擺攤……像老時代的某個老市場，還看到很多人排隊等候擁擠攤位賣包子饅頭水餃老店。有一個老人說好吃，因為有鹹味。像海鹽或是汗流浹背的味道……水餃餡料中好像有加小蟲般的斑點佐料。這樣病才會好得快……

但是老道卻分心地打量著另一端的水餃老店尾端電視上報導……可笑觀光客像是可笑外國政客捲入阿拉伯戰爭的殘酷現實，小孩在沙漠裡屍體旁仍然在牧羊和邊遊戲邊吃真的長蟲的爛水果……

❖

空茫……正在等候要住院的憂心忡忡的姊姊還說到了更慘的故鄉的四姑出事……

好像……空茫了，昏昏沉沉，失智老人般地令人擔心，想到之前那一回他們著急回老家是因為幾天前，姊姊說，那天她嚇一跳，打電話給四姑，以前每回都要聽四姑半說半哭一小時的心情不好種種疼痛，很多時候都一直重複的心情沉重，但是那天，四姑竟然問她是誰，姊姊說她心想不好了就趕下去老家一趟，孝順的堂弟用心良苦，買了一張完全醫療用的高科技昂貴極了的病床，可以多角度旋轉彎曲但是卻放在那間老和室榻榻米床頭旁（老道老想到金剛狼武士之戰的那種日本最前衛又最傳統的奢侈氣息奄奄又充

滿神通廣大的預言感），彷彿科幻電影場景中的四姑仍然艱難曲折離奇地陷入空茫的有時無力感很深，已經完全無法下床地疼痛發作呻吟……有時還會失智到始終無法認人。

那晚回去，神奇般地又恢復到某種神情疲憊不堪但是又清楚認人的慧黠一生的四姑，緩緩地對他們說，她過得很難過：「要回去就趕緊，割割刮刮還比較快，像我這樣，好累，手完全沒力，舉一點點就好痛……，歹命到連抓癢……都抓不到，好命……就應該被老虎咬去，馬上死……那種痛快。」

命還有太多洞口，太多線索都沒有痕跡，姑姑說，有拜有保庇，太多認識一生的住在長壽街的老人，都好像是佛祖派來的，老想幫她做什麼，送好料，陪她念經念佛，陪她說話說到睡著，幫她梳頭，甚至幫她剪頭髮，姊姊勸說，現在開始做老公主般的老菩薩，姑姑說她眼睛很花到後來越來越瞎了，她右眼視網膜病變流血，一如當年，祖母晚年的右眼，雷同的病情越來越嚴重，後來太老就死不動刀，久了就看不見，眼皮浮腫，眼洞還塌下去，她本來還老拿放大鏡硬要看線裝的古典小說，字好小的，《紅樓夢》的貴公子落難，《七俠五義》的包公案陰謀，樊梨花嘲笑薛丁山的潑辣，老衣櫃上有個五十年的老舊怪異皮箱，堂弟說，四姑的老東西，你喜歡以後就留給你，老道很尷尬地說小時候為什麼完全不記得有這個老皮箱，姊說有，姑姑說還有另一個，被蟲蛀壞了，前一陣子丟了。為了買那病床，重新打理四姑的榻榻米和室，老道說好用心，房間大好多，變得好體面，堂弟說，收姑姑房間，也沒動什麼……只是丟了三四大袋黑色垃圾袋她老捨不得的老東西……

還有更多細節，身體不好的心情更不好，腳沒力瘦到只像雞爪般的手和手指沒力，必須用一種老舊震動器按摩，練習握手，在床頭，非常辛苦地用力過度，每天要捏一百下怎麼可能，有一個她念經的道友來陪她，還常常會來看她，提及長壽街老家對面那米穀公會的雕花老街立面最奢侈華麗一如迪化街奢侈巴洛克風格的古蹟老房子終究拆了……

姊姊幫姑姑老找剪指甲刀，找磨指甲刀時，開那老木盒抽屜裡還找到太多老時代的怪東西……念經老串佛珠，生鏽斷裂的復健計數器，破爛不堪的舊式原子筆，太多過期太久的膏藥膠囊錠，老舊《金剛經》

（姑姑說老東西都在，只是移山倒海，找不到），最後要剪更深更難剪的腳趾甲，要先泡熱水才能剪，一般腳趾甲剪沒辦法剪，拇趾甲太厚，姊姊的眼睛看不清楚。提到更多往事，姊姊說，最喜歡幫死前最後幾年媽媽做的兩件事，做臉敷面膜和剪指甲，但是洗頭髮就要找人來洗，後來姊姊她自己也沒辦法，因為也老到看不見了，眼睛不好，空茫的姑姑還記得太多太早的事，哥哥帶剛出生不久的小孩來，給伯父和她看，早產兩個月的小兒子太瘦手太細，嫂嫂從第三個月臥床，始終安胎，小孩只懷八個月可能是養不活……但是奇蹟般地後來長到現在也還是活跳跳身高一米八了，四姑說不容易，她和媽媽一生姑嫂感情好，不能怨嘆，是前生的緣分，你們的父親過世，母親很慘，她和二姑，去山上拜父親，去臺北，和二姑去掃墓，卻老找不到墳墓。路太遠草太長……

還提起一件怪事，父親墳墓撿骨收起來，進靈骨塔前，時間還沒到，必須先送到臺北，但是不能放家裡，等母親往生前，必須先寄在一個廟裡，後來找了一個葬儀社借放，每種細節打理，充滿複雜的禁忌規矩，還因為太過匆促，出過事，但是老道完全不記得。

最後姊姊還提及她們教會有一群美國的先知團來發預言，姊姊說她以前曾經被預言說她以後會當牧師，變成一個很重要的牧羊人，他們彷彿是見證奇蹟般地奇幻，影響力龐大以後會成為，姊姊的未來，一如就是這群全球跑的先知，一生為人發預言。但是，現在怎麼變成還未發預言就疼痛難耐的姊姊她自己不得已來住院開刀……

姊姊說……空茫有太多可能……

她在聽到預言那天，還聽到了另一個同教會人很好的老信徒所發生嚴重的車禍意外空茫更久，六月時被一個年輕人在斑馬路上撞車，膝蓋縫了十八針，其實嚴重的是頭骨有破裂，被撞的時候摔到安全島上撞到混凝土塊，眉毛之間的骨頭好像都裂掉還沒恢復，自己的鼻子和嘴唇之間都可以感覺到有裂縫，醫生說那個地方的骨頭太脆弱就不要動到了讓他慢慢自己會好轉，而且算是命大，因為如果是撞到後腦的話腦震盪會更嚴重，可能就一輩子空茫……救不回來，他的神智始終還算清楚，雖然到了第四天還大吐血，本來

以為是腦震盪發作，後來原來是撞上的時候血流進肚子裡進去再吐出來，那老信徒的太太把照片給姊姊看而且一張一張就在手機上滑來滑去，整個臉完全腫起來而且眉頭和雙頰都瘀青，慘不忍睹，甚至腳的部分是打了全部的石膏，但是不能動手術，要等到腦子的部分醫到一個程度才開始醫腳，在加護病房待了四天，完全空茫更深到像植物人了地死寂。

後來勉強救回來了，禱告好久，每天都念《聖經》，出來在病房又待了十天，到那時候已經三個月，他拿著一個四隻腳的拐杖機器，站起來還是很痛，但是必須要開始動，不然就一輩子站不起來，而且他以前眼睛開過刀，還有嚴重的糖尿病，這幾個月吃藥吃得很恐怖的害怕，但是醫院的護士都說他很乖。旁邊那些神經兮兮的病人尖叫掙扎得很可怕，半夜完全不睡只是一直不斷大聲地罵人，醫生和護士都很生氣，但是也不知道怎麼辦……那是一對年輕情侶車禍，男的全身都是傷，綁繃帶坐輪椅，老信徒太太半夜路過走廊還去幫他拿水，問他家裡怎麼沒有人來照顧她，後來才發現載他的女朋友傷得更嚴重，骨盆裂了，但是年輕人皮肉比較好，竟然住了幾天就出院。只有他每天晚上還是在那邊聽一堆神經兮兮的病人痛到說夢話都還在尖叫……

但是他願意自己空茫一點，因為只能依照老規矩每隔六個小時打一次嗎啡，那個後來已經枯瘦到離譜一如枯骨的老信徒說，有時候實在太痛了想要找人來偷打止痛針，但是還是不能打，就只好一直很痛，一直偷偷地低聲地哀嚎……主啊！我好難過，我好想死啊！他母親跟他說……他所禱告的竟然跟外婆喃喃自語地完全雷同的話……

❖

一如面對地獄變相的焦慮……什麼是鬼，什麼是鬼的老道理解的破口：一如：鬼的問題……鬼頭鬼腦鬼東西……始終閃過腦海般地只是閃過……

一如閃過地藏庵。老醫院的暗角皺褶的怪小廟更沾黏的什麼，更不安緊張不祥預兆的成全寄託的什

麼……

但是在這身陷看護病人角色窘境的老道可不可以先不面對地……不談、不理、不看、不想……始終老道被拉回來，陷在這種鬼地方的……陷入困境般地落陷，老醫院就是一個活地獄的逼身隱喻。

老道還是始終無法理解為何他還是糾纏在這洞口即將縱入暗黑地獄前的忐忑不安……就在老醫院死角的那個不祥預感充斥著的老時代地藏王廟般的小地藏庵。之前路過的廟內供奉祭品狀態不明，彷彿點香氤氳繚繞不絕念經超度亡靈地做法事，好像是普渡最後七月鬼門關之前的法事。前兩天看，有法師念經超度法會誦念的法器聖物般的鑼鈸木魚敲擊聲……

老道老閃過去，假裝沒看到……回到醫院，有時故意從公園路的側門走進去。老道避開好幾次不想過去的另一端，或許因為姊姊的病，她的手術，還沒有好，姊姊說：地藏庵那種怪廟的狀態在太多太多老醫院都會有。但是很小心，有專人負責接送病房急診室停屍間都有貴賓室通這著名的廟小妖風大的怪地藏庵可以不同走法地走地下的路，聽說很多很多行情昂貴或是貧窮的命的走的不同路般的不同宿命細節：三千，三萬，三十萬……行情差十倍百倍的老時代規矩很多很玄只要有錢包紅包白包都可以喬，傳說怎麼拜怎麼救再高難度的甚至死人救成活人都可能……還是可分佛教道教基督教回教什麼教都可以，各種不同的神明教派祭祀行頭都可以切換找來現場朝拜，還可以在地藏庵前特殊送行儀式般地甚至做七頭七都還連續麻煩做到七七……特殊的收驚解厄消災延壽作法還可能作到救命還魂……

一如每回路過的鄰接走廊另一邊是更險惡峭壁懸崖邊緣掙扎求生般的癌細胞腫囊醫療部門絕症的治療更慘。老道老是刻意繞路……不想去看那另一端假景觀的地藏庵前廣場燒香塔旁的空地長出的現場……老醫院合院山水月門花鳥蟲獸文人園林福地洞天的花園死角那地藏庵……始終無法忍受地充滿老中國式的假風雅吟詩作對對聯刻入涼亭躲雨避風的故土感傷，但是其實仍然早就多年雨淋潮溼悶痛般的鏽蝕霉斑充斥悲哀陰森恐怖的始終怪異。

一如那天晚上路過地藏庵門口有個腳纏著紗布的臉很臭的更怪老人在抽菸，眼睛看著圍牆外的天空，

路口對街老時代新公園的那些樹叢中的白色恐怖受難者紀念碑獻花悼念儀式……和臺北博物館的日本時代的怪異新舊對照古典建築的屋簷張牙舞爪地撐起天空線到暴雨將至烏雲籠罩的天空。……

面對巨大的漆成天空藍色的機器設備，圍牆邊側門口，老醫學院入口的日本時代古蹟舊建築的曾經出過事的極端不祥預感的什麼。還有很多很多不安緊張的過去……去過鄰街那補習班當年非常遺憾的人生過去的老道硬撐著悲慘遭遇挫折的時候。咖啡廳鄰桌的中學生在看補習班數學函數講義教材內容很複雜很難想像地難看的場面，老道也曾經這樣過。那一年……自己也很難想像地心虛，缺乏安全感甚至存在感。影子都快不見了的人生的一段時光。封鎖近乎自閉……幻想自己只是困在像是齊天大聖被如來佛懲戒處分封入五指山下地洞裡神通完全無法抗拒的一年。一如下雨溜出來的偷到的一點時間。所有狀況都不好。也像以前當兵時偷到的假，在旗山，從八軍團的農田包圍的祕密營區走出來，很多高雄鄉下荒涼的椰子樹豬圈豬在叫的田邊的路換到柏油路一段荒遠的某一個破公車站牌，大概要等半個小時到一個小時的車才能夠坐到旗山小鎮，其實什麼都沒有，只有一個菜市場，老街的那邊賣小吃，老道會在那邊吃滷肉飯加筍絲，頂多最奢侈就是喝一碗熱騰騰的……濃濁的略帶腥味的鮢鰢魚湯。

前不著村後不著店的無奈……只好自欺地找樂子。一如前幾天晚上看到的那一部電影：《地球過後》，那個印度導演拍的一個科幻片中有一個著名的將軍和他的年輕恐懼的少年兒子，困在一個可怕的陌生到危機四伏所有的動物植物天氣高山縱谷叢林都變得致命逼身威脅的怪星球，他冒險要上路，找到求救訊號故障機器設備到山上發出訊號才能脫離險境的一路……每一個細節都是困難重重難關逼身的疲憊……

老困在老醫院一路滿滿病人的種種民間疾苦，老道感覺上好像一個人走不出去的迷霧森林充滿的不明生物和細菌感染病毒的狀態。

老不承認的不甘心……也接近另一種空茫狀態又不自知的太疲累不堪的老道，或許只是太急了，老道也想但是又完全停不下來。老道就像是一個完全沒有任何獵人的繁複的求生本能反應技術裝備，就幻想自己可以殺出重圍還以為只是想把老道姊姊救出去。比較像是德國導演荷索拍的《天譴》。所有的歐洲殖民

地時代的遠征貴族騎士部伍全部死在完全看不見的敵方土人的什麼……

好像是天敵的天譴一樣的狀態……

在老醫院的曲折離奇事件發生時到底有沒有認真地面對疑雲重重的啟發……一如重看很多老電影，或是電影裡的老小說的情節不改變，但是老道又重新回到過去面對自己地發生某些奇怪的影響或懷疑。但是好像有另一種很重要的曲折蜿蜒部分可以修改，或是可能可以更曲折或是切換成另外一種幸或不幸的跳躍，時間或是地點的拉得更遠，角色之間的關係可以更複雜，或是好像關於情節角色間的某一些關係可以處理得更仔細，老在遺憾中帶有病毒般地下手面對自己過去多年以來人生的麻煩，要放進去地獄變相去找尋內在的宿命近乎無法理解歹命的誤解的可能，但是還是很困難，重要的是老道好像沒有意識到其間扭曲變形的人生不滿情緒激動內在關係的必然性，或是老道過去所經歷的這些事情真的是像老道自己過去想得那麼沒有意義或是像現在想得那麼充滿意義……

老道的鬼人生過去幾乎遇到的重要切換人生不同階段經歷的那些奇怪的事，真的有一個完全線性發展必然的重要的啟發在裡面嗎，那些更巨大變化歷史經驗的理解想改變，但是努力找尋的老道好像始終掌握不到一個必然的解釋，都是誤打誤撞面對這些怪東西或是陷入其中連自己在煩惱什麼或是應該煩惱什麼都搞不清楚……

老醫院陷入心事重重般的老道也老還是想法子安慰陪伴始終悲觀的姊姊說，入院，一路開刀治療前後多項的全身健康檢查，就只是一如恐怖拆除工程大拆大撤，不得不破車進場大修，一路太多項關口，一直在等候什麼，有時擔心，從醫院新的死白大樓往下看，臺北的鳥瞰，一如死前最後一瞬的不甘心，或許是太甘心，始終怪異的現場，一如有一個照骨質疏鬆掃描，她躺上高科技透明玻璃床，科幻片場景般的機器間，但是招呼的護士女生白制服下，故意穿著白短裙和及膝長黑襪和造型白布鞋，臉妝極濃韓系的粉底，年輕但是好像整了好幾次的型的鬼性感模樣，好荒謬。

中間等候時間老道還和姊姊談了好多，最近的苦惱，最遠的願望的失望，糾葛的問題有的沒的，姊姊

安慰老道，出去之後，他們決定……尤其是要去打牙祭吃最著名的老店極品菜色……因為她昨天去陪一個八十五歲的老客戶，跌倒又中風，加護病房出來，自己沒辦法動手，又不能餵她，自己又不能每天去，不請看護也不是沒錢，看了很難過，想到未來，善意的，永遠不能抵抗宿命的心虛，後來又提到上帝的旨意，一如摩西的人生太多折磨，四十年三段一百二十歲的一生，苦不堪言的苦難，是聖經預言的，上帝旨意的玄祕費解，太多的傳說的種種死法。那天她還因為重感冒老流鼻涕，又太晚睡太早起的始終沒力，加上那一陣子老是過敏起疹、之前舊傷發作腰痛還痛東痛西的狀態，那天有點怕的X光片，其實看不懂，但是想到之前那開刀的醫生說的，再長就會壓到神經，讓她很驚恐。在一路跑一路進小間的測試中，發現越來越糟的狀況，到更後來就慢慢疏遠地，只能就用一種更怪異地想混過去的，其實一開始第一關抽血，針扎進去時的那剎那，她卻只端詳著那個抽血的粗心小姐，眼妝和眉毛都畫不好，血怎麼抽得好，痛死了，她才回想起來這些肉身問題都還在，只是不想面對，像是小時候進考場的絕望，考題一題也不會的考卷，腦中完全空白，可怕的，她的老毛病仍舊沒有消失：眼睛慢性結膜炎結石，心臟的心電圖，胃的超音波，好多內臟的結石和囊腫的照片顯示很多老毛病仍舊沒有任何改變，老一如黑洞吞沒星星的光芒始終無法理解地幻想自己可以沒事成仙的幻滅。

也一如前一晚又看到的《鬼店》續集電影的那一部《安眠醫生》的那麼擔心……

老道又再看一次電影中的恐怖真相，某個鬼建築的最後最深的神通的連結及其終結。太多太多年的歷史典故……某種回應：或許，死亡只是一種睡眠，雖然並不會比較不害怕，他是一個不一樣的怪醫生。具有發光能力的他把自己的神通封起來，三十年完全沒有用，陷入衰退地悲慘命運低頭難過地如此難得的人生……終於他變成了酒鬼，一如他發瘋的父親陷入的狀態……也始終無法想像並害怕別的鬼魂纏繞再度出現揪心地老會找到他的神通。那電影的續集又回到那個鬧鬼旅館的原點。所有鬼旅館的荒廢的廢墟。電影中的通靈幾個不一樣的地方的人因為神通連結在一起出事的流鼻血。他進入另外那個人的腦袋看到他看到的東西，從鏡子，從玻璃，在這一個屋頂上打坐。一開始他老只是在一個房間裡面，有一面牆壁是黑板會

出現字。一個小鎮的廣場都是當地建築的小模型。一開始是很多小孩子失蹤，被一群惡鬼所吞食，這個世界是飢餓的黑暗的，這些鬼都不會是最後一個。

電影中那三個不一樣的時空結在一起，這是一種新的神通他以前也沒有用過，進入別人的身體，進入別人的腦子，是危險的。因為一如充斥其中驚心的對白恐怖地逼問衰弱一生的安眠醫生自暴自棄的男主角……他也知道這件事情是危險的。那個地方也是危險的，但是或許對那些通靈的人來講是更危險。一如那群人是坐著車開車在美國公路上行走的一群人，找尋他們要找尋的那些會發光的小孩他們的靈氣存在一個瓶子裡的一群惡鬼……始終無法理解地那麼擔心。也正一如老道困在那老醫院裡彷彿遭遇到一群惡鬼的那麼擔心……

❖

詭譎多變到難以想像的陰離美麗……一如小隻的蟲蛹未蛻變前的扭曲變形胎衣未脫的帶死白病變甲殼生物，未成形的異形，外星生物的怪物，手術後的割出來的殘體，很可怕的帶血的肉牙，牙根帶牙肉，就病奄奄地放在某個小小的玻璃試管……那疲倦的老醫生說，就送給害怕的痛楚難耐揪心的姊姊當怪紀念品。

仔細端詳，就彷彿科幻電影充滿暗示的特寫……畫面的色彩鮮豔，玻璃倒影弧形鏡面效果的反射折射光暈效果的特殊破洞但仍殘存雙牙尖形的……骨肉。

那個下刀的老醫生說，那天手術時他在場，忙著把姊姊的舌頭搬到左邊，有傷口，撐開口腔的支撐結構物傷害到的嘴巴裡的皮肉，要藥擦，血液很難擦乾淨的恐慌，怕針頭回血……始終無法理解為何地擔心。姊姊說她的狀況比前一晚好了，麻醉藥退了，抽痛太久之後的傷口癒合一點到比較不痛了。雖然右邊的下巴還是有點腫，還是會有點微微的抽痛。但是至少沒有別的藥劑針要打，手腕上打點滴的針已經拔起來了。前一晚才慘……她提及過去……麻醉的狀態可怕的是那一剎那前……失神……在近乎昏迷狀態前，有種莫名的恐懼，極度不安全感，她說到以前曾經麻醉過的怪現象……麻醉，沒有意識，失去意識的那一

剎那的那種感覺怪異地應該會有那一條感覺的切換的切線，但是又好像沒有。她常常在想……為什麼失神的中間那一段沒感覺，彷彿失控的自己感到遺憾……沒有送終到自己的……失神。

最擔心的應該是開刀前的最後準備的時候。埋針的狀態出事，會有回血，如果回血，針出問題，那就有可能麻醉出狀況手術到一半就醒……那就慘了。

因為姊姊一早起來，扎針的手上位置腫了起來，大夜班的年輕護士很好心，但是粗心，混亂，錯誤，送藥，往牙醫病房走到手術間。轉好幾個彎的樓梯，長廊，棧道，電梯的不知到幾樓。推病床到手術室，他們對姊姊說：「別擔心，他們一開始在手術臺上，戴上口罩，你眼睛看不到，沒關係，只要試著呼吸，注意我的手腕上的點滴口。就像是催眠一樣你一下子就會睡著了……」

老想到很多怪事……一如那天在緊張情勢持續升高地趕時間一早起來就送姊姊要推病床去手術室的一路迷路找路的始終無法理解地擔心……老醫院太大太多太多死角……經過了一個轉角，等電梯的時候，他們聽到另一端走廊尾端門外……竟然有燒香祭拜儀式在做法事的搖銅鈴的恍神狀態怪聲音。他們說是普渡還沒結束。鈴！鈴！鈴！一路令人毛骨悚然……

一如老記得有一個晚上，病房的角落出現的幻象般的風光……那是某個半夜病房尾端的那舊木櫃邊縫的光……怪異地像那老櫃在發光發光裡面有什麼東西在發光……一夜驚慌的老道不知如何是好。又不能說，也不能問……

到第二天早上才仔細看怎麼回事才發現，其實是木櫃和混凝土牆之間有一條縫，從外面漏光進來，晚上看的時候很奇怪，好像靈異現象恐怖片的視覺效果，加上那天因為下大雨，又因為日本發生的颱風和地震可怕的災難般的新聞滿天飛，又因為老道在這個老醫院充滿了鬼故事傳說般的可怕地方的不免會胡思亂想，徹夜都在面對發光衣櫃的那長椅害怕自己可能被異狀的什麼鬼上身……

但是意外地竟然老道很快就睡著了，因為吃了姊姊給他的安眠藥，或許老道的人生已經進入了另一種

真實的狀態，像一個傭人一樣看護著一個病人的任務，非常瑣碎而複雜的生活的狀態，疲憊狼狽又不知道為什麼會陷入地隨時待命而不能有更多的過度期待……

搬病房時才更留意到那老只能勉強坐輪椅才能下床的鄰床病人……那個中年枯瘦女人，老道才感覺到她昨晚跟老醫生哭訴陳情般細說苦悶的酸麻……是一種已然快臨終的領悟邊緣地帶自嘲還好但是已然完全不能安然無恙平安走路的極端可憐。

一如那隱隱發臭的老病房，沉浸了病毒擴散般的存在感超低太久太久的怪脾氣式的怪氣味，骯髒的舊時代熱水瓶，鏽壞支架老式折疊椅上的看護和家人，洗到脫勾毛邊的泛黃毛巾，病床旁還拉起一條棉線懸吊未乾的內衣內褲襪子……那種戰時危機四伏多年老時代的不得已的苦衷惡習，逃難很久的難堪，老人的病情不穩定：依舊忽大忽小的喘不過氣到有時呼吸困難，咳濃痰口水鼻涕，病房內充斥著難受的尿味排洩物味，時間太久而變質蔓延在空氣中的某種壞毀崩陷的肉身的死角的更逼身的疲憊隱密的隱喻。老人家的用廁所的開門關門的行動困難重重，拉布簾的薄薄一道防線幕的想像，有的病房裡的其他病人的家屬也在，同樣的疲累不堪，微笑點頭的客氣一點的餘地……老病房的護士們的巡房的禮數，表格，打針的點滴口埋針。

一離開就忘記或是不想去回想的那時光……折騰，隔壁的說話低聲，打呼聲，咳嗽聲，安慰的擁抱及其哭泣與耳語不斷的瀰漫攀生出的不幸的情緒傳染，疾病般的心病……更不舒服一點時間的流逝陷入衰退的疑慮……

下雨了天氣變冷，老道去電梯口那邊打開窗戶手伸出去試一下外面的溫度看等一下要穿什麼衣服離開，卻看到窗口對面的另外病房很多慢慢地開始起床的病人看護在整理衣服，有些是老人在咳嗽，那邊是癌症的病房，更悲慘的腫瘤大樓，有一個窗戶很奇怪只有一個白白的球體仔細看是一個頭髮全白的頭顱，就出現在窗子的最低窗框上緣，就好像一個人頭浮在半空中。

另外一邊還有幾個人在說話，都是一些滿臉愁容的中年婦女，好幾個在勸其中一個歐巴桑說你的身體

狀況越來越差會受不了，不能再繼續做下去了，你自己還有原來的工作，晚上還跑來這邊兼任看護怎麼受得了，到有一天自己也累倒下去了來住院你才甘願嗎？

還在電梯另一端遇到一對太性感美女陪伴她偶像歌手長相的男朋友來住院的太年輕情侶。兩人都竟然穿著古馳名牌的時髦的行頭太過昂貴的運動鞋款入時潮牌衣裙。但是，那個男生臉上卻不知為何被動手腳地兩端上顎插入兩根細管小塑膠懸壺在半空中，一如吊點滴支架的古怪手術治療細小義肢裝配，一如化妝成穿刺龐克風格臉譜變臉的怪口罩面具，也像捕手或防毒面具，甚至像八家將的臉孔唇邊發黑特效怪物的年輕古怪。但是仍然邊走邊擁抱親吻，目中無人地像走秀出演怪現象般笑容充滿的病態細節。

終於告一段落的老道好不容易走出病房。往老醫院另一端新館走，某一個完全陌生的國度般裝潢設計死白的小吃美食街區……一路漫長的走廊連接到另一區的陌生端怪異的新院區大廳。走廊尾端匾額……「正子中心」（那是什麼鬼地方……）。那匾額旁標註為癌症醫療認證中心旁邊更還有一大面燈箱看板發光發亮離譜的某巨大的看板是電影廣告：一部韓國核子武器計劃諜報電影《北風》，彷彿充滿陰謀，但是，老道比他自己想像的要疲累太多了，完全無法更好奇一路的怪風光。只是在老店吃了一碗點心的冰……眼睛盯著遠方恍神……

❖

一開始是從另一端的怪兒童醫院入口走進去，老道看到有一個怪小孩，可憐的自己一個人坐在路邊，就在門口吃東西，像是孤兒無人理會，他卻沒有哭鬧……混亂的大廳。他們要被規定要求先在寄物櫃寄入院前的小行李箱。之後要先抽血檢驗等待的冗長過程……老道仔細端詳那櫃檯的油畫幅旁邊是坐輪椅的一個眼神渙散的病人，沒病房，要換病房，抽血有困難。旁邊那個中年的男人和中年的女人都過來確認門牙的小孩綁辮子之後才能去更衣室更衣照心電圖。那小孩長得比他爸爸還高的手腳都很細很長始終看起來很恐怖。

太多太多莫名的無以名狀的什麼……一如入手術間前的等候多時。非常多人。刀很多很滿，螢幕上都是名字前後兩個字中間一個圈圈的名字。很多名字的病人，很多等待的家人。簡○美。楊○雄。林○貞。馮○安……無以名狀的缺口……

太多天的有一天老道先離開那邊。前一晚沒睡好，滾來滾去，腰有點痛，背很緊，冷氣忽冷忽熱，蓋被就熱，不蓋就冷，一直流汗的脖子，久了喉嚨也有點不太行，本來想直接回家睡，想想就還是來咖啡廳坐一下再回家。哥哥換成今天晚上在那邊睡。老道明天中午再去換他。姊姊狀況好像不錯。快的話，再下一天下午就可以出院回家，不然再住一兩天。本來老道想等到晚上再走。但是哥哥姊姊叫老道先回去。老道就先走，但是出來太沒力了……就找到地方歇腳，就在老醫院樓下破咖啡廳坐一下，點了一杯咖啡，一坐下，雖然嘴巴破了兩個洞老是吞口水就痛，趴在桌上竟然馬上昏睡，完全醒不過來的那種昏睡……

但是也分心老聽到鄰桌的瑣碎語句糾紛多少的心事……太多太多人說話……但是老道只留意在兩個老太婆的始終彼此訴苦，有一個老太婆抱怨著她好不容易出社會的小孩一個月才能賺三萬出頭，還要養老婆小孩，交房貸，很辛苦。媳婦又不太聽話會胡鬧，小孩還小老生病，她還去幫忙帶孫子好疲累不堪……

另一個老太婆勸她帶媳婦兒來聽聽法師講經……「我們的禪寺很慈悲的法會裡，有一個穿著黑衣服的高高壯壯的男生，三十多，很認真，是我姊姊的小孩，穿制服幫忙，罵他交代他，都有聽進去，遇到人，就說阿彌陀佛，不久就開始吃素，念佛珠，以前高中叛逆，後來送去大陸，富二代同學多，檢點多了，不像臺灣的壞朋友，脾氣越來越差，現在來法會，好像變了一個人，過幾年就竟然變成一個說法的法師的小師兄……滿臉慈眉善目……」

有一天中午前換哥哥輪班看護，坐Uber的計程車司機又開到了老醫院的新大樓那邊的入口，老道說要到舊大樓那邊的大門，因為兩邊的距離很遠，怕找不到路老道才第一次開了Google Maps上面的地圖仔細看一下老醫院的地圖和路。其實就在臺北火車站和總統府和新公園之間的那個老區域，但是他們每次經過都沒有停留過，甚至以前也沒有進去過，所以完全不知道這個這麼大的老時代鬼地方其實很近。連舊的

大樓跟新的大樓之間也只隔了一條馬路。但是以前老道坐車從東區到西門町出口走仁愛路的那條大馬路會經過，可是老道從來都沒有留意過，甚至看到總統府或是府前的廣場，凱達格蘭大道的那一帶五院鬼地方，那老時代的張牙舞爪殖民統治時代老建築充斥博愛特區的氣派豪華的陣容龐大的官方正式場子的面子，底層交錯蔓延的舊病腫瘤切除不了擴散到其他肉身般沒救了的老問題太多太多的浮誇。一如老醫院……始終不太可能不感染其病情的這個老城市更深的死角。

有一天來和前兩天很不一樣，因為是星期六，中午就像半夜……所以老醫院沒有看門診的病人，所以從大廳開始幾乎是空的，空曠，大多數的門都關起來，沒有人，沒有人煙……正中午，沒有人……就好像是走錯空間，其實是走錯時間，而且姊姊也換到了另外一個病房牙科的病房，三層樓比較新的建築物，跟之前那個在復健科的病房不一樣，比較老的建築物才比較充滿了問題。老道的心情剛好跟自己過去多年好奇關心的理解古典建築完全不同。老醫院或許局部院區急診室變成新的反而比舊的好，沒有懷舊，不要古蹟，太麻煩，太難照顧。至少房間的狀況比較少，冷氣不會忽冷忽熱，浴厠的水龍頭不會水忽大忽小……最後一天的前一天想準備出院，一早起來護士就來說或許可以出院，本來還有點擔心會有什麼變化會多待一天。想到前一晚上。下大雨，回去前，想買回去給姊姊吃鍋貼酸辣湯抄手。或帶姊姊出去吃點鬼東西，她說想吃軟軟的小東西，最好是鬆餅，又怕下雨，週末人多，就想去一個大地方，有狀況發生還可以選擇別的地方附近的有的沒的，去遠方百貨公司，心情會好一點，所以就坐計程車帶她到遠一點的阪急去吃日本料理或鬆餅，再回來老醫院折騰了，至少先逃離現場一會兒再回去受苦受難……就像逃學……

失神那一瞬間突然想起前一天的告別式的那一件怪事……

不知為何……姊姊說她始終無法抗拒地在失神之前想起了可能種種狀態的失態……

一如她在動手術的麻醉昏迷狀態失神前……所突然想起那前一天她去參加了一個她的教會姊妹母親告別式的……怪事。

因為，那告別式的某種怪異地過度肅穆裡……所有悲傷的關懷或更直接點的難過或不安，都突然變得很失態。

但姊姊也不知道怎麼樣是好的。她還是在想：「我自己如果死了，我要這些嗎？曾經的我還在想要天葬到藏區餵禿鷹，或火葬後撒到恆河……這種更離譜的離開方式，如果不是後來到了教會……那麼，我要什麼人來看我，或送我。或說，我要什麼樣的告別式呢？或，更直接地問自己……我想什麼樣的告別？告別這些人這世界。我仍然沒有太深沉地感傷。即使我想。」

相對於這個教會的姊妹……她母親的告別式……她如此地難過而姊姊即使充滿善意，但是所能進入的或看到的……仍然是如此有限。本來沒想到那麼多。但也沒辦法……那一陣子眼看著她自己病情惡化疼痛難耐……到拖太久終於要到老醫院開刀。吃藥吃昏了。變成很衰弱。之前的那一晚，也一直在惡夢中，一個接一個，醒不過來。後來真的醒了，也九點多，竟昏睡了十二小時，也一直衰弱著。不太能用力。然後，只好就直接卻始終衰弱地勉勉強強趕去參加告別式。

姊姊突然想起那教會的信徒姊妹跟她說過的生前陪她母親也來這個老醫院看過太多回的病的太久的時光……她說，常常在夜裡的走，那黑的老醫院遠方幾扇小窗的微光，在一大群舊建築裡。如果不是一整排從中竄雜的榕樹攀爬著再垂著鬚像要攫獲什麼地咬住了光……

甚至那老醫院旁的老市場的一家老店肉圓很好吃，吃完再走去老醫院抽血驗尿，然後再回那老醫院的人分成兩種，一種走很快，一種走很慢。她永遠只喜歡那裡的食堂的比較有生氣地熱鬧也變好吃。那旁邊不遠的咖啡廳卻老有種突兀的荒謬擁擠不堪。驗血尿的號碼跳很快，紅色的字在閃，就抽掉了。下午前都還好，進入傍晚，老醫院就是有一股難受的味道，越來得安靜，就會凸顯那些咳痰的胡亂叫亂說亂動的，無意識地喃喃自語的沉沉的呼吸，陷入昏沉空調的幽暗離奇輪轉……像鬼在夜裡就長了牙要咬。來來去去的家屬探望噓寒問暖之後就走了。還沒有待過整夜，那是很可怕的近乎會被吞噬掉的孤獨的絕望……一如褪掉了陽光剩下的日光燈顯得很冰冷，很不痛不癢。還有來自看護扶著她母親，應該是抱著想緊緊抱緊的

支撐不停地抖，慢慢清楚她有過一陣子的想逃離那老醫院是太害怕那個喘伴隨著哽咽或嗚咽的太多太多舊病纏身病人們的沉重呼吸困難低音。使她老在老醫院冗長的暗夜中的死寂莫名的恐慌……卻始終無法逃離。

❖

姊姊也始終無法逃離那告別式死白現場的空氣死寂莫名地沉默而沉悶。井然有序地令人難過就是如此地低沉地沉……那是一個那麼枯燥煩悶永遠無法忍受地始終乾燥的鬼地方。第二殯儀館……就在離開臺北盆地前最後的山邊，彷彿死神糾纏奈何橋頭暗黑隧道洞口前……但是又切換在快速道路的遙遠眾車疾行光怪陸離的炫光殘影末端。甚至那怪入口有一座怪事充斥般的怪異仿古廟宇式的奇幻歪歪斜斜骯髒牌樓。

那天不太冷但仍然是陰天。一路趕路的姊姊已然有點遲到了，其他信徒在門口等她。低調禮貌簽名送白包再進入那一個叫懷恩廳的末端最遠距離的怪地方。她們站在最後頭肅穆觀禮。始終無法理解地怪……有薰香有女聲唱歌有人拉胡琴地躲在螢幕後。但是卻是現場的嗚咽如同輓歌應該有的底色哀傷卻不知為何有點反差地落寞。

或許那個司儀過度熟練世故地指揮全場。但聲音很怪地不男不女到太像宦官公公。說話用詞極小心謹慎，但太得體地反而令人不安……另外兩個年輕的女的半禮儀師式的助理，更怪異。她們太年輕，但很熟練。戴白手套。就站在靈堂兩側。用某種近乎誇張的比劃手勢。來招呼所有人的進場出場，獻花進果遞香取香。像默劇或儀隊，但卻是更不帶情感地做作。好不容易辨識其中應有的狀態。但卻像紅綠燈號誌在十字路口的不得不……那種大家都只好接受默認的視而不見。她們自始至終都沒有表情。沒有哀傷。沒有愉悅。沒有心平氣和。就只是沒有。

那白手套手勢還是很困擾。白色和粉紅色的菊花。整片地布滿主祭的祭壇，像海浪或山坡般地隆起。內在的湧動。但又看起來很安詳。弧面的花叢，在桌前。好盛大，但仍不知為何，姊姊老覺得怪怪的。正後方懸起一大面的布。小篆的電腦輸出大字。那也是《心經》的全文。還有兩朵蓮花印在旁側。想像一大

塊刻字的山壁。像李斯寫的泰山碑、嶧山碑那種小篆刻石最老最著稱的書法帖式的沉重古典。但仍然在這裡，即使每個電腦輸出字都有做出陰影的特效，像刻入很硬石壁的深度，但，卻仍只是一塊單薄的布。《心經》的文，變成小篆，更不容易辨識。讀起來，就好稀薄。

亡者照片在中間。中年變胖的她母親，和年輕時的模樣很不一樣。在這裡出現的方式，也不太像遺照。竟是短髮。穿T恤。兩側吊帶。笑是開心的。但她一直想到是那信徒跟她說過她母親有嚴重的憂鬱症。和父親分居許久……種種的不開心！

遺照的兩側放著兩幅大幅的菩薩卷軸。觀世音菩薩和大勢至菩薩的保佑加持觀照。莊嚴那麼地自然而然。她因此想到童年所看過的。近乎所有佛堂，寺廟，法會，她們總是在用不太一樣的現身法。像神通無所不在。還有一枝蒼白的白幡。寫著黑字，符。招魂。更枯更無明。家祭的好多白髮人來送。後來慈濟一群人來行禮唱誦南無阿彌陀佛很久。

照片看來，女兒長得不像母親。姊姊沒多想或多問。甚至怪異的太溫馨感人地電腦螢幕操作的投影：媽媽我們想念妳。卡通人物。母親的兩個女兒，一隻狗。都在笑。放出很多照片。媽媽的童年。媽媽的少女時代。許多黑白的照片。穿學校制服。洋裝。和米老鼠合拍的。留過極長髮。極短髮。手指比V的。姊姊想到那些老年代，也幾乎跟她同年的那麼接近。和她同世代的照片的調子。照片的畫質，穿衣服的款式，去玩的名勝景點，或就是全家福的站法拍法，都那麼像。彷彿她自己如果也死了，將會這樣被放映，用這樣的多媒體製作，電腦軟體播出，打在這樣單薄的投影幕……一生這樣地快轉一趟！還配上法文歌。而且唱腔是極可愛甜美的。香頌風。近乎童謠的唱法。她們小孩長大的過程。她母親和她們……一群人一起拍度假村木雕。拜拜。畢業典禮。有些是在照相館裡拍的。有一張有遍地綠草在後。有一張甚至布置扮裝成美國西部片的懷舊角色。狗上愛犬學校。和女兒拍。戴眼鏡。在集集車站。女兒長大了。到很接近現在。有的照片開心地臉上貼紙。歌變成老歌的星光夜。和更多別的歌。全家照。親戚很多。家裡，郊遊。媽媽當朋友的伴娘。媽媽的部落格。大班五組。你們相愛！在網頁上。好多文字。她媽媽是感性的。寫好

多。寫著。這種年紀不能不成熟。前幾年還去了日本的平平安安。

家祭結束。公祭開始。淑德永昭的字前。伯公。舅公。姊妹跪下去。叩頭。

突然有了手機聲響。還是黏巴達舞曲。大家都假裝沒聽到。陳董事長，代表，獻花，獻果，靈前行禮，一鞠躬。經緻生活股份有限公司，某生命事業公司。上香。後面有同學，芳鄰代表，夫人的同學。她還看到一個認識的朋友 a，但她沒叫他。他和其他單位兩個兩個一排。排隊。上香。

輪到姊姊，走到靈位前，突然有點不知所措。那白手套少女。就變得很重要。她們僵硬地把花圈的背面拿給她，她也只好拿起花圈。但卻是拿起花圈後的金屬扣。行禮後，再放下。再拿起塑膠保鮮膜封好的水果盤。再放下。她突然在想要不要拿香，也拿了，也再放下。然後，再鞠躬。再離開。姊姊算是單位的主祭。代表教會，帶其他教徒來參加告別式送行。現在她懂了，原來就是這樣入戲的。有人現場指導這些。所有的動作，背後的意思，禮貌或得體的關心，這樣也好。但也不太對勁。

姊姊看到那信徒的臉。只微微點頭，但是不知如何是好，不能哭也不能笑。看到她父親來回禮。更有點尷尬。最後。面對家屬達謝。然後退下。

她想到以前參加過的葬禮。和家族有關的親人，好多的陪伴悼念。和他們自己父母的過去的葬禮。一如影集《六呎風雲》那種更虛偽更不忍的涉入……姊姊想到母親過世。有長輩說她過世有笑容，那很不容易，她應該是走得沒有太多罣礙。也想到好多。當年，媽媽拖了三年，也進出老醫院，非常辛苦，但也算走得沒有遺憾。雖然不捨很久。她最後不太行決定回到家，拔管時，還是姊姊扶住她的也就是在她手中慢慢沒有呼吸了的。那種陪母親走到最後斷了氣的過程非常冗長，但後來回想也非常短促。但或許那時光始終不曾消逝。那時光中所有家裡客廳的細節都彷彿還在，靈堂簡陋搭起的香，花，種種混淆的氣味很濁光線昏黃的誦經聲音一直盤旋低迴，來的親人見過哭泣越來越淡，但悲傷是沉的，也都還在，只是變成令人安心地漂浮，不會消失。只能安心下來，好好助念，送她。其他就很多很多快轉的人的法事繁瑣按種種規矩來進行的煩悶，但，她始終記得母親閉目了的神情也是安心的畫面的停格臉部下蓋上身的上有經文的金

色壽布，閃爍又沉默。

對她而言。這告別式是有點尷尬的現場。相對於信徒她們人生的真實。姊姊能參與，能做的，真的很有限。但也只能如此。也沒辦法更多，關心、同情，或更自以為是的可以涉入更多些什麼……之後。想到當時所注意到那窗簾是蒼白的單薄的。姊姊就剛好站在最靠窗的位置。還偶爾可以聽到隔壁廳的聲音。一樣聲音很怪的司儀。那同時發生的更多的死亡。更多的葬禮，更多的告別。

彷彿自己也死了的姊姊始終不安地也只是在這裡跟著悼念，或陪伴悼念，更不忍的涉入……那時候的姊姊也只能在內心裡默念一段經文：「主啊！若不藉著我，沒有人能到父那裡。我就是道路，真理，生命。耶蘇對他說，復活在我，生命也在我。信我的人雖然死了，也必復活。」

之後，在老醫院手術臺上麻醉後動刀前近乎空茫昏迷的那一瞬間的姊姊才就終於……失神。

第二部

壞

壞是公路電影式的奧德賽迷路，但又以為是完全歧路花園式的故意錯亂時間和空間心機充滿的……刻意自暴自棄的無限毀滅，異端的異國，他人的他方……他方的他地獄般崩塌。地獄就是遠方的宣言……及其無可取代的厲害異端考掘學史觀的另一種老詭辯學派。

壞。前往他方可能錯過的地方，也如影隨形的伴隨在每次繼續運作的。這種地獄經驗始終以不在場的方式在場，飄移在之內與之外的某個鬼地方。

因此地獄變相的更抽象的壞……啟動地獄的壞的他方異端或許要在無法閉合的地獄破口，並意識到人間開端可能的傷痕累累……才能開始找尋。

地獄變相

第三部 壞

第十五章。啟示錄。

死亡不應該那麼壯烈可憐也不應該那麼荒唐可笑……

或許《現代啟示錄》這部電影比古代的涉入《舊約聖經》的死亡最深隱喻的〈啟示錄〉更令人熱愛也更令人厭惡。

更逼近逼問的恐慌：其實越戰不過就是一個可以更換戰場的戰爭題材。或是《現代啟示錄》太像一部電影，美國人的電影，美國人用來嘲笑美國的電影，用戰爭電影來嘲笑戰爭的那種電影。

或許因為這部怪電影的更尖銳也更誇張，這是一個有名的怪導演決心要拍出一部有名的電影的孤注一擲……（在另一部拍這一部怪電影的紀錄片中那導演柯波拉宣稱他的這部電影是要得諾貝爾文學獎的……）他終於找到的一個偉大電影發生的現場……

用康拉德經典的小說《黑暗之心》來當成是一個開挖的黑洞的最深洞口。但是，那到底是什麼意思呢？

老道也老想到荷索那部《天譴》的更偉大的電影裡雷同的溯河而上西方人早期進入從頭到尾都看不見敵人Nowhere式的恐慌……那部彷彿真的遭到天譴的電影始終拍攝現場無法理解地困難重重。

但是老道又不得不承認，在那個年代到處都可能充斥黑暗之心的瘋狂惡習……回想起來依然必須用某種歉意來面對流言蜚語強烈譴責暴力的現場……其實這部瘋狂電影幾乎是老道當年最熱愛的幾部電影之一。即使還有太多太多的瘋狂導演的瘋狂電影：擺盪在兩端極端躁鬱症拉扯的：還瘋狂可能有兩端的雲端般的神的對望：柏格曼和費里尼之間，小津安二郎和阿莫多瓦之間，塔可夫斯基和伍迪艾倫之間，連日本動畫也都還有宮崎駿和阿基拉《攻殼機動隊》種種……之間的瘋狂充滿感情用事的初戀般電影時光……

但是過去始終不曾風光到可以極端到瘋狂的柯波拉……卻以這部《現代啟示錄》登場……怪異地以揭櫫某種反史懷哲反李維史陀的深入土著村落的更極端的攻堅自毀變態暴力色情死亡混種惡魔版濃縮皺褶巴別塔式文明的恐怖奧德賽……登場。

❖

那個美國藝術家好像比老道要更激進更多，或許是因為他就是美國人，而且跟老道年紀雷同的在那個年代長大，喝同樣的毒奶粉的他的焦慮應該比老道更深更直接（想起也說起種種越戰電影變成是他們雷同的高中那個時候最重要的一個啟蒙時期的狀態，戰爭片中的那些鬼導演還想要用戰爭和用電影去講一個非常困難非常巨大的鬼東西。）他們崇拜同樣的導演作家搖滾樂團，但是過了那麼多年以後才發現自己也到了那個年紀，整個世界好像完全改變，已然變成另外一個更難以辨識的狀態，所有的對抗形式都沒有那麼直接而尖銳的對抗，直升機機關槍坦克車都好像變成古董，老道突然想到守護者那個漫畫改拍成的電影，讓巨大超人般的曼哈頓博士終結越戰的那種妄想。

後來的他們這段更奇怪的時光事情像無限傾斜的無法自拔又無法挽回的遺憾滲入種種問題重重的人跟人間的關係，人跟戰爭的關係，人跟自己無法抵抗的宿命關係……

回想起來老道也雷同地困在西貢的時光……，老還是突然想起來那時候他跟那個美國藝術家一起去看的那個越戰博物館的過度驚心……

老道好像在西貢想說西貢的什麼……但是又說不出來為什麼……

那個美國藝術家長得像《入侵腦細胞》那部電影的變態男主角……在西貢偶遇的他和老道一起去的更深入複雜的西貢……老道老記得他們去過西貢一個舊城區老市場的古董店鋪攤子，他們太過瘋狂地一起挖出老鐘老錶老眼鏡都彭舊打火機東德蔡司光學變焦鏡頭相機，看到過好多好想買的舊貨，但聽怪老闆說更多越戰美軍撤退收了太多老錶連老槍老砲老吉普零件連直升機上的儀表都是齒輪機械還分美國的和蘇聯的

都有……老道還吃驚地打量號稱史上最多的青花瓷片沉船打撈出來的寶船種種傳言不斷，西貢歷史博物館出的書幾百頁的報告顯示……青花瓷瓶杯碗盤器皿，尤其是龍頭的龍船大大小小老件的殘留的碎片散落滿地卻重新拼回的船身……青花瓷片老店裡很多，怪怪的老闆會說幾句中文，說是西貢博物館收藏流出瓷片都是老件，真品的但是價錢不貴到老道很想買但是又很擔心懷疑其實真的假的不是關鍵，而是那種感覺神經兮兮的，很多老區的古代涉入中國的祕密……

後來那一個一起去看古董的美國藝術家也很入迷，還在最後帶老道去看的他刻意隱瞞的近乎自欺欺人的荒謬裝置藝術展的現場，半諷刺意味地刻意用青花瓷寶船的古董尺寸竟然做了另一艘用海邊漂流物故意拼裝成怪怪的龍船，拼裝更多以歪歪扭扭的塑膠杯鋁箔包原子筆保利龍塊團團地用封箱透明塑膠帶貼起來，一艘龍頭的船身殘骸的鬼東西，放在博物館角落的末端木箱上，在一幅幅大油畫前，好像現場未發現異常的垃圾，布展沒收好的施工人員疏忽忘了帶走的殘留物品，如果沒有最後貼上箱邊的作品標示的作品和藝術家名字，也沒人會發現他偽裝故意名叫寶船的荒謬怪雕像裝置藝術。

那個美國藝術家更喜歡他和老道流連忘返去了太多回的那西貢的……越戰博物館，有一臺直升機就在門口花園廣場旁，博物館的紀念品店賣的不是複製成禮品的紀念品，而是極端荒謬的真的還看得到凹痕髒亂不堪的痕跡的舊彈殼，沾染血跡的皮製槍套，拆除缺零件的機槍架……

賣場的工作人員和玻璃櫃旁的攤販還戴著美軍駐軍老鋼盔，有人缺一隻手，一隻腳，走路拿拐杖邊走邊抽菸，都在太陽底下汗流浹背地不在乎地聊天，喝一種塑膠袋裝的死黃色像化學原料的冰果汁……

俄羅斯規格和美國規格軍方零件的裝備散落在那個破建築物潦草陳列展示的玻璃帷幕櫃裡，除了牆上某些誇張的掃射轟炸種種戰爭期間的太多太多控訴美國文字說明的歷史背景……之外，電風扇吹出來的悶熱的天氣下的焚風，飛撲角落人群恐懼症般的蚊蟲孳生……粗糙顆粒放大黑白的照片顯示出來的莫名憎惡感……

那個美國藝術家後來就仔細拍完整個越戰博物館展出的鬼東西，跟老道說，他要做一個復刻版的假越

戰博物館，現場那種感覺神經病變式的美國人從來不知道的越戰狀態……當成他的行為裝置藝術展……就大張旗鼓宣傳地更逼近歷史真實的荒謬感地回美國……各地巡迴展。因為那現場的血淋淋的屍體武器戰爭的殘酷現實的太多太多情節的細節……完全不像他和老道長大過程看的種種越戰電影裡的另一種壯烈好看的戰爭英雄形象廣告，甚至更接近是《現代啟示錄》那種精神病的可怕又可笑的完美紀錄成黑暗之心般的逼入神學體驗的越深越荒謬的時代皺縮強迫症發作……他就硬把這個荒謬的怪異行動裝置展覽命名就不再分現代古代地叫做：啟示錄。

❖

一如在那部怪電影的血腥暴力畫面中重回越戰老兵他們是如何體驗啟示錄式的終結。在現代，在現在……

在怪電影中那兩句最有名的口白：

「恐怖，恐怖有一張臉……」

「那條河好像一條電線最後插到了那上校的屁眼……」

四十年之後再回來看這部片的感覺非常的奇怪，不只是多年後老道老想到Discovery頻道看到的最近一再回到東南亞來拍攝紀錄片的那種感覺。還有老道這十幾年來開始去東南亞非常多國家和非常多次之後感覺到的完全跟當年看這部電影還是學生時代不一樣的對於東南亞的理解……老道甚至想到的是他多年來在地獄變相計劃中看的太多太多怪異的更接近真實的無關啟示錄的種種土葬火葬樹葬天葬太多太多對死亡和對死因更複雜的老時代理解。或是更多後來發現自己對於美國的理解，或是對於電影的理解。都更無法理解地完全扭曲變形……

《現代啟示錄》這部電影裡留下了太多的伏筆，老道老是在想太多的誇張的為什麼？

他和美國藝術家爭論的以越戰為隱喻所深入啟示錄式的太多太多為什麼？

為什麼更多船上的公路電影式的一路沿河往上航行……為什麼電影中的始終無法逃離的陷入叢林……要從越南沿河深入柬埔寨……

為什麼要始終陷入那個古老的破舊不堪寺廟有佛陀佛頭廢墟，神殿樓梯甚至老樹已然侵入蔓延攀生亂長到無以名狀Nowhere又Everywhere的老建築……

為什麼怪電影中的衝浪的上校聽著女武神的飛行，歌劇華格納的飛機拂曉出席，攻下那基地只是為了衝浪？

為什麼經過了花花公子女郎的大型勞軍活動的跳豔舞的現場要跳到引起美軍的暴動？

為什麼其中有一個阿兵哥嚇壞了，遇到老虎的大樹下的奇遇，那個紐奧良本來想要當廚師的阿兵哥本來只想去找芒果後來遇到老虎嚇死了趕快跑回來？

為什麼一路面對完全看不到敵人的河邊對岸上亂開槍，一如荷索《天譴》的機槍版……在一團混亂之中後來連唯一頭腦清醒的黑人船長都死了？

為什麼那個太厲害的上校的傳奇一生……三十九歲才申請去當空降部隊。然後進而海軍陸戰隊，三代都是西點軍校，拿過太多的勳章之後會變成這樣的怪人，放棄了當將軍的機會……最後竟然變成了一個祕密宗教邪教的領袖？

為什麼他後來在柬埔寨帶著當地的土人變成一個完全失控的基地？

為什麼最後在一個當地的土著殺牛的古老黑暗的儀式裡……他自己願意犧牲當祭品般的死去？

為什麼上校後來想逃離軍隊，逃離美軍，逃離越南，逃離戰場……但最後他最想逃離的是……他自己？

一如那美國藝術家竟然一說起那部怪電影就開始唱起那首……太多年前老道已經忘得差不多了的The Doors那個「門」天團的The End〈結束〉好像那個年代的國歌……電影一開場就終結的迷幻搖滾樂曲……

結束／這是結束／美麗的朋友／這是結束／我唯一的朋友，最終／我們費盡心機，最終／代表的一切，最終／沒有安全或驚喜，最終／我永遠也不會看著你的眼睛……再次／你能想像會是怎樣／無限自由／迫切需要一些陌生人的手／在絕望的土地／失去了在羅馬……曠野疼痛／和所有的孩子都瘋狂／所有的孩子都瘋狂／等待夏天的雨，是啊／鎮的邊緣上有危險／騎王的公路，嬰兒／怪異的場景裡面金礦／騎公路西側，嬰兒／騎蛇，騎蛇／湖，古湖，嬰兒／蛇是長，七哩／騎蛇……他是老了，他的皮膚是冷／西部是最好的／西部是最好的／在這裡，我們將休息／藍色巴士是呼喚我們／藍色巴士是呼喚我們／驅動程序，在那裡你採取我們／殺手黎明之前醒來，他穿上他的靴子／他花了臉，從古老的畫廊／和他走到樓下大廳／他走進他的姊姊住的房間裡，然後他／拜訪了他的弟弟，然後他／上走下來的大廳，／他來到一扇門……他看了看裡面／父親，是兒子，我要殺死你／媽媽……我想……你他媽的／來吧，寶貝，借此機會我們／來吧，寶貝，借此機會我們／來吧，寶貝，借此機會我們／滿足我在後面的藍色巴士／幹什麼一個藍色的岩石／上一個藍色的總線／幹什麼一個藍色的岩石／來吧，是啊／殺，殺，殺，殺，殺／這是結束／美麗的朋友／這是結束／我唯一的朋友，最終／它傷害你免費／但你永遠不會跟我走／年底笑聲和軟謊言／夜的結束，我們想死／這是結束……

❖

「我們不都在拚命地……拚命地追求不同的東西……某種很稀有的東西。」電影中的那法國人露出一種令人費解的世故……邊訴說邊端詳著戰爭逃離現場後卻依舊失魂落魄的男主角充滿焦慮無神的眼神……就在黝深漆黑的西貢淪陷前的暗巷死角前……最後還問他：「經歷過了這個戰爭後，你還怕什麼？」

在西貢暗巷中失序脫軌地漫步於暗黑中的他慌亂間聽到槍聲響起，竟然還遇到一個講法文的體面全白西裝外套的掮客外國人（他那麼有禮貌又有教養……多麼像是一個最講究世故行頭的或許「他自己也不自知自己就是」的……死神），也就像格林那更著名關於越南的戰爭小說《沉默的美國人》裡的也深深陷落

的存在主義焦慮的殖民母國西方人（也困在那死角問題重重逃離不了的狀態），他請男主角喝香檳跟他說：「你會想看的……」他看到很多頭上綁著一條紅巾的屍體太陽穴破了一個洞，那就是他仍然揮之不去的夢魘裡的彈孔痕跡還正在流血的屍體。因為那些頭上綁紅巾死去的他們每一個人都可能就是他……或許他也早就死了，只是他不承認也不接受地依舊恍神。老道也老想這部《越戰獵鹿人》老電影的這部分可以切換成更後來《明日邊界》更不同的電影拍出的那種更波赫士的「不為人知的奇蹟」發生般的更多狀態的可能……但是其實也可能只是老道自己也當過兵雷同後遺症式的老想望壯烈犧牲奉獻心力的糾纏情緒太激動到多年後還是過不去……

老道在一再重看那部電影中也始終恍神，很多時候，也說不出話來……壓在腦門或壓在胸口悶燒的體無完膚但是又無人知曉的破洞。那不免是一種更稀薄的壓縮檔格式的其實是假裝美夢其實是惡夢的美國夢……美國或許更反而像是另一種版本的一如布希亞的《美國》那本怪書的起源，溫德斯的怪公路電影《我的美國舅舅》裡的……更怪誕歪歪斜斜的歐洲文人遭遇的太尖酸刻薄明嘲暗諷地那麼荒唐可笑又困難重重……

美國……始終粗糙簡單但是尖銳，那個年代，六〇年代的尾端，老道也還搞不清楚狀況就先跟進去了的慌慌張張，或許老道根本不用進去，因為一九六五年出生的老道本來就活在裡頭，完全沒有感覺自己在裡頭的用力逃入空洞的輕浮或沉重……直到四十年後重新疏遠太久之後的再回去才感覺到那種揪心的疏離卻始終完全沒有距離……

甚至那電影出現的那時代末端，畢竟也是在老道的青春期，同樣也是簡單粗糙的更尖銳。太過敏感地壓在胸口，不知道怎麼辦，什麼事情都不一樣。一如男主角們在去越南之前的一開始就問的：「我們能活著回來嗎？……」

但是，其實是不可能的，甚至即使活著回來也已經變成不一樣的人。

就像一個太冗長的惡夢一樣，還甚至不小心就讓惡夢延續了四十年，裡面所有的人度過了之後的四十年，都變老了。老到老人失憶症狀般的輕重傷害都那麼明顯地誇張到傷口永遠癒合不了的不良影響……多年後老道和那個美國藝術家找出來一起費解地重看……連那電影的老畫質都非常粗糙，裡頭的角色情節特效也都非常粗糙，那個年代的電影，即使是好萊塢電影，因為都還在電影的早期徵兆般的症狀，充斥著熱烈的某一種還對電影的熱愛摸索試探的好奇，甚至還飽含深情款款的注視不安的狀態的困惑。

老道也突然想起來自己到底在逃離什麼，年輕的時候其實看不太懂，也不太了解，那時候還在念初中還是高中，這部電影太有名，老道甚至不太記得自己有沒有看過，或是有沒有從頭到尾看過，或是看過也已經忘了……

多年之後終於不得不承認也不得不面對……天啊！那時間太久，多年後想起來越戰真的是一個很奇怪的戰爭，對於美國人來講，那幾乎是冷戰時代的最後一個戰爭，或許因為離臺灣太近，也離老道長大的那個時光太近，跟越戰有關，甚至跟越戰有關的電影竟然都變得好像是真實歷史的痕跡，真實到他們也在場一樣，變得他們回憶的一部分。但是現在想起來其實非常的荒謬，荒謬到幾乎沒有任何的部分是真實的，那個戰爭，那個戰爭中的越南。那個年代，那個老道還年輕到會相信一些什麼的年代……

老道或許是花了後來的四十年去填補填補這其中不清楚的部分，老道對於美國的理解或是對於戰爭的理解，關於越南或關於東南亞的叢林和河流和所有陷入裡頭完全逃離不了的一如燒夷彈的可怕氣味……一如那個《現代啟示錄》中極端瘋狂戴著牛仔帽的神經兮兮上校對著他的部下說那個味道聞起來都是汽油的味道，你有聞過嗎？太好的味道，那個味道聞起來，他想了一下露出一種奇怪的微笑說：那就是「勝利」的味道。

「這樣可以了嗎？這樣可以了嗎？」回家後的心情沉重的《越戰獵鹿人》中的回頭之後心碎沮喪無助男主角在山上對著本來要開槍的那一頭像神一樣的巨大鹿角的公鹿，本來要射中了，可是還是最後避開

了，他內心充滿了一種完全沒辦法彌補或難堪無以名狀的難過，眼神注視著遠方，對著懸崖邊的天空大聲吶喊……

「這樣可以了嗎？這樣可以了嗎？」大聲吶喊問天的苦悶痛苦其實在問的是他去越南發生的那些事情的恐慌驚心過度的空洞感，怎麼面對，怎麼逃離……罪與罰、傷害與療癒……之後回來已經完全沒辦法再像以前那樣……他還不知道自己已經完全失去自己……不只是無法再對鹿開槍，或就是無法開槍，就是沒辦法回到過去的人生……

那個美國藝術家說他以前在中西部長大過程也就像那男主角本來是他們的圈子裡那群兄弟最強悍的那一個狠角色，他永遠可以照顧老家種種故人家人……甚至一生的人生也是在自己可以控制的控制狂近乎偏執狂的狀況。（一如老道想到他自己的三十年前也在當兵的時代，那一群非常瘋狂的兄弟之間，一起去做很多非常無聊但是又不得不做的事，所有的故人的感情很好但是陷入一種極度愚蠢甚至是骯髒的空氣中瀰漫邪惡的狀態……）

但是最後他去拯救他的已然瘋狂的同袍時卻完全講不出話來但是也完全沒辦法離開，就在那個茅草屋，所有人在下賭注。男主角他們充滿無限絕望的對望……被迫要對著自己的頭開槍前的最後幾秒的按下扳機前近乎瘋狂屏息等待時間的那一瞬間，那旁邊的北越可怕軍官們下賭注押在他們宿命的對決局面的荒唐吼聲逼身、面對死亡逼近欺身的疲憊又胡鬧的無奈無限拉長的那一段時光……

那美國藝術家說：最可怕的是……男主角回想一生的過去人生完全改變，他的人生對自己的理解完全改變地逼問：用力地，嘶吼地……坐在木桌兩端的兩個綁著紅巾在頭上的男主角，他對那個一生的至交說，拿著左輪手槍對著太陽穴，開槍之前怒吼……他對一生的故人就是大聲喊說：「這就是你想要的嗎？這真的就是你想要的嗎？」

……

但是那部電影是四十幾年前的老電影，老道那時候看到後來也幾乎遺忘，只有那幾段俄羅斯手槍轉輪

然後用手槍對著自己的腦袋開槍的賭局曾經還有印象，或是在別的地方看到的後遺症式的恐慌多年來依舊揪心，但是這部老電影其實非常的冗長，在情節仔細鋪陳前面到後面交代的他們幾個俄國裔的美國人在美國鄉下的鐵工廠裡面當勞工的那種尋常人生，集中在後半部越南的時間並不多，甚至在戰爭的時間也不多，但是全片卻始終無法忍受地伏潛於極端沉默壓抑的情緒低落的狀態的悲慘……

一如電影開始的俄羅斯老派婚禮太長的胡鬧細節，所有主角充滿缺陷的個性的放大，懦弱膽小的、放浪形骸的、孤獨逞強的、害怕失去的更遠更深更不安的情緒低落又激動的他們就要去部隊從軍去越南，還不知道能不能回得來，婚禮變成葬禮的預感……顯得更尖銳地用力。

老道和美國藝術家意外地因為去過越戰博物館後刻意在旅館中一起在四十年之後再看一次《越戰獵鹿人》這部電影，他們心情其實陷入餘緒到沉重地幾乎喘不過氣來，雖然電影其實拍得很抒情，甚至有大部分的時間都只是美國的工廠的工人的一些非常瑣碎的事……最尋常的家人和故人的……人的狀態。

更多的餘緒……或許也是老道曾經在更後來某段時光當過駐美術館藝術家因而有比較長的住在美國的鄉下的經驗，對於那種住在小鎮去超級市場買東西或是去小咖啡廳餐廳聚餐、酒吧的、保齡球館的、教堂的，或是開車到附近的山上森林裡面去釣魚或是打獵的……長出這部電影的美國最內在的指引他們朝向美國夢內燃其實是非常乾燥極度無聊一如越戰前獵鹿人們人生尋常狀態的無限反諷……

❖

更多年後的老道想到那個十多年前自己去越南意外遇到的美國藝術家，他也充滿了困惑，他們一起去看的那個這個西貢的戰爭博物館，他們看到了可怕的太逼近歷史真實的現場太多太多的鬼東西。

一開始，其實是他拉老道去的，老道一點都不想去，但是到了那個地方，他跟老道說他年紀跟老道差不多的青春期也都是在越戰的電影裡度過的，那些電影不管是大多數灑狗血劇情套招的爛戰爭片或是大師級導演用力扭曲深沉痛心的怪史詩電影對他而言都一樣的無比荒謬。

因為越戰根本不是像他們在電影看到的那樣，甚至戰爭根本不是像他們在電影上看到的那樣。最後，他們因為到了越南這個黑暗之心式的洞口的鬼地方，看到了這個當年暗黑近乎瘋狂的恐怖現場。

就困在那個戰爭博物館裡面展覽的鬼東西，甚至還有真正的機關槍坦克車和直升機破爛不堪就放在院子裡，他的紀念品店買的子彈是真正的子彈，連賣的人都是被截肢的殘廢的以前的軍人。在地上乞討的乞丐也是以前的軍人。這是一個活的博物館，所有的人都是真的，除了他們這些路人甲一樣的觀光客去那邊見證參觀了一個殘忍的奇蹟發生的現場。那戰爭博物館只是一棟民宅般的完全不起眼的灰暗混凝土建築，門口空地的破舊不堪戰機，坦克車機槍……室內在電風扇面對三十幾度的高溫汗如雨下中逼視展覽的一幅幅殘忍可憐近乎瘋狂的不堪的血腥畫面中被炸彈炸爛半邊臉下半身血肉模糊的難民、多年來仍然因為殘留化學藥劑攻擊嚴重病變的畸形兒，監獄刑房……越南的越戰的殘酷，內心的掙扎一如越戰美軍所使用的炸彈、槍械、手榴彈爆炸事故親歷者破舊的武器……野蠻的文明的衝突的死因的細節無窮無盡地逼身……那麼栩栩如生的令人無法忍受萬般艱難恐懼現場的……死亡博物館。太過敏感的太難過又太開心的變得異常亢奮的他說他回到《越戰獵鹿人》的俄羅斯手槍對決現場式的恐怖博物館……用離開戰爭的自己還是永遠離不開的老想死的恐慌荒謬的告訴美國人過去多年來所想像的越戰有多難以理解的「啟示錄」已然刻入壞軌腦門啟示的永遠無法逃離的可怕。

一如美國藝術家過去的專長領域的……他一生就應該本來就是做這種怪博物館怪歷史行動裝置藝術類型的激進瘋狂的藝術家。他跟老道說他做過的永遠深刻地涉入荒腔走板歷史的痕跡……某種互動關係的觀念藝術式的雕塑……始終充滿了荒腔的熱情與初衷可憐的對太多太多不同殖民的不同戰爭的身世坎坷……

多年後的老道常想起但是也不想去想起……那也已經是太多年前的那些暗巷時光！老道曾經也太多天走過的那西貢的曲折蜿蜒的暗巷，找路迷路中也看過的光景……很多越南人穿著灰暗的衣服在非常炎熱的夏天晚上，空氣非常潮濕悶燒纏身的汗水永遠無法忍受地黏膩感……

西貢是一個法國殖民時代依巴黎縮影用某種最華麗登場詳細地精心打造的古城，建築其實很華麗絕美

可是就是有一種說不出來的無限艱困的始終無以名狀的不舒服……

❖

那美國藝術家說他更完全無法忍受的細節太多太多……太接近他從小在中西部長大的那種最底層的美國鄉下地區的殖民地移民意外落腳的村子的無奈人生……

那電影的一開始婚禮登場地那麼熱鬧的那麼尋常……正是美國小鎮的一個跟俄羅斯教堂有關的俄國的一名的一個小城跳俄國舞和俄國的俄國的菜。那群俄羅斯後裔成群上工在龐大骯髒的工廠鍋爐廠的危險的過程工序。大火煉鋼鐵廠。或是電影中太多太多的美國中西部鄉間空曠的空鏡頭……開帥車超車過大工程車，打撞球……洋蔥頂的舊式俄羅斯教堂的鐘聲響起熱烈迴響的禱告……太多太多出問題去越戰前就充滿困難重重的人生的伏筆……被父親打的女主角（每個家族都充滿問題重重的麻煩），工人故人們到酒吧找他們，在酒館賭球隊誰贏……

一槍斃命的獵鹿之行的男主角對另一個男主角說：你是控制狂偏執狂……他回答他說：我只是不喜歡意外……酒吧遇到某一個越戰回來精神恍惚的軍官在櫃檯喝悶酒，他們靠過去問他：越南怎麼樣？他就激動到充滿了怨恨的沉默許久……只是說：幹！幹！完全無法說別的話。一如去越南的前一天的最後，他們要上山打獵，像過去，只是他們在一種更激烈的情緒激動中……更打架喝醉鬧事，路上小便打鬧，上山太冷要借靴子不借的尷尬，一槍中鹿，打獵的時候，在山裡面，最終那隻鹿在森林裡面非常的冷。回到酒吧！卻是蕭邦鋼琴獨奏音樂悲傷的情緒低落……後半部的劇情更多的恍神……那酒吧從美國切換成西貢，充斥著飛機聲還切換到越南的戰場槍聲火燒軍人和百姓……出任務的他們被捕，關入軍事基地一座茅草屋裡，陷入瘋狂狀態的北越軍官把俘虜抓出來逼他們綁紅布條在頭上，拿左輪手槍下賭注式地對自己的太陽穴開槍。就在茅草屋下的泡水的竹走廊囚犯的他安慰另一個即將被抓上去開槍的同鄉同袍，但是他已經完全慌亂到失緒，抽搐恐慌……依舊恐懼到胡言亂語地抵抗的他說他無法呼吸……後來折騰更久之後僥倖突

圍而出從湍急河流上破橋在難民湧入的逃難的路上遇到破爛不堪的坦克車和吉普車疲累不堪地在人群中移動。終於獲救，大難不死的男主角在大使館的美軍醫院急救的治療，他大多時候根本說不出話來，他在醫院的時候，長官問他，他家裡的資料，他坐在床邊窗戶的旁邊醫院窗戶的旁邊眼睛抽就開始哭了。男主角回到故鄉的他想辦法避開老朋友，傷勢還好，內心深處無奈地沉淪失落的併發症，終於艱辛歷程太久之後回去面對情人……太多太多的惱恨傷心難過到無法忍受自己……最後終於找到醫院輪椅上的那一個只剩上半身的下身截肢的他冒著生命危險救出來的故人。跟他說了另一個男主角還陷在西貢。變成俄羅斯輪盤對決的瘋子……那時候的他花了最大的勇氣決心想辦法回越南去找那個故人……回到過去現場的從大使館到人群流離的大街……那已然更困難時局，因為他回去的時間已然是更後來美軍正在撤退的西貢淪陷的現場……找到了那個死亡掮客法國人帶他去，坐船過去到了一個最遠最暗的死角的最大規模的賭局……電影最後男主角還是沒辦法拯救回已然瘋狂的另一個偏執狂男主角……他面對著那個綁紅巾眼神已經恍神狀態故人，為了拯救他也陪他瘋狂到最後地對自己腦門開槍……

美國藝術家對老道說，他看了太多回這部電影而永遠無法理解也無法釋懷……

一如電影中的男主角剛從西貢大難不死地心事重重回故鄉時遇到的那一群工廠一起長大沒去當兵的故人們在大街上擁抱嘲諷般地問候……「被槍擊的感覺如何？」

男主角面對他們的假裝沒事地回話：「一點也不痛……」

❖

後來美國藝術家又和老道接下來看了另一部關於啟示錄般地費解但是時空卻都更遙遠的電影：《陰陽師》。其實也只是在西貢古董市集找到《現代啟示錄》時同時看到的另一張驚心膽顫末世預言變成顯學怪電影的盜版光碟。畫質極差的光碟畫面看起來好像好幾世之前留下的先知語錄殘留痕跡……但是電影卻又怪異反差的充滿日本古代俊男美女在宮殿搬演歌舞伎傳統劇場般的華麗冒險登場……

「鬼與世道的混亂都是人心的迷惘所延生出來的東西」這樣小小聲說著的陰陽師在卦象中看到了事件的潛在關聯，但是連他也看不出來根本的黑暗卻早已在他看到這個隱含在卦象中的謎題之前就擴散開。

一開始太陽隱沒，而發生了日蝕之後的平安城裡屢次攻擊宮中人們的更多鬼魅出現，已經太多人遇害，而且被襲擊的人的身體都會被吃掉了一部分。那部陰陽師的很老舊電影還是很吸引老道他們。

那是平安時代，還是人與鬼怪共生的時代，京城夜晚襲擊達官貴人的鬼魅出現的異象仍然不斷地發生。

老道感到最迷人的是，電影中因而提及了更深的懷疑：鬼的本體究竟是什麼？所隱瞞的陰影究竟是什麼？陰陽師看出了事件的關聯但無法解，但後來在解出謎題的過程中卻讓已埋葬的黑暗同時開始出現而漸漸擴散。

在最後知道古代八個詞彙中隱藏的令人驚愕的謎題時，那惡鬼降臨使平安之城意識到了無比的戰慄。鬼魅吃人之前算過出雲八卦，所以還有安倍晴明不知道的事，因為那古劍封印了人的八種慾望所變成的古代八頭蛇，天叢雲劍會出現，被鬼魅吃掉的子孫會只剩兩個人，那是一個陰謀和法術的開始，也就是京城的妖魅們會全部重新出沒，那將軍非常後悔地殺了他們全族，但是收養了唯一一個存活下來的小女孩，雖然她完全忘記了那場大屠殺，完全忘記了她的身世。但是她又有可能是那異常天象出現之後的鬼魅，使她被封在體內的怪物會在某個時候被釋放出來。但是在吃下太多具人的肉體之後惡鬼快成形之前，他帶她重回她小時候出生的那個已經毀壞的村落廢墟。她即將化身為神明。而且她甚至有一種過人的神通，就是一個具有療癒能力的人，所有的動物如果受傷被她擁抱就可以痊癒。但是那惡鬼襲擊他，而有人幫他用優美的笛聲破了那個法術。她的右邊肩膀被封入了惡靈。他又終於解開了那個封在她身上的怨念。由於陰陽師解開了她的衣服時也解開了她不可告人的祕密，所以過程極其凶險，但是卻又彷彿極其色情。

美國藝術家說這電影內在的「啟示錄」式神怨天譴狀態為什麼那麼像《惡靈古堡》的電玩遊戲改編電影的設定：大滅絕危機下恐慌威脅下的不可能任務式的意外任務編組的公路電影式的浪漫反差……雷同地面對：惡鬼。超異能。美女。武器。惡魔種族傳說。甚至《惡靈古堡》的續集第二集的劇名就是：啟示錄。

老道對那美國藝術家說……「那也好像是一個昨晚我的怪夢境，栩栩如生但卻是從玻璃透明度有問題光影的另一端看出去的，看過太多西貢的戰爭遺址涉入現代啟示錄般的……被植入般的夢，夢中，那是某個夏天的午後昏昏欲睡的氣溫和濕度，而在某一個老時代的學生餐廳裡面和很多人排隊，那還只是有唱片在放會跳針的那個時代，好像有橋有湖而湖上有蓮花的夏天，我和他走進一個有黑人學生在餐廳裡吃炒麵，那學生餐廳的大鍋炒麵已經放太久悶熱到有一點發酸的氣味漫散在空氣裡，小孩和老狗在悶熱的天氣裡已經昏睡過去還留著口水的恍恍然。充斥著一種舊日時光裡頭的懷舊與可笑，或是一種太廉價的博物館裡的行頭所出了問題，跳針的唱片播出的聲音一直都模糊不清，老唱片封面的女明星畫面也畫得很草率怪異，整個乾燥的狀態就像是一種被杜撰出來的假象，仔細想想好像都對可是好像又都不對，那唱片女明星的時間錯了，大學學生宿舍的時候還沒有黑人的，那公園的湖畔沒有荷花，這到底是怎麼回事呢？

他說他是一個日本和西班牙混血的小男孩，在夏天跟父親去電影院看一部和火山有關的電影。他在那晚做了一個夢，夢見黑暗的火山裡有橋梁，河流，植物，但沒有光。不安但卻有被保護的感覺。他在黑暗中養了一隻名叫卡卡的貓，掉在死角，他竟然還可以在黑暗中把牆打破一個洞救牠出來。

在那幻象中，唯一真實的竟只有那個大鍋炒麵的臭酸味，但是那些長得胖胖壯壯的黑人學生卻吃得津津有味地開心。

夢中的他還說他並不是一個那麼能夠守規矩的人，但是他也沒辦法。

「在老學校一樓那個陰暗沉悶的大廳裡，他已經太久沒有看到他了，也沒有跟他講過話，他變得非常的憤世嫉俗，變得尖銳而失控，他變胖很多，主要是好像腳受傷很久，好像整個人生到了一個無法挽回的狀態了。

但就是不對勁，在夢裡的長得十分猥瑣但又看來很誠懇的這個人在樓梯間跟我說，他好像認識我，幾年前曾經來過這邊，認識很多朋友其中有一個去京都發生車禍，他拿照片給我，看那是他結婚的前幾天的未婚妻在風光明媚的街上拍的照片。那個人長得非常陰沉得有種毛骨悚然的感覺，我不太記得他，跟他說

他記得我的樣子是另外一個朋友跟他說的，彷彿是我的一個分手分得非常不愉快的老情人。他接著說了很多那裡的人的後來發生的可怕的事情，我不太記得那時候到底我跟他們有多熟，但是在語氣的傾信中他是把我當成一個非常要好的老朋友，這使我感到更加的忐忑不安。但是沒有人知道我的預言般的感覺到啟示錄即將打開蔓延的恐慌……

因為我知道再過幾年他們和我和更多這人間的人就全部都會死。」

第十六章。群島。

夢中，在那一個島上，他偷了一個巨大的街頭的古老銅像，太黝黑而銅綠長滿臉孔的偉人雕像。其實他也不認得那個偉人，不知道他過去做過什麼偉大的事。但是，因為不可思議的巨大，所以他們都沒有人不相信。

只是聽說這個島上最大廣場的最大銅像半夜被盜走。變成懸案。

他們問他怎麼運走這麼大的鬼東西，他說，他練成一種妖術，念咒，吹一口氣，就可以把銅像變小，放在口袋裡，就可以假裝沒事地走開。

後來跟那群人比較熟了之後，他們就也老跟他炫耀他們偷的東西，什麼都偷。昂貴的手錶，古董，珠寶，大多是闖空門。有的是豪宅，有的是店家，有的甚至是博物館。最近，如果不要太大筆，明星產品，竟然是液晶螢幕。

偷這種最近推出的祕密機種，完全夢幻地嶄新奇幻到不可能……只有半公分不到的那麼薄的大型液晶電視，簡直是一張紙，高科技化，炫目，輕盈到……還可以捲起來變成古代卷軸那般地帶走，簡直像是古裝片中去偷古畫的那種招數。倒插在尋常肩背包，一晚很多地方得手還甚至可以放到十幾捲……

他們在跟他解釋要是去那裡找，怎麼偷，脫手行情，最早剛出來的時候，價格最好，不能賣太新的，不好脫手，所以有時候偷到全新的，就還故意把螢幕框弄破一個洞。

後來，走到了他們要去的地方，那是一個很老很昂貴的旅館，他才發現，那是一群老親戚，一起包下

了好幾個房間，他們都已經要走了。趕一個時間，不知是要趕車還是趕飛機，他不知道原因。這令他很不好意思，因為他卻是最晚到，他們在等他收拾東西，要走了。想起之前等電梯的時候，也是如此。

排了很久，出奇地華麗，仔細端詳，那狹窄的電梯間中充滿了近乎不可能的種種的奢侈，黃金打造的鏡框，弧形的扶手，胡桃木精密雕花牆體，但是，因為太多小時候看他長大的長輩在擁擠的電梯間裡，彷彿是在有意無意地打量他，使得完全沒有心情端詳精心打造的電梯間的他甚至緊張到胃痛。他們卻老在他胃痛時……在電梯間敘舊時……有意無意說到他好像出人頭地……「你盜案很難想像地神氣……但是，那偉人其實只是一個冷戰時代的獨裁者，又不是像關公媽祖那種老神像才沒那麼偉大……」邊稱許也又邊數落他在島上偷走巨大偉人銅像的懸案……

❖

一如神的鼻涕……那是在瀨戶內海群島的其中一個島，在一個很多梯田和離渡口不遠的小山丘上，那個怪地方，與其說是一個怪異的極簡主義建築的美術館，更像是一個極端吃素到只吃空氣的異教打坐苦修祕室，不能說話，死寂，徘徊打量地無辜，吞吞吐吐地吞沒，沒有任何參考線或參考點的龐然掩體，掩埋了空無的什麼，更進化到什麼按鍵或機件都隱形的飛碟般不明飛行器艙體，攻殼的殼體是靈魂的隱喻那種化身，甚至，就只像走進後一直發冷的某一個巨大尺度外星人或是神祇所遺留下來的鼻涕末端的泡沫，巨大的弧度盤旋的了無生趣而充滿灼目日光和山野綠蔭攀生的敵意，然而所有人都只能低頭彎腰地從那弧形末端的慘白牆頭走過，不知如何是好。

他老總覺得內海群島後來長出來的這時代太多藝術節及其繁殖出的太多的什麼藝術鬼行頭，在群島的這些老地方的老神明前頭都顯得非常地可笑，如果沒有注意到這個可笑部分的話，那就完全沒有辦法感覺到這老的島，或這群島長出來的老地方，到底是怎樣地可怕。

或許，他對老或對島的認識都太膚淺了，也或許他這次來也沒有準備好要認真地看什麼，這些島都太

龐大太神祕了，所以他其實完全沒有心理準備要怎麼開始或怎麼結束。

就只是在這一個個島再待久一點看看，老只是先找一個一個地方落腳然後再決定之後怎麼辦，怎麼被群島的神明懲戒。

那個怪美術館……就在瀨戶內海的數百個島嶼的其中這一個不起眼的島嶼，豐島，太小的美術館，太過遙遠荒涼，近乎失明，近乎苛求，近乎完美，近乎瘋狂，建築是抽象概念的自虐，沒有門沒有窗沒有柱沒有廊沒有前後左右高低深淺，什麼都沒有，一如美術館裡完全空曠地空，沒有展（只有地上的緩慢但不斷湧出淌流的怪水滴流匯入弧形膜洞口天井下的圓底）的等待果陀式的荒誕，他老在太過敏感的現場的死白空洞裡，失神到近乎神經衰弱的，快吸不到氣的，兩眼瞳孔放大的，夢遊的不自覺，不知道為什麼失事的，一如失控墜落失速的羽族，自他懷疑的荒蕪感中，老是想起，太多太多過去的疑惑彷彿因此而更疑惑：建築是什麼？美術館是什麼？美術是什麼？美是什麼？一如打坐太深時而低落陷入困境地問起……禪是什麼？圓寂侘寂的……死寂是什麼？

一開始入口要先繞過一座綠意盎然的圓丘眺望島嶼遠方的海景風光，再回神回到圓山丘後頭，完全是白的雪白的灰白的慘白的，甚至是死白，只是太多意外，水滴落在地上的水灘上的，狀態顯示為不可能被理解，防空洞的雨漬仍然浮現的像胎記的微微顫抖的碎石缺口的模板木紋釘痕，在那一如天空倒影的薄殼的，塌陷到一半突然發現不明原因凝結薄膜的容器，彷彿躲入山洞（或是他小時候防空洞的封閉感的威脅……出現了破口），一如那麼多引入浮動瑣碎的地上的水粒，在弧形的弧洞口邊的天空的霧煞煞。

後山的樹蔭綠意森然中，雨和雨聲變成了唯一的領銜主演的什麼，雨越下越大，空氣潮解更多，一如那些來朝聖般的觀眾客人的太過用心良苦，東方人西方人外國人，在太冷清的現場又太過切題，太抽象的場景般地，即使太多人或太少人，所有的彷彿無心誤入的人，都被空洞的內縮，人完全變成了像是假人，點景般的座標浮動的不明參考點，太安靜太失去了什麼的茫然，恍惚……太像在龍安寺的枯山水前的打坐，羅馬萬神殿圓頂下的天光緩慢飄過，雨滴聲聲入耳越來越像鬼魂般觀眾的低語，折射反射到弧度遠方

的，模糊不清的回音，永遠聽不清楚，太過細微的變化，風聲鶴唳的風的咆哮，忽遠忽近的鳥鳴，步伐的輕聲，更隱約的一如嘆息，某種不明低聲環繞。

重新再回來這鬼地方，過了兩年，卻還好像第一回來的，頓悟般的開悟，恍神恍惚，失落感更深的喚回，那感染的感動，他才發現，即使不想承認，但是其實他早就已然完全忘了……

❖

大島。近乎完美，端詳著另一個近乎瘋狂的……沒有展覽的展覽。

一個老時代的著名傳說般……聲名狼藉古痲瘋病院的島，其實那大島很小，島上也只有非常少的幾間病房裡，勉勉強強，有非常少的展，但是非常動人，那個島比那個展更像是展，太凝視又太忽視，太過去又太現在，太無情又太矯情，種種跡象顯示，太現實又太超現實，莫名其妙地……

上船和上岸的過程他始終太過緊張，始終有穿著制服的島上的人在指揮，好像他也是痲瘋病患，太多內心戲的感覺怪怪的什麼……但是沒有出事，上了島彷彿是科幻片的場景，但是卻完全是真的，空曠的園，太過沉默的診療所，屋身上有標號1到51的長棟老病房，甚至，路尾的火葬場，納骨塔，最後塔身旁邊的石刻老觀音娘娘，及其守護神般的極曲折離奇絕美的古松樹。

過程那麼冗長又濃稠（可笑的他老想到《陰屍路》那種狀態持續……他可能會被襲的緊張兮兮），一如下船剛進去的時候，一直有奇怪的音樂，太過甜美的古典音樂改編成電子音樂，就像臺灣垃圾車的怪聲音，無限荒謬，還是有老人們完全穿著制服，死寂專注地上工。

想起前一晚電視節目主持人追蹤兩個美國老人穿著僧服每年到鬼島的日本古聖山，上山依數百年歷史古例，破曉時分隨信眾死命參加法會現場的虔誠，近乎瘋狂的死心去修行……

一如等待上船前往大島前的等候間，有部紀錄片在報導種種瀨戶內海的，古來海就被詛咒的怪異現象，某藝人祭拜儀式隆重登場，但是最後自以為必然完美的表演風帆，失控仍一再發生，某醬油老工廠古

傳統禁忌太多，那古木造建築屋頂屋身長牆門洞，必要漆成完全暗黑色，才能防火災變，某巨大魚種長年伏潛深海珊瑚底，但是魚身一出游，怪異吸附的數百隻瘋狂小魚永遠死心地跟隨……莫名其妙地。

島……一如電影《金剛狼武士之戰》剛開頭的時候，幻覺般的錯覺……地看到廣島的原子彈爆炸的陰影，也是在瀨戶內海的某個……島。

老道這一趟來島上亂流亂漂亂跑的一路上，一如這幾年來在把太冗長「地獄變相」收完的下刀，不再是像素描人生輪廓線般的陰影可以修得成形或細膩或完成度高一點那種著力，而反而更像是畫皮裡的惡鬼成妖成形地現身後把人皮就丟了那種放肆的修煉。

又跑了幾天。尤其在老舞臺的時候，才發現，他已經和以前不一樣了，不太想和藝術有關的膚淺的什麼。一方面是累，一方面是不好收，他也沒想清楚。到現在才看得比較清楚了。

更多的更放肆的修煉，在看豐島美術館那弧度大得又空得嚇人的泡沫感混凝土牆頭時，人和空氣和光影都變成果凍裡頭的佐料。或一如那怪地中美術館也是，三角形，矩形，大小的正方形的房間，用一道歪斜的長廊串成，每間都極空，天花板空一塊的房間。斜的走道歪歪斜斜地往下走，三角形天井，斜的縫隙。使人在裡頭會變得極端地孤立無援地渺茫，或一如其他的巨大怪東西，在像劇場長形階梯上的一顆倒影怪黑石球，一堆在三角歪斜天井底的亂石堆，一個天花板挖出抽象的四方形可以看到的像假的真天空。

美術館大多是那麼空的。奢侈而精準，不貪心。大多刻意打造的光的進入和不解。還有一間甚至是完全漆黑，要進入極久之後才看得到那極微弱在最遠方牆角出現的餘光。

有的一大間只展少數幾幅莫內的巨幅睡蓮，有的卻只展一小塊光影。還有另外一個藝術家的放肆更怪異，他只就像一個催眠師或魔術師或法師般地布陣，迷魂陣式地迷惑，所有的參考點都被嘲諷了，從頭到尾的進入到離開，那是一間難以置信又難以描述的方式，或許是一個不知道發生了什麼事但一到就馬上出事也又馬上了事的太奇怪的地方。

所有人被要求先看一個階梯上的藍幕，完全沒有播放，只是幕，但是，過了一段時間，那解說者要求他們上階梯，走到最上方，竟然要走進螢幕的幕中。那時候，才發現，那幕其實是空的，只是一個框，沒有其他的細節的參考或暗示，或許，更因為裡頭是純藍的，像極了深山深處霧太大那種無法無天的迷濛，無法辨識前後左右，沒有起點或終點或消點，彷彿有煙但又沒有煙，那死角只用很低調而完全看不見霓虹燈管投影出的深藍，整個幕後的祕室就像一個誤入的夢境般地虛無而空洞的，幻覺般的錯覺。

種種高難度的狀態彷彿逼近又逼真地發問而更逼人們去找尋這到底是什麼？是如何發生，如何切割，那其中的幻術太空幻，動作極大又極小，極現實又極抽象，甚至使進入的人彷彿不被拉到這麼遠這麼疏離，就根本感覺不到。

一如從落地長窗在山崖前看出的更遠的海中的疾風烈日中的大大小小的島嶼，藝術家或建築家們在某種空幻的瞬間，一如神明在放肆造出這瀨戶內海上萬個島的玩笑，老覺得沒造完，或造壞了，或完全造好了才想到，其實小的根本不用，造了大的一個島夠好就可以了。

這些群島的放肆都只像是神明在差錯中的勞作。

但是，人們也在抵抗，有排隊的其他更多的白髮日本老人們。但是有一個很像老克林依斯威特的美國老人，一直說風涼話，為什麼看展覽要等？為什麼要等那麼久？為什麼一次要等八個人才能一起進入的這一個房間。

還甚至有一對年輕日本夫婦抱著始終睡著的小孩，幸好他睡太沉了，沒被驚嚇到，也完全不知道到了自以為神明的那裡？或看到了什麼？或發生了什麼？

❖

招惹了山神，土鬼或地靈的島的什麼……那時候在老農村歌舞伎劇場的等待。發生了些什麼……但他不清楚。

始終覺得被隱隱地打量，照料，看守，彷彿滲入的某種無意的造訪，又沒有足夠的誠意奉納，枯等是虛懸的。或那只像是一種不小心等到龍貓的巨大貓公車的難以描述的奇幻，或許就是誤入一個古藏廟埕或中世紀僧院前庭的謐靜僧侶們在深入祭典中不明的踟躕。但是他什麼都沒看見，空曠地難以描述的駭人。然而，他陷入的整個過程的時間感卻被壓縮到了極端，夕陽西下的光暈斜照在舊木屋的影身的傾度，彷彿有吱吱作聲地往地底沉落。

那時候太失落的他以為只是坐在這個老的農村歌舞伎劇場遺址，一個古代遺留而遺忘的廣場，老舞臺，就像一個小的神社，在更深山裡古來這個數百年來以做醬油著稱的老村最裡頭。

這裡幾乎就是小豆島整個島最裡頭的一座深山。春日神社。他去看完那個當代藝術家做成竹編成的又大又新的鬼東西之後，還有一個多小時，就只好回到這裡，在路口不遠的末端。有意無意地等待些別的什麼，或許就只是故意繞過來坐下來。

他始終在這個長苔石頭階梯一層一層不規則搭接起的古老劇場臺座中等待。或許等車因為等待的時間過於漫長，像是停滯了一百年般那麼久，但是他太分心到彷彿又覺得現場每分鐘的空氣光影都正瞬息萬變地飛逝。

所以感覺到太多太多的快轉的滄桑，因為這裡的每一個細節都那麼地老，那一棵巨大的老樹在整個廣場的後方正中心，更後面一點有兩隻石獅子臉都有一點模糊了，脖子上戴著麻繩還有白布都已經爛掉，更後頭不太對稱的進落還有一個老房子，那應該是一個小的神社，但是他不是很清楚。

他坐在那個木頭老神社入口旁邊的木椅上，看到屋簷曲木雕刻的地方後端的還有三個大麻繩綁出來的結，上頭有寫著何時整修和木頭蛀毀的痕跡，旁邊不遠處還有一個小的涼亭，老梁和柱都變成彎曲的土腳牆裂得很厲害，有的甚至已經垮掉。不過光逐漸在撤退的時候還是有一個奇怪的氣氛很迷人，所有的小小的踏步階梯上全部都長滿了草，石頭非常的舊，排列斑駁不規則但是有一個內在秩序的參差。

一如所有的古劇場的廢墟遺址，或像最後的歌舞伎臺，那個木製老舞臺立面封閉了，偌大的木牆壁體

長身中只留了三面小窗口，靠近往內端詳，竟然可以看見四個歌舞伎的等真身尺寸的古人形傀儡，但是傀身上卻覆蓋着一塊黝暗塑膠布，從非常暗的光線看入有種異常的陰霾，奇怪的舞臺旁側還有一個牛頭骨屋簷下的老桌椅及景深中的踏步，那些太陳年到無法辨識的舊式布景及其塵封已久的狀態，令人不安地華麗。旁邊有以前的天皇和皇后曾經來這邊看農村歌舞伎表演的老照片，及其被留住的老座位，這是那個時代始終維繫得異常仔細的古代，種種近乎瀕臨絕跡的老表演的氣味。

一如那個老劇場的木頭仔細打量，十分繁複而精密，還留住極為古老的榫接法，甚至完全找不到釘子的痕跡，橫梁跟立柱搭接的邊緣斜撐木頭的古代建築斗拱起翹法已然難得一見地稀有。那是這老農村歌舞伎劇場的老舞臺。一如這小豆島的民間深山歌舞伎和旁邊的梯田都已是有百年的老藝術。和正統古歌舞伎的老舞臺不一樣，這裡在野，或只是贗品，山寨版，或就像一種惡習，傳承成某種村民的地方慶典的祭場，這裡在大集會時演出當天還有兒童上場，每個老舞臺上演多場，一旦聚集起來每一個角色都不能中途下臺停止演出，老時代的規矩很多也很怪，不小心就會出事或甚至發生厄運，即使是一個奇怪的演員樂師化妝師到舞臺老師傅都只由全村的老老小小村民來擔當。後來也更就作為島上的春日神社的另一種民間庶出的野生傳統。

在明治大正時代最鼎盛期島內農村歌舞伎臺的三十幾處，原有六七百個村民入戲，現在只剩這裡的最後兩個老時代農村歌舞伎臺。但是，現場看來的這個古舞臺仍然很陰霾充滿地彷彿仍近乎有神明駐守的氣味。

正如更多時候的他老在想的分心是蛇或蟾蜍或鷹或不明的獸或更多的怪蟲的種種可能的威脅，因為他坐在那邊的時候不斷有種被什麼咬的感覺，莫名的癢，痛，痠，舊疾復發地那種被喚回的疲憊不堪，或被神明懲戒的幻想及其幻滅。

這種被咬的威脅使他覺得太充滿神明妖怪般這鬼地方實在很難用一個所謂的什麼什麼藝術節，或用藝術跟土地自然有什麼什麼關係來過度簡單地逼近或侵入這種老地方。那太不自量力了。

最後的展場還有一部礦島歷史的老電影：以當年的這個礦島的礦坑故事拍成的悲劇……島變成就在第二次世界戰爭的殘忍場景……

當年被轟炸過的那個島，聽說一個活口都不能留下。在挖礦的坑道宿舍所有人都非常骯髒惡臭的現場，老長官辦公室交代清楚要開始把所有人的屍體集中火化，為什麼人就像垃圾一樣處理，人不一樣。島上的很多悲劇……聽說當年可憐的那些在黑暗中走到裡頭躲起來的礦工父親們和他的小孩都只能找到腐爛的食物吃，甚至只是喝水，電影中的男主角和那個小孩在玩一種遊戲，想像要吃某一種豆漿，加鹽或是加糖比較好喝……後來交代清楚……如果被攻擊，別忘了把剩下的炸彈全部運到這個礦場最深的地方。到天亮之前會把所有的人全部關到坑道裡去用炸彈炸掉，女人和小孩也不例外。這座礦島是用他們的血汗打造的。礦工們想要違背長官而集體逃亡，從地下甬道到岸邊偷渡上船，但是棧道的末端，有人看守，站在鐵架上看著其他想偷渡的礦工們慢慢偷偷爬上去。把風的四個看守的兵殺了他們時，還又很害怕完全不敢動手拿著刀一直發抖，幸好男主角出來下手殺了他們，其他的人在看，但是他們行蹤曝光小孩先送上船，一邊唱童謠的人幫著害怕的小孩。男主角死了，他的父親事前交代……你的希望是什麼？小孩唱的童謠還要想要離開礦坑發財享盡榮華富貴，感動到滿足……就在蔚藍天空明月下，仔細的想一想……想一想，世上萬物宛如一場夢……

美軍已經轟炸了廣島……群島都是屍體……

他們最後搭上船，看到遠方廣島的原子彈的菌狀爆炸的火光，在瀨戶內海的群島上空爆炸……極端恐怖的美麗炫目……

❖

回到大阪……那是一種太過疲憊之後太快的幻起幻滅，重回這種大都會本來老覺得不快的繁華到擁擠不堪，但是卻反而充滿好感地深感這種最龐雜人類文明竟然是如此幸福感極端充滿地發光發熱。

老道在島嶼和海中太多天了，終於在離開犬島的煉銅廠廢墟之後搭船換船再換了好幾種火車才一路到晚地回到大阪火車站。

一走出新幹線火車站才上了那層地面層的樓，就心情切換太多地美好。老覺得店好多，也都好大好亮好美，再尋常的種種拉麵，燒肉，大阪燒，壽司，每樣料理都好好吃。他像是從蠻荒回來的不免充滿錯覺，像浩劫重生那種重回人間的幸福感地偷偷摸摸快轉一回。

那一回的一路心情極壞，不免老充滿惡意與敵意，但是天氣卻是極好，春末的不冷不熱，溫馴的風和空氣的舒服到令人不安，是大自然在一年中在海在島詭譎多端又瞬息萬變季候裡所出現的某種最善意的狀態，其實那溫度到了仲夏才來一定會中暑而且人會可怕地擠滿。

那回的狀態是在所有可能的善變的最高善意。所有的旅行的最奢侈品。人少，離峰，淡季。他應該要更珍惜一點，更想通了一點。即使感覺自己那次來和過去有點不一樣，很難明說地更尖銳或更懷疑，但卻也更甘願地放棄更多。或許只是更打從內心地對自己的種種旅行一如人生的更內在病態限制的承認，也不再抵抗，不再有一定要或不要的懷疑。

一如，就這樣在太陽下連續看連續走路走了八天了，其實早就曬傷了，也有點受寒，膝蓋痛還是有點發作，鼻頭還長一顆大得離譜的青春痘。

他跟自己說，被引發的病和傷和心病就不要太計較了。風光明媚的那麼多天，看海的婆娑的浪花和島的遠近的迂迴。就不要再多講一些老是擔心會出事的種種細節，從每個島到每個島，從每班船到另外一班船都有些荒謬的事和心事發生。

一如後來回到大阪剛找這個在網路上訂的商務旅館找了好久，不知是地址錯了，還是谷歌的地圖錯了，在深夜中繞好久，在那陌生的看起來都很雷同的幾個街廊一直找。終於找到旅館也終於進了房間。打開電視。正播出一幕一幕的快轉的一如人生縮影的廣告。幸福感無限的引用，放大，極端地服膺。那麼歡樂又繁瑣又吵鬧地喧譁。

這才像是又回到庸俗的令人不安的人間。

電視螢幕中每個廣告都始終太快地閃爍地閃過。

寶塚最近的公演。美少女怪化妝成的著西裝俊男正對另一個穿和服老太太假哭。

快樂炫目，一群小孩扮演穿巨大絨毛裝的老虎北極熊獅子種種野獸都一起坐在回轉壽司的吧臺。字幕打著。春天幸福的壽司。大人氣。一盤92円特價。青山之洋服。一群憂鬱而疲憊不堪的ＯＬ如何反敗為勝，成功頑張。和歌山殮式葬儀。人生最美的終端。

科幻片的古老經典片段重現，華麗的交響曲音樂響起。光劍的絕地武士太疾風般驚人地對決，宇宙無敵死星的不可能的終於被摧毀而爆炸，尤達大師用念力讓巨大的壞毀的太空船升空懸浮，《星際大戰》全六集本週末連續大放送。願原力與你同在。三十多年來的科幻電影傳奇濃縮成三十秒地快轉。

但是，最後，所有的荒謬更荒謬了。一如電視中仔細端詳的正統歌舞伎，在最繁複衣著道具音樂舞臺的最老派肢體演出裡，有一個很胖的男人戴很怪很醜的面具正在演古代最大美女。楊貴妃。宮中的白髮皇帝正極力想取悅她，極為充滿高難度走位身段細節的唱腔演技的他們極嚴謹講究地認真演出，但是他一直看卻一直想笑。

一如電梯一起坐上十樓的兩個人用很誇張的方式在說他們以為他聽不懂的北方腔的中國普通話。他們還一副很不在乎的鳥樣子。說著：「那回去拉斯維加斯有一個老鄉幫他叫了一個小姐，那裡很容易啦！」他笑了一笑，然後接著說：「但是叫她陪他一晚的英文他們兩個都不會講。」

一如他剛進這商務旅館房間就看到桌上的一張付費色情電影的廣告摺頁，上頭畫面有一個腸枯思竭的失眠很久的鬍渣滿臉的歐吉桑坐在桌前看著畫紙畫不出來，但身後有一個和服衣領已半露香肩的微笑藝妓正趴在他的背後認真地調戲表情很痛苦的他。那電影廣告的字樣極大極誇張，片名就是。二流藝術家。

登機前，一個古怪的相機廣告，非常短但又非常迷人。在非常巨大的漂亮精準的液晶螢幕電視上出

現，一開始，有一個髒兮兮的小孩去拉一個街上落魄畫家去畫某一個在沙漠中的古城泥土牆體，掩護他們所有城裡可憐的難民可以撤退逃離，畫家一臉無辜也非常疲倦而不知道畫什麼，那小孩教他到後來就畫了一個潦草但是仍然還算逼真的觀光勝地般的漂亮度假海岸，蔚藍婆娑的海水緩緩地攀上很多比基尼女郎的沙灘，在那沙漠古城的大門和兩側泥土城牆上，就在最後的一個畫面中，所有騎馬而面目猙獰殺氣騰騰的馬賊強盜們兵臨城下的那剎那，突然都停下來無法再前進了，因為他們就始終看著那個畫出來的島嶼海灘，完全無法無天地像奇蹟或像謊言般地出現，但是實在太不可能，卻又栩栩如生，使他們就只好所有的人都讓馬也一起停在那古大門前，完全無法抗拒地相視而大笑不已。

在機場的一路上還是一直有些太有意思的人吸引昨晚沒睡好的他在沒精打采之中始終好奇，一如穿和服的始終走路緩慢到像還在古代的老太太，一如妝和衣都一起仍然極１０９妹地辣到不行的母女，一如背著不知是電吉他還是大提琴的一個落拓男音樂家卻一直在打免稅３C店前DEMO的電玩機火影忍者中的爆乳綱手的角色一直飛踢噴火，一如最令他印象深刻的卻是在精品店最高等級的Bvlgari花崗岩名面前。有一個穿著羅麗塔裝可愛少女，甜美的臉上卻有一個左眼的黑色眼罩，跟著她那太貴氣的母親一直在試戴她們店裡最昂貴的鑽石項鍊，很怪異到像在貝托路奇或昆丁·塔倫提諾電影裡才會出現的角色的荒唐。

甚至，最後，他完全沒力氣地坐在一個角落打盹等登機時，所有看起來土裡土氣要回臺灣的說臺語的鄉親人群中，卻只有兩個濃妝豔抹非常妖嬈的人妖正在用日文很低沉而甜美害羞的聲音討論她們要去的導遊書上頭寫的種種風光明媚，書上那個城市的名字就是：臺北。

想起那一直沒寫完的半封信。

「他沒法子回答你的問題，因為他沒法子回答他自己的問題，但是，在離開了之後，在瀨戶內海，他發現他問錯問題了，過去也因為太用心用力地想回答，所以就更牽絆而更慘烈。

進入的方法的更有意識或更無意識，進入的速度和角度有沒有錯，有時雖然錯了也不調了，只是理解，一如進入的期待始終只是一種初期的幻想，後來的發生，才是更進入的幻想的，即使可能是那麼真實。

一如飛機上的小螢幕正在播的叫做《聖保羅的一天》的紀錄片。拍到好多那個城可愛又可怕的人和故事。一個無奈但認真的老女人在一個幫忙減少文盲的地方帶小孩念一點點書，在綽號是天使之城的貧民窟的義工在想法子讓裡頭的人不打架和不吸毒，或至少不挨餓。最後，在一整條街都是她的夜店酒吧的女老闆說她十四歲來到聖保羅一天工作二十小時工作了五十年來建立了她的這條街的帝國。她笑著說：她這裡每晚都有俊男美女也當然有酒有脫衣舞和槍戰，比電影更像電影。」

謎底……

整個坐飛機過程，他一直被他座位後面那個大概只有兩歲的小女孩煩死了，她是那種完全被寵壞的小孩，從一開始起飛時的大哭大鬧，到後來在窗口邊始終沒停過地講話，邊吵邊跳，有時還發出奇怪的尖銳的叫聲，像一種非常不耐煩的野獸，被關在一個牠自己所搞不清楚的不舒服的祕室裡，她那種完全沒停過的發出瑣碎嘈雜聲音的方式令他非常地憤怒，但是他其實又非常非常的疲倦，甚至完全無法抗拒或是花力氣去想辦法勸阻或是說服她說臺語的父母去管管可怕的她。

一如，他後來分心看到報紙上最大幅的國際新聞是印度的暴動遊行是為了抗議有一個女人被輪暴致死。國內最大新聞是跨年同性戀最好去的幾個最重要地點都已爆滿了。

最後是在等行李的大廳的現場的更難以描述的島的離奇與令人好奇。「不好意思！對不起讓狗聞一下！」那照顧狗的人一直很為難，甚至不像海關警察而像個不常遛狗而被拖累不得不上場的可憐菲傭，被狗的某種恣意妄為的自然而然弄得全場就像是一場鬧劇。

因為牠始終就在那邊跑來跑去，不專心地到處探望又離去，某種小動物的輕浮又可愛的好奇，但是卻又好像是種靈媒的童子的怪異上身，問鳥卦時那種令人不安看到的那小鳥的依然天真爛漫，但詭譎又可笑極了。那隻米格魯爬上爬下那個有點鏽蝕的老金屬塑膠底盤古怪迴轉的帶狀行李臺，而且在上面用一種非常怪異的動作跑，所有的人仍然很疲憊不堪地呆坐在那大廳枯等行李的時候，這一隻看起來是專業訓練成緝毒犬的米格魯仔細看起來也照顧得異常小心昂貴，全身皮毛也因此像豪門寵物得寵到極致地異常華麗跋

扈到更令人髮指地惹眼。

牠在那裡跑了嗅了很多地方和很多人的很多行李之後，最後停在一個穿著非常臺的少女旁，她手上塑膠袋被狗一直聞，彷彿找到了什麼，徘徊不去，後來很多人都好奇地圍觀，有種古怪的善意或惡意的打量揮之不去，再過了好一會兒，空氣好像因而凝結了，她和檢查的人員都非常的緊張，甚至不知道會發生了什麼可怕的事情。

又過了更久，找了半天才終於找出來，但是，他看了一直很想笑但也始終沒笑出來，因為那彷彿是從群島回到這個落後的島嶼及其更多落後的事情的最具代表性的玩笑，沒有自嘲的始終被嘲弄，搬演鬧劇的胡鬧謎底也不是謎。因為所有的人都呆呆地看著，那狗始終耽溺於的，就只不過是袋中幾包看起來味道像病毒但是聽說非常好吃的瀨戶內海群島出品的日本泡麵。

才感覺到，終於回來了這個落後的島及其更多落後的事情及其荒謬。

老道在群島的旅行一路的風波時老想起他夢見過小時候畫過的一個沒頭沒尾的「吃島」：一個多年以前他曾經畫過的一個沒畫完的可怕又可笑的故事。

在那島上，就一如在天上，那是一種是想忘掉時間的過程，但是那還是和時間有關，島上的人們都不講話，他心想那應該是有原因，後來落難漂流到那島上的他終於求人們煮點什麼給他吃，他們才就開始說話，近乎吱吱喳喳地逼問他。但是，他們說的很離奇，仔細聽，才知道，島上有好幾種吃法，他們問他：你喜歡吃或喜歡被吃？喜歡看別人吃或看別人被吃？

他越來越覺得在這個島上所有的吃都是有異樣的，始終是某種神祕到怎麼看都太不尋常……

在島上吃的古怪是，每一個人都要等另外的人，所有的人一起吃或一起不吃，但是一起吃的時候，吃太少或吃太多，都不是因為餓不餓，只是因為想吃，或是不能不吃的某種無法解釋的衝動。

太久以後他已然不想追問了，他們最後才說，一開始是陌生，怕他嚇壞了，因為，他們的吃是為了被

吃。甚至，他後來才更深入地發現，那是因為那個島本身就是一種吃的巨大到無以名狀的怪物，或說，牠就是一個始終在吃人的地方，這整個島就是這怪物，牠到底是多大，太大到根本看不出來……

但是吃人的地方只有一個孔洞，而那長在山崖壁上的孔洞，因為太小，使所有的人要切開自己才能被島吃，那些人因而必須甘心自己被吃，才能解決這種島的危機，雖然充滿忐忑不安和猶猶豫豫，因為這樣島才能活下去，才不會沉。

但是島畢竟太大到什麼都吃。那好大的一個島的食量永遠太大。

後來，被吃的人之前還認真地在討論著，那一種吃比較野蠻，老虎吃一隻羚羊那種直接血肉模糊地吃，或是屠宰場那種機器控制所有細節的肢解肉身每一部位的理性，像希特勒。

有一個島上的人因此對其他的人說，最野蠻的是像他們這樣子甘心地被吃，為了養這個沉沒前的永遠飢餓的島，因為這個島所有的吃都是完全只像肉體被附身而侵入的無法躲藏。

但是一個人去開刀還是救不活那為何要開刀？又不是像洪水淹下來會一定淹死？像一種死胡同……那種當所有的什麼都做了但是還是不行，還是要被吃。島上，最辛苦的事，不是被吃，而更是面對一個沒法子解決的被吃的問題要怎麼煩惱……

他們老是要煩惱到底要被吃一半而痛苦？還是被完全吞沒吃光而死去……就可以忘記痛苦？

但是，最後可怕的狀態還更離奇……因為最關鍵的難題是要如何甘心情願一如殉身般地那麼虔誠被吃時還面帶感恩被臨幸地微笑……

第十七章。祭。

之一。借屍還魂。

一如鎮懾牛鬼蛇神諸邪神般的地獄縮影，始終無法理解的在場神祇們的神轎繞境儀式前……祇園祭或許就是地獄變相借屍還魂般變成道場出演的神通變幻充斥著全場……在全城祭典儀式無限打開鬼劇碼的無限逼身古代歷史隱喻。

一如更奧義的神啟手印轉化為暗示老道的什麼……祇園祭……一個個老神轎身的千年歷史，永遠不會放棄或改變的什麼……令人陷入時間感切換出錯失焦的精神狀態。一如每回去京都始終無法理解地擺盪在完全不用力的碰到再說的切換輸入法式的機緣巧遇的取巧的什麼，和認真找那地獄變相計劃策展的所有更高難度更高階的切入的可能……之間的矛盾永遠也沒有更多的期待。

過去一向無緣的祭，始終無緣的祇園祭……一如所有廟會，藝術節雙年展，或更多的什麼祭什麼節慶，以前老道都會避開，疏離過多人好奇追逐……節和慶的規矩人潮種種問題太多太多。

每回卻因為想找下一個鬼策展的比較不一樣切入的角度，更歪歪斜斜的可能。一如老道的地獄變相計劃……當機的問題重重的所有的副作用般存在感薄弱環節太多涉入的人和事都在瓶頸的某種切換。

就在祇園祭的誤解現場的焦慮揪心裡……使老道老想到小時候的他跟著老家族婆婆媽媽們迷信偏方般地到處找神明保佑胡亂拜拜的那種老時代廟會的混亂，其實就是這樣子使老道迷亂到長大仍然遇到什麼事情都會看大家怎麼做然後跟著做才會心安的那個狀態，現在終於可以面對「現在的依舊迷亂到底想找尋祭的什麼，到底什麼時候開始什麼時候結束？到底是有誰說才算祭的真正的開始或結束呢？」這種懷疑對老

道而言，或許是一種始終無法理解的退步還是進步……一如找尋祭的一路必然依舊充滿誤解……

也一如但丁再世般的借屍還魂的更晚近更甜美的地獄理解……老道也想要偏激但是又無奈地不能偏激地耐心找尋……地獄變相計劃……也越來越深入到迷迷糊糊的睜開眼睛睡著的混亂……缺乏更強烈的對比，展覽及其遭遇的困難的不得不……一如最近常常想策展還找尋另一些更奇怪的角色，不一定是瘋狂的藝術家，而是人格和精神狀態更為偏激的人，但是老道缺乏那種可以花力氣更深入了解別人用力的可能，甚至想像的動力。或許就像一個人類學家的困難，到了一個陌生的人種族群，他們對於死亡對於信仰……對於所有的惡德罪行，高貴或是卑賤的……創造生命或毀壞生命的更為激進的試探，但是老道的身體和精神狀態都已經不太能夠負荷這種巨大的雖然只是勉勉強強還是已然炙燒到坍塌地消耗殆盡……

……

地獄變相計劃……逼老道雖然不想用力但是還是很用力地走完了全程，老在想什麼時候會結束，逼老道想到小時候更多的對自己的理解及其必然的借屍還魂式的誤解……從小或許老道就是一個很不容易自我感覺良好的人，對於什麼叫做好，或是什麼叫做應該，或是什麼叫做差不多了……都不太清楚。都是要看別人的說法或別人的眼色……做事情的大家庭長大的不起眼的小孩……的那種不太容易有自己的歷程艱辛的長大，甚至是長大去更大一群小孩一起住的教會學校或是和尚學校或是軍隊……也都是這樣，變得自己始終沒什麼看法，只是跟著大家一起走，到了長大才開始認真地懷疑自己到底想要什麼？想看什麼？想做什麼？始終無法理解為何自己還在……那種怪異的自我矛盾的存在感缺乏的問題到底是什麼？不良影響的感覺逼近逼身到非常明顯……一如祇園祭……一路都不太一樣……心虛、氣餒、疲憊、沒辦法用力……或許身體不好或是心情不好還真的是一個很好的參考點。為什麼從小打太多太多乖乖針的勉強自己永遠開戰鬥模式的老道以前從來沒有這樣感覺自己？更內在聲音是難免的懷疑？到底要什麼或不要什麼的內心戲……有很長的時間都在等待，等待吃飯，等待坐車，等待睡著，等到偏頭痛不痛。偏離真實……一路還

想到更多……來這鬼地方看鬼節……充滿懷疑……想到老道長大後的越來越偏激近乎偏執……

❖

始終還用一種公路電影般的自暴自棄……但是還是勉強一路寫地獄變相計劃策展雜記……還就在這種鬼地方寫文，真是一個始終自嘲般的荒謬地方，太窄又太小，輸入又會出問題的夾縫，後來在這次的旅行裡，突然反而是只有在這種鬼地方才寫得出來比較多的東西，因為不像在寫或是在寫什麼太嚴重的事的緊張。

一種切換，一種勉強，一種夾縫中褶皺摺成塞入密函的可能，或即使是一種自欺……老道想到的是當年傳記中的海明威提到他好好坐在舒服的書桌前寫不出來，反而需要站在他家客廳旁邊的一個角落高臺放打字機站著打才有辦法寫……或是莫言的《生死疲勞》故意完全回到用手寫才有辦法寫的那種感覺是疾飛土里土氣的老時代喘息地快速的奇怪狀態。

一如一種補償，一種報恩，一種人生的麻煩突然可以被原諒或體諒地低度解決的僥倖的期待。這種內心糾葛，犯錯懲罰的麻煩，依舊……到了前一天的大佛的那個老地方，那天去的感覺跟前一天完全不一樣，那天老道是來還願，好像內心的那一個破洞即使補不起來還是要補……

那天最後上路……心事重重地帶著行李離開的時候決定要回到大佛去還願，老道的心情就跟前一天去看祇園祭的千年歷史祭典太多太多古蹟神廟是完全不一樣。但是還是要找到路去祭拜。

神轎聖駕的大佛像總是還是那樣子的微笑，祂還是那麼靜坐在光前面，前面有櫻花在陽光打在祂的臉上，老道今天看到的，並不是銅雕雕刻的技術有多麼的高明栩栩如生或是鑄造在千年前到現在都還那麼完整建築完全毀掉，祂還是依然存在的奇蹟發生般的那種國寶的特殊性。

更比較像是祂就像保佑老道一樣在保佑著這個老地方的堅強的某種狀態，充滿了災難戰爭的困難重重，在祇園祭的「地獄變相」打開的祂的恩典奇譚奇遇得到保佑般地救贖……

最後看到神轎聖駕群大佛的感覺跟前一天好像是為了看建築或是看地獄變相的可能……某種祭典儀式就是行為藝術裝置藝術的奇觀或是另一種允諾，一種祇園祭奇觀就是參觀國寶的心情完全不一樣，或許更接近見證奇蹟發生的更迷信偏方治療式的古代宗教信仰，涉入老道的宿命奇遇陷入人生更內部的失落及其補救找尋罪與罰的現世報更深又更逼身的疲憊與傷害和虐心，近乎瘋狂失序脫軌又始終無法救贖的可能，或許老道過去的人生太膚淺了，完全沒辦法了解這種狀態，或許是老道完全避開。到了京都祇園祭的一路……充滿神轎聖駕大佛的路口突然看到很多觀光客還是一樣的厭倦，但是並沒有像前一天那麼厭倦，即使其中有很多是大陸人聲音很大很吵，還有很多外國人帶著小孩說的人都在比劃兩個指頭地對照相機所演的歡樂拍照方式，或是有一群德國人戴著耳機有導遊非常有秩序地帶他們進來神轎聖駕一路在那邊講解京都老廟的故事，和古建築的藝術形式及其老時代廣場原因到底保佑的是什麼。

一如變形金剛的古佛像雕刻金剛明王那種神通蔓延的攀生妖身，全部變成的神轎像是廟身大大小小的局部動員每個街頭街廓彷佛都打開陰陽眼發生……傳說老故事，太多神轎的故事太奇怪引人的老神話或寓言。一開始只是像現場的劇場表演的舞臺，但是更後來近乎瘋狂的魔術或幻術的打開，無法抗拒誘惑地搬演……京都的神祕。化身每個神轎繞境傳統。

老道在找尋意外遭遇的幻境像困境……鑲嵌在這年這回祇園祭時光洞口。

或許一如走之前看了太多部電影沉重到看完之後不太能說話。老道的身體和心情那段時光老都在很不好的狀態。那天早上到下午還是很累，老道希望到京都不要再有什麼病的發作。尤其腰痛膝痛頭痛胃痛喉嚨也痛到無法理解……到處破洞的臉和肉身狀況越來越不好的，一累就引發的問題感種種限制到也不能怎樣更用力……是那年的破口，逃出火場般的自嘲及其切入的無奈。

祇園祭……即使太多人過度汗流浹背肌肉疲憊一如建築般繁複零件，很多以前沒有發現的細節，老神轎們感覺到神廟長出來般的憑空出現，但是卻是真的。竟然都是可以現場慢慢安裝現場上工，長出了轎身刺繡幔身華麗曼荼羅佛像經文，包括木瓜柱和主梁加上轉角裝飾黃金的斗拱雀替。工班上工的廟身般的轎

班的老少，安金身的神轎聖駕群，和尚、老婆婆老公公、上人和路人，梵唱，神笛吹奏，古樂器，銅鑼，老鼓……附近居民的民家店家，發光體般地緊張地發光發熱陪祀祭典儀式引發……突然所有的四条隱身巷裡的尋常斑駁和式木製老建築的蟲蛀木紋櫺格的……街面門洞窗洞都活起來了。

一開始到京都的那天找路，近四十度，機場進城的最快火車停駛，換車，那天一到京都的四条一帶，發現巷子太多太多神轎隊伍已然出現，繞路好久出來在烏丸通大路旁巷內意外看到龍船，南北觀音山，老道覺得那都像小廟的神轎太迷人（老道的狀況其實不好，天氣又太熱，老道也沒有太認真看，但是即使只是這樣從旁邊路過）太多太多怪主題（或許祇園祭起源自平安時代疾病是怨念作祟，為平息怨靈作法供祀為神祇八坂神社把牛頭天王供為神祇祭祀瘟疫，千年來例行祭典祈求潔淨及消除瘟疫肆虐）太多怪事（傳說在七月舉辦各種活動期間，相關祭典人士會遵守不能吃小黃瓜的戒律，但因小黃瓜的斷面長得太像八坂神社的社紋而不敢吃小黃瓜的太多怪現象怪規矩）……

甚至有一個叫做郭巨山的中國人的老神轎故事，二十四孝式的……一個窮到快崩潰的可憐人已經窮到要把自己活的小孩活埋，才有食物可以給自己的父母吃的時候，挖地上的洞卻挖到了黃金。就花大錢感謝上天建轎。太多太多怪事，一如太多京都老時代神話學式的浪漫，勸世歌般的教誨，都不像真的，像虛構的什麼……

祇園祭一路……碎片散落的場景風光的令人始終好奇，一如某些在京都一路看到的怪人……好幾個完全雪白棉麻材質高度設計感的妝容的長衣老太太優雅氣質的不是那種尋常美女的自信滿滿的獨自一人的喝咖啡或逛街或走路……有一個留著講究的怪鬍子穿摺痕褲裙如鬼般撩起褲管成短褲歪歪斜斜扭扭形貌的外國人在北野天滿宮的一路上遇到的時候，他都是看上跟老道一樣的老攤上的老件。

那天一大早出來也沒有心理準備就已經開始了，在巷子裡就有很多人開始在準備，前天晚上的那個南北觀音山的神轎已經移走了，遠遠看前頭的神轎繞境已然在比較遠的地方，兩邊有警察在維持秩序的，看

起來像是義工，年紀很輕只是在那邊維持交通，有很多老人穿著傳統的衣服的地方移動，走了一段路，集結了……在烏丸御池的大馬路上開始的，找位子就找得很困難，很多人都準備好了。已經開始啟動了，從出發的那個十字路口，老道其實沒有很清楚計劃要去的地方或是要停留的地方，只是跟著走，南北觀音山的神轎隊伍，應該算是那天最大的兩座。管制交通的人很辛苦在那邊的小路還讓紅綠燈的人經過，有人轉過去很危險，老道一直在看一些細節，例如拔河般的麻繩前面很多人在用力拉，但是他們讓輪子前面的下面有兩塊可以讓神鉾停住的底下收在轎底木頭。

跟著走好久。太多人跟著走。在地下街上廁所，看到《福音戰士》的海報。切換了時間，發現了年輕前衛時髦百貨公司 LOFT 和一樓的 MOMA 設計的河源町。回四条通。老路重走一回，不知不覺走了好遠，最前跟山，最後跟船，中間路過，順路進去看本能寺。有墳地……竟然是織田信長死掉前，他收藏的那隻三腳青蛙香爐的蛙那晚上突然開始叫……的傳說故事現場。但是老道太過疲憊不堪到老只是在想到底什麼時候可以結束，又到進進堂。吃麵。看旁邊老店拍攝現場木器廠房老派師傅緩慢講究的削木頭紀錄影片……

感覺上還是很趕，很容易犯錯……本來就有很多人聚集的問題，尤其是這麼大型的祇園祭，規模太大太複雜的跨越半個古城的遊行，相較起來京都還是有禮貌的，秩序良好的幾乎難以想像地不可能，雖然還是有很多外國觀光客非常的粗野蠻可笑。

祇園祭太過緊張太過敏感的副作用老作祟……太多天的深入突然對於疲倦的感覺感到陌生，背，腰，精神狀態，老道以前都會走到完全沒力但是這次不敢，後來還是提早回旅館，時間拉得很長，怕病痛。前一天回房天還沒黑，看螢幕到十點多，又睡不著，房間的窗簾拉起來的光線，甚至床頭的燈都快枯了。遊行的隊伍結束之後，老道做一個怪夢做很久，後來想要再出去就沒有力氣，勉強起來大丸百貨公司的地下城走了走，又因為吃得太飽，在那一條很長的地下道走了好多次找路……穿因為太熱流汗流太多太麻煩的衣服，上廁所的問題，皮膚的問題，睡覺的問題……都變得很尖銳。

老想到本來京都應該的緩慢……或是想到老太急著一定要去哪裡一定要去做什麼的焦慮……

一如更意外的化緣……

到祇園祭臨行前，在京都，看到一個和尚，在大丸老百貨公司前，黑衣斗笠，地鐵出口，帶一個行李，站在那地方很久很久……老道不知道他是在化緣還是在找路，老道正坐在不遠處的儂特利二樓喝咖啡看窗外走過的人群，那裡是鬧區永遠擁擠的路口，百貨公司的精美氣味光線妝扮入時的女人們，大陸觀光客，背小孩的母親，中午就已然疲憊的上班中年穿廉價西裝的男人一人群中出現了那黑衣和尚，顯得那麼怪異……像剩餘的什麼，像一條花街角落的不起眼小佛龕石雕地藏王菩薩已然被雨淋太久都長出青苔的光景。沒有眼神，沒有動作，一動也不動……像一種莫名的神喻，一如之前那京都的和尚，充滿暗示，切分音的誤差，逃離的終點，或許，就是這樣地承認。老道對潛入城市的靜謐的化緣，不該挑剔也不該勉強……只是承認，偷偷地去京都偷了什麼要回家……已經到手。或許是太疲憊不堪的老道覺得他也已然該動身了。

❖

老想到想睡但是睡不著的前一天晚上看到電視……看到一個怪節目，修古畫的怪老人，那個傳說中神人般的修卷軸古畫的著名老師傅……

一生一世都耗在這種死活賣命掙錢不了地修古蹟般的修古畫，一生都奉獻給神經兮兮但卻非常緩慢的古畫上，一如外科醫師開刀傷口的癒合不良的影響……修補手術治療……那種講究用心。那種小心謹慎態度的轉變……

用手術刀特殊的膠料藥水，有的塗上白色樹脂，把那古畫中聖母瑪麗亞慢慢地從古老甚至過度的破裂的老聖龕臺的斑駁的牆壁舊畫木板上拯救出來，動作非常緩慢，一開始都是碎片散落滿地地一片一片用極細的鑷子剝除，仔細研究如何拿出來，如何放在旁邊另一區的棉薄紙上再泡另一種藥水。

更難的是顏色如何調到跟古時候相同的講究感覺……錯誤認知的顏色太深太難，甚至主要是那個顏色

的古顏料根本無法取得了，跟古時候一樣的等級的顏色原料是不可能的，剝落的古畫板材質也是很大的問題。實驗室裡面所發展出來的最高階的膠水如何才不會傷到原來的材料。另外還有更昂貴的用料。用金漆背景所使用的金箔，教堂的尖拱的屋頂，老道始終好奇……老師傅那麼專注用針筒注射在畫的右側全部畫幅的焦點，剛好打在聖母臉上……不知為何，老道老是會聯想到數百年歷史後的不堪的荒謬的今天的……就像是醫美診所就醫在打肉毒桿菌的濃縮精華的作業。暗沉臉色的臉孔修復後來變回一如過去的少女肌膚的觸感柔軟又延續之前的神情。

古畫修護師的問題最高的等級，其實是在最後關頭。再度面對畫家一樣如何去拿捏限制要畫……跟一個古繪畫大師的畫家，將已然變形或剝落的臉孔某一個局部，嘴角或是眼睛的魚尾紋，甚至頭髮髮絲很多細節，那些線條如何掌握讓後人研究，完美到連行家都還竟然看不出來……其實是修過的那古畫的聖母臉孔的肌膚依舊那麼美那麼聖潔無邪……

也一如附身迴路是在唐代……所陷入神隱畫變相地獄的古畫幅的潦草舊時代草圖。

如何更沾黏更卡到陰般到蔓延擴散的古城冗長的刻意或無意地迷路陌生舊病復發種種病態……更混亂更緩慢地誤入陷落到這個城更深的身世……近乎瘋狂到人就是鬼的糾纏始終被入魔附身下手。祇園祭找尋京都千年來古代充滿怨念怨靈的城的祭的節和慶所關照切入的種種更深入瘋魔揪心的神入狀態……或許涉入祭典儀式……太多太多也太久地始終無法抗拒地老在京都的猖狂時光飛逝……老道老想到的是他們這時代到老時代……所有的賴活著的太多時代痕跡，或是他們歷代陷入惡的痕跡……無法隱藏的猖狂跡象，一如老道的地獄變相計劃應該也來這古城找那麼猖狂的入口……策展人邀請參加這鬼展覽的藝術家們也瘋狂地來這個最著名鬼城找一個每個人自己的地獄入口……

但是老道如果意外路過祇園祭也可能只是門外漢看熱鬧陣頭隊伍賽事……甚至只以為是舊城前人遺留的爛攤子跑路，或是看起來根本不起眼的怪異現象過去老時代日常器皿承托生活……完全不被當成藝術的

藝術品，某些看不懂也沒關係的異教徒好奇，即使是莫名邪神宗教的不祥法器聖物，更多的和死亡和罪惡和惡魔和種種邪惡的什麼有關的召喚古代現代的怪物件的物體系……但是老道老是心想可能更可以跟地獄變相有關的某一個最初也是最終的張望博物館的千年回顧展的遺憾……

太多太多破碎的遺憾……或許因為那天晚上泡完湯在旅館氣派豪華的門廳沙發意外看到幾年前瘋京都祇園祭的太多太多書，那幾年的京都博物館也辦了一個祇園祭神轎儀式怪展覽，寫到了什麼是祭典的古傳統藝術，一如當年，老是在想為什麼……為什麼祇園祭的神轎聖駕出巡是昂貴的，古老的，稀有的……為什麼祭拜儀式是古老的問題很多很多祇園祭相關收藏：從老派的神像樂器陶俑、不同畫派的浮世繪，皇室貴族世家講究的茶具，古代的怪佛畫佛像，到當代藝術的轉換奇奇怪怪的人臉歪歪斜斜扭曲變形的神轎聖駕畫，甚至有的殘骸假想某種古代文物辯護般的解釋……就佯裝堅強地說祭的式微也可能就是這個時代過度破碎的焦慮化身。

另一種奇特的怪事般悖反地心事重重……也因為對老道而言也更是今年來看祇園祭為什麼好像每件事情都變得沒有前幾年那麼困難，那幾天下午下過雨的天氣突然變得涼快，前幾年甚至到四十度熱的要命……即使晚上還是非常熱，也或許因為老道故意住的這老旅館就在這些神轎聖駕祭拜儀式臺的旁邊，前幾年來過……知道所有的細節怎麼安排，更可能會是老道的不再過度解讀過度寄望什麼地分神……因為老道的期待已經不像前幾年那麼多，或是老道今年根本沒有什麼期待，所以入門般的參拜祈願入戲深刻深沉點反而變得不再那麼艱難。

甚至那天下飛機的老道一路太冗長疲倦到旅館就倒下來睡覺睡太久到快九點才起來，老道其實不太記得他們的夜祭時間，可以晚上出來走一走就走得恍神，好像到晚上十點就已經開始收到大多燈都關掉，所以那晚老道還真的是最後一個小時出來看到的運氣。而且老道前半個小時還在旅館招待的消夜那邊吃的好吃就吃很久當成是晚餐，因為老道五點多就回去了，那天的下午還下了一場大雨，老道回去時候雨還沒有

完全停，真是一個奇怪的時光，前幾年四十度的高溫難耐感覺，到那時都還記得當時有多難受。

也看到京都夜間當地民眾人家穿藝妓造型的和服的或是穿著日本的傳統衣服，還有外國人穿，有更多老先生穿日本的吳服還真好看，在這種時候穿出來好像非常切題，京都的這種老時代氣息或許就是一個更古老的傳說故事的神隱主題樂園，但是也有外國客人們通常在帶著一個日本的老婆或日本的女朋友夜祭夜遊逛街，好像是朝拜一個前所未有的晚上的神隱的神廟打開的感覺……

不過前幾年的感覺還是更為完整清楚地奇譚般地奇幻，奇觀充滿細節……那是從一個一個神轎聖駕站起來搭建起來過程的古代細節，因為好幾個晚上好幾個路口，老道宿命般地入住在夜祭神轎祭壇附近的舊時代旅館，一開始也不知道會看到，就覺得更為驚訝他們的拆裝神轎聖駕木雕支架轎身的施工安裝非常的緩慢，但是又有一種奇怪的內在的秩序，尤其是夜晚的窄巷……老街交界兩側的木建築根本就看不出來，周邊的燈火通明光一打就很像在古代一樣。那些傳統的燈籠書法的字傳統的鼓和笛子的樂器的聲音，還有穿著和服的人在跳舞，開放老房子裡面的古畫或是佛像雕刻藝術的近乎無人知曉的嚇到人家參觀的畫面，前幾年都看過了可是那年再看一次還是非常有意思，甚至是神轎聖駕是一艘船身一座山頭一個廟宇的神明保佑聖明光芒萬丈模樣。

甚至那晚到了最後階段的夜景太美太動人到好像現場大家都捨不得走了，有一艘小船從一個大神就走到另外一個叫南觀音山，遊行離開的那天大概因為是最後一天的晚上，所以所有的路人都在準備要離開了，變得有點依依不捨，其實如果前幾年沒有來，老道也不知道錯過了什麼，這一個晚上只是一整個月裡面的其中一個晚上，那個時間只是剛剛好在第二次的遊行的前一個晚上。因為所有的時間地點的交通和遇上的巧合狀態……好像所有的祭拜儀式諸事都結束，老派樂器演奏音樂舞蹈也結束，穿傳統衣服的那些神官祭司披上法衣聖袍人員們也走下來了，但是人群還是不願意離開那個神轎聖駕燈塔，都還沒有熄火，但是他們好像在準備什麼祭拜儀式完送客禮的老東西，老道也不知道就跟著所有的人等，在這一條老街上，太多太多的現場看祭拜儀式表演的大家都很有秩序到連低聲講話聲音也沒有吵起來。

老道故意分神閃躲到人群後，在某一個神轎聖駕木製老廟前面的門口，分心點了一根菸在門邊抽菸，也閃過腦海念頭不安緊張到老害怕會被後頭老廟的神明所懲罰。時間更久之後，空氣越來越深沉，老道感覺自己浸泡在某種虔誠過度的恍神狀態……不知過了多久，不知發生了什麼……

回神之後……好像還好，或許神明慈悲保佑，或許大家都在看燈火通明的長街上會發生什麼事，也沒有人注意到老道。有廟公信眾們旁的專注京都警察在那邊巡邏，也有穿著身上會發著閃光的燈亮的町區警衛，甚至有拿著愛馬仕包的貴婦穿著傳統衣服或是名牌時髦現代的花衣服的男女老少有錢人沒錢的都來了。大家好像都在等待什麼事情發生，雖然老道也不知道會發生什麼，但是也是跟著一起等，大概這個老地方的老建築街道都太迷人，京都永遠充滿了太多的暗示……雖然不知道在暗示神祕的什麼……

後來回到旅館問櫃檯的人，他說晚上還是會有另一個夜祭神的恩典遊行，所以所有的人是在等這兩臺神轎聖駕木雕神車最後的儀式，但是因為神廟祭司長還沒有動，大家就都還是一直在等。老道太過緊張不堪到回來之後去泡溫泉才發現自己有多麼疲倦，好像很多事情都變得比較緩慢而舒服，因為這個老旅館好很多，比之前幾年的旅館好上一個等級，所以就舒服緩慢很多。出去之前，還在餐廳吃的一個他們提供旅館的晚上消夜，是一種茶泡飯，還有很多醬菜，變得非常的貼心，老道沒有吃晚飯，就吃完才出去，在外面走了很久。其實也沒有很久，就是看到很多人都走來走去，甚至到最後還在等，老道就也跟著的等最後看到他們好像開光一樣的一群年輕人抱著用團團厚布包起來的小神轎聖駕佛像衝出來，在那個巨大的神轎邊跑來跑去好幾趟，大家還歡呼鼓掌，才算結束地……神明保佑又始終無法理解為何在場般的……太奇幻的風光的奇觀……

❖

也一如那回意外去看了那一個京都的大妖怪展，卻充滿了意外……有些古怪的鬼臉妖怪是跟最著名的歷史典故有關種種可怕的……餓鬼圖，六道十王，十殿閻羅，輪迴轉世圖，地獄酷刑，刮肉的鬼丁，古刑

具上身，遮光器土偶，古貝塚出土的陶器法術超強的典故……百鬼夜行……甚至最後還是妖怪轉生般的可怕又可笑的種種紀念品區竟然還有很多很多Q版造型的現代的玩具公仔妖怪，一如各種妖精漫畫博覽會場式的可愛動物變形的後遺症……

也或許去的時候已然是最後一天，太多太多客人來……有各式各樣的人，不知為何對妖怪感興趣的日本尋常觀眾……媽媽帶小孩手上還抱著嬰兒，外國的光頭金髮遊客，穿著和服的老太太，成群結隊的歐巴桑，年輕的手拉著手的情侶，甚至還有穿著超短褲黑絲襪長馬靴的辣妹來看大妖怪展覽，其實那個老博物館老道很早以前就想來了，是一個關於老城市史的博物館，可是也一直都沒有來成，因為種種的原因，之前去京都好像始終都不是為了那麼學術的嚴肅的理由，都只是在到處亂跑鬼混，還有另外一個奇怪的巧合就是這個老地方更有名的其實也有的是相撲比賽。剛剛出地鐵車站的時候看到車站口有很大的相撲選手純傳統古裝的一比一尺寸真人的力士輸出照片的時候，才覺得真的很奇怪，怎麼看都好像是假的，或只是電影場景的效果化妝的演員或是蠟像館的噱頭……曾經在電視上看過太多轉播的相撲比賽和傳統的傳說。

人太多了，他實在沒辦法專心看或接近看，最後老道還是到了他們的城市博物館常設展，精心打造全新的體驗古代文物陳列館櫥窗展示的形式繁複的巨大模型製作過程出奇仔細研究的古城老時代的傳統建築，古城的護城河，連大火的焚燒預防的地圖古畫，德川家康的木頭雕像都非常仔細，古畫中海外使節大宴賓客，線裝書冊古笈，神轎，蒔繪重箱漆器，武士道古軍服……更多收藏區。

一如古代歷史博物館驚魂重現當年的大廳做成的原尺寸現場的古代歷史感的一座日本古木橋，津輕三味線二個十六代目傳人，在巨大的木製建築立面古舞臺演出的古燈木塔，書法大字古畫的木匾布幕長向木廊櫺窗扇前幾乎是完全復古充滿細節的老建築，尤其在兩樓高的日本橋木橋弧形橋身底側木柱列的寄席長桌旁，滿滿的觀眾站上橋頭舞臺前的席位，老人小孩外國人，中間他們還介紹古樂器可以彈現代音樂的舉隅：《不可能的任務》電影主題曲，巴哈的賦格曲的前奏，種種……然後又回到古日本傳統樂曲，從慢到快，炫技的複雜難度。穿著古裝扮相的古和服吳服，中間交錯著有時一個人獨奏，由細聲緩緩升起拉拔弦

音嘈嘈切切錯雜彈大珠小珠落玉盤那種感覺很複雜……半彈弦半吆喝。兩人對笑，有一個用老手帕擦汗坐輪椅的老人家，地上爬的小孩，他們的琴音忽大忽小但是用力到後來殺氣越來越重，重奏非常精密繁複地擴散。

這完全是意外，老道怎麼會坐在這裡，遇上了這現場的狀態的炫人，老覺得自己很緊張，太趕的行程或是節奏太快的移動找尋其他種種副作用，來到第五天才開始鬆了一點，早上離開那老旅館前在大廳沙發坐了好久好久，好像完全不能動的感覺癱瘓了地擔心換旅館的行李問題，時間入住寄放種種可能發生的變故，很想就這樣癱瘓一天什麼地方都不去了，但是想到這個大妖怪展已經是最後一天不看有一點可惜，其實之前在大阪就看過另一個妖怪展……

也是用那一張巨大骷髏的古代畫像作為宣傳海報的但是老道已經記不太清楚那時候看到什麼了，那也是在城市博物館歷史博物館之類的展覽，進去也是完全是偶然的意外路過。妖怪變成主題在日本竟然變成一種顯學般的喧譁，怎麼想都還是很怪異，尤其是最後變成現代的年輕人越來越可笑裝可愛的孩子寵物般的卡通漫畫角色扮演遊戲和藹可親的形象，和古代歷史中妖怪往往是最陰森可怕的要敬而遠之甚至恐懼到無以名狀且無限避諱的神祕氣息作祟感完全不同……那是無知無奈還是天真無邪的反諷嘲弄……

一如展覽的古代歷史建築遭殃的火災危險，老木匠在很多老時代老城留下來的老東西，包括很高的神轎遊行上頭站著神明保佑的老木雕，朝聖信徒的裝備布服，朝聖的信徒走的路線要去參聖地巡禮活動太多太多必須遵守的規矩，這些用古法的畫法，相對於現在沒落的這個時代。古畫的圖像凸顯的書法毛筆畫成那樣的歪斜氣習總令人感動落淚。甚至貓形蚊香薰香……太過複雜的看得好累的老道總是缺乏一種好像有認真看動機，或許也因為本來也沒什麼期待，但是事實上卻還是太用力了……

好像快要下雨，而且肚子很餓他就早一點走。本來想要在他們博物館的餐廳裡面吃一點東西再走，可是人很多而且東西看起來很不好吃就算了，現在走出來了，想一想也真奇怪，他怎麼會真的跑來這個相撲選手的地方，好像應該吃一下他們的著名相撲火鍋再走，但是也不知道要去哪裡吃，經過他們競技館旁邊

有一些帳篷和一些年輕人的烤肉攤位很香，但是他覺得那不是什麼老東西，只像一種偽裝的人間已然走樣的幌子……

但是奇怪地仔細想想，老道來看祇園祭太多天走太久的時光，那回那種引發的種種內傷以前從來沒碰過，好像餘毒沒清光的，或是全身深處好像有個黑洞，不知道通往那裡，也不知道多黑多深。那黑洞像是牽連到另一種不可能明白的一如人體就是破洞的莫名宇宙外圍不明地域之類的奧祕！或是更古老的陰沉一如那種人面瘡深入前世的怨念糾纏的隱喻，或是前幾晚看到的某一部深夜的過去看過的可笑日本妖怪卡通《夏目友人帳》式的變種ＢＬ少女漫畫版式的雷同麻煩。

太疲累不堪到應該要好好回旅館裡睡，但是，他卻回到這家怪咖啡廳，就像在京都的某個雷同的日子，要下雨不下雨的悶熱又悶悶不樂的午後，但是越晚之後就更熱了，抽菸的地方不像晚春那麼慵懶舒服了，像要忍受些什麼才能待下去的調調！有風，但悶熱，在咖啡廳戶外區抽菸中撐不久。但是走回京都的咖啡店可以坐沙發吹很冷的冷氣，看怪妹妹和花美男。那天老道還看到很多怪人……有一個很像搞笑藝人的胖宅男，一直在跟他的朋友們用高難度的臉部神情變換所產生的古怪氣息認真地說話到很高潮然後裝死。但是，大家也跟著他的昏倒誇張到跌落地下抽搐，反而不去扶他，還一起踢他式地都大笑了。好像在用一種小時候看《小叮噹》裡常出現了的最簡單又最混亂的結局收尾對白：「死了，死了，好好玩。」

那是極度奇怪的時光，咖啡館內的他們在講一種老道聽不懂的語言，過火的笑點和胡鬧的玩法都應該是老道不可能了解的，但是，老道卻彷彿都知道，他們的遊戲一如一種默劇，一種寓言般的狂言。

一如老想起的前幾晚看到的《夏目友人帳》式再甜美一點的狂言。畫面是日本的某種療癒系而且是粉色系的迷茫，主角們都很年輕，充滿了某種夏天的空氣中的蟬鳴般清楚地燥熱，高中生的暑假那種無聊又無心的卻可能完全充滿意外或少女漫畫式地浪漫可愛地唯美。老道覺得對全身疼痛症狀彷彿深處有個黑洞的老道而言，異常地療癒，而且還更因為那部《夏目友人帳》其實骨子裡是一個關於妖怪的故事。

一開始，老道看到的切入畫面，只是高中生模樣的他們臉上貼著一張符，但是，看到妖怪肆虐的他們

並不吃驚，只是覺得那妖怪大概餓壞了，只是要大家再小心點。最後他們走進一個老教室長廊末端舊房間斑駁而骯髒的和室裡，紙門暗淡地打開之後，發現了裡頭很多人被那妖怪吃了，屍橫遍野，肢解的殘骸掉落在榻榻米的太多角落，木製的推扇格門和慘白的牆角都誇張地鮮血如注地瀉流滿地。

那個主角是看得見妖怪的少年夏目貴志，因為繼承了他的著名法力無邊陰陽師祖母夏目鈴子的遺物「友人帳」，而這個友人帳是他祖母打敗妖怪並奪取他們名字的老時代契約書。從那之後，許多想要奪回名字的妖怪以夏目貴志為目標，而夏目貴志與他的守護神「貓咪老師」從此每天過著被妖怪們攻擊以及忙著歸還契約的名字給妖怪們的怪異生活。其實主角們都只是高中生，夏目喜歡的動物是貓，討厭打雷，從小就能看見妖怪，不過因為其他人看不見而認為他是在說謊以得到別人的注意，因而經常受到別人的欺負，夏目得到外婆的遺物友人帳後，開始了與貓咪老師歸還妖怪名字的奇遇。在歸還名字後，夏目鈴子的記憶會化為思念傳進他的腦裡，令他對外婆有更加多的認識。但每次歸還名字後會消耗大量體力透支近乎死亡一回地冒險……這其實已然變成是一個自嘲嘲人的世故但是可笑的老派妖怪故事的少女漫畫新版本。花美男的夏目他與外婆有著雷同的臉，經常被妖怪誤認為是他外婆。雖然身體比較瘦弱，但遺傳自外婆玲子的妖力非常高。

那守護神貓咪老師是另一個被封印在招財貓裡的妖怪。因為夏目不小心弄斷封印的繩子而被解放，因為對夏目感恩，後來就作為寵物貓和守護神式與夏目一起生活著。可是因為多年被封印在招財貓中而被同化了，成為「像招財貓的貓」。其實是個擁有強大妖力的妖怪，野獸外形緊急時能變回原本的樣貌，展現高強的法力。不過變成妖怪時一般人看不到……所有的情節都是如此有點可怕又可笑。

一如往往在一瞬間的某一個畫面會顯得療癒地荒誕。那血流滿地的老和室前的另一隻主角的貓咪守護神……卻一點也不怕甚至完全不在乎，只是憤恨而自豪地對把牠當寵物的高中女生們說：「保護你們的我這招財貓的外形可只是……容器。其實我的神通充滿的真身可是一尊可怕而法力無邊的……大妖怪！」

❖

祇園祭過了的京都的另一天……彷彿回到古代外的現代……祭完了什麼，犧牲了什麼，空缺又完滿，打開又關上的時光……終於自己一個人什麼事情都不用想，完全無法抗拒地疲累不堪到自暴自棄到沒力氣再去什麼地方……但是也還是可以隨時失蹤地再找什麼可能地出口的出路……

或許只是一如失神落魄潦倒的老道好像是從京都的一千年前的唐朝逃出來的一個逃犯，當年出事失神地有一個歷史的任務沒有完成就逃出來，甚至也還不知道那個任務是什麼，也只是很不想去面對……

迷津充滿地迷亂……甚至或許更就像《明日邊界》電影裡的湯姆．克魯斯演的男主角那一開始是的狡猾世故嘲諷虛偽軍官角色，一路不死身地戰鬥太久了，已經完全不想要再面對真實是科幻小說的時間不斷回到同一天的死不了也逃不了的迴路……或許也就是電影中有一段意外發生，他刻意隱瞞真相而自己逃離的那段必死無疑的上場搶灘登陸的犧牲可怕的歷史血淚斑斑的時間，到了一個酒館喝悶酒，但是完全沒有人理解他在焦慮什麼的……更荒謬的現場，突然才發現自己被自己也無法理解的困難所包圍太久了，已經失去了殉身使命的……怪異的切換穿越時空回到過去或未來的最原初動機的……這時代的更曲折蜿蜒的卡夫卡式的麻煩吧。

一如另一件奇怪的事情……太過複雜地巧合，在旅館的時候，竟然老道打開了最近網路上一直在傳的《長安十二時辰》那部重回唐代宮廷歷史劇，最近最紅大陸的歷史劇……一路在等的時候，看了一下，覺得還蠻有意思的，主要是裡頭花了很大的力氣所處理的那個長安的現場，古老的城市裡的鬼東西……所有的節慶氣氛濃厚燦笑璀璨斑斕細節，華麗登場萬般艱難辛苦重現經典的神祕唐代宮廟民間皆充滿細膩地繁花盛開到荼蘼近乎狂亂的種種古妝，古衣，古燈，古街，古舞……充斥著千年前最考究的光影變幻無常婆娑眾生……竟然都一如京都。

然而老時代的恐怖分子式的陰謀依舊繁複……古代城市的街道死角深藏不露老衙門裡的謀殺案辦案過程所遭遇的困難……亦正亦邪的不良人帥捕頭追殺的西域殺手恐襲事件破案過程的追殺令，很像《通天神探狄仁傑》加長版，從一個唐朝歷史中最著名的古老城牆的東市和西市，引發了明爭暗鬥的很深入的某一

種時代感及其細節。

也因為老道始終都覺得關於吳道子的古老的唐朝的時光風光那一部分無法更入迷……那老時代和那老畫家的種種切題切換的困難很難下手，因為一直都沒有什麼真實感或是可以進入更為逼近歷史的痕跡的氣味糾纏的更華麗登場……或更複雜更不著痕跡的唐朝的人鉤心鬥角的語言和試探的態度面對歷史的痕跡……

也一如祇園祭的意外……，沒想到意外在京都找到一個洞可以接到吳道子的唐朝的一千年時差的切換引子。竟然還在博物館意外發現的古畫卷軸令人半信半疑……難道這真的就是唐朝吳道子或另一個傳奇畫師的真跡手稿文獻留下來的「地獄變相」古畫草圖的不世傳說……

對於老道始終想逃離的自暴自棄，又臨時找到地獄變相計劃的幾塊碎片，不去想還是想……的挖洞掩埋……顯得特殊。

京都最後一天，還是去看了另外一個京都歷史文化博物館，本來只是以為是一個簡單的祇園祭的活動歷史悠久傳統文物陳列館式的展覽，到了現場卻竟然是一個著名的日本古美術大師的老畫家，畫了一百多年前那些至今仍然還被當成京都古畫山鉾神轎聖駕的最完整的古代圖畫回顧展。

但是比較意外的是看到他們的另外一側的京都歷史文化博物館，在回顧京都在不同的歷史時期從平安時代到鎌倉時代到室町時代到江戶時代不同時期的演變，從歷史學到地理學的演變。遣唐史到中國，以長安的規模建平安時代的京城京都，這到底是什麼意思呢？博物館的側入口是一個老房子，竟然有人在那邊非正式地練習的意外……彈難度很高的蕭邦的夜曲……鋼琴聲交錯著那一個非常華麗而且天花板非常高的大間的新古典建築。

那個老畫家一開始還在模仿另外一個畫家的畫法有點誇張的手法難度……而且有很多受到中國花鳥蟲獸或是八仙過海、流觴曲水、《三國演義》中有名的角色人物，老道才意識到地獄變相計劃從來沒有認真想只是畫成水墨風的老時代國畫……或許也想到米開朗基羅晚年淒涼地幾乎是關在西斯汀教堂的建築鷹架

上沒日沒夜地上工……

更有比較令老道感到印象深刻的是草圖，老畫家的他為了要仔細的祇園祭裡的那些神轎身做的筆記畫的草圖。很多古老時代人物的動作和表情，轎子本身的雕刻和圖畫，花了很長的時間在考究那些細節。他不是更大的畫家，但還是因為這個流傳太久的祇園祭典儀式而被流傳。他畫了每一種神轎聖駕山鉾的特殊形狀典故的……他畫過栩栩如生的猴子毛髮神情顯得特別珍貴的細節，漆器上的福祿壽的蝙蝠、梅花鹿、松樹典故畫、也認真研究摹過古本中國考工記……也畫過大火的焚燒京都，諸惡人牛鬼蛇神長滿獠牙的鬼魂地獄……

太入神的老道不免老是會分神想到唐朝當年吳道子在老廟裡畫地獄變相時會畫草圖嗎？

老道陷入沉迷的博物館京都古畫展中還有一幅幅百鬼出巡古圖就像是地獄變相的隱喻……也一如祇園祭就是地獄變相歷史隱喻……還有一幅真跡重見天日的唐朝的古畫，有些老和尚護法，有名的和尚畫出來的密教的曼荼羅畫，每一個佛相都有不同的姿勢和手印，還有佛名號和象徵意義的圖像學式的難度……好像不是沒有修行的普通畫家可以畫的……某一個十三重石塔裡很多的收藏品，裡頭有很多文物都是一個著名老寺廟的收藏。……其中充滿複雜怪異圖籙的畫……像是唐卡的草圖，繪製的線條非常簡單，但是有彷彿有神明的某一種神祕的感覺。千年前的畫的卷軸實在非常不容易的可怕……彷彿裡頭有很多古代的祕密或是法術暗示的卷軸。

密教裡佛的名稱，從中國傳到日本來的那些古老的寺廟裡面的卷軸畫的佛畫佛掛神明的樣貌身材很難想像地神妙威猛栩栩如生……甚至像三十三間堂裡頭考證有很多是裱背用油紙套畫的技巧。精心描繪了壇城裡的……怒目金剛力士尊者降生菩薩甚至南無阿彌陀佛……很多佛像的名字，還有在曼荼羅裡面每一個位置所出現的那些畫像有些其實是怪動物或是妖怪，或是就是菩薩觀音佛像的不同變身的名稱，每一種佛名代表著祂的恩典方位神通，太多太多費解的花鳥蟲獸神怪諸多典故尊者降生在壇城裡的位置都非常的神

祕。那跟唐朝一開始去中國那邊學到的貨或是空海的書法寫的《金剛經》。中國古代的畫……理解或方式以及繪畫的方式還是完全不一樣，因為那些字都非常的珍貴那些卷軸都非常困難保存。如果不是因為宗教的信仰虔誠可能完全不可能被留下來。

但是老道惡意地更感興趣的是文獻上找到的傳說的那種油紙可以透過去的畫法……的那種描圖紙式像是描的抄襲前人畫佛畫的畫法。考究那些古畫都只是用古油紙蓋在原始的畫上的，由於上頭的線條還是難度很高，因此這些古畫會被當成另一種藝術作品來看，但是最重要的這很像曼荼羅的概念或是唐卡的概念，他們對繪畫的理解其實和後來這個時代對畫的理解的概念不太一樣。或許是認真看古畫……還是更對唐朝的繪畫的那個時候充滿了抽象的技術還是覺得孌奇怪的神祕地厲害。一如古代的畫，其實到現在某種最神聖的真正的象徵意義始終還是沒有辦法被解釋出來，有一些是否相同的神祕位置放在不同的角度或不同的像迷宮一樣的圖像裡，其中還有一些用法器所拼出來很像是符的古文字的是什麼意思，還是沒有辦法被解釋出來。某些寺廟曾經是華嚴宗和密宗的某一個很重要那個時期的廟宇，有某幾個畫卷可能就是心覺大師手繪的充滿隱喻。這些古畫的所有的佛像的名稱或是他們身體的動作和姿勢甚至他們的長相他們的髮型他們的衣服他們身上拿的法器……都充滿象徵的奧義，完全不能改變，所以長時間他們都只是跟著那個留下來的地獄卷軸的圖畫……，彷彿只是描圖，最早的書法寫得又是佛經，所以佛教的古代歷史博物館殘存出現變相圖本身很像是一個無限接近真實的可能……難道這真的就是唐朝吳道子或另一個傳奇畫師的真跡手稿文獻留下來的「地獄變相」古畫草圖的不世傳說……

另一些浮世繪十四十五十六世紀以後的東西的顏色非常鮮豔掛畫也有非常的厲害東西。因此反而看到……以後對於繪畫的那些更寫實或是顏色更鮮豔的畫面技巧覺得就變得非常尋常……一如最後一區中國的繪畫那邊都是齊白石看起來就是另一個時代的來臨……寫意破格變身地近乎瘋狂地更不像話。或是一如旁邊的另一區完全不同的畫和畫風……另一種奇景的老卷軸，古代的連環畫，浮世繪的前身，那是著名的民間故事畫作……日本的窮人夢見了銅鈴，去廟裡求解夢，和尚說你快要有好運了，結果是他有一種特殊

的能力，就是用放屁的聲音發出好聽的音樂，變得很開心甚至到處表演出了名，最後還被貴族找去表演而得到獎賞，旁邊的鄰居也模仿他可是後來出差錯的低俗喜劇式的古代漫畫說故事那種民間故事……畫得生動地極度逼真……

或許就覺得這鬼地方對膚淺觀光客們就只是一個主題不好玩的主題樂園，甚至比北野天滿宮那個老市集不好玩，因為那裡有很多古玩偶傀儡，好玩就好還可以買東西回家，博物館這裡的鬼東西都只能看，又不能帶回家。尤其是那些佛像或是佛畫，想太嚴肅了所以最好不要碰……

老道還看到很多刺繡鬼臉的老和服，五個能劇的恐怖真身面具，還有很多日常生活用品的古老陰森恐怖陪葬墓園追思儀式收藏。惡鬼的猴身的猴毛刺繡。刺繡刺的非常的複雜的動物猴子身上的毛多一根一根非常清楚，老道好像對於古老衣服還是感興趣，有很多關於日本傳統衣服的刺繡方法版型夏天穿的紅色的衣服的種種細節老舊的那些好複雜的古代的和服吳服的炫人……甚至是……香道，十幾種不同的小型精密銀還是貴金屬勺子的用來試香木的古香匣。毛筆可雕刻非常精美有惡鬼身影的筆桿，還有明朝非常有名的古墨硯臺……

陶瓷器比較沒有那麼驚豔……相較於前一段時光去的故宮博物院的神品……，但是現場有一個在古代的怪異絕品……不明的法器聖物：有六個瓶口比較小在大瓶口的旁邊的一個弧度怪異的陶器，是陪葬的法器，但是為什麼會有那麼多瓶口，他們的研究裡面只在乎那個小瓶口接到大瓶口的部分會有比較小的收縮的曲線，但是這個沒有所以判定是比較少數民族的陪葬品，完全沒有受到中國影響的……孤品。完全不同其他中國影響甚深風格的青花竹林七賢瓶、三國時代劉關張桃園三結義的三個人俑……在這最重要最有名的京都歷史博物館看古董，和去北野天滿宮那邊看古物市集的感覺有什麼不一樣……雖然老道過度疲倦可是仍舊無法理解地陷入沉迷端詳那古老鬼東西的極端厲害佛像雕刻的可怖炫人……令人難以忍受。

一如眾老佛殿中有一尊就是臉裂開了還有裡頭另一個臉的神明。太過著稱詭異到連很多當代藝術家甚

至著名的村上隆都拿來仿製這種概念手法做他自己的展覽等身高的自己臉中臉的那種怪人般的妖人的臉裡……彷彿是有怪物或是怪佛的皺摺凹陷的鬼臉般的那種奇特雕像的神祕佛像木雕。

博物館裡的暗角，某一個佛像雕刻藝術的分支的怪異毫刻極小的可以放入一個木盒子裡頭可是有幾百尊小佛像的地藏王……那竟然是千年前的珍品木雕……令人髮指地還可以雕成那樣一個非常小的地藏王，放在木盒子裡面的浮雕有七百多尊非常小的雕像前，還有兩個，一個是閻羅王一個是判官的前身，最後的坐上的寶座，地藏王菩薩相也正盤坐姿態端在眾佛身上一如聖山上的一個奇怪的縮影廟的奇幻感覺，一如鎮懾牛鬼蛇神諸邪神般的地獄縮影的始終無法理解的在場的神祇們的雕像前……

也一如祇園祭就是地獄變相借屍還魂般變成劇場出演的神通變幻充斥著全場……在全城祭典儀式無限打開鬼劇碼的無限逼身古代歷史隱喻的「地獄變相」……

之二。厄運。

老道不願面對甚至不願承認自己理解就是誤解的……厄運……一如地獄變相的現世報的副作用……諸事不宜過度不吉的意外，到底如何善後。厄運如何使自己甘願臣服，老道這次來日本到底是來找地獄變相的某種古代歷史千年著名遙遠老時代最著稱經典渡劫京都古都劫難的陰陽師苦心作法祭改厄運降臨的消災祭典的儀式的什麼……但是竟然變成也是落入自己的劫數的在劫難逃……認真地面對，如何安心或是不安心仍然要陷入困境地尋找自己人生的破口。當下旅行遺失了身分的失落老犯的錯誤，彌補的可能。遺憾。衷心地……承認。

如何接受厄運。如何思索罪與罰的更逼身的疲憊……懲罰。一如某種人間失格又倖存餘生的隱喻。失格是失去做人的資格，但是資格是什麼？失去是什麼？是不是就像是老道那天失去的遭遇一般，行李手機連命都失去了，更重要的人生的什麼不見了……到底代表裡頭關於老道的人生的最後的部分不見了什麼？

尤其是在旅行的一路近乎是迷路找路充滿未知的恐慌……如此不堪的盡頭……旅行或許本來就是一種

身分消失的狀態，所有的問題都變得非常的尖銳。甚至連原來擁有關於自我甚至聯繫末端的最低階辨識方式都消失。

或許，那就是老道的黑洞，老道的某一個完全沒辦法解釋命運的轉折點，轉折到底會如何沉沒如何收場如何陷入困境的底層？但是到底什麼是最底層？老道不知道，不太想，也不太能理解，之前陷入危機多年的「地獄變相。計劃」老是在想最底層的狀態，但是即使賠進去了人生的更晚更近更深的多年，想了老道的更後悔後來的一生充滿了問題重重的什麼……

一如天譴般地在月臺摔落鐵軌。老道死了……就從那一刻開始，其實是很短的瞬間，完全不知道發生了什麼，就發生了，然後時間就一直往後拉長，無限地拉長，就從月臺上出事的這種狀態所拉開了一種空白。充滿獨白又失語，後來的一整天還一個人始終在趕路的緊張和可能更多差錯之中還竟然活著回來……

或許，那時候的老道還不知道那時候還可能會有多慘。大概在日本看了太多鬼東西被天譴了。最後一天因為從京都去大阪在月臺上拍怪設計師若林廣幸打造的那機場特快火車的高科技風如鐵人二十八的合金鋼盔火車頭。往後退時失足……竟然近乎不可思議地就從火車月臺上掉下去。完全沒人留意的月臺上，而且高度快兩公尺高的月臺，老道就從上頭直接摔下而掉到底層的鐵軌上。

老道後來想起來還真恐怖，但那時候並沒有想太多，也沒辦法要如何求救。就想辦法自己爬起……費力地撐起身體，用雙手撐起月臺的混凝土臺側，那軌道現場全空，完全沒人發現，沒人來幫老道……

所以再多想更多可能的狀態……如果老道掉在那裡發生了什麼……一如馬上就被火車撞死沒再起來或撞傷醒來已然在醫院只剩半條命也是理所當然的下場……

但是，老道竟然還活著，還安慰自己幸好火車沒來還沒更慘，雖然到後來發現腰怪怪的有內傷，蹲會痛，走會痛……有種奇怪的無法描述的空白。即使痛是不小心冒出來或更隱約或更隱喻式地慢慢地出現。一開始都只在留意太多不重要的事的太多細節，令老道更分心或更不分心。一如走路是如何變很慢，拉著

行李要走很慢。一如痛是如何慢慢出來。一如坐下來不知道能不能再站起來……一如回國要看去找那個神醫救命……一如在機場那極空的落地玻璃窗如何從極大的天空降落飛機。一如坐在機場候機的地方如何坐比較不痛。一如後來就一直留意到飛機上旁邊坐一個不友善的小女孩和她母親如何冷戰。一如更後來飛機的小電視上播的《全能住宅改造王》是如何把一家小工廠變成住家，讓住了五十年的老師傅的人生才再重新開始，這種可能可以使家變得溫暖又時尚，那改建的全貌是時間的洪流的六坪裡發生的。兩個老先生老太太感動地落淚。一如，老道歪坐在窄小的機椅上，一開始完全沒法子坐，要歪一邊，歪一種角度，像一件沒折疊好的皺襯衫或沒撐開的爆了幾根支架而收不起來的雨傘，怎麼縮身體都不對勁，而且碰到莫名的傷口。看著機艙窗洞的窗外的雲忽大忽小，藍天忽遠忽近。更後來，才發現自己好累好累，累到終於開始想睡，就這樣地睡了又醒，醒了又睡。完全沒力氣了。那時候，老道才意識到這個狀態的威脅及其可能更嚴重的蔓延，所有的發生，不是想要或不要，做的好或不好，可能只是遇到了……不幸……就要虛心或心虛的接受。

不想如果。只想如何。就只是接受。更後來，老道才想到更多，那摔下月臺瀕死意外的無常如何接受，打從心裡如何面對厄運纏身的痛及其所有的意外找上門了。一開始，連在月臺趕到機場一路的求生般地救援移動都只注意到的全身痠痛症狀還沾黏火車軌道上的鐵鏽骯髒刺鼻異味油汗。

但是，後來仔細想相對於發生的這意外的離奇和可能的更可怕……異味繚繞不絕的渾身骯髒變得最不重要。後來死命回到臺北失心瘋般地找到神醫才感覺事態擴大的疼痛……雖然應該沒傷到更深的骨頭，屁股和腿有腫一些和腳跟的痛……只是老道走路變跛了，腿傷坐下椅全身會歪斜。全身痠痛症狀擴散……

神醫安慰老道別擔心，大難不死必有後福的老道命其實只剩半條，不該想太多的。命還在但是肉身出事可以慢慢醫慢慢恢復……但是老道可能會發生什麼未知的驚嚇過度……或許已然沒想到出事地驚嚇到魂飛魄散……千萬要感恩趕快去龍山寺拜拜收驚……感謝老道小時候的上師乩身保佑活著回來……

但是，卻因此老道才感覺到自己命大，出了那麼多年那麼多事還是發生什麼之後可以生還……好像是

真的命撿回來了。

但是他也始終無法控制地妄想，或許自己可能已然亡命死去……而只是剩下的魂魄遊蕩不甘心地拚命回到臺北，回到故鄉老家的每一條路每一個轉角原來的現場懷念過去……但是，或許快轉的基調換key的老道變心，感覺到自己變成有種人生重灌的荒唐感及其贈品，還一直笑或不知為何地開心，過去自憐自艾的小調變反而切換成歡樂的大調，馬戲團加動物園那種夢幻，而老道浩劫餘生變成是侏儒或白子那般殘廢的怪胎……但是卻也難得出奇地歡樂。

失神的老道回想起自己太過天真地出事……一開始只是為了端詳那像合金超人變型金剛羅漢轉世神器般的大阪特急火車頭而摔落月臺軌道，差點沒命地重回人生……或許，那回的厄運或說好運在預言太多甚至到後來著手更賣命地獄變相計劃的那時候老道都還看不清楚的什麼。那是某種充滿不明寓意的預言徵兆。

也因此老道想到某天半夜裡又再看到那通靈印度導演的那部怪電影，片名是《靈異象限》，其實英文片名的The Sign，就是徵兆。太疲憊不堪的晚上太湊巧地看到的裡頭有一段。父親對極度害怕外星人來襲而困在家裡的家人說：「遇到了幸運有兩種人，有一種是覺得那只是運氣，另一種人會覺得那是一種徵兆，是在預示一些別的事，聯繫到別的人，那種覺得只是運氣的人的人生是完全靠自己的，但是另一種人的人生則會和別人發生更複雜的關係。保護或被保護，拯救或被拯救。這次的困難太困難了，但是，我們要好好活下去。」那怪電影是用最印度神話式的深沉來回應這種徵兆。一種面對世界末日那般太巨大的厄運和好運如何用最安心或最不安的態度來面對的預言……

一如，那回為了趕車而一路緊張兮兮地回應某種徵兆般地失心瘋式地跑到現場……為了趕上那大阪特急火車。但是始終無法理解為何地充斥著某種忐忑不安的老道在要前往這班合金超人般火車時，卻因為同一方向要往出口前行，就始終太巧合地看到一個智障的小孩和他父親在某種不遠的前方走，那是一種太意外也太古怪而充滿不明寓意的同行，但是卻被手拉著手地跌跌撞撞地在人群裡往前走，就這樣地狼狽不堪但他完全不覺得地邊走邊玩那玩具特急電車，就這樣地跟著他太過仁慈而充滿愛心的父親說太危險太危險

地恍神……一路往前走。一點也不覺得危機四伏，還邊走邊玩邊開心吹口哨……但是老道卻老是注視著智障的眼神恍神的他手上緊緊抓住了這特急火車所發行高科技車廂折疊成的某種合金變型金剛，但是遠看起來卻像是京都祇園祭神轎上的古代金剛力士的神祕眼神注視著老道……神明怒目相視變幻無常充斥著的某種剎那的逼身神通，心中無數念頭閃過腦海一生是否做過什麼壞事會下地獄的老道就狠狠地失足……摔下月臺。

❖

在京都神轎聖駕大佛前……老道內心老閃過一種一念之間的惡意一點的補償，老道或許只是承認自己的厄運，只好像是來這邊認錯道歉繳罰款受懲戒然後就可以走人的那種自欺的心態，或是誠心誠意要回過神來用心一點地叩首跪拜謝罪的那種面對更逼身的重重厄運，也或許老道只是不願意更深入自己的破洞，自己更難堪脆弱的時光……或許因為面對大佛就是面對自己的歉意的無助。

……但是後來天氣太好了風吹過來太陽溫馴春天般那麼種溫暖的善意的季節的美麗狀態還是讓老道有點不知如何是好的無法更專注一點的分心。更專注於自己的脆弱和堅強不起來。猶豫不決也不行了，命運的捉弄，黑洞感，老道能逆風般逆命而行到什麼程度什麼時候？或許老道應該走了……

那麼多黑洞，一如本來回去就會發生很多問題，應該想那些黑洞，尤其是老道在來到京都，回去之後，事情都應該會發生，老道也很快就要走了……

前一天行李手機不見蹤影困在那個荒郊野外的停車場存在感很低的時候，也認真想好像應該要好好的回去做人……地獄待太久，過這種太不認命的日子太冗長時光，好像踏進去一個黑洞一樣沒完沒了。

但是其實自己的條件很差，根本也沒有老再這樣子撒野的本事啊！老道弄到這樣當浪人劍客決鬥不知為何的流浪漢太久了，好像不知民間疾苦，人家找老道接各種不同的策展計劃，老道永遠還遲疑不決地扭扭捏捏的不領情。千辛萬苦地找回來了那個過程存在感太低的時候，不免也同時想了一大堆老道人生的麻

煩，好像應該要乖一點了，也不是要不要接的問題。而是越陷越深的老道老覺得老道都問錯問題了。

老道的犯錯的黑洞……到底有多大老道也不曉得，是不是補救得回來也不曉得，完全只能坐在那邊聽天由命。

一開始的前一晚上……已然完全無法理解為何會陷入昏沉的困局……好久好久只能枯坐板凳地揪心忍耐無助在車站那邊等的時候……

甚至等更久之後，心情也太慌亂到完全沒有把握可能如何收場……其實也老覺得沒有希望。尤其是那三個願意等老道幫他的路人走了之後，用陌生的語言問了公車站的他們走之前跟老道說大概二十分鐘之後公車就會過來……會帶老道遺落在公車上的行李來。

等待了更久，老道老是覺得他們好像也可能說錯或是老道聽錯，他們真的有聯繫上公車總部，找到老道坐的那臺公車，有找到老道遺失的失物？

又過了好久好久天太黑太晚，車站已然完全沒有人地空空盪盪的死寂。可是公車一直沒有來，老道在那邊等到底有多久……到底什麼是久……好久好久，好像一輩子那麼久。

老道的腦門在燒，天氣越來越冷……好像一生的死前最後一瞬間一世回憶又回來了那種淒涼的快轉……老道發呆著……始終無法理解為何會困在裡頭的迷宮感……看著那越來越晚的老舊車站死角……不甘願的公車一班一班的進來又一班一班的離開。循環播放般地循環……只有老道的在場是不對勁的怪異，就是老道所看到的光景，是一個離題的歧路，死局的死角。短路了，被人做過手腳但是沒人發現，只有老道在那裡，辨識……找尋……不認命，找尋一如往昔一路最尋常的光景，這個問題重重的依舊世界原來的規則及其循環運轉的老方法，老道只是其中的一個差錯，陷落在那死角。

老道還是萬千感恩問了很久的他們一路的陪他找尋，人家承諾要幫老道，但是內心深處始終無法抗拒地幻想自己的麻煩他們也不一定幫得上忙。

後來老道站起來就到路口，也只能一直看著每一班車逼近，更過來的時候老道就往前走想說是不是那一班，有些車班是正常有載客的，有些車班是回頭車。燈光沒開或是有開但是沒人……都好像是又好像不是，老道就這樣在那邊對著每班來的車都往前看。老道絕望地在想要跟他們問一個根本跟他們沒有關係的問題或是要他們幫一個他們不知道怎麼幫的忙……非常可笑荒謬，像卡夫卡的小說那種慌亂無助。

甚至語言也不通。就這樣時間拉得非常的長，那個停車場外面的工作人員還蠻善意的，並沒有趕老道走，那群幫忙老道的穿西裝下班後疲累不堪的好心路人借老道後來就送老道一枝塑膠筆。老道在那邊寫了很多字，旅館的名稱之類的備忘錄……萬一真的找不到手機還可以想辦法回去那個旅館的補救辦法。

那枝筆其實只是一枝塑膠的非常廉價尋常的原子筆，但是對老道而言，已經算是非常非常的珍貴，是一個紀念碑般充滿善意的紀念品。陌生恩人的更深的慈悲。恩情。某種老道的厄運降臨的啟發，如何面對自己的命運，滿懷謙卑的心，滿懷著想補救來不及補救的那種遺憾感傷。

那天離開那個意外找到的老公寓的民宿之後，等公車到火車站，等錯邊，公車站牌在一個懸壁石崖旁邊，老道還問了司機，他跟老道說是指在另外一邊，在等的時候才發現這個地方真的是一個遠離市區的舊住宅區，坐車的人都是老人，老道好像真的到了他們真實鄉下的遠離觀光客外人的民間。

公車坐車下車的地方就是前一晚老道等著他們的公車送老道的手機回來的時候，那時候真的很絕望，老道還記得那個地方非常空曠，死寂莫名，無人，公車站的尾端，也就是另外一個停車場的出口有三個空椅子在旁邊，還有幾個現場指揮交通的工作人員，人來人往車來車往的一個以前完全不會留意的地方。

尤其是在那舊公車站的另外一邊的完全陌生的門口，通往另一個不知名遠方的入口或是出口，老道只是誤入，又困在那裡。因為一個可笑的錯誤。宿命的流放，應該就是上樓梯走向火車站入口之前的一個完全不起眼的地方，但是困在那鬼地方的老道站在那邊幾乎眼淚都快掉下來了……

其實……那就是一個停車場，第二天早上再回去的老道在那邊想拍一張照，幽深照入的尋常的光影從上方屋簷斜照到內側更深車道，所有的路人也一路像前一天晚上一樣的來來去去，所有的破舊不堪老公車

也是依照尋常出車，一樣的進入方式和離開方式來來去去，老道在那邊拍照的時候發現有一臺老太太的車正在倒車入停車場卻倒不過去，因為有一點坡度，所以停車場那邊就全部的車都塞住了，就在等她。但是也沒有人說話，大家都很有耐心的在等候她的那技術不好開車的意外麻煩。

那真的是一個充滿祝福的時刻。老道也是一個麻煩而且還有人願意等老道。這個世界的秩序因為老道而停下來了，有人幫老道，而且還兌現了這個幫的忙。

那天決定還是要再去大佛那邊前一天在很絕望的時候許願。老道要回去還願，如果有找到的話，所以那種心情已經不是看什麼風景名勝，而更是對於自己的命運的一種臣服。

第二天早上要離開民宿之前，沒有人出現……老道有一點緊張，因為民宿的主人他們並沒有交代說離開之前要做什麼。老道本來以為他們十點會出現，等老道離開旅館。但是沒有……

老道坐在民宿的廚房餐桌的角落一個人吃早餐的時候。也不知道鍋碗瓢盆怎麼使用不知道怎麼用微波爐，怕會出問題，但是老道總覺得好像可以做點什麼，吃那兩個冷掉的croissant麵包的時候，這一個公寓裡面小小的廚房旁邊的餐廳，那個老舊的很多張老時代皮沙發的客廳，很像一個小家庭應該有的樣子，兩個房間應該可以住一家人的地方。

尤其是那個老人那天知道老道出事之後還很擔心老道，甚至半夜都還有寫信聯絡老道，怕老道找不到路回來，第二天本來想要當場跟他們說謝謝的，但是老道不知道他們是不是十點就會進來，老道趕快把衣服穿好不知道是不是可以對於他們有一個比較好的交代。

因為歉意，也因為他們的善意，就這樣老道變得還更緊張的，想一想還是趕快離開吧，本來想要再留點時間上廁所，想一想還是離開之後去火車站再上廁所，老道把東西收拾一下，亂得不要太離譜，就去坐公車了。匆匆忙忙不安離開……

突然發現自己很慌亂，或許是感覺問題是更深的……老道老是不安緊張地總覺得他們好像更迂迴地在告訴老道很多很重要的老道遺忘的或是不想面對的事。一個關於家的承諾，關注和被關注。人生的破口出

現的如何補救的可能影響及其想像。

太多太多年來，逃出：那個老家……完全落單的老道是永遠缺席的，老道想到小時候他們住在故鄉山下的時候的樣子，但是那已經是四十年前，老道自己一個人到了這麼遙遠的地方，到底是來找什麼的呢？

❖

老道那時開始也只才剛剛找到入手正還在策展的地獄變相計劃，那種恐怖的規模……其實老道也常常懷疑不知道撐不撐得下去或撐不撐得完。跳下去可能又是好幾年一如以前是挖祖墳風水的黑洞口，現在跳下去會變成是一個冷戰時代或是恐怖組織的祕密地下室被折磨考倒灌水的囚犯自盡不了被控涉嫌嚴重違紀違法接受調查死命抓著放不了挾持的囚室。

那種空間感換成了更奇怪的時間狀態就很像那種很長的間諜小說連上網路像《黑鏡》的故事，充滿了奇怪的強國崛起可怕的威脅，但是又是祕密進行的無人知曉的麻煩，或就是像是沉迷於工業革命境界最高用做武器裝備的精密度講究打造的九頭蛇等級神經失調現象的神像機的可怕華麗冒險……同樣無人知曉的高度祕境奧義美學……其實老道自嘲完全無法對現在這個越來越膚淺越來越誇張越來越愚蠢的這個時代兌現什麼……這種還蠻恐怖的亡命感的沒有錢沒有名也沒有人關照或支持的老道自以為是鬼谷子但是人家都以為是怪叔叔的自欺欺人……

在祇園祭一路沮喪有時候因為晚上太累太忙沒時間也會想起來前幾年身體不好的時候，膝蓋或是腰在痛甚至牙痛胃痛腸消化不良症候群到吃不了什麼東西……種種病的什麼，現在還可以撐著，就該好好想想自己，是不是要再認命一點……

也想到祇園祭的前幾天的陽光很美。一早去的路上，竟然看到一臺路上的重機，車牌血紅字UR66，那是一個神氣極了完全不認命的穿窄版黝黑皮夾克的極高瘦男人身影所騎上的哈雷，始終在老道坐的破舊尋常計程車站前出沒，路上極空曠，近乎沒人也沒車，就像個睥睨眾生的殺手，太自負的聖堂騎士或不世

出的王子，後來就在上迴旋高架橋身引道中的那種騰空感，他那轟轟的引擎車聲傳來在那種一大早空曠空氣中所共振起的震撼，老讓老道想起他二十年前在紐約的那時光，每個週末都有一個怪中年人在老道住的那個破舊老房子房間窗底下的走廊發動他的哈雷，引擎暖身極久也極大聲，有時還可以聽到他和某些同樣古怪的即將一起出發重機騎士們的對話，討論著即將上路的一路行程或尖酸刻薄的政治社會嘲諷字眼，用某種極不在乎的狂放訕笑在有一句沒一句地搭腔，他們那種活在那裡太久而對人生的種種太有把握太充滿不屑的口吻，對於那時候的老道那種前途茫茫的年輕藝術家流落他鄉的當時而言，實在太挑釁也太奢侈了，尤其是他們那從窗口傳來極濃郁的古巴雪茄味，老道始終記得那窗外的煙影，如鬼霧般飄散在一大早的陽光中，久久不散。

❖

又再度回想到底發生了什麼……那天晚上太急著下車到竟然出事地意外發生的……老道竟然忘記行李放在公車上就下車了……一開始慌亂不堪……回去車站的站牌……天色昏暗，老道找了好久，看到一個小間在混凝土橋下的倉庫般的小間，有三個老人在抽菸看電視……問了在停車牌車旁邊的辦公室。但是他們說他們是另外一個公車公司，車身是藍色的線，跟老道坐的那個橘色的車子不一樣，後來老道走出來，拜託穿西裝的下班回家前車站下車的好心路人幫老道打電話。在停車場出口這邊遇到的他們幫老道打電話去辦公室，有一個甚至英文比較好是因為念過臺灣兩年的天母日本學校。他們都拿一本很厚的筆記簿。仔細寫著上班的狀態。每一個月份都有。太多太多細節。

老道本來已經想好如果沒找到的話要怎麼辦，先問了京都旅館的地址。那天先再住一晚第二天也就想辦法提早回臺北。但是手機也遺失了到底怎麼打電話回臺北。

最後慌張地……站在車站的路口，出入的公車大車廂。老道並沒有把握。好心的公車司機他們說車要開回來讓老道上去找的時候，老道本來不抱太大的期望，因為大概已經找不回來了，但是他們願意把公車

開回來就已經太客氣的，因為車班滿多的雖然最後一站就是火車站，還有一點希望，老道想拜託他們更仔細找，或是老道去他們辦公室找他們，他們總有一個公車總站的基地。還有太多疑點重重……老道始終想放棄。一路陌生的地方，陌生的人。要找什麼人幫忙。怎麼可能……最後竟然手機還是找回來地令人感動到掉淚。

京都旅館的老人老闆也打電話來問。他的人實在太好了，也拜託人先幫老道打電話去旅館跟他確定了老道住的地方沒有問題，老道主要是問旅館的地址等一下坐計程車的時候可以坐得到。

那天下午去大佛那邊的時候，他載老道去，就已經覺得非常感謝而抱歉了。現在又出了這樣子的麻煩去麻煩人家……

其實老道連預備的另一支手機也壞了。一如上一次丟掉這樣子的手機的地方其實是這樣在外國，從旅館坐車到中國城的時候掉在計程車上。他們幫老道打電話地慌亂太久太久……

回去旅館的計程車叫了好久，有一個司機完全不會講英文而且沒辦法輸入地址，和叫了很久回來之後在這一個房子裡面，就是一個給一家人住的裡面裝潢的還蠻特別的老房子公寓。但是老道已經完全沒有力氣……

第二天走之前還要去一趟大佛那邊還願。老道老在想的是命運的問題，想躲的都躲不掉。為什麼冥冥之中有一個什麼樣的安排，其實老道不願意承認還是躲不掉。擔心再更糟一點……

❖

本來祇園祭外老道刻意來看大佛其實一時的興起，想要離開去走一走，一些京都郊外的地方，老道記得老道十幾年前來過這個老廟樓的遺跡，但是這次來的狀況還是很晚才決定的也沒有什麼心理準備，找到的旅館剛剛到的時候才發現其實有點遠又在另外一個地圖上看起來以為不遠其實是還蠻遠的另外一邊的小城，民宿甚至就是一個公寓了，後來聯絡那邊的一對負責的老夫婦，慌忙地弄了半天，才發現他們跟老道

說四點大佛就會關門，老道一定會來不及，老道問他們可以叫計程車嗎，他們說有點為難的，坐公車會來不及，用走的更來不及，老先生就說開車載老道去……

後來一路上太安靜了老道覺得有點不好意思，可是跟他講話又沒辦法講他英文不太好，老道又有一點怕對他不恭敬，要找路也很困難，他開的那一段路其實是山路走到了一個更荒涼的地方，還有看到路邊有解釋的葬儀社提供樹葬或海葬或火葬……

到了那老廟裡看到大佛跟老道以前記得的也不太一樣……不知道為什麼老道以前記得的是在一個圓形的路中間難道老道記錯了地方……而且這個大佛佛身內是可以走進去的，裡頭弧度交錯曲折複雜拼接起來的金屬那一步充滿的曲線很複雜的焊接技術……

還有一家外國的小孩一直在那邊吵回聲非常大，還有很多大陸人老道有點不耐煩，但是還是覺得進去看太值得了……

後端還有一個古代觀音像竟然有十一個臉，還有一個石窟寺地藏王，七福神的雕像，太多太多舊神壇後一整區的小神石頭雕像，比老道想像的遠，那已經是最後一個廟，老道到得太遲，已經快要五點也只是路過沒想到還有十分鐘就進去看，有一個眺臺還可以看到京都山側祇園祭的神轎聖駕隊伍人潮……

在這裡走得更久之後看到的大佛一直都沒有動，在太陽越來越稀微的午後暗淡光線裡面有一種奇怪的死寂，佛身前還有一個銅做的煙霧瀰漫陰影非常美的香爐內部還有很多火燒蠟燭光影飄過……很難想像的古老美麗的風光。

想想就看完就回去，風變大不過溫度也變了，走路就變得有一點辛苦……最後的一個錯覺誤解太可笑又太充滿玄機……

或許因為太多太多意外……那天冗長的找路一路經過的那一家老房子是老道在捷運站就看到的那個廣告的著名老店。毛筆字行書有點潦草無法辨識的筆劃錯誤……心中嚇一跳：他看到萬屋本店，那古風悠悠優雅氣質的木製建築的書法匾額招牌的字義……匆促無法想像地竟然看成是……萬屍本店。

❖

那天早上起來打點完行李，還早到可以來這一個老道始終想不起來可是一直都沒有來的著名老店那種老時代咖啡廳吃早餐，柴可夫斯基的《胡桃鉗》組曲或是舒曼還是蕭邦還是布拉姆斯的有點熟又不太記得的……某首鋼琴獨奏曲或和小提琴奏鳴曲的老派古典音樂的溫暖迴聲式的舊時代現場，昏黃優雅氣質的燈光，曲弧扶手大沙發。

濃妝上班的套裝中年女人疲倦但是仍舊勉強認真上班的打點招呼客人，唯一奇怪的是牆上的油畫框裡的畫，竟然是真的原作。用一種過度甜美的近乎兒童插畫的粉紅粉藍粉黃粉橙色、軟呼呼的蛋糕般的線條畫出的兩幅。

一幅是盆栽的圓盆上的一棟南法莊園老式豪宅長出來一如盆花放置的考究，盆中還有門前和後院的松樹柏樹和一口井，盆側還有一六七階的木梯跨在旁邊，對應盆景後方的曲線公路蜿蜒曲折離奇的滲入後方的遠山天空……

另一幅是聖代冰淇淋蛋糕上的一座城堡，長廊拱門磚面高塔角樓圍著一個內庭的如茵草地，兩幅同樣出現了Mister Donut波提斯串球形或是糖葫蘆一串串的圓球形雲朵泡泡懸浮微粒般的飄在半空中……天空的更後方背景黃昏的暖陽混濁不堪暗淡無光的昏黃色遠景消點消失無蹤，左上方還有一個雪白無臉的天使展開翅膀正要飛離前地回眸……

老道怎麼看都覺得奇怪到竟然好像是用達利超現實風格重畫的克利的新天使……但是卻更可愛又討喜到荒腔走版的荒謬入世Q版的這時代風光……一如這咖啡廳也一如這回來的諸事不宜過度解讀過度依賴過度反應熱烈的低調一點的怪異修補老道腦子破洞的療癒效果只是Q版的怪現象……

京都現場……那天一開始就從巷子裡走出來看到一艘在半空中的神船，非常的超現實……近乎瘋狂的

神祕的暗示什麼……

祇園祭神轎出巡繞境大典那天……老道從一早起來走，在街上一開始巷內的小路找路找好久迷路一路竟然好像沒有人……害老道老是慌亂地更急著往應該出發的大路口烏丸通和大十字路口走……一大早的緊張局勢加劇因為尋找那大馬路的時候，老道還怕是不是老道記錯時間……

更久之後終於找到祇園祭出巡人馬的時候好像已經走了好幾頂神轎聖駕的隊伍了。（因為胃痛而只好臨時決定中間還留下停下來吃早餐，老道很慌張好像每一件事情都不必那麼緊急一如過去的一定要怎麼樣的……所有時間地點近乎瘋狂的喘不過氣的勉強維繫……）

老道終於到的時候其實已經開始一段時間，甚至有些已經走很久……巷口看出去是那一艘著名華麗登場繁複木雕神船的神轎，老道想他就往前跟著走……或許還有更多變故等著他的慌亂……但是其實老道安慰自己別那麼悲觀，主要是天氣真的沒有前幾年那麼可怕的四十度那麼難熬地炎熱，就很難得了……今年的這樣子已然是一種相對的老道又再誤入的祝福。

老道始終在回想去年的比對……過去所經過了很多地方……之前也有經過的大街轉角、樓梯、路口、大樹、更地標切割切換輸入法般的長相特徵突出怪異的特殊住宅餐廳加油站辦公大樓圓形廣場高層建築的參考座標式的燈塔微弱光線的暗示……

老道一開始就錯過了，但是想一路走快好像想要趕快要趕上，但是仔細想想，好像沒有什麼東西會錯過的，沒有什麼會消失……只是時間早晚或是路口前後或是等待時間多少……老道提醒自己不要太慌亂也不要太緊張……

（再經過的最大規模老廟般的老時代京都風光的俵屋佟屋的那一條窄巷……老道進去再看一回之前去過的地方的懷念打探……但是這最昂貴等級最高的國寶級老旅館倒好像完全不在乎這個太招搖太入世的混亂……）兩個紫色頭髮的年輕男女，手上拉著一個行李箱上有一隻黃色的鴨子……的那種鬼樣子，還是照常來排隊，還有很多學校帶來的小學生之類跟著跑胡鬧的衝動，還有媽媽拉著小孩讓阿公在拍照，一路都

是一團混亂……

還有兩臺嬰兒車裡，放滿了七八個小孩的車子，保母就放在那邊看，像雞圈的放養的小動物們的熱烈……或是有的老太婆跪在那邊等著神轎聖駕經過……或是很多老外還是拉著很大的行李箱在路邊走，轉角的地方人非常多，老道常常懷疑那些老人為什麼還要來看，當然也懷疑那些坐在咖啡廳裡面的人連探頭一下都不探頭，還是有些百貨公司店員在打開的櫥窗，老道終於找到巷子裡的椅子可以坐下來抽菸，在7-11旁邊沒什麼人，轉角過去的這條巷子裡就是那七個名牌老店，才早上是10：45，還沒開，但是對四點睡八點醒的老道而言，十一點，這一天好像已經累到快要過完了……

始終看到有些小孩在尖叫，或是有些外國穿得很辣的少女在那邊露出一種眼神好像來這個地方也沒什麼了不起，只是個意外的那種心情……跟另一群人好像很不得已的露出不耐煩的表情的在現場，那一整群的小學生被老師帶過來用一種非常恭敬的態度跪在那邊膜拜……每個人來的原因不一樣，還有些人是穿著南觀音山、北觀音山T恤的那群人一起來的，還有拿水在遊行隊伍裡老頭的女兒，或是有些講話北京腔的中國人家族在那邊看祭典儀式還偶爾溜進去旁邊的藥妝店免稅店吹冷氣一下再出來不太認真的跟著看的那一種，還有拉丁美洲的俊男美女，只是當成好像來看嘉年華會的湊熱鬧……但是後來停在前面的咖啡廳抽菸，錦市場的末端的廟，到二樓抽菸，等到有力氣再慢慢走回去。本來還算舒服，後來不幸來了一家中國大陸人好吵的小女孩的吵法是大聲說：就是這樣吃也不舒服，那樣吃也不舒服，所以不想吃了……她爸爸媽媽還在旁邊哄她，她就越鬧越凶……有一個小女孩生日兩隻腳打開的坐在地上，那個胖媽媽是外國人，還一直跟她講叫她不要太難看，要站起來，有幼稚園的小朋友跟著老師來了看到有轎身上的動物怪獸般的鬼怪神明在那邊舞動奇蹟般地也就高興地隨著尖叫連連……還以為自己也是祭典中的妖怪乩身上身……一路依舊太混亂的始終無法理解為何太多人有著太多太多可笑荒謬始終的暗示……

❖

老道再隨著神轎聖駕群認真地往前走到河源町四条通，太陽比較大，老道拿出濕毛巾來圍在脖子上，像工人一樣，這是去年想到的辦法，想要不要戴帽子，還是有一點風，太陽今年沒有像去年那麼毒，很多外國人還是一樣站在旁邊，還有警察警衛甚至廟的工作人員，一個一個路口經過，疾走……老道還是用廣角鏡魚眼鏡拍到了很多比較特殊的角度……但是人還非常多，已經快要中午了，太陽變得非常大，老道其實看介紹還有兩個另外的表演的遊行隊伍，本來有點想跟著去看但是也實在沒力了如果有緣分看到的話就看一下不然就不要勉強。就往回走吧……後來竟然還在拱廊街的出口遇到一個會說中國話的現場警衛先生，人很客氣，老道問他另外有一個花傘的遊行隊伍，他說走的另外一邊的路線，11：20會到另外一邊……老道本來那天有點想放棄了，想一想因為距離還是很近，就往八阪神社那邊走吧，但是人還是很多，走一走就是累，想了一下幸好看到地鐵站的路口，就想走地下鐵的走廊可能是個好辦法，尤其四条的大路和河原町的大路都管制過不去，走不到另外一邊的走廊，他們的路線交錯，是兩個U字型，這邊花傘的遊行隊伍會走向八阪神社參拜的廟那邊去。後來又拿著地圖問另一個十字路口路邊指揮交通的工作人員，用日文拼字隨便問了一下。後來就坐在轉角咖啡廳等等看，老道還是不太想花力氣了。咖啡廳旁是最昂貴的中國餐廳在鴨川旁邊，露天可以看河上風光的最好位置，看大文字燒的時候可以看得到全景的茶席被有錢京都人把那老地方包下來……也因為那老建築物是傳說中的奇蹟發生般新古典主義華麗的傳統建築，甚至剛好就在等先斗町交會口河邊的最好視野的旁邊。

後來就竟然在河上拍了很多照片，在橋上拍騎馬的小孩太多太多和戴著花帽撐著油紙傘的各式各樣的隊伍，最奇怪的是老道的相機竟然就是在這個時候掉下河找不回來了，心中因此更充滿忐忑不安到老想是不是應該要就這樣完全不要再動……後來老道還以為他們會進去八阪神社裡，還更會有一個更大的集合慶典，結果沒有……隊伍的人群騎馬的、舞獅團的、花帽女眾的……他們走到神社廣場的樓梯前就已經向右轉開了，所以老道也決定要轉開，就到了另外平行的那一條巷子去看那個高科技的花街柳巷，沿路在那個長得像太空船一樣的怪建築師蓋的建築物的前面端詳穿和服的女人走過去的鬼樣子，就這樣一路慢慢走回

去……後來又去找另外一個老神轎，越走越遠，看著Google Map，但是還是出錯……，後來沒有找到以為是走錯地方了，或是已經搬走了，結果竟然是星期三沒有開，老神轎是在三條通的另外一邊，老道往那邊走很久，本來以為是那個有很多新的怪店的那一條靠近拱廊街的比較新開發的時髦的路，有很多博物館或是古典建築風格的很多老房子被修過改成的比較特殊的設計的店，結果是想錯了。那邊是另一邊。走錯方向的老道岔路往其實是二条城那個古城方向的一條老街，走的過程一直看到很多破舊不堪的當地人的老店，米店、香店、木屐店、油店、紙燈籠店，還有很老的咖哩店或是咖啡店，還有很多老人坐在那邊端詳路人，也是一條拱廊街，但是很破舊，很多好像已經過了一輩子在那個地方的老人都坐在他們老店的門口聊天，老道從來沒有去過那個地方，還算有點緊張而且天快要黑了，店一家一家在關門，那天又剛好是祇園祭的最後一天很多店都已經提早休息，老道還想找東西吃，可以坐一下歇腳，可是找不到像樣的店可以坐下來。又走了好一陣子。老道還聽到有人在打鼓的吆喝著熱騰騰的鼓掌歡呼群聚的人聲嘈雜，大概是出巡神轎聖駕回鑾繞境之後在小廟前最後的慶典，結束之後那些僧侶們和門徒們為了準備收拾殘局……大街上忙碌揮汗如雨的那群上場的人最後的表演，還有很多穿著廟的符籙諸般家徽繡花字樣的老衣服楷字神社印花圖案在胸口或在身上的另一群人在傳統樂器轎身旁，大概是已經要結束演出離開之前完全沒有力氣地半坐半倚著牆壁，收拾殘局……一路在等待老師傅他們要交代什麼事情，或是把那些神轎聖駕的局部細節木榫結構的零件柱梁大大小小繡片銅鑼木笛法器都一個一個拆下來放到巷中的廟身木製老房子裡去。最壯觀的那一座山鉾神轎聖駕的那一個奇觀……走到最後，才發現已然回到原點……那驚人的場景竟然其實就是老道住的旅館外面的那一座「北觀音山」的木製轎身上還長出一棵大樹的聖塔……完全無法理解奇觀的神通放閃的遠方光景太過複雜而動人……上頭還站滿了惡鬼群的乩身狂舞……

❖

老想起犧牲……老想起那個老導演拍過一部名叫《犧牲》的電影。裡頭有一個老頭在半夜困在一個極

封閉的恐怖狀態，他看到了世界末日的最可怕景象，大量死去的人和焚燒的城種種殘酷的厄運降臨恐怖景象，使他極為受苦，使他在裡頭極痛心地祈禱如果這末日可以不來，他衷心地願意犧牲自己所最珍愛的人生的一切，後來，他醒來，非常地恍惚而沉重，但是那時候他才發現那是他所做的夢。不知如何是好，想了好久，最後還是就殺了自己最疼愛的兒子，放火燒了自己的美麗老房子，然後電影最後是他就在大火中發瘋了，投入火海前，還一路狂笑。那時候看完的老道，即使那麼年輕也那麼無知，但是卻仍然在某種難以描述的悲傷從內心湧出中而在終場前淚流滿面。那些沒有發生的其實對他而言已經發生了，雖然他也難以面對這種種悲傷也無法挽回了，就這樣完全地在平行的狀態裡讓自己進入了最深的絕望。彷彿老道在京都面對厄運降臨罪與罰的始終無法忍受地惶惶不安恐慌之中的這幾晚也進了這種心魔。

更在祇園祭那晚重看到了電影《亂步地獄》三部曲的其中一部曲充滿了另一種罪與罰的怪異心魔……一開始的電影畫面中……在那很多個長燒瓶竟然放的是他的四肢切塊，瓶身弧形透光的扭曲投影光影中，可以依稀看到了切下的浸泡在泛黃起泡福馬林有點混濁的透明液體裡的種種肉體殘缺的團塊殘肢，從肩膀連接到手腕的弧度末端見骨的斷面，腿毛都還沾染血漬的從大腿膝蓋連接到小腿的傷痕累累的腿肚，還有那食指尾指無名指諸手指們從掌心無力攤解開的手掌。和他一起盛大軍禮送去的為大東亞共榮圈光榮出征的軍人一個都沒有回來。「那麼光榮地去的那時候，天真的我相信你一定會好好的回來……」她說她竟然變成了受了傷的光榮戰神的妻子。去從軍聖戰之後，使他變成一個手腳皆無的人球回來。畫面中的他那歪歪斜斜的臉龐已燒殘了大半，完全無法說話，一說話就流出口水，而只能發出嬰兒般的咿咿唔唔怪聲般的低音。她照顧他太久了，有一回還就在用剃刀幫他刮還會長出來的鬍子，憤而割下他的奶頭，還邊舔他流出的血，對他說：「你是我的蟲。我必須當你這一個戰神的女人。」她後來還做一對翅膀給沒手沒腳的他穿上，戴上他的黑色皮革的眼罩，希望他可以從此飛走。但是，並沒有，更後來，那窗口的餘光照進來那黑暗房間的最深處，她裸體坐到他的身上，手指插入他的嘴巴洞口，他努力地伸長舌頭舔她的乳房和陰唇。最後舔她的耳洞和眼窩，她開始呻吟最後卻終於哭泣了起來，最後卻兩手拇指插入他的眼洞流血，她

對他溫柔地說，請原諒我，因為我無法原諒自己。電影中穿插著另一種交錯的影像是他看到的她的視角，在畫面中變得扭曲模糊而變形，甚至完全無聲，呈現出高反差的怪異彩度極高的顏色，她的臉還是那麼美，那麼淫蕩卻優雅。其實他很想死。艱難地蠕動而撞頭，發出困難的憤怒的聲音，而且最後還發現了妻子的不貞。她卻開始抽打他的全身，他才安心下來而兩眼出神地看著她，但是憤怒之中卻又充滿愛意。

未從軍前那年輕時候的他收藏就已然非常地驚人，因為現在的他看起來自己就像一尊斷手斷腳的老佛像，一如他早年所做他的收藏夢，姪子寄住在他家，他這個叔叔本來就是個奇人，人生充滿夢，最後他從軍去了那一個南洋小島，回來變成殘廢，一如他所留下的這房子因為多年久沒整理而變成的廢墟。所以他偷挖一個洞，偷看她如何照顧那個殘廢的叔叔。

最後，在露明鏽蝕彎曲鋼筋的混凝土裂柱斜插在半毀的建築旁，沙堆中的坑坑窪窪的洞口前，他對嬸嬸說，你製造了我叔叔這隻蟲。但是，故事突然切換了。她說，她是為了不想讓他上戰場，才一如當外科醫生切下他的四肢來完美地保留。

她說，因為沒有形象的東西是最完美的，而她只收集完美的東西。《亂步地獄》的第二部曲……卻又是另一個揪心於罪與罰的另一個老時代充滿心魔作祟怪異犧牲的故事……

一開始是一個裸體的男人在拉扯推打一個裸體的女人，畫面極其陰沉而晦暗，甚至完全無聲。一直到最後慢慢出現了某種噪音般地低音漸漸發散變大甚至最後形成某種古怪到難以形容的巨響。一如一個空洞眼睛中的瞳孔，那是完全無人的荒原上的一個湖泊。那一個男主角慌慌張張地在湖泊前無聲而赤裸地吶喊。

有一行字出現在畫面上：在夢中體會真實，兩者皆不是幻覺或真實。

後來，下一個鏡頭是海浪打來的某種緩慢潮起潮落的空空蕩蕩，有一個畫面出現了海灘上所刻意排成一列的長短形貌不一的鏡面，有那麼多奇形怪狀又那麼華麗的鏡面，甚至每一個鏡面都倒影著不同投影出的長空顏色及其強烈詭譎的烏雲和夕照。

一開始，有許多關乎最講究的古代的空鏡頭，榻榻米上的庭園古老松枝的投影光暈晃動，走廊深深的

末端的娟秀紙門和老壁畫，古鐘滴滴答答的餘音裊裊，後來，畫面中出現了古都老時代的一本古書，上頭是極娟秀優雅的毛筆字寫在手工老宣紙上的古書頁上，但是卻有小孩的鉛筆塗鴉，後來是一場在古屋中的茶道演出和之後的茶敘。所有在場的穿和服女人們都極端美麗但又極其不安。她們在後來就一個接一個地死去。

太太身體不好住在這裡養病的偵探說他很羨慕他們就住在古都。偵探看到製古銅鏡的花美男師傅老是正在翻沙鑄模，永遠無法停留，因為鏡子是神明，磨鏡子不能加入自己的感情。他不能進步，是因為他的個性。他說他老是在想到底鏡子是什麼，可以看到什麼，那鏡中是另一個世界，或許他們只是鏡中的影子，鏡中才是真的。

後來有遠方另一個古寺的火警鈴聲響了，現場根本就沒有人。那是用書法寫的句子，前天佛像半夜發光的異象。一如起火的那老佛像的體內供奉，更古的小佛像，前幾代法師傳下的《法華經》，老時代的念珠，和另一面雷同於那老店風格做出的古銅鏡。後來的線索越來越離奇，因為那是一種據說可以攝取人的魂魄的古代影取鏡，但是也可能只是傳說，出自中古陰陽師書，那不可能牽涉了這時代的殺人動機。

那一個做古鏡的老工房中那個做古銅鏡的男師傅極為俊美，聽說和女人的關係很複雜。他老是看著擦拭鏡面反光中的自己扭曲的臉。有一家名叫河善的古店的那古董商女人照顧臥病在床的老人，她對他說：抱我，可是剛有人死去，我的心很空也很混亂。花美男拉長她的舌頭輕咬，用邪惡的眼神對那鏡前被他用麻繩緊縛的女人，對她說，看看你現在的樣子，在她不忍看到自己的羞愧不已的同時繼續和她做愛，還繼續用極殘忍誇張的手法滴蠟燭在她裸露的乳房和下體。畫面裡是黝黑的密室，在很多鏡面中兩個人的做愛極其激烈。他說女人的存在就像鏡子，最後美麗的臉就照在永遠無法完成的鏡子裡。那些彼此是情敵的女人的黑白遺照冒煙，鏡中照出她突出太多的華麗橢圓髮型但是後來小夜子在掃地的時候，突然昏倒而腐蝕頭顱，死後變成真是難看的臉，一如幻影，是融化中的鏡面的剝離，死者是赤裸，鏡子嫉妒那些女人，她們都彷彿是被鏡子勾引而撞鏡自殺。他說：「我一直告訴我自己不能這樣，但是也不能怎樣……」後來那

躲進一個球體鏡面中的赤裸的那做鏡子的變態花美男也自殺了。惋惜的偵探說，恐怕已經來不及救他，那球體內側也是鏡面，不知道讓他看到什麼……

老道看到最後淚流滿臉地心中充滿感恩與羞愧……心想著不知是前世積什麼陰德的自己如何能逃過劫數……所有的厄運降臨都是必然無法逃離的甘願臣服的地獄變相必然兌現……業障的業報……

❖

老道老是喜歡老湯，一如他喜歡祇園祭那種充滿神明始終神隱的老祭……但是沒想到那老時代年久失修的舊湯屋會那麼老，那麼地廢。那像是被壓垮的某一道弧形的琵琶骨穿過的刑求般的沒落，遲暮的臉孔長滿了皺紋的摧折太深太久，已然習於如許的滄桑。

想到前幾天意外去了的一個老湯屋，千代之湯。那一帶是一個京都老舊的丁目，破落的斜屋簷都相連的屋身，彎曲盤旋的巷弄，關門多年的戲院，所有廢棄的狀態彷彿可以感覺得到數十年前這裡曾經風光過但是已然不再風光的唏噓，斑斑駁駁倒像是一幅塞尚的畫，爬牆虎爬滿的壁面還有少許的不明塗鴉。

老道被那太高的老煙囪所吸引。也被那一道很長很破的舊鐵皮圍牆所深深打動，這個千代之湯在這老巷弄中還更為誇張，孤高聳立而仍然冒著稀薄黑煙的十多公尺高老煙囪太像個紀念碑式的老石塔，甚至略帶裂痕的囪身弧形上還爬滿太長的藤蔓，那暗綠蛇形擁繞盤桓到近乎不可能地駁雜，從一個老圍牆角落的邊門探入，一條蜘巢小徑旁長滿太久沒打理的濃蔭極大極陰霾充滿的庭院，而在院落底的那老日本和室顯得無辜極了地老邁，彷彿被棄養的老人或就是棄屍式地耽擱了太久，空氣和光線同時隱隱約約地發散出發霉腐朽的氣息，令人不安又不忍，但是又極其好奇裡頭變成了什麼光景。

雖然走到更深的髒兮兮屋簷下的長廊中，才發現到這裡還有開張，用某種佝僂的背脊硬撐起的倔強，但是所有老舊房子的每一個角落好像都壞了，故障到像破車的破建築的細節都已然搖搖欲墜。扭不動的大門口木門的錫製門把，勉強綁邊的弧形假皮沙發破洞露出棉絮，老式還插舊木頭卡的儲物櫃的鏽蝕鎖頭，

那鞋櫃門有一半已然故障的櫃位，甚至他打開的那櫃底的老夾板已然崩塌了一半，多年不能用的老式販賣機上的投幣口都封住了好久，寫著男湯女湯的玻璃上老卡典西得的貼字樣剝離，聲音極大極古怪到螺絲都沒鎖緊的舊式鐘擺掛鐘，那慘白鏽掉太久的溫泉口，蒸氣室的噴水閥嘴。所有的地方都出狀況了，但是最驚人的意外是，所有壞了的地方，就只用膠帶貼一下就繼續用，連膠帶都已然翻捲剝落地骯髒多年了。那破爛卡其色膠帶到處可見的角落，感覺上像是一種到處被封印過的死角，封住更大的毀壞惡靈的喚出。

那裡像是一個完全壞毀的世界的縮影。《神隱少女》的湯婆婆湯屋前的那個破敗到已遺棄多年的老遊樂園，空空盪盪，沉默封閉在近乎失控的廢墟般的廢棄感的最深處。也不會再醒來。

他跟著兩個動作極緩慢到老是快停格的老人在裡頭泡湯，他們好像認識了一輩子了，也每天都泡在那老湯裡，極空曠的老屋身中只有煙霧瀰漫依然像深山大霧，但有著溫泉水口出水的聲響始終迴響。他們的裸體顯得那麼逼近而逼真，一生的疲憊不堪都寫在肉身上，老人斑一如那煙囪上的藤蔓爬滿了囪身地侵蝕著他們的皺紋攀生的舉不太起來的肩膀和有點腫又有點跛的腿。他們說著老道聽不懂的話在談笑，有一句沒一句，有時只是發呆出神，彷彿忘了自己在那裡，然後又莫名其妙地笑了起來。就這樣，像是在一個老博物館中徘徊於時光縫補不起來的縫隙中的出神。老道彷彿看到了兩尊神明。老河神或無臉男在太恍神中就出神的神通閃現。

就像那一回去看祇園祭，其實仔細想，是沒什麼好抱怨什麼，遺憾什麼，或錯過什麼。不得不地怎麼樣，其實，來京都，他扭曲了那麼多的時間和空間的破洞所揉成的縫隙僅容側身而過的時差，閃現。刺入而剝落的地方，是充滿了更小心的入口或出口渙散的危險的。但是老道仍然恍恍惚惚，卻時而打量到這種種充滿了忘神的神喻。

就只是跟著出神地老泡在池中，水太燙，他太暈。過了太久之後，才發現了那老溫泉池的天花板仍然極高極美，但是橫梁搖搖欲墜還長滿多年未清理的蜘蛛網，老式懸吊風扇屯積灰塵太久到已然半搖半晃來晃去，甚至蒸氣吹上的池旁大牆上彩繪富士山風光的馬賽克已然大半剝落。白雪堆滿的高山上頭的一家老

老小小人影都顯得殘餘脫皮，像是水漬遺痕，人體都手腳殘缺。但所有家人的黯淡臉上卻都還一起一直在笑……太多太多動人的忘神時光……

一如看門的老婆婆，坐在破舊不堪的那老湯屋入口旁某一幅不起眼「地獄變相」般的百鬼夜巡的妖怪們老畫破海報前的死角……從老道進入到離開，她都低頭在打瞌睡，從來沒有醒來。一如百鬼夜行時無法理解為何始終神隱的守護厄運降臨而老道還能倖存餘生的眾神明……

第十八章。老天堂。

更考究更深入地反芻自己在這段待在老天堂的諸般經歷的生命更裡頭更接近「神」的可能。

面對這些雷同《舊約聖經》天使們的仙姑們卻必然是一種折磨。因為逼近的她們使得老道不得不重新面對異國旅行這件怪事更基本教義派式朝聖歷險的……怪：在陌生的語言、陌生的異國、陌生的文明種種險惡的同時必須以一種最虛心最純潔信徒般的虔誠來聆聽……

關於「恐怖」的必然苦笑的矛盾……老道苦笑地想起那年春天，他在耶路撒冷當交換藝術家期間，有一回去老藝術家N家做客喝下午茶時，在座的也是藝術家的耶路撒冷文化局官員A提到：那時有一個藝術家申請要做一個行動藝術計劃但讓他們很為難而終於作罷的事。「在耶路撒冷街上用模擬爆炸的錄音在幾處施放，然後在同時以預先架好的機器拍攝這幾個地方人當時的反應作為作品。」他在初聽覺得有意思極了到後來聽他們兩人越談當時以色列情勢緊張越語重心長時，就發現自己本來也想在當地做一個和「戰爭」有關展覽的想法也太過天真了。

老道慚愧地對老藝術家們道歉：自己來耶路撒冷太怪遭遇的恐怖故事相對他們的二千年來的恐怖藝術焦慮仍然太過天真，相對於這些上述的冒著必然失敗而仍然將戰爭「搬上舞臺」的藝術家的不迷信「壯烈」的勇敢來創造出各種以作品進行美學介入可能的危險與困難……

那天，在一個風和日麗陽光燦爛的春天，他在耶路撒冷舊城被N和A嘲弄般地帶去看一個要冒著生命危險才看得到的藝術「作品」：當地文化局藝術總監要求當地的藝術家在一條街上的掩體畫壁畫，蓋掉上

頭充滿仇恨的口號塗鴉，降低牆兩側的阿拉伯人和猶太人的彼此仇恨。

他們因仇恨而導致現在有流彈會從掩體另一邊的阿拉伯村子射過來這條路上的行人，包括老道這種只是經過的無辜民眾……壁畫其實只是畫那掩體遮蔽的對面村莊的風景，但畫家必須冒著生命危險畫，還有藝術家來攝影整個漫長的計劃過程，參與這整個「作品」的不迷信「壯烈」的勇敢，並創造出各種以作品在戰爭現場進行美學介入的可能，即使總必然是危險與困難的……

但完成後居民真的不再繼續在上頭塗鴉了，那些被畫的風景顯得很平靜也很美，帶他去的正是那拍照的N與A。他們「搬上舞臺」的不是「戰爭」而是他們真實「生活」的尖銳與矛盾。

「在耶路撒冷，好的藝術都不免都和恐怖也和戰爭有關……」他們苦笑地這麼說。

❖

冷槍……那一剎那的驚心費解……為何錯身而過地大難臨頭又大難不死……或許宿命的恐怖也因此始終無法理解地恍神……

但是，老道仍然充滿疑問也充滿激動地……即使在不要過分渲染前提下告訴那些充滿狐疑但是仍然入神傾聽的老朋友們說，那一次經歷只是巧合，一次和神打交道的偶然。

突然之間老道想起了在那地獄門洞般的耶路撒冷郊區所發生的怪事，想起了那道怪牆，老道就忘了要對其他藝術家們再往下說清楚自己怎麼會來耶路撒冷這個老天堂的奇幻近乎奇蹟的莫名意外關係的種種困難重重……

那是個雖然才三月但陽光已然太炙烈到令人難以忍受的痛苦午後，那種又乾又熱的天氣溫度的變幻無窮無盡……炫光恍神到使得站在鬼山谷上眺望遠方和更遠方天空的人在看東西時會必然妄想纏身般地迷亂困惑內耗不斷到閃現剎那之間的某一種模糊地分不清前後遠近的蜃影，老道突然想起小時候讀過的沙漠中所謂的「海市蜃樓」成語大概就是在形容這種在接近日正當中所出現的幻覺，而且必然和快要中暑的昏眩

有所關聯，就在那一剎那，彷彿凝結天空令人恍神狀態的氣態瞬間嘩變成液態穿刺疾飛的剎那……突然老道聽到一道劃過耳邊極逼近又極清晰的怪異聲音，逼近到甚至還不到一隻手的距離，而且和電影裡看到的聽到的再怎麼好的身歷聲杜比音響都不一樣，那是真的……死神擦身而過的凝視深淵般地挑釁……就只是差一點點他就死定了的威脅還不知道害怕就發生也就閃過而腦海還充斥著種種可能畫面但是又始終沒看到的什麼……驚心動魄又錯身而過的太多太多餘緒還沒發酵甚至才發現方才發生的可怕狀態……因為，老道當年還真的當過兵甚至任務老亂開槍過，所以知道那種極快速的子彈在空曠的山區土丘間穿飛而過時既尖銳又低沉既遙遠又逼近的聲音……天啊！竟然逃過了一劫。

更仔細回想那一剎那的歷劫狀態的諸多細節拼湊不太回來的原貌……複雜繁瑣的光影變幻無常的那怪午後，還來不及專注於現場或端詳更多的角度餘光……從遠而近地疾雷不及掩耳速度射出的不遠方實彈廝殺激烈刺入腦袋的尖銳咻無限拉長的迴音繚繞的聲音真的是從當時耶路撒冷城牆面對不遠方的正前方射來的，那道劃過耳邊的子彈疾飛正是從看不見或看不清楚的對面山坡射過來的……

命大……到自己還不知道害怕……

或許，那厄運降臨的一瞬間……也就是老道在上車之前被帶他們去的老收藏家所極力警告要小心的那邊巴勒斯坦村子時有的恐怖分子會朝這邊所射來的……冷槍。

那絕不是「海市蜃樓」的幻覺，雖然，所有的一起前往或在場的人都因此快速蹲身趴下臥倒，宿命太過迂迴複雜那般隱藏慈悲地竟然也沒有人受傷，甚至也沒有第二槍繼續射過來……也在現場小心翼翼地蹲低身子藏匿閃躲反覆地悄悄慢慢地寂靜離開，沒有更多的意外驚心……但事後因為太過緊張太過敏感地感受到烈日炙身而中暑或是受驚過度地疲累不堪到倒塌肉身不支昏沉臥病好幾天的老道卻才深深地感覺得到自己真是僥倖……天啊！還算是命大……竟然還真的近乎瘋狂也近乎不可能地……逃過一劫了。

多年之後的老道仍然費解地一如重大災難發生傷害後遺症糾纏太久太深無法理解……為何自己實在不

想為那一次逃過一劫作太多的解釋，因為極有可能當老道在回想這件事的時候已然誇大、填補或遺漏了某些細節：比如說當時的太陽是不是真的那麼地又乾又熱到令人昏眩？帶他們去的人是不是老收藏家？或到底後來老道有沒有中暑？冷槍真的離老道那麼近嗎？或甚至只是老道為了讓他的耶路撒冷之行更壯烈而把在現場聽人家講的躲冷槍經驗想像成自己的？

老道應該只描述：閃過了在面對那個山谷那一槍的他的確撿回一條命。然而當工兵專注爆破過的老道雖然像是受過什麼恐怖分子或反恐怖分子的訓練……還是真的八字重到有六丁六甲護身的神靈。

同樣地，前往耶路撒冷而且就住在錫安山上的天堂，也是一個巧合，一次和神打交道的偶然，沒有什麼必然的苦難、許諾的麻煩。不過老道還是把那道牆那件離奇的事在那晚用自己捏一把冷汗的情緒說了出來。但是聽完之後的所有人仍然不免分心，好像這件事和其他別人的危險是同樣的離奇但和他們沒什麼關係，像在電影院裡看好萊塢動作片中任何再危險再嚇人的開槍情境都離他們如此地遙遠。

老道仍勉強維持說故事的風度到最後，然而聽完演講後，竟有個惡漢老朋友大聲問道：「也許你應該去找那些猶太人的廟收收驚。」接著他告訴老道：「我並不認為你有什麼『見證』神的誠意，因為神並不是那種因為你看不到就一定不可能有的東西，不然祂就不叫神了。」

「萬一下次你去的是一個沒有神的城市，」那個看起來像極端尖銳嚴肅的老人說：「那不就更麻煩？」

事後想了一想，老道總覺得，「萬一下次你去的是一個沒有神的城市」「找猶太人的廟收收驚」這種話不太像是個嚴肅的教徒會說的，但關於「見證」神的誠意這件事，老道卻想到更多的關於他一直在想的「對神允諾」的一如墜落無間地獄變相的永遠麻煩。

其實，依照老道原本在想的「對神允諾」看來，老道會在那個時間到那個地方一定是有原因的，而且，老道所去的身分和遭遇應該是有任務的，只是，老道並不清楚那個「任務」是什麼。老道也非常擔心這個「任務」只是老道想像出來的，在過程中，「神」只是老道有限需求與恐懼與慾望的投射。老道假定祂喜歡他喜愛的、痛恨他所痛恨的、為他的偏見背書而非迫使他超越。

而且祂並不能防止災難，又極度渴望悲劇，因此，看起來必然是冷淡無情而殘酷的神的神祕投影。甚至，大多老道在耶路撒冷所聽所看到的，相信災難是神之意志的簡單信仰說法也雷同地可以使老道認清這些他在耶路撒冷根本無法接受而又必須接受的害怕與煩惱，最後還只好認真地將這些事自欺成「任務」。

但是，關於「任務」，老道曾想過的卻還更多，在當年當過工兵出過任務的老道過中年前太過冗長昔日的歲月之中，真的有出過神的任務嗎？如果老道曾閃過某一個念頭想過人生如果真的有任務的話那會是什麼？而且就算是老道相信真的有某個任務，他又怎麼確定那任務是對的？別人跟老道說的或書上讀到的說法他又怎麼判斷或甚至無怨無悔地相信那就是他的宿命允諾神畢生的「任務」？

或許：「明年一定要再回耶路撒冷」這死忠的信徒要殉教式允諾的老教派規矩的典故是教義中極端著名的典故……然而對那一年意外到了又始終想逃離耶路撒冷的老道是更充滿困惑，就像太多本他專注苦讀過影射老天堂的古書或那顆從他的頭旁真實射過的子彈一樣，始終在逼著老道找尋所有對神許諾的可能……從老道實際擁有的很少被這種殉教甚至殉什麼的想法糾纏而困擾的鬼藝術家爛人生。

就在老道住在「老天堂」那冗長時光之中的困難重重時的這個想法就已然用盡心機地糾纏並困擾他所有意無意涉入的每一個細節，因為這個麻煩所逼問的不只是老道來耶路撒冷有什麼任務而更是老道來這一生有什麼任務呢？

或許，這種困難更深也更逼近地解釋一生找尋奇蹟做他的當代地獄變相般的恐怖藝術計劃的老道的爛人生之所以變成現在這種爛攤子的緣故！

這使老道在面對旅程裡每個路上不懷善意的、難纏的、憤怒的、凶惡的種種好人壞人怪人……都必須有著遭遇到「仙姑」的耐心來反省自己到底感覺到她們有意或無意地想傳達什麼樣「神」的訊息……這種「見證」的過程真是讓老道精疲力竭。

甚至老道天真地動念想把這些「見證」仙姑經歷回想種種寫下的過程也是前所未有的折磨，由於不能

用老道熟悉的人生來描述、組織、鋪陳情節，那就只好以更零碎、更隨機、更不完整的印象隨筆來拼湊出某個人或某幾個人在某個地方或某幾個地方所發生的某些事……如此，一路寫來就覺得充滿了破綻與縫隙，所有發生的事都逼問著仙姑被「見證」的緣故，所有其實不自知是仙姑的陌生人們也在這些零星破碎的句子裡逼問起她們到底要告訴老道什麼更後頭的被發現的神的「訊息」，但是，老道一直一直延遲這些「訊息」的出現，盡量感覺種種怪事的發生及其周圍隨之發生的「仙姑」們舉止言行的歷歷在目，不要太快動了「念頭」或種下「感言」那般地武斷，怕簡化了這些「見證」到某些較膚淺的囿於老道個人有限情感與思考的即時反應的漏洞百出，深怕因此錯過了更深入更虔誠的與「神」的照面。

就在這段期間老道開始一如行為藝術家式的拍下寫下幾個在這兩個月中與他相遇的人，他們裡頭有的是朋友有的是官員有的是藝術家有的只是旅行偶遇的陌生人……有的甚至是在老道夢裡出現的連人都稱不上的怪角色。一如一種偶遇的懷疑起為何會命運與巧合般地遭遇種種的仙姑即使只是點頭相識的交情。但是老道更內在的目的就是在逼問一個困擾自己二十年來的課題：有沒有可能還原出老道對這個城所感覺的全部……然而，這種遭遇仙姑的困擾卻也和老道在想「任務」這段時間幾乎是同時在進行的。

換言之；老道在寫下一個一個和他相遇的仙姑的同時，老道也不時地問自己，仙姑們在告訴老道這個城的什麼訊息？她們用什麼樣的語言、事件、遭遇來告訴老道這個老天堂想告訴老道的事……？讓老道見證他所從沒看過的神以及更全心全意地想想為什麼要對他許諾？一再看到暴力、葬禮、死者相片的恐慌場面的尋常百姓人們即使沒有直接受傷……也必然發生連帶性的「恐怖」種種恐慌心理的更深更內在的受傷。

仙姑們也憂心忡忡地提及自己也永遠在無時無刻地時間感中飽受到了驚嚇，因為有好幾回她離開她家附近的尋常郵局車站咖啡館而下一分鐘錯過的那建築竟然就發生爆炸到所有的她應該也在裡頭的那群友人親人們也就這樣不可思議地完全沒有痕跡地意外事件發生中一起炸死了。

但是仙姑們說她們更納悶的是為什麼她們可以逃過……

然而，比恐怖攻擊還令人喪氣的是……所有人都絕望到谷底地理解也更逐漸明白眼前無法忍受但是也

無法解決。大家都把這個已然是危城的古城的現在所處的狀態稱為某種恐怖分子式的「恐怖」狀態，但卻是不帶個人色彩專有名詞所更荒謬絕倫所反映出的感受……完全找不出誰要負責也不可能被誰控制到就像一種謎般的詛咒或更是一股超越自然的邪氣，「恐怖」這種狀態降臨而且無法逃離……致使長期沉浸深處於這種無力氣氛中的古城裡人們在過度敏感和過度麻木這兩個極端之間擺盪。

一如耶路撒冷古城中所有人們都早就習慣並呈報無主的包裹一如炸彈……甚至後來就連任何看起來可能是巴勒斯坦男人女人老人手裡拿的種種尋常包裹都會被不由自主地刻意盯視。每天每時每刻人們都不只一次聽到一種來個有皮膚黝黑身穿厚大衣的年輕人被人撲倒，因為他被以為大衣裡帶著炸藥而發生爭執意外而人心惶惶，但是，更深的恐怖感卻仍然揮發到……甚至太多次這樣無心的懷疑卻獲得了證實而使得永遠緊張兮兮的更多人因而免於一死。

耶路撒冷古城的人們早已習慣為軍中子女的安危而提心吊膽，更後來還要為在學校上學的子女擔心。事實上，班級出遊已經暫停。某一天耶路撒冷甚至關閉所有小學因為接獲警告說恐怖分子即將發動恐怖攻擊的故布疑陣般地疑惑但是也只好硬著頭皮疏散小學……在耶路撒冷這個以老家族老宗教老信仰種種原因永遠喜愛群聚著稱的古城裡，但是後來就連最年幼的小孩都知道要避開群聚的人群現場。然而更深層次分明的恐怖更艱難曲折一如內心深處的內心戲逆差……提高警戒的反面就是感覺麻痺……一如卡夫卡小說式的無奈又無限地極端荒謬的老道始終費解的難以忘懷又難以抗拒的「恐怖」。

❖

第一個仙姑是老夏娃。她說她的名字是Hava。

那個古怪的早上老道昏昏沉沉地起身到那老廚房找東西吃的時候，才突然發現旁邊餐廳窗外的老花園有人，他其實有點慌……因為才剛飛到耶路撒冷的前一天晚上睡得不好，因為剛睡醒肚子還空腦袋還昏，也因為才到了沒幾天不曉得這個被安排來住的以色列古董收藏家的古城中古建築到近乎傳奇的這個老房子

是怎麼回事……

Hava也是一個有點怪異到像那個傳奇老房子的老婦人。

「Hava就是英文或法文裡的Eva。」她說。「E-va？」老道遲疑了一下，她說：「其實就是Eve，夏娃……你真的不知道嗎？《聖經》裡面上帝創造了的兩個人中，那女人的名字。」「喔！」老道試著念Ha-va，問希伯來文裡是不是H不發音，來轉移她的略帶輕蔑的口吻，她說：「不，反而是更難的念法。」接下來老道就更昏了，吃了一半的麵包在胃裡不上不下的，還因為客氣，跟著她練習起H在希伯來文要發的顫舌音。

「你抽不抽菸？」老道問她要不要喝點什麼時她心不在焉的問著。老道遞一支菸給她，並在吃力地仔細聽她那南美腔的英文時，打量起她的樣子，由於在大太陽下工作了一兩個小時，T恤已經又髒又溼，棉手套上沾滿土與草屑，所穿的牛仔褲洗得很舊，而且看起來是長期在做粗重工作才會有的模樣……但最吸引老道的，卻是她臉上的皺紋與自信。那是長期地辛苦工作所形成的特有模樣，一如她雖然客氣卻有點咄咄逼人的口吻。

「你是從哪裡來的？自己一個人嗎？」

「不，還有另一個女藝術家L。」老道還是倒給她一杯冰開水，而且為了緩一緩這種初見面的陌生感，老道開玩笑地說：「我叫她媽，因為她煮飯給我吃。」

這個老夏娃卻瞪了老道一眼說：「女生在你們中國就只能煮飯嗎？」她搖搖頭，「我不同意。」說完就又回去花園拔草了。

老道愣在那裡，第一次感覺到猶太女人的早有耳聞的凶悍，而且也第一次仔細看了這個他被招待在耶路撒冷幾天所住的地方老房子旁的老花園。

那還真是個漂亮到令人心悸的老花園，雖然不大，但是因為在錫安山坡最末端的高處，因為視野可以看得很遠到聽說天氣好時還可以看到好幾個中東遠方的古山丘，「甚至，太陽夠大天色夠好……還能感覺

得到約旦最遠的龐大沙漠所吹來的風沙。」老夏娃對老道說，她大概看到老道望著花園欄杆外的遠方天空發呆，就順口提起來嚇他。

「這裡每二三個月會有不同的來自各國的外國藝術家來住，這個老屋子可是個這個有名以色列老收藏家所收藏的古蹟整修多年才完成的古代猶太貴族官邸，但是太老的老屋主後來病倒晚年就很少來這老房子。」老道聽了點點頭。

「你聽過死海嗎？也是在那個約旦沙漠的方向，你們一定要去，很有名，每個外國人去了都會嚇一跳，那裡是全世界海拔最低的地方，空氣和這裡都不一樣，和全世界當然也更不一樣。甚至，都會有些奇遇，都會奇怪特殊到遭遇前所未有的自己，都會因而領悟到自己種種人生死角的發現。」老道又點點頭。

「不要花太多時間在這傳奇的老房子裡，多出去走走，這裡可是更傳奇的老城……耶路撒冷，不要悶在家裡，找奇遇，就到老城裡去。」

「以前有個來住過的猶太先知Rabbi的老屋主舊朋友還跟我說過……」把手上拔的老花園蔓生雜草丟向末端欄杆外長空遠方的老夏娃還是用手肘擦一擦汗嘲笑他：「只是，不知道不信我們的神的中國人的你……看得到看不到。」

老道看著繁花盛開的老花園也看著更遠方的中東沙漠焚風吹來莫名燥熱的古怪天空，遲遲說不出話來地聽老夏娃接著嘆息地說：「先知說……耶路撒冷這老城自古就是傳說中的老天堂，而從這老花園看出去……這個老城滿天可都是天使啊！用你們中國人的說法……就是這個老城滿天都是仙姑啊！」

那個晚上老道做的第一個怪夢中充斥了他遭遇仙姑必然的忐忑不安……不知道為什麼，但老道知道那是極端刻意隱藏的一個不可能任務式的機密訓練，但卻有點說不上來那裡不對勁，剛開始的時候是一部老舊電視影集重播般那種動作又慢畫質又差的畫面，那幾個主角走到一棟有人在誦經的老建築上頭，從各個角落找出一張東西，近看卻是那種老式的中國冥紙，接著，除了老大手上那張之外，其他的都燒了……

這就是任務的開始吧！但他們是要在以色列還是在臺灣還是在中國呢？他始終還是不清楚……甚至那趟旅行的艱難任務是處理和冥紙有關的陰謀或是更多的什麼並不清楚。後來老道就走進那棟好像有人在拜拜的老房子裡，那其實是個不太像老廟的老建築，裡頭有些像老道種種剛來的中國人在靜靜等候。但老道不記得自己是來受訓練的啊！而且，更奇怪的是，老夏娃也來了，那群老廟裡的怪人們還客氣地介紹老道的狀況給她聽……。

但更後來當怪人們開始有意無意地暗示老道動作太慢了，從一件事到另一件事，從一個地方到另一個地方，都沒辦法在他們要求的時間內或方法完成他們的期待，一如老道有一次下樓梯的時候用跳躍式的半騰飛半空翻進行達到很刺激的效果，對老道自己來說吧！但，對他們來講，是不太合乎規定的，而且需要更多的約束與要求……但，老夏娃卻害怕起來，她開始意識到老道在從事些「危險」的工作，而決定要去和老廟裡頭的怪人理論，但老道卻阻止她。

第二個仙姑卻是來自中東的阿拉伯老女人M……

老道總覺得自己是虧欠M的。

從她遞給滿身汗的他們的第一杯冰茶到後來所有的當地回教徒土產，或甚至還包括她自己偷偷種的大麻……她老帶他們認識的舊城阿拉伯區的各種店裡中東老店老闆……從賣水果到肥皂到香料到換美金、收有中文漢字的回教古董的中東老生意人，下廚煮給他們吃的道地阿拉伯菜，開車載他們前往死海的旅程的熱死人歷險，她在復活節於擁擠的信眾與警察群前邊打邊罵地帶他們潛入最裡頭的教堂看廣場祭典的在地人本事。她的拘謹但客氣的阿拉伯父母親、弟弟、妹妹、未婚夫……甚至是那群有意思極了的酒肉朋友每回太過殷勤的款待。

「上升，」M在他們的老花園烤肉煽火時瞪著老道說：「你知道嗎？」

那天她從舊城的市場買了一堆鬼東西來老道住的地方，其實那天怪異的下午天色暗得近乎血紅，空氣

悶到快透不過氣，好像該下的雨遲遲不下，M仍然在廚房裡動手調起她拿手的阿拉伯沙拉，並在廚房旁的花園生起火來同時烤著各種不同的肉，老道和那女藝術家L在旁邊聽她話做中東菜地拿東拿西但能幫的忙仍然有限。

老道看著往上竄升的煙說：「快十年好久沒有這樣地生火了。」

「不，我說的上升是一種象徵，」好不容易停下來的M卻突然嚴肅地說：「穆罕默德就是在耶路撒冷飛上天見阿拉的。」老道看著她手上的雞肉串，突然不知如何接話。但是，在又悶又熱又天色剛暗下的院子裡，她又繼續說：「他先由阿拉伯夜行到這裡的聖殿山，而且是由天使加百利用天馬在睡夢中載走的，到達目的地時他還受到亞伯拉罕、摩西、耶穌的歡迎，他們肯定穆罕默德的先知任務，然後帶他開始循梯而升七重天界的危險之旅。」

「你是說這個回教的先知爬樓梯？」

老道則在腦袋裡轉了轉，不太確定所聽到她說的英文是不是老道想的這種和「神蹟」有關的說法。

「上升到天堂乃是象徵人類心靈所能達到的極限，一種永恆，你們知道嗎，所有放自殺炸彈的聖戰士，都因此覺得他們這樣壯烈成仁會因之上升至天堂得到永生的。」M指著老道家花園看去不遠處打著投射燈而在夜空發亮的清真寺金色圓頂說，那就是傳說中的升天之處……

老道注意到帶血的由紅翻黑的雞肉已經有點焦了，就指著她笑著說：「我們的晚餐也快升天了，你自己去爬樓梯吧！」

老道總覺得他們所虧欠M的，不只是她那阿拉伯人式的客氣與熱情，而更是她每每提及回教較認真的教義說法時，他們總是如此的冷淡，甚至是不熱情到有點不客氣的輕忽。

那天，後來在下起像天神發怒的傾盆大雨之前，老道還記得M一邊吃帶血雞肉還一邊繼續在講她的「上升」理論，講到基督教的天使加百利和穆罕默德升七重天遇到每一重天的先知主管的細節。「你們不同教的神其實還可能像我們一起烤過肉。」M說。

老道在後來的大雨中和更後來M帶他們到的復活節祭典現場這幾回戲劇性地彷如「神」正注視的時刻，想到他所說的「上升的」象徵的有點簡陋又有點嚇人的伊斯蘭教基本教義派老故事，總覺得那些神祕的阿拉伯文字母後頭有著同樣神祕的故事與歷史在注視著他們，只是他們還沒準備好，或說是準備用來可以談可以憑藉的語言知識經驗實在太有限了所以看不到，所以更覺得虧欠。但M並不氣餒，繼續每一回帶老道們去古城阿拉伯老市場的老店……買水果買菜逛街換美金看古董的空檔老說起她的「上升」理論。

但老道最難忘的一回卻是在「死海」。

那一天由於他們的行程有點耽擱，因此儘管趕路趕了很久，到了死海時天卻已經全黑了。那仍然是個又熱又悶的夜，比起白天氣溫已因為稍微有點風而頗為涼快，但是，摸黑走進海灘仍然是有點毛毛的。因為死海這個有個「死」字的名字和它種種古老不祥的傳說，也因為其實他們是溜進已經打烊的海濱公園，偷偷摸摸的，所以，下水時，不免有點忐忑不安，而且水的上層由於白天日照仍然是熱的，而下層卻是冰冷，入水後許久整個身體卻還是不能適應……

尤其，在黑暗中仍是有許多人來此夜遊，所以聽得到遠遠近近始終有細小的說話聲音，但又聽不清楚。只有滿天非常亮而密的星星是不出乎意料地動人的。

後來老道練習起M所教的死海漂浮的祕訣而面朝上而放鬆四肢地抽起菸來時，竟然，真的自然浮起來了，完全不必滑動或用力……

但，當耳朵也因此泡入死海那高鹽度的水時，雖然並沒有即時的不舒服，然而，卻總覺得怪怪的，在完全黑又完全漂浮的那一剎那，這種老道旅行十多年而且活過三十多年也未曾有過的古怪到難以形容的一生遭遇裡，一如老夏娃說過的……墜落到某種人生的死角的老道突然感覺到某種失去重量的同時的愉悅與不安。

老道看著嘴所徐噴出飄著的怪煙，看著不遠處老道所老感到虧欠的M，突然想到了也感覺到了某種仙姑般的她所說的「上升」的神祕，或說是可能的「上升」的「見證」……是高度令人費解的莫名「恐怖」。

但，老道並沒有跟這個阿拉伯仙姑說破……

遭遇第三個仙姑是那麼怪異地意外……

那個意外遇到的一起來的女藝術家L也是一個意外的仙姑……她始終用某種奇怪的揶揄方式在嘲笑老道老被路上同性戀的男生看上的事，包括約翰。

遭遇約翰其實是像苦讀約翰福音般的神啟蒙式的鬼藝術家情操甘願殉身於這時代這古城悲劇的始終荒誕離奇的地獄奇譚奇觀……

但是心情太不好的她卻始終半開玩笑地堅稱約翰是Gay。因為他看老道的眼神很專注，因為他一直只跟老道講話，因為那時他們已走回耶路撒冷的舊城裡，而且天色晚到大多店家都已關門，即使在接近城門最熱鬧的這一帶阿拉伯人老城區那白天店最擠最亂的地方現在也都沒什麼人……一如鬧鬼般地死寂。

其實，老道有點緊張，或說是非常緊張，雖然他們那時在這個城也已住了幾天了，但這老城區仍然是他們常被提醒要小心的可能會被偷或被搶或萬般無奈老出事的地方。

「你大概是因為他沒像那些其他的阿拉伯年輕人那麼色迷迷地搭訕你才這麼說吧！」老道心裡這麼想，但卻沒說出來。那是在一個陌生的外國城市半夜的大街上，風聲鶴唳的老道始終留意著路邊巷口暗處有沒有躲著人或回去的方向路的遠方有沒有什麼奇怪的動靜……

約翰其實連正眼都沒看L一眼的，他留意到的，是老道手上那臺相機那一個早年生產間諜相機的小廠牌Minox，或是因為老道也是用一種好像「內行」的口吻和他打招呼：「你用的是萊卡的M6」……

約翰說他已經來了好幾個禮拜了，而且是第二次來拍那道著名的牆，之前他還到更深入西岸的阿拉伯人放冷槍更多更近乎瘋狂而廢棄的荒村裡去。

他的英文英國腔很重，老道聽得有點吃力，何況他們相遇的那地方是一個耶路撒冷附近的以色列人巴勒斯坦人交界的村落，還常有流彈會射向猶太人這邊的房子與街道上。

其實帶他們去看那耶路撒冷著名長牆的老收藏家自己都小心翼翼，也再三叮嚀不要站到太空曠的區域或沒有混凝土掩體可躲的地方。

「你不怕嗎？」老道問著站在小丘風頭上的他。

「白天還好，晚上才比較危險，」他說著。「你有沒有到過對面流彈射出來的村子？」

老道愣了一下，有點心虛的說：「沒有，我們才剛到沒幾天，那邊過得去嗎？」

「那邊其實比這邊還慘。」

「怎麼說？」

「那邊只要開槍，以色列這邊就會用加農砲還擊，直接摧毀槍聲來的舊房子。但，很多開槍的人都是從加薩走廊走好幾天走到這裡的激進分子，開完槍就走了，但在那地方住的人的舊房子卻因為被用來開槍，就被砲擊毀了，更多地惡性循環……很多人就沒房子住了……而且，更嚴重的是，更多人沒有東西吃，一開始打了之後，原本會過來這邊的建築工人都不過來了，所有的工作幾乎都停了。」

「你去過那邊拍嗎？」老道擔心地問。

「那回好險！」他的眼神閃過一絲恍惚地望著遠方。「本來一過去就很小心，因為很多荒村的房子都變成廢墟了，而且沒有人敢在街上走，我想走得再遠一點，卻一直覺得不對勁，好像有人在跟蹤，後來，我停在一個路口擦汗時，突然聽到不遠處有人開槍的聲音，就往我的方向射來，他知道的那種聲音和在遠方聽完全不一樣，很近到很可怕，我還來不及回神，子彈就射在我的耳邊距離一隻手不到的土牆上。」

太陽很大，老道用手遮著眼睛上方，看著對面那邊老村子的景象又不敢看太久，彷彿空氣都凝住了的舊時代村落裡每個房子的破口都有人正在準備放冷槍地盯著他們這邊看……

「後來呢？」老道問

「本來，我覺得自己死定了。」

「那你還留下來拍，……到底為什麼？」

「因為不甘心放棄地想偷拍一點人間地獄的什麼……或許也和這古城的『神』的保佑有關吧！但老實說，想也不敢想，或許生死有命，我也不知道為什麼……」

「我也不知道為什麼約翰只跟我講話，」老道安撫著L，「他大概很害羞吧！看到漂亮的女生會臉紅」其實，老道想跟L講那段老道很吃力聽來的英國腔英文的內容是什麼，但卻覺得跟一個她那樣自以為是的仙姑講這些大概又要解釋更多，或讓她覺得老道好像在炫耀約翰和老道分享的某種奇怪的戰地攝影記者式「自找麻煩」的焦慮與友誼……

走出耶路撒冷夜裡的古城門時，老道好像一直也覺得有人跟蹤，不知道是不是因為想到約翰下午講的那段話。但舊城畢竟是觀光區，很多阿拉伯人來這一帶開店做生意，總不至於風聲鶴唳到冷槍長牆那邊那樣吧！雖然對老道這種意外的「觀光客」而言，空氣仍然是有點緊張地凝住了……

其實，後來，他們在舊城裡的街上還遇到過約翰，因為很多廉價的Hostel都在老道常去買菜買東西的路上，大多用比較窮的方式在旅行的外國人都在這附近落腳。

約翰問老道要不要去他那裡看他洗出來拍那個荒村的幻燈片，因為他住的Hostel就在他們相遇地方的下一個街口轉角。

老道說好，而L有點勉為其難又有點揶揄地跟著來了……

看幻燈片時，約翰說他拍過的另一個東西是在更南邊的一個巴勒斯坦人的村子，叫什麼名字老道沒聽清楚也不想問，因為他提到裡頭的一個畫面：「那村子裡有個老教堂，因為打仗已經被炸掉了一半，但因為荒村太小了，那是唯一一個可以聚會的地方，因此，天主教徒和回教徒一起在用。」

他說他拍那裡比拍他們相遇的著名冷槍長牆那鬼地方的悲劇還更難過。「一邊天主教在做禮拜，對著斑駁的十字架祈禱，很虔誠也很小聲，另一邊則是回教徒將被意外炸死的兒童屍體放在塗死灰色的破舊保麗龍塊中間，彷彿放在石塊作成的小棺材中祭拜著，卻放著很大聲的穆斯林梵唱。」

老道一方面看著幻燈片裡牆外的那個阿拉伯荒村，在強烈的中東沙漠的陽光中顯得很安詳也很漂亮，

蔚藍的天空下像個南法鄉村的古城，另一方面則又必須分心去留意他那講得又快又腔重得不容易聽的英文，到底是把死去小孩的照片還是真實的小孩的屍體安放在破舊保麗龍棺材之中？到底是在耶路撒冷南邊的村子還是在加薩走廊南邊的村子？……老道始終無法忍受這種混亂的悲傷及其極端曲折離奇的始終荒謬……

而且在心事重重地面對照顧很快就不耐煩的L，到了後來只好開玩笑地用中文哄她說：「天啊！別吵了！約翰太娘娘腔了，這是我們同性戀圈子喜歡的故事與彼此調情的題材……」

約翰問老道跟她說了什麼，老道說：「我也不知道為什麼她說她對你有好感，大概你很害羞吧！」

那天晚上的夢中老道發現了一行中國字在耶路撒冷古城牆上：蓮發光以會人……老道知道這幾個字是用來紀念某個感人的故事，而且還像功德牌寫在木板上的隸書，但夢裡頭老道卻為了人們看不懂太古老的中國古代歷史中的怪異字型還要解釋，甚至，重寫「人」那個字來告訴他們這個字和這個句子的意思。後來，老道想起了這一個慎重地在古城牆體上以毛筆寫成句子來重新寫的故事，但其實是一個蠻八股的故事，連紀念的方式都是很八股的……好像是很多人追一個人，那個人好像是做了不太名譽的像當地不容許的出櫃之類的壞事，必須受處罰，但情節並不明顯，但壞事不只用說的、也還甚至是用盜拍的八釐米舊式畫質的怪影片放出來，還是黑白默片式的快動作，從頭到尾地荒腔走調……更仔細想了一下，老道也不知道為何要湊熱鬧去寫這幅字來紀念這種不清楚狀況的「感人」。

第四個仙姑Piya始終那麼焦慮……她老說她只是來玩般地來念書的，一個太年輕卻太過蠻橫無理的白白胖胖但是英文講得極端流暢自信的北歐少女。前幾回見面都只是寒暄而已的她那回因為老道在家用毛筆教她和她男朋友寫中國書法才聊比較多的事。後來她花了更多力氣跟他們解釋她那天真爛漫太過火的國家提供類似的獎學金之類的錢讓學生出國花。

「像在天堂一樣，對於在挪威想念書的人來說……」她說她在哥本哈根念大學時有個二十幾坪大的公

寓住，在雜誌寫零稿賺的錢加上國家發給每個大學生的每月生活費，當學生過的日子太舒服了……「和全世界任何其他的國家比都是，包括美國。」

Piya是M那群朋友裡頭最聰明的，她說話極有條理，分析事情相當有自己的看法，但卻也非常有禮貌。和整群廝混的阿拉伯年輕人或甚至是她那來此認識的衣索匹亞黑人男朋友比起來，她好像是來自比較高度文明國的人。

「結果，我們那國家反而沒人想念書了……因為太舒服了，而且由於稅課得太重，畢業後努力工作稅後只能賺一點點錢，不如想辦法留在學校裡當一個遊手好閒的大學生繼續領錢過好日子。」

「那你，為什麼還選耶路撒冷呢？」

「我對阿拉伯的鬼東西太感興趣了，皇室的貢品，巫祝的典故，老貴族世家的婚禮葬禮儀式……始終充滿人類學家式的好奇……我情人還說我前世可能是個閃族的公主……」提及幾年前她和情人還一起去過更冒險的伊拉克、伊朗幾個中東的國家，包括埃及……但，她覺得在那種依舊戰事時有時無的鬼地方念書太危險了，而且可以用英文教的大學只有開羅和耶路撒冷，後來，就選這古城的希伯來大學。

老道在想，她對他正教他們寫的中國字的興趣是否也差不多是她這種研究落後國家奇風異俗的僅僅好感的好奇……

「這古城的希伯來大學其實教得很差，因為學生素質參差不齊，英文程度又不好，很多教授都講得很淺……我念了快一年了，實在蠻灰心的，簽證又快到期了，而北歐家裡又有喪事，始終無法理解地混亂……拖了好多年，但是這次大概不走不行了。」

老道一直在留意她講話的自信與等量的焦慮，她男朋友的黑黑胖胖顯得天真而有著較多的自在……但是看起來是很恩愛的。就這樣他們聊了一整個晚上。

快天亮時他們走了，M私下跟老道說，她問題可大了，其實是因為她懷孕了，又想生下來，才決定走的，老道想，她留在這個天堂的原因不是死亡而是出生……或許更是「愛情」吧！來和走的原因也都是

「愛情」，雖然仙姑般想留在天上的焦慮的她始終沒說。

老道和L坐在後座晃晃蕩蕩近乎昏迷時才第一次感覺到耶路撒冷城內的山丘起伏是如此瘋狂地戲劇化……

❖

關於第五個仙姑Nora，老道的第一個印象是她瘋狂開車的鬼樣子。「那麼慢，那叫開車！」尤其在她講話的咆哮嗓門狂笑起來的可怕模樣、踩油門的狠勁與那全身龐克破洞緊身衣和倒長散亂長髮一樣地炫目金黃那麼誇張的架式之下。

本來被老收藏家屋主安排去城郊的某一個以舊工廠改建的古董怪店家市場當天晚上的拍賣會場晚會，但那天下午事情很多他太繁瑣程序困住到沒有辦法安排人帶他們去，後來他的祕書叫他們放心先回住的地方有人傍晚會去載他們種種上路危險重重細節近乎瑣碎的交代，然後她才轉頭和老收藏家用希伯來文又快又帶點火氣地談起來，老道想大概是因為本來古董生意就忙，而老道他們兩個又膽小又陌生的外來中國客人還需要有人照顧而讓她們因危機處理機制安排而爭執了起來而實在不好意思……

就在L故意裝得什麼事情都沒有，而老道正準備跟她們交涉說：給他們地址自己想辦法去的爭執時光，「Nora」這個名字突然從她們那邊傳來，而且兩人同時露出奇特的微笑看著他們……「沒問題了」他們說，「Nora會帶你們去。」

老道在飛快到近乎瘋狂飆車的混亂局面身體快嘔吐的被擺布狀態的後座中想起他們同時奇特的微笑。

「直走的話，就是Bethlehem，只要十分鐘。」她在十字路口右轉時指著前方的馬路大聲地告訴他們。

那時候天正好快黑了，路燈剛亮而天色還沒全暗，老道看向沒什麼特徵的一個十字路口的柏油路面延伸向越來越黑的遠方，口中下意識地回答：「嗯！」了一下，但心中還在想她那拉丁腔的英文說的Bethlehem是哪個字。

「就是伯利恆啊！耶穌誕生的那個城啊！《聖經》上有寫的，馬槽，三個從你們東方來的國王……之類的那地方，你們不會不知道吧！」

老道在後座尷尬地想轉個話題接著說：「那裡，有很多人去朝聖吧！」因為天已經全黑了，所以老道想她看不到他的表情吧！

「不！」她用一種比老收藏家他們更奇特的微笑回頭對老道說：「這年頭，沒多少人想去送死了。」

Nora 講完這句話時，車已經停在那棟學校的舊工廠古董怪大樓前了，老道他們因為時間有點遲了而趕緊走到表演廳去，那破房子旁邊仍然是老工業區的大型機械機具、破爛不堪的舊貨車與破紙箱、甚至斑駁垃圾機上所搭乘載物的巨型又老式的老舊骯髒電梯引開了老道的注意力，甚至後來一兩個小時的古董拍賣場與散場後的小怪異 Party 都讓老道分心自那個漸暗車窗口看去送死的路的遠方。

老道是在後來幾天的ＣＮＮ電視新聞中看到 Bethlehem 這個字的正確拼法，在電視螢幕下面以反白的字出現，上方則出現了類似電影才會有瀰漫煙霧彈的空街畫面，偶爾還可以在那種外電記者有氣沒力的英文旁白外聽到不知何處傳來的槍響。

或是，相反地，在每一本導覽手冊精美的彩色照片中都強力推薦的耶路撒冷城郊附近最重要的朝聖地上出現這個字：Bethlehem，並一定有那座在傳說中馬槽遺址蓋起的聖嬰教堂華麗的建築，乍看像任何一個著名的觀光勝地的不能錯過景點，但在這裡，老道所在很短的時間內學會的唯一一件事是，Nora 口頭禪般的描述耶路撒冷的嘲諷……「這個怪城裡所有發生的事都不像你們看起來那樣……」

「一如一種最怪的既病態又變態的古老隱喻，這個怪城就是一個怪人……因為我極端年輕時候早就有一個極端專業心理學的碩士學位，本來就要在阿根廷開業幫怪人們做心理治療，但剛畢業時意外的我為我媽媽來以色列一趟，為她來看哭牆，你知道的，耶路撒冷對全世界的猶太人都有的那種『任務』式的召喚。」

「後來呢？為什麼就留下來了。我好像愛上了這個怪城，很奇怪吧！」她那有點瘋狂的嗓門突然平靜

了下來。「至少，我發現自己是沒辦法回去做原來的尋常心理醫生，一天天只聽一個個尋常病人的麻煩過一輩子。」

「那你在這裡做什麼呢？」

「辦怪古董拍賣種種的怪宴會啊！像上次有個叫『諾亞方舟』的古董藝術節就很有挑戰性的，對我這種用瘋狂的方法來拯救大家的人來說……」

「這裡不是很危險嗎？」

「阿根廷才危險，去超市買菜被搶或是和計程車司機吵架就被槍殺的事層出不窮……，對了，你們中國和臺灣不也常地震啊！」

這是老道和Nora第二次的聊天，他們站在耶路撒冷舊城門口，內城廣場的牆頂，俯瞰著整個城的天空線。

那天，是耶路撒冷的光復紀念日，下午早一點她還帶他們去看一個早年這裡還是英國占領區的重要殖民政府領事館建築的角落老城。

而後來到了這個內城廣場和周邊牆內的城堡空間已被重新設計的一個歷史博物館，充斥了古代最珍藏的古董……匆忙地看完從埃及時代至今各個不同時期耶路撒冷城的演變，甚至裡頭有一個怪異的明代皇帝御賜的中國青花瓷上彩繪的耶路撒冷古城藍圖，異常地栩栩如生……

最後他們終於走上古城遺址最末端博物館的出簷歪歪斜斜屋頂的破洞，看出全城才深深地喘一口氣。

「這個古城從古時候就這麼危險，」老道笑著說，「活在這鬼地方一定有很多人有心病到極端需要心理治療」。

「我要解決的麻煩可是很大的，不是聽一個一個人訴苦，不過……」她轉過頭來對他們說：「比較起來，這年頭，還是有人像你們一樣想來這個危城送死！」

「就像你們剛看完的這個耶路撒冷古城博物館，裡頭不就寫了很多誰殺了誰，誰來了又趕走了誰，誰

幹了什麼壞事，誰來收拾殘局……種種的每個朝聖者來這裡都以為需要知道的關於這個古城的怪事……他們叫這鬼地方是『天堂』，哈！哈！哈！不就是很多人來送死的地方嗎！」

俯瞰全城的昏暗天空時的老道想到的卻是那天她的車裡那後車窗看去的更昏暗送死的路的遠方，還想起更早第一次聽老收藏家講到Nora時，老道還真誤聽成《舊約聖經》典故著稱大洪水淹沒人類絕望送死前前來救命方舟的那個最瘋狂的古老名字「諾亞」Noa。

第六第七第八個落難仙人和仙姑是在那一個他們勉勉強強落腳的爛旅館遇到的……

最後老道也提到更怪異的是……他們的名字都被老《聖經》曾經仔細地寫進去，Peter和Paul都是耶穌最重要門徒的名字，老道說他應該在叫他們名字時，前面加一個「聖」字，「聖Peter、聖Paul之外，我前幾天還遇過一個聖約翰啊……」M說，從回教徒來看，他們那本《聖經》，其實是本點名簿吧！

H說，看著全黑的天空的遠方說：「這些先知當年一定也被當成不正常的來耶路撒冷從軍服役的落難仙人吧！」

「這種恐怖分子肆虐的恐怖時光會來耶路撒冷的人不免都是落難到不太正常的！」

這是老道和他們聊起來的第一句。

在M開的那家Hostel的屋頂陽臺上。

那一群落難仙人般的胡人夷人萬般頹廢地提及他們的一生充滿的落難感，為何一如神喻般地最後落腳到這個爛旅館……用這種最荒謬絕倫的姿態視野在遠方默默張望哭牆體上的廢棄希伯來古聖城殘留的古代最後遺址的遺憾……

聖經中的最後一個可以見證神的遺棄那最著名的落難感的現場……

那破爛不堪旅館的現場卻是那麼充滿大麻氣味的午後長日將盡時光荏苒……意外相遇的仙姑仙人們的他們第一次相遇而之後也不可能再相遇的那種神蹟般的太過意外的發現……命運多舛的巧遇充滿了暗示……

一個德國年輕花美男Peter，一個澳洲的年紀應該過半百的婦人H，一個美國的中年生意人Paul，M招呼著大家喝茶，除了老道和L，這些都是住在Hostel的客人，他們已經習慣在太陽不太強之後的下午坐在陽臺上簡陋的破爛不堪發霉皮面沙發上聊天，聊到天黑後中東沙漠吹來的風涼到會冷才下去，因為溫度也因為這段時間是看整個耶路撒冷最美的光線，尤其從這個居高臨下而且位居舊城中心地帶的古蹟破爛旅館上頭看去。

在熹微的黃昏空氣中看去，埋葬聖母瑪麗亞教堂鐘塔就在左側不遠處，而耶穌被懸於十字架上的聖墓教堂甚至就在右前方五十公尺，即使是穆罕默德神遊升天遺址而建起的清真寺金頂也近得因映上夕陽而格外巨大而顯眼……，甚至，再後頭一點另一個坡上滿山遍野的墳場墓碑則是啟示錄中審判日所有死者都將由此復活的橄欖山。在三種全世界最具影響力的一神教的聖地包圍之中，使得這個其實很寒酸的陽臺卻顯得很氣派地不太正常。

「我其實是很正常的人啊！」Paul說：「這裡的危險也蠻正常的啊！不像我來自的美國德州那種有人無緣無故拿槍到學校對不認識的無辜學生亂掃射的那麼不正常吧！」

Paul說他太早結婚了，現在小孩子都大到念完中學，所以婚姻有危機也是蠻正常的，年輕的時候開始接手他爸爸的小生意往下做，很穩定但也沒什麼太大的發展，不過他也不是很有野心的那種人，所以也不覺得有什麼不好，但是到了最近他看到小孩大到他當年接管父親公司的年紀卻一點也沒有自己的想法，看電視、打電玩，每個週末出去和朋友鬼混……一直到上個禮拜他搜到他們房間裡的海洛因，就覺得不行了，他和他太太也因為這事情大吵一架，不知道怎麼辦……

「人家都說美國是天堂，我不知道怎麼說，這裡的年輕人也是在同樣的年紀就要去當兵，而且還真的在打仗……，我覺得應該來這裡看一看，是不是會發現什麼神的啟示讓我能夠再勇敢地回去面對他們……」

在陽光逐漸減弱的餘暉中，風漸漸變涼，老道其實一直想問他，來這裡之後有沒有什麼特別的「見證」或至少是重大的發現讓他改變，但還來不及問……

那仙姑般的老女人H就接著說：她並沒有結婚，但一直在旅行的她去過很多地方，年輕的時候就把歐洲或美洲都走得差不多了，甚至後來亞洲和非洲都走過，前幾年她還去過中東其他國家伊朗約旦……，但因為她是天主教徒，她一直希望能在耶路撒冷多待一點時間，而不只是在其他地方旅行那麼匆促。

在來過以色列幾次之後，她決定用一種不太正常的經濟方式留下來，那就是從軍。就在他們都瞪大眼睛驚訝地看她時，她笑著說：「其實以色列軍隊的福利是很好的，而且她其實是雇員，並不用上前線，只是做後勤補給的工作。待遇不錯又有假日……會遇到你們因為我現在就正在放假啊！」

「你們想！」她接著說：「我已經有點年紀了，又沒有什麼特殊專長，想在這裡住下來，就一定要找工作啊！部隊以這種工作的要求來說是比在咖啡廳打工要好一點吧！」「更何況，旅行了這麼多年，既然來了我還真的想要深入地了解這個地方，軍中其實是一個不錯的地方。」而且假期長一點的時候，她就會來住在這裡到聖墓教堂去祈禱……每次去那裡她總會覺得心中很平靜。

仙姑H是老道在這裡真正遇到的少數的虔誠又不迷信的教徒……

這個時候，天色已漸漸暗下來了，看到所有附近的重要古蹟殿堂都因為打上幻影般燈光，彷彿有種奇特的神靈守護地儀典感，讓人不免會感覺得到有種H說的那種平靜，老道想，Paul聽得出神的表情，大概是有所因此而啟發到一些他本來的疑惑。

Peter說：「他聽了H的話有點慚愧，因為他來這裡是因為逃避當兵才來的。」

其他人都一起露出好奇的眼神：「怎麼說？我們國家的兵役有一種是屬於替代役，可以用到別的國家的紅十字會那類的慈善單位去服務來抵當兵的義務。」

在Peter太過漂亮的金髮與笑容之前，他們仍然是好奇的：「但這裡還是有危險的，不是嗎？常有恐怖分子的自殺炸彈事件啊！」

他說，前兩年還沒有現在那麼緊張，但因為他所分發的單位是個醫院，所以並不那麼危險，而且他真正不願去當兵的原因是由於軍隊可怕的生活戒律。「所有的人都被當成白痴，或當成動物在看管，我實在

沒辦法被用那種方式對待。」

「雖然，現在醫院的工作並不那麼輕鬆，我仍然要做很多粗重的事，扛器材、清掃，但至少是上下班的差事，而且和H一樣，我也正在放假，從那裡來耶路撒冷坐車只要半個小時，很方便，有時我也會去特拉維夫或附近的小城市旅行，這總比待在德國的軍營裡好吧！」

Peter的英文有濃重的德語腔，但是卻很流利，一點也不比Paul或H遜色，而且雖然他年紀在這些人裡頭最小，而且小很多，但說話的時候卻一點也不客氣或害羞，他有種歐洲人的或甚至是亞利安人特有的自慢，但大概也因為來自很好的家庭教養，這些話被他這樣說並不令人輕視或嫌惡，反而有種因自信而自嘲的輕鬆……

在已經全黑的天色中，橄欖山的墳場已經完全看不見了，老道想到自己在他那年紀時在部隊裡當工兵時其實已然是被當成半個會欺敵爆破的恐怖分子的身分但仍然是那麼地沒自信……

老道對落難仙人們提及了那第三個晚上在他夢裡出現的Peter蠻殘酷的……

一開始是老道涉及殺了一個人，有很多不利於老道的證據，而且有人開始跟蹤並調查老道，搞到後來的焦慮太過火的老道由於被盤問了太多細節而也跟著相信自己真的做了案並非常地緊張，想要脫罪！細節卻只是如從校園某處走到校門過程裡發生的日常生活的自然而然……但是對於整個過程老道為什麼仍感到有罪惡感而難過著。

事實上，和跟蹤老道的Peter談了一下才發現他是個偵探，而且並不是來抓老道的人，後來也在和以前曾是工兵的他的對質過程，突然又想起自己並不是作案的人的沒有罪惡感的狀態，但緊張的狀況仍然持續，身陷其中的老道一直跟著他逃跑，有很多來找老道的人卻反而因為對峙情形的緊張而被Peter殺了，一個接一個的，他的手法很俐落而且還把屍體帶回他們落腳的著名耶穌捕魚Galilee湖邊附近的地方。

有一回，老道看那些斷了手或斷了頭的屍體，並不害怕，因為有點縮小了，像塑膠做的而不像真的，

甚至就堆在牆角，但老道卻因為逃避殺人而害更多人被殺。雖然開始時，還確定自己是無辜的，但後來卻覺得不對勁，老道仍不記得自己有動手，也不確定老道如何逃過追殺或是逃開越來越喜歡殺人的Peter。

「我來這裡的原因才不正常，」老道笑著對仙姑H說：「在打仗的地方，做什麼我的『地獄』藝術……」他們都笑了，老道也提到了他想找尋在耶路撒冷出土的怪異傳說中的老中國老東西的種種繪聲繪影……當年猶太老生意人從絲路收藏過的很多傳說中的中國古物，來自許多最著名也最爭議性的古文明的種種古代聖城，印度的瓦拉那西、阿拉伯的麥加，和以色列的耶路撒冷……太多太多的怪異的歷海洋近乎冒犯的冒險中，留下了大量歷代年代久遠以前燒出瓷色最考究的雨過天青藍色的古字畫古絲綢古瓷瓶……在古代航海史傳說過的太多中國所曾經到過的古聖城留下來太多太多完美古瓷器甚至只是殘破的古瓷碎片都價值連城地稀有……對老道而言就像在這破爛聖城破爛旅館所意外相遇的仙姑仙人們的他們第一次相遇而之後也不可能再相遇的那種神蹟般的太過意外的發現……命運多舛的巧遇充滿了的暗示……

❖

老道遇到的第十個仙姑I被這樣嘲笑著自己：「一個近乎光頭的女舞蹈家，這禮拜五就滿三十歲，昨天剛離婚，去過印度，練過四年合氣道、太極和瑜伽……」

她第一次到老道他們住的地方就說：「這房子的『氣』很奇怪。」

「但，這個古城的『氣』本來就很奇怪，尤其這幾天從逾越節以來更奇怪，好像有什麼大難將臨的恐慌感，始終感覺到全城許多角落有許多憂心忡忡的教徒老人們虔誠地從早到晚成天沉浸內心深處地為全城危機而衷心地在祈禱。」

其實那天的他們是從天氣異象開始談起的，前一天下午的逼近地底的幽靈般的天空在下午四點就開始暗了下來昏黃而近乎可怕極端的暗血紅色，龐然巨身的團團彤雲從中東枯萎死亡感的遠方沙漠那邊逼近過

來，但雨卻一直到天黑之後才傾盆而下前的那期間的幾個小時，全城被壓縮在某種近乎空氣幾乎凝結的窒息感中。「走在街上快吸不到氣。」老道說並好奇地問：「這種狀況常發生嗎？」

「不！」坐在仙姑I旁的老建築死角的那一個收I為乾女兒的那老屋主著名收藏家說，他在這城住了六十幾年了也沒看過這麼可怕地極端血紅的天空。

第四個晚上惡夢中的老道回到初中住校的宿舍就寢前，而且才搬來不久的他還找不到一些自己的東西，事實上是床邊的鞋櫃不見了但老道還是仍然窮著急地找鞋子，他內心深處老覺得是歷經什麼災難的逃亡而遺失了的大多重要的鬼東西。另一床的人突然說老道的東西在他那邊，狀況有點像當年剛開學搬宿舍亂成一團的樣子，老道過去一看，有好些書和畫具，畫……是些年輕時代亂畫的人像素描……但是卻畫了很多鬼頭鬼腦的鬼魂纏身缺手缺腳的受刑中地牛頭馬面凶殘地上刀山下油鍋地獄的現場，但是不知為何所有的罪與罰都變得模糊曖昧，施虐用刑變得更像角色扮演遊戲的玩家們的熱烈參與……仙姑I竟然女扮男裝穿著判官的朝服站在閻羅王大殿主持判案現場大聲吆喝罪犯……

更奇妙的是，老道回想起來那段時光的自己很悲慘低調地苦讀的還是一個初中的和尚學校，那一晚失眠揪心太多太多心事重重……沉睡的同學們都打呼聲此起彼落……只有鄰床兩個都在上鋪的位子竟然兩個不認識的女生才匆匆趕進來，因為已到熄燈的時間了，她們竟然很快速地脫下衣服蓋上被子，老道有點訝異，但所有的事情都很自然地進行，老道甚至也不覺得她們的臉孔或裸體有更多性愛方面的對老道的挑逗，只像那種在宿舍管理嚴格規範中的小小生活上插曲式的印象的熟悉與不經心……有件事倒是夢裡頭更令人印象深刻的是他們丟給老道一個像塑膠做的充氣娃娃，說那是學校新發的小仙姑型玩具，每個人竟然都有一個據說幫助睡眠，但其實同學們都心裡明白並沒什麼用。而且操作不好還會致命……

關於仙姑I的第二個畫面卻是充滿大麻的氣味的。

她在那一次見面的第二天邀老道去參觀她的舞蹈課，在古董拍賣場附近的那教室在一個表演廳的地下

層，有一個樓梯和頗大的天井連接到一樓的廣場，當她帶老道到樓梯口準備往下走時，迎面上來一對穿著嬉皮打扮的男女，和I聊了起來……當老道因此停了下來，靠著天井欄杆向下一望時，著實嚇了一跳，所有或坐或站在舞蹈教室外的男男女女大都穿著六十年代的衣服，長髮，蓄鬍，穿著又大又鬆又花的衣服……更讓老道驚訝的則是那熟悉的味道，整個天井瀰漫了的大麻煙影……

「這個城市的『氣』可真的很奇怪啊！」老道對她笑著說。

接下來的兩個小時，老道和這群嬉皮跟著I練起舞來了，其實，沒來之前，只是想跟來湊湊熱鬧式地感覺一下以色列的不是可怕天氣逼人的可怕天災人禍狀態，而剛開始也只是在旁邊好奇打量，但後來就覺得好像可以下去一起試試地開心。因為I提及了這種舞的流派是極端觀念性的，而且說來還真的跟六十年代有關，叫做：「Contact（接觸）」。並不強調任何高難度的舞蹈技巧所展現的動作，而反而著墨在某種即興的身體反應與練習。

老道始終記得仙姑I在很多人團團圍住她的中心所大聲吆喝的「只是動」「感覺地」「感覺音樂」「感覺手帶著身體走」「不要想自己看起來像什麼樣地只是動」「想像找一個角落變成自己的空間」「所有人擠進地上畫的一個圓圈裡但不要撞到別人，但要感覺到別人」……種種這類有趣的身體練習非常吸引老道。所以就跟著下去跳了……

跳得滿身大汗後，課程結束，有個有趣的小型舞會繼續著，DJ是個頭巾和笑容一樣可愛的孕婦，邊放印度音樂邊自己跳起舞來，更後來有個阿拉伯樂團接下去即興演奏著，另一個非洲的表演團體則邊敲一種奇怪的鼓，邊翻滾，邊相互半像打架半像表演的兩兩扭纏著……

但老道最印象深刻的是一個從人群中走出來用中文向老道打招呼的年輕猶太人，他大麻已經有點嗑太多了，還一直跟老道說：「雖然你會覺得有一點冒險，但……」他在音樂中大聲地用咬字不太正確的中國話說「他想去少林寺當幾個月的和尚……或許只是去更遠更小的廟學點功夫」。

「氣功」I從他旁邊冒出來，笑著說「這種和『氣』有關的功夫，在我們這裡很流行的。」

「和神一樣流行」老道在幾個禮拜後重新在特拉維夫的海攤碰面後又聊了起來，「在中國，依我所練過的一點皮毛的太極拳的經驗，這種身體的練習是和『修行』有關的，雖然和神有關的部分我並不清楚，但的確和你教的『接觸』是有雷同的練習。」老道說……

仙姑I說她也學過太極甚至學過日本印度的功夫，所以她也知道老道在想什麼，「但是，我們的神比你們的神要麻煩得多。」

那時，老道正注視著海灘上眾多來往穿泳裝的人群，享受著在以色列一個多月以來緊張後少有的舒服，從地中海吹來的風到沙灘遼闊的視野，都令人忘了在耶路撒冷那種老『天堂』的緊張，而重溫這種新『天堂』的時髦與慵懶。尤其是一整群各種膚色的年輕人自己帶鼓坐在一起打起來的即興演出，此起彼落的鼓聲雖然沒有嚴謹的節奏旋律，卻顯得很有力量很令人動容，他們就坐在旁邊聽著潮聲和鼓聲看著天色漸暗的遠方，海灘上甚至還有人用繩索頭沾油燃起火焰表演起從古波斯流傳下來的旋索特技。非常好看卻又非常莊嚴，尤其在天還沒全黑的雲與海之間，有一種異教神祇法會的儀典感……

「我教過猶太教基本教義派的人『接觸』」仙姑I接下去說，「很麻煩的。」

老道還沒有從那些中東古異教流傳下來的功夫表演回神回來，只隨口應著「怎麼說？」

「你該知道，基本教義派的家庭女人是不能避孕的，所以，一個母親要做非常多的家事，照顧非常多的小孩，肚子懷一個，背上背一個，手上牽一個，還有許多孩子在旁邊跑來跑去……我教的就是這種古老一如二千年前的鄰里的婦女，她們常常告訴我她們覺得很幸福很快樂，但脖子卻不知為什麼永遠疲憊不堪到很緊很痛。」

「只顧著感覺神的時候，她們感覺得到自己嗎？」老道想到那天在氣味和音樂都含大麻的教室裡所練習的……

「你知道我的意思了！」仙姑I眼睛也看向旋轉的繩索端火焰火燒了可怕的焰口嘲諷地說：「神，大多時候都是充滿麻煩的！」

❖

「有一段時間我對於打破一個鬼東西再黏回去這件事很感興趣。」第十一個仙姑Ａ卻這麼說……「A可是一個耶路撒冷的著名藝術家……只不過怪藝術家的她恰好也是另一個著名收藏家高官的夫人。」老收藏家在載老道前往官邸拜訪的車上世故嘲諷地這麼說著。

就在A帶老道他們故意不看豪宅體面講究古典巴洛克風格裝潢的大廳參觀規格極高到近乎博物館等級的她的丈夫多年擔任高官的珍貴文物收藏異國風情歐洲日本中東連中國都有的著名古董……反而卻去參觀官邸地下層她的破爛不堪怪異極端扭曲變形的後遺症般的個人瘋狂工作室。

那是一個破舊斜斜歪歪倒入樓梯剛下去就可看到的髒兮兮破房間角落，但是卻意外地發現在某個角落出現了故意安放著的成堆碎裂的蛋殼所連接花園的那個高窗口上方陽光斜斜地照進來，但整個地下室的空氣仍然是冰涼的。那個靠牆角的大木桌上擺著各式各樣破法的蛋殼：全碎的、半破的、只剩不成形碎片的、只有一點點裂痕的……但，比較奇怪的是這些破碎的蛋殼被另一種和那裡空氣一樣冰涼的東西給黏了回去，那就是灰色的已硬化的素材：水泥。

那真是一個極端奇怪的風光奇景或許是科幻電影的場景異象，老道拿起一個C形金屬夾在微弱斜照光線中打量著，金屬柄的兩端與一個有螺紋可旋轉控制鬆緊的端點固定小圓錐盤之間夾住了一個「蛋」，那其實已經不能說是一個蛋了，只有下半截裂口不整齊的蛋殼，和上頭填灌入了的混凝土蛋形物，雖然邊緣還有些不平整的小洞或縫隙，但整個看起來，還是很難不把這東西和「蛋」想在一起。

事實上，石灰、水泥或混凝土，對老道而言，並不陌生，因為老道在看過工地用混凝土灌鑄過怪異建築。但，水泥這種東西在大多人的印象中是笨重的、粗糙而簡陋的……甚至只是和死的、硬的、無機的、冰冷的……蓋房子的事有關，而且往往是很廉價的……

但，在這個工作室裡，卻成為了「蛋」的另一種取代物，變得某種程度輕巧、脆弱、柔軟，甚至也和

它的孵化有機生命的聯想有了聯繫……而且，由於蛋已經破了，只剩下殼，水泥成為A提到所感興趣的「打破而再把它黏回去」這件事的巧妙藝術手法中不可或缺的主角素材……

「水泥，在這裡，你們是很難想像的……」A語重心長地說：「在我年輕的時候，我們那個世代甚至被稱為混凝土世代……因為那時候，以色列剛建國，來自全世界各洲各國的猶太人大量移民回來，整個國家一直在蓋房子，而且是用在歐洲美國都已經有點過氣的現代主義那種風格來蓋的，你應該很清楚。」

老道點點頭，她繼續說：「主要是因為所有人對建立以色列和這個國家的未來都很樂觀，覺得所有事情都是有希望的，混凝土好像就是這種氣氛的寫照，它讓房子一棟一棟蓋起來也讓在這種長住下來的希望蓋起來……你們知道嗎？這對一個幾千年都流亡而沒有自己國家的民族是多麼重要啊！」

老道想到二三十年前的臺灣，也有雷同的拚命蓋房子的衝動，但和「流亡民族絕望中的希望」沒關，而卻是和「房地產硬做的生意」有關，也和老道看水泥長大卻從來沒有「歷史」或「時代」感覺的成長歷程有關。

「後來，就更誇張了，混凝土那種灰色變成種種設計的主色，連時裝的流行都受到影響，你能想像嗎？在歐美的後現代主義正在大肆修理現代主義那種冰冷缺乏人性的美學形式時，在我們這裡，你卻看到自以為進步時髦的人們穿著灰色的衣服、開著灰色的車子、走到牆面都是灰色的咖啡廳、喝杯子都是灰色的咖啡……像個笑話。」老收藏家接著她的話講了一段他假裝專業藝術評論家式的笑話。

A在旁邊聽了也笑了起來，但，老道卻感覺到這是一種多麼有美學講究的自嘲，由這個擁有自己奇怪的老歷史與新歷史的國家中他們這種一輩子都在搞藝術的人才說得出來的笑話。

「現在的年輕人不一樣了。」A接著說，「最近有人在描述這個時代的以色列年輕人是『仙人掌』，外表很尖銳，但裡頭卻是軟軟的、水水的……」

老道正注視著那個C型鐵夾中的混凝土蛋，深深覺得，這真是他們上個世代年輕人的寫照，和現在那麼的不同，由殘破但優雅而暗示生命力的蛋中填入實心的人造的努力才能成形的模樣……

但A卻說她在想自己的藝術並沒有想太多這種太沉重的摺痕重重堆疊繁複歷史文化的問題……「我只是常常在超級市場裡像個普通家庭主婦買菜時走來走去，看到好多蛋時，突然有個念頭想到把它們打破再黏起來不知道會怎麼樣，就開始了。」她還拿出旁邊許多也是灰色的裝蛋的盒子，同樣也用種種不同方式灌了不同樣貌的混凝土……「不過，這些已經是很久以前的作品了……」

接著她又再帶他們繞行一堆一堆的過去破舊長滿蜘蛛網的暗角大型油畫作和另一些已廢棄手機殼或玩具小汽車安放於塑膠草皮裝置成的半完成作品，最後抽出兩三本她辦過個展的畫冊送給老道他們然後才回到一樓那寬大而舒服的客廳。

老道想，這種一樓大廳陳列長廊中充滿稀有珍藏的中東古董希伯來古文物種種石碑佛頭甚至真的日本漆器細工雕塑中國明代古青花瓷瓶的體面……才是著名收藏家高官在接待訪客的派頭，和A在有點冰冷有點擁擠而混亂的地下破爛不堪工作室那種藝術家的麻煩是不同的。

老道也想起幾天前A和老收藏家曾帶他們刻意去一個耶路撒冷最基本教義派的鄰里去，深入住在裡頭的人過著和聖經時代二千年前困難重重差不多的生活，女人不能避孕，男人不能工作只努力研讀猶太經典，活下去最重要的任務是等待救世主的來臨……站在一個人家院子的天井上空，她指著兩三根橫在二樓窗口與欄杆間的曬衣竿，老道嚇了一跳一直很難忘記那畫面：十幾件大小很接近的兒童內衣褲掛在一起晾曬。

「你想，女人在這種地方為了他們的神必須活得跟家畜一樣，」她笑著說，「只能拚命生小孩養小孩拚命工作拚命地……洗衣服。」老道一邊聽她說一邊想著她那堆滿數十年作品的雖然冰冷還是生猛的工作室，突然覺得在這裡活著的女人是很難活得不麻煩的。

「你相信你們的神嗎？」老道低聲地問。「事情在這裡都沒那麼簡單的，我是一個藝術家又是一個知識分子，甚至，我年輕的時候是個還算激進的左派，在六十年代經歷過運動的洗禮……就算我無法不相信，但我又怎麼能去相信這種『我們』的『神』的理所當然，」她語重心長地說，「有些東西打破了就真的很難黏回去了。」

老道看著那些成排小孩子的衣服，及其遮住大半的天井的天空，所有的再日常的生活對「許諾」而言，都是「任務」，也必然都是「見證」了他所感覺已走到這個「老天堂」的最深處。

老道的第五個晚上的惡夢就是在那道牆附近徘徊太久中暑之後回來做的夢。和以前的老朋友去看一個古蹟保存的老房子，很舊很破，在一個河道旁，河道對面還有一片廢棄的花園中的怪異水泉和森然巨樹，在那老房子前住著一群好像是正要搬演出八仙過海戲碼那種老時代感古裝的老歌仔戲團裡的人，老朋友問他們是否要賣那個花園前的空地之類的事，但老道不知道為何……好像為了要逗他們家的小孩而在他們家門口做起一些後空翻之類的好玩動作……這期間，他們家大人和老客戶談得並不愉快，甚至差點正面吵了起來還要老道和他盡快上車走了。

路上還經過老道以前念的小學，一整片池塘與樹林與天空，很漂亮到老道看呆了，但後來就慢慢回到市區，可以看到高樓大廈百貨公司，甚至還隱約看的到Starbucks門前喝咖啡的人們，但天空卻慢慢不見了，更後來車子經過一座鐵架橋的時候，老道的手機掉出窗外，為了撿手機的老道跳出車門然後撞上後頭迎面而來的卡車，更後來被連續的車輾過，還在掉出橋身鐵架外時被切掉一隻手……但一切都太快了，連過程都有點不清楚，只覺得還來不及痛就已經「粉身碎骨」了。之後的部分卻更怪異……

好像科幻電影的特效一樣地凝結了，……漂浮的粉身碎骨的身體又凝結回半空中，有一個仙人飛過來拉著老道的手，往後以剛剛那麼快的速度將老道拉回撿手機的那一剎那，老道並沒有看到她的仙人衣裙，但是他還是發現她的五官長相是長髮高鼻濃眉削瘦兩頰眼神尖銳的A，但是衣著都彷彿就是那個老歌仔戲團八仙裡的何仙姑。但不知什麼原因，甚至最後恍然大悟的老道內心深處知曉疾飛的救命恩人好像就是某一位真正的道行極高到可以騰雲駕霧的古代或現代的仙姑……

❖

那種恍然大悟仍然始終困擾著老道……一如他在耶路撒冷擔心的每天清晨醒來寫下前一晚每個惡夢的時候也又看了之前寫的夢就不免愈寫愈心虛，大概是愈來愈清楚自己在這裡的恐慌感陷入困境的艱難曲折離奇怪異處境；幾天以來老道到底在耶路撒冷做些什麼，悼念些什麼，緊張些什麼，湊熱鬧些什麼……但卻有種必然會與這個「老天堂」格格不入的自嘲與難過在裡頭。

一方面是剛來的陌生與新奇感已然消耗得差不多了，另一方面則是找尋恐怖分子攻擊行動做他的困難行動藝術發想，或是同時找尋絲路流落耶路撒冷街頭的中國古董始終無法忍受……也不確定是否收到贗品的壓力開始出現，雖然大概已決定只是初步研判試探但腦中仍然會想東想西地覺得不夠想再找尋更大更切題而多逼近這個古城的偉大的傳說異國中國遺留的古物……。當然這是種懷舊又懷疑的藝術家式的憂國憂民壞習慣作祟，雖然不是自己的國自己的民但是也要嘆息一些文明的人類的可能共同面對神的經驗的矛盾與想當然耳隨之而來的更無力感及其必然的更緊張……但藝術能為這種無力感或更緊張做什麼呢？

但是L並不擔心這些，一如她在樓下用果汁機打果汁的聲音回答了這些，她承認自己是緩慢的直覺的自私自閉的甚至和這裡和神可以不必有任何關係來打發她困在這危城的時光荏苒……

但使老道更感觸良多的卻是在廚房發生的事，M來這裡和他們一起煮那一頓阿拉伯菜和烤肉過程的好像不可能的任務的回想，在據說是耶路撒冷近百年最大神發怒般的暴風雨中……

一如那幾天心情始終困難重重到永遠不對勁的老道竟然又跑去理光頭，結果發現自己的一如工兵時代的感覺又找回來了……那使得他自己不開心啊！但是他逼迫自己也安慰自己就承認這種不開心並接受調節這種餘緒……一如承認自己畢竟是個頑固又世故的老工兵一樣，困在這個危城彷彿又回到當工兵那多年前那種自己對未來既害怕又憧憬、既進取又退縮的恐慌狀態……

和L深談始終不免充滿期待已久的困難，一開始是老道覺得她太客氣，怕批評人家後來則是發現她有種過火的天真及其必然陷入危城種種被環伺的害怕……

太多太多的種種煩躁不安都是老道的苛求而且是不自覺的，彷彿對於自己那種既自大又自虐的工兵身段沒有夠禮貌的留意而且還夾雜等量心情不好亂發脾氣找人麻煩的壞毛病……種種對這個古城或老遇到古城裡仙姑們的過度期待的自己心中某種心情上的擺盪……

晚上和不在乎政治也不在乎歷史的天真藝術家L深談的老道彷彿想說服L而近乎激動地說：「A在藝術上的才氣與她的關心更多藝術以外的事是有衝突的……一如她家所祕密收藏的中東怪異古董，一如她運用混凝土蛋殼所手工打造出那種種又實驗性太高太抽象的鬼東西……但是裡頭卻仍然充斥對耶路撒冷有特殊感情聯繫的轉喻……很政治很嘲諷但又很詩意。」但是L卻仍然完全不在乎其中迂迴曲折的藝術隱喻……

一如那幾天半夜三更的恐慌……老道始終無法忍受也無法想像……為什麼那種古怪異常的低沉怪聲音是從冰箱來的……找尋那長廊末端那種種極端神祕的感覺像那種莫名的詭異的怪異氣味……他老想到一種恐怖片般的開場。

那天老道半夜醒來，其實是兩點多但是他還剛睡不久，始終模模糊糊地依稀可以聽到樓下有叫聲，或像是隱約的哭聲，以為是L沒打通電話到老情人那裡而難過地哭著……於是下樓看一下，但老道在門口叫了她的名字，她並沒有回答。

接下來才是最離奇地難以明說的部分，因為老道昏昏沉沉始終還沒完全醒，下樓梯還不太穩看到空曠無人的那彷彿極端遙遠的客廳和餐廳的燈都昏迷狀態地半開著，他也在這種半睡半醒的感覺晃晃蕩蕩中亂走了一下，始終不確定自己聽到的聲音是從哪裡來的，但更仔細聽之後老是感覺到那彷彿是幻聽的某一持續有節奏的極端低音來自廚房的死角最深的末端……老道再走近一點之後驚心地在周遭近乎死寂之中竟然發現，那脈衝式的唐突變換頻率的怪異聲音那麼地幽暗低迴……而是更意外地卻是從那牆角最尋常冰箱裡冷藏櫃中打探，甚至更仔細端詳聆聽地找尋之後，才更不解地發現那曖昧不明的吱吱低音竟然是從那底層某一個最末端的最尋常蛋盒所發聲出來，完全無法理解為何會有這種不可思議的奇幻狀態，那低音那麼詭

譎迂迴曲折離奇……像是很多老喇嘛或僧侶們在不明梵誦祈禱儀式中莫名的恐懼吟唱，甚至更像極了深海裡的鯨或海豚那種忽遠忽近充斥召喚著更深的什麼的某種古怪呻吟般的幽遠啼聲……

但老道再怎麼仔細端詳那空空蕩蕩的怪蛋盒裡，卻始終沒有看到任何其他的鬼東西，除了那彷彿正在用一種怪異慢動作緩緩破裂中的……破蛋殼。

❖

第二天他們在路上又遇到了更多心事重重的仙姑N……她激動地說起她老會感覺到一如一種地震的震央深度引發的餘震不斷地殘忍……

每發生一次新的恐怖分子的恐怖攻擊，醫院裡老會致使許多病人從前的創傷就會再度發作或也有病人因為熟識受害者和接近攻擊發生地點因而表示感到極度不安全到發狂……

仙姑N還說她在耶路撒冷幾年以後也好像快發狂了……有時候不得已也因為太同情而就還是又回去當療癒別人的心理醫生了……還記得一開始是因為那幾年恐怖分子的威脅局勢越來越糟，她感覺到太深太逼近的太日常生活就對她們造成了深遠的改變而直接遭受暴力的人蒙受身心傷害到甚至留下終身的傷痕。過去在南美洲身為心理醫生的仙姑N治療過許多名不只一次在恐怖攻擊受傷的傷害者。她嘗試幫助的住在人們所說的老天堂裡卻永遠悲傷的人們，有的才為過去死去的親人傷痛馬上可能又必須忍受現在再度死去了另一名親人。

仙姑N也幫助過太過疲憊不堪也太過焦慮不安的處理恐怖攻擊永遠意外發生馬上血肉模糊死亡的待命狀態的緊張情緒激動的醫生護士們，他們因為接觸太多的死者與傷殘所以也不免會發生連帶性心理創傷的危險。

仙姑N提及她有幾位通常消息靈通熱衷政治的老人們現在已經不再看報也不談政治，甚至她哀傷地更

提及目睹她兩個分別是四歲和六歲的兒子表現出這種無動於衷的態度，口中大喊「我是恐怖分子……攻擊」但是同時歡天喜地把玩具槍往兄弟家人的掃射……

甚至對於施加在阿拉伯人民身上處罰的以色列人也表現出麻木不仁的態度。大多數以色列人都採取否認的態度，不是漠視巴勒斯坦人的苦痛就是用是他們先開始的這樣的說詞來辯解。

仙姑N說……完美的這種荒謬絕倫的警戒與麻木的結合，表現在某回耶路撒冷電視臺的在一次自殺炸彈攻擊後播出分割畫面，一邊是屍塊和救護車而另一邊是足球賽轉播，彷彿這樣一來觀眾就都不會遺漏兩邊的最尖端即時新聞。

這個古城始終處在這樣即時也這樣荒謬的悲痛和猶疑的迷霧中而感覺人生的狀態完全都不能確定也都在保留之中。外國觀光客投資客的恐懼消失使得古城許多人的工作也隨之消失，就算是保住工作的現在也很難保住未來。

仙姑N提及她所認識的大多數人有的說要出國去至少要把錢弄出去。就連像是週末出遊之類的短期計劃都覺得異常沉重因為被認為耶路撒冷附近安全度假也幾乎消失。

仙姑N提及了另外一個可憐又可笑的典故……以前的耶路撒冷以色列人聽到「會怎麼樣？」這個焦慮的問題時有一個同時太過樂觀也太過悲觀的標準答案……「會沒事的！」

因為這是他們在波斯灣戰爭最逼近的恐慌期間等待來襲的飛彈降落然後等待解除警報響起卸下防毒面具從膠帶密封的房間走出來的某種最深也最淺的相互理解傷心難過的極端安慰。他們在等待時會互通電話老是會一再重複地深深地說：「會沒事的。」

一開始時的傷心又擔心的人們還是互相說：「可能要花時間……不過會沒事的。」這個句子一向是讓人安心的口頭禪，可是現在已經感覺不對了。仙姑N始終看了很難過，那就是耶路撒冷彷彿永遠離不開恐怖分子的恐怖現狀的寫照。

仙姑N最後對老道提起：「還記得那天我載你們去古董文物拍賣會晚宴那晚的路上我所跟你提起的那

個城市伯利恆嗎？我還跟你說，去年已經沒多少人想去送死但今年更慘了。巴勒斯坦的恐怖分子還躲到那個城最有名的聖嬰教堂裡頭，最近報紙還登出以色列軍人向教堂裡的老修女要恐怖分子的照片。天啊！那裡還是當年耶穌誕生的馬槽遺址啊！現在想起那個從我載你們去的漸暗車窗看出去的送死的路的遠方。」

老道心想……悲劇越來越擴大到現在整個老天堂耶路撒冷都變成了那個送死的「路的遠方」……或許就是一個現世報的變相地獄。

❖

或許，老道也只能跟著最絕望地虔誠的教徒們虔誠地說：「明年就在耶路撒冷。」或許，這也可以算是一種對神的許諾。本來，這句話對於老道而言是由於自己那一年就在耶路撒冷的古怪遭遇而開始並且就發生在那年他們過如同中國人的「年」的逾越節前後的一段時光裡頭。事實上那句話對於猶太人至今仍是他們一年中最重要的逾越節初夜的最重要許諾，尤其對於還流亡於全世界各國的猶太人而言，這個許諾不只是「回到或前往一個地方」的一種闔家團圓式的說法，而且還更是聯繫到《出埃及記》中摩西帶著猶太子民初進入上帝應許之地的苦難及其延伸至今的所有麻煩……

如果有人問老道曾經在那古城那段時光荏苒裡經歷過什麼苦難或比較像苦難的麻煩？老道一定會說起那年在耶路撒冷某個城郊的路旁經過那一道怪牆所發生的那件怪事。

可是因為歷險回到臺北之後很少人問起的老道也只有在剛回來某些偶然的場合提過，日子一久就幾乎把它忘了……直到有一天的老道意外找到某一本古怪的關於「老天堂」的歷史書，讀到某一段更古怪的一如穿鑿附會謠傳的傳說……

「猶太思想始終認為，天堂就是『耶路撒冷城』或『錫安城』，而錫安山又代表耶路撒冷這種說詞是一種特有的宗教換喻修辭法……這個古怪的古老天堂形象既指地理上的城市但是也指獲得榮耀的耶路撒冷

它從天降入塵世或使塵世升天與祂同在，『耶路撒冷城』不僅是指現代居民蔓生散居之處，它更意味著一個由彌賽亞統治的神聖空間或一座聖殿。」

老道因此在後來和那群尖酸刻薄古董生意人老朋友們重逢提起那段去找古青瓷差點沒命的老天堂時光，並在最後還對著冷笑的他們說：「去年的兩個月老道不但住在耶路撒冷而且就住在錫安山上」，他們的臉上浮現出一點也不羨慕的眼神半嘲諷地問了些嘲諷意味深長的笨問題：「好棒啊！天堂的天氣是好還是壞？」老道說：「那裡在約旦沙漠旁邊，天氣變化很大。」但是仍然開玩笑的他們卻嘲諷地說：我們問的可是傳說中的天堂……

老道說：「傳說裡的天堂是個永遠的樂園但是天堂的天氣卻不一定好。」其實他並沒有認真地回答也沒有在那古書或在那古城裡看到任何關於天氣的任何傳說……

一如太多奇遇……在剛到耶路撒冷的第一天，老道就和仙姑「老夏娃」照過面了，其實她站在老道住的那房子的花園門口跟老道要菸抽。

她用那南美腔的英文和拔草所戴的手套一邊比劃一邊告訴老道，在這個城市要怎麼認方向，要去哪裡買日常生活的東西，要去哪裡看有名的古蹟。但是，當時老道卻一直在打呵欠，因為前一天太晚睡而她又來得太早，所以也沒跟她多聊什麼，也沒有聽她的話多去那裡，當然，也因為她年紀有點大又有點凶，老道實在不知道怎麼在那個漂亮的花園跟忙著拔草的她多說點什麼。

後來，老道有點自責，在「天堂」的「花園」裡和老「夏娃」說說話總會有什麼不太一樣的啟發吧！

關於啟發，老道大概是虧欠M最多吧！她可竟然是一個巴勒斯坦人但也就是她帶他們去夏娃叫他們一定要去的死海，更是她一直想跟他們說一些回教的「神」的教義對她的啟發，但她的武斷和她的熱情都是同樣地難以招架，老道老是會想起她所講的「上升」和「聖戰士」的理論關聯，但總覺得太牽強太煽情，所以她更直接講的「見證」反而讓老道更存疑。

想到M老道會跟著想到因為她所認識的那些她的朋友或住她Hostel的房客，那些在旅行中偶遇的陌生人，以及他們所完全沒設防而談起的自己的來到這個「天堂」的原因與困惑。他們的「見證」比較零碎、比較隨機，甚至也不一定那麼理所當然，例如：那些名字叫做John，或Peter或Paul……更多和耶穌那些老門徒一樣的年輕人或不年輕的人總因為某些奇怪的原因來到這裡，而且越不一定是因為對神許諾而成行的卻讓老道得到更多和神有關的訊息。

越和他們深談，就讓老道越不禁自問：我怎麼會變成這樣一個人呢？我的此行或我全部的人生就是「對神的許諾」這麼簡單的一句話就說完了？會不會因為我深深恐懼著自己的生命其實是如此沒有意思也沒什麼道理吧！才迫使自己相信這一切都是必然的，從而逃避一種面對危險面對擦身而過的死亡的太過輕率。

然而，關於發現、並害怕這種「太過輕率」的人生觀的往事，老道不得不提起L，這個和老道一起前往以色列的另一位上海來的那位怪異的過度天真的年輕女古董生意人，雖然老道那麼害怕提起。在那兩個月期間，她嚴守著一種「不讀」「不說」的前提，完全切斷除了直覺之外可以再接近耶路撒冷的所有文字的歷史、知識的任何沉重可能，每天……降低所有跟外界接觸的可能。老道必須常常把這種「人生觀」解釋成她的英文不好或沒有單獨出國旅行或年紀太輕或東方女生比較保守害羞……種種非人生觀式的現實說法，才不會被這種「太過輕率」的面對人生態度所擊倒。

她太不追究這個被典故充滿的城的任何典故，更不會追究所有別的「神」的訊息的可能……因此，就沒有「見證」也沒有「任務」了，當然，更不會有「許諾」。所有的老道所害怕而自溺自嘲的對「神」的試探，都變成一些徒然的自找麻煩的幻想……

「街上都是人啊！」她說，「仙姑不過都是你自己胡思亂想出來的。」那是老道第一次也是最後一次和她談仙姑們。也因此老道必須盡他所能地逃離她，才能讓老道所致力的許諾的這一切困難重重看起來不像個笑話或是自欺又欺人的騙局。

但是，所有發生的事「神」都安排得那麼令人無法招架。

尤其在那最後送行的前一晚，老道和L站在Party長桌盛宴前頭的怪異仙姑們聊了起來。

除了開場時，由高官夫人也是藝術家的A致詞之外，那窩心老收藏家精心設計製作那別出心裁而無比豐盛的宴會是那麼令人髮指地意外……尤其是長桌上種種刻意找糕點師傅用心良苦所做成小古青花瓷顏色形貌古怪造型的甜點蛋糕……更使得許多來客既緊張又高興，有時會帶他們到處參觀的老收藏家在後來剩下幾個比較熟的朋友時突然問起老道來：

「你知不知道L會算命？」

「不知道。」老道驚訝地說。

「有一天她私下告訴我的……」老收藏家神情顯得既開心又擔心地對L眨瞇了一下左眼再接著對老道說：「英文比較好的你來幫她翻譯，讓她替大家看看命。」

「好！」老道在驚訝之餘，還不知如何是好，只好勉強而支吾地答應。

「A，女強人的你是一個事業心很重的人，一生感情有點波折但從命運線看來會活得很久……」L看著這位高官夫人的優雅手指卻只是甜美簡單地喃喃說了這些，大家都看著老道，等著聽老道翻譯。

這時狐疑許久的老道突然懂了，原來L大概曾開玩笑地告訴老藝術家她跟中國老算命家學過算命地看手相，所以在異國Party這種不要太嚴肅的場合，藉著這種遠方的好像特有的小神通來算算每個人的命那種荒謬絕倫的玩笑或許更也是很切題地有趣。

老道也隨口翻成大概的英文給大家聽，果然也引起所有人的興致而圍了過來。

「老收藏家收藏太多古董也收藏太多情人……你實在是太令人髮指……一生都是一個太花心的男人，事業很專一但是感情線卻很多分支很亂，但風流快活但是也許不容易活太久的，呵呵……」L滿懷玩笑的口吻緩緩地說了更多繪聲繪影的影射……

因此當老道也緩緩地半嘲諷半翻譯完大家也都笑了，但老道心理卻越來越明白，這種手相的看法是如

此淺薄可笑，大概這又是L當年在上海學來的哄外國人的賣祖產新派遊戲。

「N，太過蠻橫無理又太過花俏開心的你是個工作不認真的人……但老公對你很好啊！年紀大了身體要注意呦！」

「John，你是個不容易專心於一種事業的人，不過很有女人緣，在國外旅行要小心，四十歲有了命運多舛的可怕巨大關口，過了可以活到八十歲。」

「I，你是個老攬下一大堆工作狂地賣命，但是男朋友也攬下一大堆帥氣美男，要專情一點啦不過你的生命線怎麼那麼短，是不是我看錯了。」

「M，你是個不愛工作的人，但是家裡有留好多錢給你，真是個好命的人，但太有女人緣會給你困擾的，年紀大了要小心身體。」

還有一些其他的人，老道也記不清楚了。就這樣，大家都聽得聚精會神，而老道卻是一身冷汗而久久不能自已，所有這些在耶路撒冷遇到的人，遇到的這些老道所深信是「天使」的人，現在變成了可笑遊戲的熱衷參加者，那些老道所深信他們所揭露關於這個「天堂」訊息的困難呢？關於老道對「神」的許諾在他們身上所找到的「見證」的沉重呢？或許，那些難耐的苦惱真的只是老道的幻覺不是別人的，或許同樣他想像的這種種仙姑們或許也只不過雷同地草率地翻譯出這個天堂所揭露的小小故事的可口而不自知，而由於對神的神通的生疏與誤解，才將可口弄成這麼狼狽……

在Party結束後，老道正若有所失地收拾展覽的東西時，老夏娃來了，她喘了口氣對他們說：「我來遲了，聽說你們在算命。」她擦著額頭上的汗水說：「如果來不及幫我算的話，你們明年也可以再來一趟啊！」除了家人外，他們猶太人對所有難得相聚的朋友會說：「明年就在耶路撒冷，再見了！」

一如在夢中的L告訴老道一個她在當年學校當學生時常玩的遊戲，叫做「小雞進化論」，那是一種很有名帶團康的活動，很好玩也很受歡迎，大概的方式是一群人圍成一個圓圈，然後兩兩猜拳決定勝負，一

一淘汰，一開始所有的人都是雞蛋，猜贏一次就可以晉級為小雞，再贏就變成母雞，再贏就變公雞。

「那贏到最後呢？」老道問。

「公雞就直接變神仙了。」

「那就是最後？」

「沒錯！」她肯定的說。

「那剩下的很多個神仙會不會決鬥？」老道問。

「再猜拳猜出一個大神仙吧！」

那時候他們站在M家Hostel的屋頂，看向耶路撒冷全城的遠方的老道站在旁邊，非常的害怕，看到她手指去的整個一如地獄門洞般的橄欖山的墳墓變成都是用碎的蛋殼做成的墓碑，而近一點的聖殿山上的清真寺則變得像個雞籠，雖然還是黃金的圓頂，在夕陽中閃閃發亮，旁邊的哭牆前有許多戴黑帽子留兩側鬢捲辮子的小雞正走來走去，而埋葬耶穌的聖墓教堂正舉辦著和復活節一樣盛大的慶典，整個廣場擠滿了各種花色大小的公雞母雞，而且彼此攻擊踐踏，屍體橫陳，血流過整個舊城的街道……只有少數幾個仍然是雞頭的神仙站在各個較大型教堂屋頂與鐘塔上，而且竟然向他們的方向行禮，有的用猶太教，有的用天主教，有的用回教的方式，但都非常恭敬。老道突然感到極度的恐懼，不知道發生了什麼事，轉頭想問站在旁邊的L時，才發現她那指向全城的手變成一道光，而老道，在還來不及發出驚呼的剎那，突然看見自己的身體越來越軟越來越像潮解溶化的黏稠物……最後只剩下一灘蛋黃糊在地上，只能一動也不動地哭了起來。